记忆与重塑：茅盾研究中的相关话题

中国茅盾研究会 编

华东师范大学出版社

上海

图书在版编目(CIP)数据

茅盾研究. 第 21 辑, 记忆与重塑:茅盾研究中的相关话题/中国茅盾研究会编. —上海:华东师范大学出版社,2024
ISBN 978 - 7 - 5760 - 4996 - 1

Ⅰ.①茅… Ⅱ.①中… Ⅲ.①茅盾(1896—1981)-文学研究-文集②茅盾(1896—1981)-人物研究-文集 Ⅳ.①I206.7 - 53②K825.6 - 53

中国国家版本馆 CIP 数据核字(2024)第 101216 号

记忆与重塑:茅盾研究中的相关话题
《茅盾研究》第 21 辑

编　者　中国茅盾研究会
责任编辑　曾　睿
特约审读　伍忠莲
责任校对　王丽平
装帧设计　刘怡霖

出版发行　华东师范大学出版社
社　　址　上海市中山北路 3663 号　邮编 200062
网　　址　www.ecnupress.com.cn
电　　话　021 - 60821666　行政传真 021 - 62572105
客服电话　021 - 62865537　门市(邮购)电话 021 - 62869887
地　　址　上海市中山北路 3663 号华东师范大学校内先锋路口
网　　店　http://hdsdcbs.tmall.com

印 刷 者　常熟市文化印刷有限公司
开　　本　787 毫米×1092 毫米　1/16
印　　张　17
字　　数　367 千字
版　　次　2024 年 5 月第 1 版
印　　次　2024 年 5 月第 1 次
书　　号　ISBN 978 - 7 - 5760 - 4996 - 1
定　　价　68.00 元

出版人　王　焰

(如发现本版图书有印订质量问题,请寄回本社客服中心调换或电话 021 - 62865537 联系)

目　录

茅盾作品和思想研究

茅盾史料考证

青年学者论坛

访谈

书评

会议综述

茅盾作品和思想研究

方言、风景与政治

——茅盾小说文本中的风景书写刍议①

刘进才②

摘　要：茅盾的小说创作惯于以阶级与社会剖析的目光观照社会与文学，语言观念与风俗描写背后都潜隐着阶级与阶层思考的理路。茅盾从写实主义的视角观察生活，小说中的人物对话描写遵循着不同的阶级或阶层而运用不同的语言习惯与话语方式。同时，茅盾又从象征主义的文学视野出发，在富有地域色彩的风景书写中蕴含着别样的文化政治。

关键词：茅盾小说；方言运用；风景书写；象征意蕴

茅盾出生于浙江桐乡乌镇，江南水乡赋予他细腻敏感的艺术个性。他虽然走上艺术创作之路的时间较晚——直到 1927 年大革命失败之后才拿起笔书写自身在革命生活中的切身体验，但作为文学编辑，茅盾从新文学伊始就主持《小说月报》，使他较早地接触了形形色色的文学，编辑的眼光赋予了他较为开阔的文学视野和通脱的文学观念。因而，茅盾最早能够以文学批评家与文学创作指导者的身份出现于中国现代文坛与其文学编辑生涯密不可分。同时，茅盾作为最早的一批中共党员，以近乎一位职业革命家的文化身份深度参与了中国现代社会运动与社会改造工作，这给茅盾提供了惯于以阶级与社会剖析的目光观照社会与文学，乃至其语言观念与风俗描写背后都潜隐着阶级与阶层思考的理路。新文学运动初期，在新与旧、文言与白话剧烈冲突的声浪中，茅盾既不是文言与白话的单方面的极力支持者，也不是主张新旧文学平行的折中派。他用进化的文学观念重新定义了新文学："我以为新文学就是进化的文学，进化的文学有三件要素：一是普遍的性质；二是有表现人生、指导人生的能力；三是为平民的非为一般特殊阶级的人的。"③在此，茅盾以进化的文学观念代替了新旧文学观念，以文学的性质代替了文学的形式，他认为王维的"山中相送罢"一诗也算得是白话，范希文的"江上往来人"一诗也可以称得上是新文学。他尤其强调文学是"平民"的，不是为特殊阶级服务的，已经开始从阶级的视角看待文学。

当然，如果从写实主义的视角观察生活，不同的阶级或阶层必然有不同的语

---

① 本文是河南省高等学校哲学社会科学创新团队支持计划（项目批准号：2023 - CXTD - 10）的阶段性成果。
② 作者简介：刘进才，河南大学文学院教授，博士生导师。
③ 冰：《新旧文学平议之评议》，《小说月报》1920 年第 11 卷第 1 号，第 3 页。

言习惯与话语方式。在《王鲁彦论》中，茅盾就特意指出了人物语言与人物身份不合的弊病：

> 最大的毛病是人物的对话常常不合该人身份似的太欧化了太通文了些。作者的几篇乡村生活的描写，都免不了这个毛病。小说中人物的对话，最好是活的白话，而不是白话文；有人主张对话绝对不得稍有"欧化"的句子，这自然是对的，但我以为假使是一个新式青年的对话，那就不妨略带些"欧化"的气味，因为日常说话颇带欧化气的青年，现在已经很多，我就遇见过许多。不过假使人物是乡村老妪时，最好连通文的副词如"显然"等也要避去。譬如王鲁彦的《黄金》的背景是宁波的乡间，如果把篇中人物嘴里的太通文又近于欧化的句子改换了宁波土白，大概会使这篇小说更出色些。①

茅盾在这里虽然是在讨论王鲁彦小说中人物对话与人物身份不符的毛病，但透露出茅盾的文学语言观念，尤其是涉及小说人物的语言，力求"活的白话"而非"白话文"。所谓"活的白话"是"口语"，人物语言既要与人物的职业身份相符，也要同人物的地域身份相符，唯其这样，茅盾建议王鲁彦写宁波乡间的小说，人物对话应该采用宁波土语。基于这样的语言观念，茅盾在此后自己的具体文学创作生涯中极为自觉地践行了这一原则。

茅盾反映20世纪30年代江南蚕事的农村小说《春蚕》中的人物对话均采用了符合农民身份与人物性格的方言口语。请看小说中一段描写四大娘与六宝关于蚕种的对话：

> "四阿嫂！你们今年也看（养）洋种么？"
> ……
> "不要来问我！阿爹做主呢！——小宝的阿爹死不肯，只看了一张洋种！老糊涂的听得带一个洋字就好像见了七世冤家！洋钱，也是洋，他倒又要了！"②

这是老通宝儿媳妇四大娘与同村另一个女性在溪边洗刷养蚕用具时的对话，人物的语言都是方言口语，比如"看（养）"，"洋种"就是外国传来的蚕种，不是本土的"余杭种"，迷信守旧的老通宝不看好"洋种"，四大娘称呼公公为"老糊涂的"，嘲弄公公虽然不喜欢带"洋"字的其他事物，却喜欢"洋钱"。对话不但引出了两代人在养蚕方面的矛盾冲突，而且借助四大娘这一人物之口塑造了老通宝保守的个性。这段河边对话通过蚕种的讨论进一步引出后面的情节，土种蚕茧价格大跌，洋种蚕茧远远高于土种蚕茧，下面是四大娘、老通宝与阿多的对话：

> 老通宝便也和儿子媳妇商量道：

---

① 方璧：《王鲁彦论》，《小说月报》1928年第19卷第1号，第171页。
② 茅盾：《春蚕》，《茅盾全集》(8)，北京：人民文学出版社，1985年，第319页。

　　"不卖茧子了,自家做丝! 什么卖茧子,本来是洋鬼子行出来的!"

　　"我们有四百多斤茧子呢,你打算摆几部丝车呀!"

　　……

　　……阿多抱怨老头子打错了主意,他说:

　　"早依了我的话,扣住自己的十五担叶,只看一张洋种,多么好!"

　　老通宝虎起了脸,像吵架似的嚷道:

　　"水路去有三十多九呢! 来回得六天! 他妈的! 简直是充军! 可是你有别的办法么? 茧子当不得饭吃,蚕前的债又逼紧来!"①

　　这段对话都是简短活泼的口语,每个人的话语展示了每个人的个性,农民的口语,句式简短自由,没有欧化复杂的长句,老通宝的语言更表达了其忍辱负重之后的失望与愤怒。作为老一代的农民,地方方言词语更浓,如"三十多九"就是老通宝乡间计算路程的特有词语。茅盾采用页下注释的方式对这个词语进行了详解:"老通宝乡间计算路程都以'九'计;'一九'就是九里,'十九'是九十里,'三十多九'就是三十多个'九里'。"难能可贵的是,茅盾在小说中不但人物对话运用了符合人物身份与地域的方言口语,小说的叙述语言在涉及农村生活与养蚕事项时,也尽量运用当地方言口语,以求得人物语言与叙述语言的协调一致。小说中写景状物、描摹人物心理都是从农民的眼中所看到的,少有欧化的句子与知识分子腔调:

　　"宝宝"都上山了,老通宝他们还是捏着一把汗。他们钱都花光了,精力也绞尽了,可是有没有报酬呢,到此时还没有把握。虽则如此,他们还是硬着头皮去干。"山棚"下蒸了火,老通宝和儿子阿四他们伛着腰慢慢地从这边蹲到那边,又从那边蹲到这边。他们听得山棚上有些屑屑索索的细声音,他们就忍不住想笑,过一会儿又不听得了,他们的心就重甸甸地往下沉了。这样地,心是焦灼着,却不敢向山棚上望。偶或他们仰着的脸上淋到了一滴蚕尿了,虽然觉得有点难过,他们心里却快活;他们巴不得多淋一些。②

　　这是小说叙述老通宝一家养蚕过程中的具体事项及人物心理,都是从农民的眼中所看到的,比如称蚕为"宝宝",蚕爬上山棚为"上山",蚕在山棚上受到热,就往"缀头"上爬,因而有"屑屑索索的细声音"。这是蚕做茧的第一步。爬不上去的,不是健康的蚕,多半不能做茧。从具体的养蚕细节到养蚕的专有术语,茅盾严格遵从客观写实主义的原则,从生活到语言乃至人物心理,都是从农民的视角来写。与鲁迅类似,茅盾《春蚕》小说中细致入微地写出了养蚕农事以及风俗背后的文化心理,但与鲁迅秉持的文化批判眼光有别,茅盾尽管有温婉的讽刺,但更多的则是从阶级、政治与经济剖析的视野探究江南农村受到帝国主义经济的冲击所引

① 茅盾:《春蚕》,《茅盾全集》(8),北京:人民文学出版社,1985年,第335—336页。

② 茅盾:《春蚕》,《茅盾全集》(8),北京:人民文学出版社,1985年,第331—332页。

发的民族矛盾与民族危机。在这一点上，茅盾有精到的论述：

> 关于"乡土文学"，我以为单有了特殊的风土人情的描写，只不过像看一幅异域的图画，虽能引起我们的惊异，然而给我们的，只是好奇心的餍足。因此在特殊的风土人情而外，应当还有普遍性的与我们共同的对于运命的挣扎。一个只有游历家的眼光的作者，往往只能给我们以前者；必须是一个具有一定的世界观与人生观的作者方能把后者作为主要的一点而给与了我们。①

茅盾在这里论及乡土文学的两种写作范式：一种是游历者的眼光所观察到的乡土，这是一种外在于乡土的目光；一种是具有特定的世界观与人生观所看到的乡土。茅盾显然认同后者的写作范式。《春蚕》就是茅盾秉持着特定的世界观把农民对于命运的挣扎翔实地写出。小说不仅展现养蚕的民俗风情，而且挖掘风情背后的社会生活状态。这种小说写作观念，茅盾在 1928 年的《小说研究 ABC》中就做过探讨："我们决不可误会'地方色彩'即某地的风景之谓。风景只可算是造成地方色彩的表面而不重要的一部分。地方色彩是一地方的自然背景与社会背景之'错综相'，不但有特殊的色，并且有特殊的味。"②小说的地方色彩是自然风景与社会背景的有机结合，自然只是地方色彩的表象，通过自然风景的表层反映深刻的社会现实才是茅盾极力提倡的写作理念。请看《春蚕》中开篇的风景描写：

> 老通宝坐在"塘路"边的一块石头上，长旱烟管斜摆在他身边。"清明"节后的太阳已经很有力量，老通宝背脊上热烘烘地，像背着一盆火。"塘路"上拉纤的快班船上的绍兴人只穿了一件蓝布单衫，敞开了大襟，弯着身子拉，额角上黄豆大的汗粒落到地下。③

这是老通宝眼中江南水乡的特有风景。清明节以后的"塘路"上辛苦的拉纤人正在吃力地拉船，初看起来，这只是带有地方色彩的风景。其实，风景背后蕴含着别样的政治文化，尤其是在小说后面风景的并置对举中呈现出来。在 20 世纪 30 年代的中国，依然还是靠人工拉纤，这一行为本身延续了漫长的、封闭的乃至落后的农耕时代的遗迹。但是，落后的中国已经遭遇现代文明的冲击，作为现代机械文明象征的轮船开始闯入传统中国的河道：

> 一条柴油引擎的小轮船很威严地从那茧厂后驶出来，拖着三条大船，迎面向老通宝来了。满河平静的水立刻激起泼剌剌的波浪，一齐向两旁的泥岸卷过来。一条乡下"赤膊船"赶快拢岸，船上人揪住了泥岸上的树根，船和人都好像在那里打秋千。轧轧轧的轮机声和洋油臭，飞散在这和平的绿的田野。老通宝满脸恨

---

① 茅盾：《关于乡土文学》，《文学》1936 年第 6 卷第 2 号，第 214 页。
② 茅盾：《小说研究 ABC》，《茅盾全集》(19)，北京：人民文学出版社，1991 年，第 76 页。
③ 茅盾：《春蚕》，《茅盾全集》(8)，北京：人民文学出版社，1985 年，第 312 页。

意,看着这小轮船来,看着它过去,直到又转一个弯,呜呜呜地又叫了几声,就看不见。①

　　这段风景描写也同样是老通宝眼中所看到的,柴油引擎的小轮船傲慢威严地行驶在平静的河面,乡下简陋的小船被小轮船激起的破浪冲撞得摇摇晃晃,茅盾不是在为读者展现江南水乡的地域风情或民情,看似客观的风景背后投射出作者深邃的政治文化与对经济的宏观思考,传统中国的河面有拉纤者,有"赤膊船",也有西方刚刚传来的柴油引擎的小轮船,超稳定的中国社会结构已经发生了本质性的蜕变,面对着现代工业文明的冲击,老一代中国儿女竟充满了愤愤不平的"恨意",这种传统保守的文化心态如何能够应对西方的挑战,如何能够融入现代世界文明的新秩序当中? 此时的中国应该何去何从,这不能不引起国人思索。茅盾通过风景描写传达的是对社会政治、经济与民众文化心理的思索。当然,在地域风情与风景描写的背后,茅盾不仅仅是对传统中国儿女迷信与保守心态的文化批判,更重要的是考察中国传统的生产与生活方式如何创造性转化,如何应对现代西方列强所造成的对中国社会结构的冲击,面对帝国主义列强的经济侵蚀,中国社会应该如何应对挑战,这才是茅盾深入思考的话题。茅盾的小说社会剖析的思考理路有别于鲁迅所开创的文化批判的小说模式。根据严家炎的提法,茅盾《子夜》的出版带来了社会剖析派小说的崛起。② 其实在《子夜》出版前的一些小说如《林家铺子》《春蚕》中,茅盾已经开始运用社会剖析的思路看待中国社会的问题。《林家铺子》以林家的一个小商铺倒闭为个案,考察了中国工商业面临西方列强的经济倾销与冲击不可挽回的悲剧命运。小说中林老板采取的任何拯救措施都没法让林家铺子存活下去。小说中也有一些民俗风情的描写,比如,林老板在大年初四办理的"五路酒",这是旧时商家于农历正月初四夜设酒以迎五路财神的一种仪式;比如,林大娘一直埋怨菩萨怎么不显灵。茅盾书写风俗仪式意在展现人们为了拯救铺子所做的努力与挣扎,而铺子最后倒闭则暗示了中国工商业的悲剧结局。茅盾在《林家铺子》中也运用了当时商业中流行的行业方言,如"庄票"——当时中国钱庄签发的由发票者付款的票据,也称为"本票",可作为现金在市面上流通;"规元"——当时上海通行的只做记账用而无实银的一种记账货币。诸如此类的行业方言,提供了鲜活生动的社会境况。茅盾通过描写人在特定环境中的挣扎与努力,以及最终不可避免的悲剧命运,意在说明社会政治环境与经济环境对个体命运的左右。茅盾小说中有一只看不见的手在决定着人物的命运与结局,那只看不见的手在摆弄着挣扎的人们,无论人物如何挣扎与努力似乎都难以摆脱失败的结局,那只看不见的手在茅盾这里就是社会政治、经济与阶级的视角。茅盾把个体命运放置在这一宏大的社会背景中,既展示了人物对命运的挣扎和努力,也剖析了社会与政治。带着社会政治剖析的目光,茅盾笔下的风景也蕴含着丰富的政治意义:

---

① 茅盾:《春蚕》,《茅盾全集》(8),北京:人民文学出版社,1985年,第315页。
② 严家炎:《中国现代小说流派史》,北京:人民文学出版社,1989年,第175页。

　　老太爷遗下的《太上感应篇》现在又成为四小姐的随身"法宝"了。两个月前跟老太爷同来的二十八件行李中间有一个宣德炉和几束藏香,——那是老太爷虔诵《太上感应篇》时必需的"法器",现在四小姐也找了出来;清晨,午后,晚上,一天三次功课,就烧这香。①

　　五点钟光景,天下雨了。这是斜脚雨。吴公馆里的男女仆人乱纷纷地把朝东的窗都关了起来。四小姐卧房里那一对窗也是受雨的,却没有人去关。雨越下越大,东风很劲,雨点煞煞煞地直洒进那窗洞;窗前桌子上那部名贵的《太上感应篇》浸透了雨水,夹贡纸上的朱丝栏也都开始溢化。宣德香炉是满满的一炉水了,水又溢出来,淌了一桌子,浸蚀那名贵的一束藏香;香又溶化了,变成黄蜡蜡的薄香浆,慢慢地淌到那《太上感应篇》旁边。②

　　这两段风景描写,除了"斜脚雨"采用了吴语,其他都是通用的白话语言。小说中多次描写《太上感应篇》,该书倡导积德行善与因果报应,把中国传统文化中的儒释道杂糅在一起。茅盾显然通过这部书嘲弄了传统文化中腐朽落后的成分,吴老太爷手捧这部书来到上海却一命呜呼,四小姐承续了吴老太爷的衣钵,然而,当张素素把四小姐从念经打坐的房间里带到开放自由的里娃丽姐村,现代化的都市文明开始动摇四小姐的信念。一场大雨浸泡了《太上感应篇》,冲刷了宣德炉,融化了藏香,传统的"法器"被现代都市的风暴吹打得狼狈不堪。风景描写不是展现地方风情,风景本身就是隐喻与象征,茅盾从日常的风景描写提升到现代文化对传统文化冲击的政治文化视野,实现了茅盾通过小说考察中国经济、文化的宏大叙事雄心。其实,《子夜》开篇的风景描写已经召唤出帝国主义这只怪兽给国人带来的震惊:"从桥上向东望,可以看见浦东的洋栈像巨大的怪兽,蹲在暝色中,闪着千百只小眼睛似的灯火。向西望,叫人猛一惊的,是高高地装在一所洋房顶上而且异常庞大的霓虹电管广告,射出火一样的赤光和青磷似的绿焰:Light, Heat, Power!"③

　　"洋栈""洋房""霓虹灯"都是西方列强进入中国的象征物,上海这座现代都市作为西方列强在中国开辟的租借区域,凝聚着现代与传统的矛盾与冲突,殖民者与被殖民者的压抑与反抗,中华民族与帝国主义的交锋与斗争,"巨大的怪兽"的隐喻正是帝国主义侵入中国的形象表达,这充满着光、热与力的都市交织着国人的政治之殇与文化隐痛。帝国主义这只怪兽对中国民族工商业的无情吞噬在风景描写中得到了暗示与传达。

　　茅盾小说文本中风景以及物象的象征书写与他早年倡导的"表象主义"④文学

① 茅盾:《子夜》,《茅盾全集》(3),北京:人民文学出版社,1984年,第513页。

② 茅盾:《子夜》,《茅盾全集》(3),北京:人民文学出版社,1984年,第530页。

③ 茅盾:《子夜》,《茅盾全集》(3),北京:人民文学出版社,1984年,第3页。

④ 雁冰:《我们现在可以提倡表象主义的文学么》,《小说月报》1920年第11卷第2号。

观念不无关联。早在新文学运动初期,当人们普遍津津乐道于写实主义文学之时,茅盾却别开生面地提倡"表象主义"文学主张。茅盾所谓的"表象主义"即Symbolism,现在一般翻译为"象征主义"。茅盾之所以力倡"表象主义"文学,不仅源于他有感于中国文学中"表象主义"的匮乏,也源于他对写实主义文学所固有的缺陷的警醒。茅盾对象征主义文学手法的认同和译介也深深地影响了他的文学创作,以上所讨论的小说文本中风景书写的象征化表达体现了茅盾为了表现社会人生的生活真实而综合运用多样化创作手法的开放观念。

茅盾与大连会议之考释与重估
——以茅盾日记为起点

刘卫东①

摘 要:从茅盾日记来看,茅盾对大连会议极其重视,全程参加。茅盾的发言,是对 1962 年之前几年短篇小说乃至文学创作中问题的分析和阐释。整个 20 世纪六七十年代,关于大连会议的叙述,与事实不符之处甚多。"写中间人物"不是概念,不能说是由邵荃麟提出,应该说是茅盾与邵荃麟共同认可的理念。此前的研究受各种限制,对茅盾与大连会议的关系重视不够,故而,茅盾参加大连会议并讲话的意义,需要在具体的历史语境中重新估量。

关键词:茅盾;大连会议;邵荃麟;写中间人物

大连会议于 1962 年 8 月召开,意在对农村题材短篇小说作出研讨。会议选择在避暑胜地召开,气氛热烈,与会者畅所欲言,提出、批评了当时创作中的很多问题。茅盾身为文化部部长与中国作家协会主席,参加了这次会议,认真同与会者交流,并做了长篇讲话,对当时的创作状况提出了系统的看法。会议开完后,低调处理。1963 年,第一个批示后,风云突变,旧账翻出,大连会议遭到批判。随后,大连会议组织者邵荃麟、参加者赵树理等,受到不同程度的清算。以前一个被关注不足的问题是,在会后连篇累牍地批判大连会议的资料中,不见茅盾的名字。② 茅盾悄然"隐身",与大连会议"切割",是当时环境下对他的"保护",但也因此遮蔽了事实和问题。由此导致,20 世纪 80 年代以前文献中关于大连会议的史实,有很多错讹,其中包括茅盾与会议的关系。近年来,研究者对大连会议及相关"写中间人物"问题有所关注,出现了一些标志性成果。③ 受到 20 世纪 60 年代材料的影响及写作篇幅的限制,多数文学史论述大连会议时,不提及茅盾。④ 茅盾传记对茅盾参

---

① 作者简介:刘卫东,文学博士,天津师范大学文学院教授,博士生导师。
② 1964 年发表于《文艺报》的《关于"中间人物"的材料》笼统说"16 位作家和评论家"参会,并未点名。当时这么处理,是对与会者的保护。但随着形势发展,大多数与会者在 1966 年后遭到不同程度的批判。
③ 洪子诚:《1962 年大连会议》,《材料与注释》,北京:北京大学出版社,2016 年。文献披露了关于大连会议的许多原始材料,其中邵荃麟、侯金镜等会议组织者在特殊年代的"交代"以及部分发言摘要都是首次公开出版,但这些材料都遮蔽了一些内容,后文详述。
④ 如孟繁华、程光炜认为,"新侨会议""广州会议""大连会议"是"60 年代初期对文艺政策产生重大影响的三次会议",但并未详述大连会议的具体影响。孟繁华、程光炜:《中国当代文学发展史》(修订版),北京:北京大学出版社,2011 年,第 50 页。

加大连会议的论述,语焉不详。因此,茅盾与大连会议的研究,仍然是一个"空缺"。茅盾日记中,保留了大连会议的许多原始信息。笔者拟根据茅盾日记,在新的研究语境中,还原茅盾参加大连会议的具体情况,商榷此前有争议的问题,纠正一些史料错讹,重估茅盾在会议上发言的意义和价值。

一、茅盾参加大连会议的原因及日程

大连会议的主要策划者是邵荃麟,时为主持常务工作的中国作家协会副主席、党组书记。邵荃麟在后来的"交代"材料中,详细讲述了会议的由来。1962年4月,邵荃麟在青岛养病期间,发现创作中有很多问题,作家不敢写"人民内部矛盾","刊物感到组稿很困难","马烽、李准等都很少写短篇了"。他认为,"这个问题很值得专门讨论一下"。① 邵荃麟观察到的问题,非常精准,与会者在大连会议上的发言也印证了这一点。回到北京,他与周扬、林默涵等交流了看法,就开会研讨达成了共识。紧接着,邵荃麟起草了一个"1962年至1963年一年半工作计划",拟定了要开一系列座谈会。其中就包括"农村题材短篇小说座谈会"。邵荃麟是一位资历很深的文艺界领导,有很高的文学修养,对创作中的问题忧心忡忡,确实在想办法加以解决。另外,筹备会议的大背景,还跟"文艺八条"有关。1962年4月,历经一年的讨论和修改,颁布了"文艺八条",透露出文艺调整的信号。② 有研究者认为:"文艺调整的条文虽然没有得到落实或执行,但精神却在讨论的过程中产生作用。这些作用具体表现为作家心情变得较为舒畅,能抒发一些内心的情感和感受,在艺术创造上(题材、风格和体裁)开始作多样化和个性化的尝试。"③正是在1962年较为宽松的氛围中,大连会议召开了。茅盾日记中,对会议的背景也有所表露。茅盾日记载,1962年5月以来,除去繁忙的工作,茅盾一直在阅读"三年选"并做札记。如5月31日记,"阅'三年选'初选目中小说一篇(连日事冗,搁起已久,今始得续阅),并做札记"④。6月5日记,"下午阅'三年选'中小说三篇"⑤。6月6日记,"下午阅'三年选'小说,并为所日所阅之刘澎德小说(三篇)做札记"⑥。此后,笔者统计,至大连会议前,又有10次记载阅读"三年选"中的作品,本文不再枚举。可见,茅盾在大连会议前,充分阅读了作品,并形成了独特的看法,对会议内容非常熟悉。他的发言内容,是研读作品后生发的,具有很强的针对性。茅盾所说的"三年选"并未问世,可能跟大连会议后形势发生很大变化有关。⑦

仍然是邵荃麟,力邀茅盾参加大连会议。邵荃麟为邀请茅盾参加,提前做了一些工作。(一)组织准备,出台新的文件。查茅盾年谱可知,20世纪60年代初,

① 洪子诚:《1962年大连会议》,《材料与注释》,北京:北京大学出版社,2016年,第68页。
② 王秀涛:《新侨会议与"文艺八条"》,《海南师范大学学报(社会科学版)》2018年第2期。
③ 陈顺馨:《1962:夹缝中的生存》,济南:山东教育出版社,2002年,第20页。
④ 茅盾:《茅盾日记(一)》,《茅盾全集》(39),北京:人民文学出版社,2001年,第314页。
⑤ 茅盾:《茅盾日记(一)》,《茅盾全集》(39),北京:人民文学出版社,2001年,第316页。
⑥ 茅盾:《茅盾日记(一)》,《茅盾全集》(39),北京:人民文学出版社,2001年,第316页。
⑦ 当时中国作家协会按照文体,每年编选年度作品集。1958年后停滞。1960年计划接续,编写1959—1961年的"三年选"。

茅盾公务繁忙，除了文艺界大型会议如"文代会"，一般不参加小型的专业会议。侯金镜在"交代"材料中说，"邵荃麟……拉茅盾来参加会，事先有个组织准备，这就是《作家协会书记处的工作方法和工作制度》。其中规定加大书记处的权力，加大第一书记，也就是茅盾的权力"，"有这个文件，大连会议就一定得拉茅盾参加，一定得和茅盾共同'领导'这个会了"。① 当然，这是侯金镜在特殊时代的说法，需要辨析理解。这个文件的内容此后并未得到执行，现在也不可考了。但是，有一点是确定的：邵荃麟非常希望茅盾可以出席会议，为此精心进行"组织准备"。
（二）为了邀请茅盾参加会议，邵荃麟特意选址大连。茅盾回忆："大连会议是邵荃麟同志知道我打算到大连度暑期，因而就我的方便，把会议地址决定在大连。"②可见，邵荃麟对茅盾参会问题极为重视。茅盾的儿子韦韬也说："爸爸率领中国代表团参加莫斯科裁军大会不久，心情不好，身体也感到劳顿，打算和妈妈到大连休假，正好赶上两个孩子放暑假，我们便带了孩子随同他们去度假。那时作协正要开一个农村题材的创作座谈会，邵荃麟、郭小川来请爸爸参加，听说爸爸要去大连，就决定会议在大连召开。"③韦韬说到了郭小川。后来关于大连会议的回忆中，都没有提及郭小川。可能的原因是，当时邀请茅盾时，郭小川为中国作家协会的秘书长，做了前期的沟通工作，但郭小川没有参加正式会议。大连会议前后，邵荃麟与茅盾一直保持密切的联系，1962年6月20日与严文井一起，到茅盾家谈公务。茅盾日记载，他7月31日坐船抵达大连时，"见邵荃麟、马加及大连市人委秘书长杜、办公厅主任等在码头迎接"④。8月1日，"九时许，邵荃麟、侯金镜、马加等七八人来访，谈创作会议拟如何开法等等，十一时半辞去"⑤。就此来看，会议前后，茅盾、邵荃麟之间交流频繁，有非常多的共识。

此前的研究中，因为对会议情况没有全面考察，不了解茅盾参会的情况。按照邵荃麟的安排，茅盾主要是"休假"，抽空出席一下会议，表示支持即可。但从茅盾日记来看，茅盾对大连会议极其重视，全程参加，似乎忘记了来大连的主要目的。茅盾非但不敷衍，反而非常认真。茅盾日记中，记载了大连会议的时间安排和自己参会的情况。茅盾于1962年7月31日从天津坐船抵达大连。8月2日，茅盾做了开幕致辞。此后，茅盾全程参加了大连会议组织的活动和讨论，并在8月12日做长篇发言。8月16日会议结束，茅盾于17日返程回北京。韦韬说："虽说是在大连休养，其实比在北京还忙。"⑥笔者根据茅盾日记等资料，还原了大连会议的日程。（附表）从茅盾日记可以看出，除了个别情况，茅盾全程参加了会议的各个议程和环节。由此可见，茅盾对当时的创作情况非常关注，下了很大力气研究，也很愿意在会场听作家的意见。

① 洪子诚：《1962年大连会议》，《材料与诠释》，北京：北京大学出版社，2016年，第68页。
② 茅盾：《沉痛哀悼邵荃麟同志》，《茅盾全集》(39)，北京：人民文学出版社，1996年，第350页。
③ 韦韬、陈小曼：《父亲茅盾的晚年》，上海：上海书店出版社，1998年，第7页。
④ 茅盾：《茅盾日记(一)》，《茅盾全集》(39)，北京：人民文学出版社，2001年，第329页。
⑤ 茅盾：《茅盾日记(一)》，《茅盾全集》(39)，北京：人民文学出版社，2001年，第330页。
⑥ 韦韬、陈小曼：《父亲茅盾的晚年》，上海：上海书店出版社，1998年，第7页。

大连会议议程及茅盾参会的情况

时间	会议议程	茅盾参会的情况
7月31日	会议报到,会场大连宾馆	中午坐船抵达大连,邵荃麟等迎接,入住市委招待所
8月1日	会议报到	上午邵荃麟等七八人来访,谈会议的开法
8月2日	上午会议,晚上市委庆祝建军节晚宴、看电影	出席并讲话
8月3日	上午赵树理发言,下午康濯、李准、西戎发言	出席
8月4日	乘渔轮出海参观捕鱼,晚看电影	出席
8月5日	上午周立波发言,下午休会	出席
8月6日	上午束为、韶华发言,下午休会	出席,做补充发言
8月7日	上午马加、束为、方冰、陈笑雨、赵树理发言,晚上文化俱乐部看歌舞表演	出席
8月8日	上午康濯、胡采、李准、束为发言,下午休会	出席
8月9日	上午休会,下午周扬讲话,晚上晚宴,晚宴后舞会、电影	出席
8月10日	休会,海浴	参加
8月11日	开会	未出席会议,准备讲话稿
8月12日	上午开会,下午休会	出席,做两个多小时的讲话
8月13日	上午开会,下午休会	出席
8月14日	上午邵荃麟发言,下午休会,晚上看电影	出席
8月15日	休会,作家赴旅顺参观	未出席
8月16日	上午开会,下午休会	出席
8月17日	会议结束	上午坐船离开大连

二、茅盾在大连会议上的讲话

20世纪六七十年代,关于大连会议的叙述,与事实不符之处甚多。其中包括会议发言。1964年,大连会议遭到批判,《文艺报》编辑部发表了《关于"中间人物"

的材料》一文,对大连会议的内容进行了综述。① 由于特殊时代的原因,文章对大连会议的实际情况做了技术处理。其一是内容。该文章把大连会议的问题主要集中在"中间人物",避重就轻,屏蔽了很多批判现实的言论,是一个障眼法。其实,大连会议的重点并非"写中间人物",大家所谈的内容,比"写中间人物"多得多。其二是人物。茅盾、周扬都曾参加大连会议并讲话,但未在综述中出现。其实,茅盾认真准备,并在大连会议上做了长篇讲话。周扬自始至终都收到邵荃麟的汇报,了解会议的情况,并在会上做了长篇报告。

茅盾日记 1962 年 8 月载,"九时至大连宾馆开会,我讲了两小时多些的时间"②。中国作家协会当时保留了发言的记录稿和铅印稿,题目为《在大连创作座谈会上的讲话》,注明"没经本人看过"。因为大连会议被清算,茅盾的发言很长时间内未发表。1996 年,这份讲话稿收入《茅盾全集》第 26 卷。那么,茅盾在发言中,对当时的创作状况做了哪些判断?《在大连创作会议上的讲话》分为四个部分。因为是速记稿,未经茅盾审定,所以有些表述较为口语化,也有不太清楚的地方。笔者撮要如下:

第一部分是"关于题材的问题"。茅盾认为,"有的题材现在还不能写","有的题材确实不好写,但可以用侧面的方法,使它不会产生副作用"。③ 第二部分是"人物创作问题"。茅盾认为,"工人农民也是写两头的多,写中间状态的少","人是不同的,多样的,农民也是复杂的。我们的作品有了很大进步,但典型人物还不够多样化,还有点简单"。④ 第三部分是"谈谈形式方面"。茅盾认为,"从结构上讲,也是不够多样化,很少奇峰突起"。⑤ 第四部分是"讲几篇小说"。茅盾认为,《老坚决外传》"是篇好的小说,但还不能过瘾,没有挖到更深的地方,可能有些顾虑";《赖大嫂》中的人物"不必拔高","对中间状态的农民是有积极意义的";《四年不改》"作为讽刺小说是允许的","我们有几年,是把小说看成实际生活中的人了,因此搞得很紧张,其实小说还是小说"。⑥ 大约 20 年后,讲话的第四部分,被茅盾冠以《读〈老坚决外传〉等三篇作品的笔记》,发表于《文艺研究》1981 年第 2 期。

茅盾的发言,是对 1962 年之前几年短篇小说乃至文学创作中问题的分析和阐释。对于题材、人物等问题,茅盾毫不避讳,以具体作品为例,作出了明确的回答。综合来看,茅盾反对概念模式和批评上纲上线,主张题材多样化,鼓励小说写出复杂的人物。返回 1962 年语境可知,面对理论和写作的困难,茅盾以自己的文学判断力,适时提出了纠偏、中肯、正确的意见,而且也展现出相当的勇气。当然,茅盾偏重文学化的主张,与当时的时代要求存在一定落差,即便身为文化部部长,也无法作出校正。

---

① 《文艺报》编辑部:《关于"中间人物"的材料》,《文艺报》1964 年第 8 期、第 9 期合刊。
② 茅盾:《茅盾日记(一)》,《茅盾全集》(39),北京:人民文学出版社,2001 年,第 355 页。
③ 茅盾:《在大连创作会议上的讲话》,《茅盾全集》(26),北京:人民文学出版社,1996 年,第 410 页。
④ 茅盾:《在大连创作会议上的讲话》,《茅盾全集》(26),北京:人民文学出版社,1996 年,第 414 页。
⑤ 茅盾:《在大连创作会议上的讲话》,《茅盾全集》(26),北京:人民文学出版社,1996 年,第 414 页。
⑥ 茅盾:《在大连创作会议上的讲话》,《茅盾全集》(26),北京:人民文学出版社,1996 年,第 418 页。

除了讲话,茅盾在大连会议上的插话也值得注意。洪子诚在《1962 年大连会议》的《会议部分发言摘要》中,披露了保留下来的部分发言内容,其中包括茅盾的一些插话。8 月 2 日赵树理发言,讲农村的物资困难,茅盾插话说"粗碗不够",又说"60 年要买个鸡毛掸子也不容易,因为扫风箱去了"。① 8 月 6 日大家讲到集体和个人的矛盾,纷纷举例,茅盾插话说:"我们现在也不从政策出发,还是从生活出发,写它的侧面。写侧面不一定回过去 60 年怎么样,只写现在的一面。比如农民对自留地很热情,好像保健站,但是对社的态度又不同。这样写行不行呢?我这次到莫斯科,说到食品,鸡、鸡蛋、蔬菜、猪,主要是自由市场弄出来的。搞了四十年,农业也还是这样。他们留的地和小家禽范围是很大的……"②茅盾对当时农村状况非常了解,与赵树理等共情,相互呼应。他在会议上绝非高高在上,对作家进行理论指导的领导,而是一个对生活、创作很熟悉,能够与作家相谈甚欢的业务专家。

如果考察一下大连会议上邵荃麟、赵树理、周扬等人的发言,可以发现,他们与茅盾的很多观点不谋而合。整体而言,大连会议上,大家都主张缓和作品与现实之间的关系,为文学松绑,拓展出更大的空间,给予作家更多自主性。因为邵荃麟后来成了"大连黑会"的代表,"写中间人物"也成了他的"罪状"。这一问题已经得到组织平反,本文不赘。笔者想指出的是,"写中间人物"不是概念,不能说是由邵荃麟提出,应该说是茅盾与邵荃麟共同认可的理念,是后来为了批判起来方便而概括的。理由是:一、邵荃麟的讲话记录。"茅盾日记"载,邵荃麟 8 月 14 日讲话。③ 邵荃麟在讲话中说:"茅公提出'两头小,中间大',英雄和落后人物是两头,中间状态的人物是大多数,文艺主要教育的对象是中间人物,写英雄是树立典范,但也应该写中间状态的人物。"④邵荃麟对茅盾观点的概括,就是"写中间人物"提法的由来。二、茅盾的回忆。邵荃麟是文艺领导,因 1964 年与"写中间人物"绑定,后遭到迫害,1971 年离世。1981 年,茅盾在回忆文章《沉痛哀悼邵荃麟同志》中,用很多篇幅提及大连会议,可见,这是茅盾内心的一个结。茅盾说:"要不要写中间人物?我与荃麟同志意见一样。但我却不知道他因此惹下了'杀身大祸'","怪不得文化大革命时一些红卫兵几次向我探询:中间人物论是谁提出来的?我答以'记不起来了'。他们还要问我有没有记录(指开会时我自己做的记录),意欲查看。我答以'没有'。这也是实情。"⑤茅盾没有说"写中间人物"跟自己无关,不言而喻。邵荃麟因此而遭磨难,乃是替自己受过,茅盾心知肚明,这可能也是作文悼念的原因之一。三、黄秋耘的回忆。1962 年,《文艺报》值班编辑黄秋耘在别人的文章中,为"中间人物"加上了"不好不坏,亦好亦坏,中不溜秋的芸芸众生"的定

---

① 洪子诚:《1962 年大连会议》,《材料与注释》,北京:北京大学出版社,2016 年,第 84 页。

② 洪子诚:《1962 年大连会议》,《材料与注释》,北京:北京大学出版社,2016 年,第 88 页。

③ 茅盾:《茅盾日记(一)》,《茅盾全集》(39),北京:人民文学出版社,2001 年,第 335 页。

④ 邵荃麟:《在大连"农村题材短篇小说创作座谈会"上的讲话》,《邵荃麟评论选集》上,北京:人民文学出版社,1981 年,第 403 页。

⑤ 茅盾:《沉痛哀悼邵荃麟同志》,《茅盾全集》(27),北京:人民文学出版社,1996 年,第 351 页。

语,不料后来成了"中间人物"的定义。① 这说明,"写中间人物"仅仅是个提法,并不是严密的理论。至于提倡"写中间人物"就是反对"写英雄"的逻辑,无论从哪个方面说,都是无稽之谈。

赵树理在大连会议上很活跃,因为他熟悉农村,且因《"锻炼锻炼"》《实干家潘永福》等受到批评,是中国作协"内部重点帮助对象"。② 这次会议有给他"平反"的意思。8 月 5 日,在茅盾发言后,赵树理插话,赞同茅盾的观点。③ 他举亲身经历,讲了农村中集体、个人问题的复杂性。④

批判大连会议的材料中,不见周扬,仿佛他没有参会。即便目前,也还有研究者在论述大连会议时,忽略周扬。事实上,周扬不仅参加了大连会议,而且做了长篇讲话。以周扬当时的地位,他的讲话相当于文艺界最高领导为作家解惑,指明文艺方针。"茅盾日记"8 月 9 日载,周扬当天下午出席会议并讲话。⑤ 周扬自始至终对会议情况是非常了解的,从筹备开始,邵荃麟就向他做了请示和通报。因为大连会议后来被清算,周扬参加会议的事实,也就被遮蔽了,讲话内容也未发表。1990 年,周扬讲话面世,收入《周扬文集》。周扬在讲话中,整体思想同样是认为不应概念化,为作家寻求空间,"思想不要机械","农村题材要把它放宽,整个创作的题材要放宽"。⑥ 与大连会议的整体发言氛围相同。实际上,周扬谈到的内容更为丰富。洪子诚披露,目前能看到的这个版本"对记录稿做了许多删改","最大改动是删去约三四千字的谈当时国内经济情况,特别是农村形势的问题",还有给"自由"留下一点空间等言论。⑦ 周扬的讲话起到了"定调"的作用,给大家关注的"题材问题"做了中肯的回答。茅盾 8 月 12 日也谈了题材,首先说,"周扬同志讲得很好,我也没有新的意见。他说题材还不够广泛,农村技术人员还写得比较少,有的题材现在还不能写,我同意,过一个时候可以写"⑧。茅盾认可周扬对"题材"问题的分析和处理。

沈从文并非大连会议代表,但他当时在大连疗养,也受邀参加了会议。⑨ 后来大连会议出事,沈从文只好写了与其撇清关系的材料。"邵与茅盾二人南方下江口音本来即听不懂,座位又远,所以说完以后,只懂'要扩大写作范围',至于如何

① 黄秋耘:《风雨年华》,广州:花城出版社,1999 年,第 182 页。

② 陈徒手:《一九五九年冬天的赵树理》,《人有病 天知否》,北京:人民文学出版社,2000 年,第 155 页。

③ 洪子诚:《1962 年大连会议》,《材料与释》,北京:北京大学出版社,2016 年,第 84 页。

④ 赵树理:《在大连"农村题材短篇小说创作座谈会"上的发言》,《赵树理文集》(6),北京:大众文艺出版社,第 82 页。

⑤ 《周扬文集》中,关于《在大连创作座谈会上的讲话》注释为:"这是作者一九六二年八月十日的讲话,未公开发表过"。时间讹误,应为 8 月 9 日。《周扬文集》(3),北京:人民文学出版社,1990 年,第 201 页。

⑥ 周扬:《在大连创作座谈会上的讲话》,《周扬文集》(3),北京:人民文学出版社,1990 年,第 204 页。

⑦ 洪子诚:《1962 年大连会议》,《材料与释》,北京:北京大学出版社,2016 年,第 78 页。

⑧ 茅盾:《在大连创作会议上的讲话》,《茅盾全集》(26),北京:人民文学出版社,1996 年,第 410 页。

⑨ 沈从文当时以全国政协特邀委员的身份随团在大连疗养。在 1962 年 8 月 3 日致张兆和的信中,说他昨天(8 月 2 日)出席晚宴,一同参加的就是大连会议的代表,"我和赵树理、周立波、侯金镜等一桌。茅盾、周扬也在此"。后来,沈从文还听了会议报告。沈从文:《致张兆和》,《沈从文全集》(第 21 卷),太原:北岳文艺出版社,2002 年,第 230 页。

扩大,写些什么,我都不明白。"①沈从文表述中,也做了可以理解但不符合史实的技术处理。② 因为他的低调处理,参加大连会议的事情,后来的传记均无涉及。至于沈从文对大连会议氛围的感受,就更不得而知了。

再考察茅盾在大连会议前后的文艺观点,可以更加深入地认识和理解他的意指。整体来说,大连会议提出的问题其实是"如何认识农村现实"和"写什么样的人物"的问题。与会的众多作家,都在较为宽松的环境之下,作出了回答。茅盾同样如此。茅盾在参加大连会议前的五、六月,大量阅读了短篇小说,并做札记,后以《读书杂记》为名发表。《读书杂记》共 14 组,涉及几十篇作品。茅盾当时对现实、题材和人物的看法,就在其中。如他在 1962 年 5 月 7 日的札记中,对马烽的《老社员》赞赏有加,认为作品"没有耸人听闻的大事件","只有些日常的生活琐事","贺老栓这个人物在一般的典型性格之外别树一型","虽然并没一言正面提出反对浮夸作风,然而贺老栓这个人物的一切行为(他的犟和他的光会磨刀背)正是浮夸作风的坚决反对者。从这点看来,这篇作品的教育意义是深远的"。③ 对于写英雄的概念化,茅盾的批评也毫不含糊。他在 5 月 31 日对杜鹏程《难忘的摩天岭》点评:"这样的英雄人物,在作者的人物画廊里已经有过不少,而这新加的一个似乎并不比过去已有的那些要更深刻些,而且,作者用以刻画人物的手法也还是过去的那一套,不过更见熟练罢了。"④《读书杂记》中的内容,基本是茅盾在大连会议中的主要观点。他的"中间人物"提法,已经隐含其中,所以才能跟邵荃麟一拍即合。大连会议后,关于短篇小说问题,茅盾又做过一些阐释,可以作为会议思想的延续。他在 1963 年 4 月的一次讲话中说:"去年上半年短篇小说相当'恐慌',特别是好的少,《人民文学》编辑部每期发稿都很着急,到去年下半年,情况便有了好转。"⑤显然,这是在谈大连会议及其发挥的作用。值得一提的是,因为"写中间人物"遭到严厉批判,茅盾在以后的文论中,也不再使用这个概念了。"中间人物"这个非常具有针对性的概念,昙花一现。

三、重评大连会议及茅盾讲话的意义

目前,应该拨开历史迷雾,对大连会议的价值及茅盾的发言重新加以评判。理由是,此前评判大连会议的史料,是片面和人为的,不能成为研究的根据。主要表现在:

一、1962 年 8 月大连会议结束后,有意进行了遮蔽。当时外部形势变化很快,大连会议本来是落实"文艺八条",拟给作家更大发挥空间。但与此同时,八届十中全会召开,会议反对对现实负面和黑暗的揭露,提出要继续进行阶级斗争,与大

① 沈从文:《关于大连会议事情》,《沈从文全集》(第 27 卷),太原:北岳文艺出版社,2002 年,第 187 页。
② 张霖:《当代日记中的"大连会议"》,《华南师范大学学报(社会科学版)》2014 年第 2 期。
③ 茅盾:《读书杂记》,《茅盾全集》(27),北京:人民文学出版社,1996 年,第 38 页。
④ 茅盾:《读书杂记》,《茅盾全集》(27),北京:人民文学出版社,1996 年,第 41 页。
⑤ 茅盾:《关于创作和评论问题——一九六三年四月二十六日在全国文化局长会议上的讲话》,《茅盾全集》
  (27),北京:人民文学出版社,1996 年,第 12 页。

连会议的主张有一定冲突。时为《文艺报》编辑的黄秋耘回忆，本来"大连会议纪要"已经发排，结果主编张光年突然接到周扬打来的紧急电话，决定撤下。① 因此，本来拟于《文艺报》宣传的大连会议，付之阙如。不过，从参加大连会议的作家事后发表的文章看，"中间人物"问题产生了一定影响。参会的康濯在1962年10月发表的文章中，就把"老牛筋""三年早知道"等人物形象归类为"所谓中间人物"，并认为与"先进人物"一样，"各有千秋"，"以各自不同的身份飞翔着各自不同的浪漫色彩"。② 二、大连会议1964年突然遭到批判，原有的会议内容被修改、增删。1963年12月，风云突变，毛泽东在"批示"中认为，各种文艺形式"问题不小"，"社会经济基础已经改变了，为这个基础服务的上层建筑之一的艺术部门，至今还是大问题。这需要从调查研究着手，认真地抓起来"。③ 为了回应批示，文艺界开展新一轮整风，而且，必须要推出一个文艺界领导为此负责。于是，大连会议及问题被揪出，作为"黑会"，受到批判。三、公布的材料与大连会议实际情况不符。邵荃麟是中国作协副主席，大连会议的具体操办者，无可奈何，只能由他承担后果。④ 曾参加会议的黎之（时为中宣部年轻干事）回忆说，因为邵荃麟未发表过关于"写中间人物"的言论，"周扬、林默涵和作协负责人反复研究，只好由《文艺报》编辑部根据一些人的回忆和大连会议记录，断章取义，拼凑了一个《关于"写中间人物"的材料》，组织了个写作班子，写了一篇《"写中间人物"是资产阶级文学主张》，点名批判邵荃麟"。⑤ 也就是说，当时公布的材料与事实有很大的出入，是不能作为研究证据的。对邵荃麟的批评，仅限于提出"写中间人物"，是为了"过关"。邵荃麟在1964年的"交代材料"中，对此有清楚表述。⑥ 大连会议不能没有问题，但问题又不能太严重，其中大有玄机，也是为应对形势不得不采取的办法。

1964年后，各种"交代"等关于大连会议所涉及材料，基本来自于《文艺报》编辑部"整理的《关于"写中间人物"的材料》。该文称："1962年8月间，中国作家协会在大连召开了农村题材短篇小说创作座谈会，来自8个省市的16位作家和评论家，出席了这次会议。在这次会议上，邵荃麟同志正式向作家们提出了'写中间人物'的主张，同时提出了'现实主义深化'的理论，并就当时农村形势、人民内部矛盾和文学创作现状等问题，发表了一系列错误言论。"⑦后进一步发展，把大连会议

① 黄秋耘：《风雨年华》，广州：花城出版社，1999年，第182页。
② 康濯：《试论近年间的短篇小说——在河北省短篇小说座谈会上的发言》，《文学评论》1962年第5期。
③ 《毛泽东年谱》，北京：中央文献出版社，2003年，第288页。
④ 因为级别等关系，参加大连会议并做报告的茅盾、周扬均未受冲击。陈徒手认为，邵荃麟是代茅盾"受罪挨整"。陈徒手：《矛盾中的茅盾》，《读书》2015年第1期。
⑤ 黎之：《文坛风云录》（增订本），北京：人民文学出版社，2015年，第278页。
⑥ 邵荃麟"交代"说，1964关于大连会议的"写中间人物"问题，是一个"假整风"。当时周扬、林默涵和邵荃麟都认为，"承认"了"右倾"就可以了。但是大家都没料到后来事态的发展。洪子诚：《材料与注释》，北京：北京大学出版社，2016年，第103页。
⑦ 《文艺报》编辑部：《关于"写中间人物"的材料》，《文艺报》1964年第8期、第9期合刊。

的罪状"写中间人物"与"反对创造工农兵英雄人物"等同。① 可以说,无论当时的作者出自何种想法,所使用的关于大连会议的史料是不完全的,结论也是错误的。20世纪80年代以来,上述观点已经被否定。但是,关于大连会议的史料建设始终未能跟上,客观上,延续了错误的史料,研究进展不大。

近期以来,随着文献公开和相关回忆录、日记等出版,关于大连会议的史料不断得到披露。笔者以为,至少可以作出如下判断:一、大连会议是对当时农村题材小说创作的一次批判,并提出了改进的措施,是具有重要意义的文学对现实的"干预"活动。提出的问题和解决方法都很真实,富有针对性,是超越时代的思考。二、茅盾、周扬、邵荃麟、赵树理等文艺界领导和作家,对当时创作问题作出了判断,并提出了解决办法。历史语境原因,大连会议遭到不公正批判,所提出的问题也被忽视和湮没,直接导致了严重后果。

大连会议给茅盾带来了一些影响。茅盾参加大连会议之前,心情并不舒畅。1962年7月,世界和平理事会在莫斯科举行争取普遍裁军与和平大会,茅盾为团长,率中国代表团参加。茅盾的发言被认为是"软弱",犯了"右倾错误"。当时的国际关系瞬息万变,而且,茅盾的发言稿也并非自己所写,因此,观点问题不应该由茅盾负责。② 茅盾参加大连会议,回归本行,心情是愉快的。但他没有料到,文学性的会议,也会给自己带来困扰。侯金镜在"交代"中上纲上线称,"茅盾参加大连会议之前,曾参加裁军会议的代表团,曾犯了极其严重的政治错误","向苏修投降","但邵荃麟仍拉他来参加会。这就使大连会议形成了一个有右派民主人士参与的党内外反对总路线三面红旗的反革命统一战线"。③ 显然,在大连会议遭到清算的时候,茅盾作为参与者,已经被涉及。当然,茅盾并未受到大连会议的直接影响,但因参会问题,陷入被动。

1964年6月,第二个批示后,因为整个文艺界都被认为出现严重问题,茅盾卸任了文化部部长。离开1949年后就担任的职位,与大连会议并无直接关系,但茅盾与愈演愈烈的"极左思潮"之间的矛盾,显而易见。正因如此,茅盾虽然未受大连会议问题牵连,但1964年后,《林家铺子》等作品还是受到了批评。

四、小结

大连会议是一个"文化文本",信息量极大,包含有权力、文学、人情等各种因素,是透视"十七年"的绝佳个案。此前研究受各种局限,对茅盾与大连会议的关系重视不够。笔者认为,茅盾是大连会议的重要主导。茅盾参加大连会议并做讲话的意义,需要在具体历史语境中重新估量。首先,茅盾在会上,表达出他对当时文艺问题的真实看法。从"茅盾日记"、讲话等资料看,茅盾认真思考了现实问题

---

① 《文艺报》资料室:《十五年来资产阶级是怎样反对创造工农兵英雄人物的》,《文艺报》1964年第11期、第12期合刊。
② 此事较为复杂,仅为本文背景,详情可参考茅盾传记的说法。钟桂松:《茅盾传》,北京:东方出版社,1996年,第314页。
③ 洪子诚:《1962年大连会议》,《材料与注释》,北京:北京大学出版社,2016年,第72页。

与创作之间的关系,并毫无保留地贡献出来,同与会的作家、评论家达成了高度共识。其次,这些意见得到了历史检验。从后设视角看,茅盾的文学感觉是敏锐的,观点是正确的。最后,放在"十七年"文艺发展的背景下,茅盾和大连会议的倾向,代表着文艺界存在的与"左"倾思潮抗辩的潮流。长达半月的会议中,氛围宽松,大家畅所欲言,对现实和创作问题做了深度交流。会议对当时文学的批判性及提出的解决办法,代表了"十七年"文学理论的最高水平。历史无法假设,但不妨假设一下,如果大连会议提出的问题能够被注意,精神能够得到贯彻,文学历史乃至当代历史的航向,可能会发生扭转。但这种情况没有发生,是大连会议及茅盾的遗憾。

姬文《市声》与茅盾《子夜》比较

左怀建①

摘　要:自 1990 年代以来,随着改革开放、现代都市的重新崛起、现代文学价值重估,清末小说名作《市声》重新引起了现代文学研究者的关注,在多个方面对茅盾的小说名著《子夜》产生了影响。虽然因为两部作品面世的历史文化语境不同,作家审美追求也有差别,所以作品在表现现代工商业活动、塑造现代商人和实业家形象以及由此呈现的文学价值理念和艺术风貌也有了悬隔,但是两部作品的历史关联是不可否认的,由此也可窥探出中国现代都市文学的一些历史走向。因此,《市声》的文学价值不容低估。

关键词:《市声》;《子夜》;工商业;比较

历史证明,茅盾的创作对 20 世纪中国文学的贡献是巨大的,且多方面的。就其小说而言,《子夜》标志着中国现代左翼现实主义文学的成熟,但又不止于此,从现代都市文学的角度看,它也是中国现代都市文学的奠基作品。正如苏雪林所高度评价的:茅盾《子夜》的出版,才"算带着现代都市味"②。当今学者曹万生和吴效刚等人,更是对茅盾小说在当代中国的意义进行全面梳理和分析,特别指出,茅盾小说展现了中国现代资产阶级的崛起,他们是"现代"中国的中坚力量,他们的失败表明"现代"中国的未完成性。③ 其实,如果将茅盾的《子夜》放在近现代历史语境里观察,那么不难发现,它的出现是清末民初以来一系列相关题材小说创作的创造性改写与提高。正如王德威所强调:"在许多层面上,《文明小史》与《市声》皆预示了茅盾(1896—1981)《子夜》(1932)这样的小说,后者描写了 1930 年代中国本土资本家在上海沉浮的故事。作为一名左翼知识分子,茅盾将这些中国资本家的消长,视为导向革命的一个必然阶段。他视'现代'为修辞以及意象的资源,以及历史的一种物质体现,这一视角触发了小说意义的激烈辩论,因而使《子夜》成为中国诠释现代何'价'的又一例证。"④其实,给《子夜》以艺术启发的还有《文明小

① 作者简介:左怀建,浙江工业大学人文学院教授。
② 苏雪林:《新感觉派穆时英的作风》,严家炎、李今编《穆时英全集》(第三卷),北京:北京十月文艺出版社,2008 年,第 518 页。
③ 曹万生:《茅盾在当下中国的意义》,《四川师范大学学报(社会科学版)》2003 年第 2 期;吴效刚:《对民国时期茅盾等作家小说中资本叙述的一种解读》,《兰州大学学报(社会科学版)》2013 年第 6 期。
④ [美]王德威著,宋伟杰译:《被压抑的现代性——晚清小说新论》,北京:北京大学出版社,2005 年,第 270 页。

史》的作者李宝嘉的《官场现形记》和江红焦的《交易所现形记》等。这说明茅盾《子夜》决非无本之木。鉴于此,本文就将姬文《市声》与茅盾《子夜》做一比较,以期寻找到两者之间的关联和不同,以此窥视中国现代都市文学发展流变的脉络。

一、"新民"视角与左翼政治视角

熟识中国近现代历史的人都知道,1840 年鸦片战争以后,中国开始洋务运动,要求"师夷长技以制夷",失败后,开始百日维新政治运动。再次失败,之后是"五四"新文化运动,迎来真正现代中国的艰难转型。在百日维新与"五四"新文化运动之间一段时间,中国处于鲁迅所说"城头变幻大王旗"的至暗时刻,也是这一时期,亡命海外的梁启超等近代思想家开始大力提倡"新民"说,并且受西方和日本影响,极力推崇小说的地位,认为小说可以新民救国。梁启超 1902 年创办《新小说》,倡导:"欲新一国之民,不可不先新一国之小说。"次年,李伯元主编的《绣像小说》创刊,"商务印书馆主人"在《本馆编印绣像小说缘起》里也强调:"欧美化民,多由小说,扶桑崛起,推波助澜……本馆鉴于此,于是纠合同志,首辑此编,远撷泰西之良规,近揽海东之余韵,……"而姬文的《市声》1905 年在《绣像小说》上一直连载25 回,1908 年出版 36 回完整本。如晚清陶佑曾引西方人理论所谓:"小说者,实学术进步之导火线也,社会文明之发光线也,个人卫生之新空气也,国家发达之大基础也。"[1]显而易见,《市声》就是当时"新民"启蒙语境下,借鉴发达的西方和日本经验,重新思考中国,试图通过创建和发展现代工商业来促进中国社会文明进步、抵抗海外列强的经济侵略,从而达到救国救民的一部"新小说"。[2]而茅盾《子夜》的面世要到第一次世界大战已经爆发,西方不断陷入经济危机、政治危机和文化危机,马克思主义也已传入中国十多年以后了。这时,国内外政治文化语境大变,《子夜》的审美质地和价值取向也大为不同。

阿英在《晚清小说史》中指出:"大概是由于知识阶级和商人不大接近,而'商'又被派作四民之末,历来写商人的小说是很少见的。在晚清,只有一部姬文的《市声》。"[3]其实,《市声》不仅写"商",也写"工"。即便讨论《市声》中的"商",阿英也仅强调了小说中商人的消极性,而过多忽略了小说中正派商人对于当时中国各方面的反思和批判以及他们对当时中国工商业发展的积极推动,这不能不是一个认知上的遗憾。事实上,小说大量地肯定现代商业必须建立在现代工业和科技基础上,所谓:"工艺是商界之母。母既缺失,子息那里取偿得转?诸君要商业发达,除非扶助工艺。"[4]"人都要有技术,才能寻钱过活。最好的技艺,莫如做工。你看上海若干机器厂,都是外国人学习了工艺,创造出机器来,赚中国人的钱。我们学就

① 陶佑曾:《论小说之势力及其影响》,《游戏世界》1907 年第 10 期,陈平原、夏晓红编《二十世纪中国小说理论资料》(第 1 卷 1897—1916 年),北京:北京大学出版社,1997 年,第 247 页。

② 颜健富:《晚清小说的新概念地图》,北京:北京联合出版公司,2018 年,第 5—6 页。

③ 阿英:《晚清小说史》,南京:江苏凤凰文艺出版社,2017 年,第 87 页。

④ 姬文:《市声》,吴组缃等主编《中国近代文学大系·小说集》(第 5 卷),上海:上海书店,1992 年,第217 页。

了工艺,也好想出个新鲜法子,赚人家的钱使。"①与其说,现在的世界"正当商战",不如说现在的世界是"'工战'世界"。② 所以,小说越到后面书写留学归来的人物的科技活动和工业生产活动越多,最后点题,所谓"市声"不是纯粹消费的市声,而是生产的市声,不是纯粹传统的市声,而是已相当现代的市声。1930 年代,茅盾专门撰文指出,清末民初以来,中国都市文学往往是消费的都市文学,而缺乏生产的都市文学。③ 以此之故,他自己就努力创作生产的都市文学,小说《子夜》《锻炼》和剧本《清明前后》等就是突出代表,而以此标准看,《市声》也基本上是生产的都市文学。

与以往和当时无数的小说不同,《市声》给现代工商业以如此崇高的地位,这无疑是一大创举! 左翼批评家因此可以将《市声》看作当时中国资本主义意识兴起的例证。④ 从富国强民出发,小说认为中国的落后主要体现在以下几个方面:(一)官本位思想严重,轻视做工,没有科学技术,特别是没有科学"实验"思想、思维和精神。⑤ 如此便学到一些新技艺也只是"皮毛",无济于救国救民之大事。如西方已经进入电气时代,中国还没有进入马达时代。⑥ 西方人和日本人用显微镜观察蚕茧的生长,发现病菌及时处理,所以养的蚕茧质量很高,而中国养蚕人没有这样的条件,也没有这样的意识,所以出的蚕茧往往不如外国人。⑦ 这使中国人在国际竞争中往往很被动。(二)社会专制,压抑人才。通过不被赏识和任用的留学生科技人员刘浩三的遭遇证明:中国是一个"专制国"⑧,"中国人的专制性质"必导致专权,专权则导致任意所为、生活腐败和压抑人才。⑨ (三)没有时间观念和信用。中国人赴约做事往往迟到。中国人不相信中国人,所以也很难真正团结起来做实事。⑩ 出自中国人之手的很多工商产品有假,导致中国人在国际市场上没信誉。⑪ (四)无私而又极端自私,既没有真正的个人空间,也没有真正的公共事业意识。如中国不提倡个人自由发展,而个人一旦掌握一种办工厂的技术就严密封锁,专门待价而沽,完全不顾社会公益。⑫ 为此,小说中进步人物都渴望改变时俗、

① 姬文:《市声》,吴组缃等主编《中国近代文学大系·小说集》(第 5 卷),上海:上海书店,1992 年,第 201 页。

② 姬文:《市声》,吴组缃等主编《中国近代文学大系·小说集》(第 5 卷),上海:上海书店,1992 年,第 207 页。

③ 茅盾:《都市文学》,《申报月刊》第 2 卷第 5 期,1933 年 5 月。

④ [美]王德威著,宋伟杰译:《被压抑的现代性——晚清小说新论》,北京:北京大学出版社,2005 年,第 270 页。

⑤ 姬文:《市声》,吴组缃等主编《中国近代文学大系·小说集》(第 5 卷),上海:上海书店,1992 年,第 102 页。

⑥ 姬文:《市声》,吴组缃等主编《中国近代文学大系·小说集》(第 5 卷),上海:上海书店,1992 年,第 192 页、第 194 页、第 201 页。

⑦ 姬文:《市声》,吴组缃等主编《中国近代文学大系·小说集》(第 5 卷),上海:上海书店,1992 年,第 27—28 页。

⑧ 姬文:《市声》,吴组缃等主编《中国近代文学大系·小说集》(第 5 卷),上海:上海书店,1992 年,第 95 页。

⑨ 姬文:《市声》,吴组缃等主编《中国近代文学大系·小说集》(第 5 卷),上海:上海书店,1992 年,第 194 页。

⑩ 姬文:《市声》,吴组缃等主编《中国近代文学大系·小说集》(第 5 卷),上海:上海书店,1992 年,第 98 页。

⑪ 姬文:《市声》,吴组缃等主编《中国近代文学大系·小说集》(第 5 卷),上海:上海书店,1992 年,第 38 页。

⑫ 姬文:《市声》,吴组缃等主编《中国近代文学大系·小说集》(第 5 卷),上海:上海书店,1992 年,第 102 页。

矫正世风,如离开官场、团结起来、开办工厂、创建学堂、成立各种工商自助协会、传播先进思想意识和科学技术等。显而易见,这些内容在《子夜》中都有进一步的阐发,如给吴荪甫以留学生身份,让他对比中外,一再感慨:中国要是国家像个国家、政府像个政府,工商业何愁不兴旺!揭露当时国民政府要员竟然置国家利益于不顾,与奸商勾结,到处钻政府政策的空子,投机发财;军队甚至可以被收买,以致造成大溃败的假象,扰乱公债市场的正常运行。正面而言,让他与王和甫、孙吉人等进步资本家联合起来,发展民族实业,反抗封建政府掣肘和帝国主义经济侵略等。

作为左翼作家和批评家,阿英在《晚清小说史》里指责《市声》"从这仅有的一部晚清反映商业的小说里,连工商战的一点面影都看不到"①。这显然也失之于公允。《市声》面世时,马克思主义还没有传入中国,而鸦片战争以来,西方的船坚炮利、国势强大已经深入中国人内心。发达国家文明而霸权,后发展国家遭受耻辱而觉醒。所以,《市声》一面认同发达的西方和日本,并且言"我们在上海买卖,从来没有受外人欺侮的"②,一面又强烈质疑和抵抗之,从而也呈现鲜明的民族主义情感和复杂的意义指向。如小说中名海槎者言:"统五大洲的人,比较起来,不见得人家都是文明,我们都是野蛮。况且文明野蛮的分际,我们要堪得透,其中的阶级,穷千累万哩!譬如一种智识,人家有的,我们没有,我们便不如他文明了。又譬如一种事业,人家有资本在那里创办,我们没有资本创办不来,我们又不如他文明了。把这两桩做比例推开眼界看去,文明那有止境呢?……现在世界,并不专斗文野,专斗的是势力。国富兵雄,这国里的人走出来,人人都羡慕他文明,偶然做点野蛮的事,也不妨的;兵弱国贫,这国里的人走出去,虽亦步亦趋,比人家的文明透过几层,人人还说野蛮,他自己也只得承认这个名目,有口也难分辨。据现势而论,自然我们没人家文明;只须各种文明事业,逐件的做去,人家也不能笑我们野蛮了。"③这里,不否定文明的先进性,但也辨析了文明合理性的相对性。到茅盾创作《子夜》的时候,西方现代已经呈现重重危机,马克思主义传入中国已经十多年,1930年代初期上海还发生了关于中国社会性质的论战,作为左翼的茅盾在通过创作呈现鲜明的民族情感和反帝意志上则走得更远。小说从马克思主义理论出发,直接设置代表美国利益的买办资本家赵伯韬处处封杀代表中国民族资本产业的吴荪甫,而且让吴荪甫不计得失成败,坚决与赵伯韬斗争到底,充分体现国际资本主义(帝国主义)鲜明的霸权性和反动性,以及中国人强烈的民族反抗情绪。此种语境下,茅盾所塑造的吴荪甫形象所争夺的主要不是经济利益,而是政治利益。《市声》通过发展民族工商业而体现民族精神,而《子夜》则直接让吴荪甫赤膊上阵反对帝国主义的处处围剿却忽略了自己作为民族工商业资本家的本分。

二、从传统商人形象到新型实业家形象与从新型实业家形象到民族斗士形象

一个非常有意思的现象是,茅盾《子夜》中主要商人、资本家形象的命名与《市

---

① 阿英:《晚清小说史》,南京:江苏凤凰文艺出版社,2017年,第91页。
② 姬文:《市声》,吴组缃等主编《中国近代文学大系·小说集》(第5卷),上海:上海书店,1992年,第195页。
③ 姬文:《市声》,吴组缃等主编《中国近代文学大系·小说集》(第5卷),上海:上海书店,1992年,第222页。

声》中主要商人、实业家形象的命名有不少相近之处。粗略统计，《市声》中主要商人、实业家形象有：新型商人、公司经理华兴表字达泉，新型实业家、多家公司和工厂老板李伯正，日本留学出身的新型实业家、工业学堂创办者杨成甫，日本留学出身、"有心提倡工业"的杜瀛表字海槎，欧洲留学出身的科技人员刘浩三，自学成才新型科技人员余知化，由旧式商人变成新型实业家的华发铁厂老板范慕蠡，由旧官场走出来热心于新型工商活动的汪步青，纱厂办事伍实甫、烟厂伙计司徒吉人，传统地皮商吴和甫、捐客陈新甫，申张洋行买办周仲和，始终徘徊在传统商人与新型商人之间的钱清表字伯廉，等等。显而易见，其中，名字中有"伯"的让人想起《子夜》中的赵伯韬；名字中有"甫"的让人想起《子夜》中的吴荪甫和王和甫，"吴和甫"与吴荪甫和王和甫均仅有一字之差；姓"杜"的让人想起《子夜》中的杜竹斋，司徒吉人让人想起《子夜》中的孙吉人，周仲和与《子夜》中周仲伟也仅有一字之差。这是否可以证明《子夜》中人物的起名受到《市声》的直接影响，目前尚无法确定，也许是那个时代起名都有这样的倾向，但无论如何，即便退一步，也不难肯定，茅盾写作《子夜》的时候阅读过《市声》，一定程度上受过《市声》的影响，不然人物姓名为何如此高密度地接近或相像？

　　总体而言，《市声》中所描绘的商人形象，由传统商人向新型商人和实业家转变。小说讽刺了一些传统中国人的官瘾不退，如有钱就想方设法捐钱买官，政府也乐此不疲，以此揭露清朝末年中国政府和社会组织的腐化与堕落。最荒唐的是，在上海掏政府衙门大粪池的人也因为职业特殊，发财捐同知衔的候补知县；租界里的卖花匠发财更多，就捐三品衔的候补道。小说作者显然更熟悉旧上海的传统商人，以游走于传统商人与新型商人和实业家之间的钱伯廉为情节主要串线人物，将传统茶楼妓院与现代公司、工厂、学堂连接起来，显示上海从旧变新的过程。从情节设计看，这个人物身上不乏《海上花列传》中赵朴斋娘舅洪善卿的影子。洪善卿尚无新的思想意识，主要出入于茶楼妓院等传统娱乐交际场所，所以他身上基本体现不出中国新旧历史转换中的缝隙，而钱伯廉身上则有了这种征兆。《市声》中，钱伯廉也有一个小舅子王小兴，也是从乡下来到上海，带着传统的耽于享受的不良习气迷失于上海的男女声色之中。

　　王德威说："《市声》中理想商人的出现，意味深远。"①"传统学者如阿英等视《市声》作为晚清商人社会政治地位之变动的单纯投影，而低估了其要旨。"②换言之，王德威认为，以往文学总是将帝王将相和读书人作为历史的主导者和创造者，而《市声》则将新型商人、实业家请到历史的前台。这是中国传统读者和批评家所不习惯的，也恰是《市声》的独特贡献。《市声》中新型人物形象，有的出场就是新型商人、实业家如李伯正、杨成甫等，有的是从传统官商结构中走出来，如范慕蠡和汪步青等。有的是新型科技人员如刘浩三、余知化等。这些新型人物有一个共同特点，即都有强烈爱国心，都渴望通过发展实业达到国富民强、最后战胜西方列强和日本的目的。具体可从以下几个方面分析：（一）有全球意识，喜欢中外对比，

① ［美］王德威著，宋伟杰译：《被压抑的现代性——晚清小说新论》，北京：北京大学出版社，2005 年，第 264 页。
② ［美］王德威著，宋伟杰译：《被压抑的现代性——晚清小说新论》，北京：北京大学出版社，2005 年，第 265 页。

在对比中找差距、谋方向。如让名"海槎"者——"海槎"这个名字让人想起近代开明人士漂洋过海向西方学习的过程——张口必谈"五大洲"，自制地球仪，日日观摩。新型商人、实业家屡屡感慨中国人的人生观和社会结构没有发生根本变化，中国也没有真正的科学"实验"思想、思维和精神，基于真正科学基础上的技术落后，新型工商业处境维艰。（二）有创造精神和彻底向发达国家民族学习的意识。这些新型商人和实业家经过交流达成共识，最后都联合起来开办工厂，创办学堂，成立各种自助工会、协会，广泛传播现代工商业知识，特别通过刘浩三之口指出："要变，通都变；要学人家，通都学人家。最怕不三不四，抓到了些人家的皮毛，就算是维新了。"①从这里，不难发现，《市声》中人物的思想观念明显突破了近代以来"中学为体，西学为用"的传统思维方法，而看到发达国家民族的体用合一。中国能否将发达国家的体用都引进来，这是一个今天也没有解决的问题，但有一点，研究者们均记忆犹新，即鲁迅坚持彻底向"洋鬼子"学习，鲁迅所谓"拿来主义"也并非一般人所理解的"中国本位"的西学体用分裂。这里，人物和作者的思想认识都是难能可贵的。（三）有抛舍小我成就大我的牺牲精神和全局观念。传统中国没有工业，只有商业，且这商业都是传统自私自利的营生，甚少国家民族公共服务意识和精神，而小说中这些新型人物则呈现新的思想观念和价值取向。其中，最具有民族立场和现代工商业眼光的李伯正说："我的做买卖，用意合别人不同：别人是赚钱的，我是不怕折本。我这收茧子，难道不吃亏么？原要吃亏才好！我这吃本国人的亏，却叫本国人不吃外国人的亏，我就不算吃亏了。"②小说从头到尾都在叙述他怎样忙于听取外国友人的指导，怎样安排商业朋友不惜成本到外地收蚕茧，又怎样积极吸收从国外学成回来的科技人员加入自己的事业，办公司、开工厂、建学校，不声不响，踏踏实实，真正名副其实的实业家、实干家。不妨认为，李伯正是20世纪初期中国中产阶级的积极代表。中产阶级是资本主义现代社会的中坚力量亦即主体力量，中产阶级的命运就是资本主义现代社会的命运③，而李伯正的困境让读者看到中国现代历史的进展，但又步履异常艰难。

　　历史行进到1930年代，世界已经进入全球化时代也就是帝国主义的鼎盛时代，相应地，国际金融已经取代民族工业的主宰地位，而日益渗透进人类政治、经济和文化生活的各个方面。④《子夜》在这种语境下面世，当然与《市声》所写不尽相同，反映在人物形象塑造上，作为民族资本家之代表的吴荪甫自然就困于中国尚未摆脱传统专制历史阶段而全球已经进入帝国主义阶段的尴尬之中。不待言，他面对的已经不是《市声》中那种现代化初步阶段各种矛盾尚未完全暴露，因而新兴工商业尚可平静积累、安全发展的时期，而是各种矛盾已充分暴露、前后左右都激烈对抗、因而现代工商业发展进退维谷的时期。所以，读者不难感知，《子夜》中

---

① 姬文：《市声》，吴组缃等主编《中国近代文学大系·小说集》（第5卷），上海：上海书店，1992年，第98页。
② 姬文：《市声》，吴组缃等主编《中国近代文学大系·小说集》（第5卷），上海：上海书店，1992年，第43—44页。
③ 周晓红等：《西方中产阶级：理论与实践》，北京：中国人民大学出版社，2016年，第327页。
④ 左怀建：《论浙江现代文学的都市书写》，杭州：浙江大学出版社，2019年，第221—222页。

传统商人形象几乎毫无踪影,只有冯云卿、何慎庵之类活跃在都市经济市场的一隅,扮演着历史落伍者的角色;杜竹斋代表新的历史条件下金融巨大的威力,它几乎左右了民族资本家、实业家吴荪甫、王和甫、孙吉人一干人的命运;在《市声》中买办人物周仲和没有什么特殊作用,而在《子夜》里,赵伯韬代表美国金融托拉斯的利益,不仅要主宰吴荪甫一干人的命运,还企图控制整个上海乃至整个中国的命运。背对传统中国小农经济,吴荪甫几乎是完全孤立的,他要不放弃自己的民族立场、不放弃自己的大工业及在此基础上的现代商业诉求,他只有一方面抵抗,一方面抱着侥幸心理投入公债市场。偌大的中国,已经放不下一张安静的书桌,同理,偌大的中国,已经不容吴荪甫有一晚的安宁。这应该就是吴荪甫为什么总是高度精神紧张,总是动作失常、表情怪异(常常脸上紫疱涨红长满)的重要原因。左翼政治视角下,吴荪甫也有全球意识,但是对西方发达国家民族已经取更强烈的质疑和对抗态度;也有全局观念、创新意识和牺牲精神,但对中国工农阶级的剥削和压迫也更严重。如此一来,他似乎不是生产线的总经理、实干家,而是政治战场上的钢铁战士和总司令。杜竹斋告诉他,公债生意不能蛮干,只能是利息套利息,换言之,公债生意是一种经济活动,应该遵循经济规律,但是吴荪甫硬是将经济活动转换成一场生死搏斗的政治较量。可以说,吴荪甫就是新的历史条件下的李伯正。在帝国主义逐渐扩张语境下,无论是《市声》中的李伯正、刘浩三、杨成甫们,还是《子夜》中的吴荪甫、王和甫和孙吉人们,精神上都既受振发又倍感压抑,只不过,《市声》中人物的压抑感尚属温和,而到《子夜》,这种压抑感几欲迫使人物趋于疯狂了。

三、平实自然的现实主义与多声部的现实主义

1990 年代,陈思和为重新被发现的周天籁的《亭子间嫂嫂》喊冤,认为这是被现代文学史长期冷落的优秀作品,其实,《市声》也应该得到这样的认可。《市声》的缺陷是结构松散,但这是中国小说的通病;结尾处,突然背离小说主体的现实主义思维和精神,想象"中国人的思想,本自极高明的","个个"都学做实业,反显得小说中刘浩三和余知化一班底层人"穷极无聊""乡野无知"了,以至于中国工商业发达得"外国来货,几至滞销,都震惊得了不得"——这似乎也是中国叙事文学为了给人物和事件出路,叙述到最后总要出现"大团圆"通病的留痕。如果以这些瑕疵来轻视这部作品,显然因小失大,无法令人信服。而事实上,站在中国近现代文学应对现代工商业发展社会历史,塑造出相应人物形象,创造出比较高水平的艺术文本的角度来看,《市声》实在是不可多得的优秀之作。2000 年,范伯群主编的《中国近现代通俗文学史》虽然也肯定小说在张扬现代工商业"先行者""锲而不舍"的奋斗精神方面的突出成绩,但显然仍受阿英影响主要强调小说的艺术缺陷。而在 2014 年,他出版《中国市民大众文学百年回顾》时,在新的历史文化语境下,评价明显升高,用两页半的篇幅肯定了小说在表现当时上海工商业生活方面的真实性、超前性和难能可贵性。① 王德威认为小说对官场的讽刺形成"丑乖的现实主

---

① 范伯群:《中国市民大众文学百年回顾》,南京:江苏教育出版社,2014 年,第 260—262 页。

义"的特征①,但整体看,小说力求从文明视角真实把握当时中国历史走向,从人物形象塑形到语言捕捉现实都呈现平实自然的风格;相对而言,《子夜》处于1930年代世界各种思潮相互激荡的时期,虽然主体部分也可称为是现实主义的,但是已非《市声》那种较为单一的平实自然的现实主义,而是将现实主义与革命意识形态、浪漫颓废情绪与现代主义表现手法等多维度糅合,从而形成"酣恣喷微,不可控搏"②、不乏多声部的现实主义。

说到《市声》平实自然的现实主义,自然想起鲁迅对《海上花列传》的评价:"终未有如《海上花列传》之平淡而近自然者。"③鲁迅不仅从文字风格和创作方法角度评价《海上花列传》,而且从当时文学发展流变角度评价《海上花列传》,认为这部小说对上海妓女的生活不"溢美",但也不"溢恶",而取客观自然的态度。并且认为这与当时社会文化风气密切关联,因为明清以来青楼女子命运的式微与《红楼梦》中大家闺秀审美想象结合,至清末民初便有了妓院成为大观园的副本、青楼女子成为金陵十二钗的替身的书写。然而大家闺秀们的命运也衰竭了,所以《红楼梦》中那种浪漫想象也坚持不下去了,便有了金钱冷酷现实日见底色,"平淡而自然"的风格浮出历史地表。同理,《市声》平实自然的现实主义也可以这样理解。换言之,这里所谓"平实自然"不仅指一种文字风格和创作方法,也含有社会风气和文学思潮的意义。

阿英评价《市声》:"作者的目的,实际上,不过是想暴露当时的一班商人,在'振兴工商业'美名下,做了些怎样欺骗的事,使自己暴发起来,而又失败下去。"④对照小说实际书写,这种判断是难以成立的。"写作方法,颇近于其他的谴责小说,只大富豪一线,若断若续,时有时无。主要的是写茧商、茶商、丝商、地皮掮客,以及想从事工商业的富儿、大滑头。"⑤由于阿英认定这部小说像其他黑幕小说或谴责小说一样,主要写些消极人物,所以对于作品的写作方法也颇为不屑,认为作品"犯了当时作家的通病,夸大的写,而且拉得很远。写屎老爷的捐官、屎太太的请客,香老爷(因卖花发财的)家宴会,简直是夸张到使人决不敢信以为真"⑥。《市声》对这些愚昧、迷恋当官做老爷的人的确极力挖苦和讽刺,所以笔底不免夸张和油滑,但这只是小说书写内容的一小部分,而且不是最重要的部分。小说最有价值的应该是对新型商人、实业家经济活动和生活的审美想象和书写。如小说开头写新型商人华兴面对创业失败的沉痛,他的失败就预示着一种民族悲剧,一点也不夸张。阿英说李伯正"一线"的叙述,"若断若续,时有时无",意为叙述力度不足,其实总体看,这恰是小说平实自然叙述的突出呈现。李伯正是小说中最具有"实业家、实干家"特点的人物,甚至让人想起老舍、储安平等作家笔下的英国人

---

① [美]王德威著,宋伟杰译:《被压抑的现代性——晚清小说新论》,北京:北京大学出版社,2005年,第27页。
② 云(吴宓):《茅盾著长篇小说〈子夜〉》,《大公报·文学副刊》1933年4月10日。
③ 鲁迅:《鲁迅全集》(第9卷),北京:人民文学出版社,2005年,第275页。
④ 阿英:《晚清小说史》,南京:江苏凤凰文艺出版社,2017年,第88页。
⑤ 阿英:《晚清小说史》,南京:江苏凤凰文艺出版社,2017年,第88页。
⑥ 阿英:《晚清小说史》,南京:江苏凤凰文艺出版社,2017年,第91页。

形象,不事张扬,而埋头苦干、拼命死干,人物形象体现实干、朴素的精神面貌,与之相适应的笔触也时断时续,点到为止,绝不枝蔓和夸张。说实在的,相比之下,《子夜》中吴荪甫反倒显得刻意意识形态化而形成夸张、怪谬的面相。退一步,便是《市声》中小人物鲁大巧和王小兴的书写,也是贴紧人物身份,在叙述中展示人物心理、揭示人物命运,没有多少虚幻的渲染和传奇的情节,反倒让人切实感受到上海给小人物带来的命运转变的契机及小人物在上海纸醉金迷中的眩晕。到《子夜》和1930年代的海派文学创作,一般总会强调上海作为现代大都会的"天堂性"和"地狱性",二元对立的艺术思维和表现手法让笔下上海景观和人物都呈现非现实的一面,从而带上浪漫传奇的符码意义,但《市声》中,上海更多的是新旧之别,而非善恶之分。加上叙述腔调的平静,叙述节奏的舒缓,语言文字的本色,其现实主义色彩着实显豁。有的将这种意识形态色彩不够鲜明的现实主义叙述称为自然主义的,也成立,因为自然主义更强调叙述的客观、平实自然,在法国,从而将现实主义创作推向一个新阶段,在当时中国,则成为现实主义文学的第一步。

茅盾最早从事文艺活动,从进化论出发,先提倡包括唯美主义、颓废主义、现代主义在内的新浪漫主义;而后看到国内文学创作多"向壁虚造",遂提倡自然主义,强调文学创作需提前观察生活并给予客观反映;继而张扬文学对社会人生的干预,强调为人生的现实主义,最后定格在左翼文化语境下的革命现实主义。其长篇处女作《蚀》三部曲《幻灭》《动摇》《追求》因为具有浓重的新浪漫主义和自然主义倾向受到革命文艺界的批判,但直至《子夜》的创作,这两种文学色彩也没有彻底褪去。尽管如此,《子夜》与《市声》相比,其自然主义色彩主要不在自然平实的笔法上,而在人物及其生活的生理学基础上,即重点表现人物的自然本能倾向怎样左右人的思想、生活和命运,其本质是人的存在有不受人为约束的一面,这既是科学主义思想的结晶,也是非理性文艺思潮的产儿。具体表现在《子夜》中,就是大量情色书写和过于浓重的颓废主义成分。而这不是《市声》所能有的。《市声》作者的具体情况,目前学术界几乎没有任何贡献,这本身就是一个很奇怪的现象,但可以肯定,他置身的时代背景、具体环境、教育成长经历都决定他是一个关心国家民族命运的人,生活态度严肃的人,同时也是思想上尚未达到后来现代作家所具有的理论水平、审美趣味也没有后来现代作家那样先锋、极端、跳荡的人,所以,《市声》中的自然主义只能是开始直面现实问题,然而问题讨论还不像后来现代作家那样全面深入,笔法也只能是平实自然的,不卑不亢的,不深不浅的,平均数的。

经过"五卅"惨案、"四一二"反革命政变、革命文学论争、"左联"成立、马克思主义文艺理论传入中国、苏联文学影响,作为左翼作家的茅盾自然是与时俱进,走到革命现实主义前列,但是革命现实主义本身又是一个具有鲜明政治意识形态属性的概念。瞿秋白高度评价《子夜》,言:"应用真正的社会科学,在文艺上表现中国的社会关系和阶级关系,在《子夜》不能够不说是很大的成绩。"[1]吴组缃进一步说明:"以其正确锐利的观察对社会与时代有了进一步的具体的了解后,用一

---

[1] 乐雯(瞿秋白):《〈子夜〉和国货年》,《申报·自由谈》1933年4月2—3日。

种振起向上的精神与态度去写的;它在消极的意义上暴露了民族资产阶级的没落,在积极的意义上宣示着下层阶级的兴起。——这后面一点是非常重要的。"①应该说,革命现实主义是不是现实主义,关键不在于后面的"现实主义",因为这时的"现实主义"已经从文艺思潮概念退缩为一种创作方法和文艺风格而已,而在于"社会科学分析"是否真正科学,具体言之,就是所秉持的革命观是否客观阐释了社会历史发展的脉络、凸显了相应的人生逻辑? 是,则为现实主义的,否,则反成为主观主义的。事实上,如人们所熟知,《子夜》仍然不脱1920年代末期以来左翼文学那种"罗曼蒂克"气息。笔者意欲表达的是,茅盾是一个非常强调创作的"时代"意义的人,也敏感于表现大时代中国家民族、社会各阶级人的悲欢命运,但他已经不满足于《市声》中那种平静、沉实,而是积极向施蛰存所谓1930年代现代文学的两个先锋品种——"新兴文学"和"尖端文学"——靠拢。施蛰存回忆,1930年代,刘呐鸥经常带领戴望舒、穆时英和他等人阅读西方和日本的无产阶级文学(新兴文学)和现代派文学(尖端文学,也是新兴文学之一种)②,其实,茅盾未必没有同时阅读这两种文学,因为《子夜》中不仅有对当时中国命运问题(现实问题)的深切关怀,对当时上海社会各阶级生活的尽量如实书写,也有鲜明的颓废主义和未来主义倾向,特别是小说第一章,与当时新感觉派小说没有什么两样,所以,陈思和径直称《子夜》是左翼海派文学,也可以转换称为左翼现代派文学,不过总体看,还是现实主义占主要地位。如是,《子夜》的现实主义就是综合的开放的现实主义,而不像《市声》只是一种较单一的现实主义,何况小说在初版时,扉页上还用英文注明"夕阳,1930年中国的浪漫史",表明它还具有都市传奇色彩。

1903年,海天独啸子在《〈空中飞艇〉弁言》里交代:"小说之益于国家、社会者有二:一政治小说,一工艺实业小说。人人能读之,亦人人喜读之。其中刺激甚大,感动甚深,渐而智识发达,扩充其范围,无难推演实事。"③当时,梁启超的《新中国未来记》等小说属于政治小说的翘楚,影响甚广,但是,《市声》既然几乎是当时唯一的工商业题材小说,至少也可视为当时"工艺实业小说"的代表,想必在当时也颇受欢迎,然为何至今没有关于作者的文献资料,后人的研究为何如此薄弱?正如王德威所提醒:"没有晚清,何来五四?"无论从大的时代语境看,还是从《子夜》人物的命名与《市声》人物的命名的高度相似言,都说明茅盾创作《子夜》是受过《市声》影响和启发的,只不过历史文化语境不同,两位作家审美定位不同,《子夜》的艺术成就大大超过了《市声》。尽管如此,两部作品勾连在一起,也大体可看出20世纪前半期中国民族资产阶级的艰难处境、现代工商业的坎坷命运。不少问题,当时没条件解决,今后也仍然没有解决,但历史对文学研究者的召唤一直存在。愿研究者们多多努力!

---

① 吴组缃:《〈子夜〉》,《文艺月报》第1卷创刊号,1933年6月1日。

② 施蛰存:《沙上的脚迹》,沈阳:辽宁教育出版社,1995年,第127—128页。

③ 陈平原、夏晓红编《二十世纪中国小说理论资料》(第1卷 1897—1916年),北京:北京大学出版社,1997年,第106页。

茅盾对"民族形式"的理论建构及其当代价值

袁　昊①

摘　要：茅盾对柳亚子旧体诗的肯定性评价，与他对包括旧体诗在内的整个传统文学的批判性否定立场形成矛盾。而这一矛盾背后凸显的是茅盾对文学民族形式问题的连续性思考与探究，在严密且层层递进的三步基本逻辑之上，茅盾构建了"现代化与大众化""人民性与现实性""三路径两焦点"的"民族形式"理论体系，该体系在当代文学的"中国化"历史进程中显示了其可资镜鉴的价值与意义。

关键词：茅盾；柳亚子问题；民族形式；理论建构；当代价值

茅盾是五四新文学著名作家，文学研究会重要成员，其主持并改版的《小说月报》是五四新文学的重要阵地，为新文学发展起到了重要的推动作用。茅盾本人的文学创作，尤其是长篇小说创作，成为五四新文学的长篇小说典范。因对五四新文学价值的坚定支持，茅盾对传统文学给予严厉批判，他不认为传统文学可以作为遗产予以接受与继承，"文学是没有国界的，在'接受遗产'这一名义下，我们不应当老是望着自己那不完全的一份儿；我们还得多多从世界的文学名著去学习。不要以为中国字写的，总是'遗产'呀"②！茅盾主张以世界文学眼光来检视传统文学，不应毫无批判地把传统文学作为遗产而顺理成章地接受与继承。尽管茅盾在抗战时期对中国传统文学的观念有所调整，"中国旧有文学不仅在过去时代有相当之地位而已，即对于将来亦有几分之贡献"③，但总体性的批判性观念没有改变。

然而茅盾对一生写旧体诗词的柳亚子却有非常鲜明的肯定性评价，"先生（柳亚子）虽然用文言写旧体诗，可是思想内容完全是新的，比起专写语体新诗的朋友们的作品来，反而更新了。有些新诗，形式固然新了，思想情绪方面，却不是那么一回事；先生的诗刚刚和他们相反。因此，先生是彻底实行了'旧瓶装新酒'的诗坛的革命家，我们不能从形式上去看他的理论与实践的一致性的问题"④。茅盾在

---

① 作者简介：袁昊，文学博士，四川师范大学文学院讲师，从事中国现代当代文学研究。
② 芬：《我们有什么遗产？》，《茅盾全集·第二十集·中国文论三集》，合肥：黄山书社，2012年，第66页。
③ 《〈小说月报〉改革宣言》，《茅盾全集·第十八集·中国文论一集》，合肥：黄山书社，2012年，第60页。
④ 茅盾：《"柳诗""尹画"读后献词》，《茅盾全集·第二十三集·中国文论六集》，合肥：黄山书社，2012年，第239—240页。

批评古代文学时常把形式与内容一起来批评，"形式问题而又是内容问题"①，此时评价柳亚子诗歌时却把形式与内容分开，他认为柳亚子诗歌形式是旧的，内容却是新的，把形式上旧的缺点转化成创新性的优点。茅盾甚至认为柳诗对社会历史内容的真切书写，其诗歌成了革命史诗，柳亚子也成了革命诗人，"柳先生的诗，反映了前清末年直到新中国成立后这一长时期的历史，亦即从旧民主主义革命到社会主义革命的历史，称之为史诗，是名副其实的"②。"我以为柳亚子是前清末年到解放后这一长时期内在旧体诗词方面最卓越的革命诗人。"③

茅盾既然全盘否定旧文学，且把旧文学的形式与内容一起来批判，为什么在评价柳亚子诗歌时却把形式与内容分开论述。这当然与柳亚子由旧转新有关，"我最初抱着中国文学界传统观念，对于白话文，也热烈地反对，中间保持放任主义，想置之不论不议之列，最后觉得做白话文的人，所怀抱的主张，都和我相合，而做文言文去攻击白话文的人，却和我主张太远了，于是我就渐渐地倾向到白话文一方面来。同时，我觉得用文言文发表新思想，很感困难，恍然于新工具的必要，我便完全加入新文化运动了"④。也与柳亚子的革命气节和政治立场有关，1945年6月重庆进步文化界庆祝茅盾50寿辰暨文学工作25周年茶话会，柳亚子评价茅盾，"作为文艺家，要的是政治认识，'有所为'是对政治的认识，'有所不为'是对政治的操守，没有操守，思想就反动落后，对民族没有一点好处。茅盾先生就是'有所为'和'有所不为'的作家"⑤。柳亚子肯定茅盾的政治认识和政治操守，也可以反向看作是茅盾对柳亚子的赞誉，两人产生共鸣。还与茅盾和柳亚子私人关系甚殷相关。⑥ 但更为重要的是与茅盾对"民族形式"理论探索与建构相关。茅盾对

① 茅盾：《从百分之四十五说起》，《茅盾全集·第二十三集·中国文论六集》，合肥：黄山书社，2012年，第23页。

② 茅盾：《〈柳亚子诗选〉序》，《茅盾全集·第二十七集·中国文论十集》，合肥：黄山书社，2012年，第511页。

③ 茅盾：《解放思想，发扬文艺民主——在中国文学艺术工作者第四次代表大会及中国作家协会第三次会员代表大会上的讲话》，《茅盾全集·第二十七集·中国文论十集》，合肥：黄山书社，2012年，第451页。

④ 柳亚子：《新南社成立布告》，《新南社》，1923年，第5页。

⑤ 李标晶、王嘉良主编：《简明茅盾词典》（第2版），兰州：甘肃教育出版社，1998年，第220页。

⑥ 张明观：《沈雁冰的三封信》（《柳亚子史料札记二集》，上海：上海人民出版社，2014年）记载1945年6月30日、1945年7月7日和1949年5月27日茅盾写给柳亚子的三封信，第一封信谈为柳亚子夫人代买药一事，"太太所用之药，当时觅得后即命该汽车司机送上，想早送到。药方忘附上，兹特附此函中寄上，即祈检入。"（第159页）第二封信还是谈药，文协送柳亚子的硫铁丸，柳亚子来信问如何用法，茅盾写信告诉柳，"文协所送之硫铁丸，晚处亦有，尚未服过，不知功效如何。此为普通之补血剂，因在战时，又重庆假药特多，故遂觉十分名贵了。服法每日二粒，饭前饭后随便。大概服此丸时不宜多饮浓茶，一般人都可服用。"（第160页）第三封信，茅盾向柳亚子回复柳所问全国文学艺术工作者代表大会代表名单事，"您前所提各人，除陈迩冬等二三人为当然代表，馀均通过，仅朱应萌不能通过。"（第161页）这三封信可以看出茅盾与柳亚子关系比较近，买药这等生活琐事，柳托茅办理，说明茅是柳可托之人，而且是关系比较亲近的人。第三封信尤其能看出茅柳关系，全国文学艺术工作者代表大会（第一次文代会）重要性不言而喻，谁能作为代表参会其政治作用明显。柳向茅打听他所关心的一些人是否入选，茅一一回答。一是能看出茅盾在文化系统的地位，能提前知道参会代表名单；二是茅在开会前把信息传给柳，见出茅盾对柳的信任，按照组织纪律，此等重要会议，代表名单是不能提前透露出去的，而茅盾却据实相告，充分说明茅柳关系不一般。

古代文学与对柳亚子评价之间的看似自相矛盾之处,凸显的是茅盾对文学民族形式问题的连续性思考与探究。

一、茅盾"民族形式"理论的生成逻辑

茅盾对文学民族形式问题的思考不是起于 1940 年前后的"民族形式"论争,而是开始于 1920 年代,只不过此时茅盾还没直接使用"民族形式"这个关键词。茅盾集中论述"民族形式"是在 1940 年之后,如《论如何学习文学的民族形式》(1940 年 7 月)、《旧形式、民间形式与民族形式》(1940 年 9 月)、《论戏剧的民族形式问题》(1941 年 3 月)、《抗战期间中国文艺运动的发展》(1941 年 4 月)、《抗战以来文艺理论的发展》(1943 年 3 月)、《漫谈文学的民族形式》(1959 年 2 月)、《反映社会主义跃进的时代,推动社会主义时代的跃进!》第二部分《民族形式和个人风格》(1960 年 8 月)。在这些文章中,茅盾关于"民族形式"的定义、特征等的论述有变化。1940 年代茅盾强调"'民族形式'的正解,显然是指植根于现代中国人民大众生活,而为中国人民大众所熟悉所亲切的艺术形式"①,民族形式内容与形式是连在一起的;到了 1950—1960 年代重心则在形式,"我以为文学的民族形式的主要因素是文学语言,但也不能忽视民族文学在长期发展过程中所创造的表现方法"②。茅盾在这个阶段把文学"民族形式"限定在文学的语言和叙事的表现方法上,这似乎与 1940 年代民族形式内容和形式相连的观点不一致。考虑到各自时代的社会政治因素,茅盾对于"民族形式"论述重心的变化并不难以理解。

结合茅盾对于"民族形式"的论述文章,尤其是整体性考察茅盾的文学生涯,我们可以发现茅盾关于"民族形式"的观点及其变化有非常清晰的基本逻辑。大多数现代文学家进入文坛是因其文学创作,如鲁迅、郭沫若、巴金、老舍、曹禺等,都是因发表文学作品而扬名于文坛。茅盾却不同于此种模式,他是因文学活动如主编《小说月报》及发表文学批评/理论而登上文坛。茅盾 1916 年北京大学预科毕业后任职于商务印书馆,直到 1927 年开始《蚀》三部曲的书写,茅盾才作为一位作家为文坛所瞩目。前后十年间,茅盾在商务印书馆除了编辑工作之外,他整体性地阅读西方文学作品和学习西方文学理论,"从希腊、罗马开始,横贯十九世纪,直到'世纪末'"③。茅盾对于西方文学与理论的系统性的学习,使他形成了新的文学观:其一,文学应该为人生,"文学是人生的反映"④。茅盾所主张的"文学为人生",不是个体的人生,而是社会民族的人生,"文学家所欲表现的人生,决不是一人一家的人生,乃是社会一民族的人生。不过描写全社会的病根而欲以文学小说

① 茅盾:《抗战期间中国文艺运动的发展》,《茅盾全集·第二十二集·中国文论五集》,合肥:黄山书社,2012年,第 227 页。

② 茅盾:《漫谈文学的民族形式》,《茅盾全集·第二十五集·中国文论八集》,合肥:黄山书社,2012 年,第 610 页。

③ 茅盾:《商务印书馆编译所》,《茅盾全集·第三十五集·回忆录一集》,合肥:黄山书社,2012 年,第 167 页。

④ 雁冰:《中国文学不能健全发展之原因》,《茅盾全集·第十九集·中国文论二集》,合肥:黄山书社,2012年,第 122 页。

或剧本的形式出之,便不得不请出几个人来做代表。他们描写的虽只是一二人、一二家,而他们在描写之前所研究的一定是全社会、全民族①。其二,文学进化观念。茅盾认为文学"新旧"在性质,他所认为的性质标准是"进化"。② 其三,写实主义与时代性。新的文学观的形成,茅盾才得以对传统文学予以整体性总结与批判,他是"在与世界文学潮流的联结中把握传统"③。这是茅盾"民族形式"理论生成逻辑的第一步。

因抱持新文学的立场与标准,茅盾对古代文学基本上是持全面否定的态度,茅盾认为古代文学百分之九十九都不值得学习,因为"几乎有百分之九十九是奉诏应制的歌功颂德,或者是'代圣立言'的麻醉剂,或者是'身在山林,心萦魏阙'的自欺欺人之谈,或者是攒眉拧眼的无病呻吟"④。在这样的文学目的与内容标的之下,古代文学创作者,或者是帝王的"弄臣",或者是达官贵人富商土豪的"门人文士"。⑤ 文学作品要么"替古哲圣贤宣传大道",要么"替圣君贤相歌功颂德",要么是作者失意的"个人消遣品"。⑥ 为什么出现这种情况呢,茅盾认为中国古代文学不能健全发展的根本原因有三:"一,没有明确的文学观与文学之不独立;二,迷古非今;三,不曾明确地认识文学须表现人生为首务,须有个性。"⑦茅盾特别看重文学为人生、进化的观念,强调文学创新,他在评价五四新文学时也是从这一角度予以评价的,"'五四'的文学运动在最初一页是'解放运动';就是要求从传统的文艺观念解放出来,从传统的文艺形式(文言文、章回体等等)解放出来"⑧。观念的更新与形式的解放就成了茅盾衡量古代文学的重要标准,在这一标准之下,被称为诗圣的杜甫也受到他的批评,"中国文人一向恭维杜甫是'诗圣',甚至谓后来诗人得'杜之一体者',就足以自成一家,可是我们不相信这种话。我们觉得杜甫既然不曾把诗体解放了开一新阶段,也不曾把新的题材引进诗里去"⑨。杜甫是不是就没有对他之前的诗歌包括主题、题材与诗歌形式有突破性的贡献呢? 可能并不一定如茅盾所认为的这样,茅盾此处重点并不在系统评价杜甫,而是批判因袭古人(杜甫)这样的古代诗歌传统,正如他论述古代文学不健全发展原因之二"迷古非

---

① 佩韦:《现在文学家的责任是什么?》,《茅盾全集·第十八卷·中国文论一集》,合肥:黄山书社,2012年,第10页。

② 冰:《新旧文学平议之评议》,《茅盾全集·第十八集·中国文论一集》,合肥:黄山书社,2012年,第21页。

③ 吴福辉:《在与世界文学潮流的联结中把握传统——茅盾的民族文学借鉴体系》,《中国现代文学研究丛刊》1986年第3期,第76页。

④ 茅盾:《论如何学习文学的民族形式——在延安各文艺小组会上的演说》,《茅盾全集·第二十二集·中国文论五集》,合肥:黄山书社,2012年,第133页。

⑤ 雁冰:《文学和人的关系及中国古来对于文学者身份的误认》,《茅盾全集·第十八集·中国文论一集》,合肥:黄山书社,2012年,第62—63页。

⑥ 雁冰:《文学和人的关系及中国古来对于文学者身份的误认》,《茅盾全集·第十八集·中国文论一集》,合肥:黄山书社,2012年,第63—64页。

⑦ 雁冰:《中国文学不能健全发展之原因》,《茅盾全集·第十九集·中国文论二集》,合肥:黄山书社,2012年,第124页。

⑧ 芬:《我们有什么遗产》,《茅盾全集·第二十集·中国文论三集》,合肥:黄山书社,2012年,第64页。

⑨ 兰:《所谓"历史问题"》,《茅盾全集·第二十集·中国文论三集》,合肥:黄山书社,2012年,第221页。

今",《诗经》之后迷诗经、屈原之后迷屈原、杜甫之后迷杜甫、苏轼之后迷苏轼,"魏晋要返于两汉,两汉要返于周秦,周秦要返于唐虞,只思退后,不愿上前,便是中国文学的一个大毛病"①。

对古代文学与文化进行全面否定性批判是五四时期的普遍现象,胡适、陈独秀、钱玄同、鲁迅等都有此等言论。放在五四这一历史语境中看茅盾对古代文学的相关论述,也就不难理解。但是茅盾在整体性否定古代文学价值时,并没有彻底地完全地摒弃古代文学,他发现了不值得学习的百分之九十九之外的那百分之一。这百分之一既包括一些古代文学经典,如《诗经》《庄子》《红楼梦》《水浒传》《金瓶梅》《儒林外史》《海上花列传》等,还包括民间文学。对于古代文学经典,茅盾甚至还维护其价值与地位。1924 年澄衷中学校长曹慕管批评《红楼梦》是性欲小说,《水浒传》是盗贼小说,《儒林外史》是科举小说。茅盾愤而反驳曹的观点,"一件文艺作品是超乎善恶道德问题的,凡读一本小说,是欣赏这本小说的艺术,并不是把它当作伦理教科书读"②。茅盾对民族文学及民间文艺更是高度肯定其价值与意义,他认为民间文学及民间文艺是从民族深土中生长出来的,"它的基础是全民族民众的情绪和思想",包含了民众"对于他们所爱所憎的人物的赞扬和讽刺",体现了民众"从生活里得来的人生的真理和对于生活的积极的态度",艺术上尽管粗糙、题材上也不乏粗野,但却健康,不悲观也不颓废。③ 茅盾从世界文学理论和方法的学习中形成新文学观念与标准,并以此来总结和评价古代文学,认为百分之九十九的古代文学应该否定和摒弃,只有百分之一的古代文学经典、民间文学和民间文艺具有价值,值得肯定与承继。这是茅盾"民族形式"理论生成逻辑的第二步。

茅盾对百分之一的古代文学经典、民间文学和民间文艺的价值与意义的肯定,并不直接决定茅盾对民间文学及民间文艺形式的整体认同,相反茅盾不认为民族形式直接导源于民间形式,他甚至反对向林冰等人提出的"民间形式作为民族形式中心源泉"论,因为他辨析出民间文学及民间文艺的形式,"可以作为建立民族形式的参考,或作为民族形式的滋养料之一"④,更为重要的是茅盾并不认为民间文学、民间艺术乃至古代文学经典有可以直接照搬的理想的民族形式,"民族形式在今天还没有多少现成的样子可使我们据以为'粉本'"⑤。民族形式没有"粉本",需要借鉴、学习、提炼与创造,而这是一项漫长的艰苦的工作,并不能一蹴而

---

① 雁冰:《中国文学不能健全发展之原因》,《茅盾全集·第十九集·中国文论二集》,合肥:黄山书社,2012年,第 122 页。
② 沈雁冰:《〈红楼梦〉〈水浒〉〈儒林外史〉的奇辱》,《茅盾全集·第十八集·中国文论一集》,合肥:黄山书社,2012年,第 473 页。
③ 茅盾:《民族的"深土"的产物——民间文艺》,《茅盾全集·第二十一集·中国文论四集》,合肥:黄山书社,2012年,第 229—230 页。
④ 茅盾:《旧形式、民间形式与民族形式》,《茅盾全集·第二十二集·中国文论五集》,合肥:黄山书社,2012年,第 171 页。
⑤ 茅盾:《论如何学习文学的民族形式——在延安各文艺小组会上的演说》,《茅盾全集·第二十二集·中国文论五集》,合肥:黄山书社,2012年,第 133 页。

就,"新中国文艺的民族形式的建立,是一种艰巨而久长的工作,要吸收过去民族文艺的优秀的传统,更要学习外国古典文艺以及新现实主义的伟大作品的典范,要继续发展五四以来的优秀作风,更要深入于今日的民族现实,提炼熔铸其新鲜活泼的质素"①。民间文学与民间文艺中蕴涵着民族形式,但并没有可直接沿用的"粉本",需要在中外古今优秀作品与中国民族现实中予以提炼与创新。茅盾所理解及所期待的民族形式没有现成的先例,需要重新创造,这是茅盾"民族形式"理论生成逻辑的第三步。

二、茅盾"民族形式"理论的体系构成

在这三步基本逻辑的逐层深入中,茅盾独具特色的"民族形式"理论体系得以构成。茅盾"民族形式"理论体系主要包括三个方面:一是现代化与大众化的文学目标,二是人民性与现实性的价值指向,三是三重实践路径和两个书写焦点。

现代化与大众化的文学目标是茅盾"民族形式"体系最为重要的组成部分。在本文第一部分茅盾"民族形式"理论生成逻辑第一步中已做了大致的论述,但有待进一步明确。茅盾坚定地维护五四新文学的价值与立场,主张文学为人生为社会,文学家要有健全丰富的人文社科知识,不仅要研究文学知识与技能,还需"非研究过伦理学、心理学(社会心理学)、社会学的不办"②。他所期待的文学是一种全新的文学,没有样本可镜鉴,也没有捷径可走。茅盾认为古代文学中仅有百分之一可以批判性地借鉴,但不能只把这百分之一作为学习的遗产,世界文学名著也要学习借鉴,即使学习外国文学有困难也要加倍努力,"能够直接读原文,自然最好;否则,读可靠的译本也是比不读好得多! 忠实的翻译者和译本批评者在目今是非常之需要的"③! 只有充分吸纳外国文学名著和古代文学名著及民间文学才可能"另创一种新文学",进而在"世界的文学中占一席之地"。

在对新文学创作成绩与问题进行总结时,茅盾也发现了其存在问题,过度认同与接受西洋文学与文化,而对中国古代文学与文化的价值肯定不够,在语言上通俗易懂的白话逐渐变成夹缠繁复的欧式白话,"'五四'以来的白话文所以未能'大众化',除了'句法'之'太文'或'太欧化'而外,尚有一大原因,即未能尽量采用大众口头上的字眼,即'大众语汇'"④。茅盾在文学的现代化之外开始思考文学的民族性和大众化问题,"我们中国的真正文艺作风不是腐旧不堪的,也不是全盘西化的,而是一种独创特有的风格","我们中华民族当然也须具有中华民族所独创特有的文艺作风"⑤。五四新文学在民族化与大众化方面存在诸多不足,1920 年

① 茅盾:《旧形式、民间形式与民族形式》,《茅盾全集·第二十二集·中国文论五集》,合肥:黄山书社,2012 年,第 173 页。

② 佩韦:《现在的文学家的责任是什么》,《茅盾全集·第十八集·中国文论一集》,合肥:黄山书社,2012 年,第 10 页。

③ 风:《再谈文学遗产》,《茅盾全集·第二十集·中国文论三集》,合肥:黄山书社,2012 年,第 126 页。

④ 茅盾:《通俗化、大众化与中国化》,《茅盾全集·第二十二集·中国文论五集》,合肥:黄山书社,2012 年,第 100 页。

⑤ 茅盾:《问题的两面观》,《茅盾全集·第二十二集·中国文论五集》,合肥:黄山书社,2012 年,第 26 页。

代瞿秋白、创造社等已注意到此类问题,左联甚至发起"文艺大众化"运动,试图纠正并引领新文学发展方向。茅盾对该问题有所思考,尤其是抗战之后,文学的民族化与大众化问题更加紧迫,他号召新文学作家"要加强大众化","文章下乡,文章入伍","深入广大的民间","从民间文艺去学习,消化它而再酿造它"。①

茅盾对新文学大众化的要求,与他对五四新文学现代化的认同与坚守并不矛盾,两者相反相成,现代化是新文学发展的整体方向,大众化是实现这一方向与目的的必要手段,同时也是追求的效果。在坚持五四新文学现代化方向时,要注重文学的民族化与大众化,"民族的文学遗产的优秀传统,我们要接受而学习,世界文学的优秀传统,我们也要接受而学习"②,要在实践中实现"雅俗共赏"的大众化效果。

人民性与现实性的价值指向是茅盾"民族形式"理论体系的第二构成部分。茅盾在评估古代文学与文化遗产时,特别提出民间文学及民间文艺的重要价值,而他在阐释其价值时的内在标准就是人民性与现实性。茅盾认为民间文学及民间文艺"是从深土里长出来的,它的基础是全民族民众的情绪和思想",民间文学及民间文艺的灵魂"有老百姓的从生活里得来的人生真理和对于生活的积极的态度"③。所以茅盾在界定"民族形式"概念时特别强调"'民族形式'的正解,显然是指植根于现代中国人民大众生活,而为中国人民大众所熟悉所亲切的艺术形式"④。茅盾"民族形式"理论的人民性体现明显,他"把民族形式提高到体现现代中国人民的思想情调的范畴来谈,将现代意识与中国意识结合了"⑤,超出了同时期"民族形式"论争中诸论者的理论视野。

茅盾在论述"民族形式"的人民性理论维度时,往往和现实性维度相联结,并从"时代"问题予以展开。在评价《庄子》时,茅盾认为《庄子》是庄子所生活时代的产物,它的"价值及其对于后代思想的影响,都不容忽视"。⑥茅盾看重的是《庄子》对所在时代生活和思想的反映,即其中所蕴含的现实性与时代价值。茅盾认为《红楼梦》是"一位作家有意地应用了写实主义的作品",是"自叙传写实主义的开端",小说中的人物"都是活生生的","真实自然"。⑦其评价的内在标准仍然是现

---

① 茅盾:《关于大众文艺》,《茅盾全集·第二十一集·中国文论四集》,合肥:黄山书社,2012年,第395页。

② 茅盾:《抗战以来文艺理论的发展——为"文协"五周年纪念作》,《茅盾全集·第二十二集·中国文论五集》,合肥:黄山书社,2012年,第444页。

③ 茅盾:《民族的"深土"的产物——民间文艺》,《茅盾全集·第二十一集·中国文论四集》,合肥:黄山书社,2012年,第230页。

④ 茅盾:《抗战期间中国文艺运动的发展》,《茅盾全集·第二十二集·中国文论五集》,合肥:黄山书社,2012年,第227页。

⑤ 吴福辉:《在与世界文学潮流的联结中把握传统——茅盾的民族文学借鉴体系》,《中国现代文学研究丛刊》1986年第3期,第92页。

⑥ 沈德鸿:《〈庄子(选注本)〉绪言》,《茅盾全集·第十九集·中国文论二集》,合肥:黄山书社,2012年,第103页。

⑦ 茅盾:《〈红楼梦〉(洁本)导言》,《茅盾全集·第二十集·中国文论三集》,合肥:黄山书社,2012年,第594—596页。

实性与时代性。茅盾在自己的研究与创作中也非常注重现实性维度,他谈人物书写时,不能静止刻板写描写人物,而应该把人物放在现实中的"人与人的关系"中去书写,"'人'不能把他和其余的'人'分隔开来单独'研究',不能像研究一张树叶子似的,可以从枝头摘下来带到书桌上,照样的描"①,要细致研究与书写"'人'和'人'的关系",呈现现实中人的活生生的状态。

现代性与大众化的理想指向,人民性与现实性的理论特质,最终需要在实践中去落实与完善,这就是茅盾"民族形式"理论体系的第三个构成,即三重实践路径和两个书写焦点。什么样的文学艺术作品才最具"民族形式"未有定论,没有"粉本"可资借用,但并不妨碍文艺家在实践中去探索。茅盾认为经过学习与借鉴古今中外优秀文学艺术作品,立足于现实生活和人民思想情感,可以创作出具有中国民族风格和"民族形式"的文艺作品。尤其是对如何利用旧形式创造新的"民族形式",茅盾认为有三种可以实践的路径:一是"旧瓶装新酒",即向林冰等人所提倡的方法,也是茅盾评价柳亚子时使用的内在标准;二是"翻旧出新","去掉旧的不合现代生活的部分(这是形式之形式),只存留其表现方法之精髓而补充了新的进去"②,如京戏保存其歌剧特色以及象征手法,去掉非现代的服装、台步、脸谱等;三是"牵新合旧",运用新的文学形式(体裁),但合符旧的文学技法,如新诗可借用民歌"比兴"之法,小说可以借用古代小说叙述简洁、"前后呼应钩锁"的技法。这三种实践路径注目的是如何有效地利用文学艺术旧形式,创造新的"民族形式"。

随着探究的深入,茅盾认为"民族形式"最终落脚的焦点应该是语言和表现方法,"文学的民族形式包含两个因素,一是语言……这是主要的,起决定作用的。二是表现方式(即体裁),这是次要的,只起辅助作用"③。在聚焦文学语言和体裁时,茅盾特别看重语言对"民族形式"创构的重要作用,茅盾认为民族生活内容,如地方色彩、风俗习惯、民族思想情感、人物性格的民族性等,要用民族语言来表现,语言有民族形式才能使作品有民族形式。茅盾延续了早期反对内容与形式二分法的立场,而且做了理论化的深入阐述,内容包蕴于语言之中,同时也为僵持不下的"民族形式"实践路径指明了方向。茅盾在总结新中国第一个十年文学创作情况时,也特别指出李季《王贵与李香香》、田间《赶车传》、阮章竞《圈套》在语言民族形式方面所作出的突破性贡献,"诗的语言是经过加工的劳动人民的语言,淳朴刚健,表现力强,形象性丰富。这些诗的语言的崭新的色彩,和诗的服务于工农兵的内容,是一致的。这是我国新诗歌在民族化群众化的光荣而艰巨的道路上第一批的收获"④。在今天各种讨论"古典文学传统""民族形式"的论著中,从语言角度来

---

① 茅盾:《谈我的研究》,《茅盾全集·第二十一集·中国文论四集》,合肥:黄山书社,2012年,第66页。

② 仲方:《利用旧形式的两个意义》,《茅盾全集·第二十一集·中国文论四集》,合肥:黄山书社,2012年,第472—473页。

③ 茅盾:《漫谈文学的民族形式》,《茅盾全集·第二十五集·中国文论八集》,合肥:黄山书社,2012年,第602—603页。

④ 茅盾:《反映社会主义跃进的时代,推动社会主义时代的跃进!——1960年7月24日在中国文学艺术工作者第三次代表大会上的报告》,《茅盾全集·第二十六集·中国文论九集》,合肥:黄山书社,2012年,第75—76页。

详细探究的学者不多,茅盾的这一创见显示了价值。

三、茅盾"民族形式"理论的当代价值

"民族形式"一词最早出现于 1930 年斯大林的苏共十六大报告,"什么是无产阶级专政下的民族文化呢? 这是一种社会主义内容和民族形式的文化,其目的是用社会主义和国际主义精神来教育群众"①。斯大林重点是从政党专政的角度对苏联文艺提出要求。毛泽东在 1938 年《中国共产党在民族战争中的地位》中,要求马克思主义要与中国具体情况相结合,"洋八股必须废止,空洞抽象的调头必须少唱,教条主义必须休息,而代之以新鲜活泼的、为中国老百姓所喜闻乐见的中国作风和中国气派"②。对民族形式的讨论逐渐从政党范围向文艺界扩展,并在 1938—1943 年出现了"民族形式"论争热潮。"民族形式"问题成为抗战时期、共和国时期乃至今天仍在讨论的话题,尽管有学者指出"民族形式"这一概念不具有学理性③,但是并不影响文学艺术界的持续性讨论。1938—1943 年"民族形式"论争热,其原因既与抗战时期的政治环境有关,也与民族主义情绪的迅猛发展相关;共和国时期"民族形式"讨论热,与新政权建立新的"人民文艺"意识形态需求有关;1980 年代以来"民族形式"再次成为话题,与中国日益卷入全球化的国际处境相关,"民族形式"背后所负载的"民族主义"成为 21 世纪以来的理论热潮。在这种趋势下,"中国何以是中国""中国主体性""中国性"等问题就出现了,迫使知识界予以回答。在文学领域,将"民族""民族形式"维度自然纳入考察与研究论域之中。贺桂梅认为当代"民族形式"建构在四个层面展开,第一个层面是政治层面的民族主义政治,第二个层面是文化实践的人民动员(工农兵文艺),第三个层面是前现代中国文化传统,第四个层面是作为一种文学形式的文本叙事形态。④ 文学的"民族形式"不仅是现代中国历史进程中构建的产物,而且是中国文化尤其是文学艺术的固有表征之一,是帝国/中国文明的客观存在,在当代中国需要从现代化、历史传统、社会主义三大社会历史结构中实现主体政治与主体文化的关键时期,文学的"民族形式"是实现这一宏远政治目的的有效途径。贺桂梅以赵树理、梁斌、周立波、柳青、毛泽东等人的文学作品为例来论证各自对"民族形式"的创构性贡献,进而论证当代文学的"中国性"的合法性与价值。

茅盾关于文学的"民族形式"的思考与论述从 1920 年代持续到 1960 年代,横跨现代与当代,他不是从政党政治意识形态角度来论证"民族形式"的合理性与必要性,也不是从市场需求及读者接受解读来对"民族形式"进行取舍与裁剪,茅盾更多是从文学自身发展来思考"民族形式"问题,进而形成他理论的基本逻辑和体系。茅盾"民族形式"理论对于今天的文学艺术"民族化""中国化"建设仍有诸多可资镜鉴的价值。

---

① 《斯大林全集·第 12 卷》,北京:人民出版社,1955 年,第 319 页。
② 《毛泽东选集·第 2 卷》,北京:人民出版社,1991 年,第 534 页。
③ 傅学敏:《"民族形式"论争的名与实》,《江西社会科学》2008 年第 11 期,第 99 页。
④ 贺桂梅:《书写"中国气派":当代文学与民族形式建构》,北京:北京大学出版社,2020 年,第 60—61 页。

　　价值之一,坚守"民族形式"的五四新文学价值与立场、坚持文学现代化观念。在 1920 年代中期大革命之后,新文学的地位受到极大冲击,从"文学的革命"到"革命的文学","五四"所主张的"人的文学"受到"大众的文学""阶级的文学"的冲击。瞿秋白严厉批评五四新文学的诸多问题,价值倾向上的"贵族主义"、语言上的"不人不鬼,不今不古",五四新文学就是"非驴非马的骡子文学"。① 尤其是抗战时期向林冰"民族形式的中心源泉"对五四新文学的非难,认为五四新文学在"民族形式"建构中不是"主导契机"或中心源泉,"只能置于副次的地位"。② 面对一次次对五四新文学的否定与批评,新文学阵营如郭沫若、胡风等进行了反击,胡风《论民族形式问题》详细论证"民族形式"的"五四"文学传统。茅盾与郭、胡的立场基本一致,但论述重点不一样,茅盾认为"'五四'以来新文艺发展的方向,一是民族化,二是大众化"③,五四新文学就是"民族形式"发展的内在体现,就是"方向"与"中心源泉","'五四'以来的新文艺一向说是朝着民族化和大众化的方向走的,就是朝着'民族形式'的方向,民族的文学遗产的优秀传统,我们要接受而学习,世界文学的优秀传统,我们也要接受而学习"。④ 茅盾辨析了"民间形式"中的精华与糟粕,认为"民间形式中的某些部分(不是民间形式的某一种,而是指若干形式中的某些小部分),尚具有较高的艺术性,可以作为建立民族形式的参考,或作为民族形式的滋养料之一"。⑤ "原封不动地'利用'民间旧形式","难免于陷入旧形式的保守主义的偏向"。⑥ 在当今民族主义思潮再次掀起之时,非"五四"文学、贬"五四"文学的现象渐次出现,重新回顾茅盾在"民族形式"理论建构过程中如何有效地处理五四新文学与民间文学关系,以及捍卫"五四"新文学论述策略与创见,都有重要的历史价值与现实价值。

　　价值之二,"民族形式"的建构性与理想性,注重现实感和实践性。茅盾"民族形式"理论始终没有对何为"民族形式"作客体化和本质化的界定,即使被视为茅盾"民族形式"理论核心的论述也没有本质化地限定,"'民族形式'的正解,显然是指植根于现代中国人民大众生活,而为中国人民大众所熟悉所亲切的艺术形式。这里所谓熟悉,当然是指文艺作品的用语、句法、表现思想的形式,乃至其他的构成形象之音调、色彩等等而言;这里所谓亲切,应当指作品中的生活习惯、乡土色

---

① 瞿秋白:《欧化文艺》,《瞿秋白文集·第 1 卷》,北京:人民文学出版社,1985 年,第 492 页。

② 向林冰:《论"民族形式"的中心源泉》,《大公报》1940 年 3 月 24 日。

③ 茅盾:《抗战以来文艺理论的发展——为"文协"五周年纪念作》,《茅盾全集·第二十二集·中国文论五集》,合肥:黄山书社,2012 年,第 442 页。

④ 茅盾:《抗战以来文艺理论的发展——为"文协"五周年纪念作》,《茅盾全集·第二十二集·中国文论五集》,合肥:黄山书社,2012 年,第 444 页。

⑤ 茅盾:《旧形式、民间形式与民族形式》,《茅盾全集·第二十二集·中国文论五集》,合肥:黄山书社,2012 年,第 171 页。

⑥ 茅盾:《在反动派压迫下斗争和发展的革命文艺——十年来国统区革命文艺运动报告提纲》,《茅盾全集·第二十四集·中国文论七集》,合肥:黄山书社,2012 年,第 71—72 页。

调、人物的声音笑貌举止等等而言"。① "根植于现代中国人民大众生活"。"现代中国"指向的是现实性，"人民大众生活"指向的是多样性，"熟悉"和"亲切"指的是艺术形式的效果。茅盾没有对"民族形式"下"是什么"的定义，也没有抽象出某些"特征与标准"。他反复强调"民族形式"的创建"是一种艰巨而久长的工作"，"要吸收过去民族文艺的优秀的传统，更要学习外国古典文艺以及新现实主义的伟大作品的典范，要继续发展五四以来的优秀作风，更要深入于今日的民族现实，提炼熔铸其新鲜活泼的质素"。② 现代以来的文学实践都是实现"民族形式"的过程，即使被称为体现了"讲话"精神且被周扬高度赞誉的赵树理的作品，茅盾认为仅是向"民族形式"靠近，而不能被称为"样本"，"《李有才板话》是这样产生的新形式的一种。无疑的，这是标志了向大众化的前进的一步，这也是标志了进向民族形式的一步，虽然我不敢说，这就是民族形式了"。③《李家庄的变迁》实现了"大众化"，"是走向民族形式的一个里程碑"。④ 被新文学视为旗帜的鲁迅，茅盾也未把其作品视为"民族形式"标杆，相反认为《呐喊》"并没有反映出'五四'当时及以后的刻刻在转变着的人心"⑤，而且鲁迅作品"笔锋凝练""难于理解"，需要注解，广大读者才能看懂。⑥ 茅盾对文学的现代化与民族化保有审慎的态度，具有鲜明的理想性，"民族形式"目标永远高悬，激励着文艺工作者不断学习不断实践，整体推进现代文学发展，而不是被固定在既有的某些样本上。正如今天有学者总结"民族形式"论证经验所指出的一样，"'民族形式'是一种历史建构的产物"，"'民族形式'不可能静止于某一个时刻，成为固定的金科玉律"，"不存在预设的标准"。⑦ 茅盾对"民族形式"非本质化客体化、重实践的论述显示了其过人的眼光及理论价值。

价值之三，立足文学本体，聚焦文学语言。文学毕竟是以语言为载体，"民族形式"的建构与实践只能从语言出发。茅盾准确抓住了语言在"民族形式"实践中的重要性，语言不是与内容分离的形式，语言是内容本身，文学中的民族生活内容在语言中表现，语言就是"民族形式"。茅盾的这个见解，暗合了 20 世纪语言学转向的思想趋势，语言不再是工具也不再是形式，语言本身就是基础与起点。茅盾把"民族形式"问题最终聚焦到语言上，并不盲视其他因素，"我以为文学的民族形式的主要因素是文学语言，但也不能忽视民族文学在长期发展过程中所创造的表现方法；同时，承认了语言因素在民族形式中的绝对重要性，并不等于否认民族形

① 茅盾：《抗战期间中国文艺运动的发展》，《茅盾全集·第二十二集·中国文论五集》，合肥：黄山书社，2012年，第 227 页。

② 茅盾：《旧形式、民间形式与民族形式》，《茅盾全集·第二十二集·中国文论五集》，合肥：黄山书社，2012年，第 173 页。

③ 茅盾：《关于〈李有才板话〉》，《茅盾全集·第二十三集·中国文论六集》，合肥：黄山书社，2012 年，第 391 页。

④ 茅盾：《论赵树理的小说》，《茅盾全集·第二十三集·中国文论六集》，合肥：黄山书社，2012 年，第 424 页。

⑤ 茅盾：《读〈倪焕之〉》，《茅盾全集·第二十五集·中国文论八集》，合肥：黄山书社，2012 年，第 225 页。

⑥ 茅盾：《在杭州大学一次座谈会上的讲话》，《茅盾全集·第二十六集·中国文论九集》，合肥：黄山书社，2012 年，第 138 页。

⑦ 南帆：《大众文艺、民族形式与抒情的重现》，《文艺理论研究》2021 年第 2 期，第 3 页。

式文学翻译为外国语文的可能性。"①今天的文学"民族化""中国化"讨论应该进一步理解并升发茅盾关于"语言"问题的高远见解,围绕汉语的独特性与艺术性阐发中国文学的"民族形式",在语言中连接困扰当代文学的地方性与民族性,民族性与现代性/国际性,实现当代文学的"民族化"与"中国化"建构。

四、结语

茅盾以"旧瓶装新酒"来肯定性评价柳亚子旧体诗词的价值,与他对旧体诗词持否定态度的文学观念似乎存在矛盾。这背后却关涉五四新文学以来存在的一个重要问题,即文学的现代化、大众化与民族化,落实到茅盾这里就是"民族形式"问题。讨论茅盾评价柳亚子旧体诗应放到他关于"民族形式"思考与论述的整体脉络中来加以考察。茅盾站在五四新文学现代化立场审视旧文学,本想彻底否定旧文学,但在反思"五四"新文学问题时,尤其是面对国内革命形势和民族危机时,对旧文学包括民间文学不得不有所选择和借重,旧的形式也可以"旧瓶装新酒""翻旧出新""牵新合旧"。在此背景下来重新查勘茅评柳亚子问题,就容易理解其看似矛盾实则合符。茅盾在"民族形式"的理论探究走得更远,不但有严密的理论生成逻辑,形成自己的理论体系,而且把"民族形式"诸端路径化约为"语言"问题,为今天文学的"民族化""中国化"实践找到了落脚点,由此显示出其难得的历史意义与现实价值。

---

① 茅盾:《漫谈文学的民族形式》,《茅盾全集·第二十五集·中国文论八集》,合肥:黄山书社,2012年,第610页。

茅盾"现实主义"文学实践的英国源流①

徐从辉②

摘　要：中国现代小说思潮纷呈，但就影响的深远而言，当推现实主义。而茅盾是中国现实主义小说的典范人物，他对西方现实主义的译介以及文学实践在中国现当代文学史上意义非凡，虽然"感时忧国"的家国主义情怀造成了"现实主义的限制"，但是在 20 世纪初作为"新民"的承载，作为"陈腐的、铺张的古典文学"的对立面，现实主义伴随着对西方典范的想象，如同"民主"与"科学"在中国现代性的追求中扮演了重要角色。在此意义上，茅盾"现实主义"的英国源流值得格外关注。本文从发生学的视角，探讨茅盾早年的教育经历以及对外国文学的译介，尤其是对英国现实主义文学的译介如对笛福、司各德、赫·乔·威尔斯、萧伯纳等作家的译介，分析这些译介对茅盾的"现实主义"选择的影响，以及茅盾在后五四时期对"现实主义"内在矛盾的处理与转换。

关键词：茅盾；现实主义；英国文学

茅盾是现实主义大师，捷克汉学家普实克评价茅盾道："茅盾对具有时事性的现实生活的高度关注，表现了他试图捕捉和表达现实的努力。在世界上，很少有哪位伟大的作家像茅盾那样，矢志不渝地紧密关注当下的现实，关注当下具有重要意义的政治事件和经济事件。"③现实主义是茅盾的重要标签，他的作品具有"史诗"品格。然而进一步追问：茅盾的现实主义来自哪里？如果仅就外源性因素而言，它主要来自哪个国家？当前学界对现实主义的西方渊源过于强调茅盾所受到的是法国现实主义与俄国现实主义影响。然而从茅盾现实主义的发生学而言，真的如此吗？

现实主义一直是 20 世纪中国文学的关键词，也有较多关于现实主义的讨论与研究。"现实主义"是一个不断滑动的概念，是一种文学"综合征"和动态审美，所以有"无边的现实主义"焦虑。不过 1980 年代以来，由于时代语境的变化和西方文艺思潮的引入，关于现代主义与后现代的讨论日趋热烈，现实主义反而被冷

---

① 本文系国家社科基金后期资助项目"中国现代旅英作家英文散佚文献整理与研究"（项目批准号：22FZWB101）阶段性成果。

② 作者简介：徐从辉，中国现当代文学专业博士，浙江师范大学国际文化与社会发展学院副教授，研究方向为周氏兄弟、新文化、20 世纪中英文学关系、海外汉学（中国现代文学）研究。

③ ［捷克］亚罗斯拉夫·普实克著，郭建玲译：《抒情与史诗：现代中国文学论集》，上海：上海三联书店，2010 年，第 120 页。

落在一角。然而，这并不意味着现实主义的问题并不重要或者无需进一步讨论。探讨茅盾的现实主义的发生场域，是切入对现实主义讨论的重要一面，当然这仍需回到历史的现场。下文将以茅盾与英国现实主义文学之间的关系为例讨论这一问题。文章将从茅盾对"现实主义"的论述、茅盾对英国文学作品的译介、茅盾与英国现实主义作家三个方面来论述茅盾与英国现实主义之间的关系。

一、茅盾的"现实主义"文学观

现实主义具有复杂的内涵，是一个不断滑动的概念。据伊恩·瓦特考察，"'现实主义'这个术语与法国现实主义流派相关。法语的'现实主义'（réalisme）是 1835 年首次作为美学描写的词汇使用的，用以表达伦勃朗绘画中'极度真实的人性'，借此表明他与新古典主义绘画中'理想主义诗性'的那种对立。后来，沃特·杜兰蒂主编的《现实主义》于 1856 年创刊，'现实主义'才成为一个特定的文学术语"。① 现实主义发端于笛卡尔与洛克"真理可由个体的感官来发现"的立场，尤其是笛卡尔彻底怀疑一切的态度，认为个人可以实现对真理的追求，而且尽可能远离过去的思想传统。文学界如笛福和理查逊等人最早开始使用非传统的情节，不从传统的神话、历史、传说或过去的文学中取材。笛福创设一种自传体回忆录模式，宣称个体经验至上，如同笛卡尔的"我思故我在"。在小说人名设置、时间感、叙事手法等方面也迥异于传统。

现实主义作为新文学的重要选择历经人道现实主义、批判现实主义、革命现实主义、乡土现实主义、魔幻现实主义而不竭……这或来自现实主义的"偏移"。现实主义之所以能够"偏移"，那是因为"现实主义"本身就是一个具有悖论性、充满紧张的概念，或者说它是一种"幻象"，现实主义所尊奉的"现实"其实是一种虚妄的现实。亨利·密特朗曾描述现实主义作家莫泊桑对于"现实"的理解："'仿真'意味着按照事情正常的逻辑，给出关于真实的全方位的幻象，而不是按照它们混乱的顺序原封不动地记录。我因此推断，这些才华横溢的现实主义者'更应该叫做魔术师'。虚幻和真实因此共同催生了'真实的效果'（罗兰·巴特）。模拟游戏设计得愈精巧，真实的效果便会愈显著。虚构的逻辑服务于'摹仿'的逻辑，并使后者获得平衡和相对性。"② 简言之，"真实"的效果其实是精心打造的幻象，来自于虚构的技巧。这一观点和后来的杰姆逊及奥尔巴哈的观点异曲同工。杰姆逊把现实主义视为"一种行为，一次实践，是发现并创造出现实感的一种方法"，奥尔巴哈理解为"对方法的征服，以期感受到现实的复杂性和丰富性，也是对现实的征服，是主动性的"。③ 正是现实主义这种内在的"真实"与"虚构"的紧张才幻化出现

---

① ［英］伊恩·瓦特（IAN WATT）著，刘建刚等译：《小说的兴起》，北京：中国人民大学出版社，2020 年，第 2—3 页。

② ［法］亨利·密特朗（Henri Mitterand）著，孙婷婷译：《现实主义幻象》，北京：外语教学与研究出版社，2020 年，第 7 页。

③ ［美］杰姆逊著，唐小兵译：《后现代主义与文化理论》，北京：北京大学出版社，1997 年，第 244—245 页。

实主义的万花筒,才产生"无边的现实主义"①。然而丝毫不能低估现实主义的美学能量,现实主义成为中国20世纪文学的最主要的选择就证明了这一点。因为现实主义蕴含的对真实的追求常常为意识形态所挟持,为革命意识形态合法性所征用。它常常对统治阶级的意识形态的挑战必然伴随着对社会黑暗的揭露,让人丧失信心,或者书写无产阶级的革命斗争的必然性和合理性,"适应了社会革命的意识形态的需要"②。这种对现实主义的征用即是革命意识形态的需要,也缘于20世纪中国特殊的历史语境,含有中国现代文学对于"文学"之于"现代"的期许。梁启超1902年在《论小说与群治之关系》中提出小说的"新民"的社会功用:欲新民、新道德、新宗教、新政治、新风俗、新学艺、新人心、新人格,必新小说。较之于中国的旧小说,来自西方的文学尤其是现实主义文学在晚清民初扮演了"先进"的角色。

对现实主义的介绍,新文化时期首推陈独秀、胡适、周作人、茅盾等人。陈独秀在《今日之教育方针》《现代欧洲文艺史谭》中提出一切思想行为"莫不植基于现实生活之上",现实主义为近代欧洲的时代精神。文学也"由理想主义,再变而为写实主义(Realism),更进而为自然主义(Naturalism)"。在《文学革命论》中提出:"推倒陈腐的、铺张的古典文学,建设新鲜的、立诚的写实文学。"③胡适《文学改良刍议》中文学改良八事中"不摹仿古人""不用典""不讲对仗"等项就是其文学进化论思想的体现,认为一时代有一时代之文学,今日之中国造就今日之文学,不必慕唐宋,追周秦,将"惟实写今日社会之情状"的白话小说提升为"世界第一流文学的地位",称之为"真正文学"。④ 周作人《人的文学》批判色情狂、迷信、神仙、妖怪、奴隶、强盗、才子佳人之类的文学,倡导"对于人生诸问题,加以记录研究的文字"。⑤ 他们对写实主义的文学的呼吁实为对时代思潮的回应。西方文学流派众多,从西方社会的神话传说、骑士文学、文艺复兴、古典主义、浪漫主义乃至现代主义。缘何是现实主义扮演了主导20世纪中国文坛的主要角色?从现实主义的中国发生而言,这似乎是一个必然选择,实为直面时代病疾、开启民智的结果,或者说这是启蒙现实主义逻辑演绎的结果。

就茅盾而言,他的"现实主义"论述值得格外关注,因为他不仅是现实主义文学的理论倡导者,也是现实主义文学的译介者与创作者。他关于"现实主义"的论述具有一定的代表性。那么,茅盾本人是如何看待"现实主义"的呢?

茅盾早年在《小说月报》等刊物对现实主义的译介,以及作为文学研究会的理论骨干对"为人生"文学的倡导就是对现实主义文学的一种选择,相对于"为艺术而艺术"的新月派以及浪漫主义与唯美主义倾向的早期创造社,茅盾的现实主义

---

① [法]罗杰・加洛蒂著,吴岳添译:《论无边的现实主义》,北京:人民文学出版社,2018年。

② 黄开发:《"五四"现实主义文学观念的发生》,《山东社会科学》2005年第10期。

③ 陈独秀:《文学革命论》,见任建树主编:《陈独秀著作选编》,上海:上海人民出版社,2014年,第289页。

④ 胡适:《文学改良刍议》,见《胡适全集 卷1》,合肥:安徽教育出版社,2003年,第7页。

⑤ 周作人:《人的文学》,见钟叔河编:《周作人散文全集 卷2》,桂林:广西师范大学出版社,2009年,第89页。

选择具有一定的代表性。文学研究会为人生的现实主义强调文学是为表现人生的，这里的人生不仅是一人的人生，更是一个社会—民族的人生。主张介绍西方小说应该从写实派/自然派开始。

1921年，25岁的茅盾正式接任了《小说月报》的主编。重建后的《小说月报》焕然一新，用白话代替文言，反对封建文学和游戏文学。在1月10日的《〈小说月报〉改革宣言》中提倡写实主义，指出"写实主义之真精神与写实主义真杰作未尝有其一二，故同人以为写实主义在今日尚有切实介绍之必要"①。其实，茅盾在1920年与胡先骕等人的论争中就提出了对写实主义的明确态度，认为虽然写实主义文学存在"丰肉弱灵""全批评而不指引""不见恶中有善""使人愤懑而不知所自处"等弊端，但其"有功于文艺之进化，实不可磨灭"。"文学既为表现人生，岂仅当表现贵族阶级之华贵生活而弃去最大多数之平民阶级之卑贱生活乎，空想于'神的生活'之文学。"②茅盾并不反对胡提出的浪漫主义，甚至认为新浪漫主义对于写实主义而言"非反动而为进化"。但对写实主义的肯定也是明确的。而且在后来茅盾对于现实主义"弊端"有了重新认识，认为人间丑恶本来就有，不会因为自然主义文学青年们就避而不见，"文学者还强要以掩丑而夸善的浪漫文学作品给他，实在是哄小孩子了。须知最使人心痛苦的，不是丑恶的可怖，而是理想的失败；——理想以为怎样怎样好的，一旦见其真相，乃是绝丑，这幻灭的悲哀，对于人心的打击，比什么都利害些……人见过丑恶而不失望而不颓丧的，方是大勇者，方是真能奋斗的人"。③"主观的描写常要流于夸诞，不如客观的描写来得妥当。我们现在试创作，第一，要实地精密观察现实人生，入其奥秘，第二，用客观态度去分析描写。"④从上，我们可以看出茅盾对于现实主义逐步加持的过程。从其创作来看，他本质上也是一个现实主义者。茅盾在其名文《从牯岭到东京》一文中自述自己抵达现实主义的路径：对于同样反映现实人生的左拉与托尔斯泰，茅盾坦言较之于"冷观的"左拉，更追慕接近热爱人生的托尔斯泰，虽然自己曾鼓吹过左拉的自然主义。"我是真实地去生活，经验了动乱中国的最复杂的人生的一幕，终于感得了幻灭的悲哀，人生的矛盾……想要以我的生命力的余烬从别方面在这迷乱灰色的人生内发一星微光，于是我就开始创作了。我不是为要做小说，然后去经验人生。"⑤这段文字说明茅盾抵达反映"现实人生"的自然主义的路径来自"热爱人生"，来自于动乱中国真实的人生经验。这种创作的内驱力带有一定的主动性和

① 茅盾：《〈小说月报〉改革宣言》，原发表于1921年1月10日《小说月报》第12卷第1号，见《茅盾全集 卷18》，合肥：黄山书社，2014年，第60页。

② 茅盾：《〈欧美新文学最近之趋势〉书后》，原发表于1920年9月25日《东方杂志》第17卷第18号，见《茅盾全集 卷18》，合肥：黄山书社，2014年，第48页。

③ 茅盾：《自然主义的论战——复周赞襄》，初刊于1922年5月10日《小说月报》第13卷第5号，见《茅盾全集 卷18》，合肥：黄山书社，2014年，第221页。

④ 茅盾：《自然主义的论战——复史子芬》，初刊于1922年5月10日《小说月报》第13卷第5号，见《茅盾全集 卷18》，合肥：黄山书社，2014年，第225页。

⑤ 茅盾：《从牯岭到东京》，初刊于1928年10月18日《小说月报》第19卷第10号，见《茅盾全集 卷19》，合肥：黄山书社，2014年，第200—201页。

对人间的关爱。其实,茅盾未能尽言,茅盾对现实主义的拥抱与其早年的儒家教育,父亲对其"以天下为己任"的期许,及其性格气质都有密切的关系。

在梳理茅盾对现实主义论述的过程中,发现茅盾也存在初期对"现实主义"概念认知不清的问题。只是随着时间的推移,茅盾对现实主义的认识越来越深化。这个问题在陈独秀、胡适等先行者身上同样存在。如写于 1929 年的《西洋文学通论》①系统地体现了茅盾关于现实主义文学的思考。吊诡的是作为系统论述西方文学思潮的著作,该作却没有关于现实主义的系统论述,茅盾历数了初民时期的"战歌""颂歌"、史前的神话与传说、骑士文学、文艺复兴、古典主义、浪漫主义、自然主义,以及正在勃兴的"新写实主义"。唯独没有"现实主义"。其实,这反映出这一时期人们对于"现实主义"认识的盲区。"现实主义"是个模糊的概念,常常和"写实主义""自然主义""写实"等概念相混淆。茅盾倒是在绪论中提到"写实的精神"和"浪漫的精神":一个理智、冷静、分析,一个感性、主观、理想,两种精神构成"文艺的要素",文艺思潮的变迁是这两种精神推移的结果。比如 19 世纪浪漫主义文学,在暴风雨的动的时代"浪漫的"精神成为浮夸浅薄,不得不让位于冷观分析批评的写实主义了。茅盾把写实视为一种文学精神、文艺要素,而非文学思潮。这也是现实主义的驳杂之处。1922 年茅盾在《自然主义的怀疑与解答》中认为"文学上的自然主义与写实主义实为一物;来自批评家中也有说写实主义与自然主义之区别即在描写法上客观化的多少,他们以为客观化较少的是写实主义,较多的是自然主义。英国的珊斯培尔好像就是持此说的"。② 说明茅盾此时对于现实主义与自然主义的区分尚不明朗,而七年之后的《西洋文学通论》茅盾则有了更进一步的思考:"十九世纪后半的自然主义也是冷观的,分析的,批评的。但是我们所有的自然主义作品差不多全是从人间寻觅兽性,态度是消极的悲观的,这和上所述写实主义又颇有不同。"③茅盾自觉地区分"写实主义"与"自然主义",并将态度的消极与否视为两者的重要区分。此处茅盾也没有旗帜鲜明地提出"现实主义文学"。

六年之后的 1935 年,茅盾倒是直面"现实主义"。而且就"现实主义"的源流与谱系问题提出自己的看法,这一看法和现代学界的认知略有不同。在《什么是写实主义?》一文中,茅盾一方面梳理了现实主义发展的不同阶段。认为 18 世纪中叶的欧洲文学中"已有一种反古典主义的新的文学流派风靡了欧洲的主要国家,而且这新的流派是努力想接近现实生活,把对于现实的观察作为描写的基础的;而且这一派的作家也被称为'写实主义者'"。因为这一流派反对古典主义的合理主义(Ralionism)而主张感情生活,反对古典主义的忽视自然和农村而歌咏自然,"主张观察现实人生而忠实地描写出来;现代的生活,现代的人物,现代的风俗,是他们的题材;而'接近现实生活'是他们的'创作方法'的基本条件"。茅盾称

---

① 茅盾:《西洋文学通论》,作于 1929 年 10 月,见《茅盾全集 卷 29》,合肥:黄山书社,2014 年,第 193 页。
② 茅盾:《自然主义的怀疑与解答》,初刊于 1922 年 6 月 10 日《小说月报》第 13 卷第 6 号,见《茅盾全集 卷 18》,合肥:黄山书社,2014 年,第 240 页。
③ 茅盾:《西洋文学通论》,作于 1929 年 10 月,见《茅盾全集 卷 29》,合肥:黄山书社,2014 年,第 210 页。

之为"感伤的写实主义"（Sentimental-realism）。但和 19 世纪的写实主义相比，又有所落后，因为 19 世纪的写实主义对于人生表现的努力是朝着两个大目标的："更多的确实性和更多的科学性。"而且，他称一战之后的苏维埃俄罗斯文学为"新写实主义"。茅盾把不同阶段的现实主义加以区分是他对现实主义批评理论不断认识深化的结果，更接近当下学界对现实主义从模仿现实主义、传统现实主义到现代现实主义的划分。

另一方面，茅盾认为英国是现实主义的重镇。在茅盾看来，法国是古典主义与浪漫主义的重镇、大本营。在英国，浪漫主义和古典主义没有宣战，古典主义的退出和浪漫主义的兴起是"不声不响"的。而在法国，"一切永远都是热闹的"。但英国却是现实主义的重镇，而且造成的思潮与影响较法国为早："英国是最先进的资本主义国家，在十九世纪的三十年代便发生了写实主义的文学，此时法国方面虽有巴尔扎克已在开路，但当时文坛上大多数作家却是浪漫主义的，直到六十年代，写实主义方在法国全盛起来。"[1]可以看出茅盾对英国现实主义文学的倚重。而且这一看法也得到了当下英国学者的加持，"在法国，只有在法国大革命将法国中产阶级推向社会和文学权力的地位之后。由巴尔扎克和司汤达开启的法国小说才迎来了它的第一个全盛时期。而英国资产阶级早在一个世纪之前，在 1689 年英国光荣革命时期就已经获得了这种地位"。[2] 这显示出茅盾对西方现实主义理论的卓见。

二、茅盾对英国文学作品的译介

之所以把茅盾与英国的现实主义这一命题单独提出，那是因为一方面如上文所示，茅盾对现实主义的英国源流的倚重；另一方面是因为茅盾早年的译介经历和英国文学有很大的关联，他的现实主义小说创作以及现实主义理论批评实践也与此密切关联。

对于茅盾而言，其文学生涯是从文学译介开始的，而且是从英国文学的译介开始的。1917 年 1 月茅盾署名"雁冰"在《学生杂志》第 4 卷 1—4 号上发表了文言文翻译的第一部短篇小说：威尔斯（Herbert George Wells，1866—1946）《三百年后孵化之卵》（*Aepyornis Island*），这部小说现在译名《巨鸟岛》，是一部科幻小说。青年时代的茅盾正是从科幻小说出发，借以传播科学理念。这种借科学小说传播科学知识与现实主义小说书写"真实的人生"在理念上如出一辙，都是借"科学""真理"之光致力于改变社会现状。其实，威尔斯除了早期的科幻小说（如《时间机器》《隐身人》《星际战争》等）创作外，社会讽刺小说与"阐述思想的小说"是其后期创作的主要主题。他的小说关注社会与人类。1903 年威尔斯加入费边社，主张以教育与技术改造社会，鼓吹改良主义。除此之外，茅盾还译介或研究过英国作家

---

① 茅盾：《什么是写实主义？》，原刊于《文学百题》（1935 年 7 月生活书店出版），见《茅盾全集 卷 33》，合肥：黄山书社，2014 年，第 476—479 页。

② ［英］伊恩·瓦特（IAN WATT）著；刘建刚等译：《小说的兴起》，北京：中国人民大学出版社，2020 年，第 304 页。

笛福、萧伯纳、司各德、狄更斯、拜伦、莎士比亚、詹姆斯·乔伊斯、叶芝等人。

　　茅盾对英国文学的兴趣或源于他北大读预科的经历。1913 年，茅盾入读北京大学预科第一类，外国文学课所用的教材是英人司各德的《艾凡赫》和笛福的《鲁滨孙漂流记》。两个外籍教员各教一本。对外国文学、世界历史的全英文学习使茅盾大开眼界。1916 年，茅盾到商务印书馆编译所英文部工作，因为办公语言为英语，茅盾的英语水平也颇有长进。

　　再次，晚清民初时期对英国文学的大量译介也对茅盾产生了影响。在晚清民初之际，在所有的西方小说中，英国小说占据半壁江山。有学者统计，晚清民国时期出版的 4 720 种翻译文学书籍中，位居前五的分别是俄苏（1 030 种）、英国（854种）、法国（626 种）、美国（533 种）和日本（276 种）。但从时间的维度上观察，对英国文学的译介起步较早，规模较大，对英国文学的译介在 1922 年之前位居各国之首。① 就著名的林译小说而言，林纾翻译的文学作品也以英国的居多。英国文学在这一时期是中国最主要的译源国。造成这一现象最主要的原因在于其时国人从"师古"到"师夷"、取范西方的结果。维多利亚时代和爱德华时代是大英帝国的黄金时代，在工业化民主化城市化的进程中，英国经济一度占据全球的 70%，是世界的贸易中心，拥有世界上最大的殖民地。作为世界头号强国的"日不落帝国"对世界的影响是不言而喻的。以英国为代表的西方发达资本主义国家作为民主、工业化与文明的象征成为激发中国本土文化资源重建、民族图强的重要动力。茅盾所受到的影响也不例外。

　　下文以茅盾对司各德的研究为例来展示茅盾与英国文学关系之缩影。沃尔特·司各德是 19 世纪英国著名的历史小说家，被誉为"西欧历史小说之父"。他以苏格兰和英国历史为背景的小说为其赢得巨大声誉。巴尔扎克、司汤达、歌德、普希金等人都对司各德的历史小说推崇备至。《艾凡赫》(1819) 是其最优秀的一部历史小说。小说表现了 13 世纪末英国诺曼统治者和撒克逊贵族之间的斗争，以及撒克逊农民的困境及反抗精神。罗宾汉作为书中的农民英雄形象尤其生动，具有强烈的反抗性格，蕊贝卡、葛尔兹等人物的形象丰满生动。小说揭示了当时的重大社会矛盾与民族斗争，再现了英国一个历史时代的画卷。简言之，司各德的历史小说"通过对社会矛盾和民族矛盾的描写，展示了一幅苏格兰、英国乃至整个欧洲的声势浩大、波澜壮阔的历史画卷。他的小说能够把个人命运和重大历史事件结合在一起，并对人物形象进行具体而生动的描绘，给人深刻的印象"。② 晚期的司各德爱妻病逝，债务缠身，只好以文抵债，终致积劳而死。林纾和魏易合译的文言文译本《撒克逊劫后英雄略》是我国最早对司各德的译本。商务印书馆1924 年 3 月出版了茅盾校注的中学国语文科补充读本《撒克逊劫后英雄略》。卷首附有茅盾撰写详尽的《司各德评传》。此传于传主生平、创作考订的翔实、叙述的贴切方面颇见功力，同时附有司各德重要著作解题、著作编年录、著作版本等考

---

① 邓集田：《中国现代文学出版平台：晚清民国时期文学出版情况统计与分析　1902—1949》，上海：上海文艺出版社，2012 年，第 246 页、第 248 页、第 259 页、第 269 页、第 273 页。

② 侯维瑞主编：《英国文学通史》，北京：商务印书馆，2019 年，第 520 页。

证。这些是茅盾关于司各德的最具系统性的论述,也体现了茅盾对司各德的格外珍视!

在《司各德评传》中,茅盾把司各德与拜伦、古勒律奇、济慈、雪莱一起视为"英国浪漫主义的中坚"。其实这更多指向早期的作为诗人的司各德。司各德知名的地方是后期作为"历史小说家":"司各德方才运用十八世纪的进步的治史学的方法,把古代正史的记载,俗歌的逸事,用想象的绳索贯串起来,又披上了近代小说的精密结构的外衣,于是遂建立了历史小说的模范。司各德的伟大的基础就建筑在他的历史小说上。"①他的小说兼有"浪漫"与"写实"的精神。"他小说里叙述历史的浪漫的逸事,是传奇主义的精神,而忠实的描写社会背景,却是写实主义的精神;这两种相反的精神在文学上永不能混合的,现在却在司各德的小说里混合了。"其实茅盾在早期的小说创作中同样融入了描写社会背景的写实主义的精神以及浪漫精神,虽然前者占据主导,茅盾的浪漫抒情笔法常常为其"史诗"所压抑,也为研究者所忽略。同时茅盾尝试的是当代中国历史的书写。

茅盾对于司各德在文学史上的贡献与不足分析得尤为精辟入微。他注意到司各德的小说历史跨度范围广、由近及古、最好的仍是集中在 17 世纪的苏格兰等特点,又意识到司各德的小说的不足:缺乏布局、未触及人物的心灵。

茅盾同时梳理了批评史上的司各德。批评家多认同司各德奠定了"近代小说"的根基,影响了雨果与巴尔扎克等人,"在雨果方面的,是用字之多和色彩之明艳复杂;在巴尔扎克方面是对于环境的细密的描写"。司各德在世时其小说在法国一处就销售了 140 余万部。对司各德的批判也不乏其人,比如法国批评家泰纳认为司各德的历史小说是失败的,因为"他们只穿了历史的衣服,不曾换上一个历史的心"。最为尖锐的要数意大利批评家柯洛支,他认为只是一个因应市场之需的"文学制造家",其作品不是艺术品。

茅盾对于司各德文献的整理与研究较为系统全面,这也对茅盾的创作产生了一定的影响。有研究者对比了《战争与和平》和《艾凡赫》的开头对《子夜》开头的影响,《中洛辛都的心脏》中"卜丢司暴动"中群众场景的描写与《子夜》中的裕华纱厂工人罢工的场面描写有不少相似之处。② 其实茅盾对于"当代史"的书写、对于人物的描绘、史诗与抒情的辩证不无司各德的启发。晚年的茅盾也一再重提司各德,在《为介绍及研究外国文学进一解》《解放思想,发扬艺术民主》等文中倡导对司各德的学习与借鉴:"我们不但要借鉴莎士比亚,也要研究司各德,所以要研究他,就因为十九世纪的有影响的文艺评论家对于他的意见很不一致,因为引起争论的作家总有他个人独特的风格,而也就在这里,也许可供借鉴。"③从中可以看出茅盾对具有独特风格的司各德的重视。但茅盾对于司各德的文学评价基本上未

---

① 茅盾:《司各德评传》,《茅盾全集　卷 33》,合肥:黄山书社,2014 年,第 5 页。
② 李庶长:《茅盾与司各德》,见中国茅盾研究学会编《茅盾研究(第五辑)》,北京:文化艺术出版社,1988 年,第 224—234 页。
③ 茅盾:《为介绍及研究外国文学进一解》,1978 年 11 月 24 日作,初刊于 1979 年 9 月《外国文学评论》(第一辑),见《茅盾全集　卷 27》,合肥:黄山书社,2014 年,第 413 页。

超出 1920 年代初期对司各德的研究。新时期茅盾对于司各德的重提只能说明在经历特殊历史时期之后的茅盾回归了对文学的本心。这与司各德本身巨大的影响力有很大的关系。

三、茅盾与英国现实主义作家

英国的现实主义作家对茅盾影响颇多。茅盾对 18 世纪、19 世纪以及 20 世纪的英国现实主义文学的代表作家均有译介。现实主义在 18 世纪英国的崛起与发展在欧洲文学史上具有重要意义。洛克等哲学家对现实主义哲学的影响,艾萨克·牛顿在自然科学领域的发现,清教主义对社会民主化的倡导都有力地冲击了传统社会。笛福、理查逊等小说家作品中的人物不再是王公贵族、神仙骑士,而是普通的中下层人物,这种对英国现实生活的摹写有力地冲击了过去以神话、历史传说为主的文学经典书写。比如被誉为"英国现实主义的奠基人"的笛福发表于18 世纪初期的小说《鲁滨孙漂流记》被誉为欧洲现实主义小说的开山之作,"英国现实主义小说的第一声春雷"。鲁滨孙是文学中第一个新兴资产阶级开拓者的正面形象,他勇敢、智慧、乐观,富有冒险精神,又求实苦干。小说在艺术上最大的贡献便是采用具体真实的现实主义手法。小说问世后不到半年就重印四次,获得了极大的成功,具有划时代的意义。笛福的《鲁滨孙漂流记》也是茅盾在北大时期的外国文学教材。茅盾在《汉译西洋文学名著》认为《鲁滨孙漂流记》是笛福最早最著名的一部冒险小说:"笛福的时代正是英国的商业资产者渐取得政治支配权并开始向海外殖民的时期。这时期的散文的文学作品正是这向上升的商业资产阶级自己的文学形式,这一时期的文学都有道德的及正论的性质,笛福的作品是很明显的代表。他的冒险小说里,一面是贵族的骑士的冒险小说之对立者,一面又反映了当时英国商业资产者向海外求殖民的意识;《鲁滨孙漂流记》便有了这样的社会基础……书中主人公鲁滨孙的冒险欲以及艰苦的奋斗,刚毅的意志,创造的能力,又都是那时代的商业资产者的冒险家的典型。"[①]其实,茅盾笔下的民族资本家吴荪甫的形象,这个"二十世纪机械工业时代的英雄、骑士和王子",就是笛福笔下冒险进取、刚毅坚韧的鲁滨孙形象的化身。

茅盾对 20 世纪的英国现实主义作家更是不遗余力地推介,比如萧伯纳等人。萧伯纳是英国著名的现实主义戏剧家,他和威尔斯都是英国 20 世纪初现实主义文学潮流的代表性人物,他们继承了 19 世纪英国的现实主义传统,批判社会,暴露丑恶,宣扬人道主义。主张对社会问题的介入,反对"为艺术而艺术"。这非常契合茅盾当时的文学主张。1919 年 2—3 月茅盾在《学生杂志》第 6 卷第 2,3 号发表第一篇外国作家评论文章《萧伯纳》,称赞萧"思想之高超,直高出现世纪一世纪","萧氏心目中之剧曲,非娱乐的,非文学的,而实传布思想改造道德之器械也"。[②] 1921 年 5 月沈雁冰、郑振铎、欧阳予倩等 13 人组织民众戏剧社,追随萧伯纳的"戏场是宣传主义的地方"的主张,认为把看戏视为消闲的时代已经过去了。

---

① 茅盾:《狄福的〈鲁滨孙漂流记〉》,见《茅盾全集 卷30》,合肥:黄山书社,2014 年,第 366—367 页。

② 雁冰:《萧伯纳》,载 1919 年 2—3 月《学生杂志》第 6 卷第 2 号、第 3 号。

戏院同样是推动社会进步改良的场域,也是"搜寻社会病根的 X 光镜"。茅盾延续了文学是改良社会、推进文明之器具的看法。

1933 年 2 月,在宋庆龄、蔡元培等人发起的中国民权保障同盟会的邀请下 77 岁高龄的英国现实主义剧作家萧伯纳偕夫人乘坐英国"皇后号"轮船访华,到访上海、北平、秦皇岛等地。据鲁迅的说法,"热闹得比泰戈尔还厉害"。茅盾也先后写下两篇文章《萧伯纳来游中国》《关于萧伯纳》。提出萧伯纳的全部著作是批判资本主义文明的,暴露了帝国主义代言人对于近代战争的粉饰与谎言。"自欧战以来,许多曾以人生战士自居的欧洲老文豪都开了历史倒车了:不开倒车而更向光明猛进的,在法有罗曼·罗兰,在英有萧伯纳。两位都指斥帝国主义的暴行。"①更是细数了萧伯纳的历史贡献:对传统错误观念的揭发,比如认为文明人常用"义务"来掩饰他们的自私自利的目的;对"英雄崇拜"的嘲讽:"英雄"这东西是非常蠢笨的自私自利者;"非战"的宣传:不但大炮机关枪鱼雷是杀人利器,"爱国""宗教""公道""义务"同样如此;萧的哲学:"我们人不过是一个实验品,是介于兽与超人之间的一个环。而恋爱呢,则为大自然达到目的(到超人)的一种手段罢了。"②并倡导加强对萧伯纳的研究。值得注意的是,威尔斯和萧伯纳都是费边主义者。费边主义是中小资产阶级改良主义的代表,主张用温和改良的方法改良社会,赞成资产阶级民主,反对暴力革命。在茅盾笔下尤其是大革命时期茅盾的各种"动摇"及其笔下的人物塑造都反映了茅盾对于"革命"的思考。后期茅盾从英法的现实主义转向俄国的现实主义理论倡导,时代语境的变换是重要原因,但其现实主义的文学创作却显示出对英国现实主义的亲和。这或源于茅盾本人的"矛盾"性格以及中英在工业化、资本化、民主化的时代大潮似曾相识的面貌。

茅盾不独对英国现实主义作家译介研究,对浪漫主义作家同样如此,只不过他更多看重的是浪漫主义作家的社会介入精神,也可以说这是浪漫主义作家的"现实"精神。这里要说明的是,茅盾选择了现实主义,但并不排斥浪漫主义,对于各自的利弊茅盾都有认识,这在本文的第一节中已经论述。其实,在研究现实主义与浪漫主义的过程中,我们常常说某某作家是某某主义作家,其实这种标签化常常消除了作家创作本身的丰富性,比如一个作家可以创作出现实主义作品,也可以创作出浪漫主义作品,作家在不同时期的风格转换较为常见。在拜伦逝世一百周年,茅盾撰文纪念拜伦,他在《拜伦百年纪念》中梳理了"两个拜伦"与拜伦一生的"三个转变"。赞扬拜伦的精神在于反抗。一方面他的诗在法国造成了浪漫主义运动,在德国影响了海涅,在西班牙、意大利与俄罗斯诱发了新文学运动,在南斯拉夫等小的民族中成为民族革命的先驱。另一方面,他把反抗精神付之于行动。走上反抗斗争的前线,躬身参与意大利烧炭党的起义、希腊独立军对土耳其的反抗,最终战死。拜伦的诗是"浪漫运动底导线",并呼吁中国的拜伦精神:中国正需要拜伦式挽救垂死的人心的富有反抗精神的震雷暴风般的文学,而非狂纵、

---

① 玄:《萧伯纳来游中国》,载 1933 年 2 月 10 日《申报　自由谈》。

② 玄:《关于萧伯纳》,载 1933 年 2 月 18 日《申报　自由谈》。

自私、肉欲的拜伦式的生活。"他(拜伦)是一个富有反抗精神的人,是一个攻击旧习惯道德的诗人,是一个从军革命的诗人。"①茅盾区分了两个拜伦:前半世的(狂纵、自私、偏于肉欲)与后半世的(慷慨、豪侠、高贵),茅盾所看重的是拜伦争取自由的革命反抗精神。这和鲁迅先生对拜伦魔罗精神的推崇,呼唤"精神界之战士"如出一辙,其背后都是"感时忧国"的家国抱负。虽然夏志清认为文学写作背后"感时忧国":民族危机感和救亡意识阻碍了中国现代文学实现真正的个人的以及普遍的整体性世界观,"流为一种狭隘的爱国主义"②。但一时代有一时代之文学,一国亦如此,何况在"国难当头,风沙扑面,虎狼成群"的时代。只要它并不关闭与世界文学对话的窗口。

冯雪峰曾指出中国现代文学现实主义的两个传统:以书写"老中国儿女"注重历史批判的"鲁迅传统",以及反映当代社会的"茅盾传统"。③茅盾精于欧洲的现实主义方法。在欧洲现实主义的谱系中,法国现实主义受科学之风影响,催生了巴尔扎克、福楼拜、左拉等精于文学之科学化"研究""分析""写实"风格的作家,如巴尔扎克用动物学、解剖学等自然科学的方法从事创作,左拉亦如此,福楼拜则用医学的方法解剖人的心灵。英国的现实主义受工业革命、政治变革、城市化、维多利亚时代精神的影响,更注重表现劳资矛盾、小人物,对现代化进程乐观与忧思并存,人道主义和改良主义色彩浓厚,体现出强烈的社会责任感、批判意识和道德感。俄国的现实主义受沙皇专制下封建农奴制社会特点的影响,具有较强的革命性、战斗性和民主倾向,张扬了文学的社会功能。④从茅盾的文学创作中尤其是前期创作中可以看到茅盾对"革命"的辩证、对社会的批判意识、工业化时代的萌芽、城市化带来的社会万象以及变革时代道德之变迁都给予了极大的关注,这些都带有英国现实主义的身影。在他的现实主义理论倡导和现实主义创作之间可以看到茅盾的"矛盾",意识形态使命与美学冲动之间的紧张也见出一个真实的茅盾!

---

① 雁冰:《拜伦百年纪念》,载 1924 年 4 月 10 日《小说月报》第 15 卷第 4 号,见《茅盾全集 卷 33》,合肥:黄山书社,2014 年,第 79 页。

② 夏志清:《现代中国文学感时忧国的精神》,见《中国现代小说史》,上海:复旦大学出版社,2012 年,第 359 页。

③ 冯雪峰:《中国文学中从古典现实主义到无产阶级现实主义发展的一个轮廓》,载《文艺报》1952 年第 14—15 期。

④ 参见:蒋承勇《19 世纪西方文学思潮研究:现实主义》,北京:北京大学出版社,2022 年,第 105 页、第 121 页、第 143 页。

论茅盾与西方现代主义

郭志云①

摘　要:作为主要从事文学理论译介和批评的文人,茅盾早期的文学视野同西方现代主义高度遇合。理论研究与作品译介的同步,是茅盾对象征主义、表现主义、未来主义十分关注的现实表征,而且作为创作主体的茅盾还直面现实艰涩,巧妙吸收了现代主义文学艺术方法的有益之处,实现了"从文艺思潮到艺术方法"的跨越。

关键词:茅盾;现代主义;文艺思潮;艺术方法

作为五四新文学的创始人之一,茅盾在其文学生涯开始阶段专注于译介和研究外国文学。六十多年笔耕不辍,他始终密切注视世界文学潮流走向。五四时期相对开放的历史文化语境和东西方文化交汇震荡带来的丰富资源,给了他极大的话语空间。而多年《小说月报》主编身份,则给了他发表对于林林总总文艺思潮看法的机缘。意象派文学、自然主义、写实主义、表现主义、未来主义等诸多文学样式相继被引入并受到同时代文人关注。多种文学思潮的引介与吸纳,为中国新文学的发展注入新鲜血液,也为茅盾后来文学思想的发展提供了基本思想形式,积累了丰富文学经验,并最终促成了茅盾现实主义文艺观的形成。因此,茅盾研究的拓展与深入离不开茅盾早期文艺观的研究,而考察茅盾文艺思想的源流与嬗变,他与外国文学关系的研究自然是重要突破口。本文聚焦茅盾与象征主义、表现主义和未来主义之间的复杂勾连,探析茅盾如何实现从文艺思潮到艺术方法的文学跨越。

一

象征主义是西方现代派文学中出现最早且影响最广的文学流派。它首先兴起于19世纪中叶的法国,很快波及邻近欧美诸国,并迅速演化成世界性文学运动,对20世纪西方文学发展产生极其深远的影响。超现实主义、意识流小说、荒诞派文学等重要流派,都直接或间接受益于象征主义的恩泽。五四新文学的开端阶段,全方位的开放姿态为西方各种思潮、主义登陆中国创造了充分条件。唯美主义、象征主义成为首批舶来品,王尔德、波特莱尔等成为迷倒读者的第一批域外来客。茅盾作为专注西方各种思潮和创作方法的文学家,显然不可能熟视无睹。

---

① 作者简介:郭志云,文学博士,福州外语外贸学院副教授,研究方向为中国现代文学。

1. 茅盾与象征主义文学思潮的探本溯源

"文学是思想一面的东西,这话是不错的。然而文学的构成却全靠艺术……欲创造新文学,思想固然要紧,艺术更不容忽视,思想能够一日千里的猛进,艺术怕不是'探本穷源'便办不到。"①这种对于西方文学思潮的"探本穷源"的姿态完整贯穿于早期作为文学批评家的茅盾身上。早在1919年,茅盾就在《近代戏剧家传》中提到表象主义,继赵若英②之后第二个将象征主义译作表象主义。茅盾把它当作西洋文学中继写实主义而起的新的戏剧派别,并简略介绍了梅特林克、斯特林堡等象征主义剧作家。由此,茅盾与象征主义结缘。

1920年,《时事新报·学灯》上发表了沈雁冰的《表象主义的戏曲》,接着《小说月报》第11卷第2号又发表了他的《我们现在可以提倡表象主义文学么?》,茅盾表态道:"现在的社会人心的迷溺,不是一味药可以医好,我们该并时走几条路,所以表象该提倡了。"③他指出,中国古代文论中讲到的比喻、隐喻等都不是西方文学中的表象,真正的表象是有其特定含义的。《小说月报》主编身份给了他更多发表见解的机会。《海外文坛消息》《文艺小词典》等都有象征主义作家作品收录。1922年6月10日,《小说月报》第13卷第6号上,茅盾以希真为名发表《霍普特曼的象征主义作品》,这是他首次以"象征主义"替换"表象主义"概念。从表象主义、象征主义、梅特林克、惠普特曼等在本时期茅盾文艺批评文章中出现的频度来看,象征主义文艺已成为他关注的焦点之一。在《小说新潮栏宣言》中茅盾拟出急需译介西方著作30部中斯特林堡戏剧作品有 *At the edge of the sea*、*Miss Julia*、*The Father* 三部入围就是绝佳佐证。

身体力行进行译介的同时,茅盾还在《小说月报》大量刊登文学研究会其他成员译介的象征主义作品,如谢六逸的《文学上的表象主义是什么》、傅东华翻译的梅特林克的《青鸟》等。这一局面在1925年《论无产阶级艺术》发表后有了突变。"譬如未来派意象派表现派等等,都是旧社会——传统的社会内所产生的最新派","如果无产阶级作家误以此等新派为可宝贵的遗产,那便是误入歧途了。"④一直以来,这段话常被作为茅盾与象征主义关系的盖棺定论。但在之后的文学生涯中,茅盾同象征主义之间的联系并未剥离。1927年夏天,在牯岭养病的他还"捧着发病的脑袋读梅特林克(M. Maeterlinck)的论文集"⑤。

1930年,茅盾在《西洋文学通论》第九章"自然主义以后"中较为系统讲到了象征主义和神秘主义。文中指出:"除了反对客观描写而外,浪漫主义所有的鲜明的主张,坚强的意志,毫不含糊的意识,活泼泼地勇往直前的气概,在神秘主义和象征主义的文艺中,都是没有的。我们所见于象征主义和神秘主义的,只是要逃避

① 茅盾:《小说新潮栏宣言》,《茅盾全集》(第18卷),北京:人民文学出版社,1989年,第12页。
② 赵若英1919年9月15日《新中国》第1卷第5期发表的《现代新浪漫派之戏曲》中首次提到表象主义。
③ 茅盾:《我们现在可以提倡表象主义的文学么?》,《茅盾全集》(第18卷),北京:人民文学出版社,1989年,第28页。
④ 茅盾:《论无产阶级艺术》,《茅盾全集》(第18卷),北京:人民文学出版社,1989年,第516页。
⑤ 茅盾:《从牯岭到东京》,《茅盾全集》(第19卷),北京:人民文学出版社,1991年,第177页。

现实的苦闷惶惑的脸相!"①接着,他以梅特林克为例,大致描述了梅氏作品中的象征含义。"梅特林还是一个比较的'能够使人懂'的作家。"②批判意味的浓重表征了茅盾的态度,但是,批评的深入和到位却也从另一侧面表明了 1925 年之后的茅盾并非简单否定象征主义。

梳理茅盾与象征主义关系的来龙去脉,可以发现如下特点:一是理论研究与作品译介同步进行。1921 年 8 月 11 日,茅盾在写给周作人的信中说:"据实说,《小说月报》读者一千人中至少有九百人不欲看论文。"③因此,茅盾是从介绍霍普特曼、梅特林克进入对象征主义文学的提倡,直到《西洋文学通论》才整体性对其进行评价与研究。二是后期象征主义的偏爱。后期象征主义始于 20 世纪初,到 20 年代繁盛一时,且吸收了其他同时期的现代主义流派的表现技巧,呈现出新的特点。象征主义也从诗歌扩大到了戏剧等其他领域,包括艾略特、梅特林克等。茅盾早期译介的象征主义作品大都集中于后期象征主义,更多考虑到象征主义作为新文学走向新浪漫主义的过渡与准备。三是总体态度相对客观。他并没有过分强调象征主义对中国新文学发展的进步意义,也没有因为西方现代派文学的资本主义色彩而完全打入冷宫,即便到了《夜读偶记》,他仍然认为广大的现实主义作家可以吸收象征主义的技巧。茅盾批判的只是文学史上是作为时期概念的象征主义,而作为艺术方法的象征主义,茅盾表现出了一个深受传统文学浸染的现代文人固有的坚持。

2. 为什么偏偏是象征主义

相比于后代对于以象征主义为开端的西方现代派文学所呈现的众说纷纭的场面,中国新文学的草创者们都对象征主义表示出了欢迎的态度,并将其视为中国文学进化的必然予以倡导。包括陈独秀、鲁迅、谢六逸等都对象征主义表现出拥抱的姿态。在《现代欧洲文艺史谭》中,陈独秀将包含象征主义在内的"自然主义"视为中国新文学的必然先导,鲁迅则先后翻译了日本学者厨川白村的《苦闷的象征》与《出了象牙之塔》。提倡的普泛性,成就了象征主义在五四文坛的登堂入室。初出茅庐的茅盾没有理由不对此做出积极回应。他在《小说新潮栏宣言》中,将象征主义称为"梅特林开起头来"的"表象主义",认为是中国文坛所急于补充的。

五四时代是一个主张全面批判和表现自我的历史时期。面对社会黑暗现实,新文学先驱者都不约而同地强加了批判与重建的责任感。批判的矛头均指向了传统时代,而重建的重担则托付给了外来文艺思潮。象征主义之所以能成为一种当时学人竞相介绍的文学类型,就其表面来说是意象世界构筑的特立独行,根本而言,还在于象征主义同中国传统诗学间显著的内在融通。因此,即便是旗帜鲜明主张"为人生"的文学研究会,也对象征主义留意颇多。茅盾作为发起人之一,在《海外文坛消息》中连续介绍安特莱夫等象征主义作家就是对文学研究会同仁的追逐与认同。

---

① 茅盾:《西洋文学通论》,《茅盾全集》(第 29 卷),北京:人民文学出版社,2001 年,第 330 页。
② 茅盾:《西洋文学通论》,《茅盾全集》(第 29 卷),北京:人民文学出版社,2001 年,第 334 页。
③ 茅盾:《致周作人》,《茅盾全集》(第 36 卷),北京:人民文学出版社,1997 年,第 31 页。

　　五四文化语境中,拿来主义式的文化处理方式首先由鲁迅倡导。在对西方象征主义的接受过程中,茅盾给出了类似姿态。早年译介外国文学,写实主义是其侧重,但很快他发现了它的局限,"写实文学的缺点,使人心灰,使人失望,而且太刺激人的感情,精神上太无调剂"①。而象征主义作为一种偏重主观性的文学创作方法,顺理成章地走进了他的视野。"文学的目的是综合地表现人生,不论是用写实的方法,是用象征比譬的方法,其目的总是表现人生,扩大人类的喜悦和同情,有时代的特色做它的背景。……这样的文学不管它浪漫也好,写实也好,表象神秘都也好;一言以蔽之,这总是人的文学——真的文学。"②因此,象征主义作为与现实主义不同的文学流派和创作方法,是可以与之相互渗透的。茅盾在1920年发表的《表象主义的戏曲》中,以易卜生、梅特林克的作品来解读象征主义的独特性,但他同样指出,"有人因此称梅特林克是表象主义家却不免错了"③。这再次印证了茅盾对待象征主义思潮误读的存在,却也明确了他认定象征主义作为写实主义重要补充的坚持。

　　1920年,茅盾在《对于系统的经济的介绍西洋文学底意见》中提出,观察、艺术、哲理是创作文艺三种必不可少的功夫。"三者之中,(二)最难;这是和'天才'有关的。而且又是随各人天才的不同,分出几多派别;不论是写实派、神秘派、表象派、唯美派……都只是艺术上的不同,——即(二)的不同,不是(一)(三)的不同。"④很显然,这里的表象更多被茅盾理解为创作的艺术手法。在其极力推崇象征主义的时期,茅盾对象征主义影响最大的诗歌领域没有太多涉及,反而瞩目于象征主义戏剧的译介,这和他重视象征主义手法在艺术构思和创作实践中的具体运用是吻合的。象征主义侧重于主观表现,这和强调客观写实的茅盾表面看来水火不容。因此,在茅盾的文学主张中,象征主义更多作为"写实主义"的重要补充。"按照实在的形状写出来,美的还他一个美,丑的还他一个丑,这便叫写实主义。用象征比喻的方法来描写来说明,便叫表象主义。文学有写实和表象,是艺术(art)上的分别,不是性质上的分别:这是第一欲明白的。"⑤可见,茅盾所理解的象征主义概念一直徘徊于韦勒克在《文学史上象征主义的概念》中第三个和第四个概念之间。⑥　象征

① 茅盾:《我们现在可以提倡表象主义的文学么?》,《茅盾全集》(第18卷),北京:人民文学出版社,1989年,第27页。

② 茅盾:《文学和人的关系及中国古来对于文学者身份的误认》,《茅盾全集》(第18卷),北京:人民文学出版社,1989年,第61页。

③ 茅盾:《表象主义的戏曲》,《茅盾全集》(第32卷),北京:人民文学出版社,2001年,第117页。

④ 茅盾:《对于系统的经济的介绍西洋文学底意见》,《茅盾全集》(第18卷),北京:人民文学出版社,1989年,第23页。

⑤ 茅盾:《表象主义的戏曲》,《茅盾全集》(第32卷),北京:人民文学出版社,2001年,第110页。

⑥ 韦勒克在《文学史上象征主义的概念》中明确区分了象征主义的四个层次。从最狭窄意义上,"象征主义"指1886年自称为"象征主义者"的一组诗人,其理论还不完备。第二个层次把"象征主义"看作是从奈瓦尔和波德莱尔到克洛代尔和瓦雷里的一场法国文学运动。第三个层次指称的是国际范围内的一个时期,即把1885年至1914年之间的欧洲文学称为象征主义时期。第四个层次也就是它的最高层次,在最宽泛意义上,它可以用于一切时代的一切文学。

主义文学的性质纠缠并不是他考虑的重点,文学艺术技法上的可供借鉴才是他大力译介的初衷。

即便是1925年以后,茅盾对象征主义技法的强调同样存在。1928年写于东京的《从牯岭到东京》中,他谈道:"就我自己的意见说:我们文艺的技术似乎至少须办到几个消极的条件——不要太欧化,不要多用新术语,不要太多象征色彩,不要从正面说教似的宣传新思想。"①"不要太多",说明茅盾对象征手法还是提倡的,只是迫于"为人生"文学观的规训和当时整个中国社会的开化程度,他认为必须对其进行限制。

3. 作为一种艺术方法的象征主义

古典文学修为颇深且带象征主义趣味的周作人在他的《扬鞭集》中提到:"象征是诗的最新的写法,但也是最旧,在中国也'古已有之'。"②从中国传统文论出发,不需经过太多周折,就可从容抵达西方象征主义的彼岸。在古典文论中,"赋比兴"中的兴,传统文学技法中的隐喻、象征、暗示等同西方象征主义的表现手法颇为接近。茅盾在其文学创作中的借鉴与扬弃很好说明了这一点。

一是主观暗示的强调。作为一种文学表现手法,象征反对直抒胸臆,而凭借主观暗示来表达思想。中国现代文学的开端阶段,文学与政治间关系的紧密程度是空前的。碍于社会客观环境与革命斗争形势的限制,表现人生的文学目标无法用直白的笔调书写下来,但是"情绪主体又必要抒写表现之而后快"③,象征主义凭借其笔法的曲折促成的言说上的隐蔽成了人们的首选。《野草》《空山灵雨》《一种云》等均是象征主义手法操纵下的灵魂思索。而包括茅盾在内的文学研究会作家较为集中通过小说来迫近象征主义,或许和他们对同样作为叙事文体的象征主义戏剧的大力译介有关。茅盾的文学创作就对象征主义戏剧中的一些艺术手法予以了创造性的实践。短篇小说《创造》表面写男主人公君实"创造"他的妻子娴娴的历史,即表面谈妇女解放的问题,而实际上,它谈到了中国社会的解放问题。从篇名选定,到人物设置,再到情节安排,都有着茅盾的缜密考虑。"表象派诗人的诗大都注意于言简而意远"④,茅盾对此亲身践行。他将政治隐喻贯穿于《卖豆腐的哨子》《白杨礼赞》《雾》等象征主义散文作品中。

二是心理刻画的大胆与深入。象征主义的最大特点是反传统,现实主义强调客观,它就强调主观。象征主义者反对现实主义的典型化原则,也反对自然主义的琐细描写,他们创作的世界总是作者主观心理中象征的形象和符号,而不是简单的客观世界的再现。正是这样的区别性特征成就了其反叛的威名,也导致了现代主义文学作品的内向性倾向。在论述近代文学体系的《近代文学体系的研究》一文中,茅盾明确指出,"心理解析的精微也算是近代文学的特色","后来跟

---

① 茅盾:《从牯岭到东京》,《茅盾全集》(第19卷),北京:人民文学出版社,1991年,第191页。

② 作人:《〈扬鞭集〉·序》,《周作人散文》(第2集),北京:中国广播电视出版社,1999年,第263页。

③ 朱寿桐:《论"五四"象征主义文学初潮》,《南京大学学报》1998年第3期,第120页。

④ 茅盾:《近代文学体系的研究》,《茅盾全集》(第32卷),北京:人民文学出版社,2001年,第462页。

着表象主义（Symbolism）运动起来，更是把心理的文学做本运动的中坚"①。设置具备暗示功能的客观对应物可唤起人们心理上的各种情绪反映，这一规律同样适用于作家创作的构思。可见，心理刻画的引入是茅盾现实主义创作思想规定下的大胆出轨。发掘人物心理的到位则让"现实主义的限制"一定程度上获得解放。偶有的无意识、潜意识、梦境、幻觉等在文本中的穿插给了现实主义小说丰富的可能。

三是艺术通感的巧妙运用。在象征主义的表现手法中，客观对应物引起人们相应的心理反应，并达到象征目的，主要通过自由联想来实现。在象征主义看来，自由联想可以打破不同生命器官之间的外在屏障，相互感应，从而使各种精神因素，如懊恼、悲喜、欲望等引出相应的具体形象，或由联想产生的具体形象引起相应的精神反应，心理学上称之为"通感"或"移觉"。"通感"是象征主义艺术风格的主要标志之一。虽然茅盾对象征主义的译介与研究中"还有一个很明显的缺憾，这就是从他的20多篇著译中看不到对象征主义抑或新浪漫主义的艺术特征的较集中和准确的概括，总给人以'打擦边球'的感觉"②，这和后来他对象征主义由提倡走向批判有关。但在具体艺术实践上，他对象征主义手法进行有益借鉴，艺术通感的妙用就是明证。在他写作的小说文本里常有人物主观感情在各个感觉器官间游动，这样的幻化成就了人物心理刻画的生动细致，也给现实主义小说带来灵动的美感。

当然，就茅盾与象征主义的密切关系而言还有其他证据支撑，在他进行文学批评的初年还用"淡淡的象征主义的色彩"③来定位鲁迅的《呐喊》。所以，对于茅盾早期文学创作所受的象征主义影响没有必要讳莫如深。功利性的借鉴心态与化用的巧妙让茅盾现实主义文本中的象征主义技巧不至于生涩、强硬，虽也存在一些不契合的例外，但象征主义的译介与研究总体还是给茅盾的文学生涯以积极有利的影响。

二

五四新文学发轫阶段，在对西方现代文艺的译介中，表现主义同样广受重视。宋春舫、鲁迅、郭沫若、茅盾等新文学先驱者对此做了很多工作。他们与表现主义结缘的原因各不相同，或直接或间接对表现主义产生兴趣，既有在特定时代情境下与表现主义文学精神内在相通的原因，有对文学社会功能独特理解的因素，也与他们受作为表现主义的思想先驱和艺术源头的几位思想家、文学家如尼采、柏格森、安德列耶夫等的深刻影响有关。茅盾在1920年代初期主要从事西方文学理论的译介研究及文学批评工作，他对西方表现主义的热衷源于他的功利性文学追求。他从文学积极的社会作用要求出发，试图寻求一种文学上的积极变革来迎合文坛需要。表现主义因其自身特性，自然而然进入了茅盾的理论视野。

---

① 茅盾：《近代文学体系的研究》，《茅盾全集》（第32卷），北京：人民文学出版社，2001年，第458页。

② 尹康庄：《茅盾对象征主义的译介》，《吉林大学社会科学学报》1997年第2期，第45页。

③ 茅盾：《读〈呐喊〉》，《茅盾全集》（第18卷），北京：人民文学出版社，1989年，第394页。

1. 茅盾对表现主义的接受与误读

单就发表相关译介文章的先后顺序而言,茅盾与表现主义结缘明显晚于写实主义和象征主义。1921 年 4 月《小说月报》刊发了茅盾的《一本详论劳农俄国内艺术的书》,这是合计 207 条的《海外文坛消息》中的第 46 条。该文旨在向读者介绍德国康斯坦丁·乌曼斯基博士的新著《俄国的新艺术》,"又总论了俄国新艺术的趋势是:表象派的势力复振,而立体派(这是俄国艺术界中出过名人的)等有渐渐衰败之势,将来的艺术可断定是'为人生'的表现派的新艺术"①。这篇文章发表时间距现今可考的中国文坛介绍表现主义的第一篇论文——马鹿 1921 年 2 月 10 日发表于《东方杂志》第 18 卷第 3 期的《戏剧上的表现主义运动》仅两月不到,足见茅盾理论嗅觉上的敏锐。由此肇始,触发了茅盾对表现主义的兴趣。

茅盾大量接触表现主义文艺思潮,集中于 1921 到 1925 年。不同于译介象征主义的身体力行,茅盾对表现主义的探究首先是在其主编刊物刊发其他文人的相关译作。1921 年《小说月报》第 12 卷第 6、7 号上连续发表了海镜的两篇有关表现主义的译文《雾飚运动》(日本《解放》杂志驻海外特派员黑田礼二的柏林通信)和《后期印象派与表现派》(日本梅泽和轩作)。随后,茅盾在《小说月报》第 12 卷第 8 号上开辟了"德国文学研究专栏"。这一期上刊登了 4 篇介绍表现主义的文章:山岸光宣作、海镜译的《近代德国文学的主潮》,金子筑水作、厂晶译的《"最年青的德意志"的艺术运动》,片山孤村作、李达译的《大战与德国国民性及其文化文艺》,山岸光宣作、程裕青译的《德国表现主义的戏曲》。同时,茅盾也通过《海外文坛消息》发表了一系列介绍德国表现主义的文章,包括第 75 则《德国的无产阶级诗与剧本》、第 86 则《卡西尔的新作》、第 88 则《德国文坛之现状》、第 104 则《德国文坛近讯》、第 105 则《"雾飚"诗人勃伦纳尔的"绝对诗"》、第 110 则《最近德国文坛杂讯》、第 194 则《德国近讯》,且译文《新德国文学》与《新德国文学的新倾向》也都涉及表现主义。在一些介绍其他国别文学的文章中,茅盾也提到了表现主义,如《波兰的戏剧》《捷克剧坛近讯》等。在《"雾飚"诗人勃伦纳尔的"绝对诗"》一文中,茅盾支持"德国'雾飚'者的目的在解放艺术","他们想要摆脱旧说的束缚而努力于创新的企图","表现派的诗都是不讲究意义形式的"②。如此众多文章的译介,可见茅盾对表现主义思潮的浓厚兴趣,同时也有独立的思考判断。

1922 年暑期,茅盾在松江做了题为"文学上各种新派兴起的原因"的小型文学演讲。该文探讨了西洋文学上未来派、达达派、表现派的源流。战败所带来的精神痛苦并没有让德国消沉,德国民族不屈服、不沮丧的特性却反而成就了表现派的发生发展,"表现派破弃一切旧规则而努力要创新的精神,以及变态性欲的生活,都是现在这时代的人生的缩影,既不是好新的缘故,尤其不是发昏"③,接着他

---

① 茅盾:《一本详论劳农俄国内艺术的书》,《茅盾全集》(第 31 卷),北京:人民文学出版社,2001 年,第 49 页。

② 茅盾:《"雾飚"诗人勃伦纳尔的"绝对诗"》,《茅盾全集》(第 31 卷),北京:人民文学出版社,2001 年,第 129 页。

③ 茅盾:《文学上各种新派兴起的原因》,《茅盾全集》(第 18 卷),北京:人民文学出版社,1989 年,第 266 页。

从题材内容角度对一些德国表现主义的戏剧作品进行了简要分析,明确了其力主的提倡文学上新派的必要性与紧迫性。

《文艺小词典》据考大约作于 1925 年夏秋之际,茅盾生前并未公开发表。在这本收录了 157 个西方文艺词汇的词典中,茅盾以词条形式对表现主义进行了概念式的价值判断。1929 年 5 月出版的《现代文艺杂论》中,茅盾又给表现主义以新的解释:"表现主义所代表的精神是浑朴、粗野、原始的、非传统的、直感的、不修饰的。"① 从措辞语气上看,茅盾对表现主义的态度走入了否定。而时隔一年之后,在《西洋文学通论》中,茅盾又表现出了迥异于前的态度,对表现主义几乎完全肯定,它是"积极的,主动的",是"处在绝望中的人心的热刺刺地努力要创造的精神"。② 1958 年的《夜读偶记》,茅盾把表现主义作为"现代派诸家中资格最老(出世最早)的二家"③,予以严厉批判。

概括而言,茅盾在译介表现主义过程中体现出如下特点:一是把表现主义在德国及欧洲的流行同革命与现实相联系。《小说月报》"德国文学研究专栏"收录片山孤村作、李达译的《大战与德国国民性及其文化文艺》就是明证。茅盾在《青年德意志文学——从表现主义到无产阶级文艺》中指出,"当欧洲大战初停的时候,表现主义的声浪充满于德国文坛;青年的一辈,都承认表现主义是近代艺术的救星,凡不附声赞颂表现主义的,都被看作守旧派反动派","表现主义乘战后人心怀疑于过去文明的时候,席卷欧洲的中部,其势极猛;在德国境内,几乎文学艺术上各支无不受表现主义的震荡"。④ 在《西洋文学通论》中,茅盾指出正是欧战后特定的社会心理背景,促发了"德国会成为表现主义的最发展的地方"⑤。二是对表现主义文艺崇尚主观的总体特征进行有益概括,揭示表现主义的本质内涵。茅盾在《"雾飚"诗人勃伦纳尔的"绝对诗"》中指出:"表现主义者说:我不愿外在的世界撞击我而以我为一个记录的或说明的工具。我就是我自己内在的感情,思想,情绪和气氛的记录者;而我表现这些(内在的感情,思想,情绪和气氛)时,直接地、抽象地、游离于客观的束缚,不为物质所拘牵,不为物或物之形象所拘牵。我要解释的是灵魂。"⑥《西洋文学通论》中是这样描述表现主义的:"专置重于主观的泼刺刺的精神,不肯为客观的'实在'所束缚,便是表现主义的中心。"⑦ 三是对表现主义文艺的创作面貌和艺术手法进行考察。由于各个创作主体主观感情的强度不同,作家气质心态上的差别,"表现主义也被人家解释成许多种的意义,幻化成许多样的

---

① 茅盾:《德国近讯》,《茅盾全集》(第 31 卷),北京:人民文学出版社,2001 年,第 310 页。本条 1929 年 5 月收入世界书局出版的《现代文艺杂论》时,改标题为《青年德意志文学——从表现主义到无产阶级文艺》。

② 茅盾:《西洋文学通论》,《茅盾全集》(第 29 卷),北京:人民文学出版社,2001 年,第 358 页。

③ 茅盾:《夜读偶记》,《茅盾全集》(第 25 卷),北京:人民文学出版社,1996 年,第 178 页。

④ 茅盾:《德国近讯》,《茅盾全集》(第 31 卷),北京:人民文学出版社,2001 年,第 310 页。本条 1929 年 5 月收入世界书局出版的《现代文艺杂论》时,改标题为《青年德意志文学——从表现主义到无产阶级文艺》。

⑤ 茅盾:《西洋文学通论》,《茅盾全集》(第 29 卷),北京:人民文学出版社,2001 年,第 358 页。

⑥ 茅盾:《"雾飚"诗人勃伦纳尔的"绝对诗"》,《茅盾全集》(第 31 卷),北京:人民文学出版社,2001 年,第 129 页。

⑦ 茅盾:《西洋文学通论》,《茅盾全集》(第 29 卷),北京:人民文学出版社,2001 年,第 358 页。

面目；表现主义的形式与方法，一年一年的变换，永没有确定过"①，其基本形态有章可循。因此，他阐述表现主义的例证集中于欧战爆发后的表现主义戏剧。内容与形式自然是其探讨的切入点。就内容上看，表现主义的"题材大都是一些刺激性极强的，例如战争、性欲等等"②，就其形式而言，"只要能够表现自己的精神就好了，用什么方法表现（既是客观的写实呢，抑是主观的理想呢），都可不问；所表现出来的形式，是不是客观的东西，也可以不问"③。归结而言，主观化、类型化、抽象化是表现主义人物刻画的主要特征。

2. 表现主义对茅盾文学观形成的影响

茅盾缘何会对表现主义如此关注？现象背后的深层原因探究显然十分必要。

一是受作为表现主义的思想先驱和艺术源头的几位思想家、文学家的深刻影响。表现主义作家毫不讳言地把尼采作为精神先驱，《查拉图斯特拉如是说》启示般的寓言语境给后世表现主义者提供了重要范本。对此，茅盾显然是认同的。"欧洲的反自然主义的运动，一面是受着反物质主义的哲学精神的影响，一面也受着反对'科学的批评论'一派的文学批评家的暗示。"④投身新文学运动的最初阶段，茅盾对尼采哲学表现出浓厚兴趣。他先是翻译了《查拉图斯特拉如是说》，1920 年又在《学生杂志》上发表了《尼采的学说》，让茅盾充分感受到了现代人本主义理念和创造激情。而历来被茅盾误以为是象征主义代表的表现主义戏剧先驱斯特林堡则带给茅盾艺术形式上的震撼。他的《到大马士革去》《鬼魂奏鸣曲》和《梦的戏剧》等都被归入早期表现主义的代表作。虽然"新浪漫"的称谓表现出茅盾本时期对待西方现代派各流派的含混，但不遗余力介绍背后彰显的是表现主义被接受的必然。正是茅盾早期对现代主观论哲学和表现派美学思潮的密切接触，促成了他与表现主义文学的接轨。

二是表现主义思维特质与五四文化语境的不谋而合。伴随文学革命紧锣密鼓地展开，各种外来的思潮流派、艺术样式都有了在神州大地一展身手的机会。破旧立新的非常时期，表现主义会同其他欧洲现代主义文艺思潮远涉重洋来到中国。表现主义在新文学初始阶段能得到较充分重视，归因于中国文学艺术发展的内在要求和文学观念巨大的包容性等因素。然而，人的发现与个性解放思潮的疯长却没有成就这次革命的最终成功，"中国作家的'前卫'感，虽然是源自艺术上对传统的反抗，却依然局限在'生活'的范畴之中；换句话说，他们愤怒、挫折的情绪，和对当代现实的厌恶，驱使他们走到反叛的境地，无论如何，却总是根源于社会政治的连锁关系"⑤。五四文化语境的开化让表现主义在中国火了一把，却不幸地成

① 茅盾：《德国近讯》，《茅盾全集》（第 31 卷），北京：人民文学出版社，2001 年，第 310 页。
② 黄彩文：《两种现代性的纠缠——论茅盾早期对表现主义的译介》，《河北师范大学学报》2004 年第 4 期，第 87 页。
③ 茅盾：《西洋文学通论》，《茅盾全集》（第 29 卷），北京：人民文学出版社，2001 年，第 357 页。
④ 茅盾：《未来派文学之观势》，《茅盾全集》（第 32 卷），北京：人民文学出版社，2001 年，第 577 页。
⑤ 李欧梵：《中国现代文学中的现代主义——文学史的研究兼比较》，《中西文学的徊想》，南京：江苏教育出版社，2005 年，第 39—40 页。

为这次革命必然失败的象征,中国现代文学则在突进与断续中艰难前行。

三是"为人生"文学观的必然选择。虽然作为一种高度主观性的文学潮流,表现主义"是一群有着强烈的社会关怀的作家"①。他们对现实的不满并不以逃避现实为结果,相反,他们希望通过创作干预社会。他们中的一部分人甚至有着直接参与政治的热忱与行动。此般社会关怀意识和茅盾"为人生"的文学观是相通的。"我觉得表现社会生活的文学是真文学"②,"青年的烦闷,烦闷后的趋向,趋向的先兆……都是现在重大的问题,应该在文学作品中表现出来;而且不仅是表现罢了,应该把光明的路指导给烦闷者,使新信仰与新理想重复在他们心中震荡起来③。"使命式的责任在肩与表现主义文学所彰显的社会关怀的异质同构,诱引了茅盾对表现主义进行长时间的译介与研究。

大量译介表现主义文学的同时,茅盾的文学观念也随之改变。首先,艺术重心转向注重作家主观精神。1920年,茅盾在《文学上的古典主义、浪漫主义和写实主义》指出:"讲到艺术方面呢,本来不能专重客观,也不能专重主观。专重主观,其弊在不切实;专重客观,其弊在枯涩而乏轻灵活泼之致。"④他提倡新浪漫主义文学,倡导主观论。其次,对文学创造的推崇。表现主义被茅盾视为一种心理状态,"努力要创造什么新的,努力要找人生的出路——这样一种心理状态,除了这心理状态时共同的而外,表现主义者各作家间便没有共同"⑤。茅盾通过对《甚么是作为艺家必须的条件》的解读,明确了自己的态度,"我相信创造的自由该得尊重;但我尤其相信要尊重创造自由,先必须尊重别人的创造自由⑥。"文学创作,在茅盾的理解中就是"创新之作"。因此,他在《西洋文学通论》中呼吁"文艺不是镜子,而是斧头;不应该只限于反映,而应该创造的"⑦。最后,乐观文学态度的提倡。五四新旧思想的冲突带给青年的是内心烦闷与思想迷乱。在文学创作中应该表现这样的社会现实,但同时,"应该把光明的路指导给烦闷者,使新信仰与新理想重复在他们的心中震荡起来"⑧。1922年12月1日《时事新报》副刊《文学旬刊》第57期发表的《乐观的文学》,茅盾发出了类似于表现主义呐喊式的呼号:"我本我乐观的迷信,我诅咒一切命运论的文学,我诅咒悲观的诗人,我甚至诅咒赞叹大自然的伟力以形容人类的脆弱的文学!乐观!乐观!让我们扬起迷信乐观的火焰呵!"⑨1924年,茅盾更是在松江暑期演讲会上,呼唤文学上大转变时期的来临。可见,茅盾文学观念上的明显转变绝非偶然,这与他对表现主义文艺的倾斜有关,是他一

---

① 徐行言、程金城:《表现主义与20世纪中国文学》,合肥:安徽教育出版社,2000年,第37页。
② 茅盾:《社会背景与创作》,《茅盾全集》(第18卷),北京:人民文学出版社,1989年,第117页。
③ 茅盾:《创作的前途》,《茅盾全集》(第18卷),北京:人民文学出版社,1989年,第121页。
④ 茅盾:《文学上的古典主义、浪漫主义和写实主义》,《茅盾全集》(第32卷),北京:人民文学出版社,2001年,第200页。
⑤ 茅盾:《西洋文学通论》,《茅盾全集》(第29卷),北京:人民文学出版社,2001年,第359页。
⑥ 茅盾:《自由创作与尊重个性》,《茅盾全集》(第18卷),北京:人民文学出版社,1989年,第284页。
⑦ 茅盾:《西洋文学通论》,《茅盾全集》(第29卷),北京:人民文学出版社,2001年,第400页。
⑧ 茅盾:《创作的前途》,《茅盾全集》(第18卷),北京:人民文学出版社,1989年,第121页。
⑨ 茅盾:《乐观的文学》,《茅盾全集》(第18卷),北京:人民文学出版社,1989年,第324页。

贯主张的对各种文艺思潮广泛吸收与借鉴必然结果。

3. 表现主义的艺术技巧

茅盾对表现主义文学思潮的译介与研究对茅盾文学创作技巧上的补充与丰富主要体现在以下方面。

一是注重表现群体性的人物心理和塑造象征性的人物形象。人物心理的展示与主观性的高扬可以视为西方现代主义诸流派的共同追求，但是群体性人物心理的刻画却是表现主义的专属。1929 年，在分析土勒（Ernst Toller）的《群众》时，茅盾就指出了表现主义文艺的这个特征。后期茅盾小说创作大概受了如此表达方式的影响，常以一个人的内心独白来反观整个阶级的群体性心理。阶级性的强调让茅盾笔下的人物通常带有现实社会中某一类人的象征意味。而且，表现主义通常被称作是戏剧小说领域中的象征主义。虽然茅盾的写作是以客观写实著称，却也迫于时代的特殊语境采用了相对隐晦的书写方式。所以，他小说中的人物通常都不是健全的个人，而是某个特殊群体的代言。这种带有象征性的人物设置方式和土勒的做法极为相似。

二是对夸张性情节与细节的容纳。《西洋文学通论》中谈到表现主义时，茅盾认为，"他们以为如果要表现一个傲慢的人，不妨在这人头上生两只角，让他的鼻子里喷烟火"①。这反映了表现主义者可以为表达的需要肆意夸张变形。为更好宣扬新的进步观念，茅盾开始对生活进行一种表现，而非严格意义上的再现。如在创作《路》《三人行》等作品时，作者显然没有完全顾及人物形象的真实性，而只是把他们简单处理为宣传革命的工具。于是，我们可以轻易在他的作品中发现很多原本无法理解的情节。这同表现主义追求主观真实而蓄意夸张变形客观生活有异曲同工之妙。茅盾的长篇巨制《子夜》就是例证。小说发展后段，失败狂躁的吴荪甫奸污了前来服务的女佣人。娇妻如花似玉，身边更是簇拥着无数美艳交际花，缘何却对一个下人施暴？茅盾自己也承认，本来没有这一细节，只是遵从瞿秋白的意见而增加②，目的是表达对资本家反动的批判。

三是对浓烈色彩与音乐性的强调。在《海外文坛消息》第 117 条《波兰的戏剧》一文中，茅盾分析了查尔斯·哈伯特·罗斯特沃洛夫斯基的三幕神秘剧《慈爱》，"《慈爱》一剧的布景亦微有特异之处'色彩都用极刺目的浓青大红老黄，说者谓其似表现派③。"这说明茅盾本人很早注意到了表现主义作品对色彩的强调，意在造成强烈的视觉冲击。这样的认知很快被茅盾运用到创作中。茅盾在《子夜》的整体构思中对色彩与音乐给予了足够分量："一、色彩与声浪应在此书中占重要地位，且与全书之心理过程相应合。二、在前部分，书中主人公之高扬的心情，用鲜明的色彩，人物衣饰，室中布置，都应如此。三、在后半，书中主人公没落心情，用阴暗色彩。衣饰，室中布置，亦都如此……"④《子夜》中的霓虹闪烁、色彩的光怪

---

① 茅盾：《西洋文学通论》，《茅盾全集》（第 29 卷），北京：人民文学出版社，2001 年，第 358 页。
② 茅盾：《〈子夜〉写作的前前后后》，《茅盾全集》（第 34 卷），北京：人民文学出版社，1997 年，第 502 页。
③ 茅盾：《波兰的戏剧》，《茅盾全集》（第 31 卷），北京：人民文学出版社，2001 年，第 160 页。
④ 茅盾：《〈子夜〉写作的前前后后》，《茅盾全集》（第 34 卷），北京：人民文学出版社，1997 年，第 499 页。

陆离,都是茅盾对表现主义文学技法巧妙吸收的结晶。他并非简单粗暴地照搬表现主义的艺术手法,而是考虑到了作品的整体构思。

当然,表现主义对茅盾个人文学技法的丰富并不局限于以上论述。表现主义文学与时代,尤其是政治有着紧密联系,"特殊历史时期的悲观失望情绪、躁动心态、反抗意识、革命氛围、表现欲望,都是表现主义产生的现实基础"①。表现主义的这般特质也深刻影响了茅盾的文学创作,只是在后世文学研究者看来,这常常被视为茅盾现实主义文艺观的有力注脚而被忽视。言说的多样被偏执一词所取代,表现主义与茅盾关系的梳理与研究一直没有进入文学研究者的视野大概就是因了这样的误区。

三

未来主义与表现主义几乎同时产生。1909 年,马里内蒂(Marrinetti)于法国巴黎《费加罗报》上发表了《未来主义宣言》,标志着未来主义在意大利的诞生。在他的发起和推动下,未来主义很快从文学扩展到绘画、音乐、电影、建筑等艺术领域,而且迅即从意大利本国扩大到包括俄国在内的欧洲大陆其他国家,"从 1909年到第一次世界大战之前所发生的文艺上的思潮、流派,都多少受过未来主义的刺激和启示"②。未来主义在西方现代派中的历史地位可见一斑。

1. 茅盾对未来主义的接受与误读

1922 年 8 月,茅盾在《文学上各种新派兴起的原因》的暑期讲演中以文学思潮随时代变迁的思维先置探讨了西洋文学上未来派、达达派、表现派的源流。"未来派是大战前几年就有的,以意大利为出发点,亦以意大利为最盛"③,接着对未来派剧本与诗歌进行分析,得出"好像全无意义"的推论。伴随着介绍未来主义的心情之迫切,他以更大的热情投身其间。"所以我以为现在文学家的责任是在将西洋的东西一毫不变动的介绍过来。"④1922 年 10 月,茅盾在《小说月报》特辟了"战后文艺新潮栏",刊发了日本学者川路柳红作、馥泉翻译的《不规则的诗派》。这篇文章并非未来派的专论,它讲到了包括未来派、达达派、表现派等在内的多种现代派文艺的艺术特征。紧接着,在《小说月报》第 13 卷第 10 号上,刊发了茅盾的文章《未来派文学之观势》。文章开篇指出:"文学上各种新运动的发生,一方是社会背景和时代精神的反映,一方也是对于环境的反动。未来主义当本世纪初年在意大利勃兴,可说完全是对于环境的反动。"⑤这和他之前论述到未来主义的几篇文章观点一致。虽然该文论述侧重俄国的未来派,却也相对客观地描述了整个西方未来主义的发展脉络。

1922 年,茅盾发表了署名为洪丹的评论文章《欧战与意大利文学》,从地理分

---

① 徐行言、程金城:《表现主义与 20 世纪中国文学》,合肥:安徽教育出版社,2000 年,第 324 页。
② 张大明:《西方文学思潮在现代中国的传播史》,成都:四川教育出版社,2001 年,第 608 页。
③ 茅盾:《文学上各种新派兴起的原因》,《茅盾全集》(第 18 卷),北京:人民文学出版社,1989 年,第 261 页。
④ 茅盾:《现在文学家的责任是什么》,《茅盾全集》(第 18 卷),北京:人民文学出版社,1989 年,第 10 页。
⑤ 茅盾:《未来派文学之观势》,《茅盾全集》(第 32 卷),北京:人民文学出版社,2001 年,第 577 页。

布、民族思维等方面指出了缘何未来派会兴盛于此:"北部的阿尔卑士高山脉阻住了欧洲物质文化的攻击,使意大利成了工业迟进国,故意大利民族的神经里比较的少些机械文明的素质。因为比较的离开机械文明远些,故反而更会认识机械文明加于人类神经上的巨大的痕迹,于是乃有未来派的赞美机械文化的文学艺术。"①之后,茅盾在《海外文坛消息》第 127 则《法国艺术的新运动》、第 145 则《日本未来派诗人逝世》、第 192 则《泛系主义与意大利现代文学》也都谈到了未来主义。未来主义被视为一种反动而被"大大主义"所替代。

1925 年夏秋之际写就的《文艺小词典》,茅盾给"未来主义"(Futurism)单列了词条,客观描述了未来派的来龙去脉。篇末谈到的俄国文学中尚存的未来主义诗人马雅可夫斯基,这点 1924 年他在《文学周报》上发表的《苏维埃俄罗斯的革命诗人玛霞考夫斯基》曾经做过详细介绍。1925 年,在其文艺思想转折的标志性文章《论无产阶级文艺》中,茅盾为凸显其文艺思想的无产阶级性质,将未来主义等西方现代派文学贬斥得一文不值,"什么未来主义,意象主义等等,便是一无所用的"②。1928 年,茅盾在《从牯岭到东京》中也稍带提到了俄国的未来派,并驳斥了他们制造的"标语口号文学"。

1930 年《西洋文学通论》的第九章"自然主义以后",茅盾在论及包括象征主义、表现主义等西方现代主义流派时给了未来主义较高的文学史定位,"未来主义(Futurism)发生于产业落后的意大利,以反自然主义及反艺术至上主义的形式轰轰然出现,是本世纪初欧洲文坛上第一件大事情"③。1958 年,在《夜读偶记》中,茅盾则对未来主义给予严厉批判,但措辞上还是谨严的,"我们也不该否认,象征主义、印象主义,乃至未来主义在技巧上的新成就就可以为现实主义作家或艺术家所吸收,而丰富了现实主义作品的技巧"④,并举了俄国未来主义诗人马雅可夫斯基为例。

细致梳理茅盾译介与研究未来主义文艺的相关论著,有几点值得注意:

一是把未来主义文艺盛行同社会背景和时代精神相联系。不论是在《小说月报》发表译文,还是撰写文章,对未来主义的探讨从来没有脱离时代语境的预设。正是在时代背景的充分铺垫下,茅盾对未来主义的发生、盛行直至衰亡的原因进行了深入考察,"未来主义者的权力欲和夸大狂,完全和达到全盛期的资产阶级心理相应和"⑤。西方近代机械文明的嘈杂,成就了未来主义的迅即扫荡,却也让它迅速地归于沉寂。二是对未来派文艺的总体特征进行了概括和探讨。茅盾在《西洋文学通论》中对未来派的艺术特点进行了归纳,"在戏院方面,未来主义要打倒一切既成的演剧上的规律,创造他们所谓'Variety theatre'"⑥。未来主义的文学

---

① 茅盾:《欧战与意大利文学》,《茅盾全集》(第 32 卷),北京:人民文学出版社,2001 年,第 594 页。
② 茅盾:《论无产阶级艺术》,《茅盾全集》(第 18 卷),北京:人民文学出版社,1989 年,第 517 页。
③ 茅盾:《西洋文学通论》,《茅盾全集》(第 29 卷),北京:人民文学出版社,2001 年,第 342 页。
④ 茅盾:《夜读偶记》,《茅盾全集》(第 25 卷),北京:人民文学出版社,1996 年,第 185 页。
⑤ 茅盾:《西洋文学通论》,《茅盾全集》(第 29 卷),北京:人民文学出版社,2001 年,第 343 页。
⑥ 茅盾:《西洋文学通论》,《茅盾全集》(第 29 卷),北京:人民文学出版社,2001 年,第 345 页。

主张,归根结底说是"运动"的表现。他们用形式上的夸张变形与对内容意义的消解来表达对机械文明的赞叹。三是对不同国别未来主义表现出差异性态度。综观茅盾对未来派文艺的译介,集中于意大利与俄国,并给予了截然不同的评价。"混乱与胡闹"是他对意大利未来主义的态度,而俄国的未来主义者因为加入无产阶级革命行列中,不但没被一棍子打死,而且还进行了详细介绍。"茅盾意识到了意大利未来派,尤其是在思想方面、与布尔什维克主义之间的根本区别,同时又感到正是在苏联,未来派才能达到它发展的高峰。"①一个是破坏,一个是革命,却也让我们明确了茅盾对俄国无产阶级文艺的偏爱有加。

2. 未来主义与茅盾早期的文学选择

相对于象征主义、表现主义所产生的世界性影响,未来主义的辐射范围明显狭窄很多。早期茅盾对其感兴趣主要基于以下原因:

一是"科学主义与茅盾早期的文学选择"②。虽然未来主义在文学上体现为探寻主观化真实,但未来主义文学者将文学艺术的目标定位于对"现代感觉"的把握,力图创建以"运动"为核心、能充分展示速度、力量、音响、色彩的新型美学。飞速运转的机器,光怪陆离的现实,充满火药味的冲击力,未来主义者着力刻画这些剧烈的运动变化,并力图从中寻找通向未来的昭示。茅盾显然也认识到了这一点,"他们崇拜机械的伟大力量。他们赞美机械发出来的繁复重声,所以要把机械运动的声音谱入乐曲"③。虽然它的消逝速度如同发展一般迅猛,却因为同五四文人对科学重视的不谋而合而被当时的理论研究者所关注与采纳。茅盾对未来主义的关注正是源于这样的考虑。

二是未来主义文学激进反叛精神与五四反传统观念的内在融通。未来主义同表现主义在反叛精神上的共通性,学界在论述西方现代主义文学思潮与五四新文学之间关系时,常常把二者放在一起讨论。的确,这种思潮意识上的反传统与对机械文明赞叹的叫嚣,对五四时期急于除旧布新的中国文艺界有着内在契合。如此强烈的反叛精神更是深深地触动了年轻的茅盾。而且,未来主义对于传统的彻底否定还突出表现在他们对文学语言所作的一系列革命性实验上。茅盾一贯表现出赞赏的马雅可夫斯基的诗歌就是绝佳例证。他的《150000000》"可以代表布尔札维克派大胆敢于破坏的精神"④。这样革新与反抗的勇气正是五四文人所极力鼓吹的,未来主义很好地迎合了茅盾等五四文人反抗的需要,因此获得了丰厚的话语空间。

三是茅盾对俄国文艺的另眼相看。茅盾历来对俄国文学十分关注,在对未来主义文学进行译介时很少没有不提到俄国。他主编的《海外文坛消息》虽然是对西方文艺进行普泛式介绍,却还是体现出了对俄国及东欧被侮辱与被损害民族的侧重。尤其是俄国十月革命胜利给中国带来了希望,无产阶级文艺的传入让五四

---

① 李岫:《茅盾研究在国外》,长沙:湖南人民出版社,1984年,第662页。
② 俞兆平:《科学主义与茅盾早期的文学选择》,《厦门大学学报》2004年第4期,第30页。
③ 茅盾:《未来派文学之观势》,《茅盾全集》(第32卷),北京:人民文学出版社,2001年,第578页。
④ 茅盾:《未来派文学之观势》,《茅盾全集》(第32卷),北京:人民文学出版社,2001年,第583页。

文人对俄国文学的关注度剧增,作为一个意图担当传播新文化新思想重任的文学家,茅盾没有理由忽视对其的关注。而且,虽然茅盾一直都表现出对未来主义客观冷静的态度,但论述到俄国未来主义,他就会从措辞上体现出同情直至由衷的欣赏。《西洋文学通论》已开始对西方现代主义文学进行批判,茅盾却对马雅可夫斯基网开一面,"《人》这首诗,是那时期的佳作。《袴中云》已有'革命'的色彩。《战争与和平》就满涨着社会主义的音调"①。这当然与马氏很快从未来主义式的呐喊走向现实主义的无产阶级文艺密不可分,却也显示出茅盾对待俄国文学的主观偏向。

当然,由于未来主义与表现主义几乎产生于同一时期,理论来源一样,二者都受到包括尼采和柏格森等前代哲人在内的非理性主观哲学的影响,应和着垄断资产阶级的要求和愿望而产生。因此,茅盾早期对尼采等人的译介同样可视为他与未来主义进行接触与研究的前奏。

3. 都市叙事的偏爱

五四新文学的开端阶段,以鲁迅为首的"为人生派"的文学研究会作家们大多走上了乡土文学创作的道路,作为早期发起者的茅盾留给后世最瞩目的却是中国现代都市文学开山人的威名。从文学批评生涯开始,他就表现出了对都市文学的爱好。1921 年,在评四五六月的创作时,茅盾就对都市劳动者的描写太少而不满,"最少的却是描写城市劳动者生活的创作,只有三篇;描写农民生活的创作也只有八篇,但比起(C)(即:描写都市劳动者生活的)类来,已经多了一倍"②。这样的缺憾却促使了茅盾身体力行进行都市写作的开启。都市叙事的偏爱可以视为未来主义对茅盾个人文学生涯的最大影响。具体表现如下:

一是着力表现都市物质文明的运动感。"蒸汽,光,电,⋯⋯等等速与力已经成为近代人的意识或下意识的一部分,或者应该也在近代的艺术里占一席地罢。因为艺术既然是意识里流露出来的偶然被扯住了的精髓,那么,当然不能独不许成为意识一部分的'速'与'力'闯进艺术的领域。"③《子夜》原本是要写成农村与都市并包的展示中国社会各个方面的作品,但最后农村部分被舍弃,五光十色的霓虹闪烁、高耸入云的摩天大楼、轰隆突进的汽车奔驰为我们展示了浓烈的都市风光。《子夜》的开头部分,旧上海大都市的动态感在"飞驰而过的电车""异常庞大的霓虹灯管广告射出的赤光和绿焰"下展示得淋漓尽致。茅盾这样的开篇方式显然深受《未来主义宣言》的深刻影响。

二是幻象描写的运用。未来主义认为现代生活的本质是无处不在的"速度"和"动力的感觉"等抽象因素构成的。比起象征主义的有迹可循,未来主义的幻象设置常让人一头雾水。但如果巧妙运用,可以相得益彰,使文章更加圆熟。茅盾的小说创作历来以理性见长,史诗性的宏大叙事不可能在主观任意支配下完成。

① 茅盾:《西洋文学通论》,《茅盾全集》(第 29 卷),北京:人民文学出版社,2001 年,第 353 页。另《袴中云》通译《穿裤子的云》。

② 茅盾:《评四五六月的创作》,《茅盾全集》(第 18 卷),北京:人民文学出版社,1989 年,第 132 页。

③ 茅盾:《未来派文学之观势》,《茅盾全集》(第 32 卷),北京:人民文学出版社,2001 年,第 583 页。

观察与综合历来为茅盾所并重。但他同样不排斥幻觉、潜意识等主观心理描写。《一个女性》中这样写道:"从窗外飞来,从天花板上飞来,从桌上,从她的药碗里飞来,都连成一长串,像颈饰似的挂在她眼前。"①这是女主角杨琼华病重时的想象,由此展示其创伤心灵中爱情的重新萌动显然要比直接描述更加动人。幻象在某种程度上比事实更真实,这样的论断茅盾显然是认同的。那些略带虚幻的镜像参与让他的人物塑造更加形象生动。

三是都市意象择取与浓烈声色表现。都市被视为"现代主义的一体两面而不可分割"②。这强化了茅盾都市叙事偏爱所受的现代主义尤其是未来主义的影响,"烟囱""小火轮""霓虹灯""飞驰的电车""奔腾的汽车"等意象在茅盾的都市书写中屡屡出现。即便是在"农村三部曲"中,茅盾也将机械的喧嚣侵入了农村黎明的宁静,小火轮奔腾在乡村的稻田旁。未来主义者所要在文学中引入的三要素:"一、声响(物体运动的表现);二、重量(物体飞动的能力);三、气味(物体分裂的能力)。"③这些在《子夜》中得到了充分展示。未来主义手法的运用让小说文本的批判意味更加浓烈,也让情节发展更加紧凑。

激进的先锋批判精神促成了未来主义的迅即壮大,"形而上学的极端"则导致了未来主义的稚嫩短命。这样的灵光一现显然不能让茅盾改变其对无产阶级现实主义的偏爱。但从上面的分析可以看出,未来主义文学技巧在创作中的有机融合,深化了茅盾的现实主义创作。

从五四新文学发端阶段的广纳,到《夜读偶记》中的大肆批判,西方现代主义文学思潮的价值在茅盾言辞中呈现逐步走低的态势,且变化的轨迹不是直线下降而是时起时落。这种"始乱终弃"并非他的一枝独秀,而是文学史上的主流话语模式。茅盾同西方现代主义的博弈表征的是整个中华民族知识分子在这个问题上的常态。嫁接西方现代主义的美好设想与不懈努力最终没能取得成功,但茅盾用孜孜不倦的创作勃发推翻了现代主义毫无用处的谬论。理论提倡与创作实践上的错位,更强化了茅盾对西方现代主义态度的一以贯之,只不过实现了"从文艺思潮到艺术方法"的跨越。中华民族知识分子历来的承担意识让茅盾等现代文学作家们选择了现实主义的固守,而现代主义技法的大量运用则给了茅盾的现实主义以"茅盾特色"。在现代主义艺术手法的丰富下,茅盾的现实主义文本为后世留下了更丰富的解读空间。

---

① 茅盾:《一个女性》,《茅盾全集》(第8卷),北京:人民文学出版社,1985年,第87页。
② 梅启波:《从〈子夜〉看茅盾小说创作现代主义与现实主义的融合》,《乐山师范学院学报》2008年第8期,第36页。
③ 马里内蒂:《未来主义文学的技术性宣言》,《现代主义文学研究》(上册),北京:中国社会科学出版社,1989年,第371页。

国际中文教育视角下茅盾儿童文学作品的应用分析

——以面向西班牙的汉语教学为例

董卉川　都雪莹①

摘　要:随着中国综合国力的增强与国际地位的提升,国际中文教育事业在西班牙顺利开展并呈现出良好发展态势,因此如何解决此过程中出现的教学资源缺乏、内容乏味、形式单一等问题成为国际中文教师着重思考的内容。而茅盾作为中国现代儿童文学的开拓者,创作了大量优秀儿童文学作品,与西班牙汉语学习者语言水平及性格特征相适配,有助于对外汉语语音、词汇及语法教学的顺利进行。因此本文将以童话为代表的茅盾儿童文学作品置于国际中文教育视角下进行应用分析,揭示其在对外汉语教学工作中的重要应用价值与现实意义,旨在实现茅盾研究领域的新突破与国际中文教育研究领域的新尝试。

关键词:茅盾;儿童文学;国际中文教育;西班牙

2023 年是中国与西班牙建交的 50 周年,同时也是两国在"汉语热"背景影响下于后疫情时代文化交流复苏发展的一年。随着中国综合国力的增强与国际地位的提升,越来越多的外国友人希望学习汉语、了解中国文化。相较于英美,在西班牙开展的国际中文教育事业虽然起步较晚,但呈现出了不容小觑的良好发展态势。与此同时,在面向西班牙的汉语教学过程中也出现了教学资源缺乏、教材内容乏味、教学形式单一等问题,因此,寻找丰富多样的教学材料,增加教学趣味性成为国际中文教师应着重思考的问题。而借助具有"各种不同的情景、不同的语用需要和表达方式,不但句型多样、用词讲究,而且妙趣横生,既有吸引力,也便于记忆"②的文学作品,不失为一种明智的选择。

在国际中文教育领域中,据统计在以《高级汉语教程》《发展汉语》《博雅汉语》等为代表的主流综合课教材中,常出现的中国现当代文学作家集中在鲁迅、老舍、朱自清、张爱玲、巴金、汪曾祺等人,其中鲜少见到茅盾的身影。而茅盾作为"现代中国最伟大的革命作家"③,作为中国现当代文学的先驱,他的文学创作显现出其

---

① 作者简介:董卉川,文学博士,青岛大学国际教育学院副教授,硕士生导师,主要研究方向为中国现代诗剧、散文诗、小说。

都雪莹,青岛大学国际教育学院硕士研究生,主要研究方向为中国现当代文学、汉语国际教育。

② 李如龙:《对外汉语教学的文学导入》,《华文教学与研究》2010 年第 2 期,第 3 页。

③ 夏志清著,刘绍铭等译:《中国现代小说史》,上海:复旦大学出版社,2005 年,第 115 页。

"在中国传统文学上的深厚造诣，呈现出中国传统文学风格的独特魅力"①。毋庸置疑，茅盾文学作品对于对外汉语教学来说具有重要的借鉴意义与启发价值，但目前学界关于茅盾文学作品之于国际中文教育的相关分析少之又少，成为一块待开发的沃土。因此，本文将聚焦茅盾的文学创作，以面向西班牙的对外汉语教学为例，在国际中文教育视角下分析其重要的应用价值。

茅盾作为一位"经得起时间考验，为人民大众所欢迎的作家"②，创作了无数的优秀作品，其中不仅包括小说、散文、评论、文学和政治报道，同时他作为中国现代儿童文学的开拓者与启蒙者，"是百年中国儿童文学演进史上最早从事童话创作的拓荒者之一"③，还在儿童文学创作方面有着瞩目的成就。他在"1917—1981 年间半个多世纪里一以贯之地关心、注重儿童文学，为之倾注心血"④，由此可见茅盾在儿童文学方面的造诣之深厚。由于西班牙汉语学习者是将汉语作为第二语言进行学习和运用，因此过于冗长与复杂的汉语材料对其来说有着巨大的挑战性，若使用不当则会打击其学习兴趣，影响其学习动机。而在选材上符合儿童"爱'奇异'，爱'热闹'，爱'变化多'，爱'泼剌'，爱'紧张'"⑤的天性，在文字上不仅符合语言规范，而且是"是泼剌的，美丽的，dynanic 而且明快"⑥的茅盾儿童文学作品，不但在语言水平上适合以汉语作为第二语言的学习者，"适合他们阅读兴趣与接受能力"⑦，并且以其"充满着幽默、快乐、阳光色彩与游戏精神"⑧的特征与西班牙学习者"热情奔放，乐观向上，无拘无束"⑨的性格相适配，吸引着他们的学习兴趣。因此，本文选取了茅盾的数部以童话为代表的儿童文学作品——《驴大哥》《书呆子》《飞行鞋》《金龟》《怪花园》《狮骡访猪》《风雪云》《寻快乐》《蛙公主》《鸡鹜之争》《鼠择婿》《一段麻》，通过对文本进行分析，揭示国际中文教育视角下茅盾儿童文学作品的重要应用价值与现实意义。此论题不仅在茅盾研究领域是一种突破，在国际中文教育研究领域也是一种全新的尝试。

一、茅盾儿童文学作品在语音教学方面的应用分析

"我们常说学语言必须打好基础，语音就是语言的物质基础，只要发音准确流利，即使词汇量有限，掌握的语法点也不多，本地人听起来也会觉得相当地道。"⑩由此可见，语音教学是国际中文教育工作顺利进行的基础和保障。通过中国与西

---

① 丁帆、朱晓进：《中国现当代文学》，南京：南京大学出版社，2000 年，第 100 页。

② 王瑶：《王瑶全集　第 5 卷　中国现代文学史论集》，石家庄：河北教育出版社，2000 年，第 407 页。

③ 王泉根：《百年中国儿童文学演进史中的茅盾》，《江淮论坛》2020 年第 6 期，第 145 页。

④ 韦苇：《一位中国儿童文学倡导者的艺术探索——论茅盾对儿童文学的贡献》，《浙江师范大学学报》1987 年第 3 期，第 56 页。

⑤ 子渔：《几本儿童杂志》，《文学》1935 年第 4 卷第 3 期，第 514 页。

⑥ 子渔：《几本儿童杂志》，《文学》1935 年第 4 卷第 3 期，第 514 页。

⑦ 王泉根：《儿童文学教程》，北京：首都师范大学出版社，2008 年，第 3 页。

⑧ 王泉根：《儿童文学教程》，北京：首都师范大学出版社，2008 年，第 3—4 页。

⑨ 王士雄：《西班牙》，北京：世界知识出版社，1998 年，第 211 页。

⑩ 林焘：《语音研究和对外汉语教学》，《世界汉语教学》1996 年第 3 期，第 18 页。

班牙的语音对比分析可知,西班牙汉语学习者语音学习的难点主要集中在元音中的 e、ü,辅音中以 zh 为代表的舌尖后音、以 p 为代表的送气音,声调中的上声等。而利用充满趣味性的茅盾儿童文学作品为材料,不仅能够增强语音教学的乐趣,且在潜移默化中对于重点语音的讲解与教授十分有利。

对于西班牙的汉语学习者来说,在学习韵母时出现的偏误常常集中在 e、ü 上。西班牙汉语学习者常常将汉语中的单韵母 e[ɣ]误发为[e],这是由于受到了母语负迁移的影响,因此在教授此韵母发音时,教师应注重强调两种语言系统中发音的差异之处,给出正确的示范并督促学生通过大量练习进行理解和掌握。在此期间,教师可利用合适的茅盾儿童文学作品作为语料帮助学生进行发音练习。以茅盾创作的童话故事《驴大哥》为例:"那狗垂头丧气,卧在路旁,煞是可怜。驴子想道:'他不在人家门口躺着,却卧在路旁,光景是无主的野狗了。敢情也是私逃,和我一样么?'因上前问道:'犬兄,你一向好么? 我见你怪忧愁的,也觉代你难过。你莫非是耐不住主人的暴虐,私下逃出来的么? 咳! 我也有苦难说。你何妨说出来,我们大家商量着做。'"①在这段文字中,出现了大量含有韵母 e 的音节,例如"可""着""野""了""也""么""的""何"。通过对本段故事的反复朗读,学习者可在不知不觉中掌握单韵母 e 的发音要领,熟悉其发音部位及发音方法,以趣味有效的方式练习发音。对于单韵母 ü,由于它在西语中并未有对应的音素,因此西班牙汉语学习者很难掌握其舌位的变化,而它也成为了出现偏误较多的韵母。对于此发音的教授,教师仍可以在进行正确示范的基础上利用茅盾的儿童文学作品帮助学生进行理解和学习。例如我们可以借助茅盾的童话作品《书呆子》中的"这时尚有一个同学,名唤万尔,取了个草帽,正欲出去,见南散在自修室中,便来唤他道:'南散,这样的大热天,你也歇歇儿呀! 我欲到表哥家里去,看他们的蜜蜂,你也去罢,我们一同就走罢!'"②或是《飞行鞋》中的"巨人一进房便说饿了。女人搬出一只烤羊放在面前,巨人正欲吃,忽然说有孩子气。女人说:'那是新杀的野兽气罢!'巨人不信。"③在这两部分中,集中出现了"取""欲""去""巨""女"等含有韵母 ü 的音节,对于学生掌握单韵母 ü 大有裨益。而生动有趣的故事情节,也能够有效地帮助学生克服学习单一韵母时产生的无聊乏味等情绪障碍,提高学习效率。

根据调查与统计可知西班牙学习者在学习汉语声母时,常在以 zh 为代表的舌尖后音、以 p 为代表的送气音几个部分出现问题。首先,舌尖后音 zh、ch、sh 在西语语音系统中并不存在,而"对于自己语言里有的音,特别是能区别意义的音,一般人即使没有学过语音学,也能分辨清楚。相反,对于自己语言里没有的音(或者虽有其音但不区别意义),如果不经理论上的指点和实践上的训练,总觉得模糊难辨"④,因此 zh、ch、sh 的掌握对西班牙汉语学习者来说是一大难点,加上 h 在西

---

① 茅盾:《茅盾全集 第10卷 剧本 童话 神话 诗词》,北京:人民文学出版社,1985年,第204页。
② 茅盾:《茅盾全集 第10卷 剧本 童话 神话 诗词》,北京:人民文学出版社,1985年,第233页。
③ 茅盾:《茅盾全集 第10卷 剧本 童话 神话 诗词》,北京:人民文学出版社,1985年,第278页。
④ 赵金铭:《语音研究与对外汉语教学》,北京:北京语言文化大学出版社,1997年,第349页。

语中不发音,学习者极易将此类韵母进行错误发音。针对产生原因较为多元化的舌尖后音偏误,教师首先应给出正确的示范与强调,在帮助学生树立舌尖后音的概念后,督促他们在大量的练习中把握正确的发音部位与方法。因此茅盾的儿童文学作品可为学生提供抓手,使其在朗读中进行体会。例如茅盾的《飞行鞋》中有这样一个片段:"一天晚上,哈娜对海尔说:'只有明天早粥的米了!'海尔垂着头,说不出话来。停一刻,他抬头四面一看,见小孩子都去睡了,没有一个在面前,便悄悄的说道:'我的爱妻,我们迟早要没饭吃,七个孩子总是养不大,我们眼见着他们饿死,怎么不难过啊!我想还是趁早放他们在树林子里,天可怜见有人遇着,拾了去,养活了,不强似饿死么?……'"①在本段中,连续出现了大量含有舌尖后音zh、ch、sh的音节,与此同时本段还存在着"四""子""早""总"等包含了舌尖前音z、c、s的音节,因此学习者需要将舌尖后音 zh、ch、sh 与舌尖前音 z、c、s 进行清晰的辨别与区分,掌握卷舌与否的区别,才能正确地理解文意。同样的,茅盾的儿童文学作品在西班牙汉语学习者较难掌握的送气音 p、t、k 的教学中仍具有重要的应用价值。在西班牙语语音系统中,并不存在送气与不送气的区别,因此他们对于"送气"这一概念较为陌生。除此之外,西语字母中的 p、t、k 与汉语声母 p、t、k 外形一致,因此更容易导致母语负迁移的产生,使学习者产生语音偏误。因此,我们可以借助蕴含丰富音节的茅盾儿童文学作品,以此为材料帮助学习者进行掌握。例如茅盾在童话《金龟》中写道:"上朝的时候,也是这样。宫里人议论臣子们的话,他一件一件都欲背出来。臣子们互相攻讦的话,他也欲宣布。不管这事要紧不要紧,有意思没意思,但凡他知道的,记得的,想着的,他总要说。人家见他这没遮拦的口,都怕极了。一则怕他缠个不清,二则怕他说出什么难听的话来。"②在此部分内容中,出现了许多以送气音 p、t 以及不送气音 b、d 为声母的音节,可以使学习者在语篇中琢磨送气与否的区别,对送气音进行更为正确的掌握。

"我们知道,外国人学汉语,语音的最大问题是'洋腔洋调'。对于'洋腔洋调'的形成,有各种不同解释,但归根结蒂在于学生没有掌握汉语轻重音的规律和语调特点。"③而声调,尤其是上声声调,对于西班牙汉语学习者来说也是一大难点。由于上声需要先升后降,相比其他三个声调显得更为婉转悠长,且在语流中常常会产生变调现象,因此掌握起来也更为困难,需要学习者进行大量的练习。对此我们可以借助茅盾的儿童文学作品帮助学习者习得上声声调。例如其作品《怪花园》中有这样一段内容:"每日早晨,起身烧早饭,抹地板,一个人手脚不停,直忙了一早晨。两个姊姊只是安然睡她们的觉,有时虽然醒了,只躺着闲谈,总要到十二点钟起身,张开口来吃现成茶饭。"④在此部分内容中存在着大量的上声字,例如"每""早""起""板""手""脚""姊"等等,且部分上声字还出现了音变现象。再如《狮骡访猪》中的"骡儿道:'不是。我没吃什么好东西,不过我心气和平,不喜同人

① 茅盾:《茅盾全集 第10卷 剧本 童话 神话 诗词》,北京:人民文学出版社,1985年,第274页。
② 茅盾:《茅盾全集 第10卷 剧本 童话 神话 诗词》,北京:人民文学出版社,1985年,第266—267页。
③ 鲁健骥:《对外汉语语音教学几个基本问题的再认识》,《大理学院学报》2010年第5期,第2页。
④ 茅盾:《茅盾全集 第10卷 剧本 童话 神话 诗词》,北京:人民文学出版社,1985年,第226页。

吵嘴罢了。'狮子听了，便竭力恭维骡子，说道：'像你这样好人，真是世间少有。我是极欢喜同你做朋友，但不知你肯不肯。'"①在此段内容中也存在诸多例如"好""喜""吵""嘴""少""我"等上声字，可为上声声调的教学提供丰富多样的材料。若国际中文教师能够将本部分内容进行合理的利用，帮助学生在实际语流中体会上声发音，感受上声的调型与调值，则能够达到事半功倍的效果，提高教学效率。

二、茅盾儿童文学作品在词汇教学方面的应用分析

在国际中文教育工作的开展过程中，词汇教学的重要性常常被忽视，"长期以来，在汉语作为第二语言教学中，比较重视语法教学，而在某种程度上却忽视了词汇教学的重要性，使得词汇研究和教学成为整个教学过程中的薄弱环节"②。但不可否认的是，词汇教学是对外汉语教学过程中的重要一环，"是对外汉语教学系统中一个极为基础的环节"③。因此，国际中文教师亦应采取多种方式解决面向西班牙的对外汉语词汇教学中出现的问题，多维度借助茅盾的儿童文学作品，帮助学习者积累词汇、认识词汇、应用词汇。

"有人说，语言学习好像盖房子，语音是地基，语法是设计框架，词汇是建筑材料。没有材料，楼宇是无法盖起来的……只有掌握了一定数量的词汇，才能造句作文，谈话交际，表达思想。"④词汇的积累不是一朝一夕，需要借助多种方式，而分类积累则是重要途径之一。在面向西班牙的汉语教学过程中，教师可以借助主题鲜明的茅盾儿童文学作品，通过故事情节将相关类型的词汇进行串联，帮助学生进行理解记忆。例如当教师讲解动物类词汇时，可以借助《狮骡访猪》⑤一文。这篇充满趣味性的童话故事讲述了狮子威胁骡子与他一同去捉猪，在成功返回的路上骡子又帮助狮子捉住了狗，但狡猾的狮子在利用完骡子后将其一爪抓住。而就在这时，狮子与骡子被猎人早已布下的猎网困住，猪与狗则顺利逃跑了。一波三折的故事情节将狮子、骡子、狗、猪几个动物词汇联系在了一起，因此对外汉语教师可以利用此故事，加深学习者对于词汇的理解，使其沉浸在故事中的同时记忆词汇。除此之外，在本篇童话中还提到了"猎人""猎网""猪棚"等与动物密切相关的词汇，教师同样可以借助故事将其进行联结，帮助学生进行词汇积累。再如教师讲解天气类词汇时，也可借助茅盾的童话故事《风雪云》⑥。在这篇童话故事中，云和雪就谁更有用展开了激烈的争辩，正当伯仲难分之时，风道出了自己的心声，即云和雪的行踪全都倚仗他的指导，因此他才是最有用的。借助此篇文章，西班牙汉语学习者能够通过生动的故事情节对"云""雪""雨""大暑""晒""日月星辰""腊月""瑞雪""夏天""冬天""热""冷"等与自然、气候相关的词汇进行顺畅地理解

---

① 茅盾：《茅盾全集 第 10 卷 剧本 童话 神话 诗词》，北京：人民文学出版社，1985 年，第 175 页。

② 孙德金：《对外汉语词汇及词汇教学研究》，北京：商务印书馆，2006 年，第 13 页。

③ 赵金铭：《对外汉语教学概论》，北京：商务印书馆，2004 年，第 370 页。

④ 赵贤州，陆有仪：《对外汉语教学通论》，上海：上海外语教育出版社，1996 年，第 204 页。

⑤ 茅盾：《茅盾全集 第 10 卷 剧本 童话 神话 诗词》，北京：人民文学出版社，1985 年，第 175—176 页。

⑥ 茅盾：《茅盾全集 第 10 卷 剧本 童话 神话 诗词》，北京：人民文学出版社，1985 年，第 183—184 页。

与记忆,相较于传统的死记硬背或是逐词记忆,借助茅盾的儿童文学作品,在语篇中进行联想记忆则凸显出更瞩目的优势。

"词是最小的能自由运用的音义结合体,音是词的形式,义是词所反映的内容。一般来说,一个实词其完整的词义应当由概念意义和附加色彩两部分构成。"①对于西班牙汉语学习者来说,由于其所具有的词汇量的限制,他们在进行词义理解时常借助语境提示及联想猜测。如此一来,教师可将大部分由简单词汇构成、穿插着生词的茅盾的儿童文学作品作为西班牙汉语学习者学习与阅读的材料,确保其在不会有过大负担的同时进行词义的理解。例如在《狮骡访猪》中有这样一段内容:"狮王饿极了……笑嘻嘻对骡子说道:'呵,骡姑娘呀!你的身体,这样光润肥壮,是吃的什么呢?你的毛色,这样美丽,又是涂的什么呢?听说你的主人,待你极好,把嫩草和肥小猪给你吃,是不是呀?'骡儿道:'不是。我没吃什么好东西,不过我心气和平,不喜同人吵嘴罢了。'狮子听了,便竭力恭维骡子,说道:'像你这样好人,真是世间少有。我是极欢喜同你做朋友,但不知你肯不肯。'……"②在这段文字中,出现了一些难以理解的词汇,例如"心气和平""竭力""恭维",而借助语境与上下文,其意思则不难理解。面对狮子的抬举,骡子回答说自己不喜欢与别人吵架,则说明她性格十分温和,即使没有吃过什么好东西也会保持心情稳定,由此便可猜测出"心气平和"一词的意义。而狮子听了骡子的回答后开始应和骡子是好人,是在世上极难遇到的好人,由此可见"恭维"一词必然具有夸赞、讨好相关的概念意义,通过"世间少有"一词可以看出狮子对骡子的评价十分高,在努力地迎合骡子、讨好骡子,由此学习者便可对"竭力"一词进行模糊理解,可知其意义为"费尽力气"。通过童话故事中营造出的语境,西班牙汉语学习者很容易便可根据上下文内容理解词汇的概念意义。若脱离语境孤立地讲解词汇,则显得较为抽象晦涩。在茅盾的童话《风雪云》中有这样一段话:"云听了雪的话,自然也不肯服输,便讥笑他道:'你说热天人欢喜你,你为何偏不去呢?冷天人家冻得要死,你倒偏要去,越冷得利害,你就越去得勤,冻死的人畜也有,压倒的庐舍也有,这样害人还要自己说嘴么?'"③在这段话中出现了"讥笑"一词,对于西班牙汉语学习者来说,由于词汇积累的不足,他们极易根据语素"笑"将该词进行模糊理解,无法体会其中包含的褒贬色彩。但教师若能引导学生联系该童话故事的语境,根据云这一人物角色所说的具体话语,联系下文中出现的"害人"一词,由此便可说明"讥笑"充满了贬义色彩,体现出讽刺意味。通过此种方式,初级阶段学习者便可顺利掌握词汇的附加意义。

"由于词是造句的单位,因此人们的每一句话,都是在语法规则的支配下组词而成的"④,因此词汇用法的讲解也是词汇教学的重要组成部分,只有了解如何应用词汇,才能将孤立的词组成句子,进而形成语篇,以此进行运用和交际。但词汇

① 赵金铭:《对外汉语教学概论》,北京:商务印书馆,2004 年,第 376 页。
② 茅盾:《茅盾全集 第 10 卷 剧本 童话 神话 诗词》,北京:人民文学出版社,1985 年,第 175 页。
③ 茅盾:《茅盾全集 第 10 卷 剧本 童话 神话 诗词》,北京:人民文学出版社,1985 年,第 183 页。
④ 葛本仪:《现代汉语词汇学》,济南:山东人民出版社,2001 年,第 27 页。

用法的讲解往往是枯燥无味的,如何使学习者在趣味性、多彩性的背景下进行相关内容的学习,成为国际中文教师应该着重思考的问题。"在词汇的教学中,虚词的教学显得比语音和句法更难掌握"[①],虚词数量虽少,但其重要性却不亚于实词,是词汇教学的重点。而借助茅盾儿童文学作品,尤其是极富"轻松、浅显、幽默"[②]特色的童话故事,创设出生动可感的语境,可帮助西班牙汉语学习者体会虚词用法,实现寓教于乐的目标。"的、得、地"是汉语虚词中最常用的三个结构助词,而对于西班牙汉语学习者来说,区分三个助词的用法需要花费大量的时间与功夫,若借助茅盾儿童文学作品,则可大大提高习得效率。以"的"与"得"为例,茅盾在其作品《寻快乐》中写道:"看官总知道新空气和太阳光,是人生不可缺少的东西。青年既没福见这两样宝贝,自然与卫生有害。他每逢睡的时候,头重得和铁锤一般,眼酸得和醋一般,四肢百体,软得和棉一般……这都是钱财赐他的好处,玩耍给他的幸福。"[③]在这段故事情节中,出现了大量"的"与"得",以此为材料进行两个结构助词用法的讲解,使学习者在句子中体会二者的区别。"的"是"定语的标志"[④],"的"字之后常常出现例如上段文字中的"东西""时候""好处""幸福"等的名词性中心语;而"得"则是"补语的标志"[⑤],在"得"之前常常出现文中"重""酸""软"类似的动词或形容词。大量含有"的"与"得"的句子以富含逻辑关系的次序出现,使学习者在进行故事情节的掌握中潜移默化地理解到词汇的实际用法,实现教学目标。因此,在进行词汇用法讲解时,国际中文教师可借助茅盾的儿童文学作品作为讲解材料,并在此之后进行大量的实用性练习进行巩固,将会大大提升收获良好的教学效果的可能性。

三、茅盾儿童文学作品在语法教学方面的应用分析

"语法教学是对目的语的词组、句子以及话语的组织规律的教学,用以指导言语技能训练并培养正确运用目的语进行交际的能力。不掌握目的语遣词造句的规则,就难以正确理解和表达。语法教学一直处于第二语言教学的中心地位。"[⑥]与西班牙语所属的印欧语系语法特征相比,汉语语法具有"表示语法意义的手段不大用形态,主要用语序和虚词""词、短语和句子的结构规则基本一致""词类和句法成分关系复杂""量词和语气词十分丰富"[⑦]的特点,因此国际中文教师应采取多种方式帮助学习者进行汉语语法的理解与掌握。而以茅盾的儿童文学作品为依托,则为面向西班牙学习者的汉语教学提供了新的思路。

"汉、西语都有量词。现代汉语量词特别发达,而且它具有和其他词类不同的

---

① 李如龙、杨吉春:《对外汉语教学应以词汇教学为中心》,《暨南大学华文学院学报》2004年第4期,第27页。
② 黄云生:《儿童文学概论》,上海:上海文艺出版社,2001年,第62页。
③ 茅盾:《茅盾全集 第10卷 剧本 童话 神话 诗词》,北京:人民文学出版社,1985年,第200页。
④ 彭小川、李守纪、王红:《对外汉语教学语法释疑201例》,北京:商务印书馆,2019年,第218页。
⑤ 彭小川、李守纪、王红:《对外汉语教学语法释疑201例》,北京:商务印书馆,2019年,第218页。
⑥ 刘珣:《对外汉语教育学引论》,北京:北京语言文化大学出版社,2000年,第365页。
⑦ 黄伯荣、廖序东:《现代汉语 上 增订6版》,北京:高等教育出版社,2017年,第7页。

语法特点,所以在汉语语法里量词单列一类。西语的量词少得多,而且它本身就是名词,所以不单列一类。"①通过汉西量词对比,可以发现汉语对量词的使用显得更为讲究,不同的事物所使用的量词各不相同,同时,由于认知系统的不同,西语与汉语对量词的选择也总是存在着差异,因此西班牙汉语学习者想要真正掌握汉语量词则显得更有难度,国际中文教师需要在教学时以合理的方式帮助学习者进行记忆和积累。在茅盾所创作的童话故事《蛙公主》②中,出现了大量的量词词组,例如:"一队伶俐的女孩子""一道滔滔汩汩的清泉""一个金球""一只极难看的青蛙""一句玩话""一双眼""一群美丽的鸟""一群粉蝶""一个宫女""一件事"等,教师可以此为材料,向学生讲解汉语中量词的具体用法,即"量词总是位于数词和名词之间,数词与量词组成数量短语,作定语、状语或补语、宾语等"③。若教师直接向学生进行量词用法和搭配的讲解则显得难以理解和记忆,但借助茅盾的儿童文学作品,可使学生在被故事情节所吸引的同时进行量词的积累,提高学习与记忆的效率。再如茅盾创作的童话故事《驴大哥》④中也出现了丰富的数量名结构,例如:"一匹驴子""三间茅屋""一席话""一束干草""四条腿""一张嘴""一条狗""一条活路""几个同志""一座大树林""一只雄鸡""一棵大树""一所楼房""一种怪声""一名伶俐小盗""一个黑衣大汉""一条铁棍"等,短短的一篇文章密集地出现了大量的量词,对于对外汉语教师来说是值得利用的优秀教学资料。另外,由于西语中的数词、量词及名词之间的组合方式与组合次序与汉语有所出入,国际中文教师也应多加强调,促使西班牙汉语学习者对茅盾童话故事进行反复阅读,在潜移默化中掌握汉语量词相关知识。

"语法分为句法和词法两部分。句法研究的是句子的内部构造,以词作为基本单位"⑤,在现代汉语语法中,有着主语和谓语、动语和宾语、定语和中心语等多组句法成分。而由于西班牙语属于印欧语系,与汉语的亲缘关系较远,因此二者之间存在着较大差异,句法成分也并不完全对等,因此西班牙汉语学习者常在句法成分上出现偏误。例如在西班牙语中,往往句子中无须出现主语,通过动词的屈折变化便可显示出不同的人称、时态、语态等信息,而汉语则不同。因此许多西班牙汉语学习者常常会出现主语缺失的偏误,对于该语法点的讲解,我们也可以借助茅盾的儿童文学作品。以《鸡鹜之争》⑥为例,文章仅由四段文字组成,对于学习者来说难度不大,因此他们可在阅读与学习该童话故事的过程中体会汉语主语这一句法成分的必要性与重要性。除此之外,定语和中心语的位置顺序错误也是西班牙汉语学习者在语法学习过程中常产生的偏误之一。在汉语中,无论是修饰性定语还是限制性定语,它们总是出现在中心语之前,但西班牙语却恰好相反。

---

① 赵士钰:《汉语、西班牙语双语比较》,北京:外语教学与研究出版社,1999 年,第 150 页。
② 茅盾:《茅盾全集 第 10 卷 剧本 童话 神话 诗词》,北京:人民文学出版社,1985 年,第 210—216 页。
③ 黄伯荣、廖序东:《现代汉语 下 增订 6 版》,北京:高等教育出版社,2017 年,第 17 页。
④ 茅盾:《茅盾全集 第 10 卷 剧本 童话 神话 诗词》,北京:人民文学出版社,1985 年,第 203—209 页。
⑤ 朱德熙:《语法讲义》,北京:商务印书馆,1982 年,第 25 页。
⑥ 茅盾:《茅盾全集 第 10 卷 剧本 童话 神话 诗词》,北京:人民文学出版社,1985 年,第 190—191 页。

在西班牙语语言系统中,与汉语中定语相对应的语法成分常出现在名词之后,因此学习者常在此部分产生疑问和错误。对此,国际中文教师也可借助茅盾的儿童文学作品。例如在其童话故事《鼠择婿》①中出现了"老黑鼠""小白鼠""小黑鼠""我的侄女""侄女的婚事""不快的样子""我的苦""你的权利"等丰富的定中结构,可帮助西班牙汉语学习者在被老黑鼠帮助侄女选择配偶的故事情节所吸引的同时感受汉语中定语和中心语之间的正确位置关系。只有进行大量的阅读和积累,学习者才可形成有效的记忆,真正掌握汉语诸多句法成分之间的关系及组合顺序。

"句式是根据句子的局部特点划分出来的句子类型,它比较集中地体现了现代汉语句子的结构特点以及语义表达上的特色"②,因此汉语中的一些特殊句式也成为西班牙汉语教学中的重点与难点,对此我们也可借助茅盾儿童文学作品促进该难题的解决。"存现句是表示何处存在、出现、消失了何人或何物,结构上用来描写景物或处所的一种特定句式"③,它是汉语中独有的一类句式,同时也是汉语语法研究中的热门话题,而对于西班牙汉语学习者来说,存现句也是需要教师重点讲解的语法点之一。根据调查显示,西班牙汉语学习者常常在存现句中出现存在主体不明确、语序错误以及介词使用有误等偏误,这是由于学习者常常受到母语负迁移的影响。在西班牙语语言系统中,语序往往显得没有那么重要,语序进行灵活变换后句子意义并未出现太大的改变,但在汉语中却并非如此。因此要想使西班牙汉语学习者对存现句的概念和用法进行透彻理解,需要国际中文教师花费许多的时间与精力。对于此难题的解决,我们也可借助茅盾的儿童文学作品,例如在茅盾的童话故事《怪花园》中出现了如下句子:"从前某处有一位老商人"④"园中果有一丛玫瑰"⑤"室中有一面神镜"⑥。在这篇童话中,我们可以发现大量具备典型特征的存现句,国际中文教师可以此作为材料,在向学习者讲清存现句的结构与用法后,借助茅盾童话故事使学生在阅读中进行体会和分析,感受存现句这一特定句式"NP₁处所 + VP谓语动词 + NP₂存现主体"的基本格式,越过语言之间的阻隔,实现对汉语特殊句式的习得。除此之外,与西班牙语相比,"把"字句也是汉语中独有的特殊句式,"'把'字句是指在谓语中心词前头用介词'把'或'将'组成介词短语作状语的一种主谓句,意义上多数表示对事物加以处置"⑦。而在茅盾创作的童话故事《一段麻》中出现了数量丰富的把字句,如:"说着上前一步,捧住包,将结细看一看"⑧"我忘将比赛规矩,告诉你了"⑨"罗理气极了,

---

① 茅盾:《茅盾全集 第10卷 剧本 童话 神话 诗词》,北京:人民文学出版社,1985年,第219—221页。
② 邵敬敏:《现代汉语通论》,上海:上海教育出版社,2001年,第223页。
③ 黄伯荣、廖序东:《现代汉语 下 增订6版》,北京:高等教育出版社,2017年,第97页。
④ 茅盾:《茅盾全集 第10卷 剧本 童话 神话 诗词》,北京:人民文学出版社,1985年,第225页。
⑤ 茅盾:《茅盾全集 第10卷 剧本 童话 神话 诗词》,北京:人民文学出版社,1985年,第227页。
⑥ 茅盾:《茅盾全集 第10卷 剧本 童话 神话 诗词》,北京:人民文学出版社,1985年,第229页。
⑦ 黄伯荣、廖序东:《现代汉语 下 增订6版》,北京:高等教育出版社,2017年,第91页。
⑧ 茅盾:《茅盾全集 第10卷 剧本 童话 神话 诗词》,北京:人民文学出版社,1985年,第241页。
⑨ 茅盾:《茅盾全集 第10卷 剧本 童话 神话 诗词》,北京:人民文学出版社,1985年,第243页。

把弓向地上一掷"①"我今天早起,就把他放在袋里,生恐有什么用,如今果然用着了"②"你本来也有运气得一模一样的一条好绳,可惜你性急,把他剪了"③等。通过对这些句子的列举和讲解,教师可帮助西班牙汉语学习者了解汉语"把"字句的特征与用法,使学生体会句子中包含的处置意义。另外,教师还可将茅盾童话故事中的句子进行成分的缩减,突出"把"字句的主体成分,使学生更为清晰地进行理解记忆。借助跌宕起伏的故事情节与生动活泼的人物对话,学习者便更有可能实现对汉语特殊句式的有效习得。

四、结语

以童话为代表的茅盾儿童文学作品在面向西班牙的汉语教学中体现出重要的应用价值,有助于语音、词汇、语法教学效率的提升。但与此同时,国际中文教师也应注意对这些儿童文学作品进行合理的应用。首先,应注意对作品的有效筛选。国际中文教师应选择符合学习者语言水平与整体学习情况、符合当代价值观念与主流导向、符合教学目标与教学规划的茅盾儿童文学作品。其次,应明辨主次,明确儿童文学作品在对外汉语课堂中的地位,可对其进行一定程度的改编使其与课堂主题更为贴合。而对茅盾儿童文学作品的使用主要是服务于语音、词汇及语法知识的讲解,因此教师无需过分拘泥于故事形式,应时刻以提升学生运用汉语进行交际的能力为目标,在知识性内容正确的前提下包容学生对文学作品内容进行多样化表达。再者,国际中文教师应采用多种教学方式对茅盾的儿童文学作品进行应用,可将其作为导入材料以吸引学生兴趣,亦可将其作为练习材料巩固课堂所学内容,还可将其作为课后资料使学生进行阅读和复述。而对于不同难度与特点的作品,教师也可采用不同的处理方式,对于较简单的可使学生自行阅读与理解;对于较难的则可结合多媒体等多种方式进行细致的分析讲解。

"茅盾为我国现代文学的发展作出了杰出的贡献,如果把儿童文学比作是现代文学中的一朵小花,那末,茅盾为培育这朵奇异的花曾洒过自己的汗水,可以称得上是辛勤的园丁和歌手了!"④他为实现"科学地保育儿童,合理地教养儿童"⑤的追求,译介与创作了丰富的儿童文学作品,而其语言上的生动趣味,情感上的积极健康,构思上的新颖奇特,符合西班牙汉语学习者的语言水平与性格特点。通过对数部茅盾儿童文学作品的分析,旨在证实其在对外汉语教学中的应用价值,助力语音、词汇及语法教学的顺利进行,激发学生兴趣,产生持续性学习动机。而将茅盾儿童文学作品置于国际中文教育视角下进行应用分析,打破了两学科之间的壁垒,促使茅盾研究及国际中文教育研究实现深层的跨越,亦推动中国当代文学研究向好发展。

---

① 茅盾:《茅盾全集 第10卷 剧本 童话 神话 诗词》,北京:人民文学出版社,1985年,第243页。
② 茅盾:《茅盾全集 第10卷 剧本 童话 神话 诗词》,北京:人民文学出版社,1985年,第244页。
③ 茅盾:《茅盾全集 第10卷 剧本 童话 神话 诗词》,北京:人民文学出版社,1985年,第245页。
④ 茅盾:《茅盾和儿童文学》,上海:少年儿童出版社,1984年,第531页。
⑤ 茅盾:《我们对儿童给了些什么》,《救亡日报》1938年4月4日。

茅盾在《现代》①

黄 杨②

摘 要:茅盾是施蛰存在上海大学的老师,因为同学孔另境的关系,施蛰存与老师茅盾有着较深入的交往,也是由衷地崇拜。1932 年 5 月 1 日施蛰存主编《现代》,一方面在《现代》刊登茅盾的《三人行》《路》《子夜》等小说的书评,并给予中肯的评价;一方面在《现代》刊登茅盾的创作,如《春蚕》《当铺前》《故乡杂记》《热与冷》《徐志摩论》《关于文学研究会》,以及翻译的俄国作家丹青科的《文凭》。充分显示《现代》对茅盾的重视。

关键词:茅盾;《现代》;贡献

在上海大学,因为孔另境的关系,施蛰存与老师茅盾有着较深入的交往。这段时间,施蛰存正在尝试着用各种现代主义的方法写小说。虽然他写的小说无处投递,也不敢往茅盾主编的《小说月报》投稿,施蛰存知道,他的作品,要么感伤、忧郁地怀念往事,要么离奇、怪异地描写都市男女的性苦闷和性饥饿,都是典型的小资产阶级情调,与茅盾提倡的写血与泪的文学相距甚远。

茅盾做施蛰存的老师是 1923 年,施蛰存在《小说月报》发表作品已经是四年后的 1927 年,四年后才敢向《小说月报》投稿。一方面是因为跟茅盾很熟了,而且跟助理编辑徐调孚也是朋友。徐调孚自 1922 年起"协助沈雁冰、郑振铎编辑《小说月报》。这个大型文艺月刊的编辑校对工作,几乎都是徐调孚做的"③。另一方面是因为施蛰存对自己的作品有信心了。这就是刊于《小说月报》第 19 卷第 1 号的《娟子姑娘》,1931 年,施蛰存又在《小说月报》发表《石秀之恋》。

1929 年,施蛰存与朋友筹建的水沫书店办了月刊《新文艺》,施蛰存立即向老师茅盾约稿,茅盾便从日本寄来散文《邻一》《邻二》。茅盾说,新搬来了邻居,五十多岁的警察丈夫很少在家,二十多岁的妻子"常见她坐在门前的木板上,手托下巴,望着天空。我们感到她是寂寞的。警察的七八岁的男孩子⋯⋯他的小脸儿时常板板的⋯⋯我们以为这孩子的心情也是寂寞的。⋯⋯我写的散文《邻一》和《邻二》(一九二九年五月十五日)就是记述这寂寞的两个人的"④。施蛰存对老师的文

---

① 本文为 2022 年度国家社科基金后期资助项目"施蛰存的文学关系网与朋友圈"(项目批准号:
   22FZWB094)成果之一。
② 作者简介:黄杨,博士,金陵科技学院人文学院讲师。
③ 施蛰存:《怀开明书店》,《施蛰存全集·北山散文集》,上海:华东师范大学出版社,第 349 页。
④ 茅盾、韦韬:《茅盾回忆录(上)》,北京:华文出版社,2013 年,第 331 页。

章,是很重视、很认真的,施蛰存说:"当时茅盾的名字,出现在报刊上,还有些不便,因而这三篇散文小品,用'M·D'的笔名发表在第一卷第二期上。茅盾的原稿是用小学生的练习簿纸页写的,在排印时,不知怎么被印刷厂遗失了最后一页,使《邻二》这一篇缺少了最后一二句。作者远在日本,写信去请他补寄,时间已不允许。于是,只好随便凑上两句,印出来后也无人能发现。直到五年以后,我才发现茅盾的原稿,写了一段小文说明此事原委,发表在《文饭小品》月刊上。"①

一、《现代》对茅盾小说的评论

1932 年 5 月 1 日施蛰存主编《现代》,《现代》创刊号为茅盾的中篇小说《三人行》设了一个专栏:《〈三人行〉之二人言》。茅盾是中国共产党的第一批党员,1921年,茅盾发表了译文《共产党的出发点》。这个时期,茅盾已经发表了中篇《蚀》三部曲,短篇小说《自杀》《一个女性》,长篇小说《虹》等作品。1931 年下半年茅盾写了中篇小说《三人行》,《三人行》是茅盾左联时期的作品,与之前的作品相比,不仅思想内容上有很大的改变,在题材和描写方法上也很不同。《三人行》写于 1931年 6 月到 11 月,是茅盾要改变《蚀》三部曲时"悲观失望情绪",并且"打算补救这过去的错误这样的动机之下,有意地写作的"。② 从思想倾向上看,茅盾确实摆脱了"悲观失望情绪",但是艺术上并不成功。

创刊号专栏《〈三人行〉之二人言》刊登了苏汶(杜衡)和易嘉(瞿秋白)两个人对茅盾小说《三人行》的批评。鉴于《现代》"兼收并蓄"办刊宗旨,施蛰存发表了两个完全不同的评论家的评价。杜衡直接说《三人行》是一部失败的作品,杜衡说:"对话时常是论文,是演说,或甚至是诗。而且替每一桩事情都给配上一个关于所谓思想这一类东西的特写的那种努力,是一步也没有放松过的。"③而内容却是模糊不清晰的。瞿秋白是左翼评论家,他从左翼的角度肯定了《三人行》写了革命的立场,但瞿秋白又认为,"这是《三人行》作者的立场,作者是从这个立场上去批判他所描写的三个人。这是革命的立场,但是,这仅仅是政治上的立场。这固然和作者以前的三部曲(幻灭,动摇,追求)的立场不同了,——所以说《三人行》是三部曲的继续或者延长——是不确的。然而仅仅有革命的政治立场是不够的,我们要看这种立场在艺术上的表现是怎样"④。瞿秋白在文章最后明确指出:"而作者的革命的政治立场,就没有能够在艺术上表现出来。反而是小资产阶级的市侩主义占了胜利,很自然的,对于虚无主义无意之中做了极大的让步。只有反对个人英雄的狭义主义的斗争,得到了部分胜利,可又用了过分的力量。⋯⋯如果《三人行》的作者从此能够用极大的努力,去取得普洛的唯物辩证法的宇宙观和创作方法,那么,《三人行》将要是他的很有益处的失败,并且,这是对于一般革命的作家

① 施蛰存:《我们经营过三个书店》,《沙上的脚迹》,沈阳:辽宁教育出版社,第 23 页。
② 茅盾:《茅盾选集·自序》,上海:开明书店,1952 年。
③ 苏汶:《读〈三人行〉》,杜衡编《现代》创刊号,1932 年 5 月。
④ 易嘉(瞿秋白):《谈谈〈三人行〉》,杜衡编《现代》创刊号,1932 年 5 月。

的教训。"①很显然,瞿秋白认为《三人行》在艺术上是完全失败的,艺术的失败,使得作者的革命的政治立场得不到表现,表现出来的却"是小资产阶级的市侩主义占了胜利",由此说明,不可能有脱离艺术的思想政治的成功,正确的思想表现必须借助好的艺术方法得以实现。

茅盾也认为《三人行》是失败的,他说:"《三人行》失败的根本原因,我认为是那个正面人物云没有写好。……瞿秋白在读了《三人行》后对我说:'孔子说,三人行必有我师,而你的《三人行》是无我师焉。'"②茅盾也认识到,"这一作品的故事不现实,人物概念化,构思过程也不是胸有成竹,一气呵成,而是零星补缀","三个人物都不是有血有肉的活人"③。这是较中肯的态度,革命作家都应该从中获得教益。《现代》将两种意见同时刊登,既表现出对茅盾的重视,也表现出编辑对作品的客观态度。

茅盾1931年2月完成了中篇小说《路》。小说写一个没落的士大夫家庭出身的大学生"薪"在地下革命工作者的影响下,寻找革命道路的过程。茅盾在写作过程中曾听取瞿秋白的意见作了修改。

《现代》第1卷第4期在《书评》栏目刊出了关于茅盾中篇小说《路》的书评,这个书评没有署名,施蛰存在《编辑座谈》中说:"中国的出版界这样芜杂,文学的评价又这样的纷乱,对于新出的文学书,给以批评,为读者之参考或指南,我以为倒是目下第一件需要的工作。因此除了自己随时写一点之外,又约了几位朋友在本志上每期发表几篇对于最新出版的文学书的漫评。但以为要求统一起见,这一栏中的文章是不署名的。一切责任由我代表现代杂志社来负担了。"④可以说,书评的观点就是施蛰存的观点。

书评肯定了《路》的革命性,说:"他(主人公)放弃了自己所不可能完成的家庭义务,而成为疯狂的革命者了。"⑤但是因为作品在"精神时间两不许可"的情况下,没有认真修改一下,致使《路》是带着不少的小毛病而出版了⑥,这小毛病"便是把女主人公杜若写得太模糊"⑦。其他的人物也有描写上的缺憾,有的人物好像是随意配置的,看不出个性,显得有些草率。

1933年1月,茅盾的代表作《子夜》由开明书店出版。茅盾在1930年夏秋之交,因为各种疾病来袭,不能读书,便筹划着写一部大作品,"有了大规模地描写中国社会现象的企图"⑧。目的是参加当时中国学术界正在展开的关于中国现代社会性质问题的论战,从而用小说回答托派:"中国并没有走向资本主义发展的道

---

① 易嘉(瞿秋白):《谈谈〈三人行〉》,杜衡编《现代》创刊号,1932年5月。
② 茅盾、韦韬:《茅盾回忆录(上)》,北京:华文出版社,2013年,第357页。
③ 茅盾:《茅盾选集·自序》,上海:开明书店,1952年。
④ 施蛰存:《编辑座谈》,《现代》第1卷第4期,1932年8月。
⑤ 《书评》:《现代》第1卷第4期,1932年8月。
⑥ 《书评》:《现代》第1卷第4期,1932年8月。
⑦ 《书评》:《现代》第1卷第4期,1932年8月。
⑧ 茅盾:《子夜·后记》,《茅盾全集》第3卷,北京:人民文学出版社,1984年。

路,中国在帝国主义的压迫下,是更加殖民地化了。"①施蛰存在《现代》第 2 卷第 5 期的《书与作者》中介绍:"茅盾自去年春间开始撰著之长篇力作《子夜》已于本月出版,全书有三十万字,描写范围极广,已经读过此书者均有极好的评赞,许为自有新文学以来第一部写实主义的代表作。闻作者将自撰《我怎样写子夜》一文云。"②

《子夜》出版以后,瞿秋白发表了两篇评论。一篇是发表在《申报·自由谈》1933 年 3 月 12 日的《子夜》和国货年》,一篇是发表在《中华日报》副刊《小贡献》1933 年 8 月 30 日的《读〈子夜〉》。在《〈子夜〉和国货年》中,瞿秋白说:"这是中国第一部写实主义的成功的长篇小说。……然而应用真正的社会科学,在文艺上表现中国的社会关系和阶级关系,在《子夜》不能够不说是很大的成绩。"③在《读〈子夜〉》中,瞿秋白说:"有许多人说《子夜》在社会史上的价值是超越它在文学史上的价值的。这原因是《子夜》大规模的描写中国都市生活,我们看见社会辩证法的发展,同时却回答了唯心论者的论调。"④

《现代》杂志在同年也刊登了两篇关于《子夜》的评论,一篇是 1933 年 10 月的《现代》第 3 卷第 6 期赵家璧写的关于茅盾《子夜》的书评,一篇是 1933 年 11 月的《现代》第 4 卷第 1 期侍桁写的《〈子夜〉的艺术,思想及人物》。施蛰存在《现代》刊出的对《子夜》的评论,是与瞿秋白对《子夜》的肯定态度完全不同的意见,这两篇书评对《子夜》是持批评的态度,施蛰存对老师茅盾并不护短,而是如实地把批评文章刊发出来。当然,这两篇书评也代表着《现代》,或者说是施蛰存的倾向性。

针对茅盾所说的"有了大规模地描写中国社会现象的企图",两位评论者都认为:茅盾的这"企图"是不容易实现的,侍桁的《〈子夜〉的艺术,思想及人物》第一个小标题是"作者的企图",文章说:"《子夜》不只在这一九三三年间是一部重要的作品,就在五四后的全部的新文艺界中,它也是有着重要的地位。它是一部伟大的作品,但它的伟大只在企图上,而并没有全部实现在书里。它虽然有着巨大的企图,但它并没有寻到怎样展开他的企图的艺术;据作者自己在后记上说,'我有了大规模地描写中国社会现象的企图',但他的构思却只有一年,他自己以为是'比较的长些'了,实际上还是差得太远的。"⑤

赵家璧也在《书评》里说:"一个作家抱有这样大胆的企图,要把整个中国在一年过程中的各方面事迹,作为一部三十余万字小说的题材,早够使我钦佩了。……可是小说家的茅盾先生,确抓住了一个活生生的吴荪甫,把许多线索,都在他身上穿上了贯通了。……作者精慎的布局,把许多错综混乱的线索,应用了高明的艺术手段,织成一部成熟的艺术品,像是一幅丝织物般,可以说是没有成条的漏洞足以被人家看出来了。但是假若在太阳光下细细的观察,许多没有结清的

① 茅盾:《茅盾论创作》,上海:上海文艺出版社,1980 年,第 58 页。
② 施蛰存:《书与作者》,《现代》第 2 卷第 5 期,1933 年 3 月。
③ 瞿秋白:《〈子夜〉和国货年》,《论〈子夜〉及其它》,天津:百花文艺出版社,1985 年,第 115 页。
④ 瞿秋白:《读〈子夜〉》,《论〈子夜〉及其它》,天津:百花文艺出版社,1985 年,第 122 页。
⑤ 侍桁:《〈子夜〉的艺术,思想及人物》,《现代》第 4 卷第 1 期,1933 年 11 月。

线脚,是随处暴露着的。"①

两篇评论都认为《子夜》暴露出来的不足,首先是人物塑造的缺陷,"因为这个大的企图,结果反倒创造了一个大英雄,而且这书也就成了英雄的个人的悲剧的书了"②。他们认为,"全书中所表现的人物,只有两种,一种是理想的,一种是被嘲讽的,可以称为写实的成分都很少"③。"吴荪甫,这个新兴的企业家,是过分地理想化了;只有在像西欧那样资本主义社会中,这种人物才是可能的,在将走上资本主义的路的半封建的中国社会里,他是并未实存。……这个英雄的失败,被描写得像希腊神话中的英雄的死亡一般地,使读者惋惜。只要以作者所给予这个人物的许多优美的条件看来,我们就可以明白这个人物是怎样地被理想化了,而在实际上是怎样地不可能。"④所以,评论者认为,作品"带了极浓厚的罗曼蒂克的色彩"⑤。这与瞿秋白所说的"这是中国第一部写实主义的成功的长篇小说"有着很大的差距,我们可以在这里看出当时人们对《子夜》的不同解读。

茅盾的《子夜》几乎是被公认成功的作品,茅盾也因为《子夜》的出版,成为伟大的作家,这时的茅盾可以说是已经被神化的作家。编辑施蛰存不仅不造神,而是常常将他们从神坛上拉下来,拉回到人间。对鲁迅是这样,对茅盾也是这样。

二、茅盾在《现代》的小说创作

茅盾的短篇小说代表作《春蚕》,排在《现代》第 2 卷第 1 期的第二篇,施蛰存在本期的《社中日记》中说:"茅盾先生交来一篇《春蚕》,在他今年所写的几个短篇中,这是一篇力作。"⑥施蛰存肯定《春蚕》"是一篇力作",《春蚕》确实是一部现实主义的杰作,施蛰存认识到《春蚕》的价值,因为这部作品真正是源于生活的,细致、生动的描写,使各类人物形象跃然纸上,清晰地突出了主题。如朱自清所说:"我们现代小说,正应该如此取材,才有出路。"⑦《春蚕》的写作是在《子夜》的写作过程中完成的。茅盾说:"那时,为了写《子夜》,我曾研究过中国蚕丝业受日本丝的压迫而濒于破产的过程,以及以养蚕为主要生产的农民贫困的特殊原因,即丝厂主和蚕商为要苟延残喘,便操纵叶价和蚕价,加倍剥削蚕农,结果是春蚕愈熟,蚕农却愈贫困。这就是一九三二年在中国农村发生的怪现象——'丰收灾'。这个农村动乱、破产的题材很吸引人,但在《子夜》中,由于决定只写都市,却写不进去。这次奔丧回乡的见闻,又加深了我对'丰收灾'的感性认识,于是我就决定用这题材写一篇短篇小说。十月份写成,取名《春蚕》。"⑧小说中,老通宝和他的家乡人,都身陷资本主义经济殖民的噩梦之中,却浑然不知这场噩梦将给他们带来的悲惨

---

① 赵家璧:《书评》,《现代》第 3 卷第 6 期,1933 年 10 月。
② 侍桁:《〈子夜〉的艺术,思想及人物》,《现代》第 4 卷第 1 期,1933 年 11 月。
③ 侍桁:《〈子夜〉的艺术,思想及人物》,《现代》第 4 卷第 1 期,1933 年 11 月。
④ 侍桁:《〈子夜〉的艺术,思想及人物》,《现代》第 4 卷第 1 期,1933 年 11 月。
⑤ 侍桁:《〈子夜〉的艺术,思想及人物》,《现代》第 4 卷第 1 期,1933 年 11 月。
⑥ 施蛰存:《社中日记》,《现代》第 2 卷第 1 期,1932 年 11 月。
⑦ 朱佩弦:《子夜》,《文学季刊》第 1 卷第 2 期,1934 年 4 月。
⑧ 茅盾:《我走过的道路》(上),北京:人民文学出版社,1997 年,第 528 页。

遭遇。由上海归乡的茅盾清晰地预测到家乡人必将面临的惨剧,如他在《半个月的印象》中所说:"他们只知道祖宗以来他们一年的生活费靠着上半年的丝茧和下半年田里的收成;他们只见镇上人穿着亮晃晃的什么'中上丝','明华葛',他们却不知道这些何尝是用他们辛苦饲养的蚕丝,反是用了外国的人造丝或者比中国丝廉价的日本丝呀!"①

《现代》第3卷第2期专门开辟了《〈春蚕〉从作品到电影》的画报专栏,画报刊登了《春蚕》的电影剧本、背景表和电影剧照、专栏的文字说明:"茅盾著短篇小说《春蚕》前在本刊二卷一期发表,近由明星影片公司导演者程步高、编剧者蔡叔声。"②

《现代》第3卷第5期有一篇《答:又一个关于〈春蚕〉的疑问》,因为在《现代》第3卷第2期的《社中座谈》曾有一篇《关于〈春蚕〉的疑问》,是施蛰存替茅盾回复的。这次读者又来了一封信说,阿多"一个人在'蚕房'里守那上半夜,以后一直到东方快打白了时,老通宝和四大娘来替换阿多……我们普通计算,上半夜和下半夜界限,总以十二点钟为标准。"老通宝和四大娘何以直到东方快打白了时才来?《现代》第3卷第5期刊登了茅盾的回信,茅盾在回信中进行了耐心的说明,说一年中四季的时间是不一样的。"《春蚕》的季节是初夏,乡下人在这时期通常以日落后至人定前称为黄昏,以后直至'头鸡啼'(约在二时许)称为上半夜,以后到'平明',称为下半夜。"③

茅盾小说《当铺前》在《现代》第3卷第3期刊出,施蛰存将这篇小说排在短篇小说的第一篇,可见施蛰存对这个作品的重视。这是一部写实的作品,写老百姓饥寒交迫的悲惨生活,主人公王阿大13岁的女儿已经饿死,第二胎是个儿子,因为没有饭吃,王阿大的妻子把儿子放在水里溺死,然后自己去富人家做奶妈。现在第三胎的儿子不到半岁,饿得奄奄一息,王阿大只得天没亮就赶到镇上去,想将家里仅有的破夹袄送到当铺去换钱买米。作者细致地描写当铺没有开门前穷人悲苦的百态,一个即将临产的大肚子女人,也挤在人群中等待当几件破衣服换米来充饥,却在当铺黑门打开的一瞬间被众人踩在脚下,血流一地。王阿大的旧衣服根本当不出去,等王阿大走出当铺,他看到年轻女人的惨状,立即想起自己的饥饿的妻子和孩子。整个小说作者没有任何议论,客观的写实使读者有感同身受的体会。

三、茅盾在《现代》的散文创作

《现代》从第1卷第2期到第4期,连续发表了茅盾的散文《故乡杂记》。施蛰存在这一期的《编辑座谈》中说:"茅盾先生新近回了一趟家乡,所以写下了一篇《故乡杂记》,为了想给读者先睹为快,不等他全文写完我就请他允许以第一章先

---

① 茅盾:《半个月的印象》,《现代》第1卷第4期,1932年。
② 《〈春蚕〉从作品到电影》,《现代》第3卷第2期,1933年6月。
③ 茅盾:《答:又一个关于〈春蚕〉的疑问》,《现代》第3卷第5期,1933年9月。

发表在本期了。以后按期继续,大约在第四期上可以终了。"①《故乡杂记》第一章的小标题是"一封信",是以给"年青的朋友"信的方式写作的:"这算是我第一次写信给你。写几千字的长信,在我是例外之例外,我从来没有写过一千字以上的长信,但此刻提起了笔,我就觉得手下这封信大概要很长,要打破了向来的纪录。原因是我今天忽然有了写一封长信的兴趣和时间。"②这是离开上海回故乡途中写的长信,记录途中的所见所闻,见闻到由于帝国主义的入侵、政府的苛捐杂税,给商人、小市民以及乡村农民带来的灾难。

《现代》第 1 卷第 3 期发表《内河小火轮》(故乡杂记之二),施蛰存在第 3 期《编辑座谈》说:"茅盾先生的《故乡杂记》,除本期的续稿外,预备再写下去一点,在下期的本刊上便可以结束了。此后,他将以《故乡杂记》中所未写进去的材料为本刊写几个短篇小说。再他去年曾做了一篇《徐志摩论》,已编在商务印书馆的《小说月报》中了,不幸中日沪战发生,此稿被焚,现在他已重新改写一过,大约将在本刊第五期上发表。顺便在这里向读者预告一下。"

《现代》第 1 卷第 4 期发表了《半个月的印象》(故乡杂记之三)。茅盾在故乡半个月看到的是乡民没有米下锅,不得不去当掉家里仅有的家当:过冬的棉衣,或者准备嫁女儿的几尺土布。茅盾看到蚕农花五十块钱一担买来桑叶养蚕,蚕茧却卖不出去,蚕农因此没有能力偿还买桑叶的借贷。茅盾还写了跟蚕农一样进入困境的杂货店老板,也就是《林家铺子》里林老板那些人,农民购买力的下降,使这些小老板也没法生存。茅盾最后说:"要是今年秋收不熟,那么,这镇上的小商人将怎么办呢? 他们是时代转变中的不幸者,但他们又是彻头彻尾的封建制度的维护者;虽然他们身受军阀的剥削,钱庄老庄的压迫,可是他们唯一的希望就是把身受的剥削都如数转嫁到农民身上。"

《现代》第 1 卷第 5 期发表了茅盾的散文《热与冷》,这是《现代》设的一个特辑《夏之一周间》,因为这年的夏天特别热,施蛰存就邀请了几位作家专门谈谈这一周的热,可以说是一个命题作文,这个特辑里同时刊登了周作人、老舍、巴金、沈从文、郁达夫、废名、叶圣陶和赵景深的关于"热"的文章。茅盾说他在这异常热的天气不能写作,躺着床上看路德维喜的《拿破仑传》。

《现代》第 2 卷第 4 期果然排了茅盾的《徐志摩论》。在这之前,茅盾已经完成了《鲁迅论》与《王鲁彦论》,《徐志摩论》是茅盾的第三篇作家论,在这篇文章里,茅盾说徐志摩是"中国布尔乔亚'开山'的同时又是'末代'的诗人"③。茅盾认为徐志摩的诗技巧上是成熟的,"志摩以后的继起者未见有能并驾齐驱,我称他为'末代的诗人',就是指这一点而说的"④。茅盾认为,徐志摩早期的诗歌如《志摩的诗》大部分充满了诗人的理想主义和乐观,看到了祖国未来希望的曙光。但也有对黑暗

① 施蛰存:《编辑座谈》,《现代》第 1 卷第 2 期,1932 年 6 月。
② 茅盾:《故乡杂记》,《现代》第 1 卷第 2 期,1932 年 6 月。
③ 茅盾:《徐志摩论》,《现代》第 2 卷第 4 期,1933 年 2 月。
④ 茅盾:《徐志摩论》,《现代》第 2 卷第 4 期,1933 年 2 月。

现实的描写、对祖国未来的担忧,"在诗篇里流露了颓唐和悲观"①。而徐志摩的第二本诗集《翡冷翠的一夜》,茅盾认为"几乎完全是颓唐失望的叹息"②。对徐志摩的第三本诗集《猛虎集》,茅盾说"我们简直找不到什么带些'光明'的诗句来","所以从《翡冷翠的一夜》以后,志摩的诗一步一步走入怀疑悲观颓唐的'粘潮的冷壁'的甬道里去了。这是大家有眼共见的。志摩的好朋友胡适之也这么承认。但同时还有一个很可注意的现象:志摩作品的数量也跟着减少了"。③ 茅盾举了一个例子《我不知道风》,茅盾说这是徐志摩自己最喜欢的一首诗:

我不知道风
是在那一个方向吹——
我是在梦中,
在梦的轻波里依洄。

我不知道风
是在那一个方向吹——
我是在梦中,
她的温存,我的迷醉。

我不知道风
是在那一个方向吹——
我是在梦中,
甜美是梦里的光辉。

我不知道风
是在那一个方向吹——
我是在梦中,
她的负心,我的伤悲。

我不知道风
是在那一个方向吹——
我是在梦中,
在梦的悲哀里心碎!

我不知道风
是在那一个方向吹——

① 茅盾:《徐志摩论》,《现代》第 2 卷第 4 期,1933 年 2 月。
② 茅盾:《徐志摩论》,《现代》第 2 卷第 4 期,1933 年 2 月。
③ 茅盾:《徐志摩论》,《现代》第 2 卷第 4 期,1933 年 2 月。

> 我是在梦中,
> 黯淡是梦里的光辉。①

茅盾说:"我们读一遍,再读一遍;我们能够指出这首诗形式上的美丽:章法很整饬,音调是铿锵的。但是这位诗人告诉了我们什么呢? 这就只有很少很少一点儿。我们可以说,首章的末句'在梦的轻波里依洄',差不多就包括了说明了这首诗的全体。"②在这里,茅盾对徐志摩的批评注重的是主题思想,而忽视其情感艺术以及审美价值。

茅盾说,他的观点是"志摩的好朋友胡适之也这么承认"的。我们看看胡适怎么说的? 胡适说:"他在苦痛之中,仍旧继续他的歌唱。他的诗作风也更成熟了。他所谓'初期的汹涌性'固然是没有了,作品也减少了;但是他的意境变深厚了,笔致变淡远了,技术和风格都更进步了。这是读《猛虎集》的人都能感觉到的。"③可见,徐志摩的朋友胡适对徐志摩的评价,跟茅盾是不一样的,因为胡适不可能只是注意思想内容的积极向上,还要注重形式上的美丽和情感的真实。

《现代》第 2 卷第 1 期在文艺史料栏里发表了茅盾的《关于文学研究会》。这篇文章是施蛰存向茅盾约稿而作的。施蛰存在《社中谈座》中说:"此后的《现代》中,每期将加入一二篇国内外文艺界的掌故与史料。在本国这方面,目下已约定了新文学运动勃兴以来各文学团体创始人执笔记述各该团体的经过。如本期所载茅盾先生之《关于文学研究会》一文,即是这个计划之中的文字。"④施蛰存出的题目是"文学研究会小史",茅盾认为"文学研究会小史"应该由郑振铎来做,他就只写了这篇《关于文学研究会》。这篇文章谈了这样几个问题:(1)文学研究会是一个非常散漫的文学集团,同人发表的文章只是各自的行动,没有总的计划和布置。(2)文学研究会在发起之时,没有任何企图和野心,并没有提出"为人生的艺术"的主张,对创作也没有一致的意见。(3)唯一一致的意见就是:"将文艺当作高兴时的游戏或失意时的消遣的时候,现在已经过去了。"⑤这一篇文章很有意义,打破了人们惯常所说的文学研究会"为人生"与创造社"为艺术"的对立状态。还文学与文学社团以本来的面目。

《现代》第 1 卷第 1 期刊发了伏志英写的《茅盾评传》的广告:"茅盾先生以中国革命高潮的某一部分现象,写作了时代三部曲而轰动一时。本书关于其全部作品及思想,均有评论。全书凡十万余言,注意中国文坛情况者,不可不人手一编。"⑥该广告表明了《现代》对茅盾的肯定。

《现代》第 1 卷第 6 期刊登了茅盾翻译的俄国作家丹青科的《文凭》由现代书局

---

① 茅盾:《徐志摩论》,《现代》第 2 卷第 4 期,1933 年 2 月。

② 茅盾:《徐志摩论》,《现代》第 2 卷第 4 期,1933 年 2 月。

③ 胡适:《追悼志摩》,《新月》1932 年第 4 卷第 1 期。

④ 施蛰存:《社中谈座》,《现代》第 3 卷第 1 期,1933 年 5 月。

⑤ 茅盾:《关于文学研究会》,《现代》第 3 卷第 1 期,1933 年 5 月。

⑥ 施蛰存:《茅盾评传》广告,《现代》第 1 卷第 1 期,1932 年 5 月。

1932年出版的新书广告:"本书原著者奈弥洛维夫·丹青科是莫斯科艺术剧院的创始人。他除了写剧本以外,也能以其敏锐精致的感觉,优美的文笔,写出浓厚的俄国乡村风味的小说。俄国九十年代都市工业化的速度,止水般的乡村人生起了波涟,本书中将乡村中听到的都市的雄壮的呼声,用美妙的文笔表达出来。"广告看上去是在肯定原作品"敏锐精致的感觉,优美的文笔",其实是对茅盾翻译的赞赏。茅盾在此之前,曾经因为《蚀》三部曲受到钱杏邨的批评,认为茅盾的"就《幻灭》与《动摇》两书而论,作者很长于恋爱心理的描写,比描写革命来得深刻"①。茅盾也写了一些文章进行辩护,这次也欲借助翻译《文凭》表明他的阶级立场和文学立场,《文凭》的主题是农民出身的安娜不满足于苟安的生活,毅然决然走出去做一个真正独立的"人"。茅盾在《译后语》中指出:"这两个人中间的平凡的悲剧闪露了社会的意义,强者和胜利者是属于那个久被贱视的农民阶级出身的安娜。"②茅盾认为:"奈弥洛维夫·丹青科的小说文凭,在一八九四年出现,仿佛就宣告了这新的表面不甚惹注意的,然而不声不响地猛进着的变迁,是无可避免的了。"③译文《文凭》可以说是茅盾用来诠释革命文学的例证。

---

① 钱杏邨:《动摇·书评》,《太阳月刊》1928年第7期。
② 沈余(茅盾):《文凭·译后语》,《妇女杂志》1930年第7期。
③ 沈余(茅盾):《文凭·译后语》,《妇女杂志》1930年第7期。

茅盾、木心笔下的黄妙祥

乐忆英①

摘 要:乌镇东栅,西端连着茅盾故居,东端连着木心故居,一西一东,"双星"相耀。茅盾在回忆录《我走过的道路》一书中,多次提到"泰兴昌"纸店经理黄妙祥,而木心的书中,也多次提到黄妙祥。文化精神有时会以这样奇妙的联系,温暖地传承着。人生经历不相同,成就造诣各领风骚。从此,乌镇东栅一条街,因他们而辉煌。

关键词:茅盾;木心;黄妙祥

茅盾在回忆录《我走过的道路》一书中,第一次提到黄妙祥,是在《我的家庭与亲人·祖父及其弟妹》一章节中:"曾祖父查明了这些情况以后,十分生气,把两个儿子狠狠申斥一番,把胡少琴升为经理,不许他的次子再去干涉。至于纸店,曾祖父也要整顿,他留心考察店里的伙计们,将一个刀手(将大型纸用手工切为小块的,名为刀手)绍兴人黄妙祥,提升为专管进货。同时抱怨他的侄儿身为经理却对店中伙计不能量才使用。这个侄儿见曾祖父回来,本已惴惴不安,趁此就辞职。曾祖父准他辞职,却把刚提升不满一个月的黄妙祥再升为经理。"

这家纸店是茅盾的曾祖父沈焕(字芸卿)在汉口经商顺利时汇钱回来开办的,店号"泰兴昌"。沈焕是 1865 年(时年 30 岁)去上海闯荡,遇到宁波安先生,便跟着他去汉口做山货行生意,这一干就是 10 年,从一个普通伙计成为专管进货、决定营业方针的大伙计。这年山货行发生了变动,几个大股东无意经营,最终由安先生及沈焕两人盘下来共同经营,名为"安记山货行",沈焕虽是副经理,但由他全权办理。又五年,安先生回宁波养老,山货行由沈焕独自经营,获利甚厚,到这时他才有了积蓄,派长子和次子回乌镇,买下观前街四间两进的楼房,又买了北巷的两处民房,还开办了"泰兴昌纸店",但有一次投资失误。茅盾这样写道:"拖了一年多,曾祖父觉得不能再拖了,决定招盘。结果,除了还清借款,又拨还安先生存款外,所余不到一万两。以后如何?曾祖父在武汉认识的衙门里的师爷,有劝他捐个官试试的。于是捐了个分发广东的候补道,把家眷(曾祖母及一女一子)送回乌镇,曾祖父只带了千把两银子直赴广州去了。"②

---

① 作者简介:乐忆英,中国民间文艺家协会会员、浙江省作家协会会员。已出版《同桌的你》《红尘无梦》《乌镇民俗》《历代乌镇举人考略》等。

② 茅盾:《我的曾祖父、曾祖母》,《我走过的道路》(上),北京:人民文学出版社,1981 年,第 11 页、第 12 页。

三年后,才"弄到代理梧州税关监督的职务"①。在梧州时,又曾汇钱来开办一爿京广货店。

通过茅盾的回忆录可发现,自 1865 年始,过了 15 年,沈焕才有钱汇回来买房开店,时间应该是光绪六年(1880 年)以后的事。

曾见到不少介绍木心的文章中,说"茅盾与木心是搭转来的亲戚","黄妙祥首先看中绍兴老乡孙秀林有一定的经济实力和交往能力,于是两人联手牵头,并联络宁波人,在乌镇中市十三房头建造了一座宁绍会馆"。此种说法不确。关于宁绍会馆(宁绍义院),卢学溥所纂民国《乌青镇志》卷二十三"任恤"载:"宁绍义院。在青镇型字圩,芙蓉浦西,基地四亩余,为宁波、绍兴两县人集会、寄殡之所。创始于清同治丁卯(1867 年),落成于光绪丙子(1876 年)。董其事者,为阮襄甫、阮开余、钱增荣、马凤鸣、谢德富、李春雷、章宝福、施茎珊诸人。其始,只关帝厅一所,殡房十九间。后又陆续添造,共计殡房三十七间。又出费修筑公路一条,自院门起,至密印寺旁路口止。最近又经董事钱彰、黄显达等集资,添建围墙,及纪念祠三间,特别殡屋十二间,以供外籍人寄柩之用。综计前后,共有厅堂两所,殡屋四十九间。并于宣统年间起,附办施材善举。其施材经费,由钱彰独任。置有义冢地三区,在吴兴布字一百九十六庄,装车桥西两区,一计二亩六分有奇,一计四亩四分有奇。在青炉区三十六图,土名新庙头一区,计七亩有奇。"

沈焕任广西梧州税关监督,三年任满后回乡,茅盾写道:"人们都认为税关监督是个肥缺,但上司要孝敬,同寅常来打秋风……曾祖父代理一年后转正,眼看三年任期将满,他觉得年纪老了,精力就衰,何必再在官场鬼混,还不如趁手头还留下几个钱的时候,告老回乡吧。这样,他于一八九七年底,回到家乡,三年后病故。"②

沈焕于 1897 年底回到乌镇,这才开始整顿二爿店铺,其时发现了伙计黄妙祥。茅盾在《一九三五年记事》中又说:"第二年(1934 年)春天,我送母亲回乌镇,就把纸店经理黄妙祥请来,同他商量翻修后院这三间平房的事。"从 1897 年至 1934 年,时间跨度为 37 年,此时的黄妙祥依然很能干,里里外外的事都是他一手去忙碌的。再往前推 30 年,即同治六年(1867 年),宁绍会馆筹建时,黄妙祥可能还是个孩子,既没资历也没这个能力。而木心的祖父孙秀林挑着担从绍兴来到乌镇,是太平天国之后,也就是同治三年(1864 年)以后,孙家没发家致富,就连东栅的房产也还未购买。

茅盾曾祖父沈焕(约卒于 1900 年)的眼睛确实够毒辣的(即有一双慧眼,看人很准),"据说曾祖父曾私下告诫长子与次子:胡少琴(广京货店)和黄妙祥(泰兴昌纸店)都能干,看你们能不能驾驭","亲戚晚辈中,他只赏识卢鉴泉,这是他的女儿的前室的儿子(即茅盾表叔卢学溥)"。③ 其时茅盾(1896 年 7 月 4 日生)还只是个三四岁的小孩。

---

① 茅盾:《我的曾祖父、曾祖母》,《我走过的道路》(上),北京:人民文学出版社,1981 年,第 12 页。
② 茅盾:《我的曾祖父、曾祖母》,《我走过的道路》(上),北京:人民文学出版社,1981 年,第 12 页。
③ 茅盾:《祖父及其弟妹》,《我走过的道路》(上),北京:人民文学出版社,1981 年,第 18 页。

木心在《塔下读书处》说:"与沈氏究属什么故戚,一直不清楚,我母沈姓,从不叙家谱,只是时常听到她评赞沈家太夫人的懿德睿智……茅盾的回忆录中大事表彰的'黄妙祥',就这样常来道说沈家事,又不知为什么我叫他'妙祥公公',黄门与沈门四代通家之好,形同嫡系,我的二表哥是黄门女婿——由此可见一个古老的重镇,世谊宿亲,交错累叠,婚来姻去的范围,不外乎几大氏族,一呼百应,周旋固是顺遂,恐怕也就是因循积弱的原委了。……我对沈氏的宗谱无知,对茅盾书屋的收藏有知,知道了把凡是中意的书,一批批拿回家来朝夕相对。事情并非荒唐,那年月,沈宅住的便是茅盾的曾祖父特别信任的黄妙祥一家人……"

木心儿时称茅盾为"德鸿伯伯",那时候在外拼搏的乌镇人,乡谊情结很浓,非常团结,互相提携,互相帮助,而居镇的人,既好客又有礼貌,晚辈见了长辈,往往称呼张家娘娘(奶奶)、李家伯伯,不一定就是亲戚关系。

木心家与黄妙祥家都是绍兴移民,绍兴人风俗是不与外籍通婚。茅盾家祖上是从东栅外原民合乡的经堂桥附近迁居镇上的。从现有资料来看,茅盾家与木心家没有所谓"搭转来的亲戚"之说,倒是黄妙祥与木心家有点亲戚关系——木心的二表哥是黄门女婿。

民国《乌青镇志》卷九"廨宇"载:"民国二十一年(1932年),镇公所改设乡镇制,青北镇镇长沈悦庭,副镇长张九成、黄妙祥,公所地址设于宝阁寺。"镇长沈悦庭,就是茅盾的二叔祖沈恩埈,字悦庭,清秀才。茅盾说:"祖父的弟弟,行二的,名'恩埈',字'悦庭'。也是个秀才。过的生活,和他哥哥一样,也早已娶妻生了子女。他也考过几次乡试,都没有中。他也不肯下苦功。无意于举业,却很想经商。"[①]

沈恩埈生性固执,实在不是做生意的料,担任京广货店经理时,营业一年不如一年。1900年沈焕过世后,沈恩埈分到了京广货店,不到三年就破产了。但沈恩埈为人正直,在本镇绅士中颇有威望,所以,他曾担任青北保卫团(桐乡县第四保卫团)团总,时在1915年;1922年,沈恩埈又当选为桐乡县议会议员。1932年任青北镇镇长时(乌青两镇共设六个镇),共有581户,2864人,规模居六镇第四位。黄妙祥则担任青北镇副镇长,那时担任镇长、副镇长的必是本地缙绅,可见黄妙祥这位绍兴草根能力非凡,确有过人之处。茅盾翻修后院把他找来,那真是找对了人。青镇宝阁寺就在观后街,茅盾家在观前街,相隔也就二十来米远。

徐家堤《巴鉴非和巴家厅的子孙们》(《四溪拾贝》,2013年4月自印本)一文中载:"(抗)战前,(巴)秀夫和鉴非还襄助黄妙祥建造宁绍会馆,举凡家乡有善举,巴氏均有捐助。"文中的"建造"(宁绍会馆始建于1867年),可能是"扩建"之类,但从这个记载来看,再结合民国《乌青镇志》的记载,黄妙祥曾参与过宁绍会馆的修缮或扩建(添造)工作。

抗战胜利后,在上海的木心又一次见到了茅盾,他在《塔下读书处》说:"黄妙祥的独生子阿全自乌镇来,约我去沈雁冰家叙旧……似乎是夏天,初夏,一进茅盾

---

① 茅盾:《祖父及其弟妹》,《我走过的道路》(上),北京:人民文学出版社,1981年,第14页。

的卧室兼书房,先入眼的是那床簇新的台湾席,他穿中式白绸短衫裤,黑皮拖鞋,很高兴的样子,端出茶,巧克力,花旗蜜橘……我不懂小说作法,茅盾先生无兴趣图画,沈夫人则难解讲演之义务性,阿全是泰兴昌纸店老板,对小说图画讲演概不在意,性嗜酒,外号'烧酒阿全',坐在一旁快要睡着了,我说要告辞,他倒提醒我:'你可以讨几本书啊!'……"从文中可以知道,此时纸店老板已是阿全,是个酒鬼,黄妙祥可能年岁大了,把经营权交给了阿全。

钟桂松《茅盾与故乡》(四川文艺出版社 1991 年 8 月版)之《外祖父一家和茅盾母亲》一文中载:"(茅盾母亲)陈爱珠逝世后,由一直在沈家泰兴昌纸店做事的绍兴人黄妙祥和他的儿子黄志清(小名阿全)主持料理。黄妙祥早在茅盾曾祖父在世时,就被擢升为纸店经理,此后一直在这一爿泰兴昌纸店内主持店务。从茅盾的祖父沈砚耕去世后,这爿纸店基本上就由黄妙祥作主。4 月 19 日,丧事办毕,黄妙祥差人去上海,向茅盾的几家本家亲戚报告茅盾母亲逝世经过和丧事情况。仲襄先生(即茅盾的二叔沈永钦)得噩耗后,便立即拍电报给远在新疆的茅盾……茅盾去延安后不久,于 7 月 30 日假托在西安给乌镇黄妙祥发一信,信中对母亲寄托着不尽哀思,对黄妙祥表示感激,茅盾说:'今春家慈返里,不意一病不起,至电传来,悲痛莫名,丧殓等事,幸蒙拨冗代理,感激无极。自 4 月下旬得电后,即携眷南返,过西京时因有旧友之便,暂住过夏……现因交通不便,暂时不拟回沪,先慈灵柩决定暂时寄停宁绍会馆,所有漆柩及寄柩费用,乞代办理,垫款多少,亦请函告振亚弟,当即由振亚弟处拨付归还。'茅盾这封信(信件现存乌镇茅盾纪念馆),一直到 9 月 11 日才由他在上海的堂弟德溶先生收到并转黄妙祥。但后来茅盾又辗转南北,在战乱和白色恐怖中始终未能回乡谒拜母亲墓。"

据解放初在乌镇雅龄轩照相馆学徒的傅根耀老先生说:他父亲是在抗战胜利后就在"乌镇雅龄轩照相镶牙店"里做镶牙师傅,"雅龄轩"位置极好,在应家桥北塊,与"访庐阁茶馆"隔东市河相望。"雅龄轩"北隔壁是"三珍斋酱鸡店",再过去依次是"云昇祥小百货""盛福昌银匠店""祥兴昌纸店",这家"祥兴昌"就是茅盾家的"泰兴昌纸店",盘给黄氏后,把"泰"字改为黄妙祥的"祥",黄妙祥有子女五六人,后来由长子黄国筠接任纸店经理,孙子黄炳权担任协理。

另据桐乡市档案馆所藏的《桐乡县青镇纸烛业同业公会会员名册》载:"祥兴昌,业主:黄妙祥;年龄:七五;开设年月:民国二十四年。"从中亦可探知,"泰兴昌"是在 1935 年盘给黄氏的。1935 年时,黄妙祥年已 75 岁。1897 年底,沈焕告老回乡时,黄妙祥 37 岁,正当年富力强的时候。再回过头来说"宁绍会馆",创始于清同治丁卯(1867 年),那一年,黄妙祥刚好 7 岁,至 1876 年宁绍会馆建成,黄妙祥也不过才 17 岁。

"泰兴昌"纸店坐落在中市应家桥北塊下岸,两间店面,前街后临车溪市河,主要经营纸张、摺簿和锡箔,批零兼售。茅盾曾祖父沈焕过世后,沈家就开始分家,茅盾在《沈家老三房分家》中写道:"曾祖母就出来主持其事。她吩咐纸店经理、京广货店经理盘查两店资产,开个清单,却叫女婿(卢蓉裳)和表侄费干卿会同审核……命她自己的侄儿王彦臣(即王会悟之父)参加审核……结果:纸店资产为一千五百两,京广货店为一千二百两。"茅盾祖父沈恩培(字砚耕)分到了"泰兴昌"纸店，此店一直开着而且有所发展，沈恩培虽未考中举人，但也练习写朝考卷，书法工整圆润，且善写大字，常为人家书写匾额、堂名、楼名、馆名，以及商店招牌。后纸店增设刻字专柜，印制《增改备用杂字》等通俗刊物。沈恩培于 1928 年病故后，"泰兴昌"依旧任用经理黄妙祥。茅盾三叔沈永钊，字叔庄，早年在"泰兴昌"纸店管账，二十年代由卢学溥介绍进上海交通银行当职员，三十年代初被银行解雇回乌镇，依靠祖产"泰兴昌"纸店为生。至 1935 年纸店盘给了经理黄妙祥，改名"祥兴昌纸店"。

　　黄家接手经营纸店后，生意应该不错，黄妙祥的孙辈黄炳富、黄炳权都读书识字，中华人民共和国成立之初，应考去了东北工作。黄妙祥的曾孙黄越城，毕业于武汉大学中文系，是黑龙江省作家协会会员，1993 年出版了小说集《泥石流·兵马俑》及散文集《那场雨那朵云》等。

被遮蔽的文学价值

——基于《林家铺子》林老板形象的经济学分析

党　飘　陈晓燕①

摘　要：目前,学界大都把《林家铺子》中店铺的倒闭归因于时代环境,但若从经济学角度重新审视,我们会发现林老板那些看似可行的经济活动实则加速了店铺破产,而读者囿于知识结构的局限,往往忽视了"完美"商人林老板自身存在着经营策略失当、风险意识缺失、管理意识淡薄、理财意识匮乏等问题,同时茅盾先生出于对小镇商人这一群体的同情以及批判社会的创作目的,也将读者的视线引导到时代与社会,以至于形成了如今学术界对林老板"完美"形象的固化解读。从林老板到老通宝、吴荪甫,茅盾这一时期所塑造的人物形象潜隐着一个从平面到立体、从"完美"到真实的变化过程,这个过程真实地记录了茅盾小说人物塑造艺术的发展之路。

关键词：茅盾;林老板;经济活动

《林家铺子》以"城镇小商人"的视角,生动表现了 20 世纪 30 年代初期政治黑暗、经济萧条的乡镇社会中,人们苦苦挣扎却难有出路的生存境遇。后续研究者对于这部作品的观点大都是基于默认林老板经济活动有效可行而产生,然而对于林家铺子来说,林老板并非一个毋庸置疑的积极性因素。他们忽略了林老板的经济活动是否可行,也因此忽略了林老板这个人物形象在茅盾同时期作品中的独特性。

一、学界对于《林家铺子》的几种认识

几十年间,对于《林家铺子》的评论主要集中在几个方面。一部分研究者认为林老板的悲剧是动荡的时代环境所造成,当代一些著名评论家的论述尤其具有代表性,例如严家炎认为"至于《林家铺子》,写的是小商店老板受国民党黑暗势力的压迫终于破产和出走的故事,真实地反映了 20 世纪 30 年代社会生活的一个方面"②;陈思和则认为"茅盾的另一部小说《林家铺子》就是典型地写小人物的故事,

① 作者简介:党飘,湖北文理学院在读硕士研究生。陈晓燕,湖北文理学院文学与传媒学院教授,文学博士,硕士生导师。
② 严家炎:《严家炎全集　7　问学集》,北京:新星出版社,2021 年,第 78 页。

写一个小老板的甜酸苦辣,也写到大鱼吃小鱼,小鱼吃虾米的社会"①;另有一些后继研究者注意到了茅盾作品中的经济描写以及对于当时政治经济环境的艺术书写。如:李明强调"茅盾缜密、精细的经济细节,逼真描绘了那一时代人们生活的挣扎,取得了极强的艺术效果"②。宋剑华表示"但《林家铺子》所涉及的政治经济问题,只不过是一种艺术'真实',而不是什么历史'真实';如果人们不加思辨地混淆了两者间的本质区别,直接将《林家铺子》视为是'真实的历史',那么必然就会犯教条主义的逻辑错误"③。周婧在其作品中重新探讨了林家铺子的倒闭原因,认为铺子倒闭实质是经济活动中的正常现象。它与林家铺子所处时代环境有关,更与林家铺子的直接经营环境、经营状况、经营策略等因素有密切关系④。研究者们对于《林家铺子》的讨论主要集中在几个方面:一是传统地将林家铺子的倒闭归因于当时恶劣的政治经济环境,对于林老板本人抱有惋惜的态度;二是对于作品中有关的经济描写的细节艺术以及涉及的政治经济真实性的思考;三是对店铺破产原因的简单分析、对于林老板的性格探析以及对于作品当代意义的探讨。大部分研究者都将林老板这个角色作为一个功能性的存在,视其为辅助理解文本的工具,将林老板的所作所为理所应当地视为一个积极性因素,认为他的经营策略毋庸置疑。他们将店铺破产看成一个在现实的压迫下无法挽回的悲剧性事件,将林老板看成是一个生不逢时的小老板。这些观点几乎成为定论。而从经济学的角度分析,可以发现林老板自身的经济活动并不合理,其看似可行的决策背后实则隐蔽着许多问题。

二、20 世纪 30 年代的社会经济环境

1929 年 10 月 24 日,纽约股票市场崩盘。这标志着后来被称为"大萧条"的全球性经济危机的开始。"华尔街的崩溃引发金融危机,接着便是美国贷款政策告败。通货紧缩经由国际金融链条逐国蔓延,这些国家的购买力也随之下降。国际贸易因此低迷,并且促使美国和其他工业国家采取保护主义,而这只能导致对发展中地区初级产品生产国压力的增加。"⑤由于受制于国际金融机制以及别国政府致力于提振本国经济而采取的愈加严厉的保护主义政策,中国经济受到了极大的外部冲击。从《林家铺子》的有关叙述中可以看到 20 世纪 30 年代中国整体性的经济现状。作者以林老板一家经营的店铺为原点,辐射到农村、周边地区以及上海,描绘了一幅 30 年代中国经济环境的速写图。

---

① 陈思和:《名著新解》,广州:广东人民出版社,2018 年,第 304 页。
② 李明:《"经济"视域下茅盾小说的细节艺术》,《兰州交通大学学报》2009 年第 28 卷第 2 期,第 6 页。
③ 宋剑华:《"乌镇"上的政治经济学——论茅盾〈林家铺子〉里的艺术辩证法》,《东吴学术》2017 年第 3 期,第 29 页。
④ 周婧:《林家铺子的"倒闭"原因再认识》,《乐山师范学院学报》2011 年第 26 卷第 7 期,第 34 页。
⑤ 〔日〕城山智子:《大萧条时期的中国:市场、国家与世界经济 1929—1937》,孟凡礼、尚国敏译,南京:江苏人民出版社,2021 年,第 1 页。

（一）工商业萧条

林老板经营的是以零售日本工业品为营生的洋广货铺子，一家人一直依靠铺子的零售生意过着较为宽裕的生活。由此可以推知，在大萧条到来之前，店铺的利润可观，整个行业也十分景气。但是大萧条的到来，冲毁了这一切。作品中对处于产业链上游的纺织业、缫丝业以及处于产业链下游的零售业的萧条景象都进行了描述。文中有三处描写侧面提及当时纺织业与缫丝业的不景气：一是林小姐非东洋货的衣服只有一件老式棉袄，由此可知当时国内的服装行业被外国商品挤兑已久。二是文中提到上海逃难来的人，没有亲戚的就住在西栅外茧厂的空房子里。这说明，许多规模不小的茧厂已经倒闭。三是"镇上的大小铺子倒闭了二十八家，内中有一家'信用素著'的绸庄"[①]。

而对于零售业的萧条景象，小说则从两个角度进行展现。一是面对国外商品的冲击，国产商品竞争不过，市场占有率低，如"这东洋货问题不但影响到林小姐的所穿，还影响到她的所用；据说她那只常为同学们艳羡的化妆皮夹以及自动铅笔之类，也都是东洋货，而她却又爱这些小玩意儿的"[②]；二是在经济萧条的环境下，东洋货也面临销售难的困境。这一困境主要通过林老板铺子的营业情况进行展现。

（二）农村破产

面对国人对于日货的排斥，林小姐只是抱怨自己会被人嘲笑，但是精明的林老板已经意识到了这是关乎生存的市场环境变动。面对如此困境，林老板选择了贿赂官员、打折甩卖等方式进行抗争，他希望能够在赶市的乡下人身上捞回一笔钱。然而那班乡下人在铺子前逗留了一会儿后就走开了。这样的境况是因为货色不好或者乡下人不需要吗？并不是。"货色是便宜，没有钱买！"没钱，才是根源。这一部分的写作，直观明了地展示了当时农村经济的萧条。

小说反复提到，林老板指望着乡下人购买商品以缓解自己目前经济困窘的现状。而由于乡下人没钱，所以造成了如今商品无法销售营利的局面。但农民为什么没钱呢？作品中作者给出了回答。林老板认为等到乡下人春蚕熟，他的亏空还可以补救。即乡下人卖春蚕有了钱，来到镇上买东西就能解决林家目前的困境。这表明，农民的现金收入不仅少，而且还有季节性，在每年的下半年卖出蚕茧之后才能有足够的钱购买商品。由此可知，农民收入的多少与蚕茧的销售情况直接相关，而众多丝厂、茧厂的倒闭使得依靠卖茧赚取副业的农民入不敷出。

（三）信贷系统崩溃

突如其来的经济环境变化使林老板猝不及防，面对朱三太等人的提息行为，他哭丧着脸。想到上海的收账客人将到，他只有再向恒源钱庄借款应急。然而去到恒源钱庄后，却因为上海罢市，林老板没有得到借款，同时，钱庄老板还要求他在年关前还清欠款六百。面对资金周转不周的问题，林老板选择了去恒源钱庄借钱的"老办法"，但这一次却并不奏效。

与此同时，上海因为房价暴涨，许多人逃到乡下来。这时城市地产的繁荣与

---

① 茅盾：《林家铺子：茅盾小经典》，北京：人民文学出版社，2017 年，第 26 页。

② 茅盾：《林家铺子：茅盾小经典》，北京：人民文学出版社，2017 年，第 3 页。

乡镇上萧条的经济情况形成了鲜明的对比。在乡镇上,低迷的经济现状使人们缺乏现金,但是信贷系统的崩溃又让他们无法获得贷款,而城市则沉迷于房地产繁荣的现状中。上海高涨的地价极大地增加了普通居民在上海的生活成本,又吸引了更多资金流向房地产交易,造成城市实体经济融资困难。也就是说:"当农村地区遭受着现金和信贷短缺的时候,城市金融部门却目睹了房地产投机的热潮。城市和农村之间的资金流通停止了,城市—农村信贷关系系统也就随之崩溃。"①

综上所述,国际经济环境的变化使 20 世纪 30 年代的中国受到极大冲击,且当时中国工商业严重依赖贷款以及金融系统不够完善等缺点又致使这一变动在中国形成了一个蔓延全国的经济危机,造成了工商业萧条、农村破产以及信贷系统崩溃的生存现状。而这样一种复杂的生存环境则使得作品中以林老板、朱三太、张寡妇等人为代表的普通商人百姓的悲剧性结局成为可能。

三、林老板经济活动的漏洞

面对 20 世纪 30 年代复杂且萧条的经济环境,唯有审时度势、相机而行才能作出有利的决策,任何不起眼的失误在当时的政治经济环境里都可能造成不可估量的严重后果。林老板虽有着多年从业经验,但是缺乏顺应时代变化调整优化决策的能力。其经营策略失当、风险意识缺失、管理意识淡薄以及理财意识的匮乏这些缺点若是在形势向好的经济环境下,或许无伤大雅,但是在那样一个工商业萧条、农村破产、信贷系统崩溃的大环境下,却足以将其推向破产的境地。

(一) 经营策略失当

面对困境,林老板、寿生、裕昌祥老板都制订了相应的营销策略。林老板选择"大廉价照码九折"的低价促销方式,寿生选择互补产品捆绑促销,而裕昌祥老板则先照搬林老板的九折促销,后续又直接过来林家铺子挖货。

客观来看,林老板的经营策略存在很大问题。首先,林老板的目标客户群体定位失误。他把希望寄托在赶市的乡下人身上,故意把东洋货摆在最显眼的位置。那些人虽被吸引,但是手里没钱,即使有购买欲望也没有购买能力。大家忙活激动了一天,收获的钱只够开销广告纸。显然,林老板只是确定了客户群体,却不了解他们的购买能力。林老板把不具备购买能力的群体定位为客户,是明显的策略失当。

其次,林老板选择的促销手段有误。把这样一些滞销商品降价出售,会破坏市场环境,最终造成商户之间恶意的低价竞争,进一步压低商品价格和利润空间,进而导致小镇上整个行业亏本销售,最后祸及自身。林老板这样一种血亏的、"大放盘"式的商品倾销,无疑是一种饮鸩止渴的策略,仅可缓解一时资金周转问题,决非长久之计。但是裕昌祥的老板和寿生也是低价促销的做法,为什么收到的效果却不一样?先看文中对于裕昌祥的表述:"我们对过的裕昌祥,进的东洋货比我

---

① [日]城山智子:《大萧条时期的中国:市场、国家与世界经济 1929—1937》,孟凡礼、尚国敏译,南京:江苏人民出版社,2021 年,第 170 页。

多,足足有一万多块钱的码子呢。"①

从文中可知,裕昌祥老板的店铺规模比林家铺子稍大,而规模较大的铺子在进货时往往能获得较低的进价。所以两店虽看似一样打九折出卖,实则裕昌祥商品成本较低,亏损较少。而裕昌祥后来趁火打劫的"挖货"行为,则可以获得更高利润。可是林老板这边,日用杂货在进货时以正常价格购入,所以其打包组合、低价出售的"一元购"方案只能达到减少亏损以维持生计的目的。但相比之下,裕昌祥的"挖货"背后,是其以低于林家铺子的价格购入,又转手以更高的价格卖给消费者的赚取差价行为,这样的促销就不仅可以维持生计,甚至可以获利。

再看寿生提出的"一元购"方案。一方面可以销存货,文中交代,经过"大放盘"的打折促销之后,林老板的铺子里缺乏货品,又没有现钱寄到上海去拿货,铺子里只剩下存底很厚的日用杂货。听见阿四说上海逃出来的一堆人无家可归,寿生立马想出了办法促销这些滞销的库存货。另一方面,不怕同业竞争。因为林家铺子里这些日用杂货比裕昌祥库存多。所以,同样的促销,这一次便不再害怕裕昌祥照搬。寿生制订的销售策略从目标群体确立、竞争对手分析、自身市场定位、营销通道选择、产品定价与广告投放等程序都十分精细完善,这也为后来策略取得成功做了铺垫。

因此,相比较之下,林老板的销售策略最不可取。不过这个结果只是建立在以处于当时的社会经济环境为前提而得出。若是将上述的营销策略放在一个健康的经济环境中,孰优孰劣或许另有定论。

(二)风险意识缺失

林老板从社会个体、钱庄等处凑拢闲余资金用于自身周转,且能根据债权人特点细致分析排列还款优先级顺序、并在当地保持较高信用度。这说明,林老板还是有一定的经商才能。但是,这样的资金筹措方式,是建立在互相信任的基础上,一旦产生信用危机,客户便会离去。所以,对面商铺通过造谣他要"逃跑",引来债权人讨债,以此击溃林老板以信用支撑起来的融资渠道。"信用担保"是一个低成本但高风险的融资方式,林老板知道建立信用体系的优点,却忽略了其本身存在着高风险的弊端,一旦出现信用危机,一切成功都会化为乌有。正是因为缺乏风险意识,林老板将融资的钱全部投入借债、投资以及购货中,没有预留足够的存款准备金,面对大量客户突然提款的行为,显得较为窘迫。而这又从侧面证实了谣言,造成信用度下降,最终导致大量客户同时提钱的挤兑现象。

文中提到,林老板自从父亲手里接手这个铺子之后,一直脚踏实地经营。可以推测,其从父辈继承来的营商技巧以及融资手段自然也一直遵守,由此形成了路径依赖。乃至于他在一年年亏损,明知铺子资不抵债的情况下,仍然依靠继续借债融资安心度日。殊不知高负债率代表着融资能力强的同时,也代表其偿债能力弱,抗风险性低。一旦发生偿债危机,后果十分严重。正因如此,在面对突如其来的偿债危机时,林家铺子毫无抵抗之力,最终破产。

---

① 茅盾:《林家铺子:茅盾小经典》,北京:人民文学出版社,2017年,第5页。

林老板风险意识的缺失还体现在投资上。由于生意不景气，铺子一年一年亏空，林老板在做零售生意之余，曾试图开展副业——做肥田粉生意。然而林老板选择去涉猎当时十分热门但自己并不了解的肥料行业。殊不知新市场的到来，虽有高利润的前景却也附带着高风险。他这样不考虑自身情况、盲目从众的行为，无疑使自己成为投资市场上的待宰羔羊。

（三）管理意识淡薄

林老板的铺子里面有三个伙计，加上他一家三口，一共是六个人。林老板和寿生打理店铺，其余两个伙计出场不多，林小姐只顾独善其身，林夫人不参与店铺经营。铺子里虽有六人，实际上起到顶门立户作用的也只是林老板和寿生两人，其余四人相当于闲置。这充分说明林老板不擅管理，没有充分发挥其余两个伙计以及母女俩的价值，其管理意识的淡薄使得店铺里出现两个人苦苦支撑一个铺子去养活四个闲人的尴尬局面。

寿生的能力实际在老板之上，却未能尽其所长。面对众多上海逃难而来的人们，他提出了针对性强、可行性高的"一元购"方案，为店铺带来了一定的盈利。林老板虽然十分欣赏信任寿生，却没有给他更大的经营权限，不能最大限度地借力寿生的营销才能来发展铺子生意。如若将店铺的管理权与经营权分离开，给善于经营的寿生以最大的权限，或许林家铺子还可以再迎来一线生存的契机。然而林老板囿于自己的见识，无法认识到这一点，他后来的经营困局也就在所难免。

（四）理财意识匮乏

其实，林老板之前的收入还比较可观，但是他却没有将钱花在最有价值的地方。从文中可知，林老板的钱主要花在几个方面：家庭开支、支付工资、投资、放债、苛捐杂税以及贿赂官员。其中出现了很多不必要、不合理的开销，而这些支出在当前这样经济困窘的环境完全可以节省下来应付生存所需。

首先是家庭开支。其中，林小姐的花费占大头。林小姐作为家中独女十分受宠。她用的是各种精致的小玩意，穿的有一皮箱花花绿绿的衣服。即使这样，林小姐在目睹铺子经营困境之后，还任性地购入四块二角的大绸做新衣。最后，为了付吴妈的工资，这一件大绸新旗袍去当铺只当了两块，里外亏损了两块二角钱。钱虽然不多，但是在当时困窘的条件下，也可应一时之需，要知道当时朱三太存的三百元一个月也只有三块的利息，元旦时变把戏的大生意收费也才八块。虽然把钱花在日常开销上本无可厚非，但是缺乏节制的消费本身就是一种浪费资金的行为。

而说到工资支付，林老板出于同情没有解雇冗杂的店员，虽有人道主义关怀，却也在一定程度上增加了运营成本。在严峻的经济困境下，林老板完全可以在保全员工的同时将员工工资在合理区间内进行下调以达到节省开支的目的。再说到投资与放债，小说中，林老板将钱投资到自己并不了解的肥田粉生意，结果上当，使大好的时机与资金白白挥霍掉。而放债作为其投资行为的一种，也需要谨慎行事，对于庄户的选择以及对未来经济形势的预估都十分重要，但林老板恰巧并不擅长。凡此种种，显示出林老板严重匮乏理财意识，而他后来出现资金亏空、难以接续的局面也就无可避免了。

综上可见,林家铺子的破产并非完全由外部政治经济环境造成,林老板本身也负有不可推卸的责任。小镇商人的出身使得林老板只能依靠自身经验经营店铺,然其并不具有系统科学的经营管理知识和通观全局的投资眼光。若放在安稳环境里,他或许能发点小财。但是在20世纪30年代那样动荡复杂的经济环境下,这些缺点就会造成不可挽回的经济损失。最终,他身上这些不起眼的小毛病小瑕疵加速了林家铺子的倒闭。值得注意的是,林老板自身的过错一直没有受到学界关注重视。其自身的问题为何会被研究者以及读者忽视,这是一个值得探讨的问题。

四、林老板自身问题被遮蔽的原因

事实上,林老板在经营、管理、投资等方面均存在很多的问题,他错误的经济决策和行为都是加速店铺破产的重要原因。然而,有意思的是,茅盾在完成对林老板经济活动的描述之后,总是会有为其"开脱"的语句紧随其后。

当林老板决定"大廉价照码九折"之后,后续叙述文本是这样的:

第二天,林先生的铺子里新换过一番布置。将近一星期不曾露脸的东洋货又都摆在最惹眼的地位了。林先生又摹仿上海大商店的办法,写了许多"大廉价照码九折"的红绿纸条,贴在玻璃窗上。这天是阴历腊月二十三,正是乡镇上洋广货店的"旺月"。不但林先生的额外支出"四百元"指望在这时候捞回来,就是林小姐的新衣服也靠托在这几天的生意好。①

林老板作出决策后,对店铺进行了布置,货物也摆得更显眼,他的纸条是模仿"上海大商店"的做法,且今天是"旺月"。再加上后面赶市的热闹场景,乡下人充满购物需求的呈现,茅盾营造了一个有利于销售的假象。而这种假象的呈现正是为了对林老板决策的合理性进行正名。

"没人买"的尴尬景象出现之后,茅盾在文中又一次为林老板的错误决策开脱:

他知道不是自己不会做生意,委实是乡下人太穷了,买不起九毛钱的一顶伞……这一切,林先生都明白,他就觉得自己的一份生意至少是间接的被地主和高利贷者剥夺去了。②

这一段直接通过林老板的心理活动对读者进行阅读引导,让读者将店铺经营的惨淡结果归因于外界环境。当自己店铺的收益仅够开销广告费时,茅盾又再一次通过林老板的心理活动将读者的关注点引导到外界萧条破败的经济环境上:

① 茅盾:《林家铺子:茅盾小经典》,北京:人民文学出版社,2017年,第6页。
② 茅盾:《林家铺子:茅盾小经典》,北京:人民文学出版社,2017年,第8—9页。

所有推广营业的方法都想遍了,觉得都不是路。生意清淡,早已各业如此,并不是他一家呀;人们都穷了,可没有法子……只要他们存心买,林先生的营业是有把握的。毕竟他的货物比别家便宜。①

"生意清淡,早已各业如此"一句话将林老板自身的处境放于萧条的大环境下,茅盾试图将其惨淡的营业完全归因于环境问题。而读者在阅读时,由于无意识中受到茅盾的引导,也将店铺破产的原因几乎完全归因于外部萧条动荡的政治经济环境。这或许是林老板自身的问题一直没有受到关注的重要原因吧。

不过,我们也应该认识到:读者囿于自身知识结构的局限,很难以经济学专业的眼光来深度剖析林老板看似合理的经济活动背后所存在的逻辑漏洞,未经深入思考便默认林老板的经济活动是可行的。与此同时,我们也应该承认,由于林老板这样一个近乎完美的人物最终却得到一个悲剧结局,这种巨大的落差所形成的强烈冲击使得读者下意识地想要去同情他,强烈的主观同情淹没了读者对林老板经济活动的客观分析。加之,茅盾在文本中流露出的感情色彩无意识中引导了读者以及研究者的感情。他对于林老板的同情在一定程度上亦加深了读者对于林老板的惋惜,使得他们对于林老板行为的合理性没有产生怀疑。

读者对林老板的同情感来源于茅盾对林老板这个形象的完美塑造。从字里行间,我们能意会到茅盾对林老板这一形象寄寓了非常深厚的情感。他将林老板的勤勉努力、善良温厚的性格诉诸笔墨,不厌其烦地细致呈现其屡次的经营努力。茅盾笔下的林老板兢兢业业、勤奋诚信,不仅是一个讲诚信的好商人,一个尽心尽力的好老板,还是一个爱护妻女的好男人,几乎是一个道德上接近于无瑕的完人。在感受林老板美好形象的同时,我们不禁思考:茅盾为什么要把林老板塑造成一位几乎无瑕的"完人"呢?为什么会对林老板的一系列经济活动进行"开脱"?为什么将店铺破产的主要原因指向外界经济环境?

其一,茅盾对于小城镇商人这一阶级有着天然、朴素的亲近感。据史料记载:"沈家本来是乌镇近乡的农民,后来迁至镇上做小买卖。到了我的曾祖的祖父时候,开一个烟店。"②"我的曾祖父的祖父还有几个兄弟,却做别的生意或迁居邻近市镇。"③无论是出于对往昔岁月的怀念,还是对家人所处社会群体的共情,他在塑造林老板这个形象的时候,自然会不自觉地代入自身主观感情。"作家对他们的坎坷遭际和悲剧命运,更多的是抱有深切的同情;而对他们的事业心,在当时堪称一流的胆识和才干,则倾注了不少激赏之情。"④茅盾在其散文作品中的一些表述,更是将他对于乡镇小商人的同情态度表现得淋漓尽致。"封建的内地乡镇的小商人的他们似乎比大都市内的小商人更为'盲目',也更为'乐观',同时亦更为容易受'欺骗'。因为是更'盲目',他们不感知大地震似的剧变即在不远的将来,他们

---

① 茅盾:《林家铺子:茅盾小经典》,北京:人民文学出版社,2017 年,第 9 页。
② 茅盾:《我的家人与亲人》,《我走过的道路(上)》,北京:人民文学出版社,1997 年,第 9 页。
③ 茅盾:《我的家人与亲人》,《我走过的道路(上)》,北京:人民文学出版社,1997 年,第 10 页。
④ 陈桂良、刘宏日:《论茅盾小说的"经济视角"及其当代意义》,《文艺争鸣》2009 年第 1 期,第 101 页。

只认眼前的'不太平'是偶然。"①从茅盾在散文中的表述可以看出：茅盾对待都市中的商人与乡镇上的小商人抱着不一样的态度。相比之下，他更同情乡镇上的小商人。甚至在同时面对农民与乡镇小商人的不幸时，他这样写道："我想：要是今年秋收不好，那么，这镇上的小商人将怎么办哪？他们是时代转变中的不幸者，但他们又是彻头彻尾的封建制度拥护者；虽然他们身受军阀的剥削……然而时代的轮子以不可阻挡的力量向前转，乡镇小商人的破产是不能以年计，只能以月计了！我觉得他们比之农民更其没有出路。"②可见，茅盾对于乡镇小商人的同情甚至更甚于对农民的同情。

其二，茅盾的左翼立场使得他在创作这部作品的时候带着剖析、抨击社会的目的。他无疑是想要将林老板塑造为一个兢兢业业营商却在时代与社会的迫害中无奈地堕入破产悲剧的小商人形象，茅盾想将读者的视线引导到时代与社会，这才真正契合他的创作初衷。

1929 年经济危机的爆发再加上部分西方国家现代化进程的推进，使得社会生产效率大幅提升而社会需求基本不变，市场上物品供需失衡。为了缓解本国的经济危机，西方人只能打开国外市场销售商品。外国产品对于中国本土市场的冲击再加上金融领域白银外流造成的汇率变化，使得中国进入经济严冬。这样的社会变化引起了作家们的关注，由此出现了反映当时社会面貌的一系列作品。"30 年代经济的巨大变化使作家开始大量关注经济题材，从 1931 年到抗战爆发前出现了大量经济题材的小说、戏剧、散文等文学作品……采用社会科学的创作方法，反映各类经济破产现象及社会下层苦难，矛头指向官僚腐败、商人和地主剥削等阶级矛盾与美日帝国主义经济侵略，最终指向反抗，使小说呈现出政治化主题。"③《林家铺子》也是当时创作浪潮中的一朵浪花，茅盾选择"乌镇"这样一个"城乡结合部"的特殊地理环境来展开故事，期于更加全面、广泛地展现当时中国底层的社会面貌；而细致刻画林老板的经济活动，则是为着将破产原因归咎于当时的外部政治经济环境，批判当时外有民族矛盾、内有官员欺压的中国社会。

导致林老板的经济活动有漏洞的事实被长时间遮蔽的众多原因中，林老板"完人"形象的塑造是一个相当重要的存在。可以说，读者对林老板这个人物的认同与同情影响了其对于《林家铺子》这部作品的评价与客观分析。通过对林老板"完美"人格的祛魅，对比分析其与同时期其他作品中的主要人物形象，我们或许可以对于茅盾人物塑造艺术产生崭新的认识。

五、对茅盾人物塑造艺术的崭新认识

无论是因为茅盾的"开脱"式叙述的遮蔽，还是出于读者知识结构的局限性，林老板已然被茅盾塑造为一个读者认可并深深同情的"完美"小商人，这样的"完人"形象在茅盾笔下的人物群像中极为少见，几乎是独树一帜的。对比同为 1932

① 茅盾：《茅盾全集 第 11 卷 散文一集》，北京：人民文学出版社，1986 年，第 110 页。
② 茅盾：《茅盾全集 第 11 卷 散文一集》，北京：人民文学出版社，1986 年，第 123 页。
③ 邹冬梅：《民国经济危机与 30 年代经济题材小说》，《文学评论》2012 年第 3 期，第 104 页。

年左右创作的《林家铺子》《春蚕》和《子夜》，我们可以看到茅盾的人物形象塑造有一个明显的变化过程。

在"农村三部曲"中，茅盾写出了中国农村在被动现代化进程中农民的多面形象。茅盾在描写老通宝淳朴、善良的同时又揭示出其愚昧、迷信、无知、软弱的一面。例如，同样是面对动荡、复杂的社会经济环境，林老板有清晰的认识，他知道这样的变化是关乎生存的大变动，并试图对于店铺的经营策略进行调整以应对经济环境的萧条。但《春蚕》中的老通宝则是十分封建、顽固。他在与陈老爷一家的交往中早就听说了如今社会环境的大变化，但他是不肯相信的。

从没见过绿油油的桑叶白养在树上等到成了"枯叶"去喂羊吃；除非是"蚕花"不熟，但那是老天爷的"权柄"，谁又能够未卜先知？[1]

这短短的一段心理描写，将老通宝顽固守旧、封建迷信且又自以为是的一面展现得淋漓尽致。从茅盾将其缺点毫无遮掩地暴露的这一刻开始，在读者的心中，老通宝已经需要为其后续不合理的行为买单，且无法获得读者的同情心。

在《子夜》中，吴荪甫不同于林老板与老通宝扮演的时代潮流中的"被动者"，而是时代激流中的"冲浪者"。茅盾笔下的吴荪甫是"二十世纪机械工业时代的英雄骑士和'王子'"[2]；但另一方面，吴荪甫又被塑造成一个有手腕的商人，而不是一个单纯的"善良人"。我们可以看到吴荪甫身上的两面性：他果敢、刚毅、有着顽强的生命力，与此同时，他又是一个残忍、冷血、专制的封建大家长。

茅盾对于吴荪甫的评价很高，但是他不是一味地展现吴荪甫精明、果敢与刚毅，而是连续四次借李玉亭与屠维岳之口强调吴荪甫性格中刚愎自用的缺点，将吴荪甫性格中不完美的一面也展现得淋漓尽致。可见，对于吴荪甫的失败结局，茅盾虽有同情，但是同时也认为人物应该为他自己的行为承担责任。而且，相较于对老通宝的批判、对林老板的同情，茅盾先生对于吴荪甫的情感态度则更为复杂：同情与批判相互交织缠绕。或许，相对于"顽固农民"老通宝，"刚愎自用的英雄、骑士和王子"吴荪甫，林老板的确是无可挑剔的"完美"商人，然而从生活的真实性来看，老通宝、吴荪甫两个形象无疑更真实、更立体，也更生活化。从林老板到老通宝、吴荪甫，茅盾的人物塑造艺术呈现出一种从平面化到立体化、从完美化到真实化的变化过程。

从创作时间来看，《子夜》的创作周期较长，多次修改。茅盾在回忆录中写道，"右《子夜》十九章，始作于一九三一年十月，至一九三二年十二月五日脱稿；其间因病，因事，因上海战事，因天热，作而复辍者，综计亦有八个月之多"[3]，所以也还是仓卒成书，未遑细细推敲，而《林家铺子》篇末注明写成于一九三二年六月十八

---

[1] 茅盾：《林家铺子·茅盾小经典》，北京：人民文学出版社，2017 年，第 47 页。

[2] 茅盾：《子夜》，南京：南京大学出版社，2009 年，第 56 页。

[3] 吴组缃：《谈〈春蚕〉——兼谈茅盾的创作方法及其艺术特点》，《中国现代文学研究丛刊》1984 年第 4 期，第 1 页。

日,《春蚕》篇末注明写成于一九三二年十一月一日,可见它们是在停写《子夜》的八个月期间写成的"①。由此可以看出,这三部作品基本是在同一时期完成,但是茅盾对于人物的塑造,在这几部作品中却有着不同的呈现。《子夜》虽动笔较早,但是吴荪甫的形象直到中后期才开始显现其外强中干等缺点。或许茅盾在《林家铺子》发表之后,很快就意识到了林老板形象存在的平面化与"完美"问题,遂开始注意人物塑造的复杂度与立体度。如果说,吴荪甫是茅盾创作生涯中塑造的较为立体多面的人物形象,彰显了茅盾人物塑造艺术趋于成熟,那么林老板形象则真实地记录了茅盾创作早期人物塑造艺术的探索足迹。从这个角度来看,林老板这一"完美"形象在茅盾的创作中具有特殊的文学意义,即他以一个特殊的存在记录了文学大师茅盾在人物塑造艺术之路上的成长痕迹,是茅盾人物塑造艺术的一个重要节点,而我们也可借此得以窥见茅盾艺术发展之路上的一段独特路径。

既然《林家铺子》写的是一个商人在经济领域里跌打滚爬的悲剧故事,那么我们有必要在经济学视野下重新审视林老板的各种经济活动。的确,在 20 世纪 30 年代这样一个工商业萧条、农村破产、信贷崩溃的经济环境下,如林老板这样的小镇商人确实很难正常开展商业活动。但学界将林家铺子的破产完全归因于外界环境,这也并不合理。事实上,林老板自身经营策略失当、风险意识缺失、管理意识淡薄、理财意识匮乏的缺点也在无形中加速店铺的倒闭。而这一重要原因因读者、研究者知识结构的局限以及茅盾的引导而长期处于被遮蔽的状态。茅盾将林老板塑造为"完美商人",以达到将破产原因归咎于当时的外部政治经济环境,从而实现文学的社会批判功能和价值。尽管,林老板形象的平面与完美,使之无法与更立体、更真实的老通宝、吴荪甫两个形象相媲美,然而,从小说艺术来看,林老板形象恰好成为茅盾人物塑造艺术道路上的一个重要节点,正是在林老板形象的映照下,伴随着老通宝形象和吴荪甫形象的相继问世,茅盾的人物塑造艺术在这段时期才呈现出一种突破性的发展。可以说,林老板这一平面化的"完人"形象就像茅盾创作道路上的一块特殊路碑,记录下茅盾艺术发展道路上走过的一段独特路径,具有独特的文学价值。

---

① 茅盾:《〈子夜〉写作的前前后后——回忆录(十三)》,《新文学史料》1981 年第 4 期,第 1—18 页。

茅盾史料考证

新发现茅盾佚文三篇和佚信一则考释

田　丰①

摘　要:新发现茅盾的三篇佚文《谈谈绰号文学》《狮豸》《中国文学上的时间描写》,以及致《文汇报(上海)》编辑的书信一封,不仅可供茅盾研究专家学者参考,也可补全集之不足。

关键词:茅盾;佚文;佚信

茅盾在长达六十余年的写作生涯中不仅著述丰赡,而且在报刊发表作品时还经常使用各种笔名②,由此也使得其作品搜集整理的难度较大。也正因此,虽然迄今已有人民文学出版社和黄山书社两个版本的《茅盾全集》,但依旧难免有遗珠之憾。近年来,笔者不断翻阅旧报刊又发现茅盾的三篇佚文,题名分别为《谈谈绰号文学》《狮豸》《中国文学上的时间描写》,另有茅盾致《文汇报(上海)》编辑的一则书信,均未被《茅盾全集》及其他作品集收录,也未在茅盾年谱、回忆录等文献资料中提及,现分别辑录整理并略作考释,以供茅盾研究专家学者参考,并补全集之不足。

一、谈谈绰号文学

绰号是没有阶级性,而能流行于各级社会间的一种东西。它的特长,是能够用极少数的字,把某一个人的特点描写出来;即使没有见过这个人的,一听到这个人的绰号,就仿佛眼前涌现着这个人,所以绰号是一种特殊的文学作品。

福楼拜教莫泊桑用百许字的短篇,把一个车夫的特点描写出来,因为经过这样的练习,所以莫泊桑成为善于描写的短篇小说之王。但是,用百许字的短篇,描写一个人的特点,还不算是地小不足以周旋;最少用一个字,至多也不过六七个字,能够把一个人的特点描写出来,便似乎觉得难能可贵了。

它的来源,差不多和扼要谜谚之类一样,是社会的,而不是某一个人的。它流行的范围,有些往往只限于一个社会间。例如官僚政客的绰号,只流行于官僚政客的社会间,流氓光棍、盗贼乞丐的绰号,也只流行于这些阶级的社会间。下③过这只是就最初的最狭的流行而说;有时也会渐渐普及于一般社会,如著名盗匪之

---

① 作者简介:田丰,文学博士,河南师范大学文学院副教授。
② 据徐迺翔、钦鸿编的《中国现代文学作者笔名录》可知,已确定沈雁冰使用过的包括茅盾在内的笔名共计121个,在中国现代作家中排在第3位(鲁迅213个,巴人132个)。
③ 应为"不"。

绰号。

它所描写的，大略可分为(一)状貌：如美髯公，摸着天，碧眼金蟾之类。(二)品性：如及时雨，黄佛子，急先锋之类。(三)威望：如镇三山，铁面御史之类。(四)声价：如青钱学士，百胜将军之类。(五)命运：如崔四入(唐代崔休四拜宰相)，白蜡明经(唐代董方九举不第)之类。(六)财产：如足谷翁，陈百万之类。(七)业务：如杨鞍儿，菜园子，操刀鬼之类。(八)技能：如黑漆船(宋代赵孟议喜造黑漆大船)，玉帆竿，圣手书生，金臂匠之类。(九)学识：如立地书橱，没字碑之类。(十)武勇：如双枪将，托塔天王，没羽箭之类。(十一)行为：如随驾隐士，伴食宰相，断窗舍人，屈膝执政之类。(十二)举止：如喝嚅翁，失孔老鼠，望柳骆驼，睡狮子之类。(十三)谈吐：如车斤御史，鹅鸭谏议，万岁阁老之类。(十四)服饰：如黄牛媪，赤牛中尉，碧鹤雀，连花(鄞人连生好酒，每饮必插花于首，见《夷坚志》)之类。(十五)身分：如杜文，召母，文武管家(严嵩当国，以万寀为文选郎，方祥为职方郎，人称二人为文武管家)之类。

至于它的修辞现像①，有用直述法的，如三旨相公，紫髯伯，神医，铁叫子之类。有用譬喻法的，如九月得霜鹰，插翅虎，笑面虎，霹雳火之类。有用比方法的，如关西孔子，病关索，小李广，东方华盛顿，拿破仑第四，活阎罗之类。有用引用法的，如明代《东林点将录》和清代《乾嘉诗坛点将录》，都用《水浒传》中已有的绰号。用直述法的最多，但是不容易使人得到意在言外的兴味，所以不十分好。最好的要算譬喻法，因为譬喻法往往是拿人所共知的眼前事物来作譬喻，令人一见，其人即涌于面前。引用法则更无价值。

以外还有三种绰号：(一)江湖术士之绰号。(二)优伶之绰号。(三)娼妓之绰号。但是这三种全都不好，因为一和三，它们往往是由组成师傅鸨母所取，而非社会所给与。二，大多数不能描写一个人的特点，只和别号差不多，没有什么文学上的价值。

(原载《华北日报》1935 年 6 月 30 日第 12 版，署名玄珠)

此次新发现的刊载于《华北日报》1935 年 6 月 30 日第 12 版的《谈谈绰号文学》和 8 月 22 日第 12 版的《狮豸》均署名"玄珠"，显然出自同一人之手，故此一并进行考论。结合这两篇佚文的内容来看，均应为茅盾所作。具体理由如下：首先，"玄珠"是沈雁冰除了"茅盾"之外的常用笔名之一②，单就目前所见自 1921 年起一直持续到 1941 年，其中 1935 年间确定曾经使用过(刊载于《立报》1935 年 12 月 26 日第 2 版的《非战的戏剧》署此名，已收入《茅盾全集》第 20 卷)。其次，早在《谈谈绰号文学》发表之前，茅盾还在 1935 年 2 月 5 日《太白》第 1 卷第 10 期发表过《谈

---

① 应为"象"。

② "玄珠"始见于 1921 年 5 月 10 日刊载于《时事新报·文学旬刊》第 1 号的《中国文学不发达的因原》一文，茅盾本人对此曾经说过："我的笔名，用古书成语，如'玄珠'见庄子"(参见丁国成等《中国作家笔名探源》(3)，长春：时代文艺出版社，2010 年，第 339 页)。自此之后"玄珠"这一笔名被频频使用，迄今为止可以确定有 50 篇以上文章和《小说研究 ABC》《中国神话研究 ABC》《骑士文学 ABC》等多部著作均署此笔名。

封建文学》一文（署名微波，已收入《茅盾全集》第 20 卷），两文不仅题名表述方式极其相似，而且所谈论的内容均与"文学"有关。此外，茅盾不仅对于中外神话颇有研究，而且在刊发相关论著时也常常使用"玄珠"这一笔名[1]。其中署名"玄珠"的《中国神话研究 ABC》（世界书局 1929 年 1 月出版）更是"第一部由中国学者撰写的研究中国神话的专著"，"从此，中国现代神话学作为一门独立学科为学界所承认"。[2] 因此关涉神话且署名"玄珠"的《狮豸》也应为茅盾所作。

正所谓文学是"人学"，作品中人物的绰号不仅有着丰富而独特的文化内涵，而且还与人的日常生活密不可分，透过简练精辟的语言能够生动地概括出人物形象的主要特点，正像茅盾文中所言的那样"它的特长，是能够用极少数的字，把某一个人的特点描写出来"，从而让读者迅即对人物形象产生一种直观印象。然而，作家给人物起绰号也绝非易事，鲁迅对此就深有感触："创作难，就是给人起一个称号或诨名也不易。假使有谁能起颠扑不破的诨名的罢，那么，他如作评论，一定也是严肃正确的批评家，倘弄创作，一定也是深刻博大的作者。"[3]同时身为批评家和创作家的茅盾正当得起这样的评价，自创作伊始他便擅长使用绰号，诸如"理性人"李克、"娇小姐"慧女士（《幻灭》）、"油泥鳅"倪甫庭、"大炮"史俊（《动摇》）、"笑面虎"冯云卿、"红头火柴"周仲伟（《子夜》）、"白虎星"荷花（《春蚕》）、"活动新闻报"小杂货店老板（《故乡杂记》）、"少爷肚里的蛔虫"阿寿（《霜叶红似二月花》）、"黑人牙膏"司机（《秦岭之夜》）等等，不一而足。之所以如此，与他对"流行于各级社会间"以及古今中外文学作品中的绰号给予深切关注和研究是分不开的。

二、狮豸[4]

在希腊的神话中，有一种叫做"Pan"的神祇，照中文的解释可以译作"羊神"。据说这种神祇是专在森林中保护牧童、猎人与渔夫的，终日吹着那催眠自然的牧笛，与罗马神话中的"Faun"似乎有点相同。

关于"羊神"这种传说，从中国的典籍中，也可以找得到，《神异经》上把"獬豸"那种奇怪的动物，便当作一种"神羊"看待："东北荒中有兽，名獬[5]豸，一角，性忠，见人斗则触不直者，闻人论[6]任咋不正者……"这与希腊神话中的"Pan"虽然同属神性的动物，或兽性的神祇，但是各个的职司便有泾渭之分了。

---

[1] 已确知的共有 9 篇，分别为《各民族的神话何以多相似》（《文学周报》1927 年第 5 卷第 13 期）、《自然界的神话》（《一般》1928 年第 4 卷第 1 号）、《〈楚辞〉与中国神话》（《文学周报》1928 年第 6 卷第 8 期）、《中国神话的保存》（《文学周报》1928 年第 6 卷第 15 期、第 16 期合刊）、《人类学派神话起源的解释》（《文学周报》1928 年第 6 卷第 19 期）、《神话的意义与类别》（《文学周报》1928 年第 6 卷第 22 期）、《北欧神话的保存》（《文学周报》1928 年第 7 卷第 1 期）、《希腊、罗马神话的保存》（《文学周报》1928 年第 7 卷第 10—13 期）、《埃及、印度神话的保存》（《文学周报》1928 年第 7 卷第 12 期）。

[2] 徐中玉、钱谷融主编：《20 世纪中国学术大典·文学》，福州：福建教育出版社，2021 年，第 896 页。

[3] 隼（鲁迅）：《五论"人文相轻"——明术》，《文学》1935 年第 5 卷第 3 号，第 440 页。

[4] 从文中所述内容看，题名似乎改为"獬豸"更为妥切。

[5] 应为"獬"。

[6] 漏掉一个"则"字。

"獬豸"既在中国的神话里,占有那样庄严的,崇高的被赞美的地位,因此,后来在皇帝的宝座之下的言官——如御史,便采选了它的图像,作为一种服章,以表示他的官阶与职掌,同时也是表示他的"大公无私"的敢言。

以我个人的意见,在封建时代之所谓"言论"既被约束得那样紧严,同时"敢言"的人,也只有那代表朝廷说话,承应皇帝的好恶而弹劾同僚的御史才能独有,至于草野下民,如有什么"骨鲠在喉"的言论,想找一个机会去"一吐为快",那除非要想自己的脑袋搬家。因此"獬豸"的图像,也只能永远地在御史的袍上帽上蹲踞着了。

不料这种斫伤人类自由的现像①,又从现代的思想界与学术界发现了,即以最近的文坛而言,表面上谁都像扮起"獬豸"的面孔,作堂哉皇哉的言论,以一些不关痛痒的问题,作投掷手溜②弹的冲锋,接着就你一枪、我一刀地继续战斗下去,其最后的企图,无非是想克服对方,虽然似乎是戴上了"獬豸"的面具来战,实际还不过是作了某一方面的宣传员而已。

记得做《二十年目睹之怪现状》的小说家吴趼人氏,在他的《挥尘谈》中,曾载一段这样幽默的文字:"迩日出一獬豸,性极驯,从来不触人,或问之曰:吾闻汝能触不正之人,今汝驯伏不动,未曾一用其角,岂今世尽正人耶? 獬豸曰:唯唯,否否,触不正之人,固吾之天职,然生于今日,则不能不发慈悲之心矣,人问何故? 对曰:使见不正之人即触之,从此天下无复人类矣!"我想这一段事,大可以为现代文坛上的战将解一解熟嘲吧!

(原载《华北日报》1935 年 8 月 22 日第 12 版,署名玄珠)

前文已述,茅盾对于古今中外的神话都有着相当深入的研究,因而在《狮豸》中能够触类旁通,先由古希腊神话中的"Pan"联想到罗马神话中"Faun",进而延伸到中国古籍《神异经》中的"獬豸",紧接着又对各自的职司进行了对比分析。在此基础上再引入正题,增强了文章的知识趣味性。

"獬豸"也写作"解豸"或"解廌",它不仅长有尖而硬实的独角、明亮有神的双目,而且还拥有双翼。在中国古代神话中,獬豸是最公正无私的上古神兽。明朝宋濂在《送部使者张君之官山西宪府序》中曾经说过:"在物受之,则为解廌,为屈轶。在人受之,则为刚烈之士。"③也正因此,我国古代御史等言官采用它的图像作为一种服章,现代法学界又称它为"法兽"。然而,在茅盾看来,由于封建时代人们的言论自由极其有限,因而"'獬豸'的图像,也只能永远地在御史的袍上帽上蹲踞着了"。及至进入现代社会,此种状况并没有多少改观,表面上谁都能扮起"獬豸"的面孔以公正自由相标榜,但"实际还不过是作了某一方面的宣传员而已"。文末茅盾假借吴趼人《挥尘谈》中的一段幽默文字,对于现代文坛假公济私的论战进行

---

① 应为"象"。

② 应为"榴"。

③ [明]宋濂:《送部使者张君之官山西宪府序》,《宋濂全集》(第 3 册),杭州:浙江古籍出版社,2014 年,第 1044 页。

了辛辣的嘲讽。

三、中国文学上的时间描写

中国文学的研究是一件伟大的工程,而对于描写上作一番检讨的工夫,似乎也是一件颇有意义而值得青年同学们观摩的事。《读书生活》编者索文,即以此为中心应之。惟行旅中手头无书,不能畅所欲言而已。

时间的描写方式,就我杜撰起来,大约可分五种:

(一)时间的点出

(二)时间的飞逝

(三)时间的延伫

(四)时间的跳跃

(五)时间的对比

试分述之。

(一)时间的点出

人世间的一切事象变故,无逃于空间与时间的。是故无论那①种艺术作品,或文学作品,皆须有其时间所构成的空间作其背景;假如那事象是动态的叙写,则更须以时间为纬,作为事象演变的脉络。故时间之点出,实为每篇文学作品所不可少的。例如下:

蒹葭苍苍,白露为霜。所谓伊人,在水一方;溯回②从之,道阻且长;溯游从之,宛在水中央。

——诗《蒹葭》

这里面"蒹葭苍苍,白露为霜"八字即为开首就点明其时间者。又如:

梦后楼台高锁,酒醒帘幕低垂,去年春恨却来时,落花人独立,微雨燕双飞!

——《小山词》

这里面"去年春恨却来时",即为在中腰点明时间者。

时间的点出是必需的,但不必一定很明显。例如"春王正月","壬戌之秋","方是时也","是一个深秋的黄昏"……之类,都是正面加以点明的。而在一些语意蕴藉的诗文里,则常常将时间的点出含在描写的词句里面。例如:

无言独上西楼,月如钩;寂寞梧桐深院,锁清秋。

——李后主词

枯藤老树昏鸦,小桥流水人家,古道西风瘦马,夕阳西下,断肠人在天涯!

——马致远曲

"寂寞梧桐深院"与"小桥流水人家"之景,在春夏之季里是不易令人注目的,故此六字亦可说是在陪衬这季节的。

独上江楼思渺然,月光如水水如天;同来望月人何处?风景依稀似去年!

——赵嘏《江楼怀旧》

---

① 应为"哪"。

② 应为"洄"。

沈寥兮天高而气清，寂寥兮收潦而水清，憯悽增欷兮薄寒之中人。

——屈原《九辩》

此三语，语语是秋的特征，如在目前，皆不愧为时间点出之佳句。诗文描写之最高境，常常是情景融成一片者的，其时间之点出，亦复如是。马东篱这一曲小令之所以被称为古今独步者即以此。

（二）时间的飞逝

忆幼时作文，"光阴似箭，日月如梭"，几成为与"人生于世"一样不可或缺的"美句"。这语句的含义，形容的就是时间的飞逝之速。此类描写方式，亦可分为两种。一是单纯的描状时间之飞逝者，例如：

人生天地之间，若白驹之过隙，忽然而已！

——《庄子·知北游》

一切有为法，如梦、幻、泡、影，如露、复如电！

——《金刚经》

又如：

人事有代谢，往来成古今！

——孟浩然句

今试再举二篇，以示一斑：

清露被皋兰，凝霜霑①野草；

朝为美①少年，夕暮成丑老！

——阮籍句

前二句盖谓时方露下，忽复霜凝，引出下二语也。

妾家住横塘，红纱满桂香；青云教绾头上髻，明月为②作耳边珰；莲风起，江畔春，大堤上，留此③人，郎食鲤鱼尾，妾食猩猩唇，莫指襄阳道，绿浦归帆少，昨④日菖蒲花，今⑤朝枫树老！

——李贺《大堤曲》

按菖蒲夏花，枫树秋老，而"昨日""今朝"即以光阴之易去，点明上文及时行乐莫为名利奔波之意。

次为写当情绪紧张之际，不觉时间过去之迅速者。兹亦举二例如下：

月黑雁飞高，单于夜遁逃；

欲将轻骑逐，大雪满弓刀！

按上言"月黑"，可见师出之初尚未下雪，乃于轻骑将逐之时则已雪满弓刀，盖谓当寒夜酣战之际，乃雪满弓刀而不觉也。

木棉花上鹧鸪啼，木棉花下牵郎衣；

---

① 应为"媚"。

② 应为"与"。

③ 应为"北"。

④ 应为"今"。

⑤ 应为"明"。

欲行不行未忍别①,落红没尽郎马蹄!

——屈大均②竹枝词

结句正复与上首同。

（三）时间的延伫

与时间的飞逝相反的现象,即为时间的延伫。

时间原是没生命的无形物,其快慢全系于人的情绪。所谓安乐时岁月如飞,愁苦时度日如年,皆属此意。例如描写静夜思:

明月不谙离恨苦,斜光到晓穿朱户!

——晏殊词

区区十四字,其挨度愁苦之情,可谓极尽缠绵之致。他如温庭筠的:

梳洗罢,独倚望江楼;数尽千帆皆不是,斜晖脉脉水悠悠,肠断白苹洲。

亦可谓幽情无限。不过,情景写得浑然一片的,却常常有不像这样明白写出者。例如:

彼黍离离,彼稷之苗;行迈靡靡,中心摇摇;知我者谓我心忧,不知我者谓我何求! 悠悠苍天,此何人哉!

彼黍离离,彼稷之穗;行迈靡靡,中心如醉;知我者谓我心忧,不知我者谓我何求! 悠悠苍天,此何人哉!

彼黍离离,彼稷之实;行迈靡靡,中心如噎;知我者谓我心忧,不知我者谓我何求! 悠悠苍天,此何人哉!

此诗一章三叠,每叠只易二字,前人只知其哀婉缠绵,有无尽之致,每不知其佳处何在,更不知其三叠之意。细考之,原来写的正是无限的延伫之意。试想,从"彼稷之苗",到了"彼稷之穗",其间正不知挨过多少愁苦之岁月;更从"彼稷之穗",到了"彼稷之实",其间又不知挨度过多少愁苦之岁月。其缠绵延伫之意,真可谓历万古令人唏嘘不置。

似此蕴藉之佳句,求之近代,亦不乏其例:

柳外轻雷池上雨,雨声滴碎荷声,小楼西角断虹明,阑干私倚处③,待得月华生!

——欧阳修词

此词前三句,或谓虚写背景之辞,按之古人下词遣句谨严的态度,细细揣摩,原来也正有其无限的缠绵延伫之意。试暝目以思:"柳外轻雷"时节,不应该正是晴天吗? 由"轻雷"而到"池上"有"雨",不是已经过了许久了吗? "雨",不应该只洒在池上吧,而竟只见"池上"有雨,其"雨"之疏落可见。但结果是"雨声滴碎荷声"了,不是骤而密了吗? 这中间又应该经过了多少时候! 后来呢,骤雨缓了,缓了,而且晴了,望见"小楼西角"有"断虹"挂着了,此中又该经过了多少时候! 同时,这样细细数着这时间的足音的过去,不是一定有个人在吗? 正是。一个人,正

---

① 应为"欲行未行不忍别"。

② 作者应为彭孙遹(浙江海盐人,清初词人,字骏孙,号羡门)。

③ 应为"阑干倚处"。

在栏杆边倚着,倚着啊! 这个人人真有耐性,她依然期待着,期待着,结果呢,只等得"月华"从东方冉冉地升了起来……

此等延伫之意,真令人起了无限的美感! 现代诗人徐志摩的《我等候你》,也具有异曲同工之妙,丏尊先生说,文艺作品彻头彻尾是表现的事,青年同学初习写作,无论其为诗,其为散文,或为小说,都应从此等处下功夫。

(四) 时间的跳跃

所谓时间的跳跃者,盖谓当故事发展中,无关紧要之处,可以一笔略去者。旧小说中所谓"无话即短",并非时间之短,而是无话可说,或与本文中心无关,可以不必说也。例如《木兰辞》,前面写木兰准备动身时,"东市买骏马,西市买鞍鞯,南市买辔头,北市买长鞭……"等等,极尽细腻之致,到了出发之时,作战十年的长时期中,却用短短的数语写道:

万里赴戎机,关山度若飞,朔气传金柝,寒光照铁衣,将军百战死,壮士十年归……

又如归有光的《项脊轩志》,写到末尾一段,作如此接续:

余既为此志,后五年,余①妻来归。……

又如渊明《咏荆卿叙易水别后》,继以:

凌厉越百里,逶迤过千城……

手法皆相似,惟不及前者之健举而已。永嘉王季思先生在教其学生时,曾作如下之语:

"大凡叙事之作,铺叙处须富丽,节略处须健举。"鲍照《芜城赋》"出入三代,五百余载,竟瓜剖而豆②分!"诸葛亮《出师表》"尔来三③十有一年矣!"最能于节略处见笔刀。而香山《长恨歌》"渔阳鼙鼓动地来"一语,亦不知省却多少笔墨也。"

极有见地,特录之以饷读者。

(五) 时间的对比

在文学作品中,把时间作对比之描写,不外是两种情绪方式所构成,一是形容时间飞逝之迅速者,例如前面所举的:

"朝为美④少年,夕暮成丑老!"

"昨日菖蒲花,今朝枫树老!"⑤

他如李白的:

"朝如青丝暮如雪!"

另一种对比的写法,则人人所共有的沧海桑田之感的抒写。例如

越王勾践破吴归,战⑥士还家尽锦衣,宫女如花满春殿,只今——惟有鹧鸪飞!

---

① 应为"吾"。

② 应为"豆"。

③ 应为"二"。

④ 应为"媚"。

⑤ 应为"今日菖蒲花,明朝枫树老"。

⑥ 应为"义"。

——李白《越中怀①古》

此系绝句之变格者,却着实可称是描写不胜今昔之感的典型之作。他如:

年少鸡鸣方就枕,老来枕上听②鸡鸣;

沉思四十年间事,不道销磨只是声!③

——黄宗羲绝句

又如:

少年不识愁滋味,爱上层楼;爱上层楼,为赋新诗强说愁。而今识尽愁滋味,欲说还休;欲说还休,却道天凉好个秋!

——辛弃疾词

都是写出志士暮年之感,有着无限的沉痛的!

似这类不胜今昔之感的作品,在中国文学上,几乎开卷即是,今再举《诗经》里的四句典型之作,以为本文之结束,读者得毋笑其伤感太深乎?

昔我往矣,

杨柳依依;

今我来思,

雨雪霏霏! ……

读着这样的诗句,瞻望这变乱频仍的人世,我真不胜其唏嘘之感了。

(原载《读书生活》,1942 年第 1 卷第 1 期,署名茅盾)

1942 年 1 月 10 日,此文刊载于《读书生活》第 1 卷第 1 期"指导写作"栏内,虽然正文中的署名是"矛盾",但在该期目录中明白无误标注的是"茅盾",由此可见"矛盾"应为刊印错误所致。

茅盾在文章开头说:"《读书生活》编者索文,即以此为中心应之。惟行旅中手头无书,不能畅所欲言而已",由此我们不仅可知该文应为《读书生活》编者约稿所作,而且也可以据此确定大致的创作时间及创作情形。1941 年 12 月 7 日,日军偷袭珍珠港,宣告了太平洋战争的爆发。12 月 8 日凌晨,日军向香港发起进攻,一时间情势十分危急。此时正身居香港的茅盾和孔德沚夫妇临危不乱,在战争爆发当日作了分工,由他去朋友处打听消息,孔德沚则去银行取款及采买生活用品。12 月 9 日,当他们整理行装时发现存在地下室的两藤篮书籍、信件和底稿不翼而飞,去问房东二太太时代她回答的是一个二十来岁的女亲戚,说这些书信都是抗日的东西,为了怕日本人看见了受到牵连已经全部烧掉了。是日中午十分,邹韬奋来访,在吃饭时他问茅盾打算如何处置屋内书架上的书,茅盾答道:"恐怕多少总有点抗日的嫌疑,只好丢掉了。"④曾与茅盾同房租住的《世界知识》编辑张铁生留下了两书架书,被二太太要求必须马上搬离,最终由叶以群出面雇人全部挑走方才

---

① 应为"览"。

② 应为"待"。

③ 应为"转头三十余年梦,不道消磨只数声"。

④ 茅盾:《我走过的道路》(下),北京:人民文学出版社,1988 年,第 280 页。

了事。囿于当时的紧张情势,自 1941 年 12 月 10 日起茅盾夫妇多次搬家时除了一本用作伪装的《新旧约全书》外随身只携带一些细软和生活物品,故而才会出现"行旅中手头无书"的情状。1942 年 1 月 9 日,茅盾夫妇离开香港,而此文于 1 月 10 日即已刊发,《读书生活》又是在浙江碧湖创刊,因此该文应是茅盾在离开香港前即已完成,创作时间范围为 1941 年 12 月中旬至 1941 年 1 月上旬。单就目前所见,在躲避战祸的这段非常时期内茅盾除了创作完成本次新发现的这篇文章之外,尚未见有其他作品问世,因而有着重要的史料价值。

虽然茅盾在文章开头自谦作此文时"惟行旅中手头无书,不能畅所欲言",然而他不仅在文中较为准确地引用了二十余篇古诗词作为例证,而且这些诗词的时间跨度极大,远达先秦时期的《诗经》,近至清初词人彭孙遹的《广州竹枝词》("木棉花上鹧鸪啼,木棉花下牵郎衣;欲行未行不忍别,落红没尽郎马蹄!"),由此再度印证了茅盾确然有着异乎寻常的超强记忆力。[①]

茅盾对中国文学研究这"一件伟大的工程"实际上筹划已久,早在 1927 年他便在《小说月报》第 17 卷号外《中国文学研究》(下)发表过围绕"性欲描写"而展开的专题研究文章《中国文学内的性欲描写》,本次新发现的《中国文学上的时间描写》对中国古代文学中的时间描写进行了集中论述。在他看来,中国文学的时间描写可以分为时间的点出、飞逝、延伫、跳跃、对比这五种方式,并结合具体作品展开了分析论述,言前人所未言而富于新意,对于当下中国古代文学的时间描写研究依然不无借鉴意义。

四、茅盾致《文汇报(上海)》编辑信

编辑先生:

本月二十六日贵报所载《茅盾夫妇答问》一文,其中有若干误记之处,兹就较为重要者订正如左:

一,西蒙诺夫新作名为《俄罗斯问题》,而不是《苏联问题》。

二,此剧之主角——美国记者,乃受他的老板之命,赴苏作通讯(文中只写"美国派他",意义欠明白),而且后来他亦并未自杀,而是坚强地反抗了老板的意旨。

三,关于买戏票,文中谓"自由职业的人要买票就比较困难",亦属误记。应当是这样的:按照普通一般情形而到戏院去买票则应排队依次,若去迟了便买不到,因为票已卖完了。

以上三点,鄙人认为有加订正之必要,特函请贵主笔将来函赐登,不胜感荷,

[①] 茅盾有着令人惊叹的记忆力,甚至达到了能够背诵整本《红楼梦》的程度,当年开明书店的老板章锡琛曾同郑振铎以一席酒为赌注打赌,并让钱君匋作证,"就在这个星期六,怎样? 到那时任你要雁冰背那一回都可以"。到了约定时间,酒宴设在"开明"的楼上,同饮者共有十人,酒酣耳热之际章锡琛提议让毫不知情的沈雁冰(茅盾)背诵一段《红楼梦》以助酒兴,郑振铎从书架上取出早已备好的《红楼梦》后随便指定了一回。只听茅盾不紧不慢地朗诵起来,郑振铎惊叹不已地说:"我倒不知道雁冰有这一手,背得实在好,一字不错。……我已经认输,今天这席酒由我请客出钱。"后来章锡琛还题诗一首以纪念这次酒会,"三岛归来近脱曼,西装革履帽遮颜。《红楼》赌酒全输却,疝气在身立久难"。(钱君匋:《忆章锡琛先生》,《钱君匋论艺》,杭州:西泠印社,1990 年,第 270—272 页。)

即颂

撰祺

茅盾上　四月廿七日

（原载《文汇报（上海）》1947 年 4 月 29 日第 4 版，署名茅盾）

　　1947 年 4 月 26 日，《茅盾夫妇答问》一文刊载于《文汇报（上海）》第 4 版，署名为"本报记者陈霞飞"，刊出时还配发了"茅盾在苏联最大杂志《火星周刊》编辑部"和"茅盾夫妇在乌兹别克京城塔什干与苏两名雕刻家合影"的两张照片。从落款时间来看，4 月 27 日也即《茅盾夫妇答问》刊发次日，茅盾便致信《文汇报（上海）》编者，对文中的若干误记处进行了纠正，由此不仅可以见出他对这篇访谈文章的重视程度，而且也体现出一丝不苟的态度和求真求实的精神。

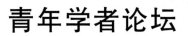

青年学者论坛

从接受视角看茅盾的《清明前后》

颜　倩①

摘　要:《清明前后》演出后受到社会各界的高度认可,一方面得益于导表演的二度创作丰富和充实了原作,集体观看的接受方式增强了观众的想象与情感体验;另一方面,《清明前后》鲜明的政治倾向与尖锐而丰富的现实意义在不同程度上满足了普通民众、中国共产党、戏剧评论家三种接受主体的审美需求。通过梳理《清明前后》的接受历程可以发现,戏剧接受与舞台演出有着重要的联系,戏剧接受主体的审美需求具有强烈的时代特征。《清明前后》能够在 20 世纪 40 年代的大后方产生巨大的影响,主要在于其社会价值与政治意义。

关键词:《清明前后》;茅盾;接受美学

　　1945 年抗日战争胜利后不久,茅盾于重庆创作完成五幕话剧《清明前后》。该剧以 1945 年轰动一时的"黄金案"事件为原型,讲述了更新机器厂厂长林永清、银行小职员李维勤在国民党的黑暗统治下遭遇的生活难题,二人收到黄金要提价的消息,试图通过低价买入黄金,再高价抛出来解决各自的问题,最后却发现自己只不过是这场游戏的牺牲品。擅自挪用公款的李维勤被抓入狱,妻子成了疯婆子;林永清的工厂面临着关厂停业的风险。经历了这一切之后,林永清深刻地认识到政治不民主,工业就没有出路。以往关于《清明前后》的研究多集中于从大纲到剧本的改动与作家立场的变化②,或是该剧上演后所引发的政治争论③,鲜少有研究者关注到戏剧演出的接受情况。1945 年 9 月 26 日,赵丹执导的《清明前后》于重庆青年馆上演,就此开启了连续数日的公演。据茅盾本人回忆:"头一天卖了六七成票,有人就担心演不长,谁料从第四天起观众愈来愈多,售票处排起了双行长队。场场爆满,每逢星期日不得不加演一场。演出的气氛十分热烈,剧场内掌声不绝。"④《解放日报》记载了当时的购票盛况:"观众极为拥挤,买票时由单行站成

---

① 作者简介:颜倩,上海戏剧学院戏剧与影视学专业博士研究生,研究方向为中国话剧史论。
② 李永东:《移步换形的抗战书写与仓促换调的〈清明前后〉》,《中国现代文学研究丛刊》2019 年第 2 期;李延佳:《审美与政治的共鸣、冲突——由〈清明前后〉的修改及演出看茅盾艺术创造的动力与局限》,《东岳论丛》2019 年第 40 卷第 12 期;江棘:《〈清明前后〉:从大纲到成文的叙述者位置》,《文艺理论与批评》2010 年第 6 期。
③ 邱域埕:《作为"人民文艺"方向标的〈清明前后〉及其讨论》,《文艺理论与批评》2022 年第 2 期;吴中杰:《20 世纪 40 年代重庆左翼文艺界的论争》,《学术月刊》2012 年第 12 期。
④ 茅盾:《回忆录二集》,《茅盾全集》(第 35 卷),北京:人民文学出版社,1997 年,第 551 页。

双行,也有人从上午等起,还是没有买到票。"①《新华日报》连续数日在头版刊登其演出广告,称其为"划时代的盛大演出"②、"誉满山城,剧坛佳作"③。轰动一时的《清明前后》,不仅引来了国民党密令,还在重庆文艺界引发了一场争论。然而在《清明前后》正式上演之前,却出现了演员们陆续退回剧本的情况,宋之的直言"《清明前后》这个剧本既我们所期望的'心理描写'足以发挥,甚至连一个可资炫耀的场面都没有,以所谓'内行'的眼光看起来,是'糟透了'的"④。为什么《清明前后》演出前后的评价会出现如此巨大的差异呢?这个问题背后不仅涉及到戏剧接受的内容与方式,同时与特定时代接受主体的审美需求有着密切的联系。

一、戏剧接受的内容与方式:导表演二度创作与集体观看

《清明前后》是茅盾生平第一次从事剧本创作工作,也是茅盾生平唯一的一部戏剧作品。茅盾坦言,之所以创作《清明前后》,主要是受到了朋友们的鼓励。茅盾虽然没有直接点出这些朋友的姓名,但《清明前后》的剧本创作与演出,离不开中国艺术剧社的负责人宋之的的鼓励与支持。宋在回忆《清明前后》时写道:"很久以来,在我的演剧生活中,我就有一个念头:我想演出茅盾先生的一个剧本。我之所以会有这种念头,是因为我们当时正向着所谓'内心的真实性'这条表演的路子上走,而我认为,在现代的文学家里,心理描写,茅盾先生是最擅长的一位。"⑤茅盾虽然早年参加过戏剧协社的活动,译介过许多外国戏剧作品与理论,但他从来没有过剧本创作的经验,也不熟悉所谓的"戏剧技巧",不免有些犹豫不决。对于茅盾的担心,宋之的表示可以不必担心什么"技巧",请茅盾按照自己的意思写,"技巧"之类的将由演出人员安排。迟疑了很久,茅盾才开始动笔进行《清明前后》的写作。

对于茅盾的首部剧作,剧社的演员们都很兴奋,大家颇以能演茅盾的第一个剧本为荣。在正式拿到剧本之后,演员们的态度却发生了极大的转变。第一次圆桌会议演员就没到齐,紧接着若干名演员就陆续把剧本退回来,谎称抱病或有事分不开身,有的演员甚至都躲到南温泉或北温泉去游览。当宋之的设法找到他们时,他们说:"'茅盾先生的剧本,我也不敢批评,不过我怕我演不好!'或者说:'我演这个角色不太合适!'"⑥虽然剧本里有作者与人民同血泪的呼喊,"但作为演出

---

① 《〈清明前后〉在重庆演出》,转引自庄钟庆编《茅盾研究论集》,天津:天津人民出版社,1984 年,第 415 页,原载于《解放日报》1945 年 10 月 16 日。

② 《新华日报》1945 年 9 月 26 日第 1 版。

③ 《新华日报》1945 年 10 月 16 日第 1 版。

④ 宋之的:《〈清明前后〉演出前后——演剧生活的回忆》,原载于 1948 年 7 月 11 日哈尔滨《生活报》,转引自宋时编《中国文学史资料全编 现代卷·宋之的研究资料》,北京:知识产权出版社,2010 年,第 189 页。

⑤ 宋之的:《〈清明前后〉演出前后——演剧生活的回忆》,原载于 1948 年 7 月 11 日哈尔滨《生活报》,转引自宋时编《中国文学史资料全编 现代卷·宋之的研究资料》,北京:知识产权出版社,2010 年,第 188 页。

⑥ 宋之的:《〈清明前后〉演出前后——演剧生活的回忆》,原载于 1948 年 7 月 11 日哈尔滨《生活报》,转引自宋时编《中国文学史资料全编 现代卷·宋之的研究资料》,北京:知识产权出版社,2010 年,第 189 页。

脚本看,大家却觉得缺乏所谓'表演的戏剧性'"①。对于《清明前后》的上演,剧社的工作人员充满了担忧,一旦赔钱便会影响到剧社的生存问题,甚至有人建议放弃排演。

在宋之的的坚持下,《清明前后》最终于1945年9月26日在重庆青年馆正式上演。事实证明,剧社成员对于《清明前后》的担心完全是多虑,实际的演出效果令所有人感到意外。《清明前后》一经演出,反响热烈,远超大家原本的期待。"卖座突破了本年剧季的最高纪录。"②"潮水似的观众拥进了剧场,他们流泪、愤怒、吼起来了。一连几十场满座。"③曹禺更是对《清明前后》给予了极高的评价,认为"这是我们中国舞台上第一个有'话'的剧本"④。《清明前后》真实展现了林永清这一类民族工业家的无奈境地,使许多工业界的人士产生了共鸣。"重庆工厂界人士看了这个戏之后,还联名致书茅盾,向他表示敬意,并要求他继续创作类似的剧本。"⑤吴梅羹说:"我们工业界的人看过《清明前后》的,很多人都被感动得流泪。这是因为我们工业界的困难痛苦,自己不敢讲,不能讲的,都在戏里面讲了出来,全都是真实的。"⑥

《清明前后》演出后受到高度评价与戏剧接受的内容与形式有着直接的联系。戏剧作为一门综合艺术,兼具了文学性与剧场性。正如俄国戏剧家乌·哈里泽夫所说:"戏剧有两个生命,它的一个生命存在于文学中,它的另一个生命存在于舞台上。"⑦戏剧的表现形式不仅仅是文学剧本,还有舞台表演。这就决定了它的接受对象除了读者,还有观众,接受方式除了个体阅读,还有集体观看。读者接受的内容只是编剧一度创作后的剧本,而观众看到的舞台表演中还包含了导表演等人员的二度创作,集体观看的接受方式也会导致观众产生与读者截然不同的审美体验。

首先是导表演的二度创作在一定程度上规避了《清明前后》台词冗长、冲突不集中的缺点。亚里士多德在《诗学》中指出,"悲剧是对一个严肃、完整、有一定长度的行动的摹仿"⑧,"它的摹仿方式是借助人物的行动,而不是叙述"⑨。这段话指出了戏剧创作的特性,也从侧面彰显出戏剧与小说创作的不同。这对于首次进

---

① 宋之的:《〈清明前后〉演出前后——演剧生活的回忆》,原载于1948年7月11日哈尔滨《生活报》,转引自宋时编《中国文学史资料全编 现代卷·宋之的研究资料》,北京:知识产权出版社,2010年,第189页。

② 黎舫:《〈清明前后〉在重庆》,《周报(上海1945)》1945年第10期第12版。

③ 宋之的:《〈清明前后〉演出前后——演剧生活的回忆》,原载于1948年7月11日哈尔滨《生活报》,转引自宋时编《中国文学史资料全编 现代卷·宋之的研究资料》,北京:知识产权出版社,2010年,第190页。

④ 宋之的:《〈清明前后〉演出前后——演剧生活的回忆》,原载于1948年7月11日哈尔滨《生活报》,转引自宋时编《中国文学史资料全编 现代卷·宋之的研究资料》,北京:知识产权出版社,2010年,第190页。

⑤ 谢伏深:《茅盾的"清明前后"》,《益世报(上海)》1948年2月8日第6版。

⑥ 黎舫:《〈清明前后〉在重庆》,《周报(上海1945)》1945年第10期第12版。

⑦ [俄]乌·哈里泽夫:《作为文学之一种的戏剧》(俄文版),莫斯科大学出版社,1986年,第250页。转引自董健、马俊山《戏剧艺术十五讲》,北京:北京大学出版社,2004年,第66页。

⑧ [古希腊]亚里士多德:《诗学》,陈中梅译注,北京:商务印书馆,1996年,第63页。

⑨ [古希腊]亚里士多德:《诗学》,陈中梅译注,北京:商务印书馆,1996年,第63页。

行剧本写作的茅盾显然是一个巨大的挑战，《清明前后》处处显示出小说的创作惯性，最直观的体现便是剧本中多达万字的"说明"。正如茅盾在《清明前后》的后记所说："可是正像人家把散文分行写了便以为是诗一样，我把小说的对话部分加强了便亦自以为是剧本了。而'说明'之多，亦充分指出了我之没有办法。"①在每个重要角色出场之前，茅盾都要写上大段的人物小传，详细介绍该人物的地位、性格、出身、经历、思想状况、感情波澜、内心苦闷等等。茅盾希望通过对人物的详细介绍加强读者对剧情的理解，然而他却忘记了观众看不到这些人物小传。茅盾在说明和人物小传上颇费工夫，却忽略了剧本中对话与行动的重要性。有读者直言"觉得这一个剧本只不过是冗长的对白所掇合，作者忽略了剧本中形象的表现手法，实在的说，以冗长的对白去间接的叙述剧情的发展，这写法是比较拙劣的；而且，一定可能阻碍动作所能引起的紧张。"②小说重在叙述，而戏剧更强调行动。"戏剧主要的一点是——没有冗长的叙述，并且要让每一句话在行动中表现出来。"③小说可以从多方面进行叙述，戏剧却必须遵循集中性的原则。对于茅盾的全景式描写，李健吾认为："事业的正面必须展开给我们看，最有力的辩护不是热情，乃是事实。戏剧需要摊开一件事看，尽量避免叙述一件事看。给我们一幕工厂的角落，不落主线以外，也就远比节外生枝有力。"④面对《清明前后》这样一部戏剧冲突不那么明显，带有强烈的小说化色彩的剧本，导表演等演职人员的二度创作显得尤为重要。

　　戏剧的创作过程可分为两个部分，首先是文学部分的创作，由剧作家独立完成，最终的完成形式是剧本。其次是舞台部分的创作，导演与演员等演职人员在剧本的基础上，加入自己对剧本的理解，利用舞台美术、音乐、灯光等艺术手段，将文字转换为行动，真实再现剧中的人物形象，最终以舞台表演的形式呈现给观众。在这个过程当中，导演需要遵循舞台创作的规律，对剧本结构、对话等内容进行编排与改动。身为《清明前后》导演的赵丹在看完剧本后与演员们的感受相同，这个剧的确有些不适合舞台演出的部分，于是赵丹与作者茅盾就剧本的二度创作进行了讨论。茅盾回忆道："赵丹说，他们考虑过了，愿意冒这个风险，相信这个戏会取得成功。赵丹又说：沈先生的脚本我已读了三遍，从内容讲这剧本具有尖锐的、丰富的现实意义。正是当前最需要的。只是从演出的角度看，怎样使它能够更加……赵丹欲言又止。我笑道：请只管大胆说，是不是有些地方不合话剧的规律？赵丹接口道：不是这个意思，我是说如何加强戏剧效果，怎样能更出戏，……说干脆点，沈先生能不能允许我这个导演，对脚本作一些技术性的变动，譬如把太长的对话改得短些，把某些情节改得更富于戏剧性些？我欣然同意，说：只要能加强演

① 茅盾：《清明前后》，《茅盾全集　第十卷》，北京：人民文学出版社，1985 年，第 148 页。

② 洛克：《读〈清明前后〉》，《前线日报（1945.9—1949.4）》，1946 年 12 月 13 日第 8 版。

③ ［苏联］别林斯基：《诗的分类和分科》，《别林斯基选集　第三卷》，满涛译，上海：上海译文出版社，1980年，第 84 页。

④ 李健吾：《清明前后》，《文艺复兴》1946 年第 1 卷第 1 期。

出的效果,你尽管全权处理。"①有了剧作家的首肯,赵丹和全体剧社成员对《清明前后》进行了一定程度的修改,删减了许多原本拖沓、冗长的人物对话,"导演赵丹运用了他纯熟的技能使《清明前后》添上了新的气氛,任宗德的演技又使林永清变了活人"②,使《清明前后》在舞台上迸发出新的光彩。此外,赵丹还对原有的剧情结构进行重组,设置悬念,"把全剧的高潮移到最后一幕,现在的高潮在第四幕,第五幕又低落下来了,所以想把四、五幕颠倒一下,或者把两幕合为一幕。另外一点比较大的改动是金澹庵这个官僚资本的化身,打算一直不让他出场,却又随处使观众感到有他在幕后,直到最后一幕全剧达到高潮时,才让他出场亮相"③。正如洪深所言:"有力量有效果的戏剧,不但能使人哭使人笑,更能使人等。所谓等,就是紧张或关子用得好。"④这样的处理在一定程度上弱化了剧本叙述多于行动,情节线索不够集中的问题,得到了观众的高度认可。有观众评价道:"看完了戏,我所感到的是因为故事须要包含太广,有很多故事的发展多表现在对话中,戏是少了一点,却好! 导演是一个很有舞台经验的演员,调和了这点小疵。"⑤可以说,赵丹的改动让整个舞台更加富于戏剧性,观众的目光牢牢地被剧中人物所吸引。

《清明前后》在正式演出之后大获成功的另一个原因在于观众集体观看的接受方式。《清明前后》从结构到对话,都与一般戏剧作品有所不同,它的叙述多于行动,情节线索也不够集中。仅仅从演出的角度来看,《清明前后》并不是一部集戏剧性与动作性为一体的剧作,但不可否认的是,剧本中的对话与台词像是一首时代的交响曲,每一篇乐章都是时代的缩影,铿锵的旋律、跳动的音符都是作者对黑暗社会的抨击。这些富于现实意义的内容能否传达给接受者,这在一定程度上取决于接受方式。小说的接受方式是个体阅读,戏剧的接受方式既包含个体阅读也包含了集体观看,但主要是观看。美国当代戏剧家艾·威尔逊曾提到过这二者的区别:"对观众来讲,戏剧是一种集体经验。某些艺术——绘画、雕塑、文学——提供的是单个人的经验。观赏者或读者是在他或她自己的空间里单独完成观赏或阅读工作的。"⑥这两种截然不同的接受方式为接受者所带来的体验也迥然不同。

许多读者在阅读完剧本之后都不约而同地提到了剧本的小说化特征,从剧本中能看到茅盾在竭力写戏,"可是却仍然叫人像是读一篇小说"⑦。茅盾在人物塑造上有他独到之处,这在读者看来既是优点,也是造成剧本缺乏戏剧性的原因。"茅盾是采用写小说的方法写这个剧本的,所以人物的勾画的确高于一般的剧作家,可是也因了这原故,他就不大注意戏剧发展几个必要点:如故事进展须迅速而

---

① 茅盾:《回忆录二集》,《茅盾全集 第三十五卷》,北京:人民文学出版社,1997年,第551页。

② 梅子:《关于〈清明前后〉》,《月刊》1945年第1卷第2期。

③ 茅盾:《回忆录二集》,《茅盾全集 第三十五卷》,北京:人民文学出版社,1997年,第550页。

④ 洪深:《术语的解释》,《洪深戏剧论文集》,上海:东方出版中心,2011年,第8页。

⑤ 红走陪都:《清明前后》,《铁报》,1945年10月20日第4版。

⑥ [美]艾·威尔逊:《论观众》,李醒等译,北京:文化艺术出版社,1986年,第9—10页。

⑦ 佩安:《茅盾的〈清明前后〉——开明书店出版》,《前线日报(1945.9—1949.4)》,1945年12月22日第8版。

富变幻,这就是说,戏剧一定要艺术性加上戏剧性,我觉得这剧本倘上演,一定会有相当沉闷的感觉的,这可说是这剧本的一个大缺憾。"①剧本中大段的说明与人物小传为读者理解剧情、了解人物提供了丰富的材料,"但在舞台上演出时,一般并未读过登场人物的小传的观众,听了这些暗示性譬喻式的对话,是否能懂得其所以然,就大大地是一个疑问了"②。这反映出《清明前后》的可读性明显要大于可演性,读者对于该剧的舞台效果都持有担忧和怀疑的态度,这也就不难解释为什么演员们在阅读完剧本之后纷纷找借口推辞排练。

《清明前后》正式上演之后赢得了许多观众的认可,"到幕闭的时候,热烈的掌声振动了整个的剧院。这是一切爱好自由的大众对于现实的讽刺,是对现实无情的锤击"③。观众的评价与读者的态度形成鲜明的对比。很少有观众在意该剧在戏剧技巧方面的问题,而是将注意力放在剧本中所蕴含的思想,认为《清明前后》"这里面有血,有泪,有讽刺,有趣味,而没有说教"④。读者与观众之间产生如此大的接受差异,一方面离不开导表演等演职人员的二度创作弱化了剧本的缺点,还在于集体观看这样的接受方式为观众们所带来的特殊体验。

集体现场观看比个人私密阅读更能够使接受者产生共鸣,更具感染力。"集体性接受引发了各种不同社会心理的群体动力过程,大量的个人反应相互增强、相互协调,从而导致相同的群体反应。"⑤这一点在以工厂主组成的观众群体中尤为明显。《清明前后》不仅表现了民族工业发展中存在的问题与困境,还为主人公指出了"政治不民主,工业就没有出路"这一条出路,引发了许多工厂主的共鸣。这些工厂主看了《清明前后》的演出之后大受感动,不仅包场,还自己印制了演出说明书。"他们在铅印的'说明书'上还印了一段'开场白',全文如下:'我们坚强地相信,政治不民主,工业化运动便不能展开,工业也就永没有出路。过去八年里。不合理的法令规章,压倒了多少坚贞苦斗的工业战士,这一个惨痛的教训,值得我们永久纪念! 现在光荣的胜利已经来到了,让我们在这胜利后的第一个元旦,向全国喊出:建国工业化! 政治民主化!'"⑥观看演出与阅读剧本不同,在观看演出时,演职人员能够依靠布景、服装、灯光与演员的动作、声调以补偿剧本描写的不足。"理性规范的'我'一度消解,艺术的虚构转化为感情的真实,这是戏剧审美活动中主体的感情异化。相对而言,读者是一位感情体验者,同时自始至终又是理智的分析者。这就是人们为什么感到阅读剧本无论如何也达不到剧场中体验到的那种狂奋与激情。"⑦演出得以让剧本中的人物与情节变得高度真实,一切

---

① 东方曦:《茅盾的〈清明前后〉》,《民众杂志》1946 年第 1 卷第 1 期。
② 夏丏尊:《读〈清明前后〉》,《文坛月报》1946 年第 1 卷第 1 期。
③ 梅子:《关于〈清明前后〉》,《月刊》1945 年第 1 卷第 2 期。
④ 林之英:《茅盾处女剧本〈清明前后〉》,《新生报》1947 年 9 月 18 日第 3 版。
⑤ [德]曼弗雷德·普菲斯特:《戏剧理论与戏剧分析》,周靖波、李安定译,北京:北京广播学院出版社,2004年,第 47 页。
⑥ 茅盾:《回忆录二集》,《茅盾全集 第三十五卷》,北京:人民文学出版社,1997 年,第 551 页。
⑦ 周宁:《观众与读者:从接受美学角度看剧场艺术与剧本文学的差异》,《南京大学学报(哲学·人文科学·社会科学版)》1990 年第 4 期,第 44 页。

都发生在观众的眼前。原本阅读时感到冗长乏味的台词,在舞台上经由演员的表演变得振聋发聩,直接诉诸观众的视觉与听觉,从而达到直击心灵的效果。"舞台演出是直观的,是高度直观的,因而它极富于感情色彩,它能强烈地打动人的情感。舞台演出能够直接、面对面地对广大集体发生影响,使成千上万的人在情感上产生共鸣。"①通过集体观看的方式,观众感受到的不是原剧作在戏剧技巧方面的生疏,而是剧本所具有的现实意义,这远非读者个体阅读所能达到的效果。

二、接受主体审美需求:鲜明的政治倾向与尖锐而丰富的现实意义

导表演等演职人员的二度创作弱化了原剧本在戏剧性方面的缺陷,集体观看的接受方式增强了观众的想象与情感体验。《清明前后》的剧作内涵在舞台上得到了进一步的体现,其鲜明的政治倾向与尖锐而丰富的现实意义在不同程度上满足了当时各种接受主体的审美需求,得到了社会各界的高度评价。

陈军在《论中国话剧的三种主体接受及其场域关系——以百年话剧史为研究视野》中将中国话剧的接受主体分为三类:官方接受、专家接受、大众接受,每一类接受主体都有各自的特点。"官方接受的产生与戏剧的意识形态性质及功能有关,要求戏剧以载道为目的,为现实政治服务,其是一种自上而下的制约,对文艺的影响是直接的、显性的;专家接受主要指艺术工作者从专业背景出发对戏剧创作/演出进行阐释、论析和评价,其注重个人体验的理解和表达,学理性强,接受具有专业性和科学性;大众接受总体上呈现出鲜明的本土化特征,其注重技艺层面的视听享受和感官刺激,接受层次相对低俗,但同时代表着广大观众群体的声音和诉求,直接关乎戏剧的社会效果。"②以上所列举的三种接受主体,在抗战时期分别对应的是普通民众、中国共产党、戏剧评论家。在20世纪40年代的中国,"文艺为'抗战'这一时代的最大'政治'服务,强调文学的'工具'性,重视文学宣传、教育、鼓动以至组织功能"③抗战为文艺创作提出了新的要求,也改变了接受主体的审美需要。具体表现为普通民众不再专注于戏剧的娱乐性,而是偏爱颇具现实意义的剧作,专家接受主体对作品的评价也不仅限于审美层面的批评,总会加入一些现实层面或政治性的考量,中国共产党则是进一步加强了对文艺的把控,在政治与艺术的天平之间,不可避免地倒向了政治标准第一,艺术标准第二的评价体系,这些变化在《清明前后》的接受过程中尤其明显。

《清明前后》能够受到普通观众群的认可,并不是以技巧取胜,而是作品中对于现实社会的反映与批判。正如德国剧作家恩斯特·托勒所说:"劳动大众需要的是与这个时代息息相通的戏剧。任何伟大的艺术都不能和时代脱节。试看索

① [苏联]卢那查尔斯基:《论社会主义现实主义》,《艺术及其最新形式》,郭家申译,天津:百花文艺出版社,1998年,第558页。

② 陈军:《论中国话剧的三种主体接受及其场域关系——以百年话剧史为研究视野》,《厦门大学学报(哲学社会科学版)》2022年第5期,第152页。

③ 王瑶:《抗日战争时期及解放战争时期的文艺理论批评概括》,《王瑶文集 第5卷》,太原:北岳文艺出版社,1995年,第220页。

福克勒斯、阿里斯托芬、但丁、莎士比亚、克莱斯特、毕希纳、席勒等人,他们无一不写反映'现实'的题材,并力图赋予这些题材以'永恒'的意义。他们是时代精神的传声筒,群众斗争的代言人。"①在创作《清明前后》之前,茅盾的创作以小说为主,其代表作《子夜》《林家铺子》《春蚕》都是现实主义文学的佳作。这些作品也展现出茅盾小说创作的特点:擅长宏大叙事,人物命运与时代脉搏息息相关,着力描写广阔的社会现实。这样的书写模式在《清明前后》中得到了延续,茅盾选取了战时重庆的一个横截面,难民的饥寒交迫与上流社会的纸醉金迷相互交映,形形色色的人物带着那个时代特有的风貌——登场,例如官僚买办金澹庵,流氓政客余为民,知识分子陈克明,社会各个阶层都能够在此剧中一窥究竟,一幅社会全景图在观众面前徐徐展开。

虽然《清明前后》以"黄金案"一事为故事的核心,但茅盾以此事件作为支点,发展了多条线索,例如林永清与余为民、李维勤与严干臣、黄梦英与金澹庵等。人物关系错综复杂,情节扑朔迷离,着重刻画了民族工业家林永清与底层人物李维勤在这一事件中的无奈与艰辛。工厂求发展,小市民谋生存。动荡时局之下,焦虑与不安裹挟着人民,每一个人都活得像热锅上的蚂蚁,有的急得团团转,有的却伺机而动,于是有些人发国难财,一跃成为上流,有些人则被时代的洪流冲击得什么也不剩。茅盾在剧本中写道:"这社会中,安分守己,受尽冷落;偷天换日,飞黄腾达。"②现实社会则比剧本中描述得要更为严峻,茅盾在回顾抗战文艺时概括了当时的社会现状:"贪污满街,谬论盈庭,民众运动,备受摧残。思想统制,言论检查,无微不至,法令繁多,小民动辄得咎,而神奸巨猾则借为护符,一切罪恶都成合法。"③《清明前后》像是透视社会的 X 光,撕开了国民党卑鄙腐朽真面目。许多观众在报纸上刊发评论,指出"在这里面不但反映出官僚们的借势贪污,而且也诉说着现社会的黑暗,把法律当做儿戏,把自由收藏在布包之内;它暴露了中国当时社会中一切的危机,使我们不能不为祖国担忧"④。不仅如此,茅盾并不止步于描述问题,暴露黑暗,而是更进一步,"通过人物,尖刻、无情的攻击着、控诉着不合理的社会和那些吃人的黑暗势力,同时,也明确指出了如何才能求得生存的道路。这是代表了大后方千千万万人的呼声"⑤为挣扎在底层的民众投放了一束光芒,为民众的未来指引了新的方向。

《清明前后》不仅仅蕴含着尖锐而丰富的现实意义,同时还有极强的政治性。这也是为什么《清明前后》最终能够成功搬上舞台的重要原因之一。宋之的深知《清明前后》在戏剧性上有所欠缺,但他认为"《清明前后》政治性强,不论成功还是

---

① [德]恩斯特·托勒:《转变》,刘象愚译,中国社会科学院外国文学研究所外国文学研究资料丛刊编辑委员会编《外国现代剧作家论剧作》,北京:中国社会科学出版社,1982 年,第 228 页。

② 茅盾:《清明前后》,《茅盾全集 第十卷 剧本 童话 神话 诗词》,北京:人民文学出版社,1985 年,第 38 页。

③ 茅盾:《八年来文艺工作的成果及倾向》,《文联》第 1 卷第 1 期,1946 年 1 月 5 日。

④ 刘贤亚:《清明前后》,《侨声报》1946 年 10 月 12 日第 5 版。

⑤ 金同知:《〈清明前后〉观后感》,《新华日报》1945 年 10 月 1 日第 4 版。

失败,都应该演的"①。对于中共而言,文艺作品不仅要包含政治性,更为重要的是剧作家以及剧本本身所体现出来的政治倾向。茅盾曾写道:"我们相信文学不仅是供给烦闷的人们去解闷,逃避现实的人们去陶醉;文学是有激励人心的积极性的。尤其在我们这时代,我们希望文学能够担当唤醒民众而给他们力量的重大责任。"②《清明前后》贯彻了茅盾一直以来的现实主义创作观念,力图肩负起文学家的社会责任,强调文学的社会效果。不同之处在于其立场的变化,"1943—1945 年茅盾的抗战书写,是一种混杂的立场,国家、延安、左翼的立场不同程度地干预了他的抗战叙事"③。从《黄金案》大纲一到《清明前后》,主角林永清经历了两个重大转变:"(1)从与其他具有各种缺陷的民族企业家并立的某个个体转变为整个民族资产阶级群体独一无二的代言人;(2)从带有负面特征的民族资本家形象转变为正面的民族工业家。"④从伦理层面被批判的个体到政治上被肯定的集体代言人。剧情与人物的修改映射出政治意识形态的渗透。茅盾作出这样的修改,不仅仅是想要利用文学针砭时弊,还想通过作品宣扬政治立场,试图达到政治宣传目的。茅盾在回忆录中提到:"如果用艺术的形式表现出来,并指出厄运的根源和出路,无疑将是掷向国民党反动政治的一颗炸弹,也必将激起民族资产阶级的愤懑和广大群众的同情。"⑤"它的影响将是直接的,集中的,爆发性的。"⑥剧作内容看似是对民主的召唤,实际上茅盾的笔锋直指国民党,对中国共产党进行了侧面宣传。

需要指出的是,不同的接受主体之间并不是泾渭分明,而是时常呈现出一种交织的状态。中共文艺界人士具有评论家与政府官员双重身份,其特点是在接受、分析一部作品时,不是单纯地从艺术角度或政治角度去解读,而是将二者进行结合,用政治眼光对作品进行审美批评。例如何其芳与参与座谈会中的一些与会人员在评价作品时,他们的评价标准明显是以政治性为首。何其芳从延安来到重庆肩负着特殊的使命——宣传毛泽东《在延安文艺座谈会上的讲话》(下文简称《讲话》)精神,用来统一"进步文艺界"的思想。何其芳对《清明前后》的肯定,实际上是为宣传共产党的文艺政策树立典型。《讲话》中提出"政治标准第一,艺术标准第二"的评价标准,对文艺作品提出了新的要求。在演职人员看来,《清明前后》的宣讲会是一个偌大的缺点,在中共文艺界人士眼中则成了最大的优势,无疑是宣传《讲话》的最佳典型。何其芳赞扬《清明前后》是一部力作,它提出问题,说明问题,"更告诉我们一个创作家需要有明确的立场和观点。没有人民大众的立场,

① 宋之的:《〈清明前后〉演出前后——演剧生活的回忆》,原载于 1948 年 7 月 11 日哈尔滨《生活报》,转引自宋时编《中国文学史资料全编 现代卷·宋之的研究资料》,北京:知识产权出版社,2010 年,第 189 页。

② 雁冰:《"大转变时期"何时来呢》,《文学旬刊》第 103 期,1923 年 12 月 31 日。

③ 李永东:《移步换形的抗战书写与仓促换调的〈清明前后〉》,《中国现代文学研究丛刊》2019 年第 2 期,第 98 页。

④ 江棘:《〈清明前后〉:从大纲到成文的叙述者位置》,《文艺理论与批评》2010 年第 6 期,第 42 页。

⑤ 茅盾:《走在民主运动的行列中》,《新文学史料》1986 年第 2 期。

⑥ 茅盾:《回忆录二集》,《茅盾全集 第三十五卷》,北京:人民文学出版社,1997 年,第 548 页。

没有科学的观点,我们无法使我们的艺术与真理相结合"①。这就不难解释为什么在《新华日报》组织的关于《清明前后》与《芳草天涯》的座谈会上,与会人员对《清明前后》推崇备至,在谈论《芳草天涯》多以批评为主。在会上,一位名为 L 的人说道:"这个剧反映的方面虽然广,打击的方向却是集中的,明确的,不论工业危机或是黄金潮,都是官僚资本和以此为基础的反动政治所造成的恶果。这样主题明显,和当前的实际斗争密切结合的剧,对大后方的戏剧来说,是一个新方向。"②并由此延伸到当时的戏剧批评生态,"我觉得今天有些戏剧批评,太不重视一个作品的政治意义了,专从所谓'艺术价值'着眼,无条件地以为艺术价值就等于政治价值,这是危险的"③。另一位 C 说道:"假如说《清明前后》是公式主义,我们宁可多有一些这种所谓'公式主义',而不愿有所谓'非公式主义'的《芳草天涯》或其它莫名其妙的让人糊涂而不让人清醒的东西。"④这场由中共文艺界组织的座谈会所强调的并不是作品的艺术价值,其争论的核心在于文艺作品中的政治倾向问题。所以后来王戎和何其芳的辩论文章的中心已经远离了作品本身,着重探讨的是文艺作品的现实主义与政治倾向的问题。

在何其芳等人之外的一些戏剧评论家虽然没有如此强烈的政治意识,但在 20 世纪 40 年代的重庆,大部分戏剧批评者对于戏剧创作的阐释与评价不可避免地受到时局的影响,在进行审美批评的同时,也会注重剧作的社会效果与政治意味。一些评论家认为《清明前后》在戏剧形式方面的问题不过是"白璧之微瑕,并不足以损坏它对于现实的观察和批判的透明镜一般的意义。我觉得这个剧本对今天现实的意义,和打破戏剧写作被窘塞的环境,与人民紧紧地结合起来,指示出了一条宽阔的道路"⑤。与何其芳认为的"这又何损于它在一个重要的关头,恰当其时地喊出了广大人民的呼声呢"⑥有共通之处。上文已经论述过演员在上演前对于《清明前后》的态度,一些剧评家们的意见与演员相同,对《清明前后》的演出效果表示否定,但却积极肯定了《清明前后》的主旨的正确与反映现实的手腕。⑦还有评论家表示该剧是"大后方剧运的一个新的起点,一个好的倾向和好的作用和范例"⑧,将《清明前后》作为大后方文艺的一个典型,作出了肯定的评价。肯定的原因并不在于作品本身的艺术价值,而是作品所代表的政治倾向与大众立场,这类评价体现出意识形态与审美批评的交织。

---

① 何其芳:《〈清明前后〉的现实意义》,《何其芳全集》(第 2 集),蓝棣之主编,石家庄:河北人民出版社,2000 年,第 478 页。
② 《〈清明前后〉与〈芳草天涯〉两个话剧的座谈》,《新华日报》,1945 年 11 月 28 日。
③ 《〈清明前后〉与〈芳草天涯〉两个话剧的座谈》,《新华日报》,1945 年 11 月 28 日。
④ 《〈清明前后〉与〈芳草天涯〉两个话剧的座谈》,《新华日报》,1945 年 11 月 28 日。
⑤ 周钢鸣:《论〈清明前后〉》,《文艺生活(桂林)》1946 年第 3 期,第 48 页。
⑥ 何其芳:《关于现实主义》,《何其芳全集》(第 2 集),蓝棣之主编,石家庄:河北人民出版社,2000 年,第 394 页。
⑦ 夏丏尊:《读〈清明前后〉》,转引自《夏丏尊散文集》,哈尔滨:北方文艺出版社,2019 年,第 168 页,原载于《文坛月报》1946 年第 1 卷第 1 期。
⑧ 金同知:《〈清明前后〉观后感》,《新华日报》1945 年 10 月 1 日第 4 版。

通过对《清明前后》演出前后评价的梳理，我们似乎对戏剧接受这一问题又产生了新的认识。在正式演出之前，接受者的印象主要来自剧本，但戏剧接受并不仅仅取决于戏剧文本，更与舞台演出有着重要的联系。"严格地讲起来，批评一个剧本，应当根据台上的表演，不应当根据纸上的文字；因为一个剧本必须在舞台上实现之后，才能算是完整的艺术作品的。"①观众接受程度的高低不仅取决于剧作家的一度创作，还要依靠导表演、舞台美术等在舞台上的二度创作。《清明前后》演出后一致的高度评价也凸显出戏剧接受与时代的密切联系。"任何审美活动都是在一定的社会历史环境中进行的，因而必然受到物质生产力的水平、社会经济政治状况、社会文化氛围等因素的影响。"②即使是不同的接受群体，在特定时代氛围之下，其审美标准也会不自觉地向同一个方向靠拢。当时就有评论指出这出戏之所以能吸引观众，是因为它是在所有人都在大声疾呼民主的时候制作的。③ 有研究者认为："《子夜》在当年的深刻影响以及显赫地位的确立，主要在于它的时代需求而非文学追求，在于它的社会价值而非审美价值。"④这句话对于《清明前后》同样适用。对于大后方的观众而言，他们都有着共同的战时体验，剧本中对于现实的揭露，对社会矛盾的剖析，对人心的透视，使每一个向往民主与自由的中国人的灵魂都禁不住颤抖。虽然现在的戏剧舞台上看不见《清明前后》的踪影，但这部剧作对于 20 世纪 40 年代大后方戏剧运动的影响与贡献却是不可轻易抹去的。

---

① 洪深：《导言》，洪深编选《中国新文学大系·戏剧集》，上海：良友图书印刷公司，1935 年，第 52 页。

② 叶朗：《美学原理》，北京：北京大学出版社，2009 年，第 149 页。

③ Chow, K：《on "round about ch'ingming"（谈"清明前后"）》，《英文月刊》1946 年第 11 期。

④ 王卫平：《从读者的接受史看〈子夜〉的价值取向》，《朝阳师专学报》1993 年第 1 期，第 37 页。

革命"乘"恋爱：茅盾早期小说中的"伦理—政治"问题

陈　澜①

摘　要：茅盾早期小说中，有关革命与恋爱题材的书写，与同时期的左翼文学形成既联系又区别的局面。不同于革命"加"恋爱，基于国民革命的历史语境，茅盾早期的小说是以恋爱转写革命，革命与恋爱内在于彼此，人的伦理成为革命的形式，更偏向革命"乘"恋爱。这一特殊性与具体性集中于小说集《野蔷薇》，并且以《创造》《诗与散文》作为代表文本。通过文本内部的解读，打开《野蔷薇》中的"伦理—政治"面向，可以为理解国民革命、左翼文学的兴起、左翼文学内部的丰富性与复杂性，提供一种方法论与认识论。

关键词：茅盾；《野蔷薇》；左翼文学；国民革命

1928 年 2 月，紧接着《动摇》之后，茅盾完成了一篇小说《创造》，想要借一个男性启蒙女性的故事，来表明革命一经发动，就不可收止。② 这篇小说后来被收入《野蔷薇》小说集。《野蔷薇》中的六篇：《创造》（1928 年 2 月）、《自杀》（1928 年 7 月）、《一个女性》（1928 年 8 月）、《诗与散文》（1928 年 12 月）、《色盲》（1929 年 3 月）、《昙》（1929 年 3 月），基本上是以女性为主人公。③ 且其写作与《追求》（1928 年 4 月—1928 年 6 月）处于同一时期，也共享着作者创作的心境。如茅盾所言，情绪冷热交杂，缠绵幽怨和激昂奋发的调子并存。④ 对此，已有的研究常横向地把《野蔷薇》归类为蒋光慈式的"革命加恋爱"小说⑤，略过了茅盾自身纵向的脉络。而如果我们由《幻灭》《动摇》顺流而下，那么同样是革命与恋爱的题材，茅盾在左翼文学内部的位置，就显得相当特殊。我们就会意识到，如果"革命"只要与恋爱沾边就算作"罗曼蒂克的错误"，那么茅盾不仅从来没有清算这一错误，甚至还一以贯之。所谓饮食男女之"男女"，就从未在茅盾的作品里缺席。在《野蔷薇》六篇

---

① 作者简介：陈澜，中国人民大学文学院在读博士研究生。

② 茅盾：《创作生涯的开始——回忆录（十）》，《新文学史料》第 1 期，1981 年 2 月。

③ 茅盾：《写在〈野蔷薇〉前面》，《茅盾全集》（第 9 卷），合肥：黄山书社，2014 年，第 585 页。黄山书社版《茅盾全集》据 1984 年人民文学出版社版《茅盾全集》，及 1954 年人民文学出版社版《茅盾文集》重排、增添，排版较易阅读，为易于查找核验，注释从简，下注有关原文一律按黄山书社版《茅盾全集》页码，不复注明版本。茅盾在此文中提及，《诗与散文》真正的主人是桂奶奶，而非青年丙。

④ 茅盾：《从牯岭到东京》，《小说月报》第 19 卷第 10 号，1928 年 10 月 10 日。

⑤ 熊权：《"革命加恋爱"现象与左翼文学思潮研究》，北京：人民出版社，2013 年。再者如［美］刘剑梅：《革命与情爱——二十世纪中国小说史中的女性身体与主题重述》，郭冰茹译，上海：上海三联书店，2008 年。在此书中，刘剑梅就将蒋光慈与茅盾合而论之，从女性主义的角度来加以比较。

中,他更为集中地处理了家庭、婚姻、恋爱等日常题材,甚至借此更为自觉地面对意识形态的问题。① "伦理—政治"(ethico-political)的角度,事实上是我们切入《野蔷薇》的一个不可或缺的角度。换而言之,《野蔷薇》着眼于伦理问题的书写,在茅盾那里,不仅是在表达政治"内容",其本身也是政治的。也即,伦理问题可以被视作政治问题的形式与中介。

因此,理应着重关注的,便是茅盾在处理这一流行题材时的写法。并且我们往往会发现,题材(what)和写法(how)实际上是一回事情。在国民革命兴起、落败的 20 世纪 20 年代末,革命与恋爱的流行题材本身亦在流行中造成了遮蔽,茅盾别开生面的写法,同时也是一种熟悉而又陌生的题材。在《野蔷薇》中,他展开了一系列的、对时代女性的细致描写:将象牙玩偶上"丈夫"二字划去的娴娴(《创造》);屡经风浪,却被父亲用来纳交权门,无奈只好以宁死不嫁来自守的赵筠秋(《色盲》);未婚先孕,以自杀来宣布那些新名词、新思想的罪恶的环小姐(《自杀》);性格骄狷自尊,然而也为爱情忧郁发狂,最终选择逃避的张女士(《昙》)……可以说,茅盾在此不仅延续了《蚀》中静女士、慧女士的类型,也开始加以综合,书写从静女士到慧女士的变迁。《野蔷薇》的开篇《创造》,即是这样的一个典型文本。在此,我们有必要从小说的内部加以展开,尝试打捞其中的历史经验。

一、夫妻·父子·兄弟:《创造》中的革命与恋爱

《创造》之中,主人公君实本是一个丧父之子,在父亲的灵床边,含了哭父的眼泪,凝视未来的梦;在子承父业之时,也遗传了父亲的创造欲,于是当无法寻求到理想的夫人,便意图自己创造一个。而当君实与同学讨论起何谓理想的夫人,他这样描述自己的标准:

> ……"可是你不要误会我是宁愿半新不旧的女子。"君实再加以说明,似乎他看见了旧同学的思想。"**不是的。 我是要全新的,但是不偏不激,不带危险性。**"②(加粗处是笔者所为,后不复注)

对于君实而言,旧式的女子太保守,新式的女子大都又新到不知所云,取中间态的、半新不旧的女子也不能如其所愿。他理想的夫人,是要抛弃了旧传统思想,又不流于轻浮放浪、一味骛外的女子。姨表妹娴娴,便是按照他的这种理想所创造的一个夫人。但是在此,我们不禁要问,君实的这种择偶观中,"全新"指的是怎样的全新? 偏激、危险性指的又是何种偏激、危险性? 全新的同时,真的可以不偏不激,不带危险性吗?

事实上,在君实同娴娴的婚后生活中,我们可以看到,君实所谓的,不偏不激、不带危险性的全新,其实既不全,也不新。他诱导娴娴阅读克鲁泡特金、马克思、

---

① 茅盾:《写在〈野蔷薇〉前面》,《茅盾全集》(第 9 卷),第 585 页。文中茅盾交待,《野蔷薇》穿了"恋爱的外衣","作者是想在各人的恋爱行动中透露出各人的阶级的意识形态"。

② 茅盾:《创造》,《茅盾全集》(第 8 卷),合肥:黄山书社,2014 年,第 16 页。

列宁等现代政治家的著作，以此改造其无心政治的名士气；借着进化论、唯物主义的教训，来祛掉其思想中庄周的毒。① 在娴娴还有着旧式女子的娇羞，腼腆于夫妻间的亲密举动时，君实又要教她活泼大方。但是，当娴娴从思想到生活上都成为一个新女性时，君实却开始感慨妻子的心被魔鬼占据，将娴娴视作"近代主义的象征"②。他使娴娴留心政治，是要使娴娴走出家庭，不成为一个专门务内的旧式女子，而成为一个社会中的新女性。然而，这种出走在君实而言却必须有所保留，他所说的不偏不激、不带危险性，在此便等于家庭秩序的不被破坏，他要使娴娴时时刻刻"信仰他看着他听着他，摊出全灵魂来受他的拥抱"，要永远地作为"丈夫"。他无法容忍一个彻底的新式女子，更无法容忍娴娴不以他的意志为转移。君实要的全新，不过是一种半步主义，所以不全；他对于"理想的夫人"的恋爱，无疑是一种自恋，是要在一个不偏不激、不带危险性的新女性眼中，映照自己的"全新"，也就只能停留在自身已有的观念之中，所以不新。并且，尤其值得注意的是，在这段家庭内部的人伦关系中，君实与娴娴名为夫妻，实为父子。君实在创造一位理想的夫人之时，无疑是以父亲自居的。他们的成家，首先具有的是一种父子的关系。当娴娴走在了"书本子以外"，笑泪交织地与君实亲热时，茅盾写作了这样一种耐人寻味的心理：

> 君实却觉得那笑声里含着勉强——含着隐痛，是嗥，是叹，是咒诅。可不是么？一对泪珠忽然从娴娴的美目里迸出来，落在君实的鼻囱边，又顺势淌下，钻进他的口吻。君实像触电似的全身一震，紧紧的抱住了娴娴的腰肢，把嘴巴埋在刚刚侧过去的娴娴的颈脖里。他感得了又甜又酸又辣的奇味，又爱又恨又怜惜的混合的心情，**那只有严父看见败子回头来投到他脚下时的心情，有些相像。**③

夫妻之间的关系，却以严父与败子类比。在这段家庭的罗曼史当中，夫妻关系起源于父子关系。这一个自居创造者的父亲，面对着自己的造物，而感到自己理想的破产——在君实而言，他无疑将娴娴视作私产，并竭力占据对方的灵魂，保持双方精神上的血缘；而对娴娴来说，她反感被归于造物，她的出走，也正是拒绝被私有，拒绝被占据，拒绝这一精神上的血缘。君实要的是夫妻如父子，娴娴要的是夫妻为同志，或者说，要的是兄弟般的情义（fraternité avec la charité chrétien），而不是父性的爱（philanthropie paternité）。④ 君实"创造"了家中的娴娴，但娴娴作为创造的宾语，却要摆脱其所有格，进而摆脱其宾语的词性。当娴娴已经不耐

---

① 茅盾：《创造》，《茅盾全集》（第 8 卷），合肥：黄山书社，2014 年，第 17 页。
② 茅盾：《创造》，《茅盾全集》（第 8 卷），合肥：黄山书社，2014 年，第 27 页。
③ 茅盾：《创造》，《茅盾全集》（第 8 卷），合肥：黄山书社，2014 年，第 26 页。
④ ［法］德勒兹：《批评与临床》，刘云虹、曹丹红译，南京：南京大学出版社，2012 年。德勒兹在解读麦尔维尔《书记员巴特比》时，将诉讼代理人与书记员巴特比之间的矛盾，解读为父子关系与兄弟关系的矛盾，也即，解读为一组根本对立的关系。这一对立就是基督教会中的兄弟情谊（fraternité avec la charité chrétien），与充满父性的博爱之间（philanthropie paternité）的对立。这两种关系是人类关系模式的缩影，德勒兹以此来折射出一种神学选择、政治选择。

烦君实"永久的预约"与如生活一般漫长的梦,决心先走一步,她便使得君实眩惑于"神秘的女子的心",迷乱于这"近代主义的象征"。[①] 在此刻,娴娴毋宁说也创造了一个新的君实,一个不能再安于启蒙高位的男性。这一段以父子关系为起源的夫妻关系,以"弑父"告终。娴娴的出走,推翻了这段父子关系一般的家庭关系,拒绝了成为君实的附庸,更在精神上对其统治地位加以颠覆。就此而言,娴娴的出走,正是一次生活史上的断代[②],一场家庭内部的"革命":娴娴是革命的肉身;娴娴出走的逻辑,是自启蒙至革命的历史逻辑。

在这一段有关家庭、婚姻、人伦的故事里,茅盾并不是以恋爱作为革命的"副业",并不是在写作"革命—恋爱—革命"。他并未把革命与恋爱的关系视作一种简单的相加,把两者作为不可化约的加项。《野蔷薇》六篇,都并非革命之余谈谈恋爱,恋爱之余搞搞革命的故事,而是以恋爱转写革命,是使革命不断生成的逻辑内在于恋爱本身。并不是恋爱的终结致使恋爱者走向革命,而是恋爱以革命的逻辑宣布了它自身一个阶段的死亡,它需要的是更新,不是停止,更不是维持现状。在君实而言的"不偏不激、不带危险性",正是要拒绝更新,要拒绝直接的革命,拒绝在实践中包含的不确定性——要使"革命"全部已知,必然只能停留在概念上的革命。茅盾的这种写作,强调的是,革命的逻辑穿透了最为私有化的"恋爱",以一种更加激进的(radical)、也更加彻底的(radical)姿态,在人的内部继续革命。与简单地把革命中的恋爱生活视作"罗曼蒂克的错误"不同,茅盾意识到了其中无法为概念统摄的那一部分。他一贯强调的生活实感,正是在这一点上,造成其作品在左翼文学内部的特殊位置。茅盾借此也寻得了书写革命的中介——在家事与国事之间,公与私之间。家庭、婚姻、伦理等日常生活领域,并不见得只是一个故事的场合,一个书写的装置,它们同时是革命的形式。茅盾这一对形式的意识,《创造》只是开端,在其后的《诗与散文》中,则被更为自觉地呈现了出来。

二、诗与散文之间:"伦理—政治"的形式问题

《诗与散文》所写的,是一个有关恋爱之抉择的故事。主人公青年丙一方面沉溺于肉欲,另一方面又不甘沉溺,要追求"诗样的情趣",在此种灵肉二分中,他对桂女士有这样一番议论:

> "你怨我变了心,你怨我没有从前那样的待你亲热,你甚至说我已经十分讨厌你;桂,你这些猜测究竟对不对,我不愿意多分辩,但是桂,你也得自己知道你近来确已变了,大大的变了。你是一天一天的肉感化,一天一天的现实化,一天一天的粗浅化,哎,桂,你是太快地进了**平凡丑恶的散文时代**了。"回答是长声的荡人心魂

---

① 茅盾:《创造》,《茅盾全集》(第8卷),合肥:黄山书社,2014年,第27页。

② 茅盾:《创造》,《茅盾全集》(第8卷),合肥:黄山书社,2014年,第9页。此处一个可以参考的细节便是,《创造》之中,君实问起娴娴"我们过去的生活,哪些日子你觉得顶快活",夫妻之间的回忆却拥有着不同的"历法"。这一家庭内部的故事,发生在"生活历"与"革命历"两种纪时法的矛盾之中。在此可以说,娴娴也是一个断代者,她要在出走的一刻结束家庭生活的日历,对所有的历史重新纪时。

的冶笑。"男女间的关系应该是'诗样'的——'诗意'的；永久是空灵，神秘，合乎旋律，无伤风雅。这种细腻缠绵，诗样的感情，本来是女性的特有品。可是桂，不知你怎地丧失了这些美点了；你说你要'实实在在的事儿'，你这句话，把你自己装扮成十足的现实，丑恶，散文一样；——用正面字眼来说，就是淫荡……"①

在青年丙的区分中，诗的世界是超脱、空灵的世界，散文的世界则是平凡、腻感的世界。或者说，诗是宗教，散文是世俗。青年丙厌弃散文一般的桂女士，而求爱于诗一般的表妹，却又一再为散文诱惑、沉溺。此种矛盾心理，使得他最终求诗不得，散文亦弃他而去，于是选择奔往史诗一般的生活。这样一次具体的恋爱行为，指涉的是两种对立的生活方式，而这一指涉正是借由"诗"与"散文"两种文类来完成的。具体而言，诗与散文之分，在此首先是两类女性之分，甚至我们就可以视作静女士与慧女士之分。并且，借助这一区别，茅盾写作的与其说是一个让青年丙进行恋爱抉择的故事，不如说是一个抉择失败的故事。诗的女性，只存在于青年丙的想象当中，一旦见诸现实，就要落空；散文的女性，固然为青年丙厌恶，但是他究竟未曾、亦不能脱身。茅盾特别提及，《诗与散文》的主人公，并非青年丙，而是桂女士②，所指便在于：散文般的桂女士曾经也"诗"过，但她最终抛开了青年丙而出走，在事实上就中断了青年丙式的、哈姆雷特式的处境，弃绝了耽于想象的生活。桂女士也"走在了书本子以外"，而这正是茅盾所谈论的"散文"——文无定法，说不成话。散文之无章法，一如现实之无头绪，总要让人"意外"。借由这场诗与散文之争，我们可以看到，散文的世界把精神内容全部纳入自身，并且对诗的世界也作出重新定义的要求，从各方面给诗制造困难。③

青年丙要求得的史诗般的生活，在此则必须是诗与散文的和解。换而言之，史诗的世界必须内在于散文的世界，散文，是走向史诗的一个必然的中介。其实当我们由此眺开去，总览茅盾早期的小说，无论是慧女士、孙舞阳、娴娴、桂女士，还是对着他们的抱素、方罗兰、君实、青年丙，茅盾借助他们之间的关系，折射的都是一个散文的世界。这一点在《野蔷薇》里被集中地表达，并且在《诗与散文》中加以文类上的明晰。

特别值得一提的是，茅盾为《野蔷薇》作的序言当中，曾对自己的《创造》和《诗与散文》加以比较：

娴娴是热爱人生的，和桂奶奶正是一种性格的两种表现。有几个朋友以为《诗与散文》**太肉感**，或者以为是单纯地描写了性欲，近乎诱惑。这些好意的劝告，我很感谢。同时我亦不能不有所辩白。如果《创造》描写的主点是想说明受过新思潮冲激的娴娴不能再被拉回来徘徊于中庸之道，那么，《诗与散文》中的桂奶奶在打破了传统思想的束缚以后，也应该是鄙弃"贞静"了。和娴娴一样，桂奶奶也

---

① 茅盾：《诗与散文》，《茅盾全集》（第8卷），合肥：黄山书社，2014年，第97页。
② 茅盾：《写在〈野蔷薇〉前面》，《茅盾全集》（第9卷），合肥：黄山书社，2014年，第585页。
③ ［德］黑格尔：《美学》（第三卷下册），朱光潜译，北京：商务印书馆，2017年，第25页。

是个刚毅的女性；只要环境转变，这样的女子是能够革命的。

　　茅盾把《创造》与《诗与散文》作为姊妹篇，此中的用意在此已经说得比较明白了。但我们还应该追问的是，为何茅盾既知"太肉感"，却并不打算加以变更，只是"不得不有所辩白"呢？是什么让茅盾依然选择一种容易引起"歧义"的话题呢？

　　这样的两个问题，不仅对于《野蔷薇》而言是一个核心且困难的问题，对于《蚀》三部曲、《虹》而言，也是如此。茅盾对于革命的书写，向来都是轻议论而重描写，这在早期的小说中尤为突出。强调这一点，并不是为了说明茅盾一出手便是成熟的作品，恰恰相反，是为了提醒我们此时茅盾的不成熟，以及在这种不成熟中所包含的本质。茅盾自言，《创造》完全是"有意为之"①，之前的《动摇》，也是经过"冷静的思索""比较有计划写的"②。这或许提醒我们，1927年、1928年前后，包括《幻灭》《动摇》《野蔷薇》在内的作品群，在伤乱抒愤、排遣"幻灭的悲哀"之外，还有着一个冷静而节制的茅盾。这一个茅盾在意图寻找处理具有"生活实感"之经验的方式。或者我们换个角度，如果没有了这些具有"肉感"的写作，这些作品还会具有"茅盾味"吗？《创造》取材婚姻，《诗与散文》取材恋爱，这些题材本身，就构成了理解现代中国社会的一个重要视野。众所周知，五四前后，"婚姻自主"与"恋爱自由"的论题，曾经引起社会上广泛的讨论。但是，容易被忽略的，还有"五卅"前后的婚姻与恋爱，即一种"自主"与"自由"之后的婚姻与恋爱。在这一涉及家庭、两性的伦理场域，从前是要革命，现在是"革命的第二天"。娴娴、桂女士、环小姐，无一例外都非但是求新的女子，而且是求"过"新的女子。在这里所要求的，不再是革命的发生，而是革命的持续。这既是一个伦理问题，也是一个政治问题。这一"伦理—政治"的角度在"革命的第二天"里显得尤为关键。革过命的伦理场域，还要继续革命，此其一；作为革命对象的伦理场域，贯彻革命的逻辑，使革命内在于自身，此其二。对于前者，强调的是革命生成的逻辑；对于后者，强调的是革命的形式问题。由此，当我们回过头来看茅盾早期小说中的所谓"肉感"，重要的或许就不是题材的价值等级，不是一个判断，而是题材本身，即一个写法的问题。

　　《野蔷薇》中，茅盾着重个性的刻画，呈现了颇为复杂而又具体的新女性群相，这的确是他在创作上的独到之处，时人无出其右。可是我们能否换个角度进入茅盾书写革命的方式？譬如，我们是否可以认为，非此，茅盾无法使抽象的革命具象呢？是否只有在"肉感"之中，说不尽的革命的难题才能向作者、读者具有意义地呈现呢？从这个角度来说，婚姻与恋爱这样极具"私人性"的题材，无疑是一个表达从五四到"五卅"、从家庭到街头、从两性到社会的历史困境的再合适不过的中介。早期的茅盾似乎还无法不使用这一题材来进行写作，这一题材/写法的选择，对作家而言也有相当"被动"的地方，这种历史的规定性，或许正是我们要从一个未成熟的茅盾那里所召唤的东西——茅盾此时大概也无法像写《子夜》那样，把林

① 茅盾：《创作生涯的开始——回忆录（十）》，《新文学史料》第1期，1981年2月。
② 茅盾：《创作生涯的开始——回忆录（十）》，《新文学史料》第1期，1981年2月。

少奶奶和雷少校的恋爱故事，写成"一鳞半爪"①。《诗与散文》中，"诗"过的青年丙，烦腻了"散文"般的桂女士，求爱于"诗"一般的表妹，结果诗不可得，散文亦弃他而去。这对于一个从五四而来的青年而言，是荒唐于前，亦无法补过于后；对于以五四为开端的、高扬个性解放的"第一个十年"而言，此时又是"诗"成往事不可追，亦无法停留于"散文"的世界，因此也只能希冀"史诗"般的"第二个十年"。这种个人与时代的同构关系，正是借由恋爱的形式而呈现的，并且这一形式又加以诗与散文的文类上的区分。茅盾自陈，《诗与散文》中没有一个人是值得崇拜的勇者，都是些不很勇敢、不很彻悟的人物，并且这些人物又是社会中的大多数。② 描写的对象是一群"中间人物"，描写的时代也是一个中间的时代，或者说，一个文类间的时代，一个介于诗与散文之间的时代。《野蔷薇》选择穿了"恋爱的外衣"，来在各人的恋爱行动中透露其"意识形态"③，这一现象本身即是历史困境的症候。"革命的第二天"里，最具私人性的"恋爱"也要被革命穿透，没有办法"不偏不激，不带危险性"，也没有办法使诗与散文和解。革命与恋爱，并不是简单地相加，而是以相乘的方式内在于彼此——革命的逻辑穿透了最为私有化的"恋爱"，这无疑是激进的（radical），且彻底的（radical）。我们谈论《野蔷薇》中的革命"乘"恋爱，指向的就是这样一种具有形式的"伦理—政治"，这属于一个未成熟的茅盾，属于一场未成熟的革命，属于"革命的第二天"。

三、左拉，还是托尔斯泰：重回"茅盾传统"的起点

1932 年，茅盾、钱杏邨、郑伯奇、瞿秋白、阳翰笙五人为《地泉》再版作序④，这一系列序言旨在清算"革命的浪漫蒂克"的错误，以整顿革命文学的阵营⑤，借此终结蒋光慈式的"革命加恋爱"小说写法。但在五人的序言之中，茅盾的序言与其他人却存在着微妙的差别。在批评写作的脸谱主义与程式化的同时，茅盾却并没有像其余人那样斥责恋爱的题材。他对于蒋光慈的批评，集中在其缺乏"非片面的认识"与"艺术的手腕"之上。蒋光慈小说中形象的呆板与重复、经验的狭窄，在茅盾看来，是 1928—1930 年的作品的一个典型。这一评论在集体谈论政治上的路线之时显得相当另类。阳翰笙就在自序中喊话茅盾，自陈"我们不是艺术至上主义者"，措辞颇为激烈，甚至近于批评。在这篇可谓笔伐的序言之中，阳翰笙特别提及了茅盾的《蚀》：

① 茅盾：《〈子夜〉写作的前前后后》，《新文学史料》第 4 期，1981 年 11 月。
② 茅盾：《写在〈野蔷薇〉前面》，《茅盾全集》（第 9 卷），合肥：黄山书社，2014 年，第 586 页。
③ 茅盾：《写在〈野蔷薇〉前面》，《茅盾全集》（第 9 卷），合肥：黄山书社，2014 年，第 586 页。
④ 华汉：《地泉》，上海：湖风书局，1932 年。其中阳翰笙（华汉）为自序，瞿秋白署名"易嘉"。
⑤ 马良春、张大明编：《三十年代左翼文艺资料选编》，成都：四川人民出版社，1980 年。其中收录了《关于左联具体工作的决议》（1932 年 3 月 9 日秘书处扩大会议通过，并于 1932 年 3 月 15 日由左联秘书处出版，载《秘书处消息》第 1 期），在组织上，左联内部如此"定调"：……必须整顿自己的队伍，就是发展一时期的内部讨论——自我批评（严厉的批判到现在为止的理论和作品上的不正确倾向）。在反对和肃清一切非无产阶级意识的斗争过程中，研究普罗文艺的理论和技术。

如果一部作品真如茅盾所说只要对于"社会现象有全部的非片面的认识";只要能够有"感情的地去影响读者的艺术手腕"就能够大告成功,那我倒要举一个现成的例子来请教:茅盾的三部曲《蚀》,大概是具备了那两大条件的了吧,然而究竟成功了没有呢? 不错的,如郑振铎之流,正在推崇我们的茅盾的三部曲为划时期的作品;可是在我们看来,《蚀》却与我们所需要的新兴文学没有原则上的相同点! ①

已然是将"我们的茅盾的三部曲"视作落伍的、需要被抛弃的文学了。而这五人所序,又正是为清除"革命的浪漫蒂克"的错误,以此观之,则茅盾的《蚀》,也当在阳翰笙等人想要"清除"的错误之列。茅盾既参与对于"革命的浪漫蒂克"错误的清算,又遭受这一清算;既是批评者,又是被批评者;既在"我们"之内,又在"我们"之外,这一幕本身就显得十分矛盾。及至 1933 年《子夜》出版,这部左翼文学的正典(canon),仍旧不免于此。在同时代的韩侍桁那里,《子夜》最终成为一部英雄的个人的悲剧②;朱自清亦有评论,认为吴荪甫、屠维岳二人写得太有英雄气概,以至于引起部分读者的同情、偏爱,出乎作者意料③。这样一种从写作到阅读的"误差",无疑包含着同时代人的茅盾印象,也提醒着后来者必须注意茅盾自己在左翼文学内部的特殊位置。

汪晖曾经在 20 世纪 80 年代末指出,《子夜》开启了一个不同于"鲁迅传统"的"茅盾传统",即一个超克五四的传统。④ 诚如所言,20 世纪 30 年代的社会剖析小说之成为左翼文学的"正格",左翼文学之成为第二个十年的主流,都明确地标识出这一传统对于个人主义、启蒙话语的区别。但是,在对象的语境而言,这种区分却来得并不容易。甚至可以说,这一历史上的断代时刻,显露的更多的是与历史的粘连。

1928 年 7 月,茅盾听从陈望道劝,离沪去往东京。正是于异国他乡,茅盾写作了《从牯岭到东京》。⑤ 在文章的开篇,他便作出申明,自己的创作并未依照自然主义的规律来开始。他是经历了复杂动荡的人生、见证了中国革命的起伏,感到真实的幻灭的悲哀,却依然不肯一味消极,才来以创作发一星微光。总之,他是体验了人生,才来写小说;而不是为了写小说,然后去体验人生。这一位后来者口中的中国的左拉,却反复申明自己未曾以左拉的方式开始自己的创作。在创作的起点上,他自拟于托尔斯泰。⑥ 事实上,茅盾自己就曾经撰文批评过托尔斯泰。1921年 7 月,他就针对张闻天《无抵抗主义底我见》⑦一文,明确批评过托尔斯泰及其无

① 华汉:《地泉》,上海:湖风书局,1932 年。
② 韩侍桁:《〈子夜〉的艺术思想及人物》,《现代》第 4 卷第 1 期,1933 年。
③ 朱自清:《子夜》,《文学季刊》第 1 卷第 2 期,1943 年 4 月 1 日。
④ 汪晖:《关于〈子夜〉的几个问题》,《中国现代文学研究丛刊》1989 年第 1 期。
⑤ 查国华:《茅盾年谱》,武汉:长江文艺出版社,1985 年,第 121—122 页。
⑥ 茅盾:《从牯岭到东京》,《小说月报》第 19 卷第 10 号,1928 年 10 月 10 日。
⑦ 张闻天:《无抵抗主义底我见》,《民国日报·觉悟》,1921 年 7 月 3 日。

抵抗主义①,指责无抵抗主义之不切实际,因此只能作为宗教,而不能作为伦理。而当茅盾自拟于托尔斯泰,其中的语气恐怕也带着几分无奈与自嘲了。由是观之,如果的确有一个茅盾传统,那么在这一传统的起点,我们要追问的是:为什么是托尔斯泰? 或者更为具体地说,为什么是那个"落后"的托尔斯泰?

卢卡契曾在《叙述与描写》②中对左拉与托尔斯泰进行过比较,他以描写赛马为例,指出:在叙述上,左拉《娜娜》写的赛马只是一个无机的细节,带有资料性质;而托尔斯泰《安娜·卡列尼娜》写的赛马,却是一个有机的关节,是小说整体的必要一环。在描写上,左拉是旁观者,托尔斯泰是参与者。但是,在茅盾这里,我们进行这一区分并不是要指向一个单纯的技巧问题,反而是要提示,这一技巧问题并不是茅盾谈论托尔斯泰与左拉之分的重心。茅盾更是在发生学的意义上来谈论这一点的。他所谓的经验了人生,才来写小说,事实上正是把文学当作生活的遗迹。换而言之,在茅盾那里,生活总要大于小说,小说总要慢生活半拍。他是在一个落在生活之后的位置上,来开始他的创作。《动摇》里陆梅丽喟叹世界变得太快、太复杂,以至于要迷失在生活里;《路》中火薪传感慨生活是个魔鬼、是个谜……茅盾此种心绪流露,在其早期的小说中实在不胜枚举。他的作品所写,总是曾经的眼前人与他们的身后事。属于未来的"新人"占据不了茅盾作品的核心位置,他不会写新人,也写不出新人。从《蚀》《野蔷薇》到《虹》《路》《子夜》,茅盾集中描写的人物,无论男女,都是些带着间色、"不很勇敢,不很彻悟"的人物,都属于历史的中间地带。茅盾的写作,如同托尔斯泰的写作一样,都是被生活落下的写作。在这一点上,茅盾、托尔斯泰,都只能作为历史生活的参与者,而无法像左拉那样作出旁观,无法具备外在的条件。因此,他们的写作也都只能是在生活的内部书写,并且只能在内部拉开距离。当茅盾在《从牯岭到东京》中,谈论自己的托尔斯泰式的起点,他也无疑是在同时谈论一种无法外在地给予生活以解答的历史困境。问题不是"谁之罪",问题依旧是:"怎么办"?

这种自知落后,却选择停下来回看的倒述式的写作③,恰恰使茅盾的写作占据了一个内部的,具有爆破力的位置。如果我们要谈论一个史诗性的,追求总体性(totality)的茅盾传统,那么这落后的、缺失秩序的、不可控的散文世界,正是走向史诗的一个必然的中介。茅盾与革命文学诸君的关键性差别便在于此。对于后者而言,所求的无非一个纯粹的诗的世界——只有革命,最好连革命的影子也不要有。《从牯岭到东京》之后,茅盾写有一篇《读〈倪焕之〉》④,便在此针锋相对,直指成仿吾等人这种"纯粹"的"革命性":

① 茅盾:《无抵抗主义与"爱"》,《民国日报·觉悟》,1921 年 7 月 5 日。署名冰。

② [匈]卢卡契:《卢卡契文学论文集》,中国社会科学院外国文学研究所外国文学资料丛刊编辑委员会编,北京:中国社会科学出版社,1980 年。

③ 《蚀》在写作时间上要早于《虹》,但在故事的时间上却要晚于《虹》。《蚀》三部曲集中在国民革命之后;《虹》在故事的时间上,则是国民革命之前。写作时间与故事时间,存在着颠倒的关系,茅盾在从《蚀》到《虹》的写作序列中,越写越往前。

④ 茅盾:《读〈倪焕之〉》,《文学周报》第 8 卷第 10 号,1929 年 5 月 12 日。

现在讲到文艺的时代性，社会化，等等话头，所谓革命的文学批评家便要作色而起，大呼是"**太旧，太灰色**"了；但想来大家也不曾忘记今日之革命的文学批评家在五六年前却就是出死力反对过文学的时代性和社会化的"要人"。这就是当时的创造社诸君。……在当时，创造社的主张是"为艺术的艺术"。说过"毒草虽有毒而美，诗人只赏鉴其美，俗人才记得有毒"这一类的话。感情主义和个人主义的调子，充满在他们那时候的作品。去年成仿吾所痛骂的一切，差不多全是当初他自己的过犯，是一种很有意味的新式的忏悔。……假使当时成郭诸君跑出他们的霞飞路的"蜗居"，试参加那时的实际运动和地下工作，那么，他们或者不至于还拾起"资产阶级文艺的玩意儿"来自娱罢。再说得显明些，并且借用去年成仿吾的话语，如果那时候他们不要那么"不革命"，不要那么"小资产阶级性"，那或者成仿吾去年的雄赳赳的论调会早产生了几年罢。谁知道此中的机缘呢？怕只有"时代先生"罢哩！①

对于仅仅停留在观念更迭上的纯粹的"革命"，茅盾的语气已近于讥讽。对"革命文学"的主张加以批评，也同时是在对观念论式的革命加以批评。对茅盾而言，现实的难题已经不是靠更换几个名词，靠概念上的教训就能够解决的事情。散文世界已经把诗的世界的内容纳入到自身，并且从各方面给诗制造困难。这便是我们谈论茅盾"落后"的前提。强调这一点，不是为了重新判定是非，而是为了恢复其中的对话性，恢复一种具有弹性的历史感。对于研究而言，后来者并不应该仅仅陷入两方的对峙，甚至倾轧之中，而是应该看到，对于指向行动的，革命的"本质的东西"②，茅盾与革命文学诸君都同样渴望。诗与散文，正是同一追求的两种不同方式。对茅盾而言，向散文的世界深入，处理被一概视作"错误"的家庭、婚姻、恋爱等"伦理—政治"内容，正是为了求得更为真实的信仰，使革命获得一个更为结实的底子，而不是成为高悬的形而上学。故此，茅盾也无须惮于"落后"的指责，自始至终，他都是在革命的内部来谈论革命，也就无从谈"叛逃"之说。

于是，当我们重回这一茅盾传统的起点问题，茅盾自身的特殊位置便使得这一传统展现了更为斑驳的面貌。我们就会看到：正如托尔斯泰从未放弃过自己政治上落后的观点一样，茅盾从未惮于"落伍"。托尔斯泰一生都没有放弃过他的基督教信仰，然而却要求死后的墓碑之上不立十字架——茅盾也从未放弃过对革命的信仰，但直到逝世后三天才恢复党籍，并在棺椁上盖党旗③。茅盾人生托尔斯泰式的一头一尾，正是在革命的内部，以肉身铭刻了革命的张力。尤其值得一提的是，在茅盾晚年的回忆录中，他还记下了《虹》的后半篇，以及没有成文的姊妹篇《霞》的大体思路：

① 茅盾：《读〈倪焕之〉》，《文学周报》第 8 卷第 10 号，1929 年 5 月 12 日。

② ［德］罗莎·卢森堡：《论俄国革命·书信集》，殷叙彝、傅惟慈、郭颐顿译，贵阳：贵州人民出版社，2001 年，第 35 页。

③ 查国华：《茅盾年谱》，武汉：长江文艺出版社，1985 年，第 503 页。

……我本来计划,梅女士参加了五卅运动,还要参加一九二七年的大革命,但一九二七年当时的武汉,只是黑夜前的幻美,而且易散,此在政治形势上,象征着宁(蒋介石)汉(汪精卫)对峙只是"幻美"而且"易散"。在梅女士个人方面,她参加了革命,甚至于入党(我预定她到武汉后申请入党而且被吸收);但这只是形式上是个共产党员,精神上还是她自己掌握命运,个人勇往直前,不回头。共产党员这光荣的称号,只是涂在梅女士身上的一种"幻美"。

……《霞》将是《虹》的姊妹篇。在《霞》中,梅女士还要经过各种考验,例如在白色恐怖下在南方从事党的地下工作,被捕;被捕之日,某权势人物见其貌美,即以为妾或坐牢任梅女士二者择一,梅女士宁愿坐牢。在牢中受尽折磨,后来为党设法救出,转移到西北某省仍做地下工作。霞有朝霞,继朝霞而来的将是阳光灿烂,亦即梅女士通过了上述各种考验。有晚霞,继晚霞而来的,将是黄昏和黑夜,此在梅女士则为通不过那些考验,也即是她的思想改造似是而非,仍是"幻美"而已。①

《虹》的前半篇是梅行素由蜀地走向街头,抬头见"虹";后半篇则略近于《蚀》,及至于《霞》,则是两者的再次综合。我们在茅盾的写作计划中,可以大致看出,他所写的这场革命,将是一个非常漫长的过程,其间往复循环,几近于自然现象。或者可以说,他企图描绘的历史,是一种自然历史,是一种不以人的意志为转移的历史,毁灭中有生机,兴盛时亦潜藏着衰落的迹象。这一写作计划事实上是茅盾人生最后的时刻才予以交待的,但是《霞》最终没有成篇,那些说不成话的话,茅盾究竟没有下笔,这也同时是茅盾的态度。他并没有因为清醒的悲观而否认历史前进的可能。对茅盾而言,那场走向街头,在雨中漫天飞舞着"打倒帝国主义"传单的革命,即便不成熟,也终将成为"幻美",但这场不成熟的革命却依然不至于取消对于未来的想象——对于一场起源性质的、神话学意义上的革命,我们并不见得要因为它的落败,而彻底走向对它的否定。这场革命或许正是由于其不成熟,才包含着更多未来的可能——它既然发生了一次,那它就可能再次发生。我们重新回到这一原点,是为了不断地追问这样一个问题:在客观的历史面前,人是否能够利用已有的历史前提,创造新的历史? 这个问题当然不能只让茅盾来解答,他有着自己的历史局限,新人占据不了茅盾早期作品的核心位置,他不会写新人,也写不了新人。他在一个无法解答未来的时期,能够忠实地记录革命主体所具有的复杂感应,并且予以冷静地分析,这就已经是难得的对于现实的正视——他究竟不愿意作为一个政治的浪漫派,《虹》正是他在写作上的过渡,其后的《路》《三人行》将要把这些"少共"青年的记忆推得越来越远,最终成为如《子夜》中林少奶奶与雷少校一般的"一鳞半爪"。茅盾自己的写作,只能成为一个时段的理解革命的中介,随着时移世易,茅盾的写作也会展现其限度。不过,茅盾所具有的这种有缺憾的价值,这种历史的局限性,也许正是其转折向我们彻底而全面地显现意义的前提。

---

① 茅盾:《亡命生活——回忆录(十一)》,《新文学史料》第 2 期,1981 年 5 月。

后来者并不应、也并不能比茅盾站得更高——或者说,没有任何历史的当事人可以外在地从历史中解困,我们只能内在地寻求变革的可能,这正是茅盾写作的价值所在。他指向的是在一场剧变式的革命中,我们自身所遭遇到的,中国革命的具体性与特殊性。茅盾的困惑、矛盾,正是他开始咀嚼、消化中国革命具体经验的起点,那些活生生的历史,正在空间之中召唤着我们不断重访(revisit)——因此,借《野蔷薇》重新谈论起茅盾的早期,谈论起茅盾早期小说中所呈现的,有关"伦理—政治"的,独特的历史经验,正是为了在一个"革命的世纪"的延长线上,从那些世纪的灰烬中,恢复那样的"虹"与"霞",从内部寻找一种重新激活革命能量的方法。

论茅盾关于"新写实主义"的认知变化(1928—1929 年)

孙瑜苓①

摘 要:1928—1929 年,茅盾关于"新写实主义"的认知经历了一次急遽的变化:最初将"新写实主义"理解为某种"电报体"文学并对其持保留态度,随后却对"新写实主义"表示认同,并在《读〈倪焕之〉》中主动倡导表现"时代性"的"现代的新写实派文学"。伴随这一认知变化同时发生的,是茅盾文学观念一次整体性的调整和重构。当茅盾自己开始提倡"新写实主义"时,他放弃了原有的写实主义观,承认了"出路"的存在,认为文学应当表现"历史的必然",这与钱杏邨等人倡导的"新写实主义"取得一致,显示出茅盾在文学观上的快速"左转"。但是对于钱杏邨式"新写实主义"的浪漫空想色彩,茅盾并不认同,钱杏邨将持有"阶级观点"视为找到"出路"的先决条件,茅盾则秉持着"现在主义",认为只有直面现实才能找到"出路"。当既有的文学观念需要调整,钱杏邨式"新写实主义"又无法令茅盾感到满意时,他转向了苏联文学,通过对苏联文学的接受,茅盾明确了写实主义再度回归的必然性,并自行建构出了苏联文学中的"新写实主义"。

关键词:茅盾;新写实主义;苏联文学

1928 年起,藏原惟人的"新写实主义"理论陆续译介至中国,对国内的左翼文学造成了不小的冲击,有趣的是,对茅盾的否定构成了"新写实主义"理论传播过程中一个特别的环节。李初梨曾在文章中大量引用藏原惟人的理论对茅盾进行反驳②;钱杏邨对"新写实主义"的提倡更是与他对茅盾的批评同步展开③,可以说,在"新写实主义"的传播过程中,茅盾被有意建构成了该理论的对立物。钱杏邨等批评家这种"制造"对手的行为持续影响着后来的研究,旷新年、艾晓明等学

---

① 作者简介:孙瑜苓,中央民族大学文学院在读博士研究生。

② 李初梨:《对于所谓"小资产阶级革命文学"底抬头,普罗列塔利亚文学应该怎样防卫自己——文学运动底新阶段》,《创造月刊》1929 年第 2 卷第 6 期,第 2—27 页。

③ 在 1928 年的《动摇》书评中,钱杏邨首次提出作家应当采用"新写实主义"的写作方法,茅盾的《动摇》被指认为"旧写实主义"的代表;而在 1929 年 1 月写的《从东京回到武汉——读了茅盾的〈从牯岭到东京〉以后》中,借批判茅盾之机,钱杏邨更加全面完整地介绍了"新写实主义"的主张;在 1929 年 12 月的《中国新兴文学中的几个具体的问题》里,钱杏邨再次对"普罗列塔利亚写实主义",亦即"新写实主义"进行阐述,茅盾的创作和理论仍被视为"新写实主义"的"反面案例"。(分别参见钱杏邨:《动摇》,《太阳月刊(停刊号)》1928 年第 7 期,第 18 页;钱杏邨:《从东京回到武汉——读了茅盾的〈从牯岭到东京〉以后》,钱杏邨:《阿英全集》(第一卷),合肥:安徽教育出版社,2003 年,第 365—367 页;钱杏邨:《中国新兴文学中的几个具体的问题》,钱杏邨:《阿英全集》(第一卷),合肥:安徽教育出版社,2003 年,第 435—464 页。)

者在讨论茅盾和"新写实主义"的关系时,都顺应了李初梨、钱杏邨等人的做法,自然地将茅盾置于"新写实主义"的对立面,这在一定程度上遮蔽了茅盾与"新写实主义"更为复杂的关联。① "新写实主义"在中国传播的这段时期也是茅盾文学生涯中的重要转折期,他的观点在那时并不稳定,茅盾对于"新写实主义"的认知和态度,就在短时期内经历了一个急遽的变化。

一、茅盾关于"新写实主义"的认知变化

1928 年 5 月,藏原惟人的《通往无产阶级现实主义的道路》在日本的《战旗》刊物上发表,该文阐释了藏原惟人对"无产阶级写实主义"的看法,认为新兴阶级的作家应当继承过去的写实主义者对待现实的客观态度,用无产阶级的"前卫"眼光去客观地观察、描写现实。这篇文章被林伯修译为《到新写实主义之路》,刊载于1928 年 7 月出版的《太阳月刊》停刊号上,自此,藏原惟人的理论开始以"新写实主义"之名在中国传播。也正是在同期刊载的《动摇》书评中,钱杏邨首次将"新写实主义"理论应用于具体的批评实践,在文中,钱杏邨提出,茅盾的《动摇》仍是"旧写实主义"的创作,当下的革命文学需要遵循"新写实主义":

> 作者采用的完全是旧写实主义的方法,始终很注意环境。所以作者无论如何忙迫,总要把景物等环象叙述一番。这是不必要的。旧的写实主义的方法于我们是不适宜的了。表现这个时代,新写实主义的方法,我们觉得是有采用的必要。②

尽管钱杏邨并未在文中详细阐释"新写实主义"的具体主张③,但他的评论和林伯修的译文使"新写实主义"作为一个问题进入了茅盾的视野,在 1928 年 7 月16 日写完的《从牯岭到东京》中,茅盾针对"新写实主义"给出了回应:

> 曾在广告上看见《太阳》七月号上有一篇详论《到新写实主义之路》,但未见全文,所以无从知道究属什么主张。我自己有两年多不曾看西方出版的文艺杂志,不知道新写实主义近来有怎样的发展;只就四五年前所知而言(曾经在《小说月报》上有过一点介绍,大约是一九二四年的《海外文坛消息》,文题名《俄国的新写实主义》),新写实主义起于实际的逼迫;当时俄国承白党内乱之后,纸张非常缺

① 分别参见旷新年:《1928:革命文学》,北京:人民文学出版社,2017 年,第 117—129 页;艾晓明:《中国左翼文学思潮探源》,北京:北京大学出版社,2007 年,第 104—139 页。

② 钱杏邨:《动摇》,《太阳月刊(停刊号)》1928 年第 7 期,第 18 页。

③ 写《动摇》书评时钱杏邨刚受到"新写实主义"的影响,未能充分吸收藏原惟人的理论,这时钱杏邨对茅盾的《动摇》基本上是认可的,待钱杏邨进一步理解了藏原惟人的"新写实主义"后,他对茅盾的态度也有了较大的转变,关于藏原惟人对钱杏邨的影响,以及钱杏邨在受到"新写实主义"影响之后对茅盾的态度变化,参见[日]芦田肇:《钱杏邨的"新写实主义"——与藏原惟人的"无产阶级现实主义"有关问题之考察》,[日]伊藤虎丸、刘柏青、金训敏合编《日本学者研究中国现代文学论文选粹》,长春:吉林大学出版社,1987年,第 263—295 页;赵璕:《〈从牯岭到东京〉的发表及钱杏邨态度的变化——〈幻灭〉(书评)、〈动摇〉评论和〈茅盾与现实〉对勘》,《中国现代文学研究丛刊》2005 年第 6 期,第 1—28 页。

乏,定期刊物或报纸的文艺栏都只有极小的地位,又因那时的生活是紧张的疾变的,不宜于弛缓迂回的调子,那就自然而然产生了一种适合于此种精神律奏和实际困难的文体,那就是把文学作品的章段字句都简练起来,省去不必要的环境描写和心理描写,使成为短小精悍,紧张,有刺激性的一种文体,因为用字是愈省愈好,仿佛打电报,所以最初有人戏称为"电报体",后来就发展成为新写实主义。①

显然,对于钱杏邨等人所倡导的"新写实主义"究竟是何主张,茅盾并不了解,他对于"新写实主义"的认知,仍停留在 1924 年负责《小说月报》的《海外文坛消息》专栏时介绍过的"电报体"文学。参看茅盾写的《俄国的新写实主义及其他》可知,他当时所说的"新写实主义",其实是以苏联的"谢拉皮翁兄弟"为代表:"彼得格勒有一个赛腊荌诺伐(Serapionovy)同志会就是这派新写实主义者的大本营。中间最有名的一个,便是伊万诺夫。"②"谢拉皮翁兄弟"团体的成员虽倾心于革命,但反对政治对作家的过度干预,强调艺术形式和技巧的创新,他们作品的短小精悍和句子的简练奇突,其实更倾向于艺术方面的形式实验,而在茅盾当时的理解中,"谢拉皮翁兄弟"的作品呈现出的文学风格是起于实际的需要,茅盾并未否认这一"新写实主义"存在的价值,但他认为这种在苏联特定语境下诞生的文学新型不一定适用于中国:"所以新写实主义不是偶然发生的,也不是因为要对无产阶级说法,所以要简练些。然而是文艺技巧上的一种新型,却是确定了的。我们现在移植过来,怎样呢? 这是个待试验的问题。"③有趣的是,在 1929 年 5 月 4 日写下的《读〈倪焕之〉》中,茅盾再一次谈起了"新写实",这时茅盾对于"新写实"的认知较前有了很大的不同,他提出"现代的新写实派文学"应当表现"时代性":

> 所谓时代性,我以为,在表现了时代空气而外,还应该有两个要义:一是时代给与人们以怎样的影响,二是人们的集团的活力又怎样地将时代推进了新方向,换言之,即是怎样地催促历史进入了必然的新时代,再换一句说,即是怎样地由于人们的集团的活动而及早实现了历史的必然。在这样的意义下,方是现代的新写实派文学所要表现的时代性!④

有论者认为,此处"现代的新写实派文学"这一用法为茅盾独创,茅盾使用这一"自创"的词组是在刻意与钱杏邨等人保持距离。⑤ 但陈启修发表在 1929 年 3 月 1 日《乐群月刊》上的《论新写实主义》已经有了"新写实派"的用法,在陈启修的

---

① 茅盾:《从牯岭到东京》,《茅盾全集第十九卷·中国文论二集》,合肥:黄山书社,2014 年,第 217—218 页。
② 茅盾:《俄国的新写实主义及其他》,《茅盾全集第三十一卷·外国文论三集》,合肥:黄山书社,2014 年,第 371 页。
③ 茅盾:《从牯岭到东京》,《茅盾全集第十九卷·中国文论二集》,合肥:黄山书社,2014 年,第 218 页。
④ 茅盾:《读〈倪焕之〉》,《茅盾全集第十九卷·中国文论二集》,合肥:黄山书社,2014 年,第 237 页。
⑤ 刘容天:《茅盾阅读史与〈子夜〉式"新写实派文学"的生成》,《中国现代文学研究丛刊》2022 年第 11 期,第 226 页。

文章中,"新写实主义"与"新写实派"并无区别①,茅盾在回忆录中提到他1928年在武汉工作时就与陈启修相识,初赴日本时又与陈启修有过密切来往②,"新写实派"的用法是从陈处得来也未可知,因此问题或许不在茅盾使用的是"新写实主义"还是"新写实派",而是他对"新写实主义"的认知发生的变化:较之于当初以为的"电报体文学",茅盾在写《读〈倪焕之〉》时对"新写实主义"显然有了不一样的理解。而在茅盾对"新写实主义"的认知发生变化的这段时间内,藏原惟人的理论在中国也得到了进一步的传播,如果将茅盾此时提倡的"新写实派文学"与经钱杏邨等人阐释过的"新写实主义"进行比较,会发现双方的理论在"出路"这一重要问题上已经达成了共识。

二、"新写实主义"与"出路"

1928年6月,茅盾的处女作《蚀》三部曲正式完成。这部作品虽然取材于大革命,整体基调却显得悲观晦暗,尤其是三部曲的最后一部《追求》,讲述了一群知识青年在1927年革命失败后欲求"出路"而不得的故事,小说传达出的消极情绪引起了部分批评家的不满。③ 而在1928年7月16日写作的《从牯岭到东京》中,茅盾坦言自己之所以不写《追求》中众人的"出路",是因为当时他找不到"出路",《追求》的写作真实地传达了他的心情:

> 我承认这极端悲观的基调是我自己的,虽然书中青年的不满于现状,苦闷,求出路,是客观的真实。说这是我的思想落伍了罢,我就不懂为什么象苍蝇那样向窗玻片盲撞便算是不落伍? 说我只是消极,不给人家一条出路么,我也承认的;我就不能自信做了留声机咦喝着:"这是出路,往这边来!"是有什么价值并且良心上自安的。④

茅盾在此坦言,《追求》这部小说诚实地记录了他当时看到的无"出路"的客观现实,也就是说,《追求》的写作采取的还是传统写实主义"反映生活"式的创作方式。其实不只《追求》,茅盾在《从牯岭到东京》中一直试图说明,整个《蚀》三部曲描写的都是他当时看到的历史真实:"所以《幻灭》等三篇只是时代的描写,是自己

---

① 在陈启修的文章中,"新写实主义"与"新写实派文学"是混合使用的,两个概念并无显见区别,参见勺水:《论新写实主义》,中国社会科学院文学研究所现代文学研究室编"革命文学"论争资料选编》,北京:知识产权出版社,2010年,第585—594页。

② 茅盾与陈启修的交往参见茅盾:《我走过的道路》,《茅盾全集第三十五卷·回忆录一集》,合肥:黄山书社,2014年,第398页、第446—450页。

③ 钱杏邨在评论《追求》时就提出,这部小说的灰暗结局令人"失望":"作者所表现的精神完全是如此,这是不得不令人失望的。在幻灭、动摇之后,又加以最后的追求,可是这追求也失败了,走入了绝路,我不知作者创作中的人物有没有绝处逢生的时候,有没有苏醒的希望。然而,我们是期待着,诚恳的期待着……"参见钱杏邨:《茅盾与现实》,《阿英全集》(第二卷),合肥:安徽教育出版社,2003年,第190页。

④ 茅盾:《从牯岭到东京》,《茅盾全集第十九卷·中国文论二集》,合肥:黄山书社,2014年,第205页。

想能够如何忠实便如何忠实的时代描写。"①茅盾在此是通过诉诸《蚀》三部曲的"真实性",来为这部作品获取存在的合法依据,而在1929年5月4日写的《读〈倪焕之〉》中,茅盾的文学观念已经发生了显著的不同,当茅盾提出"现代的新写实派文学"需要表现出"时代性"时,他已经认定,时代正在沿着一个特定的方向往前推进,历史的发展有着必然的走向,身处时代洪流中的人们,既要遵从于历史的必然,又要沿着时代发展的方向去推动它前进,这时,《追求》的写作变为了有意为之的"反讽",即茅盾所说的"反面的嘲讽"②,通过写一帮踏入歧途的人,来反面证明历史的必然道路:

> 《追求》下笔以前,是很费了些工夫来考虑的,最后的决定是差不多这样:我要描写在幻灭动摇以后的一般知识分子是怎样还想追求,然而因为他们的阶级的背景,他们都不曾在正当的道路上追求,所以他们的努力是全部失望。根据了这样的决定,我把书中人物全数支配为徒有热情而不很明了革命意义的小资产阶级知识分子,他们没有正确的认识,所以他们所追求者,都是歧途。③

从1928年到1929年这段不长的时间内,茅盾快速地探察到了时代运行的方向,文学合法性的来源也就从"忠实的时代描写",变为了表现"历史的必然",而衡量一部作品是否体现出"历史的必然"的重要标准,即是文本中有无"出路",在《读〈倪焕之〉》对《追求》的解释中,茅盾实际上已经承认了"出路"的存在,只是他选择以写"歧途"的方式去暗示"出路",可以说,茅盾的"新写实派文学"较之他原有的写实主义观念一个重要的发展,即是承认了"出路"在文本中的地位,只有透过"出路",历史的远景才具体可感。在这一点上,茅盾的"新写实派文学"与钱杏邨人提倡的"新写实主义"达成了一致。藏原惟人曾在文章中提出"新写实主义"虽然要继承此前的写实主义作家的客观态度,但是前者区别于后者之处,即在于"新写实主义"是以无产阶级的"前卫"眼光看待世界;而在《再论新写实主义》中,藏原惟人进一步阐释了"新写实主义"与"旧写实主义"的区别,他认为,无产阶级的优越性在于它能够用"唯物辩证法"去观察生活,穿过纷乱的现实表象捕捉到世界的本质,在种种偶然性中把握到历史运动的必然趋势,"新写实主义"就是客观地去表现无产阶级看到的前进中的历史。④ 藏原惟人的观点得到了钱杏邨等批评家的认可,对于钱杏邨来说,历史前进的方向在文本中的表现就是"出路",作品中有无

---

① 茅盾:《从牯岭到东京》,《茅盾全集第十九卷·中国文论二集》,合肥:黄山书社,2012年,第206页。

② 在《读〈倪焕之〉》的第二部分,茅盾就将鲁迅的创作手法形容为"反面的嘲讽",认为鲁迅通过描写在传统思想侵蚀下的乡村老儿女,反面衬托出了打击封建思想的必要性:"现在我还是坚持我从前的意见,我还是以为《呐喊》所表现者,确是现代中国的人生,不过只是躲在暗陬里的难得变动的中国乡村的人生;我还是以为《呐喊》的主要调子是攻击传统思想,不过用的手段是反面的嘲讽。"(参见茅盾:《读〈倪焕之〉》,《茅盾全集第十九卷·中国文论二集》,合肥:黄山书社,2012年,第225页。)

③ 茅盾:《读〈倪焕之〉》,《茅盾全集第十九卷·中国文论二集》,合肥:黄山书社,2012年,第244页。

④ 〔日〕藏原惟人:《再论新写实主义》,《新写实主义论文集》,之本译,上海:现代书局,1930年,第41—42页。

"出路",成为钱杏邨判断该作品是否符合"新写实主义"的重要标志。在《动摇》书评中,钱杏邨就认为不给"出路"是《动摇》的缺陷①,在对藏原惟人的理论有了深入的了解之后,钱杏邨更加确定,茅盾的《蚀》三部曲遵循的是自然主义的写作方法,而非指示"出路"的"新写实主义":"茅盾先生推动情热的方法,是守着自然主义原则的消极推动法。"②

因此,当茅盾在《读〈倪焕之〉》中提出"时代性",肯定了历史的必然走向,明确了"出路"的存在时,他与钱杏邨等人的观点已经颇为相似。在写《从牯岭到东京》时茅盾尚不明了"新写实主义"的具体意涵,随后提出的"新写实派文学"却与钱杏邨等人的理论在"出路"问题上取得了共识,关于茅盾这一颇为急遽的观念变化,张广海先生认为这显示出茅盾在写《读〈倪焕之〉》时已经接受了钱杏邨等人的"规训":"在此时,革命文学派用以规约茅盾的新写实主义信条被茅盾深深地信服了。"③需注意的是,尽管茅盾在观念发生转向后与他的批评者在一些重要问题上达成了一致,但是对于钱杏邨等人提倡的"新写实主义",茅盾并未全然认同。

三、茅盾对"新写实主义"的反思

在晚年写作的回忆录里,虽承认自己在《从牯岭到东京》中对"新写实主义"有所"误解",但茅盾也强调,他并不全然认同将藏原惟人的理论挪用至中国:"我没有读过藏原惟人的论文。但是无条件地采用藏原惟人的新写实主义的理论,作为当时中国无产阶级文学的创作方法,显然也是成问题的。"④而在1932年写作的文章中,茅盾认为左翼文学几年前就存在一套写作"公式":先写穷苦民众找不到"出路",然后天降一位"超人"式的"革命者",在其带领下民众轻松地全体"革命化",茅盾表示,这一不良的"公式"就是几年前人们倡导的"新写实主义"造成的后果,他认为钱杏邨等人当时推行的"新写实主义"带有很强的空想色彩,缺乏对现实的深切体认,导致左翼文学创作出现公式化倾向。⑤

由此来看,茅盾对藏原惟人的理论一直持有疑虑。有趣的是,茅盾所批判的也是藏原惟人所警惕的,藏原惟人理论的针对对象正是福本主义的浪漫空想性。1925—1927年,日本左翼文学深受福本主义影响,福本主义的代表者福本和夫认为日本社会的资本主义化过程已经结束,无产阶级应当进一步展开斗争,他们倡导"分离结合"论,强调为了追求一个具备纯粹阶级意识的政党,要先进行营垒内

---

① 在评论《动摇》时,钱杏邨认为:"这部小说的意义是不差的,只结束处有些缺陷,作者没有暗示革命人物一条出路。"钱杏邨:《动摇》,《太阳月刊(停刊号)》1928年第7期,第3页。

② 钱杏邨:《从东京回到武汉——读了茅盾的〈从牯岭到东京〉以后》,《阿英全集》(第一卷),合肥:安徽教育出版社,2003年,第347页。

③ 张广海:《"革命文学"论争与阶级文学理论的兴起》,博士学位论文,北京:北京大学,2011年,第296页。

④ 茅盾:《我走过的道路》,《茅盾全集第三十五卷·回忆录一集》,合肥:黄山书社,2012年,第455页。

⑤ 在谈到此前人们所倡导的"新写实主义"时,茅盾就提出:"一些没有生活实感的革命文豪果然可以靠这'公式'大卖其野人头,然而另一些真正有生活经验的青年作家在这'公式'的权威下却不得不抛弃了他们'所有的',而虚构着或者摹效着他们那'所无的'。这就叫做我们中国的'新'写实主义。"参见茅盾:《〈法律外的航线〉读后感》,《茅盾全集第十九卷·中国文论二集》,合肥:黄山书社,2012年,第394页。

部的分裂。该理论诞生于共产国际内部和日共批判右倾机会主义的斗争中，具有很强的左倾激进色彩，在其影响下，日本的左翼文学创作也表现出一定的浪漫空想性，藏原惟人的"新写实主义"理论正是在这一语境下出现的。① 针对福本主义的浪漫空想问题，藏原惟人要求作家学习过去的写实主义者去客观地描写现实，但是资产阶级和小资产阶级的历史局限性使他们不具备这一能力，只有当作家以无产阶级的前卫眼光观照现实时，他们看到的东西才会"客观""真实"："因为在现在能真实地于其全体性，于其发展中观察这个世界的，舍去战斗的普罗列塔利亚特——普罗列塔利亚前卫没有其他的缘故。"② 在藏原惟人这里，"真实"与"正确"是合一的，面对福本主义浪漫空想的问题，藏原惟人强调只有"真实"才能"正确"，无产阶级作家必须要克服自己的主观空想："我们所认为重要的，不是用我们的主观去歪曲或粉饰现实，而是去现实中发见和我们的主观——普罗列塔利亚特的阶级的主观——适合的东西。——只有这样一来，我们始能使我们的文学真实地有益于普罗列塔利亚特的阶级斗争。"③

　　但是钱杏邨面对的是与藏原惟人不同的问题，他的对手茅盾强调的恰是《蚀》三部曲的"真实性"，于是当钱杏邨看到茅盾在《从牯岭到东京》的后半部分开始谈论小资产阶级的重要性，认为现阶段的中国革命还需重视仍占社会多数的小资产阶级，革命文学也要有面向小资产阶级的写作时，钱杏邨便以此为入口展开了对茅盾的批判。④ 茅盾对小资产阶级的重视使钱杏邨直接将茅盾定性为了"小资产阶级作家"，此时，藏原惟人的学说就成为钱杏邨的理论武器，他开始有意突出藏原惟人对"阶级观点"的强调。⑤

---

① 关于福本主义的详细讨论参见艾晓明：《中国左翼文学思潮探源》，北京：北京大学出版社，2007 年，第 73—94 页。

② ［日］藏原惟人：《到新写实主义之路》，林伯修译，《太阳月刊（停刊号）》1928 年第 7 期，第 15 页。

③ ［日］藏原惟人：《到新写实主义之路》，林伯修译，《太阳月刊（停刊号）》1928 年第 7 期，第 17 页。

④ 茅盾对小资产阶级的态度的确颇为暧昧，在《从牯岭到东京》中，茅盾反复强调小资产阶级的重要性："中国革命是否竟可抛开小资产阶级，也还是一个费人研究的问题。我就觉得中国革命的前途还不能全然抛开小资产阶级。说这是落伍的思想，我也不愿多辩；将来的历史会有公道的证明。也是基于这一点，我以为现在的'新作品'在题材方面太不顾到小资产阶级了。"（参见茅盾：《从牯岭到东京》，《茅盾全集第十九卷·中国文论二集》，合肥：黄山书社，2012 年，第 216—217 页。）在受到钱杏邨等人的批判后，茅盾的态度又有所"软化"，在《读〈倪焕之〉》中，茅盾表示他并不是倡导小资产阶级文艺，而是认为文学应当有面向小资产阶级的写作。赵璕认为茅盾在《从牯岭到东京》中是在思考小资产阶级对于中国革命的政治意义（参见赵璕：《"小资产阶级文学"的政治——作为"中国社会性质论战"序幕的〈从牯岭到东京〉》，《中国现代文学研究丛刊》2006 年第 2 期）；程凯则认为强调小资产阶级的重要性，不表明茅盾将中国革命定性为小资产阶级革命（参见程凯：《革命的张力："大革命"前后新文学知识分子的历史处境与思想探求：1924—1930》，北京：北京大学出版社，2014 年，第 307 页）；茅盾对待小资产阶级的看法还有待进一步辨析，但是在钱杏邨的理解中，茅盾强调了小资产阶级的重要性，这就意味着茅盾是在将小资产阶级视为革命的主体，于是他把茅盾也直接定位为离开革命阵营的小资产阶级作家。

⑤ 关于钱杏邨在接受和阐释藏原惟人理论时出现的重心偏移，可参考［日］芦田肇《钱杏邨的"新写实主义"——与藏原惟人的"无产阶级现实主义"有关问题之考察》，伊藤虎丸、刘柏青、金训敏合编《日本学者研究中国现代文学论文选粹》，长春：吉林大学出版社，1987 年，第 263—295 页；艾晓明：《中国左翼文学思潮探源》，北京：北京大学出版社，2007 年，第 104—139 页。

　　看到茅盾把"新写实主义"理解为"电报体文学"后，钱杏邨对藏原惟人的理论有了更加完整的介绍和阐释，在 1929 年 1 月 3 日完成的《从东京回到武汉》里，为了回应茅盾对"新写实主义"的"误解"，钱杏邨将藏原惟人的"新写实主义"总结为四个特质，四个特质均提到"阶级观点"的重要性。① 如果说藏原惟人强调的是"真实"的才是"正确"的，那么到了钱杏邨这里，则变成了"正确"的才是"真实"的。在钱杏邨看来，《蚀》三部曲的所谓"真实"不过是小资产阶级眼中看到的"真实"："茅盾先生所说的'客观的真实'是有他自己的立场的，他的立场，是依据他的理论，是属于不长进的——革命的小资产阶级的。是幻灭动摇的——革命的小资产阶级的。"②于是，当茅盾在《从牯岭到东京》里认为《追求》中人们找不到"出路"是客观存在的现实时，钱杏邨认为这都是茅盾的"阶级观点"不对，在钱杏邨看来，只要持有"阶级观点"，则"出路"自现："许多日常的斗争的描写，积极的反统治阶级的以及'反帝'的描写，每一篇都有它的社会事实的依据，那一件是'凭空捏造'的，茅盾不妨向曾经参加这些运动的人们去访问访问。那时候，是定然会知道，在他自己的'幻灭'的'反面积极性'的世界而外，还有着'前进'的'正面积极性'的世界存在着，而且不断的在生长着了。"③

　　对于钱杏邨来说，探寻到"出路"并不是一件难事，甚至在他的眼中，"出路"的存在是无须论证的既成事实，作家只要持有"阶级立场"，自然能看到"出路"，作品中写了"出路"，即为"真实"，这使得钱杏邨把文学中是否有"出路"看得非常重要，相对忽略了作品中的"出路"出现得是否突兀，它与现实之间是否存在断裂，茅盾则对此抱有十足的警惕，在《写在〈野蔷薇〉的前面》中，茅盾清晰地阐述了他的"现在主义"观：

　　知道信赖着将来的人，是有福的，是应该被赞美的。但是，慎勿以"历史的必然"当作自身幸福的预约券，且又将这预约券无限止地发卖。没有真正的认识而徒藉预约券作为吗啡针的"社会的活力"是沙上的楼阁，结果也许只得了必然的失败。把未来的光明粉饰在现实的黑暗上，这样的办法，人们称之为勇敢；然而掩藏了现实的黑暗，只想以将来的光明为掀动的手段，又算是什么呀！真的勇者是敢于凝视现实的，是从现实的丑恶中体认出将来的必然，是并没把它当作预约券而后始信赖。真的有效的工作是要使人们透视过现实的丑恶而自己去认识人类伟大的将来，从而发生信赖。④

---

① 钱杏邨：《从东京回到武汉——读了茅盾的〈从牯岭到东京〉以后》，《阿英全集》（第一卷），合肥：安徽教育出版社，2003 年，第 366—367 页。

② 钱杏邨：《从东京回到武汉——读了茅盾的〈从牯岭到东京〉以后》，《阿英全集》（第一卷），合肥：安徽教育出版社，2003 年，第 348 页。

③ 钱杏邨：《中国新兴文学中的几个具体的问题》，《阿英全集》（第一卷），合肥：安徽教育出版社，2003 年，第451 页。

④ 茅盾：《写在〈野蔷薇〉的前面》，《茅盾全集第九卷·小说九集》，合肥：黄山书社，2014 年，第 585 页。

　　茅盾固然承认了"出路"的存在,确认了历史运行的方向,但他并不认为未来可以瞬间抵达,而是主张在"过去""现在"与"未来"三者中要紧抓住"现在",只有从现实出发才能体认出"出路"。在茅盾这里,"出路"的寻找更像是一个过程性行为,他认为"新写实派文学"要表现"时代性",是要表现出从个人到集团的过程,从这过程中体认出"历史的必然",而在茅盾此后正面体现"时代性"的作品《虹》中,他对主人公梅行素的性格塑造注重的也是"有阶段的逐渐的发展"①,可以说,这一"现在主义"正是茅盾和钱杏邨等人主要的分歧所在。

　　考察茅盾原有的文学观念,不难发现,"现在主义"源于茅盾一贯的写实主义观。茅盾早期从事批评、翻译活动时深受西方现实主义、自然主义影响,主张文学要直面现实黑暗,拒绝空想:"自然主义的真精神是科学的描写法。见什么写什么,不想在丑恶的东西上面加套子,这是他们共通的精神。我觉得这一点不但毫无可厌,并且有恒久的价值;不论将来艺术界里要有多少新说出来,这一点终该被敬视的。"②因此,《读〈倪焕之〉》对于"出路"的确认固然显示出茅盾文学观念的快速"左转",但他在这一转变过程中仍然保持着相当的主体性,这一主体性的来源正是他既有的写实主义观,由于坚持文学应当直面现实,茅盾在"左转"之后依旧对钱杏邨式"新写实主义"存在的浪漫空想色彩保持批判态度。同时,令茅盾不满的不只是经钱杏邨阐释过的"新写实主义",尽管钱杏邨提倡的"新写实主义"和藏原惟人原有的理论存在偏差,但正是因为藏原惟人将"阶级观点"视为把握"客观""真实"的先决条件,才使钱杏邨得以进一步凸显"阶级观点"的重要性,藏原惟人的理论与茅盾主张直面现实的"现在主义"仍有分歧,因此可以推想,茅盾对藏原惟人的理论本身就不完全认可。

　　如果说茅盾在 1928 年写作《从牯岭到东京》时对"新写实主义"存在"误解",那么到了《读〈倪焕之〉》时,或许可以肯定,茅盾已经知悉了钱杏邨等人所倡导的"新写实主义"的具体内涵,甚至和他们达成了部分共识,但与其说茅盾此时已经接受了论争对手的"规训",毋宁说他是在有意识地用自己的理论与钱杏邨等人进行对话。问题在于,茅盾写作《蚀》三部曲时采取的是传统写实主义"照镜"式的写作方式,此后他依旧以三部曲的"真实性"为其正名,但是到了《读〈倪焕之〉》时,茅盾就开始提倡表现"时代性"的"新写实派文学",以是否表现出"历史的必然"作为衡量文学的标准,这意味着在一年不到的时间里,茅盾的文学观念在以一种急遽的速度向马克思主义靠拢。当既有的文学观念需要调整,由日本输入的"新写实主义"又无法令茅盾感到满意时,他在文学观念上的快速"左转"或许还存在另外的路径,茅盾在 1929 年写的《西洋文学通论》则为我们理解他的转变提供了线索。

---

① 茅盾在回忆《虹》的写作时谈道:"我以为这是我第一次写人物性格有发展,而且是合于生活规律的有阶段的逐渐的发展而不是跳跃式的发展。"参见茅盾:《亡命生活》,《茅盾全集第三十五卷·回忆录一集》,合肥:黄山书社,2014 年,第 468 页。

② 茅盾:《"左拉主义"的危险性》,《茅盾全集第十八卷·中国文论一集》,合肥:黄山书社,2014 年,第 324 页。

四、写实主义的回归

在回忆起与太阳社、创造社的交锋时,虽然对论争对手仍感不满,茅盾也承认,正是因为被卷入论争,才促使他重新开启了对革命文学的深入思考。[①] 值得注意的是,当时身处日本的茅盾不只是观察和了解了中国的革命文学,他还将目光对准了国外的文学创作,而他在这段时间内对苏联文学的关注尤其值得重视。在1928 年 6 月 20 日为《欧洲大战与文学》写的自序中,茅盾还表示他对苏联文学近来的情况并不十分了解:

> 最后说到尚未完全成熟的苏俄新文学,所谓无产文艺;这个名词在现今已颇时髦,虽然尚没看见多少中文的专书。《苏俄文艺论战》一书想来是大家知道的,托洛茨基的《革命与文学》听说也快要译好出版——这部书的前五章是分析革命前后的俄国文坛状况的;此外只记得《小说月报》的《海外文坛消息》有些零碎材料:十四卷六号《文坛消息》第一七三条《俄国革命的小说》,一九一条《苏俄的三个小说家》,二〇三条《俄国的新写实主义及其他》。可是我得附带声明,上述的《海外文坛消息》的三条,我当时是从英文材料做的,所以无产文艺的理论是没有的。[②]

除这里提到的几条,茅盾此前关于苏联文学的讨论还有《海外文坛消息》中的《劳农俄国治下的文艺生活》《再志俄国的文艺生活》《一本详论劳农俄国国内艺术的书》《劳农俄国的诗坛之现状》《俄国文坛现状一斑——寓言小说之风行》《最近俄国文坛的各方面》等;此外,单篇文章有 1921 年写的《〈赤俄小说三篇〉前记》、1922 年的《未来派文学之现势》和《〈赤俄的诗坛〉译后记》、1924 年的《苏维埃俄罗斯的革命诗人玛霞考夫斯基》、1925 年的《〈关于"烈夫的"〉译前记和译后记》等。或许是因为缺乏途径[③],茅盾对苏联文学的了解的确很有限,上举文字大多为短论,只是在泛泛地介绍苏联新出现的一些作家、作品和文学现象,他更了解的还是沙俄的托尔斯泰、契诃夫等经典现实主义作家,而在《从牯岭到东京》中,茅盾仍表示他对西方文学近两年的发展情况不甚熟悉,但是在 1929 年 10 月 10 日完稿的《西洋文学通论》里,第十章"又是写实主义"却对苏联文学的创作情况进行了颇为完备的介绍,这意味着在 1928 年中后期到 1929 年底这段时间内,茅盾对苏联文学进行了一次集中、系统的了解。同时,如果说钱杏邨等人提倡"新写实主义"更像

[①] 茅盾在回忆中袒露,参与论争使他重新开始了对革命文学的研究:"茅盾所批评的,是当时的'普罗文学'内容空虚,浪漫的英雄主义,以及文字的非大众化。然而茅盾虽然对于那时的'普罗文学'作了严厉的批评,却因此而从'中国神话的研究'里出来,对当前的革命情势,对革命文学在'工农政权的民主革命'一阶段时的作用,从新研究起来了。"参见茅盾:《茅盾小传》,《茅盾全集第二十一卷·中国文论四集》,合肥:黄山书社,2014 年,第 86—87 页。

[②] 茅盾:《欧洲大战与文学·自序》,《茅盾全集第二十九卷·外国文论一集》,合肥:黄山书社,2014 年,第 5 页。

[③] 从民国时期出版的苏联文学相关书籍来看,对苏联文学的介绍要到 20 世纪 20 年代后期才大规模展开,参见北京图书馆编《民国时期总书目(1911—1949)语言文字分册》,北京:书目文献出版社,1986 年,第 194—305 页。

是把这个有趣的名词带入茅盾的视野，茅盾并不全然认可他们的理论，那么在苏联文学中，茅盾找到了他认同的"新写实主义"。

在《西洋文学通论》里，茅盾以唯物史观为依托，全景式地勾勒了西方文学从古至今的发展历程，在他的描述中，历史的车轮滚滚向前，生产力的前进推动着文学思潮的变更，在这浩大的西方文学发展史中，写实主义经历了一次"螺旋式上升"，19 世纪 50 年代福楼拜《包法利夫人》的问世标志着自然主义/写实主义正式登上历史舞台，从此，写实主义/自然主义取代浪漫主义成为了文学主流①。但是现代社会在飞速发展的同时也造成了人心的苦闷和倦怠，19 世纪末期，写实主义逐渐失势，各路现代派兴起，用象征、幻想等表现手法宣泄着人们在"世纪末"时烦躁不安的情绪。俄国革命后，写实主义在苏联重获生机，茅盾将其称为"新写实主义"，认为它代表着文学新的发展趋势："然而大战以后，产生出一个社会主义的苏维埃俄罗斯来了。本来被压迫的劳动阶级成为支配阶级。这当然要在文艺上爆发一个新火花。于是所谓'新写实主义'变成了新浪潮，波及到欧洲文坛乃至全世界的角隅。"②从茅盾对苏联文学的讨论来看，他首先明确的问题是为什么苏联又回到了写实主义。

茅盾关于这一问题的理解显然受到托洛茨基的影响，在前引《欧洲大战与文学》自序中，茅盾就对将出版的《文学与革命》中译本表示期待，1929 年 3 月，未名社再版了李霁野、韦素园的译本③，茅盾在写《西洋文学通论》时很可能已经阅读过该译本，《文学与革命》成为他写有关苏联文学部分时的重要参考书。④ 在《文学与革命》里，托洛茨基提出了无产阶级革命的艺术"同路人"这一观点，对于托洛茨基来说，革命是有目的性的、长期理性的建设，在这过程中常会出现革命潮流的停滞、高涨或倒退，只有能透过暂时的变动和偶然对革命进行全盘把握的作家，才是真正的革命作家。"同路人"则缺乏这种能力，他们的文学形象和精神面貌是在革命中形成的，他们倾向于革命，却无法做到从整体上理解革命，"同路人"经常会将革命浪漫化，以为革命就是疾风骤雨式的暴动，无法理解日常建设中那些琐碎和现实的部分，这使他们的艺术缺乏稳定的世界感，成为一些生活碎片的拼接："在这些讨论，生活，演说，腊肠，和颂歌底断片里，有一点属于革命的东西；用一只灵敏的眼睛攫捉住的它底活跃的一部分，不过好像是匆匆地，好像闯过去地似的。

---

① 茅盾早期并未对"写实主义"和"自然主义"作出严格的区分，更多以两个术语混用的方式去指称一切如实表现生活的作家，在《自然主义的怀疑与解答——答吕荠南》中，茅盾便表示："文学上的自然主义与写实主义实为一物。"（参见茅盾：《自然主义的怀疑与解答——答吕荠南》，《茅盾全集第十八卷·中国文论一集》，合肥：黄山书社，2014 年，第 240 页。）综合来看，茅盾早期的写实主义观是以现在统称的"现实主义"为基础，强调学习"自然主义"的描写技术。

② 茅盾：《西洋文学通论》，上海：世界书局，1930 年，第 11 页。

③ 韦素园、李霁野的译本于 1928 年 2 月由未名社首次出版，该书于 1928 年春在济南山东省立第一师范学校被扣，未名社随后也被查封，茅盾应当没有看到初版本。

④ 《西洋文学通论》明确提到托洛茨基的《文学与革命》，参见茅盾：《西洋文学通论》，上海：世界书局，1930年，第 303 页。

但是那里面缺乏一点可以从内面把这些断片结合在一块的东西。"①茅盾接纳了托洛茨基的这些观点,正是通过《文学与革命》,茅盾了解到谢拉皮翁兄弟其实属于革命的"同路人",他们作品呈现出的"电报体"形态——那些奇突的句子和结构——其实是他们眼中看到的混乱、动荡的革命片段在文学中的折射,苏联实行新经济政策后,革命回归到了日常的理性建设,这时文学就会重返写实主义:

急遽错乱的动的描画,曾是和革命后内战时代的鼎沸的生活相合拍的,在现今这"散文"的时代,只觉得可厌了。人们想要知道生活是怎样变化着,而且生活在这变动的生活中的人们又是怎样感想着,思索着;人们需要这样明晰的读来并不费力的作品。总之,在表现方法上,人们又在思慕从前的写实主义了。②

托洛茨基帮助茅盾理解了写实主义再度回归的必然性,在讨论了苏联现有的文学现象之后,托洛茨基也在《文学与革命》的结尾处作出预言,认为未来的艺术将是写实主义的艺术:"它是要照样绘画生活或理想化生活,证生活为对或责生活为误,摄照生活或者概括和象征化生活的一种努力。但是它常有一种先入之见,以我们三方的生活,当为充分的无价的艺术底主题。在这样宽广的哲学的意义上,不是在一个文学派别底窄狭的意义上,人可以断定说,新的艺术将是写实主义的。"③但是托洛茨基关于写实主义的想象是开放式的,他没有对自己理想中的文学作出非常明确、具体的规划,茅盾在这个问题上就有很大的推进,在《西洋文学通论》中,茅盾进一步讨论了苏联的"新写实主义"较西方原有的写实主义取得的进展。

五、茅盾对"新写实主义"的建构

在谈到西方写实主义文学时,茅盾对它如实描写丑恶的精神表示了认可,这也是茅盾认为写实主义会取代浪漫主义的原因:"浪漫主义者因为要求奇伟,所以讳言平凡,然而在资本主义发展的社会内却实在是一切都平凡化了,丑恶化了,浪漫主义者结果惟有任意空想胡诌,造出了许多空浮的'不平凡'。"④但是在茅盾看来,旧写实主义最大的弊病就在于它只是对生活的消极反映,无法能动地作用于生活,走到极端甚至会陷入为描写而描写的境地。⑤ 苏联的写实主义正是在此取

① [苏联]托洛茨基:《文学与革命》,韦素园、李霁野译,北京:未名社,1928年,第102—103页。
② 茅盾:《西洋文学通论》,上海:世界书局,1930年,第312页。
③ [苏联]托洛茨基:《文学与革命》,韦素园、李霁野译,北京:未名社,1928年,第311页。
④ 茅盾:《西洋文学通论》,上海:世界书局,1930年,第174—175页。
⑤ 在《西洋文学通论》中,茅盾批评了自然主义为描写而描写可能导致的"艺术至上"问题:"然而因为'只论病源,不开药方'差不多是自然主义者有意无意地共同遵守的信条,所以这种'为人生'的倾向很容易成为只在消极方面分析人生而并无积极的主张,甚且特意回避积极的主张。……结果,他们所忠实客观地描写的人生只成为和他们自己无关系的冷的一件东西,而他们所忠实客观地描写出来的作品也就成为只在追求本身目的(忠实地客观地描写)的一件艺术品,和'绝对美'之追求者之艺术至上主义者的所谓'一件艺术品'在本质上实在没有什么两样。"参见茅盾:《西洋文学通论》,上海:世界书局,1930年,第213—214页。

得了超越，茅盾认为旧写实主义照镜式的描写方式是"只论病源，不开药方"，苏联的写实主义则在反映现实生活的同时还指示着未来的光明，这是一种给出"出路"的写实主义。在《西洋文学通论》中，茅盾将高尔基视为"新写实主义"的前先锋，把革拉特科夫、李别金斯基、法捷耶夫三位作家列为"新写实主义"现阶段的主要代表，尤其推崇革拉特科夫表现苏联工业建设的《水门汀》呈现出的"大风格"，这种"大风格"最重要的地方就在于表现了"新的人""新的社会"：

> 由格拉特阔夫所引起的"大风格"的描写，显然是写实主义的。这个写实主义是不以仅仅描写现实为满足，是要就"现实"再前进一步，"预言"着未来的；这写实主义当然不是描写到个人和社会的冲突而是要描写到"集团"如何创造了"新的人"，又创造了新的社会；这个写实主义的人物当然不能是个人主义的英雄，而是勇敢的有组织的服从纪律的新英雄。①

有趣的是，"大风格"这一提法并非茅盾原创。1929 年 7 月 10 日，耿济之译自苏联 A. Lesjner 的《新俄的文学》刊载于《小说月报》第 20 卷第 7 期上，茅盾讲述苏联文学转向写实主义后的部分明显参照了该文，《西洋文学通论》第十章的行文线索及不少具体表述都沿用了《新俄的文学》，"大风格"即是其中一例。② 但是，茅盾的写作并非对《新俄的文学》的照搬，尽管《西洋文学通论》颇像是《新俄的文学》的"裁剪版"，但恰是茅盾所作的"修剪"，表明他是在主动地参与有关苏联文学的认识和想象。《新俄的文学》同样视写实主义为文学新的发展趋势，但是对于苏联革命前后的诗歌创作也有所阐述，《西洋文学通论》则省去了有关诗歌的部分，使论述更加紧密地围绕苏联文坛转向写实主义小说这一主线索展开，整体上加固了写实主义小说回归的必然性。更重要的是，在参考《新俄的文学》的基础上，茅盾自行建构了苏联文学中的"新写实主义"。

尽管颇为详细地讨论了苏联文学近年来的变化，并且明确了苏联文学将继续在写实主义的道路上发展："为左派的理论家所葬埋的文艺的写实主义在各方面复兴起来。俄国文学将在写实主义的倾向方面继续发展，是可以想到的事。"③然而，《新俄的文学》并未具体指出苏联新出现的写实主义与原先有何不同，关于苏联新出现的文学现象，《新俄的文学》将其划分为"同路派""普鲁文学"和"右翼"三派："如以文学比军队，比阵伍，那末阵伍的中心为同路派所占据。左面是普鲁文学派，右面是一派不甚有力的，极少数的团体，只好名之为'右阵'或'右翼'。"④茅盾所说的"新写实主义"指的正是《新俄的文学》中谈到的由高尔基等作家开启，由

---

① 茅盾：《西洋文学通论》，上海：世界书局，1930 年，第 319 页。

② 《新俄的文学》首先以"大风格"来概括革拉特科夫的写作："格拉特阔夫那部小说在普鲁文学里具有的意义，是从风情主义转移到大风格方面去。所以这篇小说是在普鲁文学的发展上最自然而重要的一粒种子。"[苏联] A. Lesjner：《新俄的文学》，蒙生译，《小说月报》1929 年第 20 卷第 7 期，第 1066 页。

③ [苏联] A. Lesjner：《新俄的文学》，蒙生译，《小说月报》1929 年第 20 卷第 7 期，第 1071 页。

④ [苏联] A. Lesjner：《新俄的文学》，蒙生译，《小说月报》1929 年第 20 卷第 7 期，第 1063—1064 页。

革拉特科夫、李别金斯基、法捷耶夫等作家承续的"普鲁文学"。但是，《新俄的文学》关于"普鲁文学"发展线索和具体特征的表述不很清晰，它并未对"普鲁文学"作出一个明确的概念界定，《新俄的文学》选择将高尔基纳入"同路人"阵营而非"普鲁文学"："高尔基于革命前普鲁文学的发展方面颇多助力，到现在还使普鲁文学受极大的影响，但是无论以前和现在，全不是普鲁作家（从这个名词正确的意义上讲来）。他和普鲁文学相近，他可以被称为它的创始者（《仇敌》，《母亲》等作品），但是他在题旨和创作的步着上差不多和同路派同样的接近。"①却并未道明原因，令人读后不知"普鲁文学"这一名词"正确的意义"究竟是什么，高尔基又与真正的"普鲁文学"有何不同。

《新俄的文学》不仅对"普鲁文学"的认知颇为模糊，还对其保持谨慎的批判态度，在谈到革拉特科夫的写作时，《新俄的文学》赞扬了《水门汀》表现"新典型"的尝试，却对小说呈现的浪漫色彩深为不满，认为小说"呆笨异常，表格气太重，用一种奇怪的兴奋的言语写成"，并指出革拉特科夫已然"落伍"："但是从大体上说，他所隶属的那文派的创作逐渐被具有别种习惯和心理的青年挤往旁边去而丧失其重量了。"②由此来看，针对革拉特科夫小说中对于新人、新社会的想象和作品由此染上的浪漫色彩，《新俄的文学》更倾向于视其为文学发展中一个有待反思的"特例"，这一"特例"在《西洋文学通论》中则成了"典范"。相较于《新俄的文学》对"普鲁文学"的含混描述，茅盾鲜明地指出苏联"新写实主义"之新就在于文学中的"出路"表现，这是新旧写实主义之间最重要的分界线，由于在高尔基的作品中看到了"出路"，茅盾确定无疑地将这位作家视为"新写实主义"的先导："粗暴的然而不可抗的力的浪潮正在俄罗斯的迟缓的大群众中扩展开来，只有把耳朵贴在泥土上静听的人，方才能够觉到；而高尔基正是这么一位作家，以预言者的姿态向俄国的劳苦群众高吹警报的晓角。"③而革拉特科夫、李别金斯基、法捷耶夫等作家则被茅盾视为了高尔基的继承者，当《新俄的文学》只谈到法捷耶夫、李别金斯基等作家杰出的心理描写时，茅盾则着重点明他们最重要的成就正是对历史远景的呈现：

从前的写实主义小说批评分析现实，结果常常给人以一幅暗淡的人生的图画，现在法台也夫他们是在赤裸裸的非难中透示着未来的确信和光明。又对于"人"的见解，也是根本不同了。从前的写实主义者以为人不过是宇宙中间一个可怜的动物，是为自然律所支配而不能自由；现在的"写实"的小说中却表现"人"是"地上的神"，他可以利用自然，改造环境，他将创造出新的世界。④

可以看到，虽然《西洋文学通论》的写作明显参照了《新俄的文学》，茅盾在其中依然有着自己的发挥。以"出路"表现为线索，茅盾主动建构、串联起了苏联文

---

① ［苏联］A. Lesjner：《新俄的文学》，蒙生译，《小说月报》1929 年第 20 卷第 7 期，第 1065 页。
② ［苏联］A. Lesjner：《新俄的文学》，蒙生译，《小说月报》1929 年第 20 卷第 7 期，第 1066 页。
③ 茅盾：《西洋文学通论》，上海：世界书局，1930 年，第 287 页。
④ 茅盾：《西洋文学通论》，上海：世界书局，1930 年，第 320 页。

学"新写实主义"的发展脉络，在茅盾看来，文学只有表现了"出路"，才能为人们指示前行的方向，使文学实现从"反映生活"到"创造生活"的功能转换①，这既是茅盾在接受苏联文学中获得的启示，更是他对自己既有的文学观念进行内在调整之后得出的结论，是茅盾整体文学观念"向左转"的重要表征。茅盾在初登文坛时便已对西方传统写实主义有所反思，当时茅盾立足于五四启蒙视角，认为写实主义的输入有助于文学观念的变革，使文学和现实人生建立联系，他对写实主义的看重，是认为写实主义能够把人生的弊病如实地展现给读者，从而促使人们对既有的生活作出改变，所以面对仅止步于消极反映人生的写实主义，茅盾从一开始就有所不满②，基于写实主义存在的问题，茅盾在 20 世纪 20 年代初倡导过既表现黑暗又表现光明的"综合"的文学③，希望在文学中表现主观理想来振奋人心，以罗曼·罗兰为代表的"新浪漫主义"即为"综合"的文学。但是茅盾对于"综合"的文学的想象其实颇为空泛，他只是强调要在文学中注入主观精神，当理想陷入失落时，《蚀》三部曲的写作遵循的就仍是传统的写实主义创作方式，正如王德威所说，茅盾在《蚀》三部曲中诚实地展现了他看到的充斥着混乱与偶然的现实："茅盾以同情之笔描写了陷在时间循环中一群革命分子的进退两难，可以说自己也在两条路中摆荡：一方面强调历史的神机妙算（deus ex machina），总是朝向一个道德计划迈进；另一方面见证历史的偶然性，总是凸现了人生的反复无常。"④

　　对于苏联文学的接受使茅盾的文学观念发生了蜕变，正如茅盾日后回忆的："一九二七年中国大革命失败以后，我开始写小说。对于布尔乔亚的文学理论，我曾经有过相当的研究，可是我知道这些旧理论不能指导我的工作，我竭力想从'十月革命'及其文学收获中学习；我困苦地然而坚决地要脱下我的旧外套。"⑤与以往表现理想的文学有所不同，高尔基、革拉特科夫、法捷耶夫等作家的创作自然不是对现实的消极反映，但也并非简单地在文学中表现主观理想，就像法捷耶夫说的那样："无产阶级艺术家与过去伟大的现实主义者不同，将能够看到社会发展的进程和推动这一进程并决定它的发展的基本力量，也就是说，他能够和将要描写新

---

① 在《西洋文学通论》中，茅盾以"镜子""斧头"来比喻文学的不同功能："文艺之必须表现人间的实现，是无可疑议的；但自然主义者只抓住眼前的现实，以文艺为照相机，而忽略了文艺创造生活的使命，又是无疑的大缺点。文艺不是镜子，而是斧头；不应该只限于反映，而应该创造的！"参见茅盾：《西洋文学通论》，上海：世界书局，1930 年，第 322 页。

② 茅盾初登文坛时，就对写实主义的弊病有所反思："讲到批评呢，虽是写实主义的好处，同时也是写实主义的缺点。他把社会上各种问题一件一件分析开来看，尽量揭穿它的黑幕。这一番发聋振聩的手段，原自不可菲薄，但是事事批评而不出主观的见解，便使读者感着沉闷烦扰的痛苦，终至失望。"参见茅盾：《文学上的古典主义、浪漫主义和写实主义》，《茅盾全集第三十二卷·外国文论四集》，合肥：黄山书社，2014 年，第 227—228 页。

③ 在《新文学研究者的责任与努力》一文中，茅盾认为"综合"的文学既要表现现实的丑恶，也要表现人生的光明和理想："丑恶的描写诚然有艺术的价值，但只代表人生的一边，到底算不得完满无缺，忠实表现。西洋写实派后新浪漫派作品便都是能兼观察与想象，而综合地表现人生的。"参见茅盾：《新文学研究者的责任与努力》，《茅盾全集第十八卷·中国文论一集》，合肥：黄山书社，2014 年，第 76 页。

④ 王德威：《写实主义小说的虚构：茅盾，老舍，沈从文》，上海：复旦大学出版社，2011 年，第 46 页。

⑤ 茅盾：《答国际文学社问》，《茅盾全集第二十卷·中国文论三集》，合肥：黄山书社，2014 年，第 53 页。

事物如何在旧事物中诞生,明天如何在今天中诞生,描写新与旧的斗争和新的战胜旧的。"①他们的创作是在稳定、系统的世界观的支撑下进行的,由于学习和接受了马克思主义,这些作家认为他们能够把握历史运动的规律,对时代的走向作出基本的规划,他们的写作力图在现实与未来之间建立有机的联结,表现从当下现实中延伸而来的历史远景,这与茅盾主张直面现实的"现在主义"颇为契合,使茅盾更为顺利地实现了对苏联文学的接纳,完成了观念的更新。相较起来,钱杏邨式"新写实主义"以为转换"阶级观点"则"出路"自现,认为作家只要写了"新人""新时代"就足够革命的观点便颇具空想色彩。同时,在对苏联文学的接受过程中,茅盾也有意警惕苏联的"新写实主义"可能存在的空想倾向,因此他维持了《新俄的文学》对于《水门汀》浪漫色彩的批判:"《水门汀》当然有许多缺点,最大的缺点,是作者只有了表面的写实主义,却没有内面的写实主义;就是说,人物的性格之有机地展开是没有被作者表现出来。那些人物的性格没有结凝为定型,他们的英雄的行为是不免带有多少浪漫的色调。"②即便存在瑕疵,茅盾仍认为苏联文学出现的"新写实主义"为世界文学提供了一条可行的发展道路,"新写实主义"这一名词进入茅盾的视野后,几经波折,终于在苏联文学中找到了安身之处:"将来的世界文坛多半是要由这个受难过的新面目的写实主义来发皇光大,或者这也不能算是太胆大的论断罢?"③

六、余论

林伯修的译文和钱杏邨在《动摇》书评中的提倡,使"新写实主义"作为一个问题进入了茅盾的关注范围,从最初对"新写实主义"有所"误解",到自己成为提倡者,茅盾对"新写实主义"的认知在短时间内经历了一次急遽的变化。伴随茅盾这一认知变化同时发生的,是他文学观念一次整体性的调整和重构,当茅盾自己开始提倡"新写实主义"时,他调整了原有的写实主义观,开始以是否写出"历史的必然"作为衡量文学的标准,认为文学需用"出路"去表征历史的远景,这已经是马克思主义观在文学中的表达,茅盾对"新写实主义"的认知变化,为我们理解他的快速"左转"提供了一个有效的切口。

在对手的"提示"下,茅盾开启了关于"新写实主义"的思考,当钱杏邨式"新写实主义"无法说服茅盾时,他转向了苏联文学,在一年时间内集中了解了苏联文学的创作情况,并在其中找到了他所认同的"新写实主义"。当藏原惟人的理论还在国内占据主导地位时,茅盾另寻到的"新写实主义"就显得颇为独特,这意味着茅盾文学观念发生转向并不简单因为受到外在力量的"规训",而是他从苏联文学中去主动地选择和获取自己认同的资源,甚至可以说,茅盾在苏联文学中找到的"新写实主义"其实是他自行建构之后的产物,其中包含了他对于理想文学形态的想

---

① [苏联]法捷耶夫:《打倒席勒》,张捷选编《十月革命前后苏联文学流派·下编》,上海:上海译文出版社,1998年,第147页。
② 茅盾:《西洋文学通论》,上海:世界书局,1930年,第318页。
③ 茅盾:《西洋文学通论》,上海:世界书局,1930年,第324页。

象。茅盾这一另寻"新写实主义"的举动，显示出他在观念转变时仍保留着相当的主体性，这一主体性的来源正是茅盾一贯的写实主义观，由于坚持文学应当直面现实，茅盾在文学观念的"左转"过程中仍保有对于钱杏邨式"新写实主义"的"抵抗力"，对于主张应从现实中找寻"出路"的茅盾来说，苏联文学似乎与他的"现在主义"更为契合。

　　但是，在茅盾文学观念看似顺畅的"左转"背后，或有一个难以解决的矛盾蕴蓄其中。茅盾自以为从对现实的体认中能找到"出路"，但固守现实是否真能使茅盾找到历史前进的方向，仍是一个有待商榷的问题。即便坚持应当直面现实的"现在主义"，也对钱杏邨式"新写实主义"的浪漫色彩十分警惕，茅盾在苏联的"新写实主义"中获得的最大启示仍是要表现关于未来的远景，他理想的文学也是要正面呈现时代发展方向的文学，但是，茅盾的实际创作却与他的主张存在落差，在后来的写作中，《子夜》《林家铺子》、农村三部曲等完成度较高的作品将表现重心放在了"旧人""旧社会"的衰落，而非"新人""新社会"的兴起，《虹》《霜叶红似二月花》和《锻炼》等试图表现历史必然性的长篇小说则一再地陷入未完成的困境，这似乎暗示着茅盾在具体实践表现"出路"时其实遇到了阻碍。"现在主义"与"出路"表现之间的矛盾，或将成为茅盾日后的写作一再面对的难题。

茅盾家书中的柔情、家风与文化（1930—1970年）

李春萍①

摘　要:家书是还原主体人生经历、再现主体内心情感的重要载体。《茅盾家书》收录了茅盾在晚年时期与亲人之间的通信,信件中不仅记录了日常生活,同时也流露出茅盾对家人的浓厚情感,在一封封书信中也深刻反映出浓郁的家风文化。以家书为切入点进行茅盾研究,是史料研究与作家研究的融合,更是文学与文化的联结。本文以茅盾晚年所作家书为研究对象,通过茅盾在家书中的文字记录对晚年茅盾形象进行还原,并深入挖掘茅盾家书中所反映出的家风精神和文化价值,以此深化对中华传统文化精神的传承与发扬。

关键词:茅盾;茅盾家书;家风文化

史料研究是现当代文学研究的一个新视角、新方法,通过对史料的解读与挖掘,能够对作家经历、情感生活、文化思想等进行还原。其中,对作家家书进行解读和发掘,能够在一定程度上还原作者生平经历和情感生活。正如鲁迅先生所言,读作家书信"这并非等于窥探门缝,意在发人的阴私,实在是因为要知道这人的全般,就是从不注意处,看出这人——社会的一分子的真实"②。茅盾家书具有一定的还原价值,在家书中能够重返茅盾的生活现场,从日常生活的记录和情感表达中提取茅盾思想的文化价值。此外,茅盾家书中最为深刻的就是其浓厚的情感传递,这也是家书区别于其他类型书信的特殊之处。

一封封笔墨沁香的书信,是书信者与亲人之间的情感传递,更是时代精神与文化传统的再度传承。充分发掘传统文化优质基因,以崭新姿态推动中华传统文化创造性转化、创新性发展——是新时代文化建设的重要指导思想。作为中华传统文化的重要组成部分,家风文化蕴藏着精神文化根基。"尊老爱幼、妻贤夫安、母慈子孝、兄友弟恭、耕读传家、勤俭持家,知书达礼、遵纪守法,家和万事兴等中华民族传统家庭美德,铭记在中国人的心灵中,融入中国人的血脉中,是支撑中华民族生生不息、薪火相传的重要精神力量,是家庭文明建设的宝贵精神财富。"③从家书这条新路子进入茅盾研究,是历史与当下的融合,是文学与文化的互联共通。解读茅盾在晚年的家书内容,能够引领我们进入茅盾的日常生活、体悟茅盾的所感所想,在呈现茅盾新形象、表现家书新文化中发掘知识分子情怀精神、传承传统文化精神。

————————————

① 作者简介:李春萍,四川省作家协会网络文学中心,四川师范大学硕士研究生。

② 鲁迅:《序言》,孔另境编《现代作家书简》,广州:花城出版社,1982年,第1页。

③ 习近平:《在会见第一届全国文明家庭代表时的讲话》,《人民日报》2016年12月16日第2版。

一、"叱咤风云"背后潜藏的"柔情似水"

家书是私人书信的类型之一，流转于亲人、家人之间。"烽火连三月，家书抵万金"，"故乡朝夕有人还，欲作家书下笔难"，古人在战乱纷争、居无定所的艰难处境中以家书寄托牵挂、以家书传递思念。家书的书写、寄送如同中华传统文化一般，在亘古的历史长河中变得更加珍贵。就作家史研究而言，一般都是通过自传或通讯的记录捕捉其经历和体验，亦或是在其建构的作品世界中挖掘思想根基和情感流向。然而，我们必须明确，研究作家本人就是要回到作家本人所生活的历史现场，剥离各类外部因素的掩藏或误读、误传，真正从生命的本质、体验的真实感受出发，还原出一个有血有肉、有文学光环，同时也有着平凡生活的作家形象。在茅盾家书中，文学家茅盾以沈雁冰的身份出场，他生活在柴米油盐、衣食住行之中，也经历于酸甜苦辣、波折起落之中，他是柔情似水的长者形象，也是处于临近人生终点的病者形象。

（一）"柔情长者"：对家人的温暖关怀

茅盾的私人性格与作品中的人物塑造倾向有着很大的差异性。在作品中，茅盾倾向于选择那些能力卓越、与时代共进退的大人物形象，即使小人物形象的塑造也具有不凡的气度或性格品质，这就使得我们可能对茅盾的印象落入狭隘与固化思维之中，认为茅盾的真实自我形象与其作品中的人物性格是基本一致的。换言之，宏大笔法下的文学世界也可能会将背后的作者形象无限放大，从作品中解读作家的思想文化和性格特征也并非完全适合的方式。作品是各种内外因素的产物，它也许是作家真实内心的反映，但可能也是作家自我的"反向表达"与"曲化形象"。与公开读物的外向性不同的是，私人文本是自我性格的释放和真实情感的流露，因此私人文本中的作家是更加接近其真实性的。通常而言，人在面对家人时会卸下所有的外部枷锁和其他的顾虑，真正将自我进行还原和展现。总体而言，茅盾家书在表达与讲述中以娓娓道来的方式展开，呈现出一种含蓄平淡的风格，表现出了茅盾作为长辈、作为家人的柔情形象。

亲情浓于水，父母对孩子的柔情更是亘古不变的。茅盾和女儿沈霞、儿子沈霜常年分隔两地，只能通过书信来了解彼此的近况。虽然对子女的教导比较严格，但书信中的茅盾依然表现出了一位父亲的柔情一面。在写给子女与女婿、儿媳的家信中，茅盾不仅表达了对晚辈的厚望，同时在生活细节上对他们进行嘘寒问暖，并常常在信中勉励子女。当得知子女经济窘迫之时，茅盾会托人带去钱；当了解到女儿和女婿身体不佳时，茅盾四处求药，将药品和补品一并寄送……家书中的细枝末节展现出了茅盾作为父亲情感细腻的一面，同时也凸显出其内心的柔软。此外，茅盾以开明的心态为子女创造了婚恋自由，他无比信任子女的选择，能够以长者的身份为子女送上真挚的祝福和鼓励。比如，在给儿子和儿媳的新婚贺信中，茅盾这样说道："我们为你俩祝福：在生活上，学习上，工作上，互相帮助，互相督促，相敬相亲。"①茅

---

① 茅盾：《茅盾家书》，钟桂松编，北京：中华工商联合出版社，2017 年，第 16 页。

盾的柔情还表现在为子女进步而产生的自豪之感,"我们身体也还好。妈妈虽然为了家中什务而很辛苦,但尚能支持;而最大的欢喜是知道你和桑都很健康而且有进步。……至于和你们见面,我们是时时这样盼望的"①。在一字一句的念叨里,茅盾在与儿女分隔两地之际诉说对子女的疼爱,并表现出对儿女成长进步的欣慰和自豪。

意外总是发生在不可预测中,意外的到来往往伴随着灾难与痛苦。在女儿沈霞意外去世后,茅盾痛苦不堪,但他和夫人依然与女婿萧逸保持通信。信中流露出了茅盾的伤痛之情,但其内心的悲痛也是经过了抑制的:"日久以后,这悲痛之情,或可稍杀,但是这创伤是永远存在的。"②虽然对女儿的死感到十分绝望悲痛,但他始终没有将过多的情绪释放出来,而是以平和乐观的态度安慰、劝导萧逸:"我们却不愿你们年青人也学我们的样,你要把悲悼之情转化为学习与工作的勇气与毅力。……望你自爱自重,我们把你当作霞一般的爱你。"③此外,茅盾的柔情还体现在对家族后辈的关心关怀之中。无论自己身体状况多么糟糕,无论日常事务多么忙碌,他总是耐心回复晚辈的来信。他多次指导晚辈的学习、工作,在致陈瑜清的书信中,茅盾身患重病,以至写字都十分困难,但他还是认真回应来信中的文学问题,对表弟的诗词格律、文学见解一一进行回复和指导。作为长者,茅盾一直以平等的方式与晚辈相处,并给予了他们无限的关爱。在堂妹去世后,茅盾更是肩负起抚养其子的责任,展现了一位长者的柔情和温暖。

柔情不仅是茅盾的性格表征,更是其处世态度的体现。茅盾的柔情潜藏在其日常生活的点点滴滴中,这也许与外部的解读存在差异。在公众印象和传统认知中,茅盾以广阔的视角、宏观的建构深刻展现了社会历史的演变,其作品以长画卷、多方位呈现出一种气势磅礴之感,无论是以《子夜》为代表的小说,还是如《白杨礼赞》等散文,亦或是声情并茂的文学评论,茅盾的文字总是充满着一种巨大的能量,展现出一股磅礴的精神力量。然而,私人文本中的茅盾却如波涛汹涌后的平静海面,将自己的情绪、情感如清泉般一点点流露出来。柔情长者的形象是基于家庭角色与家庭身份,因此,这也体现出传统伦理思想在茅盾人格修养方面发挥的作用。

(二)"柔情病者":对生活的淡然平静

《茅盾家书》收录的书信皆为茅盾先生于晚年时期所作,此时的他已经经历了文坛与社会的大风大浪,经历了丧女、丧妻之痛,同时也正在遭受着疾病的折磨与缠绕。在家书中,茅盾的言说身份是长辈和兄长,但就个人的生命本体而言,茅盾在家书中又是一位"病者"的形象。茅盾和堂弟沈德溶的系列书信可以看作茅盾晚年日常生活的记录。晚年时候的茅盾疾病缠身,又遭受了妻子的离世,因此与堂弟的通信为茅盾带来了诸多精神抚慰。在与堂弟沈德溶的书信中,茅盾时常提起自己的病情和就诊情况,从这些家书的记录中可以得知,茅盾在晚

---

① 茅盾:《茅盾家书》,钟桂松编,北京:中华工商联合出版社,2017年,第4页。
② 茅盾:《茅盾家书》,钟桂松编,北京:中华工商联合出版社,2017年,第12页。
③ 茅盾:《茅盾家书》,钟桂松编,北京:中华工商联合出版社,2017年,第11页。

年主要患有支气管炎、肠胃病和高血压。"近年来老病缠身，经常服药，今年春季后略觉好些，但九月初又因支气管周围发炎，住院注射一个月。"①"我有许多老年病，血管硬化，写字手抖，余尚可。"②"兄今患目疾（已两个多月），诊断为双目均患老年性白内障，初发期。"③"我的一动就心跳气喘，以至不能说话。"④……疾病严重影响了茅盾的生活，不仅使得他的精力逐渐下滑，甚至有时连回信都无法如以往那般顺畅。

疾病的发生是无法避免的，疾病在人类的生命中扮演着令人"闻风丧胆"的角色，但是，对疾病的不同态度恰恰反映出个体对于生命价值的体悟、对于人与死亡的认知。"疾病体验是一种植根于人类生存本能并积淀在社会文化经验中的深层情感，对待疾病的态度在一定程度上就是患者对自我在本体存在上的一种形而上的认识表征，与疾病的持续较量的过程是一种追寻自我与外界关系的活动过程。"⑤在长久的病痛折磨与内心煎熬中，茅盾从未放弃对生活的热爱，相反，他始终抱以乐观的心态，即使在谈到自己的病情时也是云淡风轻的。正是在日复一日的深刻体验与思想斗争中，茅盾对生命的感知更加直接，病痛也赋予了茅盾更加沉静的心态和认知，正如在家书中所呈现的人生态度："对于病，我既不悲观，亦不心存幻想。对于治疗，可行之则行，不可行之则止，如此而已。"⑥家书语言是质朴平缓，即使在书写都不便利的情况下，茅盾也不曾表现出焦虑、焦急的心态，家书中的茅盾形象是沉稳平静、和蔼可亲的，纵使自己生活中有着百般不顺，他依然坚持用自己的光亮照亮他人、传递温暖。这样一位病者的形象是充满柔情的，茅盾对于苦难和生命的感知是深刻的。

在现代文学的长廊中，文学家和创作者以独特的创作风格描写社会百态、呈现历史演进，如鲁迅以犀利的视角深入社会现实、挖掘国民性，点亮了以文学启蒙民智的第一盏灯；巴金以小我体验融入时代景象，将封建大家庭的毁灭性展现得淋漓尽致；郭沫若以奔放的情感宣泄内心的积郁；赵树理以细致生动的笔法书写乡村民风民情……在广阔的文学世界中，茅盾是独特的，是丰富的，更是多层次的。作为创作主体的茅盾具有恢宏的气概和视野，但经过家书的还原与重塑，茅盾在家书中的形象却是与传统认知背离的。在一封封与亲人之间的通信中，不仅展现了茅盾的晚年生活，同时也将茅盾的私人形象呈现出来，这也是作家家书所具有的独特作用，即打破传统认知、去蔽还原的作用。正是家书的还原性为解读茅盾形象、探索茅盾生活提供了契机，从他者视角而言，茅盾是一位柔情的长者；从茅盾自身的生命体验而言，家书中的他又是一位柔情病者。

---

① 茅盾：《茅盾家书》，钟桂松编，北京：中华工商联合出版社，2017 年，第 23 页。
② 茅盾：《茅盾家书》，钟桂松编，北京：中华工商联合出版社，2017 年，第 27 页。
③ 茅盾：《茅盾家书》，钟桂松编，北京：中华工商联合出版社，2017 年，第 30 页。
④ 茅盾：《茅盾家书》，钟桂松编，北京：中华工商联合出版社，2017 年，第 34 页。
⑤ 宁静：《论文学中的疾病书写》，硕士学位论文，桂林：广西师范大学，2021 年，第 8 页。
⑥ 茅盾：《茅盾家书》，钟桂松编，北京：中华工商联合出版社，2017 年，第 230 页。

二、根植于"情浓于水"中的"淳朴家风"

一封封声情并茂的家书，不仅是一个家庭情感的联结与传承，更是家风文化的凝聚和彰显。家风文化是个人精神文化的载体，是整个家庭的宝贵历史资源。家风在世世代代中得以传承，其中的精神品质、处世态度也得以不断发扬。在茅盾与家人的书信传递中，悉心的问候与祝福在"小家"中循环流转，深藏着整个家庭的价值观念和文化基因；殷切的期望与鼓励在"大家"中发扬光大，饱含了茅盾及其家人对祖国的深厚情感。由此可见，茅盾的家风内涵是多元的，在不同的时空解读中，家风精神都是个人思想文化生根发芽的载体，这也是与时代精神一脉相承的。

（一）"小家"牵挂与善施于人

在中国社会中，家庭的结构要素包含较多分支，一方面是母系家族的亲人，另一方面则是父系家族的亲人。茅盾的整个大家庭人数众多，晚年的茅盾不仅与自己的直系亲属通信，与堂弟、表妹和侄儿等亲人均有联系。虽然没有生活在一起，但家书记录了他们之间的诉说与表达，呈现了他们的温暖与感动。家书具有小家发展、传承的历史印记，它将个体的品德修养融入整个家族集体中，以此将特定群体的家风内涵予以呈现。茅盾的家书内容是十分丰富的，虽然写给每个人的家书内容不尽相同，但其中饱含的情感都是同样具有真挚性特征的。也正是在这些家书中，茅盾整个家族的家风文化得以展现出来。亲人之间并不仅仅是血脉的联系，更是情感的联结，是善施于人的温暖、团结友爱的温馨，更是一家之精神根基、之价值观念。

在家书的记录中，充分反映了茅盾对家人悉心的照料，一次次的互帮互助是对于家风精神的呼唤，是对于美德精神的传承。晚年时期的茅盾虽身兼要职、身体欠佳，但他依然牵挂着自己的家人，对待自己的兄弟姐妹、侄儿外甥都照顾有加，他熟知每个人的生活情况，总能在他们需要的时候第一个伸出援手。比如，茅盾曾多次与两位堂妹通信，在信中有寄送物资、汇款和帮忙寻医等记录。堂妹们的生活比较拮据，茅盾就常常接济他们，并经常问候她们的病情和生活近况，茅盾十分挂念堂妹的健康，听闻其身体不适后，便多次写信邀堂妹来京诊治，"至于因此要花钱，你手头没有，那不妨，一切都由我担负可也"①。在堂妹沈凤钦去世后，茅盾更是承担起抚养沈凤钦之子祝人杰的责任，在物质上、精神上为后辈的成长成才保驾护航。晚年时的茅盾虽为中央干部，但他在兼顾大家的同时也不忘照顾自己的小家，表现出体贴入微的柔情。夫人去世后，他与孔家也保持着密切联系，指导编辑刊物、维持生计。孔另境去世后，茅盾一直照顾孔家的妻儿，救济他们的生活、关心他们的生计，"每次你收到钱，总是再三感谢，倒反使我不安。朋友有通财之意，何况至亲"②。正是这"至亲"的联结，将不同的个体串联起来，形成了一个个独特而又具有力量的小家集体。在茅盾的家庭中，"善施于人""互帮互助"的精

① 茅盾：《茅盾家书》，钟桂松编，北京：中华工商联合出版社，2017年，第40页。
② 茅盾：《茅盾家书》，钟桂松编，北京：中华工商联合出版社，2017年，第255页。

神是多向传递的,除了茅盾对家人的付出和关爱,茅盾同样也感受到了来自亲人的关爱和问候。茅盾在晚年遭受多病缠绕、深陷痛苦的境地,亲朋好友便四处为其求医、寻找名贵药材。正是在这种互相关怀之中,亲人之间的血脉之情、家风精神变得更加深刻、浓厚。

穿梭于家书的叙说中,一幕幕的关怀之景,一句句的耐心问候,将茅盾整个家族的信仰与信念展现出来。从长者一代到新生晚辈一代,茅盾家族的感恩之心、挂念之情都未曾泯灭,他们之间的关怀是家风内涵的具体体现,也是家风精神的现实表达。茅盾家族的家风是传统家风美德最典型的表现,追溯中华民族的发展历史,善施于人、团结友爱始终是我们宝贵的精神品质之一。历史上的中国注重血脉至亲的联系、注重家风家训的教导,每个小家与宏观的社会历史共存,在时代浪潮之变中凝结了各家的精神之不变。这在本质是一种对于集体主义精神的崇尚与传承。经历了战火纷争、建设发展和伟大跨越,人与人之间、人与社会之间的联系更加紧密,"家"的内涵也在历史长河中不断外延、深化,最终形成了诞生于"小家"之中的"大家"情怀。

(二)"大家"惦念与爱国情怀

家是最小国,国是千万家。每一个"小家"都是"大家"的重要组成部分,"小家"与"大家"具有紧密的联系。万千灯火的汇聚形成了整个中华民族的星辉,千百年来,中国人在国土之中获得安康与温暖,并逐渐形成了国家意识和民族情怀,这是我们传统文化的精神根基,更是我们民族精神的本质所在。作为与时代同行的向导,茅盾不仅见证、参与了社会演变,同时也身体力行投身于革命与建设事业,家书的传递是情感的联通,是文化的传承,更是"大家"情怀与爱国精神的展现。

在革命前进与时代的激荡中,茅盾以文字振奋精神、凝聚力量,用文学唤醒人心,为党和国家的伟大事业鞠躬尽瘁、任劳任怨,他的人格精神、伟大情怀指引着探索与奋斗的方向。茅盾从青年时期就积极融入社会时代的发展,直到晚年弥留之际也依然心系祖国的发展,这样的情怀与信念令人无比感动。茅盾家书是茅盾生命历程中的缩影,是其内在性品格的展现。茅盾家书中也同样展现了其政治素养和家国情怀,在茅盾与晚辈之间的书信中,茅盾总是耐心指导,并经常号召青年要积极投身建设祖国的行列。"茅盾在青年间的足迹,是从身体力行到心理认同;是从文字之间到社会之中;是从细枝末节到民族大义,这是茅盾的引领之路。"①茅盾一生都在为社会、为国家、为人民服务,从最初的用文字写下社会百态,再到后期亲自投入革命和社会建设,贯穿始终的都是坚定的爱国情怀和爱国信念,这份情怀和信念在茅盾家书中得以延续、传承。在与后辈的书信中,茅盾不仅关心年青人的学习情况、思想状况,还多次鼓励他们要在祖国建设中发挥作用。比如,在给儿子和儿媳的新婚贺信中,除了给新婚夫妇寄送了祝福,茅盾也在书信中教导儿子儿媳要做好"螺丝钉":"我们为你俩祝福:在新中国的建设中,服从祖国的号

---

① 梅琳:《思想导师:茅盾对战时青年的引领》,《广东社会科学》2023 年第 4 期,第 181 页。

召,恭恭敬敬,诚诚恳恳,老老实实,努力做一双有用的螺丝钉! 我们为你俩祝福:在伟大的毛泽东时代,在伟大的党的教育下,有无限光明灿烂的前程!"①家风传统与时代精神融合,以爱国主义精神滋养家族传统。

家书是茅盾家风文化的载体,更是传统精神根基的蜕变与发芽。从"小家精神"到"大家情怀",从祝福关切到谆谆教诲,茅盾家书在日常记录与情感表达中实现了小家与大国的融合,使家的情感与国的情怀得以淬炼。由此可见,家书精神实现了由表及里、由内到外的文化基因重现,这种重现与传承更是对于传统文化精神的传承。此外,家书中茅盾对青年多次进行殷切勉励,其实这些鼓励也是其自身理想抱负和爱国情怀的再现。茅盾家书所建构的不仅仅是一个文字世界,更是广阔的情感世界,家风精神的内涵在情感中得以不断渲染。

三、流转于"悠悠岁月"中的"文化重生"

为何要重读茅盾家书? 对于这个问题的回答不仅是对茅盾史料研究现状的回应,更是对新时代茅盾解读的呼吁。茅盾研究的不断深入推进,带领我们一次次进入了茅盾的文学世界和思想世界。在历史与当下的关系思考中,对文化的挖掘与更新迫使我们再次回归历史、回归史料,在具体的私人文本世界中探寻茅盾的生命体验与文化思考。家书不仅具有揭示心境、传递情感的作用,它还承载着深刻的文化价值和历史价值。因此,在推进中华文化创新发展的关键时期,重读茅盾家书,是一场与历史的对话,更是一场跨越古今的文化交流。

(一)内生力量与家风文化的传承

家孕育了个体的生命,滋养了个体的精神。家庭是社会生活中最基本的集体空间,代代相传的家风文化更是塑造个体、铸就品性的内生力量。无论个体在后天接受了多少思想熏陶,其生命本质中仍然蕴含着家的文化和家风精神的潜移默化影响。因此,解读家风文化,就是深入发掘个体的路径之一。在以往的作家研究中,我们重点关注作家所建构的文艺世界,在其作品中还原历史、认识作家,然而,这种切入点是不够全面的——作家创作的过程是主观能动性作用的过程,在写作时会存在隐藏真实或含蓄表达的情况。"在茅盾的文学史评价过程中,恰恰是因为史料的挖掘不够,造成了学术界对茅盾认识和估价的不够准确和不够充分。"②对于茅盾的创作与生平、茅盾的革命体验等已经基本形成了完整的研究体系,但对于"茅盾与中华文化"这一议题仍然发掘得不够深入、剖析得不够全面。茅盾的文化基因是如何形成的? 私人世界中的茅盾与文化传承有着什么样的关系? 这些谜团指引着我们迈入新的路径,以晚年茅盾的家书为切入点,在家书的字字句句中进行挖掘。

在茅盾与亲人的书信中,不仅记录了他们的日常生活经历,也展现了家人之间的深厚情感,距离虽远,但情更浓,这样的交流方式与我们当下的方式是不尽相同的。在数字化、网络化蓬勃而生的当代生活中,消息的传递更为简单便捷,我们

① 茅盾:《茅盾家书》,钟桂松编,北京:中华工商联合出版社,2017年,第17页。
② 杨扬:《茅盾研究点滴谈》,《当代文坛》2018年第4期,第95—96页。

不再需要逐字逐句写下内心所感，信件的传达也不再需要经历漫长的等待时间。智能化时代的全面到来，使得家书正在逐渐淡出我们的生活。然而，我们必须深刻认识到，人们对家书的淡漠其实也是对家书中所蕴藏的文化价值的忽视，家书传统的逐渐泯灭不仅是人际情感淡薄的趋向，更揭示出传统文化缺失的趋势。在家书的"没落"时代重回作家的家书世界，其实也是对其史料价值作用的发挥："作家书信的文学史价值首先体现为史料价值。书信对于通信者来说是情感交流载体，也是重要信息源。而对于后来的读者和研究者来说，它可以是一种普通读物，但更重要的还是一种信息源，是珍贵的历史读物。事实上，现代作家书信的挖掘、发表和出版，人们更看重的也是其史料、文献价值。现代作家在动荡时代的迁徙、游历中写了大量书信，使他们成为名副其实的社会通信员、民间采风者和历史见证人，信中记下的所经所历所观所感，可丰富一般的历史研究。"①由此可见，作家的书信是个体与时代联结的基础，正如茅盾家书中所展现出的日常生活、时代变化和情感世界，家书中的世界是一个综合性的世界，家书的研究价值也是多元化的。只有将书信当作一种综合型的文本，且看作书信主体的自我呈现方式和历史文化的承载标本，才能从其中不断发掘新的价值。

思想引导先行，家风精神才能得以不断传承。茅盾家书是一个契机，更是一个起点，我们要从中发掘家风文化的潜在精神，从而深化家风文化的当代传承。家风是整个家族的精神纽带，它激发了一代又一代的生命力，正如茅盾在家书中所写的那样："只要孩子本人学好，力争进步，做人做事灵活，到处有前途的。你应以这种道理教导人杰，提高其思想觉悟，养成其闯难关、自立为人的思想和勇力，不应以你的无劳动力、将来生活困难等扰乱人杰，使其眼光狭小，志气颓丧。我教儿子、孙女、孙子，都是这样。"②这份书信集中展现了茅盾的教育立才思想，从中也展现出茅盾家族恪守正义、独立前行的家风内涵。在家风精神的熏陶与影响下，个体的思想认识、品德性格都会在潜移默化中发生变化。

（二）现实困境与传统文化的新生

文化之于国家，乃富国强兵、凝聚力量之利器；文化之于个人，乃陶冶情操、振奋精神之法宝。中国文化与外国文化最大的区别就在于历史根基要素的不同，中华传统文化源远流长、博大精深，融合了伦理思想、道德思想、治国和修身等方面的思考。让中国文化发扬光大，让传统根基延续传承，是新时代文化建设的聚焦点。然而，文化前行之路并非一帆风顺，在多元文化蓬勃发展的今天，如何引领传统文化破茧成蝶、涅槃重生是我们面临的困境与挑战。文化多样性赋能时代发展，但我们也不能忽视文化盛景背后所掩藏的"乱花渐欲迷人眼"的危机：一方面，外来文化带来了新的思想，实现了异质文化之间的交流互换，但如果沉迷崇洋媚外，则会面临着独立性丧失的文化危机；另一方面，智能科技赋能文艺发展，文学艺术的生成路径得以拓展，这也使得文化的传播打破了时空局限，但也可能造成文化同质化、情感表达不充沛的问题。

---

① 金宏宇：《中国现代作家书信的文史价值》，《中国现代文学研究丛刊》2016 年第 9 期，第 18 页。
② 茅盾：《茅盾家书》，钟桂松编，北京：中华工商联合出版社，2017 年，第 57 页。

　　面对这些文化困境,重新进入历史、重新解读传统无疑是一次新的尝试,但同时也是一次新的突破机遇。在茅盾家书中,我们重新走入了茅盾及其家人的日常生活,将茅盾与文化进行联结。文化巨匠茅盾剥落光辉的人生历程与社会赞誉,以平凡人沈雁冰的形象在家书中记录日常琐事、抒发内心情感。在一封封质朴的家书中,茅盾是关心儿女的父亲,是担忧晚辈的长者,更是善施于人的同人。家书以情感言语诉说内心、展现品性,也展现出了传统的文化价值和伦理精神,这也是我们在当下文化处境中必须要坚守、传承的文化基因。茅盾的文化生成之路缘起于传统,因此也具有传统的伦理思想与处世原则:"但当我们仔细研究茅盾的人生历程后,就会发现,实际上支撑茅盾整个生命历程的文化底蕴仍是中国传统文化,尤其突出的是中国儒家文化。于是儒家文化就成了茅盾所有文化选择中的意识形态因素,并在其文化实践中起到了支配性作用。"①

　　在现代语境下重读茅盾家书,其实就是对家风文化的传承、对传统文化的复归。"今天中国的问题,乃至世界的问题,并不仅是一个军事的、经济的、政治的或是外交的问题,而已是一个整个世界人类的文化问题。"②这是一个迫在眉睫的问题,也是我们坚持的正确道路,当代文化建设虽然已经取得了跨越式的发展,然而文化独立性不够强、文化向心力不够坚定是我们面临的困境。这样的困境主要是由传统文化的根基不稳固而造成的,文化传承在当下深陷险境之中,当下的困境与历史的困境如出一辙,前人的探索前行方向对当下仍然具有启迪。"就文化的传承性而言,鲁迅、茅盾等新文学作家造就为一代文学大师和巨匠,自然与他们勇于接纳近代世界文化新潮密切相关,但中国传统文化对他们的深刻影响依然不能低估。"③

　　生活在新时代,徜徉于新世界,外来文化的"琳琅满目"、新兴文化的"五光十色",都在一定程度上丰富了现代人的文化体验,然而,在追逐现代化文化的过程中,我们不能将世世代代相传的文化根基抛弃。如何踏过荆棘、冲上云霄,是我们在多重文化冲击下不得不思考的问题。"重新清理中华民族传统文化,弘扬其中优秀而仍适用于今天的部分,大胆学习世界各国优秀的文化,吸收于己有用的部分,是抵御腐朽、颓废文化侵略的利器;符合大自然和人类社会规律的、永不停步的吐故纳新的文化,是民族不断发展的最重要的动力。中华民族文化就是这样一个永远照耀各族人民心灵、凝聚全国人民的伟大力量。"④传统不容许被遗忘,而是要发掘其中的价值,与当下的文化融合成一股新生力量——正如茅盾在晚年生活中坚守传统情怀,以家书传递情感、传递思想。研读茅盾家书,就是为当下的文化困境提供重生契机,从而破除当下的谜团,实现传统文化在新时代的"涅槃重生"。

---

① 周景雷:《茅盾与中国现代文学》,北京:中国社会科学出版社,2004年,第201页。

② 钱穆:《文化学大义》,北京:九州出版社,2011年,第213页。

③ 王嘉良:《两浙人文传统:中国新文学巨匠茅盾的内源性文化承传》,《浙江师范大学学报(社会科学版)》,2007年第32卷第1期,第1页。

④ 许嘉璐:《〈中国传统思想文化渊源〉序》,《未淡集——许嘉璐散文选》,贵阳:贵州人民出版社,2008年,第44—45页。

访　　谈

忆人民文学出版社版《茅盾全集》的编辑情况

丁尔纲　　刘子凌①

问：丁先生您好，很荣幸跟您做这个访谈，并获得向前辈学人学习的宝贵机会。茅盾研究，是您一直以来致力最多、成就卓著的领域。而据我所知，在当年人民文学出版社版的《茅盾全集》编辑过程中，您担任了编辑部的常务副主任，曾经发挥了比较核心的作用。可否请您谈谈这一工作的具体情况？

答：好的，我先从《茅盾全集》编辑出版大的背景谈起吧。

大的时代背景，就是结束了"文革"，召开了十一届三中全会，确定了以邓小平为核心的第二代领导集体以后，国家基本路线转向改革开放。改革开放的基础，是"恢复"工作，而"恢复"工作，又需要组织队伍，需要充分发动。这时候茅盾的作用，就相当于五四时期的鲁、郭、茅那样——领导推动新文化运动，以及过后以《小说月报》《语丝》《创造季刊》等几个阵地、三个流派为核心，整个把新文学创建、发展，推向成熟。

茅盾这时候做了几件事。首先是拥护党中央打倒"四人帮"的行动，写了好几首"打油诗"（收入《茅盾全集》第10卷），和一些批判"四人帮"搞"文艺黑线""黑八论"的论文（收入《茅盾全集》第27卷）。第二项工作就是广泛地呼吁为作家平反，恢复名誉。第三项工作是扶植"文艺复兴"。当时"伤痕文学"出来了，社会上评价不一，"左"的势力很大，也不断地抵制。茅盾是坚决站在年轻作者一边的。还有两件大事，就是出席《人民文学》编辑部举行的批判"四人帮"文艺黑线座谈会和文联的第三届全国委员会第三次扩大会议。那时候郭沫若身体已经不行了，周扬和茅盾都还可以。茅盾在《人民文学》的座谈会上说：今天我是以全国文联副主席和中国作家协会主席的身份发言的，建议尽快恢复全国文联和各个协会的工作。在文联扩大会议上宣布：从今天起全国文联和各个协会恢复工作。以茅盾的历史地位和职位，他的号召是有力的。全国各地作协像雨后春笋一样，先后都恢复了活

---

① 作者简介：丁尔纲，山东社会科学院原语言文学研究所研究员，已故；刘子凌，文学博士，山东师范大学文学院副教授。

刘子凌说明：2017年5月1日和6月8日，为了解人民文学出版社《茅盾全集》的编辑情况，刘子凌对当年的《茅盾全集》编辑室副主任丁尔纲做了访谈。访谈在丁先生济南的住所进行。不久，丁先生患病住院，去世，访谈中断。兹特将当时的访谈略加整理，发表出来，以飨读者，并表达对丁先生的深切怀念。访谈文字稿根据当时的录音进行整理，保留了口语化的特点，若干重复、枝节、次序不清之处，做了必要的合并、调整；纪事方面，为存记忆原貌，全部实录，不做修订，请读者留意。第一次访谈结束后整理出的文字稿，丁先生大致看过，但未定稿。第二次的文字稿，完全未经丁先生审阅。此次整合后的文字稿，征求了家属的意见，谨致谢忱！

动。然后是 1979 年第四次文代会和第三次作代会的召开。文代会的开幕词是茅盾做的，开幕晚会的合唱歌词，茅盾写了两个。因为连日劳累，他病倒了，作完文代会和作代会的报告就住进了医院。会议结束前，从医院请假又出席了换届选举和闭幕式。善始善终。这个文代会，把全国作家都发动起来了。会议代表名额的确定，就是为全国作家恢复名誉的标志。

茅盾这次劳累致病，很严重，后来一直没有缓过来。他抱病写了回忆录，没写完，住进了北京医院，昏迷状态下还时刻惦记着回忆录的事。就在他自己感觉即将不起的时候，叫来儿子韦韬，写了两封信。一封信是致中共中央，1981 年 3 月 14 日写的。其中有这样几句话："我请求中央在我死后，以党员的标准严格审查我一生的所作所为，功过是非。如蒙追认为光荣的中国共产党员，这将是我一生的最大荣耀！"另一封信，就是给作家协会捐款，设立"长篇小说文艺奖金"，就是"茅盾文学奖"。两封信是茅盾口述，韦韬笔记，茅盾亲自签名。就这样，"文革"以后，茅盾参与领导了文坛的复苏，又留下了回忆录，全面记述了从五四到 1949 年的个人经历和思考，最后，溘然长逝。

这个情况就给中国共产党、中国作家协会提出了三个问题。第一，就茅盾的一生表现，应该作出什么评价？盖棺论定嘛。第二，按照惯例，应该有纪念活动。那么，如何纪念茅盾的逝世？第三，在总结茅盾贡献，进行历史定位的基础上，如何继承和发扬茅盾的文学传统？

这三个问题，党中央、中国作协和全国文艺工作者及时作出了回答。我们可以从时间表上看出来。

1981 年 2 月 27 日，茅盾去世。1981 年 4 月 8 日，《人民日报》《光明日报》等各大报，都公布了中共中央成立的治丧委员会名单，当时的《光明日报》，我留了一份原件。1981 年 4 月 11 日，在人民大会堂西大厅举行追悼大会，邓小平主持，胡耀邦致悼词。悼词在新华社发了电讯稿，全国报纸一律全文照登。核心评价有三条：第一，卓越的无产阶级文化战士；第二，在国内外享有崇高声望的革命作家、文化活动家和社会活动家；第三，他和鲁迅、郭沫若一起，为我国革命文艺和文化运动奠定了基石。

中共中央给茅盾定位，有两次。第一次是 1945 年，就是五十岁诞辰纪念那次。那个时间点其实不是茅盾的生日，重庆进步文化界人士争着参加，那是个大示威。有过一次评价，评价得比较"足"，强调方向、旗帜、主将。

最重要的，是关于茅盾的党籍。悼词明确说："沈雁冰同志从青年时代起，毕生追求共产主义的伟大理想。早在 1921 年，他就在上海先后参加了共产主义小组和中国共产党，是党的最早的一批党员之一……1928 年以后，他同党虽失去了组织上的关系，仍然一直在党的领导下从事革命的文化工作。"最关键是下面这句话："中共中央根据沈雁冰同志的请求和他一生的表现，决定恢复他的中国共产党党籍，党龄从 1921 年算起。"最扎实的就是这最后一句话。

这样，时代提出的第一个问题——应该如何评价茅盾，就解决了。《茅盾全集》编辑的时代背景，大致如此。

问：了解这个背景确实很重要，您从一个很宏观的角度，把《茅盾全集》编辑出版的文化界、思想界大势，给我们勾勒出来了。那么，具体的编辑过程是怎样的呢？比如，参与者都是哪些人？

答：其实是有两股力量。一是茅盾追悼大会上，茅盾的同代人、茅盾的学生辈、他扶植起来的好几代作家、建国后涌现的第一代茅盾研究者进行了酝酿，认为光抽象的评价不行，得具体落实。当时的意见有两条，一是出《茅盾全集》，把文章拢起来；再就是成立组织，把茅盾研究的队伍组织起来。这些意见，就反映到作协去了。第二股力量在作协内部，他们也在考虑这些事，特别是孔罗荪同志。可以说，没有孔罗荪，《茅盾全集》根本搞不出来，茅盾研究会也成立不起来。他在四次文代会上当选了书记处书记，具体操作。孔罗荪是在茅盾影响下成长的，抗战时期跟茅盾一起编过刊物，建国后又在茅盾领导下做上海作协的负责人之一，跟茅盾感情很深。

1981 年 9 月，纪念鲁迅诞辰一百周年大会期间，叶子铭、我、庄钟庆、查国华，好像还有邵伯周，我们就把茅盾研究界的这些愿望，组织落实了：成立中国茅盾研究会筹备小组，推孔罗荪总负责，具体业务叶子铭负责，我们几个都是成员——现在也记不清当时都有谁表态了，反正人不少，很多人举手说"我也参加"。秘书是李岫，李广田的女儿，在北师大，有事汇总什么的比较方便，而且年龄算小的。

实际上作协 1981 年底之前，就作出了一个决定，办三件大事：出版《茅盾全集》，筹办茅盾故居（包括北京和桐乡两处），成立中国茅盾研究会。孔罗荪总负责，配备了副秘书长：李枫和吴福辉，当时吴福辉研究生刚毕业。

这样就需要专人去做了。第一个步骤是抽调人手，先把《茅盾全集》编辑室成立起来——编辑室承担了两个任务，既编《茅盾全集》，又兼管成立茅盾研究会。这就开始借调。主任叶子铭，副主任：一个叫雪燕（她是茅盾故居的主任，兼《茅盾全集》编辑室的副主任，负责我们的后勤工作），一个是我，常务副主任。叶子铭是主管全盘，重点策动全集。我是协助叶子铭抓全盘，兼管筹备茅盾研究会。茅盾研究会，是孔罗荪同志领导，我主要抓的。因为当年包头开的中国现代文学研究会首届学术研讨会比较成功，后来庄钟庆告诉我，你知道为什么把你抽调到《茅盾全集》编辑室吗？一个固然是你很早发表了茅盾研究的文章，更主要的是王瑶先生推荐你，他说要兼管茅盾研究会，就找我这个学生，"天才的组织家"。

所以编辑室主任一正两副，正好对应着三件事，全集——叶子铭，学会——我，故居——雪燕。成员，有查国华——他是第一主力，他做的工作，比其他人都多。还有翟同泰——笔名艾扬，他在编辑室待的时间不长，《茅盾全集》后记把他的名字漏了。还有吴福辉、王中忱、丁帆。另外有两个工作人员：刘拙松——现在在湖南的一个出版社、史佳——牛汉的女儿。

这里需要交代一个隶属关系。这全部的事都是中国作协抓的，当时作协对《茅盾全集》的出版有预案。"文革"前有个作家出版社，"文革"期间砸烂了，现在恢复。作协就想把《茅盾全集》当做作家出版社的"门面书"推出来，撑起出版社。这也顺理成章。但这个事情遭到韦韬的反对。因为鲁迅、郭沫若的全集都是人民文学出版社出的，他感觉作家出版社"低人一等"。作协则说是给老主席出全集。

这就跟作协发生了不同意见。这时候人民文学出版社出来了,当时的社长是韦君宜,老太太到处找,先找韦韬,取得他的支持,然后做我们的工作。老实说,我们这些人从心里也希望是最高规格,但是从心态上,觉得不妥。因为这样的大事,作协从头到尾抓,到了出成果的时候,被挖了墙脚,不合适。所以我们夹在中间很为难,只好敷衍着,不表态。雪燕也跟我们说不要"吃里扒外",实际上还是"吃里扒外"了,呵呵。最后到了编委会开会讨论,编委会倒没有什么利害关系,当然大家很多都是作协的理事、常务理事什么的,但是也认为茅盾的东西,还是跟鲁迅、郭沫若站齐了为好。另外,人文社基础雄厚,作家出版社毕竟中断了一段,重新恢复,条件也差一些。然后问编辑室同志们的意见。我们就推叶子铭出来,他比较会说话。老叶就把复杂的心情说了,这样人家也理解。要不然,人家感觉好吃好喝招待着,最后我们跑了,肯定不高兴。其实,实话说,也没有完全好吃好喝,呵呵,我们当时经常是自己做饭的。

问:您当时住哪里啊?

答:我们住在茅盾故居啊,大约是 1982 年的春夏之交住进去的,交道口圆恩寺胡同 13 号。吴福辉有篇文章描述了那个环境。门口有两棵杨树,好像照应了《白杨礼赞》一样。

第二年的六七月份,迁到人文社。因为那时候有几卷书可以发稿了,需要确认出版单位。两家谈判了多次,最后作协发扬风格,觉得从规格出发,让出来是可以的。作协很够意思,后来开编委会,还是孔罗荪主持,但是雪燕从此就退出了。

当时,我、老叶、老查、王中忱,人文社给安排了房间,吴福辉当时有宿舍,人文社就没给安排。为这个事还闹了矛盾。因为我是常务副主任,当时叶子铭身体不好,南大那边又经常有事,是我跑的,跟人文社谈,给吴福辉要个房间。没争取下来。那时候确实房子紧张,每个小屋都好几个人。能给"茅编室"这些房子,还有个办公室,已经很不错。王中忱只能住招待所,如果来了人,还跟他合住。因为他小字辈,只好委屈委屈。吴福辉的房间确实就不好争取了,人家的理由也很充分,你有宿舍,跑跑吧。这样"走读",再加上现代文学馆有工作,后来吴福辉就不大来了。具体什么时间离开的,记不清了。王中忱大概干了一年多走的,到第二年夏秋之间可能是到日本讲学还是什么别的工作调动。我上次跟他通电话,他说了一下,我没记住。当然这个时候需要小青年干的事情也少了,作协给我们买了自行车,人文社也给我们买了一辆自行车,公用,谁用谁骑,很多事就是我们自己去跑了。北京的胡同可有意思了,钻进去出不来,建筑文化嘛,现在都拆了。

人文社住哪里呢? 朝内大街。朝内大街斜对着,是外交部。路北好多单位,人民文学出版社就在这里。旁边有小街,通北京火车站。我们如果吃食堂腻了,出去找小吃,可选择的余地就大了。想自己做,早上去菜市场跟着老大妈去买菜。人文社的楼,前面是大门。第一排楼,还是跟人民出版社合用的。后来又加了一家三联书店,三家用这个楼。后面横着的一排楼,二楼一半是《新文学史料》和《当代》两个编辑部。旁边楼道,朝东,四间房子。第一间,靠北的,我住。依次是查国华、叶子铭住,然后是办公室,安了电话,两个助手,史佳、刘拙松办公的地方,晚上他们各自回宿舍。对面招待所，两个床位，王中忱住其中一个。这是当时的情况。《当代》那么有名，他们占的房子还没我们多。因为我们是好不容易被"争取"来的，出版社好像要"报答"我们一样，对我们还是"优待"的。人文社的房子确实紧张。

问：您讲的这些故事，真的很有意思。说到这里，我想追问一句：抽调哪些人手，当时是谁确定的名单呢？

答：是作协。内幕，我不完全了解。据我所知，是孔罗荪先生筹组，他征求了王瑶先生的意见。因为大部分人都是高校的，现代文学领域，王瑶先生是"总司令"，他跟孔罗荪又都是《文艺报》编委。第二是征求家属，就是韦韬的意见。他得接受这个名单，同意把材料提供给这些人看才行。再一个关键人物是叶子铭，因为核心是他，他得"顺手"。这样名单开出来，最后是统一交给李枫出去跟各单位联系。叶子铭就是李枫亲自去南大办的。当时调我，是吴福辉去的。拿着作协的介绍信，先跑内蒙的教育厅、人事厅，然后学校的党委、人事处，最后到系里，关系都要跑通，因为我还做着副系主任，带着课。当然学校还是挺欢迎的，因为这等于是一次进修的机会。那样的小地方，还是人家求着你，肯定还是愿意放人的。那时候借调，全国也没有统一的政策，就是跟每个人所在单位协商。

编辑部成立在前，我们集中到北京之后——我记得我是 1982 年的上学期末，结了课，出了考题——那时候作协才筹备给中央打报告。孔罗荪主持，我们事先商议了一下内容，韦韬和叶子铭也参与了意见，然后拿到作协去讨论。报告打到中宣部、中央书记处，我手头有文字材料。报告是 7 月份定稿，递上去大概是 8 月 4 日，23 日书记处讨论批准，通知下来已经是 12 月 8 日了。

问：编辑室成立之后，首先着手的是什么工作呢？

答：就是集中文章。搜集起来之后，估计总量，然后大致分卷。

当时有一些现成的东西，比如 10 卷本的《茅盾文集》，人文社五十年代末六十年代初陆续出的——所以人文社就说，文集是我们出的，全集最好也归我们出，我们有基础，理由很充足啊。再一个是之前的一些单行本，包括解放前的和解放后的，查国华有详细的编目。这些都好弄。复杂的是杂志。当时正好《文艺阵地》《小说月报》等陆续有了影印本，我们就到琉璃厂的中国书店买了几套，因为需要把相关文章裁下来，挖出来用。茅盾在给不同研究者的通信里说过，他文章发表之后，不留底稿，笔名也是随手抓一个就用，下次就换了，过后自己就记不清了。他这话大致是实情，可难度也就在这里了。所以我们需要做大量的考证工作。我们的办法，比如，就是沿着他发表文章的杂志，我们就去翻那些杂志，看有没有其他未入集的。大型杂志还好办，《小说月报》《文艺阵地》等，但有些杂志根本不知道——今年第 4 期《中国现代文学研究丛刊》上有一篇文章，就发现了茅盾一批佚文，我们之前没看到。我前几天打电话给王中忱，问他刚去编辑室都干什么。他说，天天跑图书馆，各个图书馆，还有琉璃厂，翻杂志。

问:那您买杂志,经费谁出呢?

答:作协给出。雪燕就管这个,花了钱找她。到了人文社,王仰晨管,开条子,不过到人文社的时候,我们材料基本差不多了。

当时叶子铭身体不好。老查主要是在家里汇总,把各路材料拢到一起。他也跑,主要是到韦韬家里借书,图书馆不怎么跑。另外,买杂志什么的他比较内行,跑得多。剩下的人都在跑材料。

问:这里我再问一句,跑到材料怎么办? 能复印吗?

答:很多是手抄,有的不让印。也有的拍照,放大了洗出来,非常麻烦。

这里我想插一段,谈谈我为什么参加这个工作。一是责任。因为借调时说得很清楚,参与编辑室领导,参与全集工作,兼管筹建茅盾研究会。但没告诉我王瑶先生推荐的事。我自认为组织能力还可以,义不容辞。

第二是想学习。我1957年从北大毕业分配到内蒙古大学,1958年又跟着王瑶先生进修,接着,干部上山下乡,就下去到农村长期安家落户,不知道什么时候回来,说是要做好一辈子扎根农村的准备。实际上一年多以后回来,1959年1月份,进门就让开当代文学史的课。我们没学过当代文学史,北大当时也没开当代文学史——那时候就没这个学科。只有北大、华中师大等学校在编一些东西,没办法,硬着头皮上课,跟另外一个老师"拼盘",这个过程中就发现了一些线索,觉得应该扩充进来。给茅盾做全集,不想后面再补遗,再出"集外集"什么的,应该力争都收进来。

比如说"大连会议"。批现实主义深化论和"中间人物论",点了邵荃麟的名。当时都以为是邵荃麟作报告挨批了,不知道茅盾说了什么。我就想,有没有记录?想找档案。最早发现在大连,大连市的文联或者作协有一份记录稿。辽宁师大的同行马月美大姐告诉我,说她知道茅盾在会上有发言,她看过记录稿,挺长,但比较凌乱,没整理,她只做了几张卡片,拿给我看。我就沿着线索到作协查档案,找到了两套记录,涂光群和唐达成的记录。涂的记录,字迹潦草一点,但详细;唐的字好认一点,但好像稍简略。两个对着看。后来发现了一份会议之后整理的记录油印稿,如获至宝,复印回来了。拿着油印稿,对着两份记录,也看到一些出入,有些字也不认识,又不好找当事人查证,最后就我能辨识和处理的文字,整理出来,收入《茅盾全集》第26卷。到目前为止,这是这个讲话第一次比较完整地问世。另外茅盾还有几次比较长的插话,我做了卡片,在《茅盾评传》和论文里引用了。

再比如我在山东社科院的同事王欣荣,学新闻的,对报刊很熟。他发现了茅盾二十年代在宁波做的暑期讲演,我根据这个线索找到了这篇文章,《文学上各种新派兴起的原因》,发表在宁波的《时事公报》上,收入《茅盾全集》第18卷。

我当时跑材料,做的很多都是这类工作。搜材料,要找一篇文章,谈何容易?

第三是研究。学习本身就是研究,因为需要做大量考证嘛。比如笔名。茅盾用这个笔名发表过文章,那么,署这个笔名的文章都是茅盾写的吗? 重名了怎么办? 当时国内有两个人掌握茅盾笔名比较权威,查国华和孙中田,也最有鉴定能力。但他俩有时候意见也不一致,只好大家集思广益。有一篇《艺术与生活》,连载了两次,文章很精辟。我认为是茅盾的,有人同意。我早期写文章也引用了。但后来仔细辨认,觉得文风、措辞不大像,那个笔名也没见茅盾再用,就否定了,存疑,宁缺毋滥,哪怕确认了再补。我的文章里就存在这种错误。

这就说到《不幸的人》的误收了——我在文章里也都写到了。为什么收这篇文章? 一个是笔名,他用过。再一个,这篇文章发在《小说月报》上。但我感觉,茅盾可能一直不知道这个作品是郑振铎的,没见他再提过这个事。结果上海的陈福康发现了,写了一篇讽刺文章。邵伯周读到,打电话告诉我。为了这事,我跟责编张小鼎专门去了一趟铁路管理专科学校,在西直门外,就是现在的北京交通大学,找校史办,看了当时的校刊和校友录,证明原文确实是郑振铎写的。我们就在《茅盾研究》上刊登了启事,很认真地做了检讨。欣慰的是,到目前为止,发现的此类错误,就这一篇。我怀疑可能还有别的错,但很遗憾,黄山书社出新版《茅盾全集》,并没有做这个工作。

我们当年征集材料,是以中国作家协会《茅盾全集》编委会的名义,通过作协系统,找高校、研究机构等等,可以说是举全国之力。最难的是书信。茅盾的书法,漂亮极了,很多人视为珍宝,不愿意拿出来。所以后来我们修订了征集条件:如果不愿意贡献原件,复印件也可以,如果不具备复印条件,我们借来复印,原件璧还。这样才扩大了一些。复印件也难,好多老先生哪里能做到,还是需要我们上门,各家去跑。我也参与过这类工作。

在这个过程中,有多少研究的机会、多少拓展的机会啊。我受益颇丰。因为参加了《茅盾全集》工作,这书还没出完,我三卷本的《茅盾评传》都出完了。虽然全集没出完,毕竟发稿基本结束了,我们手里有底本,这个评传在全集出齐之前,应该说,资料是最丰富的。因为全集是茅盾写作的东西,不是别人的采访之类,没有说不让用。如果不让用,当然我也会注意。

问:丁老师,据您回忆,您在参与全集编辑工作之前,能读到的茅盾的作品多不多?

答:小说应该全读了,而且读过多遍。文学散文,读过大部分。杂文、政论读的少,因为他有些笔名,我也不清楚。我毕业分配到内蒙古大学,草创,图书馆资料有限。1961 年我从内大调到包头师专——当时国家政策要"充实基层",就调动过去了,又是新建的学校,它的图书馆还不如内大呢。资料确实很受局限。现在来到《茅盾全集》编辑室,当然大开眼界,而且具备更特别的条件。比如说,我写茅盾传记,韦韬真够意思,我可能是研究者里面第一个读到茅盾日记的人,做了卡片。茅盾生平的某些时期,之前都语焉不详,我之所以能粗略描述出来,就是因为读了日记原稿。所以要感谢韦韬的慷慨。

问:您对茅盾感兴趣,严格地讲是在大学期间写关于他的论文之后吗? 之前只是读,没有特别感兴趣是不是? 您说您 8 岁就读过《春蚕》,是那个时候吗?

答:嗯,是比较早的。但是系统地读,是大学之后。1955 年的学年论文,川岛先生指导的,写了茅盾。

问：川岛是北大老师，我以前还真不知道，他这个人怎么样啊？

答：他在现代文学教研室。一肚子学问，理论水平不太高。他能谈很多事，知识非常丰富。比如《子夜》里面"多头""空头"，吴赵斗法，没有体验，根本看不懂。他都能给讲清楚。

1956 年纪念鲁迅，拍纪录片，有一段讲了川岛先生跟鲁迅关系。其中一个镜头，是他带着学生看"老虎尾巴"，他把我叫上了。我有照片，我站在川岛先生旁边。他对人很好的。

说回来。关于当时搜集材料的困难，我再举几个例子。比如《锻炼》和《走上岗位》的关系。这几卷是我校注的。《走上岗位》是张道藩让茅盾写的，在重庆，属于奉命作文。茅盾迫于压力，不得不敷衍一下，就写了。但是因为不情愿，所以比较概念化，比较粗糙、扁平。可《走上岗位》是《锻炼》的雏形。从《第一阶段的故事》到《走上岗位》到《锻炼》，这是茅盾写抗战时期中国民族资产阶级的三部曲，像是《子夜》的续篇，有点巴尔扎克"人间喜剧"系列的意思了。为了编全集，就要把香港发表《锻炼》的原报纸找到——就是《华商报》，那时候也没影印。很难弄。最后还是到上海，从魏绍昌那里挖出来的。他自己有一套复印件，借给我看，后来干脆送给我了。我拿着作为重要的底本做了校勘。也就是说，即使公开发表了的东西，要找到也很不容易。再比如茅盾在新疆发表的很多东西，是请新疆大学的陆为天帮忙查找，复印。帮忙的还有郑州大学的刘济献——郑州大学图书馆其实是接收了老山东大学图书馆的一些杂志什么的。所以拢材料很难，需要调动全国的力量。

当然，最主要的材料是韦韬拢的，他是为茅盾写《我走过的道路》做准备，那时候我们还没介入呢。他在北京、上海打捞了一遍，大概占总量的七成以上。我们再把我们个人手头积累的材料归并过来，再撒开人马去搜罗的，三成的这部分可能反而是最难找的。经过大致的这样一番归拢，最后估计在一千万字以上，计划分 38 卷到 40 卷。日记，因为日记本大小不一，写得也随意，不好统计，粗估两卷。最难估计的是书信，因为看日记，茅盾晚年写信非常多，有些读者甚至托他买书，那样的信上哪找去啊？真不知道能征集多少。后来真不错，征集的信息发出去，收到的原件不多，复印件真不少。这里还有个基础，孙中田集中的茅盾书信，是最多的，他在文化艺术出版社出版了《茅盾书信集》。韦韬家里又有一部分底稿。另外，很多二十年代的书信，已经发表了，有文论的意思，后来没编到书信卷里。

这样都搜集起来，除了编辑室成员，我们还雇了临时工，最多的时候四个人一起抄。常年的是史佳和刘拙松，有些还只能在图书馆抄，借不出来嘛。抄完之后，我们还都要校对一遍，担心出错啊。日记是需要全部抄到稿纸上才能估算字数，几乎都是查国华抄的。烦琐的程度，可想而知。现在看到的只是《茅盾全集》一套书，背后的故事多了。

另外已经成集的书，也有个麻烦。比如《茅盾文集》的第 9 卷、第 10 卷，表面看是散文，其实有大量的文论什么的。这就需要一篇一篇审读，分类，拆开，文艺随笔、政论、文艺散文，各归其位。从人文社拿来几套《茅盾文集》，对不起，撕开，剪贴,原书都破坏了,很可惜。我这还有拆了半本的残本,拿着做纪念。

材料拢起来,甄别,然后才能归类,编辑。每一篇都经编辑室讨论,这个工作量也很大,开夜车,披星戴月,都是经常的事。有些作品是很难确定的,另外也有争论。

抱歉抱歉,我记性不太好,要不然可能还能讲出更多故事。

问:具体是怎么讨论的呢?

答:前面说了,茅盾的创作,基本上都有集子,比较好查。难办的是文论,大部分都不在《茅盾文集》里面。茅盾自己心里也没数。原来他打算文集编 11 卷,在 10 卷之外再编 1 卷,如果搜集起来还够 30 万字,就出 11 卷。最后还是只出了 10 卷。问题是全集里他的文论是多少卷啊? 数量那么大。撒开人马各处找。编辑室的都跑图书馆,我也跑了很多,特别是西什库的报库。

拢回来之后,碰到很多问题。一个是搞不准,有不同意见。比如这篇《美学概念》,鸿编述。我们判断,首先,他过去在《觉悟》上发表过文章;再一个,笔名"鸿",沈德鸿;第三个就是看内容,重点谈真善美,以人为核心,也是茅盾的基本观点;第四个看文笔,这个争议比较大,他那时候没有很突出的风格,这篇文章跟其他文章相比,确实显得文笔不太一样,这就得细考证。但这种东西容易"公说公有理,婆说婆有理",大家拿不准。最后觉得,既然拿不准,宁肯搁一搁。一直到现在,韦韬搞那个"补遗"的时候,也没往里收。但是,我认为这篇文章是茅盾的。除了文笔,别的都符合那几条鉴定标准。另外我还有个"否定性"的标准,到目前为止,还没有谁出来说这个文章是张三李四的作品,就是没有主啦,那先归到茅盾这里,有何不可呢? 当时觉得没把握,就没收,可见我们在选文问题上还是比较严格的。邵伯周同志也觉得这篇文章是茅盾的,他写了《简论茅盾的文艺美学思想》(《茅盾研究》第 6 辑登的)——上面有个错误,"美学概念"印成了"美学观念",可能是误植,校对的问题——把文章的核心观点引进去了。我也在评传里面引过,比较少,如果有接近的其他文章,就不引用它了,因为没有共识嘛。

第二个问题是,认得很准了,容易出错。比如《不幸的人》,我们发了声明——《关于〈不幸的人〉及其署名"慕之"的说明》,是我执笔的,发在《茅盾研究》第 5 辑。这是我一篇没有发表的文章的前半部分,后半部分我还讨论一些相关的:茅盾用"慕之"做笔名写过"附注",他又给《不幸的人》署了这个名字,为什么? 另外,郑振铎寄文稿的时候,没寄这篇文章,后来是以个人投稿的方式,也没说是郑振铎自己的,为什么? 到后来,茅盾究竟知不知道这篇文章是郑振铎的? 这些都值得考证。我有个初步结论,茅盾到去世,一直不知道这是郑振铎的作品。他用"慕之"这个笔名,是为了壮大声势,显示杂志不是独角戏,起"摆迷魂阵"的作用。我推测是这样。这个情况其实体现了当时的文坛生态,为了共同的事业,公而忘私那种境界。当然反过来,我们认准了的,会坚决维护,比如那篇《论无产阶级艺术》。这篇文章,最早是叶子铭发现的,大概是 1957 年吧,在给茅盾的信里面提到了。茅盾回信说不记得了,你给我提供点详细情况吧。叶子铭提供了,茅盾就想起来了,连写作过程,分几次发表,最后一次发表有大的空行等等,都说明了。他在回忆录里都写了。后来日本学者白水纪子写文章,认为是翻译,孙中田、李标晶都写了文章反驳。但都驳不倒,因为没有中、英、日文对照。后来我做了这个工作,发表了文章,在评传里也写了很大一段。我们认准了的,就是要坚持。

看这三个例子,就知道我们把文章拢起来,一篇一篇地过,是真累,也真难。好在集中起来的几位,在茅盾研究领域都积累有素,而且年龄段也拉开了,三代人嘛。碰到大问题,北京就近请教老先生。所以在编委会开会之前,大量的工作都有了充足的准备。

问:确实很不容易。都请教了哪些老先生啊?

答:太多了,现在已经记不清走访了多少老先生,多少专家了。我举几个例子吧。一个是提出建设性意见的李何林先生。《鲁迅全集》有一个很大的队伍在编,校注,印"征求意见本"什么的。这个事是李何林先生主持嘛,我们去走访,他谈了好多他们的经验教训。我们特别感觉他有一条意见对:尽量少注,甚至不注。他说我们这么大的队伍这么多年还搞不完,就是让注释拖累了,有时候为了注释一个问题,争论不休。这条意见带回来,罗荪同志特别赞同。但是现在看,可能卡得过严了,有些还可以稍稍放宽一点。全集如果给大学生、专业研究者用,足够了,照顾普通读者,恐怕还是该放宽。这跟全集定位有关,当时定的比较低,中等以上阅读水平的,所以应该放宽。就这样,我们也拖了二十多年才弄完。李先生的意见很好,他是老革命,嫉恶如仇,爱憎分明。待人很和蔼,观点很鲜明,说话不留情面。

走访过程中,也听到其他不同意见,比如叶圣陶。叶圣老当时耳聋很厉害,他说话,我们听不懂,我们说话,他也听不见,叶至善做"翻译"。提到编全集,叶先生说,编全集是不需要的!将来我也不会编全集。这句话,弄得大家都很尴尬。本来是说怎么编全集,请他提点建设性意见,他最有发言权了,茅盾小说处女作的责编嘛。这句话说了以后,就冷场了一阵。后来叶至善打圆场说,我父亲的意思是文章有好有坏,拢到一起,应该慎重。这样"圆"了一下。叶子铭也说,作为资料搜集起来,后人可以参考啊。就这么过去了。从叶先生那里,没有讨到真经,呵呵。其实他很重要,后来我们碰到注释问题,有的词找不着出处了,连唐弢先生都解释不了,我忘了是哪个词,《左传》还是《礼记》的词,只好找叶圣老。他连篇章都指出来,回来我们一翻,找着了,解决了。所以肚子里的学问是很大的。他也很温和,但是意见很直接。从正面理解,他的意思是有些东西,该淘汰就淘汰掉,有个文集就可以了。他可能也是为了维护茅盾形象,好的留着,坏的不用弄了,呵呵,为贤者讳。吴福辉悼念叶子铭的纪念文章,里面提到了叶圣老这一段,挺精彩的。要不是看了他的文章,有些事情我也想不起来了。

拢了文章,走访了专家,以上工作完成以后,我们就开始设计总体框架。我们感觉,不能照搬《鲁迅全集》的框架。

问:为什么呢?

答:鲁迅的作品,生前有集子,《鲁迅全集》照着来弄,而且所有文章不分类,就是"杂文"。这对茅盾不适合。因为茅盾的好多作品之前就没拢起来，没法这样做。后来编辑室形成的意见，第一条是按文体分卷，小说、散文、诗词、戏剧、文论、回忆录、书信、日记，这么几大块。这几大块内部，小说又分长篇、中篇、短篇，按时序，这不成问题。茅盾生前也是这么弄的。散文，又分文艺散文和随笔。文论分中国文论、外国文论，神话研究单列。再后面是回忆录、日记、书信。诗词跟戏剧一块，构成一卷。

什么东西收，什么东西不收，也粗略地画了一条线。没有公开发表的东西，除了日记和书信，大部分不收。一个是手稿，来不及整理，因为茅盾还是留下不少手稿的，文体不确定，如果前面已经出版了，插不进去。索性先留一留。另外比较敏感的政论，暂时不收。还有小学文课，就是两本小学作文，还有科普文章，作为附录。

框架解决了，接下来是底本的问题。是用初刊、初版为底本，还是用茅公修改过的为底本？如果一刀切都用初刊、初版，那不用鉴别。如果用修改的，那些修改好几次的，怎么办？挺啰嗦。这些问题，提交编委会，听老先生的，我们做不了主。这些问题，编辑室内部都是两种意见。比如散文、文论要不要再分类？有两种意见。现在看，划的界限也不都准确。以茅盾修改过的为底本，使用上也有问题。《茅盾文集》是最可靠的了。但比如文论，有些作品的界限不明显，就要一篇一篇读，也会发生讨论。我们真是做了大量工作。为了估计字数，因为开本不一样，没办法，我们一篇一篇计算。有些文章印得不清楚，没法发排，只好抄，抄完了又得校对。可以雇人抄，但校对得我们自己校对。

在此基础上，我们起草了两个条例。在提交编委会之前，我们搞了两稿。注释条例，我保存的修订稿，是 1983 年 4 月 22 日，第一次编委会开会是 4 月 29 日，提交给编委会的就是修订稿。上面规定了少注或不注的问题。这个意见，编委会肯定了。另外是校勘条例，至少修订过两次，我保留的是第二次修订稿。这也是第一次编委会之前准备好的。

除此之外，还有别的工作，比如印稿纸，抄稿子用专门的稿纸，比如校勘纸，发给校注的专家，也是专用的。

问：编全集真是不容易。这个注释条例，一共修订过几次啊？
答：我估计编委会开会之后又修订过，我这里的是开会之前的。那就至少搞过三次。校勘条例，这是第二次修订稿，那就至少搞过四次。

还有个"补充规定"，1988 年的。那是搞了好几年之后，之前的条例不够用了，还有虽然明文规定但执行者没做到，又发的。那时候编辑室已经不住北京了，这可能是张小鼎和韦韬他们搞的，征求我们意见以后定的，也可能是我跟老查写了，用通信的方式征求意见。这里又讲少注或不注，因为还是有注得多的，编辑室给砍掉了不少，也很可惜，辛辛苦苦注出来，只能砍掉。我这里有个校注者的名单，应该说比较权威的都集中起来了。除了像乐黛云，因为她出国了。

这就是召开编委会之前，我们做的工作的大概情况。下面我简单说说编委会成立的情况，解读一下编委会名单。

　　编委会是作协党组和书记处定的,但名单是我们和韦韬一起提供的。一共35个人,现在看起来,总的要求是最高规格,也体现了代表性和专业性。年龄跨度,是三代到四代人。第一代人,比较好划,就是叶圣陶、冰心、郭绍虞、胡愈之。这是二十年代在文学研究会、商务印书馆——像胡愈之——的朋友。第二代和第三代人,界限很难划。一类是不同时期跟茅盾一起领导文艺界的人,周扬、夏衍、丁玲、张光年、罗荪、陈荒煤、冯牧,这都是作协和文化部系统的。第二类是受茅盾影响比较大的人,丁玲是跨着两类,她两次是茅盾的学生,还有阳翰笙、姚雪垠、臧克家、巴金、艾芜、沙汀、张天翼、周而复、黄源、欧阳山、楼适夷、陈学昭。再一类是在不同时代关节点上跟茅盾关系特别密切的人,像戈宝权、曹靖华、梅益。在这之外,还属于这个年龄段的,包括唐弢、王瑶、韦君宜、许觉民、王仰晨,这些是学者或编辑。这些人可以划两代,但不好划,只能说是第二代、第三代。第四代就是我们这一代,就是叶子铭、孙中田和邵伯周。卡得很严,连庄钟庆都没放进去。这个编委会,应该说是比较权威的。

　　三次编委会开会,我们就不谈了。因为第一次和第三次,我给了你两个新闻报道,大致就是那个意思。但报道里的出席名单,肯定是不全的,每次至少二十来人。第二次开会没有报道,主要可能是因为讨论一些内部的问题,像底本之类,争论比较大,不便报道,我估计可能是这么个原因。第三次会议名单可能漏掉了阳翰笙,因为我只见过阳翰笙一次,就是在编委会会议上。

　　我把编委会结论性的意见概括一下。第一个是底本问题,主导意见是用茅公修改过的本子,当时的理由就是尊重茅公,潜台词是为贤者讳。大家都不公开说,我记得臧克家发言特别激烈。这个底本有个好处,就是误植字、标点错误少。用初刊本做底本的东西,有些我们就没改全。修订本毕竟茅公润色过了。到现在为止,还是两种意见。我是主张初刊、初版的,因为我觉得全集的读者对象定位,定低了,应该面向研究或者教学,那就必须提供原始资料。要不然,文学史也会被误导。另外,初刊、初版有在场感,那种激情后来不在了,诗歌能写第二遍吗?不过我对比过,初版和修改的区别大致有两个,一个是思想情绪的问题,一个是性描写的问题。有文章仔细统计过《蚀》的修改情况,我们没做那么细。修改还涉及作者当时的思想倾向,以及编辑的思想状况,当时为什么给发表,后来为什么要他删掉?这是一方面。还有当时的时代环境跟作家、编辑的主体意识有什么关系?还有读者接受问题。这里面都可以做文章。

　　第二个是中国、外国文论分不分的问题。最后决定分,分两个系列。这是各有利弊的。中国文论体现他理论批评推动创作,引领文艺思潮的路径和规律。外国文论呢,既是一部欧洲文学发展史,又是多民族多国文坛概况的介绍,反映出茅盾采撷全世界各国文艺之花来滋补中国文坛的努力。这两条线可以看得很清楚。但是茅盾的思想发展,受到的外国文学影响,就是两列了,研究者得自己纳入编年表里去对照。鲁迅的思想,按照全集一本一本去看,除了《集外集》《集外集拾遗》等,就可以梳理。《茅盾全集》就不行。但当时决定分。这样一些不伦不类的问题就带来了,像《〈欧美新文学最近之趋势〉书后》《我对于介绍西洋文学的意见》《文学上各种新派兴起的原因》都归在18卷,算中国文论,实际谈的是外国文学思潮。

按说应该列入外国文论,但是呢,又是针对中国文坛做的分析,不好分类。

至于注释繁简,倒简单,敲定了少注或不注的原则。另外,政治色彩比较鲜明的文章一概不收,也是一条。

问:编委会开会,您都去了是吧?
答:我是记录之一啊。

问:争论激烈不激烈?
答:争论倒不激烈,但是有几位发言激动的。臧克家最突出,姚雪垠说一说也容易激动。争论不多,老同志好像一边倒。有些意见,编辑室虽然否定了,但很民主,只要有不同意见,不搞少数服从多数,一概汇报。我们没有决定权。老同志都是茅盾的共事者,我们还能比他们更高明吗? 我们态度还是很谦虚的。

编委会另外还决定,不设主编,推举罗荪负责全集的事,但没有主编。

还有就是定出版社。作协非常顾全大局,决定人文社出了之后,还管了我们很长时间。姿态很高,完全从事业出发的。孔罗荪一直到病了以后不能料理事情了,才撒手的。

问:我看了他的纪念文集,感觉他这个人很有风度,穿着都很得体,是吧?
答:对,他特别整洁。他夫人也很注意修饰,用现在话说,靓男俊女吧。

这样就通过了两个条例,这是最主要的。会上决定的事,我们就具体操作。一个是组织校注者队伍,当然事先我们也有点目标,但是编委会就大政方针拍板之前,我们没跟人家直接接触,私下里做了些准备。等编委会开过会,校注者名单也就决定了,外国文论那个是后定的,因为当时还不急,还到不了那儿呢。

这个名单里的人,有的一说就行了,有的不行,还得请人家出山。这里我说几个人。一个是我的大学长王积贤,1952 年北大毕业的,他跟乐黛云他们是一拨的。樊骏是 1953 年毕业的,晚一届。为什么找王积贤呢? 一个是他手里有一本讲义,油印的,他请茅盾审阅过。茅盾在上面写了很多评语。我在《茅盾评传》里还引用了几段那些评语。再一个他谈《子夜》的文章,在《文学研究集刊》上发表的,樊骏也有文章,他们是比较早发表了有学术含量的文章,比乐黛云早。乐黛云比较早的文章是在《文艺学习》上谈《春蚕》的,也是五十年代,大概是 1954 年、1955 年吧。我发表的《试论茅盾的农村三部曲》是 1956 年。王积贤这个人,很不愿意参加社会活动。

问:他是哪个单位的呢?
答:中国人民大学,当时叫语文系。他老伴是丁玲的秘书。不愿意出来,我去请的,就说大学长你怎么也得支持啊——拉关系呗。他是山东人。大个,特瘦。他的形象,你想象一下,臧克家什么样他就什么样,体型一模一样。

第二个是刘济献。他不大为人所知,在郑州大学。他发表文章很少,但研究工作做得比较多,特别注重资料。我们一起编过茅盾的资料。大家都不大知道他,但我跟他合作过,还一起编过文学史,了解他的情况,把他拽出来了。

问:还有谁啊?
答:田本相。他本来跟我们这个圈子没关系,他不研究茅盾,也是我推荐、邀请的。为什么呢? 因为《清明前后》是个很特殊的剧本,打破了一般的话剧的写法。换句话说,茅盾不太掌握话剧规律。田本相专门研究话剧,我考虑他可能想得到一些别人想不到的方面。

问:其他的呢? 唐沅先生您还说说吧?
答:他是北大的。因为乐黛云不在,考虑北大应该出个人。我估计是严家炎推荐的。他这个人也不大交往,另外他不在北大住,在外边住。他是 1954 级的,同级留校的还有搞话剧的孙庆升,搞当代文学的张钟。唐沅留校不久就去越南任教了,也是述而不作。严家炎特别看重唐沅。

还有个特殊人物,就是魏绍昌。魏绍昌是不可取代的。他是上海作协资料室主任,搞资料,近代文学编了好多书。另外这个人还有个特殊情况,他是上海的阔少爷,典型的美食家——陆文夫就是以他为典型写的《美食家》。上海评特级厨师的评委,他是权威人物。他喜欢吃,吃遍了很多城市,品尝,评价,一肚子学问。茅盾描写上海的东西很多,有这样的人在里面,事情好办。后来果然用上了。某些词汇,他懂,就能注出来。所以这个班子,各路人马都要有,需要老魏这样的人物。如果碰到问题还解决不了,再找叶圣老嘛。我校注时需要用《华商报》,也是老魏给的啊。老头爬梯子从柜子顶上找出来一摞报纸,说,送给你啦。我就拿来做底本,后来留在编辑室,现在可能在人文社档案库里。

再就是神话研究部分,刘锡诚的夫人马昌仪,她是在外国文学那边,两人都是北大俄语系 1953 级,曹靖华的学生。后来马昌仪去了社科院文学研究所,刘锡诚到作家协会,又到了《文艺报》,以后又到民间文艺研究会。两口子都研究民间文学,但神话研究也是她的研究课题之一。我们是同班同学,有好多课我们共同听,中文系的课他们来听,外国文学的课我们去听,都一个大班,北大的阶梯教室,就都认识了。所以马昌仪是我推荐的。那些译名,后来有通译名,不是专门研究的,搞不明白的。

问:这位徐日珪呢?
答:他是人文社外编室的编辑。最后收摊是他们几个了,张小鼎管的编辑室,责任编辑,徐日珪管的外国文论部分的审校,做得比较多。总起来说,校注者的班子还是比较硬的。

但后来找的张苏扬,我搞不清楚,因为很晚了,90 年代了,我已经调到山东来了。

总之,校注者队伍,力所能及的我们还是争取做到最好。一开始我跟叶子铭、查国华住在北京,到 1986 年就撤回各自单位了。是人文社张小鼎他们盯着。人一分散开,工作推进就慢了。现在看出版时间,好像有的年份一本都没出。催稿的事,就是韦韬负责了。韦韬是不列名的编委,不挂职的编辑室成员,做了很多工作。包括提供资料,组织出意见,起草文件他都参与讨论的。韦韬后半辈子,为他父亲,付出了很多。

问: 您这样一回忆,很多细节就丰富了。真的非常感谢!

答: 你们多次邀请,盛情难却,我接受这个访谈,有顾虑的。当时的人大都不在了,时隔多年,记忆不一定可靠。所以我想强调一句,这是我个人角度的回忆,肯定有主观性,有错误,仅供参考吧。

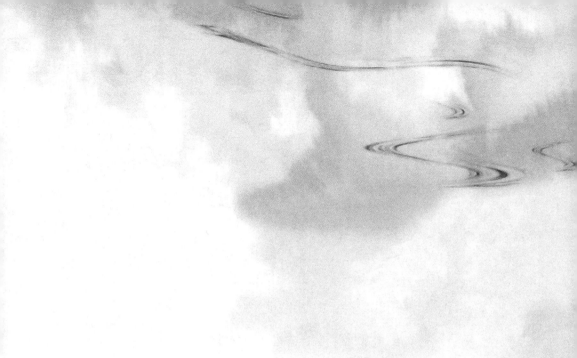

书　　评

历史本位下的文学重构与经典重释

——读张中良《中国现代文学的历史还原和视域拓展》

陈雅如①

摘　要：在张中良教授的新著《中国现代文学的历史还原和视域拓展》中，"史"构成了该书的核心线索和基本格调。具体而言，"史"既是研究视角，又是研究路径，更是研究目标。在对现代文学领域内部的经典问题进行重审的同时，张中良将文学史与正史互相比对，从而挖掘以往现代文学研究中的缺漏之处并加以补充，由此形成了一种以"史"为本位的学术道路。这种对历史的追寻和重视为青年学者提供了一种值得借鉴的研究范式，也使我们得以重新思考和厘清"史"在文学研究中的重要性和必要性。

关键词：历史本位；抗战文学；还原视角

　　在 1991 年《中国现代文学研究丛刊》发起的"文学史观讨论"中，张华、张中良、刘应争指出，当时的现代文学史著作数量虽多，但在研究视点的选取和历史逻辑框架的建构上鲜有独创色彩，这使得 20 世纪 80 年代前后诞生的一批中国现代文学史著作几近"千部一腔"，缺乏创作主体应呈现的个性，"或照搬原有构架，或演绎现成结论，既少新鲜史料，又乏独具的史识"②。可见，对于文学史的整体架构及其具体的内部空间而言，是否具备"史"的个性是张中良尤为看重的面向。这种史观自然而然地渗透进入他的研究构想，就此成为张中良学术历程的基本面貌。

　　纵观张中良的著述成果，"史"是他文学研究得以展开的基点、时时回望的原点与期盼到达的终点。换言之，"史"既是研究视角，又是研究路径，更是研究目标。基于此，张中良遵循历史主义的原则，对现代文学领域中的经典问题与薄弱环节展开理性的观照与审视，由此建构出一套力求真实性、富于独创性的学术谱系，而张中良的新著《中国现代文学的历史还原和视域拓展》（商务印书馆 2022 年版）便可视为他对自身学术谱系的梳理与绍介。书中，张中良带领我们从历史本位出发，以回归真实的视角追本溯源，一方面发掘空白、填补缺漏，打破现代文学研究的偏枯局面；一方面重释经典、复原生态，还原现代文学史作为"史"的原初面目。由此，一片贴近历史而视野广阔的文学风景得以呈现。

---

① 作者简介：陈雅如，华东师范大学中国语言文学系 2022 级博士研究生。

② 张华、张中良、刘应争：《我们的意见——答"文学史观讨论"提纲》，《中国现代文学研究丛刊》1991 年第 4 期，第 182 页。

一、回归现代文学的历史本位

作为一门兼具历史性与文学性的学科，中国现代文学生成、确立、发展的每个重要节点都与 20 世纪中国的社会历史进程紧密相连。一方面，中国现代文学生动而深刻地反映着复杂多变的历史面貌与社会语境，并及时传达民主与科学、救亡与启蒙等气象万千的时代主题；另一方面，出于现代文学的宣传功用，万千青年受到激励与启迪，积极投身于时代浪潮之中，文学在一定程度上推进了民众思想的启蒙与精神的重构。"现代文学作为文学史分支的一门学科，其确立与发展，始终与新中国的历史进程相伴随"[1]，在这个意义上，如何正确地审视历史维度在现代文学研究中的位置？如何以历史为参照从而拨正以往研究中的歧路？如何找寻一种真实的历史视角以解读现代文学？在书中，张中良以回归现代文学的历史本位为原则对这些问题作出了回应。

在一次学术生涯的回顾访谈中，张中良提到："但如果没有对历史的切实把握，一味迷信理论方法的穿透力，往往会落入学术时髦的陷阱"[2]。改革开放以来，西方各类文艺理论方法的涌入与落地，为中国现代文学研究提供了全新视点，一时影响巨大，逐渐演化为一种"西方话语——中国问题"[3]的新潮路径。在"乱花渐欲迷人眼"中，张中良注意到，学界对各类理论的引用渐有"盲信盲从"之象。甚至于不顾中国的历史现实与特有国情，一味地"生拉硬扯"，结论荒谬，终而形成不可忽视的负面影响。以世纪之交之时颇为流行的西方民族国家理论为例，张中良指出，许多相关的引用与阐释"都同中国历史与中国现代文学有着不小的距离，此中的差异甚至扦格不通之处不可不辨"[4]。基于此，在细致地追溯"国家""民族"二者的意涵在历史进程中的演化之后，张中良结合近代相关史料与文艺作品的列举和梳理，指出在本土的话语体系中，"国家""民族"的内涵指向与西方大相径庭，故而在论述时不可一言蔽之。张中良总结道，面对种种前沿的西方理论，应当"立足于中国的历史和现实，有所取舍，有所借鉴"，在充分地汲取与转化之后，"开发出具有原创性的学术话语，建立本民族充满活力的学术体系"[5]。可见，源远流长的"史"是他认为通往"学术自信"之路所需考量的关键。若脱离了"史"的支撑与参照，一味地追求新、奇、特的异域理论，则极易陷进学术"时髦"的怪圈与歧路之中，"必然会造成种种可笑复可悲的荒谬"。

正如前文所言，现代文学的发展脉络与中国 20 世纪的历史轨迹息息相关。因此，考察现代文学，必得引入一种客观、完备、清晰的历史视角。张中良指出，以往的研究多受新民主主义史视角的影响，但若局限于此，许多隐秘、细微的文学现

① 张中良：《中国现代文学的历史还原和视域拓展》，北京：商务印书馆，2022 年，第 340 页。
② 张中良口述、冷川整理：《张中良：我的学术之路》，《传记文学》2021 年第 8 期，第 139 页。
③ 刘康：《西方理论的中国问题——以学术范式、方法、批评实践为切入点》，《南京师大学报（社会科学版）》2019 年第 1 期，第 16 页。
④ 张中良：《中国现代文学的历史还原和视域拓展》，北京：商务印书馆，2022 年，第 389 页。
⑤ 张中良：《中国现代文学的历史还原和视域拓展》，北京：商务印书馆，2022 年，第 408 页。

象便难以得到准确的体认，而对现代文学的历史叙述也因此呈现出某种意义上的空白或扭曲。因此，在梳理史料、归纳史实、整理细节之后，张中良认为，应当以一种民国史的视角观照现代文学。这既是因为民国作为一个"国家实体"而存在，在政治、法律、经济、教育、出版等诸多领域提供了制度保障，使得现代文学得以在一个相对安稳的生态环境中生存、发展、日益成熟。譬如文化市场的兴盛与版权法的实施，"才有作家大批产生，版税与稿费成为其重要的，甚至唯一的生活来源"[①]；又是因为现代文学在民国的社会文化环境中诞生并得以滋养，因此无论是文学的创作、出版、接受等机制的生成，还是文学所反映的社会生活、所呈现的美学范式，均烙上了清晰明显的民国印记。如张恨水创作的带有"风俗画"性质的《春明外史》，视野宽阔而笔触真实，"构成了一幅民国初年北洋军阀统治下的京城全景图，就其反映生活的真实性与广阔性而言，在同时期的文学创作中无可匹敌"[②]。有鉴于民国史视角的重要性和必要性，张中良进一步提出了"民国文学"的概念。这一时期的文学被历史赋予了鲜明的民国品格，又拥有风格迥异而互相融通的各类文学形态，自成一套协调而富于特色的生态系统，从而呈现出不同于现代文学的样态风貌。无论是对民国史视角的重视还是对"民国文学"这一范畴及其意涵的指认，实际所指向的均是张中良对历史意识的看重以及对历史本位的回归。

基于此，在对现代文学中的各种现象抑或问题进行独立考察的同时，张中良不忘站在一个具备统筹性的宏观角度对现代文学的研究进行整体意义上的梳理以及反思。他指出，受到"十七年"期间社会氛围的干扰，20世纪50年代、60年代的现代文学研究具备简约化、概念化、政治化、模式化的四个缺陷。而在改革开放以后，吸取历史经验教训的现代文学研究"逐渐走上实事求是的正轨"，首当其冲的收获便是"历史主义成为自觉的追求"[③]。正是如此，曾经被遮蔽、贬斥或是有意无视的各种文学现象、作家及作品得到重新审视与评估，如整理国故运动、学衡派、胡风及七月派等，其价值、意义和研究的内在可能性亦得到了充分的展示与肯定。同时，历史主义的引领使得学界以贯穿式的眼光打通了以往研究中壁垒森严的时代界限，一方面发掘现代文学中的传统因素，寻找"新"与"旧"二者间的互渗与互生；一方面在一种20世纪的时间框架内以整体性思维观照文学，"正是在历史的脉络中，现代文学的特点及其意义才得到了更为清晰的认知"[④]。在回望的基础上，张中良强调，面对当前来自学科内外的压力与挑战，现代文学研究需要进一步强化自身的历史性。他以浩博的历史事实与明晰的历史线索为准则，重新指认20世纪30年代的文学主潮。由于彼时左翼文学颇具声势，许多著作秉持一种"左翼主潮说"，但"确认一个历史时期的文学主潮，主要凭借的不应是声势，而应是文学观念与文学创作的建树及其影响"[⑤]。祛魅之后则不难发现，大量非左翼的文学

---

① 张中良：《中国现代文学的历史还原和视域拓展》，北京：商务印书馆，2022年，第366页。
② 张中良：《中国现代文学的历史还原和视域拓展》，北京：商务印书馆，2022年，第377页。
③ 张中良：《中国现代文学的历史还原和视域拓展》，北京：商务印书馆，2022年，第343页。
④ 张中良：《中国现代文学的历史还原和视域拓展》，北京：商务印书馆，2022年，第345页。
⑤ 张中良：《中国现代文学的历史还原和视域拓展》，北京：商务印书馆，2022年，第355页。

思潮,如民主主义、自由主义、民族主义等,在文学创作、题材开辟、理论建构、期刊创设、作家集结、地域覆盖等方面均无逊色,亦与后世文学格局的生成密切关联。在错综复杂、交织百变的文学现象中寻绎出一个单一的思潮显然有悖于历史事实,"社会解放、个性解放与民族救亡交织的 30 年代文学主潮"①应当是由左翼与民主主义、自由主义、民族主义分庭抗礼而共同构成的。给几近"定型"的文学现象作出革新式的阐释,实际上属于作者历史本位意识的直接呈现与内在要求。

二、还原视角下的文学重构

如著作标题"历史还原和视域拓展"所示,"还原"与"历史"共同构成一种偏正关系。中心语虽是"还原",但"历史"作为"还原"的修饰语,始终占据着不可忽视的前提地位。换言之,"还原"需以历史为基石而徐徐展开。在书中,张中良以历史为本位,以"还原"为切入点,以文学文本为中介,将现代文学史与正史互相比对:以文学史为窗口,得以发现被正史所忽视或湮没的历史真实与人间百态;以正史为参照,则得以发掘以往研究中的遗漏与疏略之处。实际上,这正是对传统文学中"诗史互证"方法的继承与发扬。在近代以来发生的诸多历史事件中,抗日战争在国家独立、民族解放、文化发展等方面均具备重要的意义。在"互证"之后,张中良发现,以抗日战争为主题的文学作品浩如烟海,而以此为研究对象的学术著述则少之又少,这显然无法形成一种对等关系。对此,张中良以确认经典、阐释经典的方式,填补个中空白,让抗战文学获得应有的重视,使其研究成果与作品体量得以相应,从而让"抗战文学"成为现代文学领域一个颇具潜力的子课题。

"判断一个历史时期文学的价值如何,经典是一个重要尺度"②,而经典的指认标准向来充满着争议与不确定性。对此,应先还原历史,再阐认经典。历史的真实面貌极为复杂,虽然我们惯于使用标志性的时间节点来划分抗战史,如"九一八事变"、"七七事变"、"一·二八事变"、日军投降等,再以此为基础分时段、分地域乃至分战役对抗战展开细致的体认。这种方法有其优势所在,但难免会落入历史断裂的"陷阱"之中。对此,应当"以实事求是的历史主义眼光审视文学史,不仅要打通七七事变前后的抗战文学脉络,而且应该在贯通的抗战文学脉络上确认与阐释经典"③。张中良以"贯穿型"的眼光将"十四年抗战"视作一个不可分割的整体,从而对抗战的历史及其文学表现有了全面的认知,并就此提出经典的选定原则:"而真正称得上抗战文学经典的作品应该是直接表现抗战题材、彰显民族解放之时代精神的佳作。"④可见,抗战文学经典的选定秉持"主题先行"的原则,不能完全以作品面世时间为准。这是因为历史的影响往往具备一种持续性,以之为主题的文学创作也就此呈现出一种"滞后性"。如老舍的《四世同堂》、路翎的《财主底儿女们》、张恨水的《虎贲万岁》等作品,其酝酿、起笔的过程均处于抗战阶段,所深描

---

① 张中良:《中国现代文学的历史还原和视域拓展》,北京:商务印书馆,2022 年,第 355 页。
② 张中良:《中国现代文学的历史还原和视域拓展》,北京:商务印书馆,2022 年,第 165 页。
③ 张中良:《中国现代文学的历史还原和视域拓展》,北京:商务印书馆,2022 年,第 167 页。
④ 张中良:《中国现代文学的历史还原和视域拓展》,北京:商务印书馆,2022 年,第 166 页。

与聚焦的内容亦与抗战紧密相关,虽成书之时战争已然结束,但此类作品理应纳入抗战文学范畴。同时,张中良以经典题材为切入点,跨文体、跨时段地归纳某一题材的艺术实践并予以系统性总结。从国歌《义勇军进行曲》出发,张中良着眼于抗战文学中的义勇军题材,通过还原历史以追溯抗日义勇军的发展历程与英勇事迹,并爬梳史料,整理出大量以义勇军为歌颂对象的诗词和歌曲。这些诗词歌曲在当时虽未激起波澜,"但其意旨、格调及其所赖以寄托的意象、语汇、句式,已经为后起的田汉《义勇军进行曲》打下了坚实的基础"①。张中良继而寻认了戏剧、小说、叙事诗、散文、报告文学等多种文体对义勇军题材的再现,并一一列举了代表性文本。

历史还原的意识赋予张中良以多元化的审美视角,使他得以客观地审视战争的硝烟给文学带来的惨痛烙印,也得以敏锐地觉察以往经典解读中对抗战背景的忽略与模糊。"经典往往是白璧微瑕"②,若一味追求所谓"完美"的文学经典,则难免落入单一化的窠臼之中,也就此造成了对部分经典文本的误读。譬如表现东北抗日的小说《八月的乡村》,艺术上确有粗犷之处,并曾因此遭遇来自左翼内部的批评指责。然而其严肃的格调、写实的笔触、复杂的情感无一不是对彼时人民苦难、屈辱之生活的真实反映,从而获得鲁迅的推介与支持。此外,萧红的《生死场》在文章结构上亦有不足不尽之处,然而瑕不掩瑜,《生死场》以质朴的文风呈现出女性意识的觉醒,并能冷静地揭示东北底层人民苦痛、磨难的生活现状,从而"能够使人忽略其结构上的缺陷与细小的瑕疵,领略到精神内涵与艺术魅力的震撼"③。

同时,张中良发现以往对文学经典《寒夜》的阐释存在着含混之处,尤其是在小说悲剧根源的探究之上。部分研究者将汪文宣一家苦难的原因归结于抗战时期"大后方"弊端丛生的社会境况,并认为这是国民政府的黑暗统治所造成的。而张中良指出,这固然有国民政府失责的因素所在,"然而最根本与初始的原因还是在于日本发动的全面侵华战争""《寒夜》的悲剧无疑是对日本侵略罪恶的血淋淋的控诉"④。如果疏忽了《寒夜》文本所涉及的战争背景,则会忽略战争背景为文本解读所带来的诸多可能。若能认识到《寒夜》中悲剧的源头是战争而非他者,则能领会到《寒夜》的另外二重价值。其一在于汪家悲剧生成历程中的文化因素:汪母扭曲而充满控制欲的母爱、曾树生对自由与个性的追求以及婆媳间无止息的龃龉与争吵,都直接或间接地致使了汪文宣悲剧命运的形成。这实际上所指向的正是《寒夜》的副线,即人性的启蒙与反思问题,民族救亡的主线与之相交相汇、浑然一体,共同构成《寒夜》深沉厚重的审美意涵。其二则在于《寒夜》对民众幽邃心理世界的关注。张中良强调,"一部现代文学史,折射出 20 世纪上半叶中华民族的苦难史、抗争史与心灵史。正史所无法表现的广阔视野、历史细节与深邃幽曲的心

---

① 张中良:《中国现代文学的历史还原和视域拓展》,北京:商务印书馆,2022 年,第 192 页。
② 张中良:《中国现代文学的历史还原和视域拓展》,北京:商务印书馆,2022 年,第 171 页。
③ 张中良:《中国现代文学的历史还原和视域拓展》,北京:商务印书馆,2022 年,第 173 页。
④ 张中良:《中国现代文学的历史还原和视域拓展》,北京:商务印书馆,2022 年,第 176 页。

理世界……在现代文学世界里反倒清晰可见"①,宏阔浩大的历史叙事往往难以兼顾一些微渺之处,而正是这些微渺之处融汇聚集,使其无限接近于历史真实。之于抗战文学而言,在书写大开大合的历史事件之外,对民众精神世界的追问或许更具价值。因为这正是正史书写无暇顾及的微渺之处,亦是文学作为镜子的特有功用。"学术研究对抗战文学的文化与心理空间往往重视不够,其实抗战文学经典的文化启蒙与心理开掘的价值阐释大有可为"②,长期处于战争阴森恐怖、幽暗低沉的阴霾之下,人们的心灵极易畸变,从而致使人性的变态与扭曲。《寒夜》中,汪文宣在战争的低气压下精神敏感、惶惶不可终日,汪母对儿子的独占欲望日益强烈、婆媳矛盾愈演愈深,原本的伉俪夫妻却渐渐不和以至走向陌路,最终家破人亡。这并非个例,如《财主底儿女们》中的兵痞石华贵,在战场上尚能表现出勇武,而在战争溃败失去上层约束之后,却成为丧伦败行之辈,甚至于戕害同胞,毫无道德底线可言。此外,吴组缃的《铁闷子》、吴奚如的《夜的洪流》等作品亦表达过类似的心灵畸变问题。沿着历史还原的路径探寻,张中良注意到抗战文学研究领域现存的大量空白,因而于此着力,多角度、多面向、多方法地予以挖掘和阐述;而对抗战文学认识的日益深入,又为作者敞开了全新的研究视野,使其得以觉察以往研究中忽略的细微之处,从而尽可能做到全方位的"文学重构"。

三、由博返约后的经典重释

《中国现代文学的历史还原和视域拓展》的副标题为"张中良学术历程文选",在这个意义上,对著作展开的整体性观照可以看作对他学术历程全貌的一次概览。该书收录的研究文章所涉及的学术题材面虽广,但并不"泛",以历史为本的学术理念与还原式的学术方法,使张中良偏好的论题具备一种基础性,往往是对领域内的经典问题与观念予以深层次的复原与阐释,从而还原现代文学史的原生态与真面目。换言之,作者在以一种"由博返约"的姿态来规约自己,回到经典,辨析经典,进而完成对经典的重释,是张中良为自己寻认的学术"根据地"。

五四作为中国现代思想文化革新的起点,在多个学科范畴内拥有极为复杂和深广的问题域。张中良指出,现代文学内部有关五四的部分演说和阐释,与历史真实之间存在不可忽略且亟待填补的沟壑。譬如五四时期的新旧之战。面对西方文化的"强攻",在时代主题"救亡"的统摄下,新文学"肩负着庄严而沉重的历史使命"③。受到巨大焦虑的驱使,部分新文学的先行者对传统文学的批判难免落入偏激的窠臼之中,在直抒己见的同时,与拥趸传统文学的"旧派"展开了一场长达数年的论争。这场新旧论战已然成为五四乃至整个思想文化转型中的关键事件,"在一般的现代文学史知识体系中,新与旧成为两个壁垒森严的敌对阵营、一对水火不相容的矛盾"④,五四新文学的"反传统"特征几乎进入了现代文学研究的常识

---

① 张中良:《中国现代文学的历史还原和视域拓展》,北京:商务印书馆,2022 年,第 331 页。
② 张中良:《中国现代文学的历史还原和视域拓展》,北京:商务印书馆,2022 年,第 177 页。
③ 张中良:《中国现代文学的历史还原和视域拓展》,北京:商务印书馆,2022 年,第 10 页。
④ 张中良:《中国现代文学的历史还原和视域拓展》,北京:商务印书馆,2022 年,第 26 页。

层面。但在回到历史现场、还原历史语境之后，张中良发现，"新"与"旧"、"传统"与"现代"之间固然存在着冲突与龃龉，但绝非"你死我活""势不两立"的关系。周作人在《人的文学》中例举出传统文学中的十大书类，认为"这几类全是妨碍人性的生长、破坏人类的平和的东西"，在思想主题上对其予以否定，但同时也承认"这宗著作，在民族心理研究上，原都极有价值。在文艺批评上，也有几种可以容许"，"倘若懂得道理，识力已定的人，自然不妨去看。如能研究批评，便于世间更为有益"①，作为新文学阵营中的一员，周作人虽批判旧文学，却并非排斥其全部，他认为传统文学在某些方面始终存在着研究意义。同时，胡适在《建设的文学革命论》中指出，传统文学所使用的文言是一种"死了的语言文字"，而"死文字决不能产出活文学"②，又称赞蒲松龄的《聊斋志异》虽为文言小说，却"于理想主义之中，却带几分写实的性质。这实在是他的长处"③，在一定程度上认可了文言小说的价值，这实际上与他"死文字""死文学"的相关论点有所冲突。

在新文学阵营的内部，先驱者的传统文学观存在着个体差异，呈现出复杂性与多元性。故而在回顾分析之时，不可只凭某些只言片语进行判断，从而轻易地得出类似于"新旧文学水火不容"的相关论断，这显然悖于史实。在彼时的现代转型急进期，被批判、否定、斥责的传统文学并非一无是处，同样，力挺传统的旧派在历史前进中所起到的作用亦不能轻易否定。如发表《论古文之不当废》《论古文白话之相消长》等文以极力捍卫文言正统地位的林纾，他的翻译实践所用语体虽为文言，但确为晚清国人打开了一扇瞥见西方世界的窗户，并滋养、影响了许多现代作家，钱钟书就曾直言："我自己就是读了林译而增加学习外国语文的兴趣的。……接触了林译，我才知道西洋小说会那么迷人。"④仅仅关注林纾对文言文学的留恋而忽略他的贡献与实绩，这失于偏颇，更何况林纾与新文学的对阵"而其实质则是民族文化传统的韧性表现"⑤。可见，新派并未全盘否定旧文学的价值，而旧派在文学的转型进程中起到了必要的推动作用，"新"与"旧"的统一与融会可见一斑。据此，张中良强调，文学研究与文学史研究不应以结果的"成败"或所谓话语地位的掌控而论英雄。对于五四时期的新旧之战问题，应破除以往"新""旧"二元对立的惯性思维，回归历史情境以还原论争的本来面目，阐明新旧之间互渗与互动的真实境况。"'五四'时期新与旧的错综，是文化转型期历史传统与现实需求、异域文化与本土文化碰撞、交织乃至现代性重构中的必然现象"⑥，也是现代文学建构与完型之路上不容忽略的必然环节。

对于现代文学中的经典作家及经典篇目，张中良并不被现有的某些观点与思维所禁锢。在阐释李劼人的"大河三部曲"时，张中良重申了文本的乡土风格与巴

① 周作人：《人的文学》，《新青年》第 5 卷第 6 号，1918 年 12 月 15 日。
② 胡适：《建设的文学革命论》，《新青年》第 4 卷第 4 号，1918 年 4 月 15 日。
③ 胡适：《论短篇小说》，《新青年》第 4 卷第 5 号，1918 年 5 月 15 日。
④ 钱钟书：《林纾的翻译》，《翻译通讯》1985 年第 12 期第 3 页。
⑤ 张中良：《中国现代文学的历史还原和视域拓展》，北京：商务印书馆，2022 年，第 69 页。
⑥ 张中良：《中国现代文学的历史还原和视域拓展》，北京：商务印书馆，2022 年，第 62 页。

蜀特色,并将论述的重心放置于作品的历史性之上。郭沫若曾作《中国左拉之待望》一文赞颂李劼人,并称其"三部曲"为"'小说的近代史',至少是'小说的近代《华阳国志》'"①。由此出发,张中良对"三部曲"的历史品格展开了细致的体认。他指出,李劼人通过社会场景的描绘,再现出历史的真实与复杂:"历史在这里,呈现出接近原生相的丰富性。"②如《死水微澜》通过对"袍哥"罗歪嘴由横行街市至"大势已去"过程的书写,以及教民顾天成"翻身史"的回顾,由此反映出庚子事变给中华民族带来的重重危机;又如《大波》如实地反映了立宪党人和革命党人在中国近代化推进过程中的作用,李劼人在肯定二者功绩的同时,对他们的矛盾与冲突、幼稚与软弱亦做了客观且充分的展示。对于汹涌澎湃的历史激流,对于已有定论的历史事件,李劼人的"三部曲"尊重细节,不加修饰,所表现的"不是经过意识形态化了的历史,而是作者亲身经历过的并且以历史理性和个人思考烛照过的历史"③,由此,方令人觉其历史书写得细腻与真实。同时,张中良立于史传文学的发展源流,对李劼人"三部曲"的文学史价值和创新性意义作了重新评判。传统的历史小说大致分为两类:"一类是以朝代演进更迭的历史为叙事线索的历史演义,还有一类是以人物(历史上实有其人,或传说中的古代英雄)的经历为叙事线索的英雄传奇",而《死水微澜》则"开创了以民间生活的风俗画来反映重大历史变迁的先河"。④ 换言之,李劼人将鲜活饱满的民间生活图景视作历史的"窗口",通过风俗场景的刻画、平民形象的树立以展现历史的重大转折与变迁,从而完成了对传统历史小说叙事模式的祛魅,也实现了历史小说现代性品格的转化与确立。

对于现代文学研究域内的诸多问题,张中良持以一种"由博返约"的研究态度,他以本源式的研究方法,对学界中的经典问题予以持续性的回顾与阐认。而对于经典问题内部的诸多面向,张中良则看重其"真实性"与"历史性"。换言之,经典的"史"与"实"是张中良学术研究的"根据"所在。而这种选择,正是其历史本位的学术视点与还原式的学术方法所决定的。正如他在自序的结尾所提到的:"历史还原,前景无限",这种对"史"近乎于"迷恋"的治学姿态使张中良的学术之路呈现出审慎、笃实而富于新意的整体特点,同时也为青年学者提供了一种值得参考的路径范本:或许唯有回归中国现代文学史作为"史"的原初属性,并以此作为学术研究的出发点和时刻反省的参照物,方能寻得"前景无限"的研究之路。

---

① 郭沫若:《中国左拉之待望》,《中国文艺(上海)》第 1 卷第 2 期,1937 年 6 月 15 日。
② 张中良:《中国现代文学的历史还原和视域拓展》,北京:商务印书馆,2022 年,第 85 页。
③ 张中良:《中国现代文学的历史还原和视域拓展》,北京:商务印书馆,2022 年,第 90 页。
④ 张中良:《中国现代文学的历史还原和视域拓展》,北京:商务印书馆,2022 年,第 99 页。

中国现代文学研究"史学化"转向及"史料批判"问题探析

——兼及金宏宇《中国现代文学史料批判的理论与方法》

倪万军[①]

摘　要：20 世纪 80 年代中期开始陆续出现了不少中国现代文学史料、史料学研究著作，先后提出"史料学""史学化"和"史料学转向"等问题，从观念、方法和实绩等各个方面，推动了现代文学研究的发展，提升了现代文学研究的层次，使得作为"史学"的中国现代文学研究更加科学、客观、理性。近期金宏宇在此基础上提出"史料批判"的方法和理念，尝试进一步推动中国现代文学史料和史料学研究的发展。本文基于对中国现代文学研究"历史学"品格和"诗史互证"原则的认同，以"史料批判"的问题为立足点，对 20 世纪 80 年代以来关于中国现代文学史料研究的基本状况、论争等略作探析。

关键词：史料学；史学化；史料学转向；诗史互证；史料批判

　　从 1985 年马良春提出"中国现代文学史料学"的概念[②]至今，出现了诸多关于中国现当代文学史料与史料学研究的成果，这些成果以发现和整理、研究史料为目的。从观念、方法和实绩等方面，推动了现代文学研究的发展，提升了现代文学研究的层次，使得作为"史学"的中国现代文学的研究更加科学、客观、理性。而金宏宇的《中国现代文学史料批判的理论与方法》（以下简称《史料批判》）也正是这一背景下，试图"为现当代文学的实证性研究提供某种学理的支撑，为现当代文学的史料研究提供一些规范与方法，为现当代文学史料学的建构提供一种视角或思路"[③]。正是本着这样的目的，金宏宇通过"史料""史料分类""辑佚""辨伪""版本研究""校勘""目录实践""考证方法""注释""汇编"十个专题的研究，以"史料批判"为核心理念，展开对中国现代文学史料研究的批评。本文基于对《史料批判》包含的中国现代文学研究的学术背景及"史料批判"的逻辑框架的分析，探讨中国现代文学研究的"史料"问题、"史料学"问题和近年来所谓"史学化""史料学转向"的动机、原因和"史学化""史料学转向"之后中国现代文学研究的出路。

---

① 作者简介：倪万军，华东师范大学中文系。

② 马良春在《关于建立中国现代文学"史料学"的建议》（该文完成于 1984 年 5 月 5 日，《中国现代文学研究丛刊》1985 年第 1 期刊登）中认为"现代文学领域应该建设起'史料学'"，并且提出建立中国现当代文学史料学的必要性和可能性。

③ 金宏宇：《中国现代文学史料批判的理论与方法》，北京：社会科学文献出版社，2021 年，第 5 页。

一、中国现代文学"史料学"的形成与建构

史料从根本上来说都是物质形态的,是历史研究的主要依据。中国现代文学史料主要包括书信、日记、传记、笔记、手稿、期刊、史志、编目、年谱、音像、文件、遗迹和网络等,虽以文献为主,但也形态丰富多彩。1985 年马良春将史料分为"专题性研究史料""工具性研究史料""叙事性史料""作品史料""传记性史料""文献史料""考辨性史料"七类。① 这种对不同形态史料的分类大致上建立了新时期以来史料研究的基本框架,为后来史料整理、研究和史料学的发展提供了基本依据。

在金宏宇《史料批判》之前,现代文学史料的发现、整理和研究,尤其是以"史料学"为名的理论阐释已经取得了一些成绩,最早如阿英、李何林、唐弢、朱正和丁景唐等,其后如马良春、樊骏、洪子诚、陈漱瑜、范伯群、陈子善和朱金顺等,中青年学者如谢泳、刘增杰、吴秀明、赵普等。其中马良春、朱金顺②、樊骏③是比较早的对史料研究的方法和理论进行系统探讨的学者,但是长期以来中国现代文学史料研究并没有形成更深入更有影响更具有创新性的系统性的理论体系和方法。当然,维持一种学科的稳定发展是可能的甚至是容易的,但是要推动一种学科的创新性发展并不简单。

诸如以上三代学者,更多的是以个人之力沉浸在某一领域史料中,发现、整理和研究。比如朱正《鲁迅回忆录正误》《鲁迅手稿管窥》等,尤其前者对许广平《鲁迅回忆录》中涉及二十多个问题进行辨析和考证,指出许广平著作的不实之处,而且得到冯雪峰的首肯:"觉得你'正'的是对的,你确实花了很多时间和很大精力,做了对于研究鲁迅十分有用的工作。不这样细心和认真加以核正,会很容易这么模模糊糊地'错误'下去的。"④比如洪子诚《材料与注释》第一部分 8 篇文章,以讲话稿、会议记录、检讨书等特殊材料为依据,本着"为手头一些材料寻找适当的处理方法","为材料的确切性提供支持,或暴露其疑点",正是这种"'亚'文学史叙述"或文学史的"微弱叙述"⑤形成对 20 世纪 50 年代至 70 年代文学史的生动补充,并且"试图建立一种对话的关系。不仅是作者与研究对象(人、事)之间的对话,而且对象与对象,对象自身不同时间、不同处境之间的对话"⑥。正是这种"对话"建立起材料和注释之间的关系,形成对史料的特殊审视,为材料背后许多难以直说的内容、事件寻找一种可以言说的线索、可能。洪子诚以《中国当代文学概观》《中国当代文学史》《中国当代新诗史》等名世,近些年却又以《史料与注释》打

① 马良春:《关于建立中国现代文学"史料学"的建议》,《中国现代文学研究丛刊》1985 年第 1 期,第 81 页。
② 朱金顺于 1986 年出版《新文学资料引论》,是第一部现代文学史料学专著。
③ 1989 年《新文学史料》第 1 期、第 2 期、第 4 期三期连载了樊骏的长文《这是一项宏大的系统工程——关于中国现代文学史料工作的总体考察》,被认为是"现代文学史料学这个分支学科的里程碑式的著作"(严家炎语)。
④ 冯雪峰:《代序:冯雪峰致朱正的信》,朱正《被虚构的鲁迅:〈鲁迅回忆录〉正误》(增订本),海口:海南出版社,2013 年,第 3 页。
⑤ 洪子诚:《〈材料与注释·自序〉的几点补充》,《文艺争鸣》2017 年第 3 期,第 68—69 页。
⑥ 2014 年 5 月 12 日洪子诚给笔者的电子邮件。

开当代文学史研究、处理当代文学史料的新局面。另外比如陈子善的史料钩沉，在张爱玲、周作人、郁达夫等作家史料的挖掘、研究方面成就斐然，作出了不可磨灭的贡献。

还有一些学者，如前所述马良春、朱金顺、樊骏、刘增杰等则致力于推动"史料学"的建设，一方面对史料研究的整体情况予以归纳和总结，一方面着力推动史料学的理论建设。1985 年，马良春较早明确提出建立中国现代文学史料学的问题，并从三个方面提出建立中国现当代文学史料学的必要性和可能性。他认为，首先现代文学资料工作在发展中已经打下了很好的基础，为建立"史料学"提供了条件；其次是一些热心于资料工作的学者逐步形成了资料工作队伍的雏形；再次是领导部门，包括图书馆、出版社等单位的重视，给资料工作的建设提供了大力支持。① 同时，马良春在为朱金顺《新文学资料引论》所写的序中把 20 世纪 80 年代中期之前中国现代文学资料建设和发展分为中华人民共和国成立前的开创阶段、1950—1966 年的勃兴阶段、1978—1984② 年的深入阶段③，这种分法大致上是比较符合现当代文学学科和史料研究发展的过程的。针对史料建设存在的问题，马良春在该序言中还提出一方面"要把资料建设作为一门学问，从事此项工作的人要有专门的修养和知识"，一方面要"全国一盘棋，全面规划，统筹安排"。④

1986 年朱金顺在《新文学资料引论》中提出"资料学"的说法，主要以版本、校勘、目录为研究对象，重在资料的收集、整理和考证。朱金顺的研究承袭明清朴学的治学方法，强调中国现代文学资料研究的实践性、实证性。从现在来看，"资料学"的提法和研究对象虽有一些局限，但该著是现代文学史料学领域第一部理论著作，是奠基之作，其意义和价值不容忽视。1989 年樊骏在《新文学史料》第 1 期、第 2 期、第 4 期三期连载了一篇长文《这是一项宏大的系统工程——关于中国现代文学史料工作的总体考察》⑤，这是樊骏先生对中国现代文学学科总体建设思考中的一部分。这篇八万字的长文，被认为是"现代文学史料学这个分支学科的里程碑式的著作"⑥，该文详细梳理了新时期以来史料建设所取得的进展和非凡成就，同时提出史料建设存在的问题，尤其是对于"活的史料"、非文字性史料的关注，关于史料的鉴别、考证等，同时樊骏还指出，"史料工作还没有形成一套完整严格的规范"，尤其"从史料工作者需要具备怎样的知识修养，到应该如何进行史料工

① 马良春：《关于建立中国现代文学"史料学"的建议》，《中国现代文学研究丛刊》1985 年第 1 期，第 79—80 页。
② 马良春写作该序文的时间是 1986 年，这里的 1984 年是指他写作《关于建立中国现代文学"史料学"的建议》的时间节点。
③ 马良春：《序》，朱金顺《新文学资料引论》，北京：北京语言学院出版社，1986 年，第 2 页。
④ 马良春：《序》，朱金顺《新文学资料引论》，北京：北京语言学院出版社，1986 年，第 3 页。
⑤ 后该文以《关于中国现代文学史料工作的总体考察》为题，先后被《论中国现代文学研究》（上海：上海文艺出版社，1992 年）、《中国现代文学论集》（北京：人民文学出版社，2006 年）收录。
⑥ 严家炎：《序言》，樊骏《中国现代文学论集》，北京：人民文学出版社，2006 年，第 2 页。

作,再到如何检验工作成果,它应该达到何等水平等,都缺少具体明确的要求和标准"。① 所以,樊骏特别指出,史料建设工作中特别值得一提的是中国现代文学史料学的酝酿,而且"史料学的建立,将减少实践中的盲目性,提高工作的科学性,为史料工作的健康发展,起到事半功倍的作用"。② 贾植芳在为潘树广等主编的《中国文学史料学》所写的《序》中明确指出:"中国文学史料学,作为中国文学和历史学的交叉学科,又是中国文学史研究的基础学科之一。"③刘增杰则进一步提出:"中国现代文学史料学不是一大堆史料的集合、拼凑。史料学应具有思想力和学术生命力。"④此后谢泳、吴秀明、赵普等对中国现代文学史料学的建设及理论构想均有纵深推进,但在具体分析和研究中则多倾向于对史料本体,尤其是史料形态、分类等问题的研究,而缺乏对作为中国现代文学学科分支——"史料学"的本质问题的持续探讨,还没有能够依据中国现代文学史料的复杂形态及史料研究所面临的新问题,逐步形成自己的学术规范、学术流程而建立系统性的知识结构。

但也有学者反对"史料学"这一学科分支的提法。赵卫东认为:"在文学这个一级学科之下,无论是现代文学、古代文学还是外国文学、文艺学等,都没有另外的、针对它们的更具体的'史料学',如古代文学史料学、现代文学史料学之类。我同时也相信,不但在文学这个一级学科中,就是在历史学这个学科中,也不可能再有诸如先秦史史料学、明代史史料学之类的东西。"⑤赵卫东引《辞海》对史料学的介定——"研究史料的源流、价值和利用方法的学科,历史学的辅助学科。同考古学、文字学、档案学等均有密切关系"——认为"'史料学'研究的是有关史料问题的方法论,而并不针对某一个具体的学科"⑥。但一种学科的演变一定是随着人们认识的不断深化而发展的,不是凝固不变的。既然历史学可以有史料学作为辅助或分支学科,为什么文学不能有文学史料学作为辅助和分支学科呢? 只要承认史料的存在,就不应该否认史料学。即便是当代文学,我们也不能回避史料的意义和价值,更何况当代文学的时间跨度早已经超过了现代文学三十年,它的时间积淀,它的历史纵深,怎么可能不能承担"史料研究"之重呢? 如前文曾述及的洪子诚的《材料与注释》,另有黄发有以《中国当代文学传媒研究》为代表的大量研究成果都是以当代文学史料为主要研究对象的。即便如赵卫东反复强调的文学批评,也不能完全彻底脱离摆脱史料的存在,毕竟批评也不是孤立的,不仅仅是赵卫东

---

① 樊骏:《这是一项宏大的系统工程——关于中国现代文学史料工作的总体考察(下)》,《新文学史料》1989年第 4 期,第 204 页。

② 樊骏:《这是一项宏大的系统工程——关于中国现代文学史料工作的总体考察(上)》,《新文学史料》1989年第 1 期,第 72 页。

③ 贾植芳:《序》,潘树广等主编《中国文学史料学》,上海:华东师范大学出版社,2012 年,第 1 页。该著作把中国文学史料当作历时性概念,既包括古代文学史料,也包括近代文学史料和现代文学史料,所以也算是较早论及中国现代文学史料学的著作。该著作最早于 1992 年 7 月由黄山书社出版,1996 年 12 月台北五南图书出版股份有限公司出版过繁体竖排版。

④ 刘增杰:《前言》,《中国现代文学史料学》,上海:中西书局,2012 年,第 8 页。

⑤ 赵卫东:《当代文学研究的"史料学转向"是个伪命题》,《学术月刊》2017 年第 49 卷第 10 期,第 5 页。

⑥ 赵卫东:《当代文学研究的"史料学转向"是个伪命题》,《学术月刊》2017 年第 49 卷第 10 期,第 5 页。

所说的"对作家来说,他此时需要的恐怕只是评论家嘴里的'好'或'不好'或'差不多',以及为什么'好''不好''差不多'"①,一篇优秀的批评既需要批评家敏锐的艺术感知,也需要批评理论的支撑,更需要把批评对象置于文学史整体的坐标中考察、对比、分析、评判。所以并不存在某种纯粹性的,只会、只能说好与坏的文学批评,这样的所谓批评和文学批评应该秉持的责任和使命也大相径庭了。

所以,不管是文学批评,还是文学理论与文学史论研究,都是在文学研究的整体框架中进行的,不存在孤立于文学研究而单独存在的文学批评,如果有那也一定是肤浅的,没有太大意义的,正如吴俊所说:"这种不受约束、恃才高蹈的文学批评,延及一般当代文学研究,虽则文辞灿烂,炫人耳目,实如出轨之车、脱缰之马,所过之处常常言不及物,不知所云,难得真有建设性的裨益。"②

二、作为观念的"史料批判"与"史学化""史料学转向"

经过近一个世纪对中国现代文学史料发掘、整理与研究的实践,经过几代学人对中国现代文学史料学理论与方法的探讨与阐释,中国现代文学史料研究已自成体系,中国现代文学史料学研究已初具规模。在此背景下金宏宇提出"史料批判"的问题,意在将史料研究和史料学探讨推进一步,"为现当代文学的实证研究提供某种学理的支撑,为现当代文学的史料研究提供一些规范与方法,为现当代文学史料学的建构提供一种视角或思路"③。而对于现当代文学史料和史料学研究而言,金宏宇的核心概念是"史料批判"。

金宏宇在《史料批判》第一章中对"批判"和"史料批判"古今中外的意义及衍变做了较为详细的梳理。需要补充的是,"史料批判"作为历史学方法论,最初是在古希腊杰出历史学家修昔底德的《伯罗奔尼撒战争史》一著中体现出来的。修昔底德认为诗人和早期历史学家的著作"可靠性是经不起检查的;他们的题材,由于时间的遥远,迷失于不可信的神话境界中"④,所以他要求"只用最明显的证据,得到合乎情理的正确结论"⑤,因此修昔底德确定了他叙述历史事件的原则是"不要偶然听到一个故事就写下来,甚至也不单凭我自己的一般印象作为根据;我所描述的事件,不是我亲自看见的,就是我从那些亲自看见这些事情的人那里听到后,经过我仔细考核过了的"⑥。修昔底德抱着理性主义的态度对史料真实性和可靠性的要求,成为近代"史料批判"的基本原则。这应该也是今日历史史料和文学史料研究必须要遵循的基本原则。

此外,有学者认为"最早是伏尔泰和孟德斯鸠在历史编纂学和历史方法中首

① 赵卫东:《当代文学研究的"史料学转向"是个伪命题》,《学术月刊》2017年第49卷第10期,第6页。
② 吴俊:《新世纪文学批评:从史料学转向谈起》,《小说评论》2019年第4期,第5页。
③ 金宏宇:《中国现代文学史料批判的理论与方法》,北京:社会科学文献出版社,2021年,第5页。
④ [古希腊]修昔底德:《伯罗奔尼撒战争史》,谢德风译,北京:商务印书馆,1960年,第17页。
⑤ [古希腊]修昔底德:《伯罗奔尼撒战争史》,谢德风译,北京:商务印书馆,1960年,第17页。
⑥ [古希腊]修昔底德:《伯罗奔尼撒战争史》,谢德风译,北京:商务印书馆,1960年,第17—18页。

先奠定了批判的、科学的理性主义的历史思维模式"①,而被称为近代史学之父的德国历史学家利奥波德·冯·兰克在建立科学史学的探索和努力中真正继承和发扬批判的理念,逐步形成史料批判的方法,而其"所倡导的史料批判学,以及从最原始档案资料中去研究历史的大方向,至今仍无法改变,此一'兰克典范'(the Rankean paradigm),仍不可动摇"②,兰克其实是继承了修昔底德的史学传统,把历史当作艺术又当作科学,而秉持求真精神和批评理念正是科学研究得以发展的主要原因。姚从吾的《历史研究法》受兰克和伯伦汉的影响,提出"史料的批评",包含外表的批评和内容的批评,即"史料的来源是否真实,已认为真实的史料,所记事迹与事实的真相是否符合"③。不论是"史料的批评"还是"史料批判",其作为历史史料研究的方法和观念,同样适合文学史料研究。

在通常情况下,文学史料研究一般包含问题的提出、史料的收集、史料批判、文学解释四个方面,而史料批判处于重要环节。金宏宇《史料批判》和现有中国现当代文学文献、史料研究相比,在内容层次、思想深度等方面有所增加,也使得史料研究更全面更系统,而且从客观上有助于将历史学研究方法和观念使用到文学史研究之中,推动文学史研究"史学化"发展。

另外,金宏宇在该书导论中认为:"本书是学界第一部从'史料批判'角度研究中国现代文学史料的论著,是运用批判性思维对现代文学史料批判的内容、规范、方法、价值等的一次较完整的总结和反思。"④但在 2017 年,斯炎伟在谈到中国当代文学史料研究的思维问题时就提出史料研究的批判性思维,他认为"史料研究中的批判性思维,通常被理解为对史料的是非甄别、去伪存真以及对史料的个性化阐释,即'面向史料批判'",同时他指出史料研究的批判性思维还应该有面向自我的批判,"对自我的研究活动有一种警觉与自省的意识"。⑤ 此处斯炎伟提出批判性思维一方面是针对当代文学史料研究的学术理念、价值体系和研究方法等还不够稳定;另一方面是因为当代文学研究容易受到社会思潮与研究风尚等的影响,所以针对研究实践又提出史料研究值得注意的两个问题:一是历史阐释的似是而非的问题,一是容易以道德的批判取代学术研究。因此,斯炎伟提出史料研究的批判性思维同样包含着对史料的甄别、考据和反思,而他提出当代文学史料研究中批判性思维也适用于整个 20 世纪中国文学史料研究。所以说,《史料批判》应该可以称为史料批判的第一部学术"专著",但严格来讲金宏宇不是第一个提出"史料批判"这种观念的学者。

另外,金宏宇提出"史料批判"有一个重要前提,即"史料学转向"问题。在《史料批判》导论的开始部分,金宏宇只是提出了"史料学转向"问题,但在此书中

① 朱本源:《历史学理论与方法》,北京:人民出版社,2007 年,第 320 页。
② 汪荣祖:《史学九章》,北京:生活·读书·新知三联书店,2006 年,第 23 页。
③ 姚从吾:《历史研究法》,黄人望、柳诒徵、李季谷等撰,李孝迁编校《史学研究法未刊讲义四种》,上海:上海古籍出版社,2015 年,第 221 页。
④ 金宏宇:《中国现代文学史料批判的理论与方法》,北京:社会科学文献出版社,2021 年,第 15 页。
⑤ 斯炎伟:《当代文学史料研究中的理论思维问题》,《学术月刊》2017 年第 49 卷第 10 期,第 20 页。

并没有就"史料学转向"展开深入讨论。其实提出或者倡导史料批判的重要前提是"史料学转向",因此有必要对中国现当代文学研究的"史料学转向"问题做一简单的梳理和交待。

比较集中地探讨中国现当代文学史料转向问题大概是 2017 年前后,当时郜元宝和吴俊、钱文亮等学者都曾撰文对"史学化"或"史料学转向"提出过重要的意见。另外《学术月刊》2017 年第 10 期刊登过一组总题为《当代文学研究中的"史料学转向"现象聚焦(笔谈)》的笔谈文章,对"史料学转向"问题有过深入探讨。虽然这组笔谈文章是以现代文学进程中的"当代"作为主要研究对象,但是这个话题讨论的意义和价值并不限于"当代"。

当然,所谓"史学化""史料学转向"等,都是基于 20 世纪 90 年代以来中国现当代文学研究的困境而言的,甚至也可以理解为"失缺了轰动效应"之后寻求出路的努力。其实即便是像郜元宝等学者早已经敏锐地意识到这个危机的存在,但似乎也不能改变什么,因为从根本上而言,今日的文学研究和"学术生产"在很大程度上已经变成了学者的独唱,变成了大学里或者研究部门自导自演的独门绝技,"养在深闺人未识",已经和社会现实之间横亘着一条无法抹平的巨大鸿沟。

郜元宝在《"中国现当代文学研究"的"史学化"趋势》一文中详细梳理了 20 世纪 90 年代以来中国现当代文学研究的普遍趋势——"由文向学"或"由文向史",即"史学化"的相关问题,指出文学研究"史学化"所面临的各种复杂因素和目前存在的问题。其中一个重要的问题就是"大多数学者的主业在'文'而不在'史',所以史料的搜集、甄别和解读皆甚感吃力,同时'文'这一面往往又不能兼顾,以至于出现'有史而无文'的偏枯"。① 所以,从"史学化"过程中学者面临的困境出发,郜元宝认为应该"牢牢抓住作家主体为中介来考察社会政治、思想文化与文学演变的关系","这样的描绘才是有血有泪有哭有笑的活的文学史"。②

为了解决郜元宝的忧虑,既要推动文学史研究的外部因素,又要提高内部研究的水平,所以提高"史料批判"的层次可能是一种有效的手段,如果学者既有对"文"的解析能力,又对史料的发掘、整理和分析辨别能力,那么"史学化"的转向也就会成为可能。正如金宏宇指出的:"对史料不仅强调要有同情的了解,更强调要有批判的了解。在整个批判活动和批判过程中,需要保有的也应是一种'实事求是''多闻阙疑',甚至'不疑处有疑'的批判精神和态度。"③凭借对史料客观、理性、科学、诚恳的态度,"由文向学"或"由文向史"的可能会进一步增加,即像郜元宝进一步指出的:"如何在'由文而学'、'由文而史'的同时保持文学研究的一些看家本领,自由地'出入文史',作出精当的'诗史互证',应是今后'中国现当代文学研究'追求的目标。"④而王彬彬也提出"将历史研究与文学研究相结合,让历史与

① 郜元宝:《"中国现当代文学研究"的"史学化"趋势》,《中国现代文学研究丛刊》2017 年第 2 期,第 16 页。
② 郜元宝:《"中国现当代文学研究"的"史学化"趋势》,《中国现代文学研究丛刊》2017 年第 2 期,第 19 页。
③ 金宏宇:《中国现代文学史料批判的理论与方法》,北京:社会科学文献出版社,2021 年,第 7 页。
④ 郜元宝:《"中国现当代文学研究"的"史学化"趋势》,《中国现代文学研究丛刊》2017 年第 2 期,第 16 页。

文学相互印证、相互说明"①、"中国现代文学研究"与"中国现代历史研究"互动,实现文学与历史研究的"诗史互证"。

中国现代文学与现代历史、思想史、文化史等之间有不可分割的紧密关联,尤其在现当代文学进程中,很多作家本身的身份就比较复杂,他们并不是只从事文学创作,比如周扬、郭沫若、冯雪峰、丁玲、柳青和赵树理等,他们在文学创作领域获得丰硕成就,但同时还参与社会甚至革命工作,在思想史和文化史上有一定的地位和影响。所以,在涉及这些作家的"文"和"史"的问题时,或者在涉及这些作家研究"史学化"过程中,如何理解文学与史学的界线也是不得不面对的问题。正如洪子诚先生提出的"文学史到底是'历史'还是'文学'"②,如何既保证文学阐释的主观性,又保证历史研究的客观性,这可能是文学研究"史学化"的难题。

在吴俊的文章中,"史学化"被表述为"史料学转向"。当然,严格地来讲,"史学化"和"史料学转向"并不是同一个问题。史料只是史学研究所依赖和凭借的一种对象,并不是史学的全部,或者并不等同于史学。所以中国现当代文学研究的"史料学转向"只是"史学化"的一种表现,或者是进一步推动"史学化",使"史学化"更加切实可靠,更有依据的努力。而金宏宇则认为"史料学转向"是"现当代文学研究的'新发动'","很好地勾连了史料学与现当代文学研究的深层关系"。③ 而吴秀明则认为是"一场迟到了的'学术再发动'"。④ 但即便如此,如前文所述,依然有一些学者认为"史料建设与史学化研究方法无法抵达文学研究核心"⑤,甚至认为"当代无史料"。吴俊针对"当代无史料"的偏见,从三个方面指出"史料学转向"的动力和可能,其一是"文学史长度所启发的学术自觉,催生了对自身学科发展的系统性反思";其二是受"其他学科的影响及镜鉴";其三,吴俊认为更重要的是制度机制上的原因,"国家学术制度的鼓励与引导,经费、学术评价、学术的现实条件等构成利益驱动的强大杠杆机制"⑥。因此,基于"史学化"或者"史料学转向"的中国现代文学研究,迫切需要史料批判"以增加现代文学史料研究的内容层次和思想深度,也使得对这种文学史料的审视和批判更为严谨、科学、理性和辩证"⑦。

三、"诗史互证"和"史料批判"辩证

如果说"史学化"是中国现代文学研究基于史料研究而开展的研究观念的探索和突破,"诗史互证"则是中国现代文学研究"史学化"的另外一种研究理路和方

---

① 王彬彬:《中国现代文学研究与中国现代历史研究的互动》,《文艺争鸣》2008年第1期,第64页。

② 洪子诚:《问题与方法:中国当代文学史研究讲稿》(增订版),北京:生活·读书·新知三联书店,2015年,第45页。

③ 马天娇、金宏宇:《"史料学转向":现当代文学研究的"新发动"》,《江汉论坛》2020年第10期,第84—89页。

④ 吴秀明:《一场迟到了的"学术再发动"——当代文学史料研究的意义、特点与问题》,《学术月刊》2016年第48卷第9期,第125—132页。

⑤ 姚晓雷:《重视"史",但更要寻找"诗"——也谈当下文学研究中过度强调史料建设作用的迷津》,《学术月刊》2017年第49卷第10期,第10页。

⑥ 吴俊:《新世纪文学批评:从史料学转向谈起》,《小说评论》2019年第4期,第7页。

⑦ 金宏宇:《中国现代文学史料批判的理论与方法》,北京:社会科学文献出版社,2021年4月,第14页。

法的拓展。"诗史互证"的前提是将"历史"和"文学"研究当作两个不同的学科领域，而后再分辨两者"相互促进、相得益彰""相辅相成，又你中有我、我中有你"①的事实。王彬彬认为："中国现代文学是在中国现代这特定的历史条件下发生和发展的，它的兴衰、它的演变，都与历史的进程密切相关。对于历史进程来说，文学的发展又并不纯粹是被动的。文学也有能动的一面。通常我们所说的历史，是指政治史。政治史当然影响着甚至在一定程度上决定着文学史。在中国现代，由于政治与文学的关系空前紧密，政治对文学的作用也就表现得空前明显。但是，在中国现代，不仅是政治作用于文学，文学也以自己的方式作用于历史。换言之，不仅是历史在某种意义上创造了文学，文学也在一定意义上创造了历史。"②这一理念明确了历史和史学研究方法在文学研究中的重要作用，也使得中国现代文学史料研究的合法性地位得到进一步的加强。不仅现代文学研究需要史料研究，当代文学研究也需要史料研究，在史料研究加持之下的文学研究，才能更加有效实现"诗史互证"的理想。

　　如果像有的学者所说，当代文学没有史料学，当代文学研究不需要"史料学转向"③，那么至少有一个难以回答的问题是——文学史的写作该如何实现？而且，众所周知的是，百年中国历史和文学发展演变之间关系密切，历史进程影响着文学发展，文学的发展演变又反证历史的进程。尤其从晚清至 20 世纪 70 年代，文学与历史根本就纠缠不清，无法分割。且不说梁启超倡导文学革命的社会功利性考量，且不说五四前后文学与政治相互影响和促成，且不说 20 世纪 30 年代上海左翼文学勃兴与当时上海复杂的政治力量的角逐。单就几个简单的个案即可看出"诗史互证"的重要性和事实状况。比如《新青年》杂志的创办，其中既包含着陈独秀等人的政治诉求，但又无意中成为新文化运动的舞台，对新文学的发生作出不可估量的贡献。又如新文化运动初期最著名的几位干将中的胡适、陈独秀等，不但在文学领域作出杰出的贡献，而且在思想、文化、政治领域均有不可忽视的影响。在诸多《新青年》问题研究中，王景山《关于〈新青年〉问题的若干封信》一文在研究方法上值得注意。该文通过梳理 1920 年底至 1921 年初《新青年》同人之间 15 封往来书信(包括 4 封缺信)，将考证与注释相结合，清楚呈现出五四之后复杂的时代背景下《新青年》的转向、困境和出路等问题，尤其《新青年》同人之间的关系和纠葛。正如王彬彬所说："在中国现代，有许多事件和人物，既是政治性的，又是文学性的。政治性和文学性在这些事件中，在这些人物身上，往往相互制约、相互影响。"④借此形成异常生动的文学和历史生态。

　　而要在中国现代文学研究领域实现或者落实"诗史互证"的理想，则需要在对史料的处理中推动"史料批判"的理念。金宏宇认为开展现代文学史料批判，就要"秉持批判意识和批判思维，运用批判方法，对现代文学史料进行搜集、整理、鉴

---

① 王彬彬：《中国现代文学研究与中国现代历史研究的互动》，《文艺争鸣》2008 年第 1 期，第 64 页。

② 王彬彬：《中国现代文学研究与中国现代历史研究的互动》，《文艺争鸣》2008 年第 1 期，第 64 页。

③ 赵卫东：《当代文学研究的"史料学转向"是个伪命题》，《学术月刊》2017 年第 49 卷第 10 期，第 5—8 页。

④ 王彬彬：《中国现代文学研究与中国现代历史研究的互动》，《文艺争鸣》2008 年第 1 期，第 66 页。

别、考证、检讨、挑剔、否定、反思甚至解构等这样一种完整的学术性活动"①，在此基础上他把史料批判分为三个层级②。

金宏宇所谓第一个层级是基础层级，是对史料的基本质素的考究，强调史料的完整性和真确性。第二个层级是深透层级，关注史料的生成、形构、呈现的问题。第三个层级是对史料的本质属性和史料观等问题的批判和追问，被认为是抽象层面或者哲学层面的批判。③ 当然，金宏宇对史料批判的层级划分，意在强调史料使用的不同层次，从史料的收集、整理、爬梳、辨伪，到对史料的检讨、反思、解构，再到对史料开展哲学批判与对史料批判的批判。当然，根据金宏宇的分析，在具体的学术实践中，对史料批判的层级可能更多停留在第一层级、第二层级。比如王景山在1981年版《鲁迅全集》注释工作中衍生出来的研究成果《鲁迅书信考释》，其史料的用功不可谓不深。正如樊骏所说："在旁征博引各方面材料的基础上，通过相互印证，理清了关系，找到了答案，对理解鲁迅的这些信件的确大有裨益，是一项很见功力的成果。"④其"对前期鲁迅书信的考证，是内证与外证相结合，是前后信内容互证互补、收信人生前的相关回忆和查核当时书刊披露史料相结合"⑤，王景山对鲁迅书信的考证和注释，涵盖了史料批判的第一层级、第二层级，厘清了鲁迅书信所包含的一般问题。

但也有一些研究可能达到史料批判的第三层级。如伏尔泰的《查理十二世本纪》因为过多信赖二手材料和目击者的叙述而被认为缺乏精确性，因此在写作《路易十四时代》时，伏尔泰特别注重史料批判，写作前曾详细研究过成百卷回忆录和数以百计的信件，凡是涉及的史料无不一一穷尽，不仅详细考证史料的真伪，而且依据经验和知识判断事实发生的可能性，"他认为事物不可能像轻信的、有成见的见证人所报道的那种方式下发生，所以还要根据理性来判断事情所能发生的唯一可能"⑥，伏尔泰正是通过披沙拣金去芜存菁的工作，呈现出人类精神和艺术在路易十四时代所能取得的杰出成就，也借此一线贯穿欧洲的文明史文化史。因此《路易十四时代》所体现出来的，不仅仅是历史批评的方法和理念，不仅仅是历史学家的心智和意志，它在方法论上代表的是一个宏大的历史研究体系。不过，至少在中国现代文学史料批判领域，大多数情况下对史料批判层级的划分也可能也并非如此复杂和抽象。因为对研究者而言，比较重要的问题其实是，以什么样的态度对待史料，便会收获什么样的研究成果。而史料批判就是辨别真伪探求真相，其最根本的目的就是尊重历史还原历史。

因此，从史料批判到"诗史互证"，最重要的前提是必须保证"诗"与"史"的客

---

① 金宏宇：《中国现代文学史料批判的理论与方法》，北京：社会科学文献出版社，2021年，第15页。
② 金宏宇使用"层级"的说法，详见《中国现代文学史料批判的理论与方法》，北京：社会科学文献出版社，2021年，第15—32页。
③ 金宏宇：《中国现代文学史料批判的理论与方法》，北京：社会科学文献出版社，2021年，第15—26页。
④ 樊骏：《这是一项宏大的系统工程——关于中国现代文学史料工作的总体考察（上）》，《新文学史料》1989年第1期，第69页。
⑤ 陈子善：《增订本序言》，王景山《鲁迅书信考释》（增订本），北京：文化艺术出版社，2013年，第3页。
⑥ 朱本源：《历史学理论与方法》，北京：人民出版社，2007年，第327页。

观、科学、合理,符合基本的文本规律、历史事实和学术逻辑,因此要通过史料判断史料的真实性,但也不能完全依赖史料,既要充分考虑到史料的使用限度,又要考虑到对史料的创新性使用,最大程度发挥史料的价值。近年,中国现当代文学研究领域比较具有典范意义的便是洪子诚的《材料与注释》,这部著作的一系列文章可以被当作史料批评的经典之作。同时如果把它们当作 20 世纪 50 年代至 70 年代文学史的补充的话,它所构建的文学史景观恰好可以成为这一段中国历史最精彩的注脚,尤其领袖讲话、知识分子自我批判和检讨材料,这是最特殊最能体现时代特征的史料。《材料与注释》中特别值得关注的是《1957 年毛泽东在颐年堂的讲话》,这篇文章的正文部分,除了开头两小段洪子诚的说明,其余内容是 1957 年 2 月 16 日上午 11 时至下午 3 时半毛泽东和其他中央领导人在内的 28 人的谈话记录,这篇文章的主体史料,是洪子诚 1967 年春天在中国作家协会看到的。除了正文部分毛泽东的谈话记录,这篇文章的大量内容是以脚注形式出现,对毛泽东谈话中涉及的相关问题进行了详细的注释,形成史料与史料相互佐证、相互注释的形式。准确还原了文艺界对王蒙小说《组织部新来的青年人》的批评和最高领袖对文艺工作的指导。洪子诚该文对史料的使用,基本上与金宏宇所谓的第三层级相近,超越了第一层级、第二层级,始终保持着清醒理性的史料批判意识。这样对史料的发掘、整理、甄别、组合使用,使得文学文本具备了最新形态的"史"的特征。虽然在《史料批判》中单列了"注释批判"一章,但金宏宇此处所论"注释"依然是通常意义上的注释,只是"把注释视为现代文学文献史料整理中的一种史料批判方法并对其进行重估和批判"[①],这种对注释的理解还不能解释洪子诚《材料与注释》中的"注释"。

王彬彬在文章中以文学研究者的身份强调历史研究对文学研究的意义[②],但实际上,中国现代文学研究的"史学化"和"史料批判"最终呈现出来的一种样态就是向"诗史互证"可能性的发展。

四、结语

从历史学视角来看,史料批判作为方法和观念属于理性主义的历史思维,姚从吾在《历史研究法》中称之为"史料的批评",并将其作为"史源学"的一个分支问题,与"史料分类""史料的搜集与出版""史料的解释""史料的保管与分类""史料的关系"等问题并置。按照历史学研究的基本逻辑,历史学的研究对象"是人类社会的活动,但实际上所能研究的,却只是人类社会活动的记录……简单说即是'史料'"[③],所以文学研究的最终对象归根结底其实也是史料(文学文本也是史料之一种)。所以在中国现当代文学研究领域,有与历史学大致相近的史料批判对象和

---

① 金宏宇:《中国现代文学史料批判的理论与方法》,北京:社会科学文献出版社,2021 年,第 241 页。

② 王彬彬:《中国现代文学研究与中国现代历史研究的互动》,《文艺争鸣》2008 年第 1 期,第 64—69 页。

③ 姚从吾:《历史研究法》,黄人望、柳诒徵、李季谷等撰,李孝迁编校《史学研究法未刊讲义四种》,上海:上海古籍出版社,2015 年,第 169 页。当然,历史学研究除了文本意义上的"史料",另外一类重要的研究对象就是考古挖掘出来的实物"史料"。

体系。

最早马良春提出史料分类批判的思路,即按照史料的属性将史料分为专题性、工具性、叙事性、作品类、传记性、文献性和考辨性史料七类。随后朱金顺在史料研究方法和内容上分为五个方向,即资料的收集和整理、考证、版本、校勘、目录。① 而樊骏和谢泳等又先后对各种不同性质、不同形态史料的使用有较为详细的分析和说明,为史料和史料研究在具体学术实践中的落实提供了具体可行的指导。刘增杰又指出中国现代文学史料学和中国现代学术发展的相生相伴的关系。② 这基本上系统解决了中国现代文学史料研究所能遇到的根本问题。金宏宇在此基础上进一步提出"史料批判"的概念,意在用批判性思维整合、解决中国现代文学研究的史料问题。金宏宇在研究方法上主要包含三个层次。首先通过对"批判""史料批判"源流的梳理和辨析,将"史料批判"运用到中国现代文学史料研究之中,明确了文学史研究和普通历史学研究在方法上的让渡与关联。其次把"史料批判"当作理论、观念和具体研究方法,提高史料研究的高度和层次,尤其他提出史料批判的三个层级的观念,更是推动史料研究向纵深发展。最后按照史料研究的方法和内容开展"史料批判",这是金宏宇《史料批判》的主体内容,主要包括分类、辑佚、辨伪、版本、校勘、目录、考证、注释、汇编九类,比最早朱金顺对研究方法和内容的分类更加完善充分。

金宏宇此种学术设想和理论探讨最重要的意义和价值在于推动中国现当代文学的"史学化"和"史料学转向"。正如 1984 年 9 月 2 日樊骏在中国现代文学研究会第三次年会上的发言中所说:"中国现代文学研究工作的众多变化和进展中,最重要的莫过于从单纯的文学批评向综合的历史研究的转化,或者说这个学科开始具有越来越多的历史研究的成分和特点。"③ 此后钱理群进一步提出:"我们对'文学'与'文学史'以及'现代文学'的理解,已经发生了许多变化,并形成了新的研究思路,即在原来的史料的重新开掘的基础上,把现代文学的文本还原到历史中,还原到书写、发表、传播、结集、出版、典藏、整理的不断变动的过程中,去把握文学生产与流通的历史性及其与时代政治、经济、思想、文化、教育、学术的复杂关系。"④ 即便是在现在看来,这些观点对于中国现代文学研究依然具有非常重要的指导意义。

当然,史料批判归根结底是要回到研究本体即史料上,所以史料批判的首要任务是确定史料的真实性、有效性,既要宏观把握理论倡导,又要"挑针孔、钩细线,也得附重荷、走远路"⑤。金宏宇在《史料批判》后记中引用洪子诚的话:"每写

---

① 朱金顺:《新文学资料引论》,北京:北京语言学院出版社,1986 年,第 7 页。

② 刘增杰:《中国现代文学史料学》,上海:中西书局,2012 年,第 2 页。

③ 樊骏:《关于开创中国现代文学研究新局面的几点想法》,《中国现代文学研究丛刊》1985 年第 1 期,第 51 页。

④ 钱理群:《中国现代文学编年史:以文学广告为中心(1915—1927)》,北京:北京大学出版社,2013 年,第 1—2 页。

⑤ 《发刊辞》,《当代文学史料研究丛刊·第一辑》,台北:大吕出版社,1987 年,第 5 页。

完一本书后，总要大病一场，病后又继续写他的新书。"这大概是学术生产中忘我的创作状态，这种写作状态，我们听得最多的案例可能也不过是曹雪芹写《红楼梦》，路遥写《平凡的世界》，陈忠实写《白鹿原》。虽然学术生产可能更见其难，但是当今学界也没有多少人能写到大病一场，虽然我们不知道学者的写作状态，但是我们可以从成果反推，没有多少著作是值得用大病一场换取的。尤其现在，甘于寂寞，皓首群经，志于史料工作的学者更是凤毛麟角。

"诗性"的批评与"有情"的主体

——评吴晓东《文本的内外：现代主体与审美形式》

朱 彤[①]

摘 要：《文本的内外：现代主体与审美形式》延续了吴晓东一以贯之的研究路径：既以"文学性"为信仰，迷恋感性和细节，有着本雅明般"显微镜式的观察"和"不屈不挠地控制理论分析的能力"；又以"文学性"作为方法，不断延展文学想象及其体验的边界，巧妙融入历史、社会与人的面向，葆有探索生命的虔诚与表现心灵的热忱。文学与历史、"主体"与"他者"、审美与伦理、研究者与研究对象、"文本中的主体"与"历史中的主体"、传统与现代、新与旧、中与西等诸多范畴在文本内外交织与汇合。由此，敞现了一种开放性、复杂性和多元性的言说空间，为形式诗学与文化诗学的兼容提供了一个可能的前景，于无形中建立起了一种"诗性"的批评范式，并呈现出一个"有情"的主体。

关键词：吴晓东；《文本的内外》；"诗性批评"；"有情"的主体

吴晓东的文学研究往往给人一种奇妙的、双重的阅读体验，显露出一种迷人的风采与巨大的张力：一面散发着诗意、灵性与生气的诗人精神特质，一面则携带着具有某种思辨色彩的哲学家意味；一面有着本雅明般"显微镜式的观察"与"不屈不挠地控制理论分析的能力"，一面则保持着探索生命的虔诚与表现心灵的热忱。或可将吴晓东的两面性或者说两重面相，归因于其多年来在美学和哲学思潮背景之下理解文学的思维习惯，及其在研究中对"诗性"和"理性"的良好融合与平衡。可以说，吴晓东恰如海德格尔般始终在"诗"与"思"之间漫游与行走：既对感性和细节保有热情，又融入更具历史感和哲学深度的观照视野；既"精耕细作"，又不乏"大关怀"；既注重"审美"与"形式"，又追寻"意义"与真理。

《文本的内外：现代主体与审美形式》（商务印书馆2021年版，以下简称《文本的内外》）延续了吴晓东一以贯之的研究路径：一方面，以"文学性"作为信仰，透过文本细读和"形式"分析深入文本的精微处，寻求"文学"之所以为"文学"的内在原理与构成依据，抑或说形式化的诗学机制；另一方面，则以"文学性"作为方法，不断从文本内部"抽离"向外蔓延与推展，引进社会、历史的面向，引入"现代性""意识形态""诗学的政治"等"非文学性"视野，回溯创作主体的原初"境遇"，回到历史细部，探讨时代、文化、政治与人等诸种向度在"文学"场域中的交织与互动。由

---

① 作者简介：朱彤，华东师范大学中文系博士研究生。

此,《文本的内外》敞现了一种开放性、复杂性和多元性的言说空间,为形式诗学与文化诗学的兼容提供了一个可能的前景,建立起了一种"诗性"的批评范式,并呈现出一个"有情"的主体。

一、"诗性"的批评:兼容形式诗学与文化诗学

《文本的内外》集结了吴晓东近二十年间的十八篇重要学术论文,以与洪子诚关于"文学性"的对话作为代序,通过对鲁迅、郁达夫、张爱玲等现代经典名家,废名、沈从文为代表的京派小说家,以及卞之琳、何其芳等现代派诗人作品的深入阐释,牵扯出文本之"内"与文本之"外"的一系列关键性论题:透过郁达夫小说中的"疾病叙事"和"爱欲"话语反思中国现代文学审美视域与现代性问题的复杂关系;从 20 世纪 30 年代现代派诗人营造的"镜式"文本中探究中国现代历史中的主体性建构问题;从沈从文《长河》中"传媒符码"的介入思考《长河》的意识形态特征发现 20 世纪 40 年代沈从文的文化关怀与政治热情,进而对国家主义和地域话语之间的张力进行探询;通过卞之琳小说《山山水水》中的诗性文体与诗意化细节考察战争年代诗意话语和政治话语之间的纠缠关系;从张爱玲小说中的空间建构发现张爱玲的沦陷体验与国族意识;透过郁达夫山水游记中"矛盾的风景观"发现"风景"与"权力"内在关联性;等等。

不难看出,在《文本的内外》中,无论是对诗歌、小说的阐释,还是对戏剧、山水游记的研究,吴晓东均从文本内部出发,经由细小之物最终指向某种宏大的实在。吴晓东对文本"内"和"外"的互通与融合,实际上源于他对艺术、对文学的独特看法和理解,即艺术(包括文学)的意义和意味并不是直接以"内容"而是通过巧妙的"形式"传达的,"艺术在本质上是一种心灵与生命的形式。但是这深广、渊博的生活又是难以捕捉的,它不是艺术品的内容直接告诉我们的东西,而是隐藏在艺术形式的背后,与形式水乳交融地结合在一起的东西,是积淀着的内容,是有意味的形式,用比尼恩的话说,是'思想与质料'的融合"[①];而"文学"也并没有某种单一的定义或本质化的概括,它"既是一种'成品',也是一种生产(作家的创作)与流通(印刷、阅读、批评以及产生社会影响)的过程,同时文学在其创作与阅读过程中直接关涉的是人们的心灵活动和精神历程"[②]。正是在此种对艺术、文学的丰富复杂认知意义上,吴晓东的文学研究摆脱了某种本质主义、一元论的倾向,不仅消解了"形式"与"内容"、"形式主义"与"历史主义"的二元对立模式,也由此超越了 20 世纪 80 年代"向内转"的"审美批评"和 20 世纪 90 年代"向外转"的"文化批评",建立起了一种形式诗学和文化诗学、感性批评与理性批评兼容的"诗性批评"范式。

暂且宕开一笔,有必要对"诗性"进行一番解释。作为一个有着复杂的知识谱系的词语,"诗性"的概念显然是模糊和难以界定的,它并不只是"诗的特性"那么简单。关于"诗性",最被人所熟知的莫过于维柯在《新科学》中所提出"诗性智慧"(Poetic Wisdom),维柯将各门技艺与各门科学的"粗糙的起源"归结为一种诗性

---

① 吴晓东:《文本的内外:现代主体与审美形式》,北京:商务印书馆,2021 年,第 446 页。
② 吴晓东:《文本的内外:现代主体与审美形式》,北京:商务印书馆,2021 年,第 3 页。

的或创造性的玄学,从这一玄学中派生出的诸如逻辑功能、伦理功能、经济功能和
政治功能等也全是诗性的①,进而使我们在一种更为宏观的意义上理解"诗
性"——不仅仅是文学和美学层面的,还跨越文学与哲学、科学等诸种边界,乃是
一个能够通往无限可能的通孔。受维柯"诗性"和"诗性智慧"的启发与影响,学者
陈剑晖提出了一种理想的"诗性批评"范式,并从四个层次阐释"诗性批评"的内涵
与外延:第一层次是"主观感性的介入";第二层次强调"有情"和"有调性";第三层
次透过"向内转"的视角进行"心灵透视";第四层次为"想象与再创造",以此对"诗
性批评"进行界定——"主要以直觉思维、整体性思维和灵感思维方法为出发点,
进而探求形象思维和理性思维互补与相融的可能性,其目标是寻觅一把使文学批
评通往诗学之路的金钥匙"②。毫无疑问,"诗性批评"的提出是基于当下文学批评
"学院化""理论化"的困境和危机,如"论文体"的规范与束缚而导致行文的呆板冗
余、"理论腔"太重而失却文学研究应有的创造性见地、锋芒、灵气与活力等一系列
问题。面对当下文学批评与文学研究的种种困境和危机,吴晓东所坚守的研究路
径和批评实践便显得难能可贵。收录在《文本的内外》中的研究文章虽都是往日
零零散散的旧文,但当吴晓东以"文本的内外"之名将其重新整合、汇集在一起时,
就能够相当清晰地呈现出其试图重建"诗性批评"的范式与文学批评话语体系的
努力。

　　第一个层面,吴晓东的"诗性批评"是与"审美"和"文学性"两个与之密切相关
的概念交织在一起的(这一点,无论是以"审美形式"作为书名,还是以与洪子诚关
于"文学性"的对话作为代序,都是颇为有效的证词)。这也是"诗性批评"最重要
和最基本的一点,即必须建立在审美感受和审美鉴赏之上,回归文学本身,以"显
微镜式的观察"回到文本内部的诸多细节处、精微处进行批评与阐释。正如吴晓
东自己所表述的那样,"诗学分析本身即是一种微观化的研究模式,它并不是一种
纯理论的抽象概括与提炼;意象和母题本身即意味着对直观和感性的兼容,而不
是放逐感性直观和具体性"③。在该文集的文本分析中,无论是对郁达夫、鲁迅、张
爱玲、沈从文等经典小说的解读,抑或对田汉戏剧、郁达夫散文、现代派诗人诗歌
的阐述与剖析,吴晓东都不是直接从抽象的、理性的思维来认知的,而是以审美发
现作为基本立场,从直观的、感性的感受力入手进行文本分析的。甚至可以说,在
《文本的内外》中,吴晓东几乎成了一个如沈从文般的耐心的"说故事的人",每一
个精心构造的"故事"都是从一个个充满了生命力的"形式"、形象、现象和细节开
始的:《审美主体的创生:郁达夫小说再解读》一章是从郁达夫小说中的"疾病主
题"切入,从感性的"身体"开始思考,细致剖析了"忧郁症""结核病""爱欲"话语等
与表征着"现代性"的"颓废美学"的必然性关联;《现代派诗人的镜像自我》一章从
20 世纪 30 年代现代派诗人集中出现的"临水"与"对镜"的自反式观照姿态出发,

---

①　[意]维柯:《新科学》,朱光潜译,北京:商务印书馆,1989 年,第 44—45 页。

②　陈剑晖:《诗性批评的可能性与阐释空间——兼论学院派批评的困境与危机》,《文艺研究》2023 年第 5
　　期,第 11 页。

③　吴晓东:《文本的内外:现代主体与审美形式》,北京:商务印书馆,2021 年,第 445 页。

发现了一个以"镜子"为核心的意象体系;《"南国诗人"田汉及其浪漫主义的终结》一章直接从田汉所创办的半月刊《南国》名字的由来讲起,扑面而来的是田汉浪漫主义的"南国诗人"形象;《鲁迅第一人称小说的复调诗学》一章从鲁迅小说中存在的"对话"和"辩难"的声音进入"我"思维世界;《〈桥〉:意念与心象》一章通篇都是从微观诗学的角度,即渲染"故事"的"手法"作为探询废名《桥》的一条有效路径;《〈长河〉中的传媒符码》一章以沈从文长篇小说《长河》中频繁出现的"报刊"字样(如《创造》《解放》《申报》《大公报》等)为论述核心;《"阳台":张爱玲小说中的空间意义生产》一章则关注的是张爱玲小说中的诸多"物和细节",尤其是在对"阳台"这一特定空间的具体细节和情境的叙述中生成了时间性和叙事性的因素;《〈山山水水〉中的政治、战争与诗意》更是从卞之琳小说《山山水水》中的一个个比喻性的修辞和诗意化的细节着手,譬如对"海""泡沫""弧线""蝴蝶""旗袍""葡萄酒"等意象,对纶年和亘青"嚼青草"、未匀与立文和若冰看坠入农田的日本飞机等细节的细致剖析与解读⋯⋯可以说,吴晓东这个"说故事的人"与他所推崇的废名颇为相似——更敏感和更迷恋的层面并非"故事"本身,而是"渲染这故事的手法",是"表现和技巧",是"审美形式"。

　　这很符合叶维廉在《中国诗学》中对一个完美的批评家或理论家的期许,即"必须要对一个作品的艺术性,对诗人由感悟到表达之间所牵涉的许多美学上的问题有明澈的识见和掌握"①。不过,吴晓东绝迹不会满足于停留在"向内转"的形式诗学层面,他的"诗性批评"追求的是文本之"内"与文本之"外"的互通与融合,这也是吴晓东"诗性批评"第二个重要的层面,即在对美学形式的探究之外力图融入更具哲学深度的观照视野,对"现代主体"进行某种心灵透视。

　　这需要回到吴晓东对"文学性"的理解与认知当中。吴晓东对"文学性"畛域的关注与思考或可追溯至 1999 年《中国现代文学中的审美主义与现代性问题》一文,这篇文章也作为开篇之作被收入《文本的内外》之中,可见其对于吴的独特意义与重要性。在该文章中,吴对"文学性"作出如下表述:"'文学性'天生就拒斥历史理念的统摄和约束,它以生存的丰富的初始情境及经验世界与历史理念相抗衡。'文学性'因此是一个值得我们倾注激情和眷顾的范畴,它是与人类生存本体域紧紧相连的,或者说,它就是人类的经验存在和人性本身的体现。"②吴在诸多访谈、对话中也有过诸多相类似的表达。由此可见,吴晓东并不把"文学"和"文学性"进行某种本质化、确定化的概括与解读,而是着重考察与理解它的形成过程,将其视为一个无清晰边界的、开放性的范畴。吴晓东对"文学性"的复杂化看法,不仅显示出文学的张力、弹性、非确定性与可生长性,还呈现出一种"新的文学性的视景"。

　　也就是说,吴晓东并非单纯从媒介或中介的意义上理解"形式",他所关注的重心是"形式"与"心灵"的对应关系,"形式"本身就蕴含着最幽微的个体心灵与生命感受,实则是一种克莱夫·贝尔所言的注入了"审美感情"的"有意味的形式"。

---

① 叶维廉:《中国诗学》(增订版),合肥:黄山书社,2016 年,第 12—13 页。
② 吴晓东:《文本的内外:现代主体与审美形式》,北京:商务印书馆,2021 年,第 28 页。

这一"有意味的形式"在《文本的内外》中获得了充分验证。如在第三章《现代派诗人的镜像自我》中,吴晓东透过现代派诗歌文本内部结构的一种镜像化的拟喻形式及以戴望舒、卞之琳、何其芳为代表的现代派诗人群"临水与对镜的姿态",发觉出隐含在其"对镜姿态"背后的个体生命哲学:

> 20 世纪 30 年代的现代派诗人们在临镜的想象中最终体验的正是这样一个过程。对现实的规避使他们耽于自我的镜像,迷恋于自己的影子,就像临水的纳蕤思终日沉迷于自己水中的倒影一样。这种自我指涉性的观照方式隐喻的是一个孤芳自赏型的孤独的个体。如果说具有原型性特征的文本模式往往意味着某种普泛性的秩序,而在现代派诗人营造的"镜式"文本中,自反性的观照形式则意味着自我与镜像间的封闭的循环,意味着一种个体生命的孤独秩序,意味着自我与影像的自恋性的关系中其实缺乏一个使自我获得支撑和确证的更强有力的真实主体。①

从"镜式"文本中吴晓东察觉到了一种"自反性的观照形式",但他的思考还远远没有终结,最终指向的是诗人"自我"匮乏依凭和附着的心理状态,指涉着一种"个体生命的孤独秩序"。由此便对拉康"镜像"理论最深层的一面——"使我们在一个符号秩序的网络中重新认识'主体的真理'"②。在第十五章以卞之琳的短篇小说集《山山水水》为个案的研究中,亦可在对文本的具体研究与阐述中看见这种"有意味的形式",如小说前几章对"空"和"空白"诗学理论的集中运用显示了卞之琳把美学话语带入延安日常生活中的执着努力,透露了知识分子对诗意与审美的不懈追求,进而体现出政治话语与诗意话语的纽结与纠缠;小说中颇具象征性的语言、诗化的比喻及一系列繁复的个人性话语套用,暗含着某种"小资情调",最终显现的是知识分子"固有的天性"——"即使是开荒种地,也要赋予额外的美感意义"。由是,吴晓东便将内部与外部、美学与伦理并置在了一起:"赋予劳动以诗性意义或者说附加意义的过程,也正是运用象征语言的过程,劳动的深刻意义只有靠比喻象征才能呈现"。③

第五章《鲁迅第一人称小说的复调诗学》也是颇为典型的一例。在这一章中,吴晓东从鲁迅第一人称小说的"复调诗学"入手,透过小说中人物的对话形式揭示出鲁迅的艺术思维特质——"他往往在提出一个命题的同时,又对这个命题加以反思和怀疑。而这种反思和怀疑的过程,在鲁迅这里即是一个自我对话的过程"④,最终指向的是"发自内部的自我否定",而文本的结构形式则显露了主体的

---

① 吴晓东:《文本的内外:现代主体与审美形式》,北京:商务印书馆,2021 年,第 99 页。
② 张旭东:《幻想的秩序——作为批评理论的拉康主义》,《批评的踪迹:文化理论与文化批评:1985—2002》,北京:生活·读书·新知三联书店,2003 年,第 31 页。
③ 吴晓东:《文本的内外:现代主体与审美形式》,北京:商务印书馆,2021 年,第 396 页。
④ 吴晓东:《文本的内外:现代主体与审美形式》,北京:商务印书馆,2021 年,第 154 页。

分裂,是鲁迅"对统一完整的主体幻觉的打破",更是"对现代主体分裂性的正视"①,构成了中国现代文学主体建构过程中的象征。这里可以看到吴晓东对巴赫金哲学与诗学的核心概念,即"对话"理论的有效性运用,通过对小说"微型对话"和"大型对话"的考察,发现了一个在自我挣扎与自我否定过程中寻求出路的真正的鲁迅形象。其他章节也无不体现出"有意味的形式",如第十章《"阳台":张爱玲小说中的空间意义生产》,从张爱玲小说中的空间形式唤出"宏大"的意义——以张爱玲为典型代表的沦陷区知识分子的"沦陷体验"和"国族意识";第十三章《旅游产业的兴起与中国现代风景的发现》,在郁达夫散文游记的"风景"中"发现"郁达夫"矛盾的风景观",进而延伸至"风景"与权力的密切关联,揭露出东西方之间固有的权力关系;而在第九章《〈长河〉中的传媒符码》中,吴晓东则通过对小说《长河》中的频繁出现的现代大众传媒符码的分析,从以往固有印象里的沈从文形象中突围出来,发现了一个"新的沈从文"形象:

> 尤其到了20世纪40年代,展现在我们面前的是一个新的沈从文,一个现代想象和国家想象的建构者。但是这个与历史、文化甚至政治语境绞结纠缠的沈从文,这个在地域叙事中热切思考和回应现代性和民族国家问题的沈从文却更容易被我们忽略。而这个有文化关怀和政治热情的沈从文,集中映现在充斥着传媒符码的《长河》中。②

吴晓东在"形式"与"意味"之间的游走与腾挪,早已溢出了贝尔意义上的"意味",而延展到了文本之"外"的诸如历史、时代、文化、社会、政治、战争、市场、消费、人等一切复杂性的因素。这是吴晓东最为独特的个人标识与本事,既重视内部,也绝然不忽视外部,既涵容了小说形态学的层面,也兼及了文化发生学的内容,文本之"内"与文本之"外"呈现出一种同构的对应关系,形成了内与外、共时与历时的统一。这种诗学意义上的总体性把握,毫无疑问受到了西方学者卢卡契小说理论的深刻影响,从卢卡契早期的《小说理论》到后来的名作《叙述与描写》,再到《关于文学中的远景问题》,均显示出作为一位马克思主义理论家的出色研究能力,即微观诗学与宏观远景的完美融合。由此,一种"新的文学性的视镜"便呈现出来,即在与周边的不断"对话"过程中处理文学与"他者"的边界,在具体的文本研究中落实关于"文学性"的思考。而历史与文本的互动,借助的恰恰是文学形式的中介,在此意义上,"形式"也必然是充满了意味和意义的。

此外,整本书的谋篇布局,抑或说形式构造、结构设计也十分独特,或可将其纳入讨论的范畴——每一章的开篇处都会引用两段"他者"的论述,且这两段"论述"与该章研究的对象和阐释的内容构成"互文"关系,显示出某种"对话性"。这实质上暗含着吴晓东对"形式"与"内容"之关系的看法:"形式"无法与内容截然二分,它并不是纯粹的,而是渗透了内容并时时与其互动的,正如他曾在评价陈平原

① 吴晓东:《文本的内外:现代主体与审美形式》,北京:商务印书馆,2021年,第170页。
② 吴晓东:《文本的内外:现代主体与审美形式》,北京:商务印书馆,2021年,第228页。

小说研究中所表述的,"'形式'只有在'历史与美学'的统一之中才能真正获得历史定位,也才能彻底地获得阐释,成为一种'有意味的形式'"①。如此的看法与吴晓东对 20 世纪西方现代主义文学思潮的接受与喜爱不无关系,其著作《从卡夫卡到昆德拉:20 世纪的小说和小说家》不仅表明他对西方理论视野整体性的谙熟,实际上还体现了他的文学趣味,即倾向于那种"需要反复咀嚼探求的"、蕴含着不可确知性的、可分析性的文本。这样的文本自然需要以一种"多重视野"进行读解,进而生成一种形式诗学与文化诗学、诗与思、情与理相交织融合的审美诗性超越。

二、"有情"主体的建构:以"文学性"作为方法

关于"文学性"问题的探讨,在 20 世纪 90 年代以来的文学批评实践中一直作为"热点",很大程度上基于 20 世纪 90 年代以来文学的位置、作用和社会功能的转变。2001 年,《上海文学》第 3 期刊登李陀一篇名为《漫谈"纯文学"》的访谈引起了一系列讨论,何谓"文学"、何谓"文学性"成为了学界、批评界持续性关注的热议话题。② 具体到吴晓东的文学研究脉络中,无论是著作方面——从 2008 年的著作《漫读经典》、2010 年的《文学的诗性之灯》《二十世纪的诗心》到 2014 年的著作《文学性的命运》、2015 年的《临水的纳蕤思——中国现代派诗歌的艺术母题》,再到 2021 年的新作《文本的内外》,还是对话、对谈方面——从 2004 年与薛毅对谈的《文学性、境遇化和当代文学》(当代文化研究网③)到 2013 年与洪子诚对话的《关于文学性与文学批评的对话》(《现代中文学刊》第 2 期),再到 2023 年与洪子诚、黄子平的对谈《再谈"文学性":立场与方式》(《中国现代文学研究丛刊》第 2 期),都不难看出其对"文学性"论题的持续性关注与思考,以及对"文学性"立场的持守。在一次对谈中,黄子平以极具象征性的语词"旗"作比,从两个层面——作为信仰(或信念)的文学性和作为方法的文学性——探讨的"文学性"④问题,与吴晓东的文学批评理论及实践有着某种程度上的"不谋而合"。这或与吴晓东的求学背景与人生经验相关,与他曾经历过的 20 世纪 80 年代相联结。作为 20 世纪 80 年代前期进入大学的"60 后"一代学人,吴晓东深受 20 世纪 80 年代"新启蒙"思潮及以陈平原、黄子平等为代表的第五代批评家的影响,大量的西方文学批评流派,尤其是现代主义思潮被译介到本土,使其批评在多种观念与方法的视界中获得较为开

---

① 吴晓东:《陈平原的小说史研究》,《当代作家评论》1996 年第 3 期,第 86 页。

② 较具代表性的相关文章如蔡翔《何谓文学本身》(《当代作家评论》2002 年第 6 期)、金元浦《别了,蛋糕上的酥皮——寻找当下审美性、文学性变革问题的答案》(《文艺争鸣》2003 年第 6 期)、贺桂梅《文学性:"洞穴"或"飞地"——关于文学"自足性"问题的简略考察》(《南方文坛》2004 年第 3 期)、南帆《不竭的挑战》(《当代作家评论》2005 年第 3 期)等。

③ 参见 http://www.cul-studies.com。

④ 黄子平将"文学性"比作"旗":"把信仰和方法这两方面综合起来,我想到一个诗性的比喻,就是'旗'。他所指的'旗'既指向代表着一种信仰、信念标记的物质实体——旗帜,又指涉着'冯至十四行诗意义上的旗,它在风中飘动,去把住一些把不住的东西,把握一些不能把握的事物'"。详见洪子诚、黄子平、吴晓东、李浴洋:《再谈"文学性":立场与方式——〈文本的内外:现代主体与审美形式〉三人谈》,《中国现代文学研究丛刊》2023 年第 2 期,第 11 页。

阔的视野。

　　基于此种开阔的视野,吴晓东并没有局限于形式诗学,其批评实践既坚守了"文学性"也放逐了"文学性"。换言之,他在将"文学性"视为一种信仰或信念的同时,也将其作为一种方法,以此为切入口向历史与人性的纵深处开掘;在坚持文学主体性、自律性的同时,也不否认文学的"实践意识";在强调"审美之维"的同时,也坚信文学"具有与大众、与生活实践、与现实政治相结合的纬度"①,进而叩问"文学"何以为"文学"的缘由。吴晓东是在文本情景和社会史语境的两相结合中理解"文学"的。在他看来,文学自有其"脆弱的本性",只有在放逐"文学性"之后,我们才能真正感受到弥散于文本之"外"的某种柔软感与痛楚感,进而"直面残酷的现实生存环境"。

　　值得关注的是,在吴晓东的《从卡夫卡到昆德拉:20 世纪的小说和小说家》一书的封面上,印有这样一行蝇头小字:"阅读不再是一种消遣和享受,阅读已成为严肃甚至痛苦的仪式。"在这里,吴晓东所言及的"痛苦"并不是无谓的悲戚和感伤,而是作为一位批评者在与作家、作品、读者对话时所倾注的全部的想象与丰沛的激情,其间蕴含着某种深刻的生命伦理,它意味着心灵的沟通与思想的碰撞,意味着一个灵魂对另一个灵魂、一个主体对另一个主体的感受和体味,它包含着对历史深处人的生存"境遇"的理解与同情。或可将这种"痛苦"与吴晓东所钟爱的作家沈从文提出的"有情"一说建立起关联。在 1952 年 1 月 25 日左右写给妻儿的一封书信中,沈从文以《史记》中的司马迁为参照,提出了"有情"与"事功"两种说法:"(两者)有时合而为一,居多却相对存在,形成一种矛盾的对峙。对人生'有情',就常和社会中'事功'相背斥,易顾此失彼。管晏为事功,屈贾为有情。……诸书诸表属事功,诸传诸记则近于有情。事功为可学,有情则难知!"②沈从文进一步指出"有情"的形成过程,在他看来,"有情"的生成"都是和痛苦忧患相关",是"必由痛苦方能成熟积聚的情——这个情即深入的体会,深至的爱,以及透过事功以上的理解与认识"③。

　　依照沈从文的说法,"有情"与"事功"并非决然对立,"情"亦非局限于情感形态,而是指向一种经由"痛苦忧患"的经历体验之后超越"事功"的生命境界。这与吴晓东的文学批评实践颇为相似。多年来,吴晓东从未以主流文学史所谓的评价标准来判定一位作家的意义与价值,在《文本的内外》中,他所选择的研究对象(除鲁迅之外)依旧是主流文学史叙述中相对边缘化的作家或作品,如对郁达夫小说及散文游记的分析、对以废名和沈从文为代表的京派小说的解读、对张爱玲小说中繁复细节的痴迷、对现代派诗人诗歌的剖析与细读,以及对卞之琳短篇小说集《山山水水》的深入探究等。"边缘"的选择,不仅仅意味着吴晓东的文学审美趣

① 吴晓东:《文本的内外:现代主体与审美形式》,北京:商务印书馆 2021 年,第 4 页。
② 沈从文:《致张兆和、沈龙朱、沈虎雏》,《沈从文全集》(第 19 卷),太原:北岳文艺出版社,2002 年,第 318 页。
③ 沈从文:《致张兆和、沈龙朱、沈虎雏》,《沈从文全集》(第 19 卷),太原:北岳文艺出版社,2002 年,第 318—319 页。

味,即对那些携带着美感、现代性、不确定性和复杂性的具有"废墟意象"和"颓废情调"的作品葆有持久的兴趣(文学与其他学科相区分的根本的魅力就隐含在感伤、颓废、为艺术而艺术等范畴中,这些范畴更能体现人性的渴望和深度),还与他的个人气质和诗性品格相连,关涉着他对自我的生命期许和精神体认,更与他对现代以来中国文学缺乏艺术性的忧患意识有关,而"所谓中国现代文学缺乏艺术性,其实缺乏的可能是对生存经验的复杂化观照以及对审美体验的丰富性的传达"①。

正是在上述视野中,吴晓东重新审视了郁达夫、沈从文、张爱玲等小说的诗学价值,发现了一个充斥着复杂性的、痛苦的、"有情"的主体。在第十五章《〈山山水水〉中的政治、战争与诗意》正文之前的两段简短引用语中,吴晓东间接性地提到"痛苦",其中的一段引语来自冯至《伍子胥》的后记:

> 我们常常看见有人拾起一个有分量的东西,一块石片或是一个球,无所谓地向远方一抛,那东西从抛出到落下,在空中便画出一个美丽的弧。这弧形一瞬间就不见了,但是在这中间却有无数的刹那,每一刹那都有停留,每一刹那都有陨落。……若是把这个弧表示一个有弹性的人生,一件完美的事的开端与结束,确是一个很恰当的图像。因为一段美的生活,不管为了爱或是为了恨,不管为了生或是为了死,都无异于这样的一个抛掷:在停留中有坚持,在陨落中有克服。②

有"停留"和"陨落",也有"坚持"和"克服",这是一个"有弹性的人生"才具有的独特美感。在诸多"生存暗码"中,不难看到诗人冯至对人、人生的认知与理解:总有些"痛苦"与挣扎的时刻,但只要完成了一个"抛掷"的动作,便会获得一个"美丽的弧度"。在吴晓东的具体分析中,将冯至对"一个美丽的弧"的热情与卞之琳小说《山山水水》中的"几何画"联结在了一起,认为小说中内含着"一种从日常生活中升华和抽象诗意的创作主导动机",内含着一种"诗性话语"③,而此种诗学话语则与延安时期的政治形成一种既互渗又对抗的复杂关系。在吴晓东字里行间的表述中,其实暗含着关于"痛苦"的另一面,即积极的生命意义。这类似于黑格尔对"痛苦"的论述——"痛苦"不仅能激发主体内部的否定力量,亦能够激活生命的激情、活力,并能在自我痛苦的否定性中、在与"他者"的斗争中不断重塑自身的主体性,最终实现在"自性"与"他性"中的辩证统一。

正视现代主体的自我矛盾、自我挣扎,正视其生命及生存经验的"痛苦",尤其正视"痛苦"的根源,是吴晓东在《文本的内外》中发现"主体的真理"的有效通孔。"美则美矣,但美中永远脱不了某种苦味"④,恰如那个"美丽的弧度",实质上指向的是对生活经验、生存境遇乃至生命状态的寓言式言说,一个有体温、有律动的

---

① 吴晓东:《文本的内外:现代主体与审美形式》,北京:商务印书馆,2021年,第29—30页。
② 冯至:《伍子胥·后记》,《冯至全集》(第3卷),石家庄:河北教育出版社,1999年,第425页。
③ 吴晓东:《文本的内外:现代主体与审美形式》,北京:商务印书馆,2021年,第381页。
④ 盛澄华:《试论纪德》,《研究纪德》,上海:森林出版社,1948年,第52页。

"有情"主体呼之欲出,敞现了现代主体生成过程中内在的丰富性和复杂性。譬如,他对郁达夫的评价:"郁达夫可能并不是现代文学史上最杰出的作家,但却属于最有性情、最让人难以忘怀的作家。鲁迅之外的'五四'小说,到了郁达夫才真正传达出某种令人心灵悚动的力量。"①或许正是郁达夫身体诗学中所显现出的一种感性,正是其笔下畸零、漂泊、充满着矛盾与痛苦的主体,触及了同在外漂泊的现代知识分子的心灵,进而发现了一个经历过审美现代性洗礼的现代主体的创生,由是才能对郁达夫进行了一种创造性考察;再如,他对张爱玲研究中"去历史化"倾向的纠正,呈现出的是一个有别于主流文学史叙述的新的张爱玲形象——一个并没有与"大叙事"彻底诀别的有着沦陷体验和国族意识的张爱玲,并以一段饱含诗意和略显悲凉的描述作结:"而我们最后所感受到的张爱玲的形象,则依旧是黄昏'在阳台上篦头'的乱世女子形象,'落叶似的掉头发,一阵阵掉下来,在手臂上披披拂拂,如同雨夜'。这纷披凋零的头发,纠缠着时间、岁月、历史、记忆,最终了无痕迹地消失在沦陷区上海的暗夜里。"②

此外,在《文本的内外》中,吴晓东还总是折返于"自我"与"他者"之间,以"主体"(自我)与"客体"(他者)之间的纽结缠绕关系呈现出现代主体创生的复杂性和丰富性,如他在论述中反复引证"主体间性"或称之为"交互主体性",即"主体是通过其他主体构成的,主体存在于彼此的关系之中"③这一西方理论,便意味着他把文学作品中的主体性理解为一种人与人的关系和境遇。譬如,20 世纪 30 年代现代派诗人笔下"镜花水月"的艺术世界蕴含着的悖论式情况的解读中——"镜中的影像意味着真实的主体匮乏,而主体的匮乏反过来又强化了诗人们对自我确证的追寻"④——就内含着一个经由"另一个自我"或"他者"确证自我的主体生成过程,并从自反性的观照形式中感受到了一种个体生命的孤独秩序;在鲁迅第一人称小说的"多声部"的话语世界中发现"我"与"他者"的对话性"境遇"关系:"所谓的主体因此并不是一个自我中心化的范畴,而是一系列关系的确立,即确立我与他人、我与外部世界的关系,从而生成一种交互主体性"⑤;通过日本学者竹内好、伊藤虎丸以"回心说""赎罪文学"和"终末论"对鲁迅的研究与探讨,察觉到日本学者以中国和鲁迅为参照性"他者"所进行的自我文化反省;而郁达夫游记中"风景"所隐含着的悖谬,即"东方民族性的颓废荒凉的美正是借助于他者的眼光透视出来的"⑥,也显露着郁达夫在现代主体创生过程中的某种思想矛盾与悖论。

这种对"现代主体"生成的复杂性思考,呈现出吴晓东某种理想化的研究伦理:试图在研究中存留住现代主体的复杂性和模糊性,在阐述中敞现某些"说不清"的感性的成分,在"有限"中寻求"无限"的内在冲动,在文学研究中复活历史深

---

① 吴晓东:《文本的内外:现代主体与审美形式》,北京:商务印书馆,2021 年,第 45—46 页。
② 吴晓东:《文本的内外:现代主体与审美形式》,北京:商务印书馆,2021 年,第 285 页。
③ 吴晓东:《文本的内外:现代主体与审美形式》,北京:商务印书馆,2021 年,第 464 页。
④ 吴晓东:《文本的内外:现代主体与审美形式》,北京:商务印书馆,2021 年,第 103 页。
⑤ 吴晓东:《文本的内外:现代主体与审美形式》,北京:商务印书馆,2021 年,第 171 页。
⑥ 吴晓东:《文本的内外:现代主体与审美形式》,北京:商务印书馆,2021 年,第 360 页。

处业已消隐的生命情感与律动。由是,在吴晓东的娓娓叙述中,沈从文笔下的"田园视景"与沈从文的个体生命意识紧密联结在了一起,而在融入更多个人感受及体验的最后一章《尺八的故事》中,吴晓东则由卞之琳《尺八》的"非个人化"和"主体间性"特征,经由那"霓虹灯中飘着的'古香'",发现了郁结在卞之琳主体内部的"文化的乡愁"与"凄凉"的况味:

> 在《尺八》一诗中,"非个人化"的追求以及"主体间性"的特征使诗人最终超越了一己的感伤,跳出了个人的小我,从而使诗中乡愁的寂寞,代表着一种具有民族性的"大我"的寂寞;诗歌的主题,也从个体的现实性的乡愁,上升到民族、历史与文化层面。①

> 同时,卞之琳感受到的古香中又蕴涵着一种"凄凉"的况味。这种凄凉,一方面透露着诗人感时忧国的心绪,透露着对故园"颓废的乱世和末世"的沉重预感。另一方面,即使在日本,尺八所维系的,似乎也是一个正面临着现代性冲击的古旧的年代。②

通过这一"有情"的主体,与主体性问题相连接的一系列宏大的面向和伦理意义被缓缓打开:总是能在不经意的叙述中冲破文本内部的束缚,在照亮历史细节与感性生命的同时也不忘介入现实和历史。他大抵十分享受由"文学性"所带来的游移性、无限性与不确定因素,不断地、一层一层地繁衍与延展,直至抵达至"历史与美学"的辩证统一,抑或说,到达一个令自己尽兴的"顶点"。这样的研究方法无疑是冒险的、艰难的,却也充满了激情、兴奋、感性和无限可能性,无形之中便建构起了一幅复杂多元的文学研究图景。

当然,"有情"的主体不单单指向吴晓东在《文本的内外》中所关注的研究对象,还指向作为文学研究者的吴晓东自身。唯有"有情",才能在最微小的文本细部、在缝隙与细节的延展中,挖掘出令人心灵悸动的力量和某种宏大的实在。从细微处来,却能到灵魂最隐秘的深处去。这或许源于吴晓东多年来对诗歌、诗学领域的持续性关注,使他始终保有对"文学性"的信心和一颗不灭的"诗心",并以一颗"诗心"去感悟另一颗"诗心",以一种生命去理解另一种生命。在文集的最后,吴晓东与卞之琳的面目与心灵奇迹般地重合在一起,学者与艺术家、诗人与哲学家在那一刻汇合。吴晓东终于显露出了整本文集中最具个人化色彩却也是最具魅力的笔致:

> 1996 年樱花盛开的时节,我正住在卞之琳当年在京都小住的一带。在京都大学所做的一次讲座讲的也正是苏曼殊的"春雨楼头尺八箫"、卞之琳的《尺八》以及我更喜欢的他的散文《尺八夜》。……京都大学的平田先生知道我对尺八情有独

---

① 吴晓东:《文本的内外:现代主体与审美形式》,北京:商务印书馆,2021 年,第 464 页。
② 吴晓东:《文本的内外:现代主体与审美形式》,北京:商务印书馆,2021 年,第 467 页。

钟，在我回国的时候送我两盘尺八的 CD，此后的几年中就断断续续地听熟了。也许时过境迁，脱离了独居异国的心绪，CD 中的尺八吹奏并没有给我"凄惘"之感，更多的时候让我联想到的是"空山"雨后，是王维诗意，是东方文化特有的融汇了禅宗的顿悟的对虚空和空寂的感悟。

2004 年初春时节重游京都故地，近八年过去了，京都大学附近的那所尺八教室仍在，我站在路边等待了一会儿，街巷静悄悄的，没有乐声传来，但是耳际却仿佛因此弥漫了尺八的吹奏，同时回响的还有苏曼殊的"春雨楼头尺八箫"以及卞之琳的一唱三叹般的呼唤："归去也——"①

这段迷人的叙述字里行间皆流注着"文学"之所以为"文学"、之所以区别于其他学科的"意义和真理"。或可将南帆关于"美学形式"的一段论述放置于此："……'美学形式'。这意味了什么？美学形式，这是形象，是个性和风格，是细节，是一个个生动的人物和强烈的意象——总而言之，是一种诉诸人们感性或者感官的形式。这就是秘密所在，很简单。鲍姆嘉通的 aesthetics——即'美学'一词——就是从'现象'开始。这些现象不能还原为形而上学体系，也无法完整地与科学概念重合——物理学的描述或者生物知识说不尽风花雪月制造的无限感慨。因为美学，现象和感性的意义终于得到了承认。"②

不妨将吴晓东最后这颇为"抒情"的一笔视作对"文本的内外"这一标题最好、最精妙的解释。文本之"内"与文本之"外"的互转与沟通由此显现：文学与历史、"主体"与"他者"、审美与伦理、研究者与研究对象、"文本中的主体"与"历史中的主体"、传统与现代、新与旧、中与西等诸多范畴在此交织与汇合。更重要的是，在此过程中，我们看到了一位从 20 世纪 80 年代缓缓走来的饱含深情的研究者，他将"文学性"视为一种"乌托邦"信仰，他并没有舍弃文本迷人的内部空间，依然保持着对细节与感性的迷恋，依旧凭借诗性哲学寻找文学不变的内核与本质，与此同时，他也并未忽视"文学性"的延展，而是以"文学性"作为方法，真正把历史、社会、人的复杂多元面向精妙地融进审美形式之中。正是在此意义上，文本的"内"与"外"，其实就是坚守"文学性"内核的同时不断延展文学想象及其体验的边界，它有着无限可能性和可生长性，它不仅仅通往已逝的过去，更通向遥远的未来。

---

① 吴晓东：《文本的内外：现代主体与审美形式》，北京：商务印书馆，2021 年，第 470 页。
② 南帆：《不竭的挑战》，《当代作家评论》2005 年第 3 期，第 6 页。

回归语言本位，追溯发生图景

——从《文学汉语实践与中国现代文学的发生》谈起

程筱琪①

摘　要：文贵良著《文学汉语实践与中国现代文学的发生》回归语言本位，首创"文学汉语"这一概念，用于指代晚清以来文学作品中的汉语，以其具有文学性、书面性、囊括方言的特征，区别于"现代汉语"等现有概念，扩充了晚清民初汉语变革的言说视野。发生总是在实践中发生，而实践总要落脚到个人的实践，为了呈现出文学汉语的现代性转换与中国现代文学发生图景之间的关系，文贵良选取了十位"轴心作家"，即黄遵宪、严复、梁启超、林纾、王国维、章太炎、吴稚晖、胡适、鲁迅和周作人，分别从汉字、汉语、汉文的价值观念、汉语造型、主体意识、文学形式等方面考察其晚清民初的文学汉语实践，认为当文学汉语实现"有理""有情""有文"三位一体时，中国现代文学就得以发生了。文贵良此书以轴心作家的文学汉语实践面貌为经，以中国现代文学的发生机制为纬，纵横交错，回到历史现场，力求描述出文学汉语实践的复杂面貌和各种未竟的可能性，呈现出其动态的变化。

关键词：文学汉语；轴心作家；中国现代文学；实践；发生

"中国现代文学的发生"是一个宏大而又复杂的命题，自20世纪20年代起就已有学者关注并从事这一研究，到如今已走过百年征程。研究中国现代文学的发生关系到重建中国现代文学的合法性，是中国现代文学学科的立身之本，有助于深入了解中国近现代的社会历史形态、文化和思想演变，揭示近代知识分子对社会、文化等方面的关注和探索，构建中国现代化运动和民族国家想象与现代文学之间的关系。关于这一命题学界已有丰硕详实的成果，主要涉及以下几个维度：文学发展背景研究，研究中国近代以来文学发展的社会、政治、经济、教育体制等背景因素；溯源中国古典文学的发展演变，从古今对比中归纳演绎中国现代文学的新质；从五四运动与现代性的角度，将五四运动视为中国现代文学的起点，研究五四运动对中国文学现代性的影响；个体作家与作品研究，从晚清至民初的作家作品个例中发掘现代叙事特征；文学观念、语言变革与中国文学的现代化；翻译文学与跨文化交流的影响；现代传播媒介、编辑出版与中国现代文学的发生；等等。研究视野丰富开阔，但各自的研究方法、深度和进展不尽相同，呈现出纷繁复杂的面貌。

---

① 作者简介：程筱琪，华中师范大学文学院教师。

近期,华东师范大学中文系教授文贵良新著《文学汉语实践与中国现代文学的发生》一书,从语言本体角度,以晚清至五四时期的十位轴心作家(黄遵宪、严复、梁启超、林纾、王国维、章太炎、吴稚晖、胡适、鲁迅和周作人)的个体文学汉语实践为线索进行有侧重点和针对性的分章论述,最后依托文学汉语"有理""有情""有文"的三维结构,在动态的历史现场中描绘了中国现代文学的发生图景,回答了"文学汉语的现代转换如何呈现出中国现代文学的发生"①这一核心命题。该书沿袭了文贵良《话语与生存》《话语与文学》《以语言为核》一贯的语言本位思路。话语是一种语言形式,是基于言语者的生存体验而生成的意义和表述。从"话语生存论"到"文学汉语实践",文贵良一直致力于描述汉语言说者与语言表达之间的关联。纵观全书,阐释肯綮,框架清晰,骨肉均匀,论述详尽,例证丰富,然最具开创意味的有三点。

一、"文学汉语"概念的有效创建

从语言层面来看中国现代文学的发生面貌,文贵良将研究对象设定为晚清以来文学作品中的书面语,但是目前学界并没有一个精准的词汇来概括这类书面语。对此,文贵良敢于下定义,提出了"文学汉语"这个概念,用于指代晚清以来中国文学作品所运用的汉语,并廓清了其与"现代汉语"概念的区别。现代汉语又叫现代汉民族共同语,是指以北京语音为标准音、以北方方言为基础方言、以典范的现代白话文著作为语法规范的普通话。文贵良敏锐地抓住了现代汉语/普通话与晚清以来文学作品中的地方方言之间的间隙,发现"普通话/现代汉语无法处理文学汉语中的方言问题"②。他用一些具体的作品作为例子,如韩邦庆《海上花列传》使用的苏白、周立波《山乡巨变》中的湘方言、曹乃谦《到黑夜想你没办法》中的山西方言、金宇澄《繁花》中的上海方言,都无法被"现代汉语"这个概念所囊括,而属于"文学汉语"的一种。

此外,"文学汉语"这一概念之妙在于"文学"二字,它一方面凸显了其存在于文学文本中的特质,是一种文学语言;另一方面又与口语有所区别,明确了其作为书面语的边界。当然最为准确的说法是"现代文学汉语",突出时间标识,可以与古代文学汉语作出区分。但作者已有考量,文贵良表示"我研究的是中国现当代文学,我所用的文学汉语一般说来就是指现代文学汉语,所以就省略了'现代'一词。如果实在要与'古代文学汉语'对比,那就特别加以说明即可"③。可见文贵良不仅敢于下定义,还很会下定义,他数十年深耕于语言和话语领域,对其有着精准把握和体会,使得这个定义下得十分到位。

仅仅描述概念所指对象是远远不够的,文贵良所提出的"文学汉语"指的是晚清以来文学作品中的汉语,是"有理""有情""有文"三者统一的"三位一体"的文学

---

① 文贵良:《文学汉语实践与中国现代文学的发生》,北京:北京大学出版社,2022年,第1页。

② 文贵良:《文学汉语实践与中国现代文学的发生》,北京:北京大学出版社,2022年,第7页。

③ 文贵良、凤媛:《从话语生存论到现代汉语诗学:回归新文学本位研究——文贵良教授访谈》,《学术月刊》2021年第53卷第12期,第209页。

汉语。"有理"指向汉语的知识体系，包括汉语从古代汉语向现代汉语转化的知识转型；"有情"指向汉语主体的情感维度，包括个人情感和国家意识；"有文"指向汉语的文学维度，包括文言文向白话文的转变和文学形式的变化。① 这个三维结构中的"理"既不是中国传统文化中的"天理"，也不是西方文化中的"理性"，而是文学汉语在语言要素和汉语造型上的一种"肌理"，它包括语音、词汇、语法、标点符号和修辞等因素，用于描述文学汉语对于域外语言中新要素的吸收和对文言、古代白话、方言中"旧的选择"。文学汉语在汉语造型上的变化并不是一个新鲜的话题，但文贵良发现了文学汉语"说理"的一面，"第一层意思在于运用汉语语法理论解剖文言表达的不当，从而为提倡白话张目"，"第二层意思在于汉语因受印欧语言影响而作出合理的调整"。② 这就是说，文学汉语相比于文言和古白话还有一种"理论"的更新和运用，既可以对文言的错误语法进行纠正，为白话文学造势，又可以利用理论对自身作出调整（如的/底/地、他/她/伊的区分），以获得一个更具"理性"的现代白话文学。这样一来，文学汉语"理"的内涵就更为丰富和站得住脚了。

如果说"有理"是从客观角度切入，那么"有情"则指涉于"文学汉语"的言说主体。文学作为一种语言艺术形式，作家选择何种语言进行实践，必然投射着他对这种语言的情感态度和价值判断，值得关注的是文学汉语所蕴含的主体情感如何通过作家的个体实践作用于中国现代文学的发生。这种情感态度和价值判断一定呈现出某种具有现代意识的取向，否则现代文学汉语和古代文学汉语在主体情感上又有何不同呢？文贵良指出："晚清民初中国主体的'情'的内涵维度包括：民族主义取向、政治态度、革命姿态、启蒙意识、男女平权观念、个人价值观念、婚姻自由等。"③如果说文学汉语"有情"、有何种情，便可以此回答。假设文贵良只是单一地罗列轴心作家文学汉语中蕴含哪些具有现代意识的主体情感，那么其新意就大打折扣。他所作出的努力在于"把他们对'国家'（清政府/中华民国）—'国民'（群）—'人'（个体）三者关系"④整理出了一条明晰的线索。他将选取的十位轴心作家主体根据家庭出身、所受教育体制、域外体验、价值观念分为了传统和现代两种，"中国传统知识和西方现代知识的储备有厚薄参差之分，价值观有中西新旧之别，面对中国急剧变化的现实作出的反应也有激进保守中庸之异"⑤。文贵良认为，黄遵宪、严复、林纾和王国维是传统的君臣性主体；梁启超、吴稚晖和章太炎是国民性主体。鲁迅、周作人和胡适三人切实着手进行"人"（个体）的建设，由"人"（个体）的解放而启蒙"国民"，由"国民"的觉醒而建立现代的"国家"。胡适的自由主体、鲁迅的怀疑而抵抗的主体和周作人的智性主体，属于五四时期的个人性主

① 文贵良：《文学汉语实践与中国现代文学的发生》，北京：北京大学出版社，2022 年，第 7 页。
② 文贵良：《文学汉语实践与中国现代文学的发生》，北京：北京大学出版社，2022 年，第 600—601 页。
③ 文贵良：《文学汉语实践与中国现代文学的发生》，北京：北京大学出版社，2022 年，第 604 页。
④ 文贵良：《文学汉语实践与中国现代文学的发生》，北京：北京大学出版社，2022 年，第 612 页。
⑤ 文贵良：《文学汉语实践与中国现代文学的发生》，北京：北京大学出版社，2022 年，第 604 页。

体。① 正是因为所处的主体关系不同,前七位轴心作家文学汉语中蕴含的"情"在文贵良看来只能是有一定现代意识而不够达到裂变,"只有胡适、鲁迅、周作人的文学汉语才代表着新文学的发生"②。

"有文"指的是文学汉语的文学形式,即文类和风格。既然文学汉语的区别性特征在于"文学"二字,势必要与文学文本发生关联,那么关注到文学形式也就有了内在依据。文贵良主要呈现了诗歌、散文、小说三种文类形式从传统向现代转变和突破的面貌。在诗歌方面,黄遵宪的"新世界诗"采用了"本文—注释"的形式,打破了旧体诗的形式;倡导诗界革命的梁启超和进行诗歌翻译的严复吸纳了有限的新名词;王国维通过自然的语言使得旧体诗歌获得了新意境;胡适通过翻译和创作开始了新诗的尝试。在散文方面,梁启超对八股文进行解构;林纾、严复作为桐城派的代表通过翻译打开了古文新变的向度,又自设藩篱囚禁了其发展;章太炎的古文在"吸新"的同时不可避免地落潮;吴稚晖的游戏文打破了文白界限,具有自由精神,但游离于时代主潮之外;周作人的美文、胡适的白话文、鲁迅的杂感则表现出现代性突破。在小说方面,无论是文言翻译还是白话创作,十位轴心作家各有实践,最终鲁迅的《狂人日记》标志着现代白话小说的诞生。③ 文贵良在这一部分的论述既精确又经济,但是在论述之初谈到的诗、文、小说、戏剧这四种传统文类,后面独独落下了戏剧。

诚然,现代戏剧的发展是相对滞后的,但轴心作家中也有关于戏剧的早期观念和实践,若完全忽略不计避之不谈难免遗憾。晚清时期,梁启超发出了戏剧改良运动的先声,在《论小说与群治之关系》中历数旧戏的种种弊端。王国维较早使用了"戏剧"概念,与"戏曲"相区别。中国新兴话剧萌芽于戊戌变法至辛亥年间(1899—1918 年),迈出了从古典形态向现代形态转变的第一步。1906 年底,春柳社成立于日本东京。1907 年 6 月初,经过扩充后的春柳社在东京本乡座戏院演出了根据林纾、魏易的同名翻译小说改编的大型剧本《黑奴吁天录》,与林纾等人在国内的翻译实践互相唱和。胡适非常喜欢阅读和观看戏剧,他的《终身大事》发表于 1919 年 3 月《新青年》第 6 卷第 3 期,被视为中国现代文学史上最早的话剧剧本之一,脱离了话剧的早期形式——文明戏。小时候深受地方剧曲影响的鲁迅,虽少有戏剧创作,但对旧戏的批评、对新剧的倡导、对戏剧文化资源的调用却是得心应手的。鲁迅怀抱"拿来主义"的立场,不仅先后翻译过武者小路实笃的四幕话剧《一个青年的梦》、爱罗先珂的童话剧《桃色的云》以及卢那察尔斯基的话剧《解放了的堂·吉诃德》(第一幕),而且对莎士比亚、易卜生、萧伯纳等西方戏剧家进行多番评价介绍。④ 鲁迅认为戏剧应该是启蒙的、是为人生的,提出"要建设西洋式的新剧,要高扬戏剧到真的文学底地位,要以白话来兴散文剧"⑤。戏剧文体、语

---

① 文贵良:《文学汉语实践与中国现代文学的发生》,《学术月刊》2021 年第 53 卷第 12 期,第 139—150 页。
② 文贵良:《文学汉语实践与中国现代文学的发生》,北京:北京大学出版社,2022 年,第 581 页。
③ 文贵良:《文学汉语实践与中国现代文学的发生》,北京:北京大学出版社,2022 年,第 613—619 页。
④ 卓光平:《鲁迅借鉴外国戏剧的启示》,《文艺理论与批评》2010 年第 6 期,第 48 页。
⑤ 鲁迅:《集外集·〈奔流〉编校后记》,见《鲁迅全集》(第 7 卷),北京:人民文学出版社,2005 年,第 171 页。

言、现代意识的变革也是观照中国现代文学嬗变的宝贵视角。

总的来说,"文学汉语"提供了新命名、新边界、新结构、新内涵,文贵良对于此概念的构想为从语言角度呈现中国现代文学的发生提供了新的视角和工具,中国现代文学草创期的面貌又反过来佐证了这一概念有效性。

二、"轴心作家"个体实践的独到选择

文贵良认为,要描述晚清至五四时期文学汉语与中国文学的同步变化,打通文学汉语实践与中国现代文学发生之间的通道,就必须回归作家个体的汉语实践,要在个体的文学汉语实践中理解文学汉语、理解中国现代文学的发生。[①] 然而这个命题并不是天然存在的,需要经过严密的论证才能成立。这首先涉及两个问题:一是何谓文学汉语实践? 二是如何选择"个体"?

在论述了"文学汉语"概念的内涵之后,文贵良又阐释了其属性和功能,指出并非所有的文学写作都可以被视为其书所指的文学汉语实践。他借助马克思的实践观,认为"语言产生于人们的迫切交往,是一种实践的、现实的意识"[②],并由此总结出文学汉语实践也具有现实性、能动性、自由性。所谓文学汉语实践的现实性,表现为晚清到五四新文学时期的历史客观状态,它产生于这一时期的现实生活,与汉语言说者的现实需求和关切紧密相连。所谓文学汉语实践的能动性表现为中国士人/现代知识分子主动吸纳或抵制西方语言价值观、西方词语语法叙事方式的意志。"轴心作家"的文学汉语实践并不是毫无个人思考和选择地全面吸纳或全盘否定,他们在文言与白话、汉语与西语中不断更新着自己的价值判断和选择。所谓文学汉语实践的自由性表现为从晚清到五四新文学时期的中国士人/现代知识分子能充分自主地写作。文贵良认为,作家的汉语实践应该突破狭隘的社会学认知,它包括了对语音、词汇、语法所作出的选择;对"语"和"文"的试用、锻炼、改造和确立,行文说话选择用文言还是白话还是文白相间;对汉语与外语孰优孰劣、汉语自我价值的确立。三者相统一,才是完整的汉语实践。[③] 社会动荡使得思想、文化领域的禁锢变得松散,轴心作家们的文学汉语实践无论是传统的还是现代的、是引领了主潮的还是被时代抛弃了的,都是出自他们本人的意志,而非外部权力的控制,因此管窥他们的文学汉语实践对于发现其语言观念、情感态度、价值判断等具有研究的效用。

实践总是个体的实践,中国现代白话文学无论获得了什么样的发生发展,都是经由汉语言说者的翻译、创作实践而产生的,因此文贵良从文学汉语实践的角度探讨中国现代文学的发生就不得不回到实践主体的身上。全书最具特色和价值的部分就在于"轴心作家"概念的提出和选择。晚清民初进行文学汉语实践的个体不胜枚举,通过什么样的筛选逻辑来确定具有代表性、支撑性、典型性的个体才是最恰当的呢? 文贵良借用了雅斯贝尔斯的"轴心"概念,选择了黄遵宪、严复、

① 文贵良:《文学汉语实践与中国现代文学的发生》,北京:北京大学出版社,2022 年,第 15 页。

② 文贵良:《文学汉语实践与中国现代文学的发生》,北京:北京大学出版社,2022 年,第 8 页。

③ 文贵良:《文学汉语实践与中国现代文学的发生》,北京:北京大学出版社,2022 年,第 8 页。

梁启超、林纾、王国维、章太炎、吴稚晖、胡适、鲁迅和周作人这十位作家,并将他们命名为"轴心作家"。"轴心"这个概念最初是由黑格尔提出的,他以基督教为轴心,建立了西方文明中心论。而德国哲学家雅斯贝尔斯对黑格尔片面历史观进行了批判,他在《历史的起源和目标》中提出了人类文明"轴心时代"的概念,认为公元前 800 年到公元前 200 年,尤其是公元前 500 年的这一历史时段是人类历史上最为深刻的转折点,在亚欧大陆的东、南、西方,世界各个主要文明创制了自己的文化元典,此后的人类文明都是在这个基础上得以发展的。"轴心时代"的担纲者是那些在思想与精神领域的前行者,当他们认识到政治社会的失序格局在其短暂的此生不能改变,而不能不在内在精神层面探寻秩序,并最终带来了人与历史的觉醒。① 那么文贵良借用这一概念引申出来的"轴心作家"则是中国现代文学的担纲者,要想从语言角度探究中国现代文学的发生,这十个人是无论如何也绕不过去的存在,他们的文学汉语实践是中国现代白话文学得以产生和发展的基础,决定了此后文学发展的基本面貌。既然轴心作家的定位如此之高,那么对个体的选择就尤为重要了,一旦名不副实或者有所缺漏,这种"以点带面"的论述逻辑就崩塌了。

显然对这一点,文贵良也颇为谨慎,他对于轴心作家的选择做了一个自我答辩。晚清民初大家辈出,其中"王韬、康有为、章士钊、郭沫若、苏曼殊、郁达夫、徐枕亚等人虽然也都卓然成家,但从语言观、汉语实践带来的文体变化角度衡量,这些作家还不具备带动力量"②。虽然从总体上给出了拒绝的理由,但简省了相关论述还是显得这个判断不够掷地有声。或许简单地进行对比或介绍更能丰满论述的层次。同样地,或许文贵良是为了节省笔墨,希望读者直接在后面论述的具体章节中找到轴心作家选择的依据,但是导论部分直接表示"把严复、梁启超、林纾、章太炎、胡适、鲁迅、周作人这七位作为个案探讨中国现代文学的发生,当无疑问"③则有些简单了,毕竟这七位并不是简单的个案研究,他们是要肩负起"轴心作家"的身份和使命。不过,文贵良着重说明了黄遵宪、王国维和吴稚晖可以被视为轴心作家的原因。

关于黄遵宪,是放在与王韬的对比中看待的。黄遵宪和王韬都是较早走出国门,感受西方现代化气息的中国传统读书人,并且他们也是较早开展新式创作的人,但是王韬的文学汉语实践,缺乏前文所述的"理、情、文"。第一,从"理"的角度来看,王韬的译作中虽然也吸纳了新名词,但是都是文言写就的,这些新的因素并不具备生成性,没有造成汉语造型和语言要素的现代转变。从"情"的角度来看,王韬有着极强的"汉语中心观",他认为汉语是世界各语言中最正统、最博雅的,带有僵化的文化民族主义,因此他虽然也主张维新、改革,但他的主体思想未能容纳到语言实践中。从"文"的角度来看,虽然王韬有着丰富的创作,包括游记、小说、诗歌、报章,具有先锋意识和实验性质,可以被称为先驱,却未能真正带动文学形

---

① 陈赟:《雅斯贝尔斯"轴心时代"理论与历史意义问题》,《贵州社会科学》2022 年第 389 卷第 5 期,第 4—12 页。

② 文贵良:《文学汉语实践与中国现代文学的发生》,北京:北京大学出版社,2022 年,第 15 页。

③ 文贵良:《文学汉语实践与中国现代文学的发生》,北京:北京大学出版社,2022 年,第 15 页。

式的现代化。虽然王韬"从文学观念、内容题材、传播方式、文学语言到文学功能，都开启或推动了中国文学近代化的历程"①，但他的个体实践可以说是一种先锋，却算不上"轴心"。相比之下，黄遵宪一方面提出了"我手写我口"，提倡文言一致，另一方面看到了日本俗语文体的使用价值。第二，黄遵宪的《日本杂事诗》采用"本文—注释"形成了独特的汉语造型，可谓是新词的元语言，吸纳了日译新名词并进行阐释。第三，黄遵宪的"新世界诗"在时间和空间上表达了中国人前所未有的现代性体验，对中国传统的"天下观"进行了解构。② 这三点正好对应了文学汉语实践的"有文""有理""有情"，他也被誉为近代中国走向世界的第一人，若要论"轴心作家"，黄当属其一。

关于王国维，文贵良提出了他可以被视作轴心作家的三重理由：赞赏元剧采用俗语、自铸新词，与五四新文学的语言观相通；译著中采用日译汉词所构造的"叠床架屋的汉语造型"，突破汉语原有构造，促进了文体演变；与鲁迅形成一种对比，他们二人年龄相仿、经历相近，但王国维与新文学擦肩而过，而鲁迅却成为新文学的开创者，相似又相反的两人为探讨中国现代文学的发生提供了更宽阔的视野。③ 而吴稚晖作为国语运动的重要一员，提倡万国新语、主张废弃汉字，后又组织读音统一会、制定注音字母、编辑《国音字典》。以其对白话文学的坚定立场和文学创作中独特的白话形态，成为轴心作家中一个特别的存在。

对这三人文学汉语实践的挖掘与论述确有新意，极大丰富了观照清末民初文学汉语实践、裂变、革新各个维度的视野。不仅是对黄遵宪、王国维、吴稚晖这类较少与中国现代文学发生学相联系的个体的发现，即便是对于胡适、鲁迅、周作人这等在讨论五四新文学时已经论述多次的作家，文贵良也不落窠臼，着力研究其1917年以前的文学汉语实践，并有独特的观点和发现。此外，文贵良论述严复的相关章节也十分独到。严复其人，梁启超说"西洋留学生与本国思想发生关系者，复其首也"，胡适则说"严复是介绍西洋近世思想的第一人"，严复作为中国近代史上伟大的翻译家、思想家、教育家，其重要地位不言而喻，他也一直活跃在学术研究的中心。但是相比于对严复翻译观念和启蒙思想的研究，谈到中国现代文学的发生这个话题时，却少有人想到他。对严复语言观念的研究往往从属于其翻译研究之中。有学者指出："学界对严复语言的认识，仍然长期停留在雅正文体的肤浅讨论，既没有深入挖掘古雅译文具体的语言特征，如词汇的选择，句式结构、文体风格、八股文对其译文的影响等，也没有将其在翻译活动中对语言的认识上升到自觉的、系统的语言观高度。"④文贵良选择严复作为"轴心作家"之一，也是看到了严复语言观的复杂性和语言实践的开创性，认为他的语言实践是一种"元语言实践"，是晚清士人汉语实践的重要代表。严复的语言观以"器"作为本体，在语言观念上，改变了汉语的实用理性传统，代之以西方学理；在语言实践上，他实践了所

---

① 党月异：《王韬对中国近代文学的影响》，《新疆社会科学》（汉文版）2014年第5期，第142页。
② 文贵良：《文学汉语实践与中国现代文学的发生》，北京：北京大学出版社，2022年，第17页。
③ 文贵良：《文学汉语实践与中国现代文学的发生》，北京：北京大学出版社，2022年，第18页。
④ 王荣：《雅训与传承：从严氏译词看严复的语言观》，《广西社会科学》2013年第3期，第151页。

谓的"六书乃治群学之秘笈"的现代格义方法——通过英语词源考古与汉字造形考古的方式贯通中西字义,从而确定汉语译词,如"民直—right—权利""小己—individual—个人""计学—economics—经济学"等。

这十位轴心作家的论述顺序并非简单地按照生卒年,而是文贵良根据他们各自文学汉语实践的发力期和创新点的先后精心排列的,既能够看到现代文学的层层生长,又能关切到轴心作家之间的影响与论争。从总体上考察了轴心作家们的汉字、汉语、汉文观念,在文学汉语实践的"理""文""情"各方面的创新之处又各有所侧重,经纬交织,眼光独到。

三、"文学发生学"图景的动态演绎

中国现代文学的发生学研究,首先要关注"中国现代文学"这一耐人寻味的概念,如果对这一概念没有基本的定义和判断,它的发生自然无从谈起。文贵良认为"中国现代文学"有三种常见的说法,一是将"现代"理解为一个时间概念,这就涉及一个明确的临界点,文贵良并无意论争中国现代文学究竟起于晚清还是五四,索性将二者打通,以"晚清民初"概括之,具体论述过程中,因为目前1917年仍然是最有说服力的时间点,要描述"现代"的发生,自然要追溯到发生以前,因此文贵良主要关注各轴心作家在1917年以前的文学汉语实践。二是将"现代"理解为一个价值概念,以"新/旧""现代/传统"做价值区分,这个意义上的中国现代文学等同于中国新文学。三是将"现代"理解为一个语体意义,即中国现代文学就是中国现代白话文学,指的是1917年以来运用现代白话写作的新文学。① 显然该书是基于第三个意义上认识中国现代文学及其发生的,而这一意义的关键词就是现代白话,中国现代文学的发生离不开从文言、古代白话到现代白话的转变,这个语言转化的过程呈现出了中国现代文学的发生。但是这个过程目前并没有被清晰地描述,正如文贵良谈到自己这本书选题缘起时所提到的:"有个问题困扰我:我们都知道晚清有一个白话文运动,'五四'时期也是提倡白话文学开始的。文学的发展是否表现为:从晚清的白话文运动直接到了'五四'新文学运动呢?"②

显然不是,文贵良认为应该从辩证的角度来看待"发生",它包括起源意义和生成意义,是一种否定性生长的过程,同时也是通过这种否定不断形成肯定性内涵的过程。"中国现代文学的发生"既指中国现代文学这一发生品的诞生,也指这一发生品得以形成并诞生的过程,具体来说既包括作家个人的汉语实践,也包括这些实践的结果在历史中的变化。③ 这就注定了描述中国现代文学的发生图景,必须要回到历史现场,呈现出其动态的变化,而非以一种后来者宏观俯视的眼光凝视这一进程,作出进化论般简单粗暴的阐释。一个新生事物的发生并非一气呵成,往往是在各种可能性之中尝试、犹疑、挣扎而生的,这个阶段未必都是进步的

① 文贵良:《文学汉语实践与中国现代文学的发生》,北京:北京大学出版社,2022年,第9页。
② 文贵良、凤媛:《从话语生存论到现代汉语诗学:回归新文学本位研究——文贵良教授访谈》,《学术月刊》2021年第53卷第12期,第209页。
③ 文贵良:《文学汉语实践与中国现代文学的发生》,北京:北京大学出版社,2022年,第9—10页。

一面,也有向后或者向旁迈出的步伐。如果忽视这些"旁逸斜出"的部分,而将这一进程修剪成从 1 到 2、从 2 到 3 的简单进步的话,就丧失了历史的原味,视野会僵化、凝固、受限。

文贵良在论及严复时碰到了一个无法回避的问题,那就是严复苦心孤诣格义出来的现代学理新词,在民国之后大多被日语中的汉语借词所替代,这是否说明他"六书乃治群学之秘笈"的方案是无效的? 是否会动摇严复作为轴心作家的根基? 严复采取的方式是查证西方学理名词的词源及衍生的过程,在理解了这个内涵之后,在以先秦为主的典籍中选择对应的汉语词,或者在意义相近的词族中寻找、比对。可惜这个方法在完成度、现代化和接受面三个维度都不占优,首先是过程不可不谓繁琐,且有大量的西方词语是传统汉语字词无法契合的,相比于"拿来主义"的汉语借词,严复的方式就显得更加事倍功半了。取字于古奥的先秦典籍也逆于汉语双音节化、口语化、通俗化的潮流,更何况严复设想的士大夫接受群体已逐渐被接受西学的青年学子所取代了,到最后连严复自己都开始使用日语中的汉语借词了。从结果来看,严复"六书乃治群学之秘笈"的方案似乎是失败的,但在汉语现代化进程中绝不是一个可以被忽略不计的死角。严复的译词展现了晚清民初知识分子面对语言变革所做的努力,他虽然保守地寄希望于古汉语的改造能够传递西方学理,但并不是抱残守缺的文化复古,而是脱离了语言工具论的觉醒者,视语言文字为民族精神和身份认同,想要维护汉语内涵的纯正和基因的连续,而不因日语的借用造成词义上的裂变、歪曲与破坏。有学者指出,在当时存在着汉语滥用日本新词的现象,完全忽略了汉语本身承接西语的能力,明明在汉语中就有相对应的翻译,却漠不关心地一味采用汉语借词。当时的日语译者许多甚至不通日文、英文,严复怀疑这些国文素养较差者所创汉语借词的科学性。[①] 严复的译词,总归是更新了汉语的词汇系统,一定程度上传达了西方学理,也让我们看到了汉语改革的另外一种思路。正如文贵良所说的,在晚清各家讨论汉字出路的历史现场,不能以成败论英雄。

文贵良描述了文学发生学的发生过程,在他看来,轴心作家最初是处于一个混沌初生的状态,在接受了中国传统教育之后以各自的方式进行着汉语实践。在不断地吸收、思考、体验、选择中,他们的汉语实践和语言观念互相生发、革新。尽管各轴心作家的汉语价值观、汉语造型都不尽相同,对文言与白话的立场各有向背,但在他们的努力下文学汉语实践中的汉语造型、文学形式和主体意识发生了不同程度的新变,轴心作家的合力,最终使得"有理""有情""有文"的文学汉语实践出现,推动了中国现代文学的发生。

长达四十多页的结语部分对前十章的论述进行了总结和升华,从述到论。文贵良先是描述了晚清民初汉语实践的多样形态,包括翻译与创作、文言实践与白话实践、文学准标准与实践与文学方言实践以及元汉语实践。又论述了汉语实践对文学汉语观的决定作用,他认为即便是语言观对汉语实践有着一定推动作用,

---

① 王荣:《雅训与传承:从严氏译词看严复的语言观》,《广西社会科学》2013 年第 3 期,第 151—155 页。

实际上还是文学汉语实践决定着语言观念的形成，轴心作家中的梁启超、吴稚晖、胡适、鲁迅在民国前有过白话实践，因此汉语观念更加开放，成为白话文学的支持者；而章太炎、林纾、严复和王国维则因缺少白话实践而导致汉语观念相对保守，难以接受白话文学的主张，最终和五四新文学渐行渐远。最后从"有理""有情""有文"三个维度展开，如果说前十章是横向论述轴心作家文学汉语实践的各个方面，那么这里就是纵向爬梳文学汉语实践的理、情、文是如何在这些轴心作家手中获得进展的，亲抚中国现代文学孕育初生的脉搏。前十章的内容和最后的结语论述不仅以"点—线—面"交织的方式勾勒出了中国现代文学的发生图景，还使得这一进程具有动态感和现场感。

四、结语

总体来说，《文学汉语实践与中国现代文学的发生》一书有"三新"：一是视野新，相比于已经十分丰富的宏观研究，文贵良甘愿挑战更为艰难复杂的微观视角，从语言本体层面勾勒中国现代文学的发生图景，并落脚到个体实践之中。二是概念新，文贵良立足自己的研究需要，发现了中国现代文学研究中尚为模糊混乱的地带，创设了诸多新概念，如"文学汉语""轴心作家""有理""有情""有文"和"结核式"汉文观等，并眼光独到地选择了黄遵宪、严复、梁启超、林纾、王国维、章太炎、吴稚晖、胡适、鲁迅和周作人这十人作为代表晚清民初复杂文学现代面向的轴心作家。三是方法新，文贵良将语言学和文学深度结合，论述中运用了词汇学、语法学、语音学、方言学、修辞学、文字学、语用学的有关知识，为研究中国现代白话文学演变和发生提供了理论支撑，避免高谈阔论而浮于表面的窘境，是为研究方法新；导语扫清理论障碍，摆明研究立场，中间的十章娓娓道来，全方位展现了每一位轴心作家的文学汉语实践，结语部分经纬交织，层层递进，是该书核心观点的总括。文贵良的著书方式，既能表现这一进程的动态感，又具有回到现场的历史生动感，且三个部分互相交融、补充而不是彼此孤立，是为写作方法新。

正如文贵良在后记中提到的，原本关于该书的构想更为宏大，想要探讨晚清至五四文学汉语的生长状态、汉语的优和劣（象形文字和拼音文字的矛盾冲突）、汉语的体与用（民族共同语的普世性与文学汉语陌生化的矛盾）、文学汉语的常与变（文言、白话、欧化之间的冲突）、文学汉语的器与道（现代个体生命承担与大众共同体意志的负荷）。虽然该书皇皇六百余页，只迈开了从文学汉语实践通向中国现代文学的发生这一步，但是可以想见的是，未来"文学汉语"可以成为一个体系化的研究，届时更能够丰富五四新文学发生的前史与文学汉语演变的面貌。

"旧邦新梦":从"今文学"向"乌托邦"的内在超越之路

——读朱军《晚清文学儒家乌托邦叙事研究》

胡晓敏①

摘　要:朱军《晚清文学儒家乌托邦叙事研究》以清季"今文学"运动中的经学新变为线索,揭示出晚清新文学生成的内在源流。在儒学转型的背景下,文学乌托邦连接起新旧、中西的各方思潮,并为现代性危机提供一种东方式道德普遍主义的内向超越精神。循着这一思路,本文对经学与文学之关系、乌托邦与晚清时代之联系进行再探究,又可以重新定位于对这一文学乌托邦之超越性的理论阐释,同时与已有的现代性文学史叙事形成对话。

关键词:晚清;乌托邦;今文学;新文学

在"告别革命"的年代里,自"五四"以来曾经奠定现代中国思想基底的认识范式正在悄然发生变化。其中最为关键的重建工作即始源于"近代"与"现代"之间的贯通。从传统去往现代之路,横亘在历史断垣处的不再仅仅是保守与进化、改良与革命等观念话语间的二元对立及其所内含的单一价值判断,取而代之的是一种古今交会的思想化合的理论尝试。当当代理论逐渐超越了"主体性"的限度并迈向"间性"思维的同时,新的视野与方法论带来了历史观的变局,而将现代性的发生问题衍化为知识的考古、谱系的赓续与话语实践的转型等论域所汇聚而成的认识之复合领域。

"没有晚清,何来五四",从王德威提出这一"被压抑的现代性"宣言以来,中国文学的现代性论述亦随之转向。"晚清"作为"五四"的先声,其"新"与"变"的特质被重新激活,而成为与"五四"写实主义传统的"单一的现代性"所相区隔的"多重的现代性"。② 然而晚清文学研究的守成也正在于过于相信与依赖文学学科的自治作用,而忽略了晚清文类的复杂性,以及小说与经史之间的互见性。这就使得"纯文学"理念所推动的"文学现代性"理论在面对"有裨于用"的晚清文学时往往是龃龉甚至失效的。

"周虽旧邦,其命维新。"从"维新"到"新民",当梁启超发布《论小说与群治之关系》确立起小说改良人心的正宗作用时,晚清文学的缘起即与"三千年未有之大变局"的时代意识密不可分。因此,对于晚清文学的把握应然要从对文人心理的

① 作者简介:胡晓敏,华东师范大学思勉人文高等研究院 2022 级博士研究生。
② [美]王德威:《被压抑的现代性——晚清小说新论》,宋伟杰译,北京:北京大学出版社,2005 年,第 10 页。

通晓入手,循此在从"西学东渐"到"全盘反传统主义"的历史进程中去拆析梁启超所谓"过渡之时代"的异质性与历史进步论背后的褶曲。通过"儒家思想史、文学史互参法",加以中西流脉的"视界融合"①,朱军《晚清文学儒家乌托邦叙事研究》即试图回应上述难题,以向前超越现代文学学科壁垒的姿态,揭开晚清文学史、思想史与学术史的叠加层累,以重审"新小说"的"经史"特质及其东方视角。在其中,这一专著有效地捕捉到了晚清文学思想世界中的"特异点"——乌托邦。通过从认识论层面将"儒托邦"联展为"过渡时代"之哲学基础的建构方式,近代思想儒、释、道、耶的混合与中西体用的联结被具象化,文学被开放为场域,由此切近于转型时代的现实与理想。

一、小说代替经史:从"今文学"到"新文学"

如果说王德威的工作主要在于发现晚清文学并向后建立起现代性联系,那么朱军的创见则集中于对"文人—儒家"传统向前的追溯与征引。本书虽以"乌托邦叙事"为名,却既不是对于欧洲乌托邦小说的平行借镜,也非叙事学意义上文本细读的内部研究。相反地,作者将这一晚清未来的"空中楼阁"建基于深厚的本土学术传统之上,取径清季儒学革命的学术史脉络而以经史治文学。或许可以说,他是以回到前"康有为"的方式,来重新释读"梁启超"之后。以往相关晚清文学的研究,无论是改良主义的道德政治革命论,还是"启蒙与救亡的双重变奏",对于这一部分的思想资源实际上都有所忽略。不是截断了经学与小说之间的关联,就是以"新识"为导向而低估了儒家内在喧净的价值。尽管梁启超从"新民"始的"新小说"肇起于康、梁决裂后,但他与他同时代的知识人在虚构中想象未来万国和平会"各种人均当平等相待"②与大博览会"各种学问、宗教皆以此时开联合大会(是谓大同)"③之时,在呈现出现代人权与平等理念的背后,底色却仍是康有为《大同书》所寄寓的"去'界'"的社会理想与文明结构,而这一思想又是何休"三世说"(据乱世、升平世、太平世)的引申④。

从长时段的大文学史来看,"史传"与"诗骚"的传统⑤固然是影响近代新文学生成的重要来源,但进入到具体的历史语境内部,仅就清季文学革命的"中距离"时段而言,"今文学"运动的影响无疑是更为关键的。在这一点上,本书暂且搁置了"古代文学—现代文学"的学科分类及其演进逻辑,转而承续梁启超"汉学—今文学—新文学"的清学研究思路,将晚清文学的递变放置在自廖平"经学初变"所兴起的经今、古文之争的延长线上以观照。"无往非因,亦无往非创。"(《今古学考》)从龚自珍、魏源以来的今文公羊经学在"因"与"创"的辩证中逐渐生发出了还于"真孔学"而替圣王立法的改制诉求。康有为《新学伪经考》《孔子改制考》以其

① 朱军:《晚清文学儒家乌托邦叙事研究》,北京:中国社会科学出版社,2023 年,第 36 页。
② 吴趼人:《吴趼人全集·社会小说集(上)》,刘敬圻主编,哈尔滨:北方文艺出版社,2019 年,第 573 页。
③ 《新中国未来记(稿本)》,《新小说》第 1 号,1902 年 11 月 14 日。
④ 冯友兰:《中国哲学史新编》(下卷),北京:商务印书馆,2020 年,第 388 页。
⑤ 陈平原:《中国小说叙事模式的转变》,上海:上海人民出版社,1988 年,第 220 页。

"敢于怀疑"的精神重构了礼制，将公羊三世说发展为社会进化学说，衍儒学为孔教（孔子作为"大地教主"），最终形成"从托古改制到三世进化发展到大同新教"①的今学新义。

尽管廖平、康有为有关今文经学的思想渊源已成"学术公案"②，但二人的主张却反映出了一个时代思想新变的共同倾向。这种倾向寓示着一种新的认识论与宇宙观之可能。或许这并非廖、康的原初之意，但"疑今、辨伪、求真"的古今考据不可避免地将暗含指向的偏移，而从正典的"原解"走向创化的"自说"。其中，尤以康有为立孔教为代表，名曰"复原"，实则显然是受到西方政教体制的外来影响，而跳脱出了圣人原典的题中之义及其所能发覆的义理范围。直至梁启超，"以复古为解放"的清学之精神注定要破"经"自"立"，化三教之旨而将世界的原则与目的从遥远稳定的过去召唤至不断变动的紧迫当下。

同一时期，叶德辉等同人辑刊《翼教丛编》正是看到了这一"六经注我"的危险性。从"信"到"疑"的解经实践看似发展了清代经学的脉络与治法，实际却蕴含着动摇甚至颠覆"经学—礼制"体系的强烈冲动。"伪六籍，灭圣经也；托改制，乱成宪也；倡平等，堕纲常也；伸民权，无君上也；孔子纪年，欲人不知有本朝也。"（《翼教丛编序》）证伪的"经解"本身即消解了"经"的神圣性与不可置疑性，而将以经学为内核的"经世"序列转化为以"大同"为主义的政治学说。经史由此皆被还原为意义叙事，进而成为一种来自过去的虚构——这也为小说作为未来之虚构的登场提供了一种逆向铺垫。换言之，宗经观念的打破，经学的激变使得书写义与历史义同时发生转折，进而改变历史叙述的法则——"疑经"与"疑古"本即是同形异构的世界认识之两翼。事实上，经学之危机，亦是中国传统知识体系的根本性危机。"宗经"与"天人"的"堕乱"，经学作为永恒价值与最高学问的解体意味着中国传统知识型的总体构型与基本布局正在发生改变。从经学体系中散落而出的"天"与"人"的知识被拆解与重新分类，而进入到"自然""社会""人文"所涵盖的现代科学学科的知识体系之间。在此，本书以"论学殊、论政同"之说，试图从方法与立意层面弥合古文经与今文经的分野，以表征"一个历史的趋势"。然而在另一方面，二者的对立又不止是"论学"与"革政"的异同，而同时隐含有知识型层面的重大意义。从其发展与后续而言，从章太炎与梁启超所取径的不同学术道路观之，古文经与今文经实则在清末民初孕育了两种截然不同甚至互为反对的文类与思想类型。"古文"将被"国学"③（"新天人学"）所继承，而"今文学"则直接导向了"新文学"。④ 今古之分、"保教"与"翼教"之争，或许皆非是表面的门户之别与忧世之合，尽管在实现上

① 朱军：《晚清文学儒家乌托邦叙事研究》，北京：中国社会科学出版社，2023 年，第 67 页。

② 相关研究可参看吴仰湘：《重论廖平、康有为"学术公案"》，《中国社会科学》2020 年第 4 期，第 181—203 页。

③ 国学以"国"为名，实则已然消解了传统经学中"天人"原先所具备的上通下达、内外合一的普世意义。"国学"一词最早是一种外来指称，用以在现代科学的学术眼光下反身指认中国固有的学问结构。有关"国学"的概念源流，可参看曹聚仁：《中国学术思想史随笔》（修订本），北京：生活·读书·新知三联书店，2012 年，第 3—4 页。

④ 这一说法或许有简单化之嫌，但笔者认为，本书着重于在思想层面探讨经学的近代影响及其传承，但这一论题在文体变革的层面亦有值得进一步开拓的空间。

有相似与共通之处,但底层架构的殊异却反映出二者背后两种知识体系之间的抗辩,进而延伸为经史与小说以及二者背后的知识权力谁为"正宗"的话语争夺。

唯有在这一经学分裂且传统知识型重组的视域内,即儒家内在革命的理路下,作为清学延伸的晚清文学之内部潜能才得以被释放,而不被片面地视作对西方现代性的应激产物。从这一角度而言,晚清文学并非"现代革命论"的产物,而是"儒家革命论"的变体。在康门弟子与谭嗣同、夏曾佑等后继者的维新变革中,传统经学与文人的时代正在终结。一如书中所指出的,小说开始代替经史成为"救世的神符"。在这一背景下,向后看的历史理性被向前看的政治理性所磨搓,过去的历史被将来的理想所超越。小说代替经史看似是文类的转移,却又是文人叙述内在的演进与接续。正是在这种既更替又承继的转型过程中,晚清公羊学的众多成果(三世进化、托古改制、孔子纪年与素王革命)亦从经学的条框中解放出来,而被注入于小说所敞开的虚空世界。这一"文人时代的遗产",今文学的理论建构及其治世理想,大同思想对中西各类世界想象兼容并蓄的能力,以及所提供的时空维度,皆促成并奠定了晚清文学的新质,及其所表征出的乌托邦特性。

梁启超所言"新小说"与"寻常说部"之间最为根本的区别,即在于"振国民精神,开国民智识"的宗旨与目的。[①] 本书详细爬梳了《新中国未来记》《狮子吼》《痴人说梦记》等晚清新小说中是如何化用"三世说"等今文学观念并与西方自然观、社会进化论等学说进行联合——从经学循依中建筑小说的叙事语言与思想根基,而又在这一基础上吸收现代理论与知识资源,从而借"他境界"以"变换"出新符号、新理念与新话语的过程。如陈天华《狮子吼》中"睡狮—猛醒—怒吼"的叙事结构对"据乱世—升平世—太平世"三世递进的转译与发挥,而"睡狮论"本身则又彰显出现代民族国家的救亡与启蒙色彩。[②] 小说作为"一家之言","不入流"却反而具有更多包容度的文体形式既得以保留儒学的道德秩序,又能够突破义理的限制而承载新思潮的变革与激进,遂成为现代转型的重要枢纽。在这一源流下,具有起点意义的《新中国未来记》既可以被视作是晚清文学史的具象起源,却又同时是晚清思想史与学术史的一次重要总结与转向。在这一今文学的传承中重新定位与补充晚清文学实践的面向,我们或许即可以真正突破欧阳健所总结的"晚清小说研究中的两大思维定势——鲁迅提出的'谴责小说'论和胡适提出的'没有结构'论"[③],从而变"谴责"为"建设",在"没有结构"中找到"结构性寓言"。"没有结构"的"谴责小说"并非只是时人愤世嫉俗或聊以消遣的平庸之作,也不是"资政体,助名教"的附属物,而是循着"汉学—今文学—新文学"的清学理路演进而来的"新文学—新民—新国家"的乌托邦之间性文本。书中对于晚清"乌托邦"思潮的定位——"今文经学、'三界革命'向五四'文学革命'传承裂变的重要接驳"[④]——正是确立起了作为乌托邦的晚清文学的中间性与革命性。

---

① 《绍介新刊·〈新小说〉第一号》,《新民丛报》第 20 号,1902 年 11 月 14 日。
② 朱军:《晚清文学儒家乌托邦叙事研究》,北京:中国社会科学出版社,2023 年,第 97 页。
③ 欧阳健:《晚清小说史》,杭州:浙江古籍出版社,1997 年,第 401 页。
④ 朱军:《晚清文学儒家乌托邦叙事研究》,北京:中国社会科学出版社,2023 年,第 36 页。

因而本书最为重要的突破,不在于对于晚清文学提供了一种具有解释力的乌托邦的文学视角,而是以"乌托邦"的文学叙事揭示了晚清文学中的"文学外"因素。经学与文学的打通,更确切地说,经史与小说间"经世"联系的恢复,这一"不文学"的文学研究方式不再简单地凭藉后置的文学观与文学史对作品进行单一标准的静态批评,而是将文本的发生诉诸时代的思想进程之中,作为其中的一环,在文学史与(尤其是儒家)思想史的共同观照之下来理解晚清文学的主体性。它既不是"五四"文学的前身,也并非传统说部的遗存。它的模糊性与复杂性正源自过渡时代本身的历史中间性。通过真正进入到晚清文人/知识人的写作实践与创作背景之中,将文学的生成与晚清时期这一特殊的儒家实践哲学相互联系,晚清文学的内在独特性与近代思想跨文体的屈折才正要展开。

二、命名与虚构:乌托邦成为"现实"

"乌托邦"是本书的核心命题,又是本书的根本困境。以近代思想的屈折而论,作者围绕"乌托邦"概念以诠释晚清文学独特性的展开努力,或许可以将全书的写作还原为乌托邦之界说与晚清文学的难以界说之间的契合张力。作者在后记中借以叶凯蒂与贾立元分别对"政治小说"与"科幻小说"所进行的概念辨析与文类讨论,以凸显晚清小说文类划分的困难与命名之难,反之强调"乌托邦是这一历史进程重要的贯穿,也是最具包容性的概念"①。自《中国唯一之文学报〈新小说〉》介绍《新小说》所预设的十五种小说门类以来,晚清小说对"身份"便有着很强的自我分类与界定意识,而往往在题名处皆标明其所处的小说类型。然而这种预设的类型却往往会随着小说实际或意图写作的内容产生变化,而带有不确定性与流动性。梁启超在设立《新小说》之门类时亦留有余地:"其余或有应增之门类随时补入。"②实际如"世界名人逸事"门类未真正出现,如《宜春苑》被冠以"法律小说"则未出现在最初所介绍的门类之中,而像第二年所连载的《黄绣球》甚至都没有被标注其类型。叶凯蒂亦曾举例《孽海花》道:"金一写的前六回,发表在《江苏》杂志上,叫做'政治小说'。但曾朴接过来改写成 20 回的小说,就变成了'历史小说',等他 20 年后,整个完成了又叫'社会小说'。"③由此可见,流动的小说类型观亦是应"大变局"下各种新旧思想的此消彼长而动态调整的。

对于本书而言,避开文类研究而将"不同文类中的乌托邦叙事"作为研究对象,尽管规避了文类界定与选择的难题,但"乌托邦叙事"这一命名也同样会遇到晚清不断重构的变动问题。我们或许可以沿着这一"命名之难"的感叹更进一步地理解这一言说的难处。一方面,乌托邦在社会政治层面的梦与幻想性质切近于转型时代无地安放又难以实现的想象远景,但在另一方面,有着漫长前史与复杂语义的"乌托邦"之名或许又呈现出另一种概括的失语。这种失语不能被简单地

---

① 朱军:《晚清文学儒家乌托邦叙事研究》,北京:中国社会科学出版社,2023 年,第 440 页。
② 《中国唯一之文学报〈新小说〉》,《新民丛报》第 14 号,1902 年 8 月 18 日。
③ 叶凯蒂:《"政治小说"的跨界研究——叶凯蒂访谈录》,季进编《另一种声音:海外汉学访谈录》,上海:复旦大学出版社,2011 年,第 159 页。

归因于中西学术话语之争的结果，而仍然是晚清变局内部的众声喧哗所导致的。虽然如今我们可以用乌托邦指代几乎一切"不可能性"，但其作为在晚清已经有之的概念，时人在使用"乌托邦""桃花源""华胥国""华严界"等称谓时，其中的整合意义是否大于区分，其实是值得考辨的。这些说法或联合或反对，同样呈现出一派众说纷纭。且时人在使用"乌托邦"一词时，时常又偏向于政治义，采取其"虚论""空想""空幻"之贬义而与"华胥国"等象征古老黄金时代最高之治的经典文人理想相互对立。如与《痴人说梦记》同载于《绣像小说》的《维新梦传奇》在"大同"一出中即有语："本是华胥国，休言乌托邦。"①二者认识的间距，或许会使得使用这一通行说法可能无法切实地还原出当时思想中的分合，进而限制"虚构"与"理想"的交互展衍。这不仅仅是本书所面临的障碍，而且是所有以"乌托邦"论说晚清文学之研究的共同问题。

换言之，要认识与研究晚清文学中的乌托邦元素，首先即要向内突破"乌托邦"的本体论结构。在概念层面上，摆脱作为一种超验逻辑的"乌托邦"的认识先决显得尤为重要。乌托邦并非晚清认识所抵达的尽头与目的，而是正要开始的起点与途径。在此需要的是，去除乌托邦的"名教"（"去名教"亦是维新变革的要义之一），反之借以"乌有"的历史精神重构诸面向的历时布局，从而成为一种有效性的阐释框架。在思想层面上，"儒托邦"作为乌托邦的本地化形式，更多地强调"文人遗产"与"西学风潮"的合流，而又不仅仅是"儒＋乌托邦"。书中将其归纳为三个层次："其一是西方输入的自然论基础上的宇宙观；其二是中国传统人伦道德的世界观；其三是由内省而革命的超越世界。"②晚清"儒托邦"文学的涌现势必受到了欧洲乌托邦文学传统的传播影响，但晚清知识人通过误读与改译，却是以"大同"为旨归，将这一"文学"的外在形式嫁接至庄子的"寓言"以及佛家的华严界与彼岸认识之中，同时对现实世界进行改造与超越，从而形成了一种可以说是"西体中用"的创作实践。在"命名之难"的背后，是对于"旧邦"之"新命"进行转注的言说困境。对于本书而言，更额外增添了一层从西方的"无"到东方的"无"之间的视域转换，而这一工作的中枢即是将欧陆传统中的"乌托邦/理想国"蜕变为作为今文学之创化、晚清文学之综合的"大同世界"。

乌托邦作为"最具包容性的概念"之理解其实是一种乌托邦普遍主义的晚清认识。如此我们可以定位作者对于晚清儒家乌托邦的界说："大转型的时代，清末民初文学以虚构的方式再造的一个'道德—政治—科技'理想国。"③"道德—政治—科技"的三重结构既构成了晚清文学乌托邦的论域与外延，又涵盖了晚清思想革命的主体面向。以革命乌托邦为统摄，分以无政府乌托邦、女权乌托邦与科学乌托邦三种类型进行专题研究的方式，体现出普遍主义的乌托邦结构对"新命"的吸纳。"革命""无政府""女权"与"科学"等新名词与概念逻辑皆无法在本土传统中找寻到凭依，这些外来之新题何以被晚清知识人所选择与接受，并加以具象

---

① 遁庐补剩：《维新梦传奇》，《绣像小说》第 27 期，1904 年 5 月。

② 朱军：《晚清文学儒家乌托邦叙事研究》，北京：中国社会科学出版社，2023 年，第 5 页。

③ 朱军：《晚清文学儒家乌托邦叙事研究》，北京：中国社会科学出版社，2023 年，第 128 页。

呈现——文学的乌托邦结构正是充当了新旧之间的黏合剂，并提供了思想落地的描述性场域。乌托邦叙事在晚清文学中的兴起与流行并非是文学题材与审美趣味的主动选择，更多所体现的，是"经世致用"的文人精神在西方小说学及其主体意识影响下的内在化过程。在政治理念层面，"未来记"的背后是儒学的内在转型与西方现代政治制度的化合所发展出的从素王改制到无政府主义再到社会主义的革命路径。在"人"的层面，《人肉楼》去往《狂人日记》的"吃人"民族寓言从"人禽之辨"到"礼教杀人"，儒家的内部革命最终被启蒙主义"反专制、尚自由"的"全盘性的反传统主义"所取代。"去家界为天民"的大同平等观念连接其现代性别意识，而实现从"补情"到"补天"的女性解放。在科学层面，以《电世界》《造人术》《月球殖民地小说》等"科幻奇谭"为代表，科学万能主义的"灭世—救世"精神反映出一种新的道器关系，化"仁"为"电"的知识新论嫁接起了旧道德与新技术，而其所发展出的唯科学至上的"技术之思"与 1920 年代"科玄之争"的理性省思处在了同一脉络之下。普遍乌托邦的晚清文学结构在横向上遍历了中西交错的新文学叙事，以此在纵向上接续了从"今文学"运动向"五四"新文化运动的裂变。

在从"旧有"到"新有"的进程中，晚清文学儒家乌托邦成为过渡的"无"。作为"无地之地"与"乌有之有"，它不是此在，却也并非彼岸，而是一种中间地带的自我期待。它源发于新儒家对旧制度的改写，是儒家知识人开启民智、冲决罗网的救世乐观主义的象征。本书从中所归纳出的焦点在于，乌托邦作为现实的不可能反衬出的普遍道德主义的内在超越精神。以大同世界对抗民族国家，以道德超越挽回文明危机，是文化保守主义者内圣外王的"希望的哲学"。晚清乌托邦既是一种中国式的文学实践，又为现代性问题提供了一种"第三世界"的东方方案。

然而过于突出儒家乌托邦的道德理想价值，可能又会压制了经学直面现实的"经世致用"的实践意义。换言之，晚清诸种乌托邦性质的社会、政治与世界想象看似是不可企及的空幻远景，却又是具体实践的前进方向。以梁启超为代表，他的"新中国"并非乌托邦，而是"新民"的必然实现。反过来说，若"新中国"不可至，则"新民"亦无意义。从他起初所设计的三部作品《新中国未来记》、《旧中国未来记》与《新桃源》（《海外新中国》）之构想可以看出，"新中国""旧中国"与"海外新中国"的不同未来想象分别对应"共和立宪""不变之中国"与"地方自治"的当下道路选择。① 晚清乌托邦的文学看似将危难的现在交付给缥缈的未来，但对于晚清知识人而言，却并未发出"梦醒了无路可走"的哀叹，反而是孜孜不倦地提供了多种可能性的社会前瞻。缘于并非现在被未来所劫持，虚构的背后是清醒的危机意识下明知不可为而为之的坚实信念。因而这是一种"相信的"与"有效的"乌托邦实践。

如果将晚清文学视作是对经学新变的突破性继承，则"今文学"运动的后续始终萦绕着一种"影响的焦虑"。当西方知识，尤其是科学知识的"格致"作用无法回到经史中去找到根据与凭依，认识型的嬗变即不可避免。"宗经"向"疑古"的变迁

---

① 《中国唯一之文学报〈新小说〉》，《新民丛报》第 14 号，1902 年 8 月 18 日。

既是晚清文学的诱因，又构成其内核。历史的真相不再被视为唯一目的，而重要的是对于事件的阐释，以及阐释背后的古今附会与转换。戊戌变法的失败在现实层面进一步加剧了社会历史的虚无性，"此在之外皆神话"，而晚清文学的最初面貌唯是也只可能是"乌托邦"。它从"经史"的过去中来，却要往也只能往"乌有"的未来中去。至此，我们可以将文学乌托邦的超越精神再往前推进一步。从这一意义上而言，乌托邦的本质即是文学的真相，或者说，是"文学/虚构"本身。小说是可能之现实的不可能性，而又是"超真实"的现实本身。罗兰·巴尔特曾有过如此的阐释：

> 革命在它想要摧毁的东西之内获得它想具有的东西的形象……文学的写作既具有历史的异化又具有历史的梦想……写作的扩增将建立一种全新的文学，当此文学仅是为了如下的目标才创新其语言之时：文学应该成为语言的乌托邦。①

儒家的内在革命摧毁了原有的经学形式而又创制出一种新的写作。这种写作改变了历史叙事与语言规则，而又试图在关于自身的虚构中寻找并建立新的真实。文学成为语言的乌托邦，乌托邦即超越了有关现实与虚构的互净。正如汪晖对康有为大同世界的认识："不是这一构想是否现实，而是激发这一构想的现代矛盾本身，构成了现代中国思想的回顾和前瞻姿态的根源。"②在乌托邦的悖论中，超越的道路不止是作为内向价值的道德精神，前现代东方思想中长久以来的经学传统与天人观念从某种程度上早已筑成了晚清乌托邦写作的后现代性，或者说，超现代性。它自成一种去而复返的根源。本书的最后试图论述一种"文学乌托邦的儒家近代性"的空间性问题："晚清文人试图以乌托邦文学重建一个'境界'而非'世界'，或曰在东方与西方之外创造第三个世界。"③然而它同样是属于时间的。换言之，乌托邦的近代，处于传统与现代之间，却又是传统之前而现代之后——它是这一二元知识论下的"第三语言"。吴宓言"借幻以显真"，则文学的"虚构"与"真实"的悖论张力，虚构之乌托邦作为真实存在，大变局下的历史最终皆可被归结为这句话——"乌托邦成为现实"。

余论　"没有经学，何来文学"：一则戏仿

本书作为作者在其博士学位论文④的基础上经过较大幅度调整与修改而来的专著，其中不少章节亦以单篇论文的形式在不同刊物进行过发表。客观上这就使得全书行文不免繁复，个别之处的论述甚至重复出现。然而这不能掩盖本书所作出的突出贡献，即一种突破文学史而与文学史进行对话的努力。

儒托邦的提出，在晚清"被压抑的现代性"之外，开辟出了一个由"旧邦新命"

---

① ［法］罗兰·巴尔特：《写作的零度》，李幼蒸译，北京：中国人民大学出版社，2008 年，第 55 页。
② 汪晖：《大同立教与儒学普遍主义》，《读书》2023 年第 4 期，第 42 页。
③ 朱军：《晚清文学儒家乌托邦叙事研究》，北京：中国社会科学出版社，2023 年，第 410 页。
④ 朱军：《建构儒托邦：晚清儒学与新小说的乌托邦想象》，博士学位论文，上海：华东师范大学，2014 年。

的儒学转型所衍化而来的属"中国梦"的世界。这个世界在跨文体与跨语际的"流动的现代性"中,重新处理了传统与现代、本土与世界之关系。本书的写作,一方面是对于现代文学的"非现代"资源进行历史开掘,另一方面亦是回应于当今时代的要求,在新儒学的视域下探索建立具有中国特色的自主知识体系与学术话语的可能。

近年来,沿着"没有晚清,何来五四"的逻辑展衍,对于中国现代文学的生成问题又有了许多的推进。在不断拓宽现代文学边界的同时,也在发生时间上将其推向更早之前。《哈佛新编中国现代文学史》在论述"多重缘起"时甚至已然提出了"没有晚明,何来晚清"之问,并将起源问题推至了 1635 年。[①] 相信循着这一同构逻辑,未来更为久远的追溯研究还会不断涌现。然而重新定位起点的意义从来不在于起点本身,而是思考起点的这一命题,对于我们如何认识与构筑"文学"的先验决定。这提醒我们最终或许仍然要跳出"没有……何来……"的理论模式,而回归自在的语境与此在性的文本自身。无论是儒学本位抑或世界立场,对于文学的考辨,都应该大胆地探寻历史文本所开放的边界,而审慎地界定(现代)文学所自持的限度。沿着从"今文学"向"新文学"的发展理路,我们亦可以提出:"没有经学,何来文学"——但经学到底是经学,而文学只能是经学的他者。缘而从"没有晚清,何来五四"到"周虽旧邦,其命维新"的理路转衍,不止是中西本位论的话语争夺,其中更为深层的,是界定文学及其周遭的认识路径正在发生变化。

事实上,"儒托邦""政治小说""启蒙与救亡""多重的现代性"等理论指称或许都难以恰如其实地统摄晚清文学的具体面貌,但某种程度上,命名之"实"的缺失恰恰反引出作为"过渡"与"转型"的晚清在多元繁杂之下的某种"空质"。反之,晚清文学或许正是在诸种言说方式与视角的交叉之下,在复合领域的话语实践之中,展开出"可能"的二象性。这也是本书留给我们值得再问的空间,即在何以可能的"乌托邦叙事"中,征询"乌托邦"何以不可能?

[①] 李奭学:《1635 年,1932 年,1934 年 现代中国"文学"的多重缘起》,张治译,引自王德威主编:《哈佛新编中国现代文学史》,台北:麦田出版社,2021 年,第 57—62 页。

反者，道之动；弱者，道之用

——读《晚清白话报章与现代女性意识的萌芽(1898—1911)》

罗君艺[①]

摘　要：曹晓华的《晚清白话报章与现代女性意识的萌芽(1898—1911)》以女性与话语为双重研究视角，通过对晚清新兴的白话报章文字的梳理，考察这一时期的语言建构、文体流变、意识形塑。其中，贴合对象的研究目的与跨学科的研究方法继承并发展了"报刊"的研究路径，性别化书写的表述策略与分析视角则为"文体"带来了新的解读张力，而对于国民话语与教育体制、"女学"与"女教"之间互动往复的揭示更是赋予了"知识"以重估的震撼。综合考察来看，本书在研究方法、视野上均有创获，以温和中正的态度不避女性意识建构过程中的矛盾性，正视女性白话实践的复杂性，肯定女性在重重阻力中坚持发声的能动性，切实增加了这一领域的深度与广度，多有值得今日参鉴之处。

关键词：晚清白话报；女性意识；女学；国民话语

《道德经》四十章中说："反者，道之动；弱者，道之用。"[②]"道"的运行规律在于万物在不断的矛盾运动中向对立面转化，而运行的燃料则是弱小事物中迸发出的生命力和可能性。女性长久被禁锢在闺阁中，缺乏受教育和发声的渠道，一直处于压抑状态的"她"是如何划出鸿蒙太初开天辟地的第一笔，让历史的轴承从此刻开始运转起来呢？

曹晓华的新著《晚清白话报章与现代女性意识的萌芽(1898—1911)》选择了晚近时期女性的话语表达作为考察中心，以女性与话语的双重视角切入进行了综合全面的研究，涉及文学以外传播学、语言学等多学科的研究方法和视野，具有极强的方法论意义。上编侧重关注话语文体的嬗变历程，主线是文学汉语转型与性别观念演进的互动关系；下编聚焦晚清女性意识建构的思想史，引申出社会现实与女性话语的交织演进。

"反"和"弱"也可作为两个关键词来把握曹晓华对于这一段历史的研究。"反"既可作相反对立，也可作返本复初。[③]女性意识在混乱与训诫中悄悄萌芽却又处处碰壁、时时退缩，曹晓华既肯定其进步又不避其矛盾，正视其中并存的进步

① 作者简介：罗君艺，华东师范大学教育学部 2022 级博士研究生，主要从事教育思想史研究。
② ［魏］王弼注，楼宇烈校释：《老子道德经注校释》，北京：中华书局，2008 年，第 110 页。
③ 陈鼓应：《老子注译及评介》，北京：中华书局，1984 年，第 225 页。

与倒退,指出"虽然理智上很清楚接受了新式(或者是半旧不新)教育的女性不可能再和过去一样,但是情感上依然不自觉地留恋传统女诫中对贤良淑德女性的评判标准"①。而从书中引述的材料来看,"弱"也常常出现在晚清白话报章撰者对女性形象的界定中,知识界学人不时为女性"细考太弱的缘故"②,不断从经济学、优生学、进化论中找寻其积弱的依据和求强的路径,以将其纳入整个民族强国保种的进步话语与政治理想中。一定程度上,这些祛弱的催促给予了女性一定的自由,但是科学与国族主义的兴起却代替了传统的儒家宗法,更隐蔽地进一步规训了女性。传统父权体系下丈夫与家族、国家社会及有识之士的双重限制和训导从而同时加诸于女性一身。

而"反者道之动,弱者为之用"的奇妙在于,晚清女性仍能够在狭小的缝隙中有限、顽强地实现自我意愿,依靠自己的特质为国家民族的解放贡献一定力量。但这种"动"与"用"并非如杜清持等人所论述的,通过"示弱"而"被拯救",或是将话语权交出,将个人放置在群体的洪流中裹挟着摸索救国的出路。③ 相反,女性的言说与实践呈现出的是个体的能动与担荷。晚清"废缠足"的风气,强调的是增强"国民之母"体魄,洗刷国族的耻辱,但又通过女性具身痛楚的言说开辟了一个由"文体"到"身体"的醒豁主题,埋下可共喻的精神与思想革命的种子;而"兴女学"本意是为强国保种、接续国力,却让部分女性走出家庭的小天地,获得了外出的自由和独立的知识,唤起女性走向公共空间与介入公共事务的自主意识,有机会去做一个完整的人。

一、"一粒种":兼作目的与方法的晚清女性白话报章

正如王德威所提出的"没有晚清,何来五四","晚清"这一时段的重要性某种程度上甚至前置于五四的开创性,为文学研究提供了一个众声喧哗的现场。学界近年来对报刊的关注与挖掘也有力地扩充了文献研究的边界,它既是一种公共的话语空间,详尽记录了晚清时期国人的思维话语定势,又忠实地定格了这一时期立体全景、众声喧哗的社会图景,并且持有一种面向民间、面向公众的珍贵立场。因此,晚清白话报章被作者界定为"一扇考察过渡时代中国女性意识和性别书写的窗口"是恰如其分的。而"女性"视角的意义也是在于其复杂性,如夏晓虹所说,"身处晚清,男性涉及的社会问题,女子无一能逃脱;在此之外,女性更有诸多必须独自面对的难题"④。但是,意识层面的东西难以捕捉,更遑论如花火一般转瞬即逝的"萌芽"瞬间,谈放足、女报、女学堂这些有形的变化与关键性的事件相对较

---

① 曹晓华:《晚清白话报章与现代女性意识的萌芽(1898—1911)》,上海:上海社会科学院出版社,2022 年版,第 110 页。

② 曹晓华:《晚清白话报章与现代女性意识的萌芽(1898—1911)》,上海:上海社会科学院出版社,2022 年,第 56 页。

③ 曹晓华:《晚清白话报章与现代女性意识的萌芽(1898—1911)》,上海:上海社会科学院出版社,2022 年,第 236 页。

④ 夏晓虹:《晚清女性与近代中国》(第 2 版),北京:北京大学出版社,2014 年,导言。

易,但要说明女性观念上的变化过程是十分困难的。因此,如何处理这一笔十分庞杂的历史遗产,如何揭示其中隐含的文化动态并将其转化为现代理念的资源,路径的考量十分重要。

晚清是一个颠覆性与包容性极强的时代,这一时期话语的多样性与丰富性决定了晚清白话报章中的女性意识的含混性。如同文贵良在序言中所指出的,晚清白话报章需要处理三层对象:晚清白话报章所构成的话语空间、晚清白话文书写的话语表达、晚清女性白话文书写。同时,"女性白话文书写"所对照的至少有"女性文言书写"与"男性白话书写"两个参照对象。因此,"女性白话报章"与男性、文言、报刊以外的文献之间,女性、白话、报章彼此之间,都会因其内涵与外延的模糊、角色和站位的错综而产生认识和实践上的分歧,它们相互渗透、相互联系、相互转化、相互冲突,彼此之间既可能支持补充,也可能对立紧张。比如,晚清论女权与西方追求个人独立的女性主义理论在目的上大不相同,而更接近一种通向救国与现代化的双重工具,但天赋人权的理论基础也为晚清女性的呼告增加了厚度与重量。如果各自为战,四个关键词在面对纠缠交叠的问题时各有其解释力上的不及与局限。比如,报章是相对精英与都市的局部意识形态产物,能写作白话文的女性在数量上难以成其规模,写作者所发出的也不一定是具有女性特质的话语声音。故而需要以跨学科的视角来呈现其综合性的价值和累加性的力道。

基于此,作者采用了"性别"加"语言"的双重视角来挖掘晚清白话报章中的话语革命。这一研究方法紧密贴合了研究对象,形成了融通转化的阐释效果。作为女性主义理论研究的共识,女权主义思想并不是铁板一块的意识形态[①],女性意识的生成空间与文本证据可以从语料中找到;同时性别也是一种陈述,能够反向地渗透进入并改造其所处的话语场。除此之外,本书方法论的意义还在于作者将宏观的透视窗口和精细的个案剖析结合,融合历时的分析与对比,以细密严谨的文本证据来发掘变革的裂纹与轨迹。

目的和方法的高度统一使得研究的起点坐落于一个兼具普遍性与特殊性的位置,"1898 年,一份特殊的白话报纸在无锡城内沙巷诞生了——《无锡白话报》"[②]。1898 年是一个暗流汹涌的多事之秋,而这份报纸的特殊性在于它的主笔,大部分内容出自当时少见的女报人裘毓芳,她一人担任多个栏目的主笔,在这份报纸上大放异彩。而相对于更"典型"和"集中"的《女学报》,曹晓华认为《无锡白话报》更适合作为"女性意识萌芽"的起点,因为其中存在着裘廷梁与裘毓芳共同办报、各自行文的缝隙与张力,而这种两难处境与心理线索也静水流深地贯穿了本书的其余六章。

那么,这样"如题所示"的女性白话报章应该是什么样的呢?基于《晚清白话报章与现代女性意识的萌芽(1898—1911)》研究,可以从两个层面进行界定,一是

---

① ［美］罗斯玛丽·帕特南·童:《女性主义思潮导论》,艾晓明等译,武汉:华中师范大学出版社,2002 年,第 1 页。

② 曹晓华:《晚清白话报章与现代女性意识的萌芽(1898—1911)》,上海:上海社会科学院出版社,2022 年,第 29 页。

白话报章对于报人作者与读者受众女性意识的培养;二是女性在白话报章中的角色和作用。裘毓芳的白话实践显示,女学是晚清白话文运动的有机组成部分,并且,女学将白话实践推向了更加细腻的发展方向。白话报章之于女性意识萌芽的意义,是谈论女性问题的媒介,还是承载现代女性意识的表征,自身也是构成女性话语现代实践的一部分。性别与白话都是西风东渐之时"现代性"的产物,而白话文的"工具性"直接或间接地促进了女性意识的觉醒,决定了白话实践过程与现代女性意识的生成紧密结合。裘毓芳署名的白话演绎作品包含文言经典演绎、各色海外见闻转译、格物致知的自然科学知识等内容,涵盖劝诫与实用的知识理念。这些白话报章既是女性直接参与的证据,也留下了女性议题走向更广阔话语场的传播轨迹。虽然最终劝告成功的可能只是已经粗通文墨、接受过一定教育的女性,她们未必能够完全有意识使用白话、确认自身性别主体。但女性的存在感和参与度确实在白话报章中有所提高,一大表现是正式成为白话报章的预设受众群体,这也是女性受教育权得到了正当性与必要性的认可。同时,假想读者也从过去被一体对待的"妇孺",得以演绎为更生动的性别主体与身份确认。

裘毓芳作为其中"第一人"的特殊性既源于她身兼推动者、游离者、反叛者三角的模糊性,也源于从叔叔裘廷梁手中顺势接过的"文化资本"。但是,如同书中所引用的戈公振的评价,她作为"报界女子第一人",客观上确乎仍然使得《无锡白话报》"由于一位女士的贡献和会话的写作风格而特别引人注目"。并且,裘廷梁的白话文主张和白话报构想虽是她"先知先觉"的前提与支持,却也一定程度上制约了她成文铺衍的轨迹。裘廷梁"演古""演今""演报"的初衷在于打破中西学间的壁垒,坚决支持白话维新决定了他们语言形式的取舍与通达,文言背后的价值取向及传统逻辑依然是叔侄俩考量的要素。如曹晓华所说,这就使得裘毓芳的女学主张中还带着传统女教的尾巴,对女性教育与权利的论证需要小心翼翼地在孔孟之道的延长线上进行。由此及彼地推演,处在同样的结构性处境之下,女学只是众多运动的一部分,女性读者也只是刊物受众的一部分。但是,反过来看,清末白话报章宣扬女性意识,并非只是一场仅针对女性的特定启蒙,而是一种全民性的理念重塑。白话报章和女学在相互支持的发展中走向更进一步的历史洪流之中。同时,这一思路虽然是由男性传递给女性,一定程度上没有脱离重复与重述的框架,却由于性别因素的介入与视角的转换,仍然可以看到裘毓芳论说中所蕴含的独特价值。

从作者的细致钩沉与缜密论述中,我们可以看到,女性意识的破茧与脱胎并不存在一个里程碑式的"标的物",在思想史的汪洋大海中只能获得对流动的体认,进而"刻舟求剑"般确认出些许"游标"。但这并非意味着讨论是流于空泛虚浮的,而是在强烈的质询意识中再次论证了文本之于意识、意识之于文本的话语张力,它所具有的是如同种子一般见缝插针与蚍蜉撼树的力量。

二、"抽其芽":女性白话文体的表述、视野和贡献

承接开篇对裘毓芳与《无锡白话报》的个案研究,第二章、第三章、第四章主要将关注点放在白话演说文、白话歌本、改良新戏三种文体上,以此切入女性在白话表达中所显示出来的性别特质。如维特根斯坦所说,语言的边界就是世界的边界①,女性白话实践能够凝结为"文体"的观念格局,既彰显了一种视点切换和重新打造世界的能力,也意味着汉语世界对女性白话书写的接纳。作者虽然做的是扎实的文献梳理,但所接受的文学学科的学术训练却能够挖掘出材料之下史学研究者容易忽略的隐情,不仅是把文学作品作为史料纳入分析范围,借助了修辞学和文章学的理论资源,更是在一些关键材料的解读上呈现了一种崭新的问题意识和情感结构。

　　首先,三种女性白话文体是具有一定主体性的想象聚合物,但并非基于写作者生理性别的界定。既是由于这一时期白话文语言本身的标准存在新旧掺杂的过渡性质,也是因为女性作者与女性受众更多是一种想象与侧影的汇合。如同作者在近期回应文章中所写到的,如果拘泥于作者的性别,研究将会陷入无穷而繁复的考证;如果仅考察现有已知作者为女性的文本,将会极大限制研究的视阈。② 因此作者所秉持的"相对温和严谨"态度的关照下,所聚焦的是一种词汇、句式、语气具有女性气质的类型文体。一旦女性选择将亲身经验行诸文字,就等于在抗拒客体地位;而一旦男性尝试揣摩女性的生存痛苦、将自我代入女性的情境抑或是遵循女性的话语规则,本身就接受并进入了女性文体的书写实践与规则指向之中。更重要的是,作者所认可的论述立场是女性"本位"的,评判好坏的标准在于是否从女性自身的福利与损益正面思考与立论,是否以女性自身完善发展为目标,是否从主体化的评价视角来审视缠足、放足、女学等女性问题。如此能够使得文本有能力召唤出更多女性的共鸣与反思,促进女性白话文体的良性生产与传播。

　　其次,三种文体都具有打破"第四堵墙"的文体预设与实践倾向。如作者所说,"晚清白话报最突出的特点就是其创办伊始预想的读者群与其他文言为主的报纸不同"③。演说文、歌本与新戏的共同点在于超越文本的表演形式("甚至可以成为汉语发展过程中'音本位'压倒'字本位'的一个例证④");还有具身在场的受众、面对面的实体或隐含的心理空间。比如女学堂乐歌的直接受众是女学生,这就决定了其形式的整饬和用词的典雅,以密集的短句打造出易于吟诵且力道铿锵的效果。而媒介所具有的同时性特征也影响了其策略性的传播定位,决定了"白话文"所表达的内核应该以某种恰当的姿态呈现在受众面前,而这也反过来也扩容了文学汉语的表达意图和文体形式。比如作者所梳理与分析的对缠足痛苦的言说,不恰当的文体采用的是一种冰冷的语体,痛苦被功能化,女性随之也被客体化;而较为恰当的则是将对痛苦的表述家常化,用家长里短、感同身受的语气,让

---

① ［奥地利］维特根斯坦:《逻辑哲学论》,贺绍甲译,北京:商务印书馆,1996 年,第 48 页。

② 曹晓华:《答辩·〈晚清白话报章与现代女性意识〉|作者回应:想象女性"发声"的起点》,澎湃私家历史,2023‑08‑15,见 https://mp.weixin.qq.com/s/NKgom-997oEfySrojR1IQw。

③ 曹晓华:《晚清白话报章与现代女性意识的萌芽(1898—1911)》,上海:上海社会科学院出版社,2022 年,第 250 页。

④ 曹晓华:《晚清白话报章与现代女性意识的萌芽(1898—1911)》,上海:上海社会科学院出版社,2022 年,第 72 页。

创作者真正成为女性中的一份子。如此,"女性"成为评判文体言说效果的尺度。一是好懂,由于"我姊妹不懂文字又十居八九",故而需要降低文法难度、提高白话比重;二是有效,由于女性气质的文体更利于宣传,深入浅出与循循善诱成为这一文体的突出特征。而从根本上来说,女性作为文体标准的前提是大部分女性被纳入需要被启蒙的"平常人"范畴之中;这同时也是一种"俯视姿态","转说把妇女孩子们看"过程中流转了两轮的文本显示了言说者与听众之间的鸿沟,因为客观上建立标准的并非女性群体,也就造成了很多女性白话实践仅仅是流于形式,女性文体并非一种内在特质而仅流于外在装饰,反而加深了现实中创作者与受众的隔膜、女性群体的分化瓦解。

最后,三种文体都存在着介于官方/民间、男性/女性、公共/私人之间进退去留的视野考量。其一,演说文、歌本、新戏中多有借鉴民俗的成分,以期更真实地记录、呈现民众心态,唤起理想读者的共情。这些翻新的俗曲既激活了民俗的生命力,又使得雅俗得以配比适当、谐调共赏。因为民间色彩浓厚的文本容易流于说教和俗套,文人气息浓厚的文本却也容易失去生动自然的情感过渡。并且,女性身处的大众生活和民间日常本就与正统的说教规训背道而驰,观戏、听书、唱歌等早已成为大众尤其是女性日常生活中不可分割的部分,而女性白话文体在某种程度上可能征用了原本生动活泼的民间艺术形式,将其纳入了晚清以来的风俗改良与启蒙主题的整体性框架之中。其二,三种文体所传达的"女国民"形象既是一种全新的转化,也是一种奇特的并接。男性权力成为"复女权"的突破口,而传统的女性气质却反而受到鄙夷。比如《娘子军》中唱道:"我不愿,侧身红十会"。也如曹晓华指出的,女性元素被高度浓缩化、扁平化和符号化为歌本、戏台上的花枝,"蛮靴绣甲桃花马"等铺陈、装饰与扮相。而这种形象书写所置身的大前提是一双双男性的评价之眼,如此呈现的"女性"很大程度上是一种外在的想象而非内在的特质。其三,三章所重点涉及的"放足"意味着女性行动力的自由,"女学"意味着女性接受教育场所的公共化,这种空间上的位移和延伸也伴随着如影随形的凝视目光,局限于私域的生活传统决定了女性只要踏出家门口就会引发关注。即使"一概不卖男座",演的是"光明正大之戏",坐在台下的女听众也难以逃脱被"景观"化的审视。

尽管以往也有不少学者注意到,女性的实际生存状况与设想的性别伦理体系之间存在差距,很大程度上女性叙事并未产生剧烈的冲击或动摇,反而强化了男性话语的优势地位。但是作者以同情之理解回到了历史现场,在混沌中度量有无与高下之间的距离,用书中原话来说,"只有先开始传播,才可能在之后论及传播的有效性"①。尤为精彩的是第二节"缠足"与"痛楚"的分析。在妇女史研究成为热点的当下,"缠足"这一话题曾吸引杨兴梅、高彦颐等国内外知名学者的强烈兴趣和极大关注。面对"痛楚"这一晚清女性所面对的本体性和生存性问题,曹晓华首先指出的是,缠足的痛苦就像是"盒子里的甲虫",将温度计插进水里时已经改

---

① 曹晓华:《晚清白话报章与现代女性意识的萌芽(1898—1911)》,上海:上海社会科学院出版社,2022 年,第 73 页。

变了水温,试图言说的时候已然是变质的痛苦。即使"说服女性听众自己能够理解她们的痛楚""用易懂的白话文拉近自己与她们的距离",所得出的也不再是女性所体会到的痛楚本身。继而,作者注意到劝放足的文本中,描述痛苦并不是第一位的,对女性重新成为健康的母亲和劳动力的期许取代了对疼痛的共情,也就削弱了劝说的力度。然而真正有效的劝说却是尊重并正视"痛楚"的存在,站在女性的立场上以亲近柔软的口吻陈述利弊。同时,曹晓华对于缠足叙事中"恶母"形象的分析也非常出彩,通过丈量其与现实中母亲的距离,辨认出"为娘"称谓背后的男性他者。女性的白话实践通过"痛楚"获得了叙事空间,"痛楚"成为了最根本的关怀和最本质的联系,不论是伪装还是真实的"第一手"的叙事中,女性话语都强有力地诉说出了权力不平等的性别化本质。

　　曹晓华始终持守审慎与客观的理性分析,对于女性白话实践的效果存在着乐观中有所保留的冷静态度,但对其开拓性与能动性是不吝认可和高度赞赏的。女性白话实践之于白话文体的贡献在于,其展开说理的逻辑线索和语势口气极大地提高了信息传递的效率,一定程度上平衡甚至是抵消了白话文中居高临下的匠气和说教气,重新回到了最初白话之于大众传播与理解所具有的优势原点。从文学语言演变的角度而言,无论是《缠足叹》与《缠脚歌》在改编与比较间的锤炼,还是《惠兴女士传》与《女子爱国》两部新戏推动官方文件《奏定女学堂章程》颁布的带头效应,女性白话文体实践对于白话文表现力和地位的提升,都有着具体而微、见微知著的贡献。同时,文体的形成也建立在尽可能利用一切媒介和场所的高度能动性上,即使传递出的是一种变调的声音,并非完全出自女性本体的深层呼喊,只是其意志的灵光乍现,也蕴含着终有一日会破土拔节的未来伏笔。

三、"扬其葩":女性知识的自觉、困境与延伸

　　上编主要以文体与修辞的发展为线索,下编则承接其中旁逸斜出的话题线索,基于更大体量的白话报章中的小说文本,来聚焦更宏大和本质的问题,探讨女性意识的具体内涵。这些晚清白话报章对于女性权益探讨状况的如实反映,实际上涉及和对接了一个非常朴素和本源的问题,即如何成为一个"新女性",成为"新女性"需要什么样的教育,需要什么样的知识?

　　"废缠足"与"兴女学"之后所导向的是"复女权"。如第五章所引用的,"我们要恢复女权,必先要造点学问,为国家尽点义务"[①]。而"所造"的学问是否能匹配并兑换"待赠"的权力,背后则是国民话语与教育体制之间的碰撞和磨合。从书中重点分析的"野叉娘"恽琦落榜事件可见,倡导"女国民"的知识分子、倡导"母教"的女学校对于理想女性的设想是完全错位的。同时,晚清学人心目中的"女国民"本质上也不过是"母"与"妻"的结合。女学的价值只在家庭场域内有效,但又无法满足对于女性社会经济价值"自强生利"的要求和强大民族话语体系"强国自立"的呼吁。而看似"被动"的女性主体"主动"作出的选择则是"入半日班及裁缝科",

---

① 《论女子宜恢复女权》,《国民白话日报》,1908 年 8 月 30 日。转引自曹晓华:《晚清白话报章与现代女性意识的萌芽(1898—1911)》,上海:上海社会科学院出版社,2022 年,第 153—154 页。

服从女学的体制设计和设想安排，虽对完备的个人发展前途无益，但也让女性开始意识到自己的权益，争取到一定的生存和腾挪的空间。

第六章所讲述的婚姻问题，既是"母教"的现在条件，很大程度上也决定了女性形象的发展路径，现代婚姻中所折射出的是社会转型期对于知识、自由、平等的向往。在救国保种的话语体系中，婚姻还勾连了优生优育、母教胎教、人种进化，激发了本土话语与知识体系的更新。而"女学生"群体作为新女性的先锋，也并未因受过教育而获得自由，因为她们最具标志性的知识没有获得社会性的实用转化，女学知识的积累和自食其力的光明前途只能成为悬置的美好幻想。虽然当时的婚姻在礼俗形式等程序性知识上有一定自由化和开明化的倾向，但依然是象征层面的变革，而并不落实或承诺女性能够从"自由结婚"中获得权力或价值。

第七章更进一步地从"家国一体"的叙事中辨认出国家话语对于女性意识的影响。曹晓华进一步引申了第一章中所引用《女界钟》中的观点：女性作为"一张白纸"而能够更好地"开蒙"。反对旧学者认为，女性未受科举功名的毒害而可以无碍接受教育；不满新学者认为，女性能够远离"今朝告自由，明朝告独立"的浮躁喧嚣而静心打好基础；但是这种"女子只要愿意入学，就是可塑之才"①的观点，实质上是将女性隔绝在家国大事的话语权力以外，从根本上否定了女性考取功名、参政议政的权力。所以在曹晓华看来，女学在先、女权在后的坚持并不能对女性意识的发展起到积极作用，而在某些情况下是抑制发声的枷锁。因此，女性要抓住发声机会并扩大声量，就只能将自己的声音附着在国家民族的宏大话题中，辅之以甩开膀子、迈开步伐的豪气和强烈鼓动性的语言，否则就会被无情地忽略和过滤。同时，一些女性也注意到了不应拘泥于传统女学、女权的先后顺序，而要将求学与实践齐头并进，文、武、德的学习分进合击。

一个理论共识是，女性主义的突破点在于对知识及其来源的怀疑与重估，因为任何知识的生产都受知识主体价值观和具体情境的影响，知识是个性化的，同时又是有局限的，没有一种公允的、纯客观的知识可以替代个性化的、个体的人的知识。而思想又不可避免地与具有利益的知识纠缠在一起。② 另一个历史共识是，"人们熟知的有关女权主义思想的起源，总是被追溯到欧洲男性自由主义的哲学源头，而有关早期中国女权思想发生的现存论述，也同样被纳入由晚清汉族男性所发起的启蒙主义话语之中"③。晚清女性的知识体系被国族救亡的逻辑所供应和塑造，但是如前所述，曹晓华敏锐地发现了"家国一体"叙事中的缝隙，既存在着"男女有别"的知识区隔，也有女性反向利用知识的津渡、顺势介入公共领域的能动实践。因此客观而言，不论知识的来源、诉求有什么样的幽微之处，"一张白

---

① 曹晓华：《晚清白话报章与现代女性意识的萌芽（1898—1911）》，上海：上海社会科学院出版社，2022 年，第 228 页。

② Jane Flax. *Thinking Fragments*：*Psychoanalysis*，*Feminism*，*and Postmodernism in the Contemporary West*. Berkeley：University of California Press，1990，pp. 32–34.

③ 刘禾、瑞贝卡·卡尔、高彦颐：《一个现代思想的先声：论何殷震对跨国女权主义理论的贡献》，陈燕谷译，《中国现代文学研究丛刊》2014 年第 5 期，第 69 页。

纸”的女性都可能从中找到发出声音所必需的基础设施。

　　而可能存在的分歧则是，不同的知识会有高下之分吗？知识的力量标准不仅基于教育学原理，更来自于社会学视野。著名教育社会学家麦克·扬（Michael Young）认为强有力的知识（powerful knowledge）存在着以下三条标准：区别于日常经验而习得的“常识性”知识（“common-sense” knowledge）、系统性（systematic）、专业性（specialized）。[①] 而这也与作者在第七章尾声分析的一个重要问题有关。曹晓华指出，林獬虽然为家国一体献计献策，却也无意中将女性剥离出了这个场域：“我想女子进了学堂，总不会即刻变革命党，也没有杀头的祸害。何妨叫他读一点书，学一点实实在在的本事，将来也好自谋。”基于此，曹晓华提出的疑问是：“又是什么原因让革命倾向强烈的林獬提及妇女与革命的关系时，显示出这样一种淡然甚至可以说不屑的态度？”[②]曹晓华认为，分析这个问题不妨从林獬在上文中竭力推崇的上海爱国女学校章程入手。从书中引用梳理的文献来看，女校课程中除国文和数学以外，修身、裁缝、图画和体操是设计中一以贯之的专门科目，裁缝是授课时间最长、学生规模最大的一门课。对于以林獬为代表的革命人士来说，这些基本的文学数理常识和不脱离柴米油盐的生活日常技能对于革命抛头颅、洒热血的实际行动毫无助益。但是，辨认知识优势与性别权力的同时也可能会模糊知识本身的面目和价值。从知识本质的角度来看，国文与数理知识具有强于日常经验的结构化程度和意向性力量，能够提供新的思维方式，支持女性强化并超越性别自我的可能，足以让一部分有能动性的女性获取一部分权力运作的新视野，克服“有权者的知识”与“知识的暴力”所造成的知识危机，进而构建起自我的主体性。在《晚清白话报章与现代女性意识的萌芽（1898—1911）》研究的基础上，如果能对此进行进一步思考，或许能为女性意识的建构提供更加有意思的另一条思路。

四、结语

　　晚清白话报章作为“一扇考察过渡时代中国女性意识和性别书写的窗口”的定位实在再恰当不过，但如果将其与拉康的“镜子”进行感性的比较可能会更有趣。因为一定程度上，晚清白话报章继承了文言的“权威”[③]，为大部分无法开口的女性编织了一张“符号界”的网络，只待她们受到教育后自动融入。但是在众声喧哗的汉语转型期，在强国保种的时代气氛中，女性通过对观念媒介的选择、对文体特征的改写、对知识结构的翻转，初步建立起对自我处境的觉知，以话语实践作为投出问路的石子，在这一面看似坚固实则脆弱的镜面上敲出了第一条裂纹。《晚

---

① Michael Young & David Lambert. *Knowledge and the Future School：Curriculum and Social Justice*, London：Bloomsbury, pp. 74 - 75.

② 曹晓华：《晚清白话报章与现代女性意识的萌芽（1898—1911）》，上海：上海社会科学院出版社，2022 年，第 240 页。

③ 曹晓华：《晚清白话报章与现代女性意识的萌芽（1898—1911）》，上海：上海社会科学院出版社，2022 年，第 257 页。

清白话报章与现代女性意识的萌芽（1898—1911）》选取的二十余份白话报章、十余个省市的代表性白话刊物，以及其余三十多份报刊中的白话作品中所包含的性别观念、女性话语必然存在着左右互搏、自相矛盾之处，曹晓华没有以先在的目的论去拼凑女性的能动性，而是顺流而下、道法乎上，从这些纷乱喧嚣的声音中发现女性白话实践的多维与立体，进而自然地呈现挣扎中浮现的主体性。一粒种，抽其芽，扬其葩，女性解放或许就在晚清后的这条延长线上，在这些逼仄的缝隙和有限的空间里不断进行着曲折蜿蜒的探索，甚至一直持续到现在。

浅评钟桂松新著《茅盾和他的儿子》

陈　杰①

摘　要:2023 年,茅盾儿子韦韬诞辰 100 周年暨逝世 10 周年。韦韬前半生为追求革命真理而奋斗,后半生又为中国文化和文学事业而无私奉献的精神令人感佩。本文以钟桂松的新著《茅盾和他的儿子》为点评对象,从结构、语言、史料三个方面进行分析、解读。

关键词:茅盾和他的儿子;结构、语言、史料的点评

钟桂松,浙江桐乡人,中国茅盾研究会原副会长,曾任浙江电视台台长,浙江省新闻出版局党组书记、局长,第十一届浙江省政协常委、文化卫生体育委员会主任,等等。现为中国作家协会会员,高级编辑。

从 20 世纪 70 年代末开始,钟桂松利用业余时间,长期致力于中国现代文学研究,致力于茅盾、丰子恺等浙江现代文化名人研究,主编《茅盾全集》,出版《茅盾传》《茅盾评传》《二十世纪茅盾研究史》等三十余部著作。

作为资深的茅盾研究学者,钟桂松和茅盾儿子韦韬交往三十余年,在茅盾逝世之前,钟桂松就和韦韬开始通信联系了,在韦韬生前的数十年时间里,一直保持各种联系,从未间断,所以,韦韬对故乡桐乡的深厚感情和故乡桐乡交往中体现出来的崇高境界,钟桂松是历历在目,不少是亲身经历,也感同身受。

2023 年,韦韬诞辰 100 周年暨逝世 10 周年。作为和韦韬联系最多的家乡人之一,也是联系最多的茅盾研究者之一,钟桂松时常想起韦韬对弘扬茅盾文学的贡献,想起他生前对自己在茅盾研究等方面的无私关怀与帮助,感激之情依然汹涌。特别对韦韬前半生为追求革命真理而奋斗、后半生又为祖国文化和文学事业而无私奉献的精神更是无比钦佩。正是在此背景下,钟桂松不顾年逾七旬,怀着对茅盾、韦韬父子的无限敬意,依托丰富的茅盾研究史料、与韦韬交往的亲身经历,用充满温情的笔触娓娓道来,通过对革命文学巨匠茅盾的儿子韦韬革命和奉献的一生的重要经历和历史细节的生动再现,向广大读者展现了茅盾、韦韬这对父子的人格魅力、儿女情长、高风亮节。

《茅盾和他的儿子》2023 年 7 月由中国出版集团有限公司研究出版社出版,二十余万字。全书以尊重历史真实、还原史实细节为原则,以权威可信的茅盾研究史料和作者亲见亲历为依据,以娴熟的语言文字驾驭能力,运用生动鲜活的"讲故

---

① 作者简介:陈杰,文博馆员,中国茅盾研究会理事,桐乡市茅盾研究会秘书长。

事"的笔调进行讲述。主要体现了三个特点。

一、结构章法严谨有序

此书脉络清晰,结构分明,章法有度。以韦韬九十载人生经历的时间先后为序,以《温馨的革命家庭》《抗战逃难岁月》《延安的阳光》《新中国成立前后》《为父亲茅盾奔波》《高风亮节》六个篇章题为引领,每个篇章再分别用相应历史时期史实的亮点列若干章节标题。再分别以各章节标题为中心,一一展开,生动地叙述。六个篇章之间结构体例高度统一,起承转合自然贴切。

例如《温馨的革命家庭》篇章,从韦韬诞生前夕,风雨如磐的旧中国时代和中国共产党创建的艰难困苦的背景为切入点,引出茅盾一家在建党初期的突出贡献,由此再引出茅盾儿子韦韬的诞生、成长至 1937 年抗战爆发时的人生最初十多年的经历,再自然过渡到《抗战逃难岁月》篇章,两个篇章之间的衔接过渡浑然天成,绝无生硬刻意之感。

六个篇章串联起来,全景式、多角度、立体式展现了韦韬一生的成长、革命和奉献的不凡经历。六个篇章之间既有机统一,又可独立成篇。在六个篇章之后,钟桂松又附上《附录》和《后记》。《附录》收录了韦韬逝世后《茅盾研究》刊登的一些追思怀念文章,还包括韦韬生前写给钟桂松的部分信件。《后记》记述了钟桂松创作此书的动因、经过和感谢。

此外,许多珍贵的历史照片也在此书中一一呈现,不少还是鲜为人知的,包括1924 年韦韬(时年虚龄两岁)和他姐姐沈霞的合影、1930 年韦韬和他姐姐沈霞在上海的合影、韦韬姐姐沈霞在新疆的留影、韦韬姐夫萧逸的烈士证书、1981 年 10月全国茅盾研究学会筹备组通知等。

六个篇章,加上《附录》和《后记》,并和穿插其中的珍贵历史照片,构成了一部图文并茂的完整著作。

二、语言文字平实生动

钟桂松在长期的中国现代文学研究和名人史料挖掘整理过程中,写文著书数十年,逐步形成了其独特的"平实生动"的文风。全书语言平实生动,没有华丽的辞藻,没有刻意的煽情和渲染,只是用通俗易懂的词语和作者发自内心的最诚挚真切的由衷表达,以"讲故事"的笔调引人入胜,强烈地激起读者欲罢不能,一睹为快的阅读冲动和情景体验。

再以《温馨的革命家庭》篇章为例,分别用《出生在上海的乌镇人》《与姐姐一起唱〈国际歌〉》《爸爸从日本回来了》《儿子开会去了》《在炮火中离开上海》这五个标题,一一讲述从韦韬出生到抗战前夕的一些鲜为人知的生活和学习成长细节。

以《出生在上海的乌镇人》这一标题为例,既点出了韦韬的籍贯是乌镇的,又点出了韦韬出生在上海。由此,在钟桂松平实生动的娓娓道来中,韦韬的出生背景和家世、乌镇和上海在此的内在联系一目了然地得以呈现,在向广大读者展现在那风雨如磐的旧中国,韦韬人生最初十多年接受的家庭熏陶、成长历练的经历,同时从另一个视角向广大读者展现革命文学巨匠茅盾在那段岁月的文学创作、革命贡献、流亡经历和家庭生活变迁。

三、史料有据详实丰富

作为资深茅盾研究专家的钟桂松,在四十余年的研究和史料挖掘整理出版过程中,包括与韦韬等在内的人士交往、联系和往来中,积累起大量的宝贵研究资料和成果,这为此书的出版提供了十分重要的基础。

翻看此书,关于茅盾和韦韬等的点点滴滴的历史细节,贯穿始终。例如:1921年春茅盾家人从乌镇搬到上海居住的史实、茅盾去日本休养写作是陈望道的建议、1928年党中央发函给日本支部关于茅盾恢复党籍的来源依据、茅盾从日本回来的几次搬家地点、韦韬在陕北公学的学习经历、韦韬曾用名"沈孟韦"的使用始末、韦韬将珍贵的茅盾手稿悉数无偿捐献和韦韬多次回乡的细节等。尽管书中记述的不少历史事件已十分久远,但有许多竟能精确到具体的年月日,其中离不开钟桂松不遗余力地多方探究和查证核实。

如果仔细翻阅此书,可窥见钟桂松所掌握的研究史料之多、之广、之深。仅仅粗略统计一下,除了引用《茅盾全集》、茅盾回忆录《我走过的道路》,还包括了茅盾亲属沈仲襄、陈瑜清、孔海珠、陈智英等的回忆,茅盾女儿沈霞日记,韦韬和陈小曼所写的有关传记,陈学昭、朱联保等当事者的回信、回忆和中央档案馆保存的材料。此外,还有作者亲历亲为亲见的一些事件,主要涉及和韦韬的往来联系、陪同请教、书信交流等。其中,作者和韦韬自20世纪70年代末至2013年的交往联系和深厚友谊的亲身经历的叙述,更是生动、鲜活、详实,向读者展现了一幕幕充满温情的感人画面,犹如身临其境且感同身受。

毋庸讳言,此书也披露了茅盾流亡日本时那段感情波折和对家庭的影响。作者本着历史唯物主义的观点,以尊重客观事实、还历史原貌的创作原则严肃对待,不拔高、不回避、不杜撰,一切以有据可查可信的史料为依据。

当读者品读钟桂松的新著《茅盾和他的儿子》时,会穿越历史时空,回到韦韬早年所生活和战斗的那充满革命豪情、积极向上、英勇奋斗的难忘岁月,还会看到这位可亲可敬的革命老人在其后半生为保存好、利用好这些弥足珍贵的世界文学遗产而不遗余力、呕心沥血地奉献所体现出的可贵品格、高尚情操,而受到感动、感染、感化,凝聚为实现中华民族伟大复兴而接续奋斗的强大动力。而此书也因此是新时代"不忘初心、牢记使命、永远奋斗"教育的生动教材。

会议综述

中国茅盾研究会第 13 届年会暨中国茅盾研究会 2022 年理事会会议综述

刘永丽①

本次会议由中国茅盾研究会主办,四川师范大学文学院承办,于 2022 年 11 月 25—27 日在四川师范大学狮子山校区举行。本次会议共收到论文 81 篇,举行了 3 场会议主会场报告、4 场分会场报告,有 60 余位专家作了会议发言。所有会议均为线上线下相结合的形式进行。

本次会议的主题主要集中在如下几个方面:

一是继续宏观上对茅盾作品在思想史、观念史层面进一步做推进式的研究。各位专家分别从不同的角度展现了茅盾广博的思想。张光芒(南京大学)从社会启蒙的角度审视了茅盾的作品,揭示了茅盾作为人生派的作家在社会启蒙方面一直所做的努力及所具有的关键意义和重要性。周维东(四川大学)认为在茅盾的延安书写中,包含了"感性延安"和"理想延安"两重意蕴,两种视角同时融入延安书写的文本之中,构成其整体特色。李永东(西南大学)考察并探讨了茅盾的"颓废"观念生成的原因,认为茅盾从左翼评论家的立场对"颓废"观念进行改造,以"为人生"的观念解剖、扬弃颓废的精神内涵,重新划定其意义边界,构设了新兴无产阶级的"颓废"观念样本。刘永丽(四川师范大学)重点考察机械思想影响下茅盾创作手法和审美观念等多方面的变化,从女性主义角度解读茅盾作品。杨联芬(中国人民大学)的《茅盾早期创作与女性主义》,重新审视了茅盾早期创作中的女性主义,认为正是女性主义精神的灌注,使茅盾早期小说在"革命"与"文学"两个方面,都作出了超越性的贡献。张宇(华南师范大学)《从女性主义到妇女解放》的发言,考察了茅盾与"新妇女"观的历史嬗递。雷超(四川省直机关工委)《关于〈家庭操作的妇女〉译文作者考释——茅盾与〈妇女杂志〉第六卷革新》,结合沈雁冰从 1919 年 11 月至 1920 年 10 月助力主编王蕴章革新《妇女杂志》的基本史实,考据茅盾青年时期关于妇女家庭劳动的观念。王琴(四川师范大学)从生育的角度探讨茅盾小说婚姻中女性属"人"的生存状态、女性觉醒与生育之间的微妙关系,以及生育与革命事业的两难、个人生育与国家话语的纠缠。这些研究,都是从具体的文本出发,结合原始史料,得出宏观的思想史层面的结论。特别值得一提的是张光芒和杨联芬,他们都是用丰富扎实的史料、宏阔的理论高度对文本进行细读,从史料到理论到文本,论证严密,见解独特。

---

① 作者简介:刘永丽,文学博士,四川师范大学教授,博士生导师,主要从事中国现当代文学研究。

二是对茅盾创作理论的进一步阐释。本次大会对茅盾创作方法探讨的特点是，不再把创作方法当成一种单层面的技术手段，而更多关注创作方法和个人心态、个性、情怀结合，展现作家创作观念形成的动态过程。首先是小说创作理论方面，谢晓霞（深圳大学）《沈雁冰与自然主义的中国之旅——1920 年代〈小说月报〉的自然主义讨论为中心》，探讨茅盾自然主义创作观念的生成根源，辨析其与现实主义创作潮流结合的现实因素，并由此考察自然主义造成的中国小说观念的现代转型。她的研究不再局限于茅盾创作手法的探讨，更多关注创作手法对小说观念的推进。王晨晨（华东师范大学）比较了茅盾和李劼人对自然主义创作手法的抉择，并考察由此导致的两人创作模式的异同，把作家创作方法的运用和个人性情结合起来。李延佳（北京师范大学）、贾振勇（山东师范大学）从具体的小说《动摇》中的人物塑造方式，看茅盾对现实主义创作手法的拓展，在详细的文本分析中展现了茅盾对现实主义创作的有力探索。刘容天（中央民族大学）从茅盾阅读史的角度探讨《子夜》式"新写实派文学"的生成。韩旭东（南开大学）考察茅盾"后革命"浪漫书写的思想张力。韩明港（重庆工商大学）论述茅盾从《蚀》到《子夜》创作历程的哲学逻辑和当代启示。陈颖（西华大学）从现代性的角度探讨茅盾创造与时代之间的关联。尹诗（郑州师范学院）从茅盾理论主张和文学创作之间的"矛盾"谈论"五四文学"的性质。李玉明（青岛大学）从艺术倾向的冲突角度，论析茅盾与前期创造社的文学论争中所透露出来的观点态度。这些研究，都是把写作方法放在广阔的社会背景中，重视写作方法的选择与时代及作家观念形态的联系。

诗歌理论方面，王学东（西华大学）不仅从具体的诗歌出发，而且结合茅盾的文学经验、体验层面的内容，力图厘清茅盾对中国现代新诗"长诗"理论的独特思考和建构，呈现了茅盾诗歌理论动态的变化过程；宋雯心（西华大学）就茅盾的中国现代诗歌研究展开探讨。散文理论方面，董卉川（青岛大学）以散文作品《一个青年的信札》《叩门》《光明到来的时候》《黄昏及其他》为中心，分析茅盾的现代散文诗论；王贝贝（西华大学）从"有情"与"事功"两个方面分析茅盾的散文理论。戏剧方面，朱昱璇（西华大学）探索了茅盾戏剧中中西融合的理论。另外，孟宁（上海师范大学）以茅盾的方言观及其流变为中心，考察了"地方的浮沉"与 20 世纪中国的语言运动；张望（重庆师范大学）考察不同历史阶段茅盾对方言的运用和调整，都是从语言的角度试图进一步对茅盾创作理论进行深入研究。

三是对茅盾具体文本的研究。对茅盾文本的研究集中在《子夜》《霜叶红似二月花》这两部作品。对具体文本的研究主要有几个特点：

（一）以具体文本作为契入点，探析广阔的历史学社会学层面的背景和时代的宏大命题。文贵良（华东师范大学）发表《"如火如荼之美"：论〈子夜〉的汉语诗学》，着眼于《子夜》中都市物语、金融行业话语、青年知识分子的"俏皮话"、工人群体的"大众语"的分析，揭示的是现代历史时期有关语言变革方面的宏大话题，认为《子夜》的语言体现了"五四"白话到"大众语"的过渡之中，向着"理想的国语"的迈进历程。贺仲明、蔡杨淇（暨南大学）对长篇小说《霜叶红似二月花》的分析，目的是展现新旧文化的过渡，探究"五四"前后中国社会的历史变革和时代特征。王丹（广西师范大学）探讨《霜叶红似二月花》的写作缘起与 20 世纪 40 年代的热点话题"民族形式"建构有着实践性的关联。这些,都是从具体的文本出发,和广阔的社会文化历史相勾连,构建更为宏大的理论叙述。

(二)对文本进行再解读,再阐释,力图读出新意。袁昊(四川师范大学)从茅盾文学创作史与诗的辩证关系及其实践路径来考察《霜叶红似二月花》,以此探寻小说之文学价值。叶珣(四川师范大学)透过《子夜》女性人物的情爱叙事,窥视《子夜》作为"经典文本"其政治性与文学性之间的关系。吕周聚(青岛大学)论《子夜》中的布尔乔亚青年群像。北塔(现代文学馆)对《子夜》中四小姐读过的《太上感应篇》进行阐发。张勇(南京信息工程大学)分析《子夜》中的战争书写。马蔚(浙江师范大学)从叙事时间与人物的推断和设想角度,重读《霜叶红似二月花》。这些研究都是从具体的文本再出发,用新的理论进行解读,尽力阐释出新观点、新问题。

茅盾的其他作品也被放在时代语境中重新解读。比如宋扬(广西师范大学)对 1937—1941 年《救亡日报》上发表的茅盾作品进行研究,探究茅盾创作中与抗战关系最为直接和紧密的部分,目的是展现茅盾抗战时期的思想观念。高强(西南交通大学)从颂赞与微辞两个方面,概括剖析中华人民共和国成立后茅盾的业余作家创作。程伟(天津师范大学)对茅盾的理论作品《关于历史和历史剧》进行再解读。廖海杰(重庆师范大学)论茅盾长篇小说《走上岗位》,认为茅盾创作的《走上岗位》不应被视为半成品或初稿,而是一部完整的长篇小说,并从"岗位"入手,分析作品反映的深层时代意义。赵栩(西华大学)关注茅盾《腐蚀》中的多重折叠空间书写。朱一田(上海戏剧学院)谈《清明前后》对新闻事件的改编。李孜琪(西华大学)对老通宝、林先生、吴老太爷等守旧者形象的复杂意蕴解读。比较研究方面,叶祝弟(《探索与争鸣》杂志社)把茅盾小说《春蚕》与费孝通小说《茧》对勘,考察不同文人视界中再造"乡土中国"的分歧与弥合,宏阔的社会学视野介入具体的小说文本,加以史料的佐证,得出令人信服的结论。其他如李金凤(西南大学)对茅盾《腐蚀》与陈铨《野玫瑰》的比较研究,颜倩(上海戏剧学院)比较《清明前后》与《芳草天涯》叙事结构与观众接受异同,都从比较研究的角度提供了茅盾作品研究的更多可能。

四是传播学方面的研究,一方面是单篇作品的流传和发生学研究。陈思广、党文静(四川大学)《〈虹〉的版本流变与修改述论》通过对茅盾长篇小说《虹》的版本流变、版次关系、印刷册数和修改问题的梳理与考察,分析其背后的政治因素及其中体现的作家审美观念的流变。李俊杰(四川师范大学)从发生学的角度,重构《子夜》出版后产生的媒介空间文化,明确其在传播起始阶段的阅读、推广、介绍、评价等问题,探究文学经典的形成史及文学传播中的文化本相。他们都是从具体的文本流传这样的微观角度,审视的是宏观的社会文化与权力、消费与资本等复杂的问题。马凤梅、凌孟华(重庆师范大学)重点剖析茅盾演讲《从思想到技巧》的早期传播中的诸多问题。

另一方面是整体的宏观的传播与影响研究,赵思运(浙江传媒学院)考辨了几种茅盾文化符号经典化的媒介渠道,呈现了文化传播多重的复杂路径;陈志华(山西师范大学)从语文教科书的角度分析新中国茅盾作品的经典化过程;王学振(海南师范大学)对茅盾作品英译的两则史料的考据，展现了茅盾海外传播的情况。

影响研究方面的论文较多，首先是茅盾给予时代和作家的影响。阎浩岗(河北大学)的《茅盾与中国当代长篇小说》，联系具体史实探讨茅盾对中国当代长篇小说创作有哪些影响、起了怎样的作用。晏杰雄(中南大学)探讨了茅盾与中国现代长篇小说的开端之间的关联。郭志云(福州外语外贸学院)论茅盾对中国现代报告文学文体发展的贡献，他认为茅盾对现代报告文学发展的理论贡献体现在明确了报告文学的文体特征、厘清了文体的流变问题、预见了文体的开放发展。刘卫东(天津师范大学)以孙犁的视角为中心，考析茅盾对孙犁的影响。凤媛(华东师范大学)探讨茅盾和叶圣陶互动的影响，都着眼于茅盾对中国具体作家的影响。陈志华(山西师范大学)从中学语文教科书刊登的茅盾作品看新中国茅盾作品的经典化过程，认为从中华人民共和国成立初期的中学语文教科书明显偏重其中后期作品，由此考察文学教育如何完成对茅盾等"革命作家"的价值生产和意义重构。

影响研究的另外一支涉及茅盾所受的影响。首先是茅盾所受的传统文化的影响，钟海波(陕西师范大学)以茅盾取材于《水浒传》的历史小说《石碣》《豹子头林冲》《大泽乡》为考察对象，探讨茅盾对中国古代文学的研究、改造和继承。其次是外国作家对茅盾的影响，杨华丽(重庆师范大学)关注了茅盾对斯特林堡在中国传播所起的作用和受到的影响；翟月琴(上海戏剧学院)分析茅盾散文与小说对梅特林克象征主义技巧的借鉴；徐晓红(中国海洋大学)考察茅盾与挪威文学之间的关联，三位年轻学者都是立足于史料，得出令人信服的结论。徐从辉(浙江师范大学)在《茅盾的江南记忆与文化认同》中，从文学地理学的角度谈茅盾所受江南文化的影响，认为茅盾的作品是"史诗"与"抒情"的变奏，这一变奏与茅盾的江南记忆与文化认同密切相关，水乡乌镇与魔都上海共同培育了茅盾作品的抒情面向。

五是有关茅盾的文学活动的研究。李跃力(陕西师范大学)探讨《生活日记》中的"茅盾在新疆"，关注新疆生活给茅盾带来的新质素；李冉(上海戏剧学院)重点探讨抗日战争时期茅盾的戏剧活动及其为抗战戏剧的发展起的重要作用；陈杰(浙江省桐乡市茅盾纪念馆)对茅盾求学经历时序的梳理，探寻茅盾的成长与成才历程。邱迁益(四川大学)立足于详细的史料，对救国会与茅盾战时的"后方行动"(1938—1940 年)进行了考析。贾东方、李琨(兰州理工大学)认为，抗战时期茅盾的"兰州之行"，完成了他对抗战时期民族精神的"重构"与"再发现"。郭鹏程(四川大学)考察茅盾延安之行的精神轨辙，以茅盾在延安时期参与"民族形式"讨论为出发点，分析茅盾精神的成长史。廖志翔(西南大学)据新发现的一组档案文献，考察茅盾参与的《文学》杂志的创办历程，力图呈现战时报刊编辑出版的运行机制。邬冬梅(绵阳师范学院)考察中华人民共和国成立前夕茅盾社会文化活动的会议背景，梳理第一次文代会与新政协会议的关系。这些研究向我们展现了多层面的茅盾，为我们全面了解茅盾提供了丰富的历史参照。

六是史料方面的研究。赵焕亭(平顶山学院)考辨茅盾与赵清阁的交往过程，认为茅盾与赵清阁的友谊有着明显的时代特征和志同道合的因素。李相银(浙江越生文化传媒集团)考察上海沦陷时期,柳雨生与茅盾等人的"笔战"。王学振(海南师范大学文学院)对茅盾作品英译的两则史料进行考辨。廖久明(乐山师范学院四川郭沫若研究中心)关注鲁迅逝世后不久,文坛爆发的郭沫若、茅盾谁为"领袖"的论争中茅盾的态度问题。洪砾漠(江苏省作家协会)考察《茅盾谈话录》与口述历史真伪之争的问题。袁洪权(贵州师范大学)对1979年10月13日赵清阁致楼适夷信札进行考释,并考察围绕锡金文章的讨论活动,关注其中牵涉茅盾的内容,探讨《新文学史料》杂志在20世纪七八十年代之交的文学力量博弈的处境。这些文章,从原始史料出发,还原了一定程度的真相,为我们对茅盾的进一步研究提供了便利。

七是有关对茅盾研究的研究。王卫平(辽宁师范大学)以2001—2020年这二十年间学术刊物发表的学术论文为中心进行全方位考察,论述茅盾研究的突进与反思。他认为21世纪二十年的茅盾研究,在宏观、微观、史料三大方面均有突进,从中见出研究范式之变迁、学术潮流之走势和茅盾研究之回暖。研究者不断拓宽领域、创新格局、解放思想、更新观念,完成了多维探索、深耕细作和旧论翻新,但也应该看到存在的问题:不同观点的学术交锋、争鸣、质疑、商榷明显缺席,低水平论文的重复比较严重,史料学的建设还不够自觉,新的研究空间尚待开发。俞敏华(浙江师范大学)回顾了《子夜》的批评接受史,并进一步探讨思想现实主义的思想资源。杨国伟(广西师范大学)从21世纪以来学界对《子夜》的阐释,反思其背后缊藏着的丰富的文化意涵。这些观点,都为我们以后的茅盾研究提供了经验。

八是有关茅盾相关问题的研究。左怀建、缪大海(浙江工业大学)考察以茅盾为代表的浙江现代作家都市书写的特质,全面衡量茅盾等浙江现代作家都市书写的历史功过。朱军(上海师范大学)论述文艺复兴运动中的中国左翼,以宏阔的视野考察"中国的文艺复兴"被理解为"一开始就是具有左翼倾向的运动",其中所蕴含的深层文化意蕴。范国英(西华大学)考察第八届、第九届和第十届茅盾文学奖获奖的文学作品的时代特征。高晓瑞(四川师范大学)以与茅盾相关的文学研究会对陀思妥耶夫斯基的纪念活动为切入点,纵向地呈现他们在不同时期对陀氏评价的标准、立场和态度,进而考察他们文学观念转变的原因和目的,并发掘他们参与文学革命的内在精神指向和作为本土知识分子的姿态立场。这些和茅盾相关的研究,丰富了茅盾研究的多样形态。

本次研讨会中体现的几个特点:

(一)从文本出发,从史料出发,用新的理论视角对茅盾作品进行全新的解读,体现了茅盾作品内涵的丰厚、广博,展现了一个永远说不尽的茅盾。历经不同的历史时期,对茅盾的解读永远是常读常新。

(二)研究视野广阔,角度多样,问题意识显著,有问题的推进和理论的创新。

(三)对茅盾的研究有了更多的人文情怀,更多注重茅盾的心灵层面、精神层面,挖掘茅盾作为个体生命的独特生命体验,而不是符号化、标签化的茅盾。

(四)青年学者成为研究的主力军。且不说已经是中坚力量的李跃力、朱军、叶祝弟、周维东和凤媛,还有在这一领域已取得成就的一批新秀,比如雷超、李延佳、李俊杰、袁昊和张宇等,都发表了精彩的见解。另外有一批上海戏剧学院、四川大学的博士研究生,以及西华大学的一群硕士研究生,都作了较有见地的发言,他们也必将成为茅盾研究领域的学术新秀。